FEDOR DOSTOYEVSKI

EL COCODRILO Y OTROS CUENTOS EXTRAÑOS

astria

EL COCODRILO Y OTROS CUENTOS EXTRAÑOS
FEDOR DOSTOYEVSKI

CONTENIDO

EL SEÑOR PROJARCHIN

En el rinconcito más oscuro y modesto del piso de Ustinia Fiódorovna se alojaba Semión Ivánovich Projarchin, un hombre ya entrado en años, formal y que no bebía. Teniendo en cuenta que el señor Projarchin, conforme a su bajo rango y los servicios que prestaba, tenía un sueldo muy modesto, Ustinia Fiódorovna no tenía fuerza moral para cobrarle más de cinco rublos mensuales de alquiler. Había quien comentaba que llevaba sus propias cuentas respecto a él; pero, como quiera que fuese, y en respuesta a los chismorreos, el señor Projarchin incluso era tratado como un favorito, en el sentido honesto y magnánimo de la distinción.

Habría que señalar que Ustinia Fiódorovna, mujer respetabilísima y corpulenta, tenía debilidad por tomar carne y café, y, aunque pasaba enormes sacrificios en Cuaresma, tenía en su casa a unos cuantos inquilinos fijos, que pagaban incluso el doble que Semión Ivánovich, pero que, en caso de que fueran poco pacíficos y "se guasearan" de sus quehaceres femeninos y su condición de huérfana, perderían bastante en cuanto a la buena disposición de la patrona y, si no pagaran la mensualidad, ella no sólo no les dejaría vivir allí sino que no los querría ni ver. Semión Ivánovich pasó a categoría de favorito de la patrona desde el momento en que murió un funcionario retirado, al que enterraron en el cementerio de Vólkovo, que en vida se había aficionado mucho a fuertes licores. Retirado del servicio, y aunque anduviera con un ojo amoratado y una sola pierna, a causa de su bravura (como decía él mismo), sabía al menos granjearse la buena disposición de Ustinia Fiódorovna, de la que sólo ella era capaz; y probablemente habría vivido aún mucho más tiempo como su gorrón y fiel cómplice, de no haberse muerto finalmente a causa de las borracheras más lamentables. Todo esto ocurrió en Peski, cuando Ustinia Fiódorovna tenía sólo tres inquilinos, de los cuales, al trasladarse al nuevo piso de establecimiento más amplio para alojar a una decena de inquilinos, sólo le quedó el señor Projarchin.

¿Tendrían la culpa de ello los inalienables defectos del propio señor Projarchin o sus compañeros de piso? El caso es que por ambas partes las cosas parecieron empezar de forma poco halagüeña. Habría que señalar que los inquilinos de Ustinia Fiódorovna, desde el primero hasta el último, convivían como hermanos de sangre; incluso algunos trabajaban en el mismo lugar. En general, todos, uno tras otro, se gastaban entre ellos su paga en el juego el primer día del mes.

Gustaban todos juntos de disfrutar y pasar bien, como decían ellos, los buenos momentos de la vida. También les gustaba a veces hablar de temas existenciales y, aunque en escasas ocasiones la cosa acababa sin discusión y todos los prejuicios estaban excluidos del grupo, la buena relación entre ellos jamás se alteraba en tales casos. De los inquilinos más notables hay que señalar a Mark Ivánovich, hombre inteligente que había leído mucho. También a Oplevániev1; otro que se llamaba Prepolovenko, también hombre discreto y buena persona. Después, otro más, que se llamaba Zinovi Prokófievich, que tenía como meta imprescindible ingresar en la alta sociedad. Finalmente el escribiente Okeánov, que estuvo en su momento a punto de llevarse el rango de favorito de Semión Ivánovich. Había otro escribiente más, Sudbín; Kantarióv, que pertenecía a los raznochinets, y otros inquilinos más.

Pero ninguno de ellos consideraba a Semión Ivánovich un compañero. Nadie, claro está, le deseaba nada malo, máxime cuando desde el principio supieron tratarle con justicia y decidieron, según palabras de Mark Ivánovich, que él, el señor Projarchin, era una persona buena y pacífica; y aunque poco sociable, en cambio era leal, y no mentía; que tenía sus defectos, y si en algún momento sufría por algo, ello no sería más que a causa de su falta de imaginación. Por si fuera poco, el señor Projarchin jamás pudo impresionar a nadie positivamente (cosa de la que a los demás les gustaba burlarse). Sin embargo, tampoco le perjudicaba su mal aspecto físico. En efecto, Mark Ivánovich, siendo persona inteligente, se declaró formalmente defensor de Semión Ivánovich, alegando con soltura y con estilo maravillosamente florido que Projarchin era un hombre maduro y serio, que hacía tiempo había dejado atrás su época de elegías. Y, de ese modo, si Semión Ivánovich era incapaz de convivir con la gente, de ello sólo él tenía la culpa.

Lo primero que saltaba a la vista era indudablemente la avaricia y la cicatería de Semión Ivánovich. De ello se percataron todos al instante, tomándolo en cuenta, ya que Semión Ivánovich por nada del mundo prestaba jamás su tetera a nadie ni por un momento, cosa muy excusable, puesto que apenas tomaba té, y si lo hacía era en escasas ocasiones, tomándose alguna agradable infusión de plantas y hierbas medicinales, de las que siempre guardaba un buen acopio. Además, sus hábitos alimenticios tampoco se parecían en nada a los de los demás inquilinos. Jamás se permitía tomarse una ración entera de la comida que Ustinia Fiódorovna ofrecía diariamente a sus compañeros. Su precio era cincuenta cópecs. Semión Ivánovich se gastaba únicamente veinticinco cópecs sin excederse jamás en ello, y, por eso, bien cogía porciones sueltas o sólo un plato de shi con empanada o ternera asada. Pero lo más habitual en él era no comer shi ni ternera, sino llenarse de pan con cebolla, requesón, pepinillos y otras guarniciones que le salían más económicas. Cuando ya veía que no podía más, recurría nuevamente a su media porción...

En este punto, el biógrafo reconoce que no se habría atrevido a hablar de estos detalles reales, ruines, delicados, y diríase que hasta ofensivos para los lectores, amantes del estilo noble, de no ser porque en todas estas particularidades se ocultara una singularidad, un rasgo dominante en el carácter del héroe de esta historia. Projarchin estaba lejos de tener tan pocos recursos (como afirmaba él a veces) como para no tener siquiera un bocado con que llenarse el estómago, y por el contrario hacía cosas incomprensibles sin miramiento alguno a los prejuicios mundanos, únicamente para satisfacer sus extraños caprichos, a causa de su avaricia y exceso de celo, que más adelante se verán con claridad. Pero tendremos cuidado para no aburrir al lector con la descripción de todos los detalles de Semión Ivánovich, y no sólo pasaremos por alto la curiosa descripción de su vestimenta, sino que, de no haber sido por indicación de la misma Ustinia Fiódorovna, probablemente no habríamos mencionado que Semión Ivánovich jamás entregó su ropa a la lavandería, y que, de haberlo hecho en alguna escasa ocasión, uno no se percataría de ese detalle.

En la declaración de la patrona figuraba que "el pobre Semión Ivánovich, que Dios lo tenga en su gloria, estuvo durante veinte años guardando sin el menor recato todo tipo de basuras en su rincón, y que, durante su vida terrenal, evitó continua y empecinadamente el uso de los calcetines, pañuelos y otros objetos similares; y que hasta la propia Ustinia Fiódorovna había visto, por la rendija del viejo biombo, que el pobre no tenía a veces con qué taparse su cuerpo blanquecino". Esos rumores corrieron tras el fallecimiento de Semión Ivánovich. Pero mientras vivió (y en ello reside uno de los puntos más importantes de la discordia) no soportaba de ninguna de las maneras, y sin reparar en las relaciones más llevaderas de la camaradería, que alguien, sin su permiso, metiera sin querer, y gracias al desvencijado biombo, las narices en su rincón.

Era un hombre poco comunicativo, callado, y nada dado a conversaciones vanas. No gustaba de los que venían a darle consejos, ni tampoco de los que se hacían notar, y siempre (a veces en el mismo instante) reprendía al que se burlaba de él o venía a darle algún consejo. Lo ridiculizaba y sanseacabó. "¡Eres un mocoso que sólo sabe silbar, y no tienes nada de consejero; eso es! ¡Más te vale mirar lo que hay en tu propio bolsillo y contarlo mejor! ¡Eres un crío! ¡Sabrás tú darme lecciones! ¡Más vale que te repases a ti mismo!". Semión Ivánovich era un hombre sencillo y tuteaba a todo el mundo. Tampoco soportó jamás que alguien, sabiendo de su petate, empezase a veces, por la sencilla razón de meterse con él, a burlarse y a preguntarle qué era lo que guardaba él en su baulillo...

Semión Ivánovich tenía un baulillo. Ese baúl lo tenía él debajo de su cama guardándolo como oro en paño; y todos sabían que en su interior no había nada aparte de trapos viejos, dos o tres pares de botas en mal estado y, en general, todo tipo de trastos antiguos e inservibles; pero el señor Projarchin apreciaba mucho ese patrimonio suyo, e incluso en una ocasión, disgustado por su vieja pero fuerte cerradura, expresó su intención de hacerse con otra: especial, de modelo alemán, con todo tipo de fantasías y un muelle secreto. Pero cuando un día Zinovi Prokófievich, a causa de su necedad, expresó la idea, indecorosa y tosca, de que probablemente Semión Ivánovich escondiera y acumulara en su baúl, para sus herederos, todo cuanto encontraba a su alrededor, los que estaban presentes se quedaron de una pieza por las extraordinarias consecuencias que tuvieron las palabras de Zinovi Prokófievich.

En primer lugar, el señor Projarchin no encontró al momento una respuesta adecuada que dar a una idea tan tosca y absurda. Durante un buen rato estuvieron saliendo de su boca palabras sin sentido, y sólo finalmente se pudo entender que Semión Ivánovich en primer lugar le reprochaba a Zinovi Prokófievich un asunto sórdido de hacía tiempo. Después descifraron que, al parecer, Semión Ivánovich predecía que Zinovi Prokófievich por nada del mundo entraría en la alta sociedad, y que el sastre, al que le debía dinero, le correría irremediablemente a palos, porque ese "crío" llevaba mucho tiempo sin pagarle. "Eres un mocoso", añadió Semión Ivánovich.

"Quieres pertenecer a los abanderados de los húsares, pero no vas a entrar, ya lo verás, y en cuanto los jefes se enteren de todo, mocoso, te cogerán y te meterán a escribiente. ¡Como lo oyes, mequetrefe!". A continuación Semión Ivánovich se tranquilizó, pero, tras permanecer cinco horas echado, primero empezó a hablar solo, y después, dirigiéndose ya a Zinovi Prokófich, de nuevo le reprendió y avergonzó. Pero la cosa no quedó ahí, y al atardecer, cuando Mark Ivánovich y el inquilino Prepolovenko decidieron tomar el té, invitando con ellos a su compañero, el escribiente Okeánov, entonces Semión Ivánovich se levantó de la cama, se sentó junto a ellos, dándoles sus quince o veinte cópecs, y, haciendo ver que también quería tomar té, se puso con bastante naturalidad a entrar en materia para expresar que un hombre pobre, no siendo más que un pobre, no tenía posibilidades de ahorrar dinero.

Llegado a este punto, el señor Projarchin incluso confesó, porque venía al caso, que él era pobre, y que llevaba ya tres días pensando en pedirle un rublo a un impresentable, y que ahora ya no se lo pediría para que no fuera por ahí diciendo que tenía un sueldo que no le llegaba ni para comer; y finalmente que, el pobre de él, tal y como lo veían, enviaba cinco rublos cada mes a su cuñada de Tver, y que de no enviárselos ésta se moriría de hambre, y, si esto sucediera, él podría ya comprarse ropa nueva... Y así estuvo hablando largo y tendido Semión Ivánovich sobre el hombre pobre, sobre los rublos, sobre la cuñada, repitiendo lo mismo para impresionar a los que le escuchaban, pero finalmente se trastabilló del todo, se quedó callado, y, pasados tres días, cuando ya nadie pensaba meterse con él y se habían olvidado de todo, el señor Projarchin soltó como coletilla algo parecido a que, cuando Zinovi Prokófich entrara en los húsares, al grosero de él le cortarían una pierna en la guerra, y se la sustituirían por una de madera, y vendría entonces Zinovi Prokófich y le pediría un pedazo de pan, y que él no se lo daría y ni siquiera lo miraría al muy presuntuoso, y que allá él con su suerte.

Todo esto, como era de esperar, resultó extraordinariamente gracioso a la vez que divertido. Sin pensarlo mucho, todos los inquilinos de la patrona se unieron para posteriores pesquisas y, simplemente por curiosidad, decidieron acorralar definitivamente a Semión Ivánovich.

Y puesto que al señor Projarchin últimamente, o, mejor dicho, desde el momento en que empezó a vivir en compañía, le dio por sacarle gusto a enterarse de todo y curiosear, lo que hacía por alguna causa desconocida, las hostilidades empezaron a aumentar por ambas partes sin dificultades ni preámbulos, como si surgieran espontáneamente y por sí solas.

Para sobrellevar aquella situación diplomáticamente, Semión Ivánovich se reservaba una forma suya de proceder especial, bastante pícara, y, además, demasiado alambicada, que en parte ya conoce el lector. A la hora de tomar el té, se levantaba de la cama y, si veía que algunos se disponían a tomarlo en grupo, se les acercaba como una persona discreta, inteligente y cariñosa, y les daba sus veinte cópecs, haciéndoles saber que quería participar y tomar té. Llegados a este punto, los jóvenes empezaban a hacerse señas entre sí con guiños y, tras dar su conformidad a la participación de Semión Ivánovich, sacaban alguna conversación seria y formal. A continuación, alguno de ellos se ponía a contar, como si tal cosa, diferentes tipos de novedades, la mayoría de las veces inciertas y absolutamente falsas. Como, por ejemplo, que uno de ellos había oído hoy cómo Su Excelencia le había dicho al mismísimo Demid Vasílievich que opinaba que los funcionarios casados "valían" más que los solteros y que ascendían antes de rango, ya que hasta los más pacíficos adquirían con la vida conyugal bastantes cualidades; y que por ello el narrador, para destacar y alcanzar el rango, tenía prisa por contraer matrimonio lo antes posible con una tal Fevronia Prokófievna.

Otras veces, uno, por ejemplo, decía haber observado en alguno de sus compañeros la ausencia de todo tipo de decoro y buenas maneras, razón por la que no podía gustar a las damas de la sociedad, y que, para subsanar tal estado de cosas, se iba a proceder inmediatamente a descontarles dinero de su sueldo, y con la suma recaudada se montaría un salón donde se aprendiera a bailar, adquirir buenas maneras y saber estar, amabilidad, respeto a los mayores, fortaleza de carácter, bondad de corazón y otras cualidades positivas. De pronto se ponían a decir que algunos funcionarios, comenzando por los más antiguos, para hacerse inmediatamente más cultos debían examinarse de todas las asignaturas, y que de este modo (añadía el narrador) saldrían a relucir bastantes cosas y que a muchos de los caballeros no les quedaría más remedio que poner sus cartas boca arriba; en resumidas cuentas, se contaban allí miles de disparates de ese tipo. Todos aparentaban creérselos y, tomando parte activa, se preguntaban los unos a los otros, fingían ser ellos y, poniendo caras de apesadumbrados, movían sus cabezas como si buscaran una solución en el caso de que les tocara a ellos semejante trance. Claro que incluso alguien que fuera menos simple y pacífico que el señor Projarchin podía perder la cabeza confundiéndose con tanto disparate seguido.

Al margen de ello, se podría concluir irrefutablemente por todos los detalles que Semión Ivánovich era extraordinariamente torpe y corto de miras para captar alguna idea nueva, y que, después de oír alguna novedad, al principio siempre se veía obligado a digerirla y rumiarla, buscándole sentido, confundiéndose y perdiéndose para, finalmente, aceptarla; pero también esto lo hacía de un modo especial, que sólo él conocía... Así salieron de pronto a relucir en Semión Ivánovich unas facultades diferentes, curiosas y desconocidas hasta entonces... Empezaron a correr rumores y comentarios, y todo ello, aumentado, llegó finalmente por su propio camino hasta su oficina. Especialmente notable fue que sin ton ni son el señor Projarchin, teniendo desde tiempos inmemoriales la misma expresión, cambió de pronto de fisionomía.

Empezó a tener un rostro intranquilo, la mirada asustadiza y recelosa. Andaba deprisa, se estremecía y prestaba oído a cuanto se hablaba; y como colofón de todas sus nuevas cualidades empezó a amar apasionadamente la búsqueda de la verdad. Su amor a la verdad lo condujo finalmente a que en un par de ocasiones se arriesgara, de entre una decena de noticias recibidas durante el día, a buscar la verdadera, dirigiéndose a Demid Vasílievich; y, si aquí no mencionamos las consecuencias de la reacción de Semión Ivánovich, no es más que por la sincera compasión hacia su reputación. De este modo, llegaron a la conclusión de que era un misántropo que desdeñaba los miramientos mundanos. Después se dijo de él que tenía muchas cualidades fantásticas, y no se equivocaron en absoluto, ya que en más de una ocasión quedó patente que Semión Ivánovich se quedaba a veces totalmente ensimismado, sentando boquiabierto ante el escritorio con la pluma en el aire, como alelado, pareciéndose más a una sombra del ser racional que al ser racional mismo.

En ocasiones, algún compañero despistado se cruzaba de pronto con su mirada escurridiza, opaca, como si buscara algo; entonces se estremecía, se avergonzaba y a renglón seguido ponía sobre su papel de trabajo la palabra "judío", o alguna otra completamente inadecuada. La indecorosa conducta de Semión Ivánovich intimidaba y ofendía a personas verdaderamente nobles... Finalmente, ya nadie puso en duda la inclinación fantástica de la cabeza de Semión Ivánovich cuando, un buen día, corrió por la oficina el rumor de que éste había asustado incluso al propio Demid Vasílievich, quien, al encontrárselo en el pasillo, lo vio tan raro y extraño que tuvo que retroceder ante él...

Esta metedura de pata llegó a oídos del mismo Semión Ivánovich. Tras enterarse, se levantó inmediatamente, pasó con cuidado por entre las mesas y sillas, y llegó hasta el vestíbulo. Él mismo descolgó su capote, se lo puso, salió y desapareció por un periodo de tiempo indefinido. No sabemos si su proceder había sido a causa del susto o por alguna otra razón, pero no se le pudo localizar durante un tiempo ni en casa ni en la oficina.

Pero no vamos a explayarnos sobre el destino de Semión Ivánovich por su orientación fantástica; sin embargo, no podemos dejar de señalar al lector que nuestro héroe era un hombre insociable, completamente pacífico, que vivía, antes de tener compañía, en una completa e impenetrable soledad, distinguiéndose únicamente por su silencio y hasta podría decirse que por algo de misterio, ya que, durante todo el tiempo que vivió en Peski, permaneció tumbado detrás del biombo, callado y sin tratar con nadie. Sus dos viejos compañeros de habitáculo habían vivido exactamente igual que él. También fueron los dos misteriosos y también permanecieron quince años tumbados detrás del biombo. En un silencio patriarcal pasaron, uno tras otro, los felices y adormecidos días y horas, y, puesto que todo alrededor también seguía su orden, ni Semión Ivánovich ni Ustinia Fiódorovna se acordaban ya de cuándo les había unido el destino. "Hará diez, quince o, tal vez, veinticinco años que el pobre se instaló en mi casa. ¡Que Dios le ampare!", dijo en una ocasión la patrona a sus nuevos inquilinos.

Por eso resulta tan comprensible que nuestro héroe, tan formal y discreto, se sintiera a disgusto aquel último año, en compañía de aquel ruidoso grupo de una decena de jóvenes y nuevos compañeros suyos de pensión.

La desaparición de Semión Ivánovich produjo bastante alboroto en la pensión. En primer lugar, se trataba del favorito de la patrona. En segundo, el pasaporte, que lo tenía ella bajo su custodia, no se encontró aquellos días por ninguna parte. Ustinia Fiódorovna empezó a sollozar, cosa que le sucedía en momentos críticos. Llevaba justo dos días sin dejar en paz a los demás inquilinos diciéndoles que lo habían acorralado como a un polluelo, y que "aquellos malvados que le gastaban bromas y se burlaban de él" le habían arruinado la vida. Al tercer día, los echó a todos a buscar al fugitivo hasta encontrarlo, vivo o muerto. Por la tarde vino el primer escribiente Sudbín, diciendo que había seguido sus pasos, y que vio al fugitivo en el mercado de Tolkuchi y en otros lugares, por los que también le siguió; que estuvo cerca de él, pero que no se atrevió a hablarle; que había estado junto a él durante un incendio cuando ardía una casa en la callejuela de Krivói.

Al cabo de media hora llegaron Okeánov y Kantarióv (el raznochinets) confirmando, palabra por palabra, lo dicho por Sudbín. Que también habían estado muy cerca de él, a sólo diez pasos, y que tampoco se atrevieron a hablarle, pero se percataron de que Semión Ivánovich iba acompañado de un mendigo borrachuzo. Finalmente llegaron los demás inquilinos, y, tras escuchar atentamente todo, decidieron que el señor Projarchin debía ahora rondar por allí, y que no tardaría en regresar. Pero lo que ya no era novedad era que el señor Projarchin frecuentaba la compañía de un mendigo borrachín. Era éste un hombre poco recomendable, bullicioso y adulador, y era evidente que había seducido a Semión Ivánovich con alguna trampa. Aquel hombre había hecho su primera aparición justo una semana antes de desaparecer Semión Ivánovich. Vino junto al compañero Remnióv, y pasó algunos días en la casa de huéspedes. Afirmaba sufrir por la verdad.

Dijo que había prestado servicios en provincias, y que, cuando se presentó el Revisor, éste les destituyó a él y a sus compañeros por amor a la verdad; que vino a San Petersburgo y cayó a los pies de Porfiri Grigórievich, a quien pidió que le colocara en una oficina, pero que, por la cruel persecución del destino, le despidieron de ese lugar tras desaparecer la propia oficina, que se transformó en otra, sin admitirle en el nuevo rango de funcionarios por sus claras ineptitudes en cuestiones administrativas y la inadaptación a otras labores complctamente diferentes... Todo ello también por amor a la verdad y, finalmente, por los enredos de los enemigos.

Al terminar de contar la historia, el señor Zimovéikin abrazó varias veces a su severo, y sin afeitar, amigo Remnióv, se inclinó para saludar a todos cuantos estaban presentes, sin olvidar a Avdotia, la sirvienta, los llamó a todos bienhechores y explicó que él era un hombre indigno, latoso, ruin, bullicioso y estúpido, rogando a aquella buena gente que no le juzgara por su infeliz y mísero estado. Después de granjearse la protección de aquellas personas, el señor Zimovéikin resultó ser un juerguista, dio muestras de alegría y besó las manos a Ustinia Fiódorovna, sin reparar en sus discretas alegaciones de que su mano no era digna.

Por la tarde ofreció mostrar a todos los presentes su talento en un maravilloso y característico baile. Pero, al día siguiente, el asunto se resolvió de un modo lamentable. Bien porque su baile resultara demasiado característico, bien porque afrentara a Ustinia Fiódorovna, pues, según sus palabras, la había ofendido y humillado, que ella "conocía a Iaroslav Ilich, y que, de haber querido, podía desde hacía tiempo haber sido la mujer de un oficial", el caso es que Zimovéikin tuvo que largarse de allí. Se fue, regresó, de nuevo fue expulsado ignominiosamente, se granjeó la amistad y simpatía de Semión

Ivánovich, al que en un santiamén le robó sus pantalones nuevos, y justo después reapareció de nuevo en calidad de seductor del señor Projarchin.

En cuanto la patrona se enteró de que Semión Ivánovich estaba sano y salvo, y de que ya no tenía que seguir buscando el pasaporte, al momento dejó de estar triste y se tranquilizó. En aquel momento, a uno de los inquilinos se le ocurrió hacerle un recibimiento triunfal al fugitivo. Estropearon la falleba del biombo, lo apartaron de la cama del desaparecido, la aplastaron ligeramente, cogieron el célebre baúl, lo colocaron a los pies de la cama y pusieron encima a la cuñada, es decir, una muñeca, hecha con un viejo pañuelo de la patrona, con su cofia, de modo que realmente parecía la cuñada. Al finalizar su trabajo, se sentaron a esperar la llegada de Semión Ivánovich para decirle que su cuñada había venido de provincias y que la pobre se había hospedado en su sitio, detrás del biombo. Pero estuvieron esperando un buen rato... Mientras tanto, a Mark Ivánovich le dio tiempo a apostar y ganarles la mitad del sueldo a los inquilinos Prepolovenko y Kantarióv. A Okeánov se le enrojeció y se le abultó la nariz jugando a las cartas. A Avdotia, la criada, le dio tiempo a dormir lo suyo, y levantarse dos veces a por leña para la estufa, y Zinovi Prokófievich se caló hasta los huesos saliendo a cada minuto al patio a esperar la llegada de Semión Ivánovich. Pero no llegaba nadie, ni el señor Projarchin ni el mendigo borrachín.

Finalmente, todos se fueron a la cama, dejando detrás del biombo la muñeca en forma de cuñada. Serían las cuatro de la madrugada cuando oyeron el ruido de los portones. Era tan fuerte que podría decirse que los recompensaba a todos por el trabajo realizado. Era el mismo Semión Ivánovich, el señor Projarchin, sólo que venía en tal estado que todos se quedaron estupefactos, y a nadie se le ocurrió pensar en el simulacro de cuñada. El desaparecido regresó sin conocimiento. Lo llevaron a la habitación, o, mejor dicho, lo llevó a hombros el cochero nocturno. Estaba calado hasta los huesos, tiritando y harapiento. Al preguntarle la patrona al cochero dónde se había emborrachado, éste le respondió "que no estaba borracho y que no había tomado ni gota, sino que verdaderamente le debió de dar un síncope o un pasmo". Se pusieron a observarlo y, para que entrara en calor, sentaron al sospechoso junto a la chimenea comprobando que realmente no estaba bebido, y que tampoco se trataba de un ataque de apoplejía, sino de algún otro tipo de desgracia por la que Semión Ivánovich no era capaz ni de mover la lengua, pareciendo que le había entrado una especie de temblor, y no hacía más que pestañear mirando estupefacto tan pronto a unos como a otros como un búho en un baile de máscaras. Después se pusieron a preguntarle al cochero dónde se lo había encontrado en aquel estado. "Pues me lo entregaron unos señores de Kolomna", respondió éste. "¡Quién sabe! ¡Parecían estar de juerga y alegres! Así que me lo entregaron en ese estado. No sé si hubo pelea o qué es lo que sucedió, si le dio un pasmo o ¡Dios sabe qué!, pero los señores parecían buena gente y estaban alegres", Agarraron a hombros a Semión Ivánovich y lo llevaron a la cama. Pero cuando éste, acomodándose en su cama, palpó el simulacro de su cuñada y rozó con los pies su baúl secreto, lanzó un terrible grito, se puso a gatas y temblando empezó a hacer gestos a lo largo y ancho de su cama como si escarbara para enterrar el baúl. Con ojos enfurecidos y fieros miraba a todos, cual si quisiera decirles que antes prefería morir que ceder una centésima parte de su pobre tesoro...

Semión Ivánovich se pasó dos o tres días echado en la cama, rodeado de su biombo y alejado de la vida diaria y el mundanal ruido. Como era de esperar, al día siguiente todos se olvidaron de él, y mientras tanto el tiempo llevaba su curso y las horas y los días pasaban volando. Una especie de duermevela o delirio se asentó en la embotada y febril cabeza del enfermo, que estaba tumbado pacíficamente, sin gemir ni quejarse; antes al contrario, permanecía silencioso y callado, con el cuerpo aplastado contra la cama cual conejo asustado que se pega a la tierra al oír a los cazadores. A veces, un largo y melancólico silencio se adueñaba del piso, señal de que los huéspedes se habían ido a trabajar, y el recién despierto Semión Ivánovich podía estar distrayendo su abatimiento a gusto, escuchando el cercano ruido de la cocina, donde trasteaba la patrona, así como el rítmico golpeteo de las desgastadas zapatillas de Avdotia, la criada, que andaba gimiendo y quejándose mientras recogía, poniendo orden en los rincones de la casa.

Así transcurrían horas enteras: pesadas, soporíferas, perezosas, adormecidas y aburridas, como el agua de la cocina que gotea sonora y regularmente desde el grifo a la tina. Finalmente venían los inquilinos, uno tras otro o en grupo, y Semión Ivánovich oía perfectamente cómo se quejaban del tiempo, las ganas que tenían de comer, cómo hacían ruido, fumaban, regañaban entre ellos, se amigaban, jugaban a las cartas y trasteaban con las tazas al disponerse a tomar el té. Maquinalmente, Semión Ivánovich hacía el esfuerzo para levantarse, unirse a ellos y pagar legalmente su parte para tomar el té, pero al instante caía presa del letargo, soñando que ya llevaba un rato sentado a la mesa del té participando y conversando, y que a Zinovi Prokófievich ya le había dado tiempo, aprovechando la ocasión, de meter el tema de no se sabía qué proyecto sobre las cuñadas y las relaciones morales que tiene diversa gente de bien respecto a ellas.

Llegado a este punto, Semión Ivánovich se apresuraba a presentar disculpas y responder, pero la poderosa frase que reinaba en boca de todos de "se ha observado reiteradamente" le dejaba finalmente sin posible réplica, y a Semión Ivánovich no le quedaba más remedio que ponerse nuevamente a soñar con que era el primero de mes y le tocaba cobrar en la oficina. Desenvolviendo el sobrecillo en la escalera, echaba una rápida mirada alrededor, se apresuraba a apartar la mitad del bien merecido sueldo en la bota, y después, en la misma escalera, y sin reparar lo más mínimo en lo que sucedía en su cama, decidía entre sueños que al llegar a casa le entregaría inmediatamente a la patrona lo que correspondiera por la comida y el alojamiento.

Después se apartaba algo de dinero para comprar lo imprescindible y a continuación dejaba constancia, disimuladamente y sin intención alguna, ante quien debía, de lo que se le descontaba y de que ya no disponía de dinero, ni para él ni para enviárselo a su cuñada. Más tarde se afligía por ella, hablando dos o tres días seguidos de ella, y, transcurridos diez, volvía una vez más a mencionar de pasada su estado de indigencia, para que los compañeros no lo olvidaran. Una vez tomadas esas decisiones, se percataba de que también Andréi Efímovich (hombre diminuto y calvo, siempre callado, que trabajaba en su oficina separado de él por tres despachos, y al que no había dirigido la palabra en veinte años) también estaba en la escalera contando sus rublos, y moviendo la cabeza le decía: "¡Esto es el dinerito! Si no lo tienes, no comerás", esgrimía en tono severo bajando la escalera, y ya en el soportal concluía: "y yo, señor mío, tengo siete bocas que alimentar".

Aquí, el hombrecito calvo, probablemente sin sospechar lo más mínimo que actuaba como un fantasma, y que en absoluto era real, se alzaba exactamente una arshina y un vershok, indicando con la mano hacia el suelo en línea descendente, y sacudiendo los dedos murmuraba que el mayor iba al liceo; a continuación miraba indignado a Semión Ivánovich, como si el señor Projarchin fuera culpable de que él tuviera siete hijos. Después se encasquetaba el gorro, sacudía el capote, giraba a la izquierda y desaparecía. Semión Ivánovich se asustó sobremanera y, aunque estuviera completamente convencido de su inocencia en cuanto a los siete hijos de aquel hogar, a la hora de la verdad parecía que en realidad el culpable no era nadie más que él. Amedrentado, quería salir corriendo, pues se imaginaba que el señor calvo se daba la vuelta, le alcanzaba, forcejeaba con él queriendo quitarle todo el sueldo, basándose en los siete hijos que tenía y negando decididamente toda posible relación de Semión Ivánovich con cualquier cuñada suya.

El señor Projarchin corría y corría hasta perder el aliento... Junto a él también corría un incontable número de personas, haciendo sonar todos su sueldo en los bolsillos traseros de sus raquíticos chalequitos. Finalmente, todo el mundo se echaba a correr y, al sonar las sirenas de los bomberos, oleadas enteras de gente lo sacaban prácticamente a hombros al mismo lugar del incendio donde estuvo la última vez junto al mendigo borrachín. Éste, es decir, el señor Zimovéikin, que ya estaba allí, encontraba a Semión Ivánovich, se agitaba extremadamente, lo cogía de la mano y lo introducía en la más espesa muchedumbre. Al igual que ocurriera la otra vez, alrededor de ellos bramaba y sonaba la enorme masa de gente, inundando el malecón de la calle Fontanka entre ambos puentes, las calles adyacentes y sus callejuelas.

Igual que sucediera en otra ocasión, el gentío arrastraba a Semión Ivánovich junto con el borrachín hasta llevarlos detrás de una valla, donde los apretujaban, cual garrapatas en el enorme patio lleno de leña, curiosos venidos de todos los lados, del mercado de Tolkuchi, de las casas de los alrededores, de los bares y de las tabernas. Semión Ivánovich lo veía todo igual que cuando sucedió, sintiéndolo también del mismo modo; en aquel torbellino de delirio y fiebre empezaron a refulgir diferentes rostros extraños. Recordaba alguno de ellos. Uno era aquel mismo caballero extraordinariamente grande, que medía una sázhena5 de estatura y unos bigotes inmensos, que durante el fuego se encontraba detrás de Semión Ivánovich, y que le animaba desde atrás cuando nuestro héroe entusiasmado daba patadas al suelo queriendo aplaudir el trabajo de los bomberos, pues lo veía perfectamente desde el lugar en que se situaba.

Otro era aquel mismo joven vigoroso del que nuestro héroe recibió un puñetazo que le lanzó a la otra valla, cuando ya se disponía a pasar por encima de él, probablemente para salvar a alguien. También refulgió ante sus ojos la figura del anciano con cara de padecer hemorroides y que llevaba una vieja bata, con algún cordón que hacía de cinturón, que se había ausentado antes de estallar el fuego para ir a la tienda a comprar pan tostado y tabaco para su inquilino, y que ahora, con una frasca de leche y una botella de tres cuartos de vodka en la mano, se abría paso para llegar a su casa, donde ardían su mujer, su hija y treinta rublos escondidos en un rincón debajo de un colchón de plumas. Pero la que se le presentaba con más claridad al señor Projarchin era aquella pobre e infeliz mujer con la que ya había soñado en más de una ocasión durante su enfermedad. Se le presentaba tal y como la había visto entonces, con unas viejas alpargatas, una muleta, un hatillo a la espalda y vestida de harapos.

Gritaba más alto que los bomberos y la gente, agitaba la muleta y las manos diciendo que sus propios hijos la habían echado de algún sitio y que además había perdido también dos monedas de cinco cópecs. Los hijos y las monedas, las monedas y los hijos, estaban presentes en su discurso en un profundo sinsentido que todos dejaron por imposible de descifrar después de muchos esfuerzos por entenderla. Pero la mujer no se aplacaba y continuaba gritando, gimiendo, moviendo las manos, haciendo caso omiso del fuego, hacia el que la condujo el gentío, así como a la muchedumbre humana que se encontraba alrededor. Tampoco prestaba atención a las desgracias ajenas ni a los tizones y las chispas que pululaban en torno a la gente que permanecía allí de pie. Finalmente, el señor Projarchin sintió que el pánico se apoderaba de él. Veía con claridad que todo aquello no surgía del azar, y que no pasaría sin dejar rastro.

Y realmente, en aquel mismo lugar, cerca de él, se encontraba un campesino de cabello y barba rubios con una pelliza harapienta y sin abrochar que se encaramaba sobre la leña, y empezaba a azuzar a la gente contra Semión Ivánovich. La muchedumbre se hacía cada vez más numerosa, y el muzhik6 era un cochero al que hacía cinco años lo había engañado él bochornosamente para no pagarle, escabulléndose por entre los portones de un pasaje y corriendo a todo correr levantando tanto los talones como si pisara descalzo una plancha incandescente. El desesperado señor Projarchin quería hablar y gritar pero no le salía la voz. Sentía que la enfurecida multitud lo rodeaba como una serpiente, apretándole y asfixiándole. Hizo un esfuerzo sobrehumano y se despertó. Pero al abrir los ojos vio que todo estaba en llamas, que su rincón y su biombo ardían, así como todo el piso, incluida Ustinia Fiódorovna y todos sus inquilinos. Veía arder su cama, su almohada, su manta, su baúl y finalmente su valiosísimo colchón. Semión Ivánovich se levantó, se agarró al colchón y salió corriendo llevándoselo consigo.

Pero, al entrar nuestro héroe en la habitación de la patrona sin pedir permiso y descalzo y en paños menores, tal y como estaba, lo agarraron, lo redujeron y se lo llevaron nuevamente detrás del biombo (que en absoluto estaba en llamas, más bien lo estaba la propia cabeza de Semión Ivánovich) para meterlo en la cama, donde depositaron al señor Projarchin del mismo modo que un organillero harapiento, severo y sin afeitar, coloca en el fondo de la caja a su polichinela, después de armar bastante alboroto repartiendo golpes a diestro y siniestro y de haber vendido su alma al diablo y que termina por fin su existencia hasta una nueva actuación, metido en el baúl junto al diablo, los moros, el payaso, Katalina y su feliz amante, el ispravnik.

Inmediatamente, todos los inquilinos, del más joven al mayor, rodearon en un corrillo la cama de Semión Ivánovich, observando al enfermo con rostros expectantes. Enseguida volvió en sí, pero, por pudor o algún otro motivo, empezó de pronto a tirar con todas sus fuerzas de la manta para cubrirse con ella, o probablemente para esconderse de todas las miradas que lo contemplaban. Finalmente, Mark Ivánovich fue el primero en romper el silencio, y, como hombre inteligente que era, en tono sosegado y cariñoso empezó a decir que a Semión Ivánovich le vendría bien tranquilizarse del todo, que resultaba desagradable y vergonzoso ponerse enfermo, que eso sólo lo hacían los niños pequeños, y que era menester restablecerse para después incorporarse al servicio. Mark Ivánovich terminó su discurso gastando una broma, diciendo que a los enfermos no les correspondía cobrar el sueldo íntegro, y que, según estaba informado, tratándose de un nivel o grado modesto, una situación similar a la suya no podía realmente resultarle beneficiosa.

En una palabra, todos se interesaban por el destino de Semión Ivánovich sintiéndolo verdaderamente. Pero él, con incomprensible grosería, seguía en cama, callado, tirando cada vez más obstinadamente de la manta para taparse. Sin embargo, Mark Ivánovich no se dio por vencido y se dirigió a Semión Ivánovich haciéndose nuevamente el duro, en tono cariñoso, a sabiendas de que así es como había de comportarse uno con un enfermo. Pero Semión Ivánovich se hizo el desentendido, bien al contrario, rugió muy desconfiado algo entre dientes, lanzando miradas hostiles y moviendo los ojos de derecha a izquierda, como si deseara pulverizarlos a todos hasta convertirlos en ceniza.

Llegados a este punto, Mark Ivánovich ya no pudo más y, viendo que Semión Ivánovich sencillamente se había empecinado en ponerse terco, ofendido y completamente enfadado, le dijo claramente, y ya sin dulzuras ni circunloquios, que ya era hora de levantarse, que ya estaba bien de estar tumbado dando vueltas de un lado a otro; que era absurdo, indecoroso y ofensivo que un hombre se pasara día y noche gritando

sobre fuegos, cuñadas, borrachillos, candados, baúles y no se sabe qué
más cosas, y que si Semión Ivánovich no quería dormir, al menos no
molestara a los demás, y que, finalmente, hiciera el favor de tener todo
aquello en cuenta. El discurso tuvo su efecto, ya que Semión Ivánovich
se dio inmediatamente la vuelta hacia el orador, y le espetó con firmeza,
aunque todavía con voz débil y ronca: "¡Tú, mocoso, cállate! ¡Eres un
charlatán, un blasfemo! ¿Lo oyes? ¡Retaco! ¿Acaso te crees un príncipe?
¿Entiendes?".

Al oír aquellas palabras, Mark Ivánovich se encendió, pero, al
reparar en que trataba con un enfermo, generosamente dejó de ofenderse,
procurando en cambio reprenderlo por su conducta; pero falló en su
intención, ya que Semión Ivánovich enseguida manifestó que no
consentía bromas y que Mark Ivánovich había gastado el tiempo en vano
componiendo estrofas. Se hizo un silencio que duró un par de minutos.
Finalmente, repuesto de su asombro, Mark Ivánovich señaló rotunda y
claramente, en un bello pero firme discurso, que Semión Ivánovich debía
ser consciente de que se hallaba entre personas nobles; y que él, que era
"todo un caballero", tenía que saber comportarse con personas
magnánimas. Mark Ivánovich sabía, en debidas circunstancias, hablar
con un tono grandilocuente, gustándole impresionar a los oyentes. Por
su parte, Semión Ivánovich, probablemente a causa de su largo silencio,
hablaba y se comportaba entrecortadamente y cuando tenía que decir una
frase larga, a medida que se adentraba en ella, parecía que cada palabra
daba lugar a otra nueva, esta última a otra, y así sucesivamente, de modo
que la boca se le llenaba de palabras que no venían al caso, sucediéndose
finalmente en el más pintoresco desorden. He aquí por qué Semión
Ivánovich, siendo inteligente, de vez en cuando decía cosas terriblemente
absurdas, como éstas: "¡Mientes! ¡Fortachón! ¡Mocoso juerguista! ¡En
cuanto te hagas con un poco de dinero, irás a pedir limosna! ¡Si eres un
librepensador, un depravado! ¡Allí va eso, bardo!".

—¿Todavía está usted delirando, Semión Ivánovich?

—¿Qué dices? —respondió Semión Ivánovich—. Delira un necio,
un borrachín, un perro, mientras que un sabio se debe a causas nobles.
¿Lo oyes? ¡No tienes ni idea! ¡Eres un depravado! ¡Sabihondo! ¡Pareces
un libro escrito! Y el día que menos te lo esperes, empezarás a arder sin
percatarte de que te arde la cabeza. Eso es; ¿has oído lo que quiero
decirte?

—Sí... pero ¿cómo es que...? ¿Cómo dice Semión Ivánovich que
empezará a arderme la cabeza...?

Sin que Mark Ivánovich terminara de hablar, todos se habían dado cuenta de que Semión Ivánovich aún no estaba cuerdo y seguía delirando. Pero la patrona no pudo por menos que señalar que la casa de la callejuela de Krivói se prendió fuego por culpa de una chica calva. Que allí vivía una chica pelona que encendió una vela y prendió toda la despensa. Pero que esto no le ocurriría a ella y que todos sus rincones estarían a salvo.

—¡Pero Semión Ivánovich! —exclamó fuera de sí Zinovi Prokófievich, interrumpiendo a la patrona—. ¡Semión Ivánovich! ¡Hay que ver cómo es usted! ¿Acaso se cree que le están gastando bromas? ¿Qué le hablan de su cuñada o de los exámenes de baile? ¿Es eso lo que usted cree?

—¡Pues ahora escúchame tú! —respondió nuestro héroe, incorporándose en la cama, sacando fuerzas de flaqueza y enojándose con los que se compadecían de él—. ¿Quién es el payaso? ¡Tú eres un payaso, el perro lo es, hombre bufón! ¡Pero yo no haré payasadas porque tú me lo ordenes! ¿Lo oyes, mocoso? ¡No soy tu criado!

Llegado a este punto, Semión Ivánovich quiso decir algo más, pero cayó desfallecido en la cama. Todos cuantos lo rodeaban se quedaron perplejos y boquiabiertos como si se dieran cuenta de lo que le sucedía a Semión Ivánovich, sin saber qué hacer. De repente se oyó chirriar la puerta de la cocina y el compañero del señor Projarchin, el borrachín señor Zimovéikin, introdujo tímidamente su cabeza dentro, olfateando cuidadosamente el lugar, tal y como acostumbraba. Parecían estarle esperando. Todos a una le hicieron señas para que entrara deprisa, y Zimovéikin, todo ufano y sin quitarse el capote, entró rápidamente, decidido a abrirse paso para llegar a la cama de Semión Ivánovich.

Era visible que Zimovéikin había pasado la noche en vela y con grandes dificultades. En la parte derecha de la cara llevaba un esparadrapo. Tenía los ojos hinchados y llorosos por una infección. La chaqueta y el abrigo estaban totalmente rotos, y además todo el lado izquierdo de su ropa parecía absurdamente salpicado del barro de algún charco. Bajo el brazo llevaba el violín de alguien para venderlo en alguna parte. Al parecer no se equivocaron haciéndole entrar para prestar ayuda, pues, en cuanto supo de lo que se trataba, se dirigió al pícaro de Semión Ivánovich y, con el aire de superioridad de alguien que sabe de lo que se está tratando, le dijo:

—¿Qué ocurre, Senka? ¡Vamos, levántate!¿Qué haces, Senka? ¡Vamos, Projarchin, con lo sabio que eres, entra en razón! ¡Si sigues fingiendo, te sacaré de la cama a rastras! ¡No finjas!

Aquel breve pero convincente discurso asombró a los presentes, máxime cuando se dieron cuenta de que Semión Ivánovich, al oír aquello y ver delante de él aquel rostro, se azoró hasta tal punto, quedándose tan turbado y avergonzado, que entre dientes y a media voz apenas pudo susurrar una expresión precisa:

—¡Tú, desgraciado, lárgate de aquí! —dijo—. ¡Eres un infeliz, un ladrón! ¿Lo oyes? ¿Lo entiendes? ¡Eres un rufián, señorito, un gandul!

—¡No, hermano! —respondió extendiendo las sílabas Zimovéikin, conservando el ánimo templado—. ¡No estás obrando bien, hermano! ¡Si eres un sabio, Projarchin, como te corresponde! —continuó Zimovéikin, parodiando ligeramente a Semión Ivánovich y mirando satisfecho alrededor—. ¡No te hagas el pícaro! ¡Resígnate, Senia! ¡Pues, de lo contrario, lo desvelaré todo, querido hermano! ¡Lo contaré todo! ¿Comprendes?

Pareció que Semión Ivánovich lo había comprendido totalmente, pues se estremeció al concluir el discurso, y empezó rápidamente y con aspecto completamente perdido a mirar alrededor. Satisfecho por el efecto producido, el señor Zimovéikin quiso continuar, pero Mark Ivánovich se adelantó a él y, tras esperar a que Semión Ivánovich se apaciguara y se quedara absolutamente tranquilo, estuvo un buen rato sugeriéndole al inquieto señor Projarchin que alimentar ideas semejantes, como las que tenía ahora en la cabeza, en primer lugar, no daba resultado, y, en segundo lugar, incluso podía ser perjuidicial.

Finalmente, concluyó que no sólo resultaba contraproducente, sino completamente inmoral; y la razón de ello residía en que Semión Ivánovich los cautivaba a todos dando con ello un mal ejemplo. De semejante discurso todos esperaban unas consecuencias más juiciosas. Además, Semión Ivánovich estaba ahora apaciguado del todo y respondía con mesura. Comenzó una discreta discusión. Todos se dirigían a él en tono fraternal, informándose de la razón que le había asustado tanto. Semión Ivánovich respondía, pero lo hacía alegóricamente. Le replicaban, pero Semión Ivánovich contestaba. Unos y otros volvieron a tomar la palabra, y después todos, desde el más joven al mayor, se metieron en la conversación, ya que la discusión comenzó a girar de pronto en torno a un asunto tan divertido y extraño que decididamente no sabían cómo expresarlo. Finalmente, la discusión llegó hasta lo insospechado, y ello los condujo a los gritos, los gritos a las lágrimas, y Mark Ivánovich, con espumarajos en la boca, se apartó hacia un lado diciendo que hasta aquel momento no había conocido semejante persona. Oplevániev escupió, Okeánov se agitó, a Zinovi Prokófievich se le humedecieron los ojos, mientras que Ustinia Fiódorovna se puso a sollozar desesperadamente diciendo que se le iba un inquilino que había perdido el juicio; que se moría joven y sin pasaporte, y que a ella, que era huérfana, la marearían.

Resumiendo, finalmente todos vieron que la siembra había sido productiva, que cuanto se había sembrado agarró con creces, que el terreno abonado era bueno y que Semión Ivánovich había perdido el juicio en su compañía, gloriosa e irreversiblemente. Todos quedaron en silencio al ver a Semión Ivánovich completamente apocado, quedándose también en esta ocasión azorados los allí presentes...

—¡Cómo!—exclamó Mark Ivánovich—. Pero ¿de qué tiene miedo usted? ¿Por qué ha perdido la cabeza? ¿Quién piensa en usted, señor mío? ¿Acaso tiene derecho a tener miedo? ¿Quién es? ¿Qué es? ¡Un cero, señor! ¡Un aplastante cero! ¡Eso es! ¿Porque a una mujer la haya atropellado en la calle un coche, también a usted le va a atropellar? ¿Que si un borrachín cualquiera no supo guardarse bien su bolsillo, también a usted le van a cortar el faldón de la levita? ¿Que si se ha quemado una casa, también a usted se le quemará la cabeza? ¿Eh? ¿Es eso, señor mío? ¿Es así?

—¡Eres un estúpido! —murmuró Semión Ivánovich—. Te cortarán las narices y te las comerás con pan sin enterarte.

—¡Un retaco! ¡Pues que sea un retaco! —exclamó Mark Ivánovich, sin prestar atención—. Bueno, pues supongamos que sea un retaco. Si no tengo que pasar un examen, ni voy a casarme, ni a aprender a bailar; no se va a hacer un agujero bajo mis pies. ¿Qué, señor mío? ¿No hay un lugar lo suficientemente ancho para usted? ¿Acaso se va a abrir el suelo bajo sus pies?

—¿Y qué? ¿Acaso te lo van a preguntar? Lo cerrarán y se acabó.

—¡No! ¿Qué es lo que van a cerrar? ¿De qué habla? ¿Eh?

—Pues ahí está el borrachín, al que han echado...

—Lo han echado porque era un borrachín, mientras que usted y yo somos personas decentes.

—Bueno, decentes. Mientras que ella está allí sin estar...

—¡No! Pero ¿quién es ella?

—Pues ella, la oficina... ¡¡¡O—fi—ci—na!!!

—¡Pero hombre de Dios! Pero si ella hace falta, la oficina, digo...

—Ella hace falta, ¿lo oyes? Hace falta hoy y mañana. Pero pasado mañana, de algún modo dejará de ser necesaria. Yo he oído...

—¡Pero entonces le pagarán a usted el sueldo de todo el año! ¡Hay que ver lo incrédulo que es! Por antigüedad lo colocarían en otra oficina...

—¿El sueldo? Si me comí todo el sueldo, y vendrán los ladrones y me quitarán el dinero. Y yo que tengo una cuñada... ¿lo oyes? ¡Una cuñada! ¡Cabeza hueca...!

—¡Una cuñada! Vamos: ¿es usted un hombre...?

—Sí, soy un hombre, mientras que tú, tan instruido que pareces, eres un estúpido. ¿Lo oyes, cabeza hueca? ¡Eres un hombre con la cabeza hueca! ¡Eso es! Yo no sigo tus bromas. Pero existen oficinas así, que un día están allí y al día siguiente desaparecen. Y Demid, ¿lo oyes?, Demid Vasílievich dice que la oficina desaparece...

—¡Ah! ¡Demid, Demid! Un pecador, pero...

—Sí, zas, y basta, te has quedado sin puesto.

¡A ver qué me dices a esto...!

—Pero si usted simplemente miente o ha perdido completamente la cabeza. ¿De qué se trata? ¡Reconózcalo, pues existe la posibilidad! ¡No tiene por qué avergonzarse! ¿Se le ha ido la chaveta, padrecito? ¿Eh?

—¡Ha perdido la cabeza! ¡Se ha vuelto loco! —gritaron todos alrededor retorciéndose las manos de desesperación mientras la patrona retenía a Mark Ivánovich para impedirle lanzarse sobre Semión Ivánovich.

—¡Pareces un pagano! ¡Sabihondo!— porfiaba Zimovéikin—. ¡Senia, si tú no te enfadas, eres agradable y amable! Eres sencillo y virtuoso... ¿Lo oyes? Lo que te pasa es por exceso de virtud. Mientras que yo soy un liante y un imbécil, soy un mendigo, pero aquí tienes a estos caballeros que no me desprecian. ¿Lo ves? Hasta me tratan con dignidad. Pues a ellos les estoy agradecido. ¿Lo ves? Me inclino ante ellos hasta bien abajo, ¿lo ves? ¡Y no hago más que cumplir con mi deber, patroncita!—y en ese momento, Zimovéikin, realmente con pedante dignidad, hizo un giro inclinándose hasta la tierra. Después de aquello, Semión Ivánovich se dispuso a hablar de nuevo, pero en esta ocasión ya no le dejaron. Todos participaban, rogaban, aseveraban y tranquilizaban, consiguiendo incluso que Semión Ivánovich se avergonzara y finalmente con voz debilitada les pidiera permiso para dar una explicación.

—Pues bien. Está bien —dijo él—. Soy agradable y pacífico, ¿lo oyes?, y también virtuoso, leal y fiel. Hasta la última gota de mi sangre daría yo, ¿lo oyes, mocoso...?, para que eso continuara en su sitio, la oficina, digo. Si yo soy pobre, pero en cuanto la cojan y... ¿entiendes, imbécil?, y ahora calla y atiende; cogerán también la otra... y ella, hermano, estará, y luego dejará de estar... ¿comprendes? Mientras que yo, hermano, tendría que largarme con la faltriquera a la espalda a otra parte, ¿lo oyes?

—¡Senka!—aulló fuera de sí Zimovéikin, apagando en esta ocasión con su voz el alboroto que se había armado—. ¡Eres un librepensador! ¡Ahora te denunciaré! ¿Qué eres? ¿Quién eres? ¿Acaso eres un camorrista, alma de cántaro? Al camorrista, al estúpido, lo echan a la calle sin darle el despido, ¿lo oyes? ¿Y tú qué eres?

—Pues eso mismo...

—¿Cómo eso mismo? ¡Pues puedes ir a hablar con él...!

—¿Por qué tengo que ir a hablar con él?

—Porque si uno es libre, libre es; mientras que, si se queda en la cama...

—¿Qué?

—Como un librepensador. ¡Un librepensador! ¡¡Senka, eres un librepensador!!

—¡Espera...! —exclamó el señor Projarchin, moviendo la mano e interrumpiendo el griterío que había estallado—. No estoy diciendo eso... ¡Compréndelo! ¡Tú sólo compréndelo, cabeza de chorlito! Yo soy un hombre pacífico. Lo soy hoy, lo seré mañana, y después dejo de serlo, y puedo soltar una grosería. ¡Se rompe la hebilla y ya tienes aquí al librepensador...!

—Pero ¿qué es lo que tiene? —rugió nuevamente Mark Ivánovich, saltando de la silla en la que se había sentado para descansar, y todo excitado y fuera de sí se acercó a la cama, tembloroso de furia y enloquecido, para decirle—: pero ¿qué es lo que tiene? ¡Es usted un borrego! ¡Ni chicha ni limonada! ¿Acaso está solo en este mundo? ¿Acaso el mundo fue creado para usted? ¿O se cree que es Napoleón? ¿Qué es? ¿Quién es? ¿Es usted Napoleón? ¿Eh? ¿Es Napoleón o no? ¡Respóndame, señor! ¿Es Napoleón o no...?

Pero el señor Projarchin ya no respondió a esa pregunta. Y no es que le avergonzara la idea de ser Napoleón, o que le intimidara semejante responsabilidad. Ya no podía discutir ni decir nada coherente... Le sobrevino una crisis de la enfermedad. Un raudal de lágrimas brotó de sus ojos pardos, que centelleaban febriles. Con sus manos huesudas y enflaquecidas por la afección, se agarró su cabeza loca, se incorporó en la cama y sollozando empezó a decir que él era un hombre completamente pobre, que era desgraciado, una persona sencilla, que era estúpido y poco claro, que las buenas gentes le perdonaran, le protegieran, le defendieran, le dieran de comer y de beber, y no le dejaran a su merced en la desgracia, y ¡Dios sabe qué más cosas pudo decir Semión Ivánovich! Diciendo esto con salvaje temor miraba alrededor, como si esperara que de un momento a otro se le derrumbara el techo encima o que el suelo se le abriera bajo los pies.

Todos sintieron lástima del pobrecillo y se les enterneció el corazón. La patrona, llorando desesperadamente y mencionando su orfandad, acostó ella misma al enfermo en la cama. Mark Ivánovich, al ver lo inútil que resultaba remover el recuerdo de Napoleón, también cayó inmediatamente en la benevolencia y se dispuso igualmente a prestar ayuda. Los demás, para a su vez hacer algo, ofrecieron una infusión de frutos del bosque, alegando que ésta arreglaba inmediatamente todos los males y que le sentaría bien al enfermo. Pero Zimovéikin se opuso alegando que en tales casos no había nada mejor que una buena taza de manzanilla amarga.

En cuanto a Zinovi Prokófievich, dado que era una persona de buen corazón, derramaba lágrimas, arrepentido de haber asustado con diferentes fábulas a Semión Ivánovich, y, reparando en las últimas palabras del enfermo, cuando dijo que era un hombre completamente pobre y que le alimentaran, se puso a hacer una lista de suscripciones, que en principio se limitaba a los huéspedes de la pensión. Todos suspiraban y se lamentaban, sentían lástima y angustia. Al margen de esto, estaban sorprendidos de cómo era posible que un hombre se acobardara tanto. ¿Y por qué se había acobardado? Otra cosa sería si hubiera ocupado un puesto importante y tuviera mujer e hijos, o si tuviera que someterse a algún juicio; mientras que, en este caso, se trataba de un hombre de lo más insignificante, con sólo un baúl de cerradura alemana, que se pasó más de veinte años detrás del biombo, sin hablar, ni haber visto el mundo, ni haber catado pena ni gloria, racaneando, y al que de pronto, por una palabra trivial y ociosa, se le ocurrió darle completamente la vuelta a su cabeza acobardándose porque en el mundo la vida se había puesto muy difícil... ¿Y no se dio cuenta de que también lo era para los demás?

"Con sólo haber tenido en cuenta que la vida era muy difícil para todos", dijo más tarde Okeánov, "habría podido salvar su cabeza, habría dejado de parrandear y habría tirado para delante como debía ser». Durante todo el día no se hizo otra cosa que hablar de Semión Ivánovich. Lo venían a ver, le preguntaban cómo se encontraba, lo calmaban. Pero al anochecer ya no había quién lo tranquilizara. Al pobre le sobrevinieron el delirio y la fiebre. Se quedó inconsciente y ya querían ir en busca del médico. Todos los inquilinos se comprometieron a cuidar y tranquilizar a Semión Ivánovich por turnos durante toda la noche, y en caso de que pasara cualquier cosa, acordaron levantarse todos. Con esa finalidad, y para no quedarse dormidos, se pusieron a jugar a las cartas, dejando a cargo del enfermo al borrachillo, que se quedó al pie de la cama, y que llevaba todo el día deambulando por los rincones y pidió pasar la noche allí. Como no jugaban a dinero, enseguida se aburrieron, dejaron el juego y se pusieron a discutir, a hacer ruido y dar golpes, para irse finalmente cada uno a su rincón. Pasaron todavía mucho rato replicándose los unos a los otros, y, como terminaron por enfadarse, abandonaron la guardia y se quedaron dormidos. Pronto un silencio sepulcral invadió la casa. Además, hacía muchísimo frío.

El último en dormirse fue Okeánov, y, como dijo más tarde, "no se sabe si en el sueño o en la realidad", pero le pareció que al amanecer dos personas hablaban cerca de él. Okeánov contó que reconoció a Zimovéikin y que éste se puso junto a él a despertar a su viejo amigo Remnióv, que estuvieron hablando en voz baja durante un buen rato. Después, Zimovéikin salió y se oyó cómo intentaba abrir con una llave la puerta de la cocina. Y la llave, según aseguró después la patrona, la guardaba ella debajo de la almohada y había desaparecido aquella noche. Finalmente Okeánov indicó que había oído cómo los dos se dirigían donde el enfermo, detrás del biombo, y encendían una vela. Dijo que no recordaba nada más, y que después se quedó dormido. Se despertó después, cuando todos los inquilinos se hubieron levantado de golpe de sus camas, porque detrás del biombo se oyó un grito tan estridente como para resucitar a un muerto, y en ese momento a muchos les dio la impresión de que de pronto se había apagado la vela. Se armó el alboroto y se quedaron todos desconcertados.

Se pusieron a gritar a cuál más, pero en aquel momento detrás del biombo se armó mucha bulla: griterío y pelea. Cuando encendieron la luz vieron que Zimovéikin y Remnióv estaban peleando, que se hacían reproches y regañaban. Cuando orientaron la luz hacia ellos, uno gritó:

"¡No he sido yo, sino el bandido ése!". Y el otro, concretamente Zimovéikin, replicó: "¡No me toques, no tengo la culpa! ¡Estoy dispuesto a jurarlo!". Ninguno de los dos tenía aspecto humano, pero en un primer momento la situación no era como para reparar en ellos: el enfermo no estaba en su cama detrás del biombo. Al instante separaron a los que se peleaban, los apartaron y vieron que el señor Projarchin estaba tumbado debajo de la cama, al parecer completamente inconsciente.

Había arrastrado consigo la manta y la almohada, quedándose sobre la cama únicamente su colchón desnudo, viejo y completamente sucio (jamás se le habían puesto las sábanas). Sacaron a rastras a Semión Ivánovich de debajo de la cama, lo colocaron sobre el colchón, pero enseguida se dieron cuenta de que no podían hacer gran cosa por él, y de que había llegado su hora; sus manos se estaban quedando rígidas y apenas se tenía en pie. Todos lo rodearon: su cuerpo entero se estremecía y agitaba, intentaba hacer algún gesto con las manos, pero su lengua no se movía, sus ojos parpadeaban igual que suelen hacer las cabezas cercenadas por el hacha del verdugo que acaban de separarse del cuerpo y por las que aún sigue circulando sangre.

Finalmente, reinó el silencio. El estremecimiento y la agitación cesaron antes de que muriera. El señor Projarchin falleció y se dirigió al otro mundo a responder por sus buenas y malas acciones. ¿Se había asustado Semión Ivánovich por algo?; ¿había tenido alguna pesadilla (como más tarde aseguró Remnióv)?; ¿o quizás por algún pecado?: es algo que desconocemos. Lo cierto es que si ahora apareciera en la casa el mismísimo juez, para presentarle a Semión Ivánovich el despido por librepensador, alborotador o borrachín, o entrara alguna mendiga haciéndose pasar por la cuñada de Semión Ivánovich, o éste recibiera al instante un premio de doscientos rublos o, finalmente, ardiese la casa y se le prendiera fuego a la cabeza de Semión Ivánovich, probablemente ya no habría movido él un dedo ante semejantes acontecimientos.

Pero mientras se iba el primer momento del estupor, mientras los presentes pudieron hacerse con las palabras, y se entregaron al alboroto, a las suposiciones, dudas y exclamaciones, mientras Ustinia Fiódorovna arrastraba de debajo de la cama el baúl, y revolvía a toda prisa debajo de la almohada, debajo del colchón e incluso en las botas de Semión Ivánovich, mientras declaraban Remnióv y Zimovéikin, el inquilino Okeánov, que hasta entonces era el que menos luces tenía, el más pacífico y tranquilo de los inquilinos, recobró de pronto toda la fortaleza de su espíritu y tuvo un golpe de talento: cogió su sombrero y, aprovechando el alboroto, se escabulló del piso. Y cuando, por falta de dirección, todos los horrores llegaron a su punto culminante en los ajetreados, y hasta ahora tranquilos, rincones, se abrió la puerta, y de golpe como un jarro de agua que cae en la cabeza, entró primero un señor de aspecto noble pero semblante serio y malhumorado; detrás de él caminaba Iaroslav Ilich y, a continuación, su cabildo y la tropa correspondiente; después, algo confuso, iba el señor Okeánov. El caballero de semblante serio y aspecto noble se acercó directamente a Semión Ivánovich, lo palpó, torció la cara, se encogió de hombros y declaró lo que ya era evidente, concretamente que el cadáver estaba muerto, añadiendo por su parte que uno de esos días le había sucedido lo mismo a un caballero bastante distinguido que también murió instantáneamente a causa de una pesadilla.

En aquel momento, el señor de aspecto honorable pero malhumorado se apartó de la cama, dijo que lo habían molestado en vano y se marchó. Al instante lo sustituyó Iaroslav Ilich (al mismo tiempo que Remnióv y Zimovéikin se encontraron en poder de quien correspondía), que hizo preguntas a algún que otro inquilino, se hizo hábilmente con el baúl que la patrona ya estaba intentando abrir, puso las botas en el lugar de antes, señalando que estaban rotas y eran absolutamente inservibles, exigió que se le diera la almohada, llamó a Okeánov, le pidió la llave del baúl, que estaba en el bolsillo del amigo borrachín del señor Projarchin, y con aire triunfal, como merecía el momento, procedió a abrir los bienes de Semión Ivánovich.

Nada faltaba allí: dos trapos, un par de calcetines, medio pañuelo, un sombrero viejo, algunos botones, viejas suelas de zapatos, y las cañas de unas botas. En una palabra, toda clase de harapos, es decir, cosas inservibles y viejas, basura, morralla que desprendía olor a viejo. Lo único valioso del baúl era su cerradura alemana. Llamaron a Okeánov, y en tono serio intercambiaron palabras con él, aunque estaba dispuesto a prestar juramento. Pidieron la almohada y la examinaron: únicamente estaba sucia, pero en lo demás realmente parecía una almohada. Se pusieron manos a la obra con el colchón, se dispusieron a levantarlo, se quedaron un rato pensativos, pero de pronto, de manera completamente inesperada, algo pesado y sonoro cayó y golpeó el suelo. Se agacharon, lo examinaron y vieron un envoltorio de papel, y dentro de él una decena de rublos.

"¡Ajajá!", exclamó Iaroslav Ilich, indicando hacia un punto del colchón del que se salía el relleno de guata. Examinaron el hueco y comprobaron que lo habían abierto recientemente con un cuchillo, pero que tenía media arshina de largo; metieron la mano dentro y se encontraron con el cuchillo de cocina de la patrona, que se había quedado allí y con el que fue abierto el colchón. Sin que a Iaroslav Ilich le diera tiempo a sacar el cuchillo del lugar indicado, de nuevo dijo "¡Ajajá!" cuando otro envoltorio cayó al suelo, y, detrás de él y en solitario, cayeron dos monedas de cincuenta cópecs, una de veinticinco, después alguna calderilla y una vieja y enorme moneda de cinco cópecs. Todo ello lo recogieron al momento. En aquel instante consideraron oportuno abrir con unas tijeras todo el colchón. Pidieron que las trajeran...

Mientras tanto, un trozo de vela alumbraba una escena extraordinariamente interesante para un observador. Cerca de una decena de inquilinos se agrupaban en torno a la cama con unas ropas de lo más pintoresco, todos arrugados, sin afeitar ni lavar y medio dormidos, tal y como se encontraban antes de irse a la cama. Algunos estaban absolutamente pálidos, otros tenían gotas de sudor en la frente. A unos les entraba la tiritera y a otros les daban golpes de calor. La patrona, completamente embobada, permanecía de pie en silencio, con las manos cruzadas y esperando algún milagro por parte de Iaroslav Ilich. Desde encima de la estufa, con miradas curiosas y asustadas, se asomaban Avdotia, la criada, y las gatas favoritas de la patrona. Alrededor yacían los pedazos del biombo roto. El baúl abierto mostraba su poco noble interior. En el suelo estaban tiradas la manta y la almohada, con trozos de guata sacada del colchón, y, finalmente, sobre la mesa de madera de tres patas, fue creciendo paulatinamente el brillante montón de plata y todo tipo de monedas.

El único que conservaba completamente su indiferencia era Semión Ivánovich, que estaba tumbado tranquilamente sobre la cama y en absoluto parecía presentir su ruina. Pero, cuando trajeron las tijeras y el ayudante de Iaroslav Ilich, deseando ser útil en su servicio, sacudió algo inquieto el colchón para liberarlo de la espalda de su dueño, entonces Semión Ivánovich, de acuerdo con las normas de la urbanidad, dejó al principio un poco de espacio, resbalando hacia un lado y dando la espalda al que estaba rebuscando. A continuación, ante la segunda sacudida, se volvió boca abajo, finalmente dejó libre otro poco de espacio, y, dado que faltaba una lámina de madera en el lateral de la cama, se hundió inesperadamente con la cabeza hacia abajo, dejando al descubierto sólo sus dos huesudas y delgadas piernas azules, que se quedaron hacia arriba, como dos ramas de un árbol quemado. Puesto que el señor Projarchin, ya por segunda vez en la mañana, se asomó debajo de la cama, enseguida suscitó la sospecha, y algunos de los inquilinos, encabezados por Zinovi Prokófievich, se metieron debajo con intención de comprobar si allí no habría algo secreto.

Pero los curiosos chocaron sus frentes inútilmente y, puesto que Iaroslav Ilich les dio al instante una voz ordenándoles sacar a Semión Ivánovich de aquella desagradable situación, dos dispuestos colaboradores cogieron al inesperado capitalista, cada uno por una pierna, y lo sacaron a la luz del día, colocándolo atravesado en la cama. Mientras tanto, el relleno del colchón revoloteaba alrededor, y el montón de plata crecía y ¡Dios mío! ¡Nada faltaba allí...! Los nobles rublos, las fuertes y macizas monedas de rublo y medio, una buena moneda de cincuenta cópecs, las monedas plebeyas de veinticinco, algunas de veinte, e incluso la poco deseable y vieja morralla de diez cópecs y de cinco en plata... Todo ello estaba envuelto en sus papeles, con el orden más metódico y presentable.

También había cosas inusuales: un par de fichas no se sabe de qué tipo, una moneda de Napoléon, otra desconocida y muy poco vista, algunos rublos también muy antiguos, monedas desgastadas y picadas de los tiempos de Elizavieta, monedas alemanas de la época de Pedro I el Grande y de Catalina, también monedas poco corrientes, unos antiguos quince cópecs perforados para ser usados como pendientes, completamente borrados, pero con el número legal en sus contrastes; incluso había cobre, pero todo mohoso y oxidado... Encontraron un papelito de color rojo, y nada más.

Finalmente, al terminar la búsqueda y tras sacudir varias veces la funda del colchón y ver que ya nada hacía ruido, colocaron todo el dinero sobre la mesa y se pusieron a contar. A primera vista uno podía confundirse y calcular directamente un millón de rublos. ¡Tan grande era el montón! Pero allí no había un millón, aunque salió una considerable cantidad de dinero: exactamente dos mil cuatrocientos noventa y siete rublos con cincuenta cópecs, de modo que si se hubiera llevado a cabo la suscripción que el día anterior había propuesto Zinovi Prokófievich, posiblemente habría ascendido justo a dos mil quinientos rublos. Recogieron el dinero y sellaron el baúl del fallecido, escucharon los lamentos de la patrona y le indicaron cuándo y dónde debía presentar ella el certificado de lo que le debía el fallecido huésped. Tomaron firmas a quien correspondiera; se trastabillaron en lo tocante a la cuñada; pero convencidos de que la cuñada en cierto modo era un mito, es decir, producto de la falta de imaginación de Semión Ivánovich, lo cual reiteradamente reprochaban al difunto, abandonaron esta idea, inservible y dañina, que podía perjudicar el buen nombre del señor Projarchin. Y en esto terminó la cosa.

Cuando se pasó el primer susto, y una vez que todos se habían tranquilizado y enterado de quién era el fallecido, se quedaron callados, se apaciguaron y empezaron a mirarse los unos a los otros de un modo un tanto desconfiado. Algunos se tomaron a mal la actitud de Semión Ivánovich y hasta se enfadaron un poco... ¡Qué capital! ¿Cómo pudo hacerlo? Mark Ivánovich, sin perder la moral, se puso a dar explicaciones de por qué se había asustado tanto; pero ya no le escuchaban. Zinovi Prokófievich estaba excesivamente pensativo. Okeánov se tomó un trago, los demás se apretujaron unos contra otros, y el hombre menudo, Kantarióv, que se distinguía por su nariz aquilina, se marchó de casa por la tarde atando y sellando concienzudamente todos sus baulillos y hatillos, y explicando con frialdad a los curiosos que los tiempos que corrían eran muy duros, y que le resultaba muy caro vivir allí. La patrona sollozaba sin cesar, lamentándose y maldiciendo a Semión Ivánovich por ofender su orfandad. Le preguntó a Mark Ivánovich por qué el difunto no había ingresado su dinero en el banco, y éste le respondió: "Era simple, madrecita; no tuvo imaginación para eso".

—Pero si en simple le iguala usted, madrecita —dijo Okeánov—. Veinte años viviendo en su casa, de un capirotazo se le fue la cabeza y usted sin enterarse, guisando shí en la cocina como estaba... ¡Ay, madrecita...!

—¡Oh! ¡Eres muy joven! —respondió la patrona—. ¿Qué falta hacía el banco? De haberme traído él un puñadito y haberme dicho: "¡Toma, Ustiniushka, aquí tienes para ti, y dame de comer mientras viva!", juro ante el icono que le habría dado de comer, de beber y le habría cuidado. ¡Pero qué impertinente y embustero! ¡Mira que engañar a una huérfana...!".

De nuevo se acercaron a la cama de Semión Ivánovich. Ahora estaba tumbado como correspondía, con mejor aspecto, aunque el mismo y único atuendo, escondiendo su rígida barbilla debajo de la corbata, atada torpemente. Yacía limpio, con la ropa planchada, pero afeitado a medias, pues no se encontraron navajas de afeitar entre los inquilinos. La única que había en la casa era una del año pasado que pertenecía a Zinovi Prokófievich, pero que se había vendido por buen precio en el mercado de Tolkuchi. Los demás iban al barbero. Todavía no les había dado tiempo de poner en orden las cosas. El biombo roto estaba tirado como antes y, desnudando la soledad de Semión Ivánovich, parecía un emblema de aquello que la muerte arranca como un telón, desvelando todos nuestros secretos, intrigas y dilaciones. El relleno del colchón no se había recogido y se agolpaba en espesos montones esparcidos por todos lados. Ese rincón, convertido inesperadamente en mortecino, lo podría comparar fácilmente un poeta con el destruido nido de una "laboriosa" golondrina: todo estaba destrozado y roto por la tormenta, los pajarillos y la madre, muertos, y su cálida cuna de plumón, plumas y algodón, esparcida en derredor... Por otra parte, Semión Ivánovich parecía ahora un viejo egoísta y un ladrón de gorriones. Ahora estaba en silencio, como si estuviera agazapado, sin ser el culpable; como si no hubiera sido él quien había engañado y burlado a toda la buena gente, de la forma más innoble y sin ápice de conciencia y vergüenza.

Ahora ya no escuchaba los sollozos y llantos de su ofendida y huérfana patrona. Antes al contrario, asemejándose a un capitalista experimentado, que ni en la tumba quiere perder un minuto de su actividad, parecía estar ahora completamente entregado a algunos cálculos especulativos. Su semblante reflejaba algún pensamiento profundo, y los labios estaban apretados con un aire tan significativo como jamás se habría podido sospechar de él estando en vida. Parecía más inteligente. Su ojo derecho estaba pícaramente cerrado. Parecía que Semión Ivánovich quería decir algo, comunicar algo extraordinariamente importante, explicarse lo antes posible sin perder el tiempo, antes de que surgiera algo y ya no se pudiera... Y realmente parecía estar diciendo: "¿Qué? ¿Dejas ya de llorar, estúpida? ¡No lloriquées! ¿Lo oyes, madrecita? ¡Ve a dormir! Es decir, que ya he muerto. ¡Ahora ya no hace falta! ¡Ah, qué bien se está tumbado...! Pero si yo (¿oyes?) no te estoy hablando de eso. Tú, madrecita, eres una estúpida, ¿lo entiendes? Ahora estoy muerto. Parece mentira que haya sucedido, y, sin embargo, pasó, pero ¿qué ocurriría si no me hubiera muerto y me levantara?; ¿me oyes?; ¿qué harías entonces?, ¿eh?".

POLZUNKOV

Me quedé mirando atentamente a aquel hombre. Hasta en su aspecto externo había algo tan peculiar que, por muy distraído que estuviera uno, involuntariamente obligaba a mirarlo fijamente para estallar al instante en una incontenible risa. Exactamente eso fue lo que me sucedió a mí. Es preciso señalar que los ojillos de aquel caballero eran tan vivos o, mejor dicho, que todo él era tan receptivo al magnetismo de cualquier mirada que se le pusiera encima, que se percataba casi instintivamente de que lo observaban; al momento se daba la vuelta hacia el que lo estuviera observando, e, impaciente, se ponía a analizar su mirada. Por su continua movilidad e inquietud, se asemejaba enteramente a una veleta. ¡Cosa curiosa! Parecía temer la burla, cuando su forma de ganarse el pan era ser un eterno payaso que ponía sumisamente su cabeza para recibir capirotazos; ello, tanto en el sentido moral como en el físico, dependiendo de la compañía en que se encontrara. Los payasos que lo son por voluntad propia ni siquiera inspiran lástima. Pero yo enseguida me percaté de que se trataba de un ser extraño, de que ese hombre ridículo no era en absoluto un payaso de profesión.

Aún conservaba algo de nobleza. Su nerviosismo y el eterno y enfermizo temor por su persona hablaban a su favor. Daba la impresión de que todo su deseo de agradar se debía más a su buen corazón que a las ventajas materiales. Consentía complacido que del modo más indecoroso se burlaran abiertamente de su persona; pero al mismo tiempo —y esto podría jurarlo— su corazón gemía y sangraba ante la sola idea de que sus oyentes fueran tan innobles y crueles como para reírse no ya de sus gracias, sino de él, de toda su persona, de su corazón, su cabeza, su apariencia y su ser de carne y hueso. Estoy convencido de que en aquellos momentos sentía plenamente la ridiculez de su situación; pero al instante la rebeldía se sofocaba en su pecho, aunque de nuevo volviera a encenderse noblemente.

Estoy seguro de que todo ello era a causa de su generoso corazón y no de la desventaja material de que se le echara a empujones sin recibir el préstamo: aquel caballero pedía dinero prestado eternamente, es decir, que ésa era su forma de pedir limosna, pues, tras hacer bastantes payasadas y divertir lo suyo al público, sentía que de alguna manera tenía derecho a pedir un préstamo. ¡Pero Dios mío! ¡Qué aspecto tenía al pedirlo! No podía ni imaginarme que en una superficie tan pequeña como era el rostro arrugado y anguloso de aquel hombre pudieran caber a la vez tantas muecas de diferente tipo, tantas extrañas y características sensaciones como insufribles impresiones. ¡Nada faltaba allí! Había vergüenza, falso descaro y despecho con repentino sonrojo de cara; cólera y timidez por el fracaso; súplica del perdón por el atrevimiento de importunar; conciencia de la propia dignidad y completa consciencia de su propia insignificancia: todo ello recorría su cara como un relámpago. Llevaba seis años abriéndose paso así en este mundo de Dios, sin conseguir hasta entonces mostrar un aspecto concreto en el momento crucial del préstamo. Claro está que jamás podía portarse enteramente de un modo duro y vil.

¡Su corazón era demasiado inquieto y ardiente! Diré algo más: en mi opinión, se trataba de un hombre de lo más honesto y noble que había sobre la faz de la tierra, pero con un pequeño defecto: podía cometer una bajeza, bondadosa y desinteresadamente, a la primera orden, con tal de agradar al prójimo.

En una palabra, era una persona completamente blandengue. Lo que resultaba más gracioso era que se vestía casi igual que todos, ni mejor ni peor; iba aseado e incluso con cierto refinamiento y cierta pretensión de seriedad y dignidad personal. Aquella igualdad externa y aquella desigualdad interna, la inquietud por su persona a la vez que la continua humillación, producían un fuerte contraste, y el tipo era digno de risa y lástima. Si estuviera completamente convencido (cosa que siempre le sucedía a pesar de su experiencia) de que todos sus espectadores eran las personas más bondadosas del mundo, de que se reían sólo de sus gracias y no de su condenado ser, se quitaría con agrado el frac, se lo pondría como pudiera del revés e iría por las calles con ese atuendo para agradar autocomplacido a los demás, con tal de hacer reír a sus protectores y darles gusto a todos. Pero jamás lograba sentirse en pie de igualdad en nada. Tenía otro rasgo más: el muy estrafalario tenía amor propio, y en ocasiones, sólo en caso de no correr peligro, incluso era magnánimo. Había que ver y oír cómo sabía responder a veces, sin apiadarse de sí mismo y, por tanto, arriesgándose incluso heroicamente, a alguno de sus protectores que le hubiera sacado de quicio. Pero esto sucedía en contadas ocasiones... En una palabra, era un mártir en el pleno sentido de la palabra, pero, al mismo tiempo, el más enfermizo y, por lo tanto, el más cómico.

Entre los huéspedes estalló una discusión. De pronto vi cómo mi hombre estrafalario saltó sobre una silla y se puso a gritar con todas sus fuerzas intentando acaparar la palabra.

—Escuche— me susurró el dueño de la casa—: a veces cuenta cosas de lo más interesante... ¿No le interesa?

Asentí con la cabeza y me introduje en la muchedumbre. Y, realmente, el aspecto de un caballero bien vestido que se había subido a una silla, y que gritaba con todas sus ganas, acaparó la atención de todos. Muchos de los que no conocían al hombre estrafalario se miraban perplejos entre sí; otros se reían en voz alta.

—¡Yo conozco a Fedoséi Nicoláich! ¡Conozco mejor que nadie a Fedoséi Nicoláich! —gritaba el hombre ridículo desde su altillo—. Caballeros, permítanme contarles. ¡Les contaré cosas interesantes acerca de Fedoséi Nicoláich! ¡Conozco una historia que es una maravilla...!

—¡Cuéntela, Osip Mijáilych! ¡Cuéntela!

—¡Cuéntela!

—Escuchen, pues...

—¡¡¡Escuchen, escuchen!!!

—Allá voy; pero, caballeros, esta historia es muy particular...

—¡Está bien, está bien!

—Es una historia cómica.

—¡Muy   bien,   estupendo,   maravilloso! ¡Manos a la obra!

—Se trata de un episodio de la vida de vuestro humilde servidor...

—Pero ¿para qué se esfuerza usted en anunciar que se trata de una historia cómica?

—¡Es incluso algo trágica!

—¡¿Ah?!

—En una palabra, se trata de aquella historia que les ofrece a ustedes el placer de escucharme ahora, caballeros; la historia a raíz de la cual me vi rodeado de una compañía tan interesante.

—¡Sin calambures!

—Aquella historia...

—En una palabra, aquella historia. Pues termine ya la introducción; aquella historia, que vale algo—añadió con voz queda un joven caballero rubio con bigote, metiendo la mano en su levita y haciendo que sacaba de ella sin darse cuenta un monedero en lugar del pañuelo.

—Se trata de aquella historia, señores míos, después de la cual me hubiera gustado ver a muchos de ustedes en mi lugar. Y, por último, ¡aquella historia por la cual no me casé!

—¡Casarse...! ¡Una mujer...! ¡Polzunkov quería casarse!

—¡Confieso que me habría encantado conocer ahora a madame Polzunkova!

—Permita la curiosidad de saber: ¿cómo se llamaba la tal madame Polzunkova?—gritó con voz estridente un joven, abriéndose paso hacia el orador.

—Y bien; capítulo primero, caballeros: esto sucedió hace ahora justo seis años, en primavera, el treinta y uno de marzo (anoten la fecha, caballeros), en vísperas de...

—¡El primero de abril!8—exclamó el joven de pelo rizado.

—Es usted extraordinariamente perspicaz. Ocurrió una tarde. Sobre el distrito N* de la ciudad se condensaba el crepúsculo y la luna estaba a punto de salir... bueno, y lo que siga... Bien, a última hora del crepúsculo, en silencio, emergí yo de mi pisucho, tras despedirme de mi poco comunicativa y ya difunta abuela. Disculpen, caballeros, por utilizar una expresión tan moderna, que oí por última vez estando en casa de Nicolái Nicoláich. Pero lo cierto es que mi abuela vivía completamente aislada: era ciega, muda, sorda y algo mentecata, ¡no le faltaba de nada...! Confieso que yo estaba amedrentado, dispuesto para una gran hazaña. Mi corazón latía igual que el de un gatito cuando una mano huesuda lo agarra por el cogote.

—¡Disculpe, monsieur Polzunkov!

—¿Qué quiere?

—¡Cuente usted de un modo más sencillo! ¡Por favor, no se esfuerce demasiado!

—A sus órdenes —dijo algo turbado Osip Mijáilych—. Entré en la (bienadquirida) casa de Fedoséi Nicoláich. Como es bien sabido, Fedoséi Nicoláich no era precisamente un compañero, sino todo un jefe. Anunciaron mi presencia y enseguida me hicieron pasar. Parece que lo estoy viendo: la habitación estaba casi a oscuras y no habían llevado las velas. Veo que entra Fedoséi Nicoláich. Y así nos quedamos los dos solos y a oscuras...

—¿Qué ocurrió entonces entre ustedes? —preguntó un oficial.

—¿Y usted qué cree? —preguntó Polzunkov, volviéndose inmediatamente con la cara estremecida hacia el joven de cabello rizado—. Así pues, caballeros, aquí se dio una situación un tanto extraña. Mejor dicho, allí no había nada raro, sino que se trataba de una cuestión cotidiana: sencillamente, yo saqué de mi bolsillo un fajo de papeles, y él a su vez otro del suyo, sólo que del de los oficiales...

—¿Papel moneda?

—Sí; y nos los intercambiamos.

—Apuesto a que aquí la cosa huele a soborno—dijo un caballero joven, bien vestido y de cabello corto.

—¡Soborno! —replicó Polzunkov—. ¡Ah! ¡Pueden considerarme un liberal, de los muchos que he visto!

—Y si alguna vez le tocara a usted prestar servicio en una provincia y no pudiera calentarse las manos en el fogón de la patria... Como dijo un poeta: "¡Hasta el humo de la patria nos resulta dulce y agradable!". ¡Nuestra querida patria, caballeros, es nuestra madre, nuestra madre, señores! ¡Y nosotros, sus crías que nos amamantamos de ella...!

Estalló una carcajada general.

—Sólo créanme, caballeros: yo jamás me dejé sobornar —dijo Polzunkov mirando con desconfianza a todos los presentes.

Pero una risa homérica, incapaz de sofocarse, apagó de golpe las palabras de Polzunkov.

—Es cierto, caballeros...

Pero en ese momento se quedó callado mirando a todos los asistentes con una extraña expresión en la cara. Puede que (¿quién sabe?) en aquel momento se le pasara por la cabeza que era más honrado que muchas de las personas de aquella honorable compañía... Sólo que la expresión seria de su cara no se le fue del semblante hasta finalizar la algarabía general.

—Y bien —dijo Polzunkov cuando todos se hubieron callado—, aunque jamás me había prestado yo a un soborno, en aquella ocasión me reconozco culpable; me guardé en el bolsillo el dinero del sobornador... La cuestión es que me había encontrado con unos cuantos documentos que, de haber querido enviárselos a alguien, podían hacer que Fedoséi Nicoláich lo pasara mal.

—¿De modo que él se los compró a usted?

—Así es.

—¿Y pagó mucho?

—Pagó por aquello la cantidad por la que hoy día uno hubiera vendido su alma en todas sus variaciones... si quisieran comprársela. Sólo que yo me puse hecho una grana cuando me metí el dinero en el bolsillo.

A decir verdad, no sé por qué siempre me sucede esto, caballeros... El caso es que yo estaba petrificado, moviendo los labios y temblándome las piernas; bueno, pues tengo la culpa, soy culpable, me sentía avergonzado y dispuesto a pedirle perdón a Fedoséi Nicoláich...

—Y bien, ¿le perdonó?

—No lo hice... únicamente estoy contando lo que sucedió en aquel momento; yo, bueno, tengo un corazón apasionado. Veo que me mira fijamente a los ojos:

"—No teme usted a Dios, Osip Mijáilych.

"Pero ¿qué iba a hacer? Yo, por cumplir, me quedé parado con la cabeza inclinada hacia un lado:

"—¿Por qué no había de temer a Dios, Fedoséi Nicoláich? —pero lo decía por decir, por decoro... cuando lo cierto era que quería que me tragara la tierra.

"—¡Siendo durante tanto tiempo amigo de la familia, podría decirse que como un hijo... y quién sabe lo que aún nos puede deparar la suerte, Osip Mijáilych! ¡Y de pronto, una denuncia! ¡Está dispuesto a denunciarme! ¡Vaya cosa!... Después de esto, ¿qué puede uno pensar de la gente, Osip Mijálych?

"¡Pues sí, señores, fue como una exhortación!

"—No —me dijo—. Dígame, ¿qué es lo que puede pensar uno después de esto, Osip Mijáilych?

"¡Y qué había de pensar! ¿Saben? Me carraspeaba la garganta, me temblaba la vocecilla, y, ya sintiendo mi vergonzosa actitud, eché mano al sombrero...

"—¿Adónde va usted, Osip Mijáilych? ¿Es posible que en vísperas de un día así...? ¿Acaso también ahora me va usted a guardar rencor? ¿Qué es lo que le he hecho?

"—¡Fedoséi Nicoláich! —le dije yo—. ¡Fedoséi Nicoláich!

"Bueno, es decir, me ablandé, caballeros, me derretí como un azucarillo. ¿Qué iba a hacer? Incluso el fajo de billetes que tenía en el bolsillo parecía gritarme: "¡eres un desagradecido, un bandido, ladrón condenado»... como si pesara cinco pudes9... (¡Y, si fuéramos sinceros, eso era lo que pesaba...!)

"—Estoy viendo... —dijo Fedoséi Nicoláich—, estoy viendo su arrepentimiento...; sabe usted que mañana...

"—Es el día de santa María de Egipto.

"—Bueno, no llore —dijo Fedoséi Nicoláich—, está bien: pecó y se arrepintió. ¡Vamos! ¡Quizá todavía consiga conducirle de nuevo por el buen camino!... Tal vez mis modestos penates—recuerdo que dijo exactamente, eso, penates, el muy bandido— le hagan otra vez entrar en calor a su endu... — no dijo endurecido, sino "extraviado corazón"...

"Me cogió del brazo, caballeros, y me condujo donde sus familiares. Yo sentía escalofríos en la espalda. ¡Temblaba! Y pensé:

"¿Con qué cara voy a mirarlos...?". Pero han de saber, caballeros...
¿cómo decirlo?... que había aquí, en el fondo, una cuestión delicada.

—¿No sería, tal vez, la señora Polzunkova? —le preguntaron.

—María Fedoséievna. Sólo que, por lo que se ve, no le estaba
destinado ser la tal señora, como usted la llama. ¡No tuvo el honor! Pero
Fedoséi Nicoláich tenía razón al decir que en su casa me trataban como
si fuera un hijo. Esto sucedía hace medio año, cuando aún estaba en vida
el llamado Mijaíl Maksímych Dvigáilov, un cadete retirado. Sólo que la
voluntad de Dios dispuso que falleciera habiendo dejado siempre su
testamento para otro momento; y así fue como sucedió que después no
encontraron el testamento por ningún sitio...

—¡Ah!

—Bueno, ¡qué se le va a hacer! ¡Disculpen, caballeros! Me fui de la
lengua. Es malillo el calambur; pero no pasa nada porque sea malillo; ya
que la cosa se puso aún peor cuando me hube de quedar, por así decirlo,
con cero perspectivas; porque el cadete retirado, aunque no me dejaban
poner los pies en su casa (vivió como un marqués, porque tenía la mano
larga), puede que no se equivocara considerándome como un hijo
natural.

—¡Ah!

—¡Sí, así fue! Bueno, y empezaron a ponerme malas caras en casa
de Fedoséi Nicoláich. Yo me daba cuenta de ello, me hacía el fuerte, pero
de pronto, para mi desgracia (y puede que también para mi suerte), como
un aluvión de nieve que cae sobre la cabeza de uno, llegó a nuestra
ciudad un remontista. Su trabajo, a decir verdad, era de mucha
movilidad, nada duro, de caballería ligera; sólo que se estableció en casa
de Fedoséi Nicoláich como una bala que se incrusta en la pared. Yo, que
era amigo de la casa, me sentí relegado y le dije suavemente a Fedoséi
Nicoláich:

"—Entre otras cosas... ¿por qué me ofende?

"En cierto modo a mí ya se me consideraba como un hijo... ¿cuánto
tiempo más había de esperar... lo paternal... lo paternal? Y él, señor, me
contestó. Bueno; se puso a hablar recitándome todo un poema en doce
cantos; no me quedó más remedio que escuchar, relamerme y hacer
dulces gestos con las manos, sin que tuviera sentido alguno, es decir,
¿qué sentido tenía? No se entendía ni comprendía nada. Me sentía como
un estúpido, y él venga a nublarme la vista dando vueltas como una
peonza y volviéndose del revés; con talento, con verdadero talento, es un
don que da miedo. Me puse a dar vueltas de un lado para otro. Me dejé

llevar por sus romanceros, escuché sus frases acarameladas, sus calambures; entre ayes y suspiros le dije:

"—¡Ah! Me duele el corazón —le dije—; de amor me duele —y solté las lágrimas para las confidencias. ¡Qué ingenuas somos las personas! ¡Él no había comprobado con el sacristán los libros de la parroquia e ignoraba que yo ya pasaba de los treinta! ¡Vaya! ¡Venirme a mí con astucias! ¡Hasta allí podíamos llegar! Las cosas no me salían bien, mientras que en torno a mí se oían risas y burlas. ¡Y bueno! ¡Me entró una rabia como si me cogieran por el pescuezo! ¡Y me escabullí pensando no poner más el pie en esa casa! Estuve dándole vueltas y tramando poner la denuncia. Reconozco que actué vilmente, quise denunciar a un amigo, confieso que había suficiente material para ello, y un material glorioso, un asunto capital. ¡Me dieron mil quinientos rublos en plata cuando fui a cambiarlos junto a la denuncia!

—¡Ah! ¡Y ya está aquí el soborno!

—Sí señor, eso habría sido un soborno; y el sobornador me habría dado el dinero. (Y no sería pecado, en verdad que no). Bueno y ahora vuelvo a mi historia: ni vivo ni muerto me condujo, si me permiten ustedes recordarlo, al cuarto del té; me recibieron todos como si estuvieran ofendidos, es decir, no exactamente eso, sino sencillamente afligidos... Bueno, destrozados, completamente destrozados, y, al mismo tiempo, refulgiéndoles los rostros de importancia, y con la mirada seria, es decir, algo paternal, familiar... el hijo pródigo ha regresado a casa. ¡Eso es! Me invitaron a tomar el té, cuando yo, con los pies helados, sentía hervir el samovar en mi pecho. Estaba rezando, asustado. María Fominishna, su esposa, la consejera del juzgado de provincias (y actualmente consejera colegiada) desde el principio se dirigió a mí:

"—¿Cómo es que has adelgazado tanto, padrecito? —me dijo.

"—Pues nada, que estoy indispuesto, María Fominishna... —le dije. Me temblaba la vocecilla. Y ella, la muy hipócrita, va de pronto y, sin ton ni son, me suelta:

"—¡Parece que la conciencia te viene grande al alma, padrecito mío, Osip Mijáilych! ¡Has querido traicionar nuestra sal y nuestro pan familiar! ¡Las lágrimas de sangre que habré vertido yo por ti!

"Lo juro por Dios, que eso fue lo que dijo, yendo contra su propia conciencia. ¡Qué tipa más astuta! Y así permaneció, sentada y sirviendo el té. Y yo pensando para mis adentros: "si te vieras en el mercado, querida, gritarías más que todas esas mujeres juntas".

¡Así es como era nuestra consejera! Y he aquí que, para mi desgracia, entró la hija, María Fedoséievna, con toda su inocencia, un poco pálida, los ojillos enrojecidos de haber llorado, y yo, como un estúpido, me quedé petrificado en el sitio. Después resultó que había estado llorando por el remontista, mientras que éste se largó, sencillamente desapareció, porque han de saber ustedes (viene ahora al caso mencionarlo) que le llegó el momento de partir, se le pasaba el plazo, pero no precisamente el oficial, sino... Ya después fue cuando se enteraron los disgustados padres. Pero ¿qué iban a hacerle? Guardaron a cal y canto la pena en casa. ¡Vi que yo no tenía salida! ¡La miré y me sentí perdido, sencillamente perdido! Miré de reojo mi sombrero, me entraban ganas de agarrarlo y salir corriendo; pero no: me cambiaron el sombrero de sitio... He de confesar que estaba dispuesto a salir corriendo incluso sin él; pero vi que no podía ser, pues habían cerrado la puerta con el pestillo. Y empezaron las risitas amigables, los guiños de ojos y el embaucamiento; yo estaba confuso, solté una mentira, me puse a hablar sobre el amor; y ella, mi palomita, se sentó a tocar el clavicordio y, en tono melancólico, se puso a cantar la romanza de un húsar apoyado en su sable. ¡Santo Dios!

"—Y bien —dijo Fedoséi Nicoláich—, ¡todo está olvidado! ¡Ven, ven a mis brazos!

"Y yo, tal y como estaba, apreté mi cara contra su chaleco.

"—¡Mi bienhechor, mi padre natural! —le dije, y me eché a llorar a lágrima viva. ¡Dios mío, la que se montó! Lloraba él, su mujer, Máshenka... también una pequeña rubia que había por allí... y empezaron a salir de todos los rincones niños (¡Dios había bendecido su hogar!) que también lloraban... ¡cuántas lágrimas, es decir, cuántos perdones, qué alegría, el encuentro con el hijo pródigo, como si fuera un soldado que regresa a la patria! Se pusieron a servir dulces, a jugar a las prendas: "¡Oh, cómo duele!"; "¿Qué te duele?"; "El corazón"; "Y ¿por qué?". La palomita se puso toda colorada. El viejo y yo nos tomamos un ponche, y después nos separamos; me sentía completamente almibarado...

"Regresé a casa con la abuela. Estaba mareado; durante todo el camino me iba riendo y al llegar estuve un par de horas dando vueltas por el desván; desperté a la vieja y la hice partícipe de la felicidad.

"—Pero ¿te dio el dinero, el muy tunante? —me preguntó.

"—¡Me lo dio, abuela, me lo dio, querida; la dicha ha llegado a nuestra casa, abre la puertas!

"—¡Bueno, y ahora cásate, que ya va siendo hora! —me dijo la vieja—; ¡se ve que mis plegarias han sido escuchadas!

"Desperté a Sofrón.

"—¡Sofrón —le dije—, quítame las botas!—. Sofrón se puso a quitarme las botas—. ¡Bueno, Sofrosha! ¡Felicítame, dame un beso! ¡Me caso, hermano, sencillamente me caso! ¡Emborráchate mañana y pásatelo bien —le dije—, que se casa tu señorito!

"Tenía el corazón juguetón y alegre... Ya me estaba quedando dormido cuando de pronto me desperté; me quedé sentado y pensando. Entonces se me pasó por la cabeza que el día siguiente iba a ser el primero de abril, un día tan claro y bullicioso. ¿Y qué sucedería si...? ¡Y se me ocurrió la idea, señores! Me levanté de la cama, encendí la vela y, tal como estaba, me senté al escritorio; quiero decir, que estaba totalmente despierto y fuera de mí: ¿saben, caballeros, cuando uno está completamente fuera de sí? Me di con toda la cara en el lodo, señores. Vamos, que es una cuestión de carácter: ellos te cogen un poco, y tú les entregas mucho. En efecto, tomen ustedes también esto. Ellos te dan una bofetada y tú, encantado, vas y les ofreces la espalda entera. Después, te seducen con un pedazo de pan, mientras tú, con toda el alma, les pones las patitas encima y les das lametones. ¡Si al menos ahora, señores...! ¡Están ustedes riendo y hablando en voz baja, si lo estoy viendo! Después, cuando ya les cuente todo el intríngulis, se reirán de mí y se burlarán de mí, pero tengo que contarles todo. Pero ¿quién me habrá mandado? ¿Quién me apresura? Pues uno que está detrás de mí susurrándome: ¡vamos, dilo, cuéntalo! Y yo cuento y penetro en sus almas cual si fueran todos ustedes para mí hermanos, amigos íntimos... ¡Eh!...

La risa que poco a poco empezaba a subir de tono por todos los rincones sofocó finalmente la voz del narrador, que realmente había llegado a una especie de éxtasis; se quedó callado recorriendo con la mirada al público durante unos minutos, y después, cual si se dejara de pronto llevar por un vendaval, hizo un ademán con la mano, soltó una carcajada, como si realmente le pareciera ridícula su situación, y de nuevo se puso a narrar:

—Apenas pegué ojo aquella noche, caballeros; estuve toda la noche dejando correr la pluma. ¿Han visto lo que me inventé? ¡Ah, señores! ¡Con sólo recordarlo me remuerde la conciencia! ¡Y además por la noche! ¡Con la vista nublada, me sentía ahogado, me enredé con las sandeces, y, cómo no, mentí! Por la mañana, cuando me desperté, vi que sólo había dormido un par de horas. Me vestí, me lavé, me ricé el pelo, me di pomada, me puse el frac nuevo y me fui directamente a la fiesta de Fedoséi Nicoláich con el papel metido en el sombrero. Me recibió él mismo con los brazos abiertos y de nuevo me invitó a que me apoyara en su chaleco paternal. Yo me mantuve firme, pues lo ocurrido el día anterior me daba vueltas en la cabeza. Retrocedí un paso.

"—¡No! —le dije—; Fedoséi Nicoláich, si es tan amable, ¡haga el favor de leer este papelito!—y le tendí la nota. ¿Y saben lo que decía el papel? Que Osip Mijáilovich, por esto y por lo otro, se despedía de él y firmaba la solicitud. ¡Eso fue lo que se me ocurrió, señores! ¡No se me había ocurrido nada mejor! Es decir, como era el uno de abril, para bromear, adopté la postura de que no se me había pasado la ofensa; de que durante la noche cambié de opinión, lo pensé mejor, me puse echo un basilisco y me enfurecí aún más; en definitiva: "aquí tienen, mis queridos bienhechores, que no quiero saber nada ni de ustedes ni de su hija; el dinerito me lo metí ayer en el bolsillo, estoy bien servido, de manera que le entrego mi renuncia. ¡No deseo prestar servicios bajo una dirección como la de Fedoséi Nicoláich! Buscaré otro trabajo, y después pondré la denuncia".

¡Representé ese papel tan vil! ¡Se me ocurrió darles el susto! ¡Y encontré con qué dárselo!

¿A que está bien, señores? O sea, como se mostraron tan cariñosos el día anterior, me permití gastarles una bromita familiar, burlarme del corazoncito de Fedoséi Nicoláich...

"En cuanto él cogió el papel y lo abrió, vi que le cambió la expresión de la cara.

"—¿Y bien, Osip Mijáilych?

"—¡Es el uno de abril! —le dije como un estúpido—. ¡Le felicito la festividad, Fedoséi Nicoláich! —como un niño pequeño que se esconde a hurtadillas detrás del sillón de la abuela y después le da un susto gritándole al oído. ¡Se me ocurrió darle un susto! Sí... sí, sencillamente me da vergüenza incluso contarlo, caballeros. ¡Que no! ¡No voy a contarlo, señores!

—¿Y qué sucedió después?

—¡Que no, que no, cuéntelo! ¡No!

¡Cuéntelo! —se empezó a oír de todos los lados de la sala.

—Pues comenzaron los comentarios, chismorreos y exclamaciones. Yo era un pilluelo y un chistoso que les había dado un buen susto, pero, a pesar de ello, oía tantas palabras dulces, que de lo avergonzado que me sentí me quedé pensativo y asustado: ¿cómo un pecador así puede estar en un lugar tan sagrado?

"—¡Ay, querido! —gritó la consejera—, ¡vaya susto que me has dado, que hasta ahora me siguen temblando las piernas, apenas me tengo en pie! Enloquecida, salí corriendo donde Masha: "¡Máshenka!", le dije, "¿qué va a ser de nosotros? ¡Mira lo que ha resultado ser tu novio!". ¡Como he pecado, perdona querido a esta vieja, que no da pie con bola! ¡Se me ocurrió pensar que ayer cuando se fue a su casa se puso a darle vueltas y posiblemente creyera que le habíamos hecho demasiado la corte; que pretendíamos engatusarle; y me quedé helada! ¡Bueno, Máshenka, está bien, Osip Mijáilych no es ningún extraño para nosotros! ¡Soy tu madre, no diré nada de más! ¡Gracias a Dios no tengo veinte años, sino cuarenta y cinco...!

"¿Y qué creen, caballeros? ¡Me faltó poco para ponerme a sus pies! ¡Y de nuevo se pusieron a llorar! ¡Y otra vez a darse besos! Empezaron a bromear. A Fedoséi Nicoláich también se le ocurrió gastar una broma por el primero de abril. Dijo que vino volando el Ave Fénix con su pico de diamantes y le traía una carta. ¡También quería engañar! ¡Y qué risa les entró! ¡Qué conmovedor! ¡Uf! ¡Hasta da vergüenza contarlo!

"¡Y bien, señores míos! ¡Eso es todo! Pasó un día, otro, y otro más, y una semana. A mí ya se me consideraba formalmente como su novio. Se habían encargado las alianzas, se fijó el día de la boda, únicamente querían guardar el secreto hasta que llegara el momento; se aguardaba al inspector. La espera se me hizo eterna y mi suerte parecía detenerse en ella. "Cuanto antes me lo quite de encima, tanto mejor», pensé. Mientras, Fedoséi Nicoláich, entre broma y broma, fue descargando sobre mí todo su trabajo: yo llevaba las cuentas, hacía informes, llevaba libros de contabilidad, balances, etc. Había un terrible desorden, todo estaba manga por hombro, el enredo era grande. "¡Bueno, me esforzaré por mi suegro!", pensaba yo. Siempre estaba pachucho, se puso enfermo y a medida que pasaban los días se iba encontrando cada vez peor, mientras que yo me iba quedando más delgado que un alfiler, no dormía por las noches y temía caer enfermo. ¡Sin embargo, terminé felizmente el trabajo! ¡Lo acabé a tiempo! De pronto, me envían un recado. "¡Date prisa!", me dicen, "¡Fedoséi Nicoláich se encuentra mal!". Salgo corriendo a toda velocidad. "¿Qué habrá pasado?", pensé. Veo que mi Fedoséi Nicoláich está sentado con la cabeza envuelta en compresas de vinagre, frunciendo el ceño y quejándose:

"—¡Ay, ay! ¡Alma mía, querido! —me dijo—. Me estoy muriendo. ¿Quién se encargará de mis polluelos? —vino su mujer con los niños y también Máshenka llorando. Bueno, y yo mismo también me eché a llorar—. ¡Pues no! —dice—, ¡Dios será justo! ¡No os hará pagar a todos vosotros por mis pecados!

"Y, llegado ese momento, les hizo salir a todos, y les ordenó cerrar la puerta tras ellos para quedarnos él y yo a solas:

"—¡Tengo que pedirte algo!

"—¿De qué se trata?

"—Entre otras cosas, hermano mío, ni en el lecho de muerte tendré paz: necesito dinero.

"—¿Cómo es eso?—en aquel momento me delató el sonrojo y se me paralizó la lengua.

"—Pues así, hermano, tengo que pagar al fisco. ¡No he reparado en gastos para el bien común, sacrificando incluso mi propia vida! ¡No vayas a pensar mal de mí! Me siento triste porque me han calumniado ante ti... Te equivocaste y desde entonces la pena me hizo encanecer. El inspector está a punto de llegar, a Matvéiev le faltan siete mil rublos y yo soy el responsable. ¡Imagínate! ¡Me los pedirán a mí, hermano! ¡No se los van a pedir a Matvéiev! ¡Para qué ponerle el hacha encima al pobre!

"¡Qué santo!", pensé. "¡Esto es un hombre pío! ¡Esto es un alma!". Y él va y me dice:

"—No quiero coger el dinero de la dote de mi hija; es dinero sagrado. Es verdad que tengo dinero, sólo que se lo he prestado a otros, ¿cómo podría reunirlo todo ahora?

"Y yo, según estaba, caí de rodillas ante él.

"—¡Eres mi bienhechor! —exclamé—. ¡Te he ofendido y faltado, los difamadores han levantado calumnias contra ti; no lo rechaces y coge nuevamente tu dinero!

"Me miró y de sus ojos brotaron las lágrimas.

"—¡Esperaba esto de ti, hijo mío! ¡Levántate! En su día te perdoné por las lágrimas de mi hija; y ahora también te perdona mi corazón. Has curado mis úlceras —me dijo—. ¡Te bendigo por los siglos de los siglos!

"Y en cuanto me hubo bendecido, caballeros, me eché a correr a toda prisa a casa para traerle el dinero que le había prometido:

"—¡Aquí tiene todo, padrecito; sólo gasté cincuenta rublos! —le dije.

“—No pasa nada —dijo—, no hay que poner peros a todo; hay prisa, de modo que escribe una nota con fecha atrasada, diciendo que a cuenta del sueldo solicitas un adelanto de cincuenta rublos. Y yo enseñaré a los jefes que se te dio el anticipo...

¡Y bien, caballeros! ¿Qué creen ustedes?

¡Escribí la nota!

—Bueno; bien. Pero ¿en qué quedó todo eso?

—Después de escribir la nota, señores míos, así terminó la cosa:

Al día siguiente, por la mañana temprano, me trajeron un sobre certificado y sellado. Lo miré, ¿y qué creen que vi? ¡El despido! Es decir, que entregara los asuntos, que terminara las cuentas y a mí que me partiera un rayo.

—¿Cómo era posible?

—¡Cómo era posible, señores!, exclamé yo lanzando blasfemias. ¿Por qué me pitarían los oídos?, pensé. Creí que no era nada, que quizás el inspector iba a llegar a la ciudad. ¡El corazón se me estremeció! “Está bien”, me dije. Y, según estaba, salí corriendo a casa de Fedoséi Nicoláich.

“—¿Qué? —le dije.

“—¿Qué qué? —me respondió.

“—¡Pues el despido!

“—¿Qué despido?

“—¿Y esto qué es?

“—¡Pues eso, el despido!

“—¿Acaso lo he solicitado?

“— Pero ¡cómo!, ¿acaso no lo solicitó el uno de abril?—(¡yo no me había quedado con la nota!).

“—¡Fedoséi Nicoláich! ¿Son mis ojos los que le ven y mis oídos los que le escuchan?

“—¡Es una lástima, señor mío, me da mucha pena que haya decidido usted retirarse tan pronto del servicio! Un hombre joven tiene que estar en activo, y a usted, señor, le ha dado una ventolera. Y en cuanto al certificado, estése tranquilo, yo me encargaré de él. ¡Tiene usted unos informes excelentes!

“—¡Pero si fue una broma, Fedoséi Nicoláich! ¡Yo no tenía intención, y entregué el papel como una broma familiar... eso es!

“—¿Cómo? ¿Qué broma?... señor. ¿Acaso se puede bromear con cosas de este tipo? Cualquier día, por una cosa así, le deportan a Siberia. Y ahora, adiós. Tengo prisa, estamos esperando al inspector y el servicio está antes que nada. Usted puede quedarse de brazos cruzados, mientras que a nosotros el deber nos espera. Ya le redactaré un certificado como Dios manda. Por cierto, compré la casa de Matvéiev; nos mudaremos uno de estos días; y espero tener el placer de no verle en mi nuevo domicilio. ¡Suerte!

"Eché a correr a toda prisa a casa:

"—¡Estamos perdidos, abuela! —exclamé. Ella sollozaba. Y en aquel momento vimos que venía corriendo un mensajero de parte de Fedoséi Nicoláich, y que traía una nota y una jaula con un estornino dentro; el estornino se lo había regalado yo un día que me sentía generoso. La nota sólo decía: "Primero de abril", y nada más. ¡Esto es, caballeros! ¿Qué opinan?

—Y bien, ¿qué más?

—¿Que qué más? Un día me crucé con Fedoséi Nicoláich, y me dieron ganas de decirle que era un sinvergüenza...

—Y ¿qué?

—¡Pues nada, señores! ¡Que no pude articular palabra!

EL CORAZÓN DÉBIL

Bajo el mismo techo, en la misma casa, en un cuarto piso, vivían dos jóvenes funcionarios, Arcadi Ivánovich Nefédevich y Vasia Shumkov... El autor, lógicamente, se ve en la obligación de explicar al lector por qué un héroe tiene el nombre completo y el otro no, aunque sólo sea porque esto se pueda considerar incorrecto, si bien es normal. Pero como para ello sería necesario describir antes el grado, la edad, el tratamiento, el cargo y, finalmente, incluso los caracteres de los personajes de que se trata, y dado que hay muchos escritores que tienen esa forma de empezar, el autor del presente relato decide comenzar directamente desde la acción, para no parecerse a ellos (pues, como dicen algunos, lo hacen por su ilimitado amor propio). Y, dando por finalizada la presente introducción, comienza así el relato:

Al atardecer, en la víspera de Año Nuevo, hacia las seis de la tarde, Shumkov regresó a casa. Arcadi Ivánovich, que estaba en la cama, se despertó, entreabrió los ojos y miró a su compañero. Observó que llevaba puesto su magnífico traje y una impecable pechera. Al parecer, aquello le impactó. "¿Adónde habrá ido Vasia con este aspecto? ¡Y encima, sin haber almorzado en casa!". Mientras tanto, Shumkov encendió una vela, y Arcadi Ivánovich enseguida se dio cuenta de que su compañero se disponía a despertarle como por accidente. Y así ocurrió. Vasia tosió un par de veces, se dio unas vueltas por la habitación, y finalmente, de una manera casual, dejó caer al suelo su pipa, que rellenaba en un rincón, cerca de la estufa. A Arcadi Ivánovich le entró la risa.

—¡Ya está bien de picardías, Vasia! —le dijo.

—¿No estás durmiendo, Arcasha?

—Pues la verdad es que no sabría decírtelo; pero creo que no duermo.

—¡Ah, Arcasha! ¡Buenas tardes, amigo! ¡Vaya, vaya, hermano! ¡No sabes lo que tengo que contarte!

—¡Claro que no lo sé! Pues venga, acércate.

Vasia, que realmente parecía estar aguardando el momento, se acercó inmediatamente sin esperarse ni remotamente la astucia de Arcadi Ivánovich. Éste le agarró sutilmente, le dio la vuelta, se colocó encima y se puso a "estrangular" a su víctima, lo que al parecer le divertía enormemente a Arcadi Ivánovich, siempre de tan buen humor.

—¡Ya te tengo! —exclamó—. ¡Ya te tengo!

—¿Arcasha, Arcasha, qué haces? ¡Suéltame, por el amor a Dios, suéltame, que se me va a manchar el frac...!

—No hace falta. ¿Para qué quieres un frac? ¿Por qué eres tan ingenuo dejándote coger? Dime: ¿dónde has estado y dónde has almorzado?

—¡Arcasha, por el amor de Dios, suéltame!

—¿Dónde almorzaste?

—Pues eso es lo que quiero contarte.

—¡Pues venga, vamos!

—¡Pero antes suéltame!

—¡Pues no! ¡No te soltaré hasta que me lo cuentes!

—¡Arcasha, Arcasha! Pero ¿acaso no comprendes que no puedo, que me es imposible? —gritaba ya sin fuerzas Vasia, intentando liberarse de las fuertes garras de su enemigo—. ¡Pues hay asuntos que...!

—¿Qué asuntos...?

—Pues aquellos que, cuando empiezas a abordarlos en una situación como ésta, hasta puedes perder la dignidad. Es imposible de todo punto; quedaría ridículo, y en este caso no se trata de algo gracioso, sino muy importante.

—¡Bueno! ¡Encima se trata de algo importante! ¡Ya ves lo que se ha inventado! Tú cuéntamelo de tal modo que me entren ganas de reír; así es como me lo tienes que contar; pero no quiero escuchar nada importante; porque, si no, ¿qué tipo de compañero de piso serías? Vamos, dime: ¿qué tipo de compañero serías? ¿Eh?

—¡Arcasha, por Dios, que no puedo!

—¡No quiero ni oírlo...!

—¡Vamos, Arcasha! —dijo Vasia, tumbado de través en la cama e intentando con todas sus fuerzas poner el máximo énfasis en sus palabras—. ¡Arcasha! Puede que te lo cuente; sólo que...

—¿Qué...?

—¡Pues que me he comprometido para casarme!

Arcadi Ivánovich, sin decir palabra, cogió a Vasia en brazos, como si fuera un bebé (sin reparar en que éste no era del todo bajito sino, más bien al contrario, bastante alto, pero delgado), y con soltura se puso a pasear con él por la habitación, haciendo que lo mecía.

—¡Pues yo, novio, mira tú por dónde, voy a cambiarte los pañales!

Pero, al ver que Vasia permanecía inmóvil en sus brazos y sin decir nada, al instante rectificó, como si comprendiera que sus bromas habían llegado lejos. Lo soltó en medio de la habitación y con gesto amistoso y sincero le besó en la mejilla.

—Vasia, ¿no te habrás enfadado?

—Arcasha, escúchame...

—¡Por el Año Nuevo!

—Pero si estoy bien. ¿Por qué te comportas tan alocadamente? Cuántas veces te habré dicho: "¡Arcasha, por Dios, que no tiene gracia!". ¡No la tiene, en absoluto!

—Bueno, pero ¿no estarás enfadado?

—No, estoy bien. Además, ¿cuándo me he enfadado yo con alguien? Sólo que me has disgustado, ¿lo entiendes?

—¿Cómo que te he disgustado? ¿Por qué?

—He venido a ti como amigo, con el corazón rebosante, deseando abrirte el alma y contarte la felicidad que me invade...

—Pero ¿de qué felicidad se trata? ¿Por qué no me lo cuentas...?

—¡Bueno, pues que me caso! —respondió enojado Vasia, ya que realmente estaba algo dolido.

—¿Tú? ¿Que te casas? ¿Es eso cierto? —exclamó blasfemando suavemente Arcasha—. ¡No, no...! Pero ¿esto qué es? ¡Y me lo dices así! ¿Sin derramar una lágrima...?—y Arcadi Ivánovich se lanzó nuevamente a abrazarle.

—Bueno, ¿ahora comprenderás mi reacción? —dijo Vasia—. Sé que eres una buena persona y un amigo; lo sé. Vine a ti lleno de alegría y entusiasmo, y, de pronto, toda esa alegría y ese entusiasmo te los he tenido que descubrir dando vueltas y atravesado sobre la cama, sin dignidad alguna... Comprendes, Arcasha —continuó Vasia riéndose—, la situación era muy cómica: y además, yo, en cierto modo, no era dueño de mi persona. No podía restarle importancia a un asunto así... ¡Sólo faltaba que me preguntaras cómo se llama! ¡Te juro que conseguirías matarme antes de que te dijera cómo se llama!

—Bueno, Vasia, pero ¿por qué has estado callado? Podías habérmelo dicho antes, y no te habría gastado la broma —exclamó Arcadi Ivánovich verdaderamente arrepentido.

—¡Bueno, bueno, ya está bien! Si yo era sólo... Sabes a qué se debe todo esto: pues a que tengo buen corazón. Por eso me ofendí, porque no pude hacerlo como quería, dándote una buena nueva con alegría. Quería contártelo bien, comunicándote la noticia correctamente... ¡Es verdad, Arcasha! ¡Pues te quiero tanto que, de no existir tú, creo que ni me casaría ni tampoco viviría!

Arcadi Ivánovich, que era extraordinariamente sensible, tan pronto reía como lloraba al escuchar a Vasia. A éste le ocurría lo mismo. Los dos se abrazaron nuevamente, olvidándose de lo ocurrido.

—Bueno, ¿cómo ha sucedido? ¡Cuéntamelo todo, Vasia! Yo, hermano, discúlpame pero estoy sorprendido, ¡completamente sorprendido! ¡Como si me hubiera derribado un trueno! ¡Te lo juro por Dios! Pero ¡no, hermano! ¡No puede ser, te lo estás inventando, de verdad que me engañas!— exclamó Arcadi Ivánovich, echándole incluso una mirada de sospecha a Vasia; pero al ver en su semblante la resplandeciente confirmación de la inamovible decisión de casarse cuanto antes, se lanzó sobre la cama y empezó entusiasmado a darse tales revolcones que hasta las paredes temblaban.

—¡Vasia, ven aquí a contármelo! —gritó, sentándose por fin en la cama.

—Pero, hermano, ¡la verdad es que no sabría por dónde empezar!

Los dos se miraron, felices e inquietos.

—¿Quién es ella, Vasia?

—¡Es de la familia de los Artémiev...!—dijo Vasia con una voz débil de la felicidad.

—¿De veras?

—Bueno, pero si yo ya me cansé de hablarte de ellos, y por eso me callé, mientras que tú no te estabas enterando de nada. ¡Ay, Arcasha! ¡Cuánto me ha costado ocultártelo! Pero ¡tenía miedo, miedo de hablar! ¡Pensaba que la cosa podía estropearse, y yo que estaba tan enamorado, Arcasha! ¡Dios mío! ¡Has visto qué historia! —se puso nuevamente a hablar interrumpiéndose a sí mismo por lo excitado que estaba—; ella tenía un novio desde hacía ya un año, pero de pronto lo destinaron fuera; yo lo conocía, y, a decir verdad, era muy... ¡que Dios le ampare! Y, de pronto, deja de escribirle, como si se lo hubiera tragado la tierra. Y ella venga esperar.

¿Qué significaba aquello...? De pronto, hace cuatro meses, regresa casado y sin dejarse ver por allá. ¡Es algo tosco! ¡Vulgar! Y encima no había nadie que pudiera salir en defensa de ella. Ella, la pobre, no cesaba de llorar, y, mientras tanto, yo me enamoré de ella... aunque ya antes estaba enamorado de ella y siempre lo estuve. Entonces, comencé a tranquilizarla y a hacerle visitas... y bueno, la verdad, es que no sé cómo sucedió todo esto, sólo que también ella se enamoró de mí. Hace una semana ya no me pude contener y me eché a llorar, a sollozar, y le confesé todo. Bueno, pues eso, le dije que la quería. ¡En una palabra, todo...! "Si yo también le quiero, Vasíli Petróvich», me dijo, "pero soy una muchacha pobre, no se burle usted de mí. Yo ya no me atrevo a amar a nadie». Bueno, hermano, ya lo entiendes, ¿verdad...? Y con esas palabras nos comprometimos. Yo no paraba de darle vueltas y más vueltas, y le pregunté cómo podíamos decírselo a la madrecita. Ella me respondió que era algo complicado, que esperara un poco, pues la madre tenía miedo; que probablemente fuera pronto para pedir la mano de su hija y que aún lloraba. Y yo, sin avisarla previamente, se lo solté hoy de sopetón a la vieja. Lizanka se arrodilló ante ella, igual que yo... y bueno, nos dio su bendición. ¡Arcasha, Arcasha!

¡Querido mío! ¡Viviremos juntos! ¡Yo ya no me separaré de ti jamás!

—¡Vasia, te miro y no me lo creo, por Dios que se me hace difícil creerlo, te lo prometo! La verdad es que me parece... Escúchame, ¿cómo es que te casas...? ¿Cómo pude no haberme enterado? ¿Eh? ¡Pues la verdad, Vasia, yo también te confieso ahora que pensaba casarme! ¡Pero como ahora eres tú quien se casa, pues da igual! ¡Que seas feliz...!

—¡Ahora, hermano, mi corazón está tan feliz, y me siento tan bien...! —dijo de repente Vasia levantándose y poniéndose a dar vueltas por la habitación—. ¿No es verdad que tú también lo sientes así? ¡Viviremos humildemente, claro, pero seremos felices! ¡Además, esto no es una quimera, y nuestra felicidad no es de libro! ¡Seremos felices de verdad...!

—¡Vasia, Vasia, escucha!

—¿Qué?—respondió Vasia, deteniéndose frente a Arcadi Ivánovich.

—Se me ha ocurrido una idea. Pero la verdad es que me da hasta miedo decírtelo... Discúlpame, pero sácame de dudas. ¿Con qué dinero piensas vivir? Yo, ¿sabes?, no salgo de mi asombro porque te casas, y no consigo dominarme, pero dime, ¿cómo piensas vivir? ¿Eh?

—¡Ay, Dios mío, Dios mío! ¡Cómo eres, Arcasha!—respondió Vasia profundamente asombrado, mirando a Nefédevich—. Pero ¿qué es lo que te ocurre? Ni siquiera la vieja reparó dos minutos en ello cuando yo le expuse todo con claridad. ¡Pregúntales de qué han vivido todo este tiempo! ¡Pues con quinientos rublos al año para los tres! ¡Ésa es la pensión que les quedó tras fallecer el marido! Y viven ella, la anciana y también un hermanito pequeño por el que tienen que pagar el colegio. Así es como viven. ¡Si aquí los únicos capitalistas que hay somos tú y yo! ¡Y yo, mira tú por dónde, he salido algún año, cuando se me han dado bien las cosas, por mis buenos setecientos rublos!

—Escucha, Vasia, y discúlpame. Yo... ¡por Dios!, no tiene importancia, sólo que no paro de darle vueltas, para que no se desbaraten los planes; pero ¿qué dices de setecientos rublos? Querrás decir trescientos...

—¡Trescientos...! ¿Y Iulián Mastákovich?

¿Te has olvidado de él?

—¡Iulián Mastákovich! Sí, hermano, pero no es seguro. Ese dinero no son los trescientos rublos de sueldo fijo, donde cada rublo es tuyo. Claro que Iulián Mastákovich es una gran persona, y yo lo respeto, lo comprendo, y me alegro de que esté donde está, y te juro por Dios que le aprecio porque él a su vez te aprecia a ti y te da trabajo cuando podía no hacerlo y en su lugar coger a un funcionario en comisión de servicio. Dime que tengo razón, Vasia... Atiende una cosa más: no estoy hablando por hablar. Estoy de acuerdo en que en todo San Petersburgo no hay letra como la tuya, lo reconozco —continuó, no sin asombro, Nefédevich—. Pero puede que de pronto, ¡y Dios no lo quiera!, dejes de gustarle, o no aciertes en lo que él desea, que de repente deje de recibir trabajo, o que coja a otro escribiente. Pues sí, puede ocurrir cualquier cosa. Porque Iulián Mastákovich hoy está aquí, pero mañana puede no estar, Vasia...

—Escucha Arcasha, si nos ponemos así, también podía caernos ahora el techo encima...

—Bueno, claro, claro... sólo era por hablar...

—No, escucha, atiende y verás: ¿cómo puede deshacerse de mí...? Tú sólo escucha, nada más. Yo cumplo con todo concienzudamente. Además, él es una buena persona y hoy, Arcasha, me dio cincuenta rublos.

—¿De veras, Vasia? ¿Una gratificación?

—¡Qué gratificación! De su propio bolsillo. Fue y me dijo: "Mira, hermano, llevas cinco meses sin cobrar. Si necesitas algo, cógelo; estoy contento contigo. De veras que estoy satisfecho de tu trabajo. ¿No vas a trabajar gratis para mí, verdad?»; así fue como me lo dijo. Y a mí, Archasha, me brotaron las lágrimas. ¡Por Dios bendito!

—Escucha, Vasia, ¿y terminaste aquellos papeles...?

—No... todavía no los acabé.

—¡Va... sinka! ¡Ángel mío! ¿Qué has hecho?

—Escucha, Arcadi, no pasa nada, aún dispongo de dos días más, me da tiempo.

—¿Cómo es que no los empezaste...?

—¡Bueno, bueno! Me miras con una cara tan compungida que se me revuelven las entrañas y me duele el corazón. Bueno, ¿y qué? Siempre me dejas con la moral por el suelo. Y me gritas: "¡Ah—ah—ah!". Entra en razón, pero ¿qué es esto? ¡Los acabaré, por Dios que los acabaré...!

—¿Y qué ocurrirá si no los terminas? —exclamó Arcadi incorporándose—. Si te dio hoy una gratificación. ¡Y además piensas casarte! ¡Ay, ay, ay!

—Nada, nada —gritó Shumkov—, me voy a poner con ello ahora mismo, ahora mismo. ¡No pasa nada!

—Pero ¿cómo te has podido olvidar de ello, Vasiutka?

—¡Ay, Arcasha! ¿Acaso podía yo estarme quieto? Si no era ni yo mismo. Si apenas paraba en la oficina; no podía con mi corazón... ¡Ay, ay! ¡Ahora, me pasaré la noche trabajando, y la de mañana también, y la de pasado mañana, y lo acabaré...!

—¿Te queda mucho?

—¡No me molestes, por el amor de Dios, y calla...!

Arcadi Ivánovich se acercó de puntillas a la cama y se sentó. De repente pareció querer levantarse para después cambiar de opinión y continuar sentado para no molestar, aunque tampoco podía estarse quieto por lo preocupado que estaba: era evidente que la noticia le había revuelto completamente y que aún no se le había pasado la primera impresión. Miró a Shumkov y éste también le miró a él. Le sonrió, le amenazó con el dedo y después, frunciendo terriblemente el entrecejo (como si en ello residiera toda su fuerza y el éxito de su trabajo), clavó su mirada en los papeles. Parecía que tampoco había superado la preocupación. Cambió de pluma, se revolvió en la silla, se concentró, se puso a escribir de nuevo, pero la mano le temblaba y se negaba a continuar.

—¡Arcasha! Yo les hablé de ti —exclamó de pronto, como si acabara de recordarlo.

—¿Sí? —exclamó Arcadi—; pues quería preguntártelo; pero bueno...

—¡Bueno! ¡Ay! ¡Te lo contaré todo después! ¡Por Dios, que yo mismo tengo la culpa, y se me olvidó que no quería hablar hasta haber escrito cuatro páginas! Pero me acordé de ti y de ellos. Hermano, parece que no puedo ni escribir: no hago más que pensar en vosotros... —Vasia sonrió.

Se quedaron en silencio.

—¡Uf! ¡Qué pluma más mala! —exclamó Shumkov, golpeándola de rabia contra la mesa. Cogió otra pluma.

—¡Vasia, escucha! Sólo una palabra...

—¡Bueno! Pues dilo deprisa y que sea la última vez.

—¿Te queda mucho?

—¡Ay, hermano...! —Vasia arrugó tanto la cara como si no hubiera nada más horrible que una pregunta como ésa—. ¡Mucho, demasiado!

—Sabes, se me ha pasado una idea por la cabeza...

—¿Cuál?

—No. Ninguna, nada, escribe.

—¿Pero qué? ¿Qué?

—¡Van a ser las siete, Vasiuk!

En aquel momento, Nefédevich sonrió guiñándole pícaramente el ojo a Vasia, aunque sólo ligeramente, como si temiera de qué manera se lo podía tomar éste.

—Bueno, ¿y de qué se trata? —dijo Vasia, dejando de escribir, mirándole directamente a los ojos y pálido por la espera.

—¿Sabes una cosa?

—¡Por Dios! Dime de qué se trata.

—¿Sabes? Estás alterado y así no puedes trabajar mucho... Espera, espera, ya lo veo, ¡escucha! —dijo Nefédevich, saltando de entusiasmo de la cama e interrumpiendo a Vasia, que ya había empezado a hablar, y alejando a su vez, con todas sus fuerzas, la réplica—. Antes que nada, es preciso que te tranquilices y vuelvas a tu ser, ¿no te parece?

—¡Arcasha, Arcasha!—exclamó Vasia saltando del asiento—. ¡Me estaré toda la noche trabajando, te juro por Dios que lo haré!

—¡Bueno, pues sí! Te dormirás al amanecer...

—No me dormiré, no me dormiré por nada del mundo...

—No, no puede ser; claro que te dormirás. Acuéstate a las cinco y a las ocho te despertaré. Mañana es fiesta; te pones a trabajar y te pasarás el día escribiendo... Después viene la noche y... ¿te queda mucho...?

—¡Pues esto, esto...!

Vasia, tembloroso de entusiasmo y expectación, le mostró el cuaderno.

—¡Aquí lo tienes...!

—Escucha, hermano, si no es tanto...

—Aún tengo más allí —dijo tímidamente Vasia, mirando a Nefédevich, como si esperara el permiso para levantarse.

—¿Cuánto?

—Dos... hojitas...

—¿Y bien? ¡Escucha! ¡Si nos dará tiempo a terminarlo! ¡Por Dios que sí!

—¡Arcasha!

—¡Vasia! ¡Escucha! ¡Ahora es Año Nuevo y todo el mundo se reúne en familia, sólo tú y yo no tenemos hogar, y somos como unos huérfanos...! ¡Vasenka!

Nefédevich cogió a Vasia entre sus garras y lo estrujó en un abrazo de oso...

—¡Arcadi, ya está decidido!

—Vasiuk, sólo quería decirte esto. ¡Ves, Vasiuk, patizambo mío! ¡Escucha! ¡Escucha! Porque...

Arcadi se quedó boquiabierto, sin poder hablar de asombro. Vasia lo sujetaba por los hombros, mirándole fijamente a los ojos y moviendo tanto los labios que parecía dispuesto a terminar de hablar por él.

—Y bien... —dijo finalmente.

—¡Preséntamelas hoy!

—¡Arcadi! ¡Vamos allí a tomar el té! ¿Sabes una cosa? ¿Sabes? No vamos a esperar a que llegue el día de Año Nuevo, iremos antes —exclamó Vasia, sintiéndose verdaderamente inspirado.

—¡Pero estaremos un par de horas! ¡Ni más ni menos...!

—¡Y después nos despediremos hasta que yo termine el trabajo...!

—¡Vasiuk...!

—¡Arcadi!

En tres minutos Arcadi ya se había vestido de fiesta. Vasia sólo se lavó, porque ni siquiera se había quitado el traje: ¡tanto era el ímpetu con que se puso a trabajar! Salieron apresuradamente a la calle, a cual más feliz.

Se encaminaron hacia la parte de Kolomna de San Petersburgo. Arcadi Ivánovich daba unas zancadas firmes y enérgicas, y ya sólo por su paso se atisbaba la alegría, por la cada vez más creciente felicidad de Vasia. Vasia daba unos pasitos más menudos, pero sin perder la dignidad. Al contrario, hasta entonces, Arcadi Ivánovich no le había visto nunca con tan buen aspecto. En aquellos momentos incluso parecía respetarle más, y el conocido defecto físico de Vasia, del que hasta ahora nada sabe el lector (pues Vasia estaba un poco contrahecho), que siempre suscitaba un profundo sentimiento de amor y compasión en el bondadoso corazón de Arcadi Ivánovich, contribuía a que fuese aún mayor la honda ternura que en aquellos momentos le inspiraba especialmente su amigo, y de la que Vasia, lógicamente, era de todos modos merecedor. A Arcadi Ivánovich incluso le entraron ganas de llorar de felicidad, pero se contuvo.

—¿Hacia dónde vamos, Vasia? ¡Por aquí llegaremos antes! —exclamó él, viendo que Vasia quería torcer por la calle Voznesénskaia.

—¡Calla, Arcasha, calla...!

—De verdad que se llega antes, Vasia.

—¡Arcasha! ¿Sabes una cosa?—dijo Vasia en tono misterioso y con voz queda de felicidad—. ¿Sabes una cosa? Me apetece llevarle un regalito a Lizanka...

—¿Y eso?

—Aquí, hermano, en la esquina, hay una tienda de madame Leroux. ¡Es una tienda excelente!

—¡Bueno!

—¡Un sombrerito, amigo, un sombrerito! ¡Hoy vi un sombrero muy bonito! Pregunté por el modelo y me dijeron que al parecer era de Manon Lescaut. ¡Una maravilla! Tiene unas cintas de color cereza, y si no fuera caro... ¡Y aunque fuera caro, Archasha...!

—¡En mi opinión, Vasia, tú estás por encima de todos los poetas! ¡Vamos allá!

Salieron corriendo, y al cabo de dos minutos ya estaban entrando en la tienda. Les recibió una francesa de ojos negros y tirabuzones, que al primer vistazo a los compradores se mostró tan contenta y feliz como ellos, e incluso, posiblemente, más que ellos. Vasia, todo entusiasmado, estaba dispuesto a darle besos a madame Leroux.

—¡Arcasha! —dijo a media voz, echando una mirada a todas las maravillosas y espectaculares cosas colocadas sobre las estanterías de madera y la enorme mesa de la tienda—. ¡Qué maravillas! ¿Qué es esto? ¿Qué es? ¡Esto, por ejemplo, es un bombón! ¿Lo ves?—susurró Vasia señalando hacia un bonito sombrero que había en una esquina pero que, sin embargo, distaba del que verdaderamente quería comprar, porque ya desde lejos había echado el ojo a otro, el famoso, el auténtico, que estaba en otro extremo de la tienda; Vasia lo miraba de tal modo que hasta podría pensarse que en aquel instante alguien iba a cogerlo y robarlo o que el propio sombrero, con tal de no ser destinado a Vasia, podría salir volando por el aire desde donde estaba.

—¡Mira!—dijo Arcadi Ivánovich, indicando un sombrero—. Me parece que éste es mejor.

—¡Pero Arcasha! Esto incluso redunda en tu honor. De veras que te tendré más considerado por tu gusto—le dijo Vasia, con gesto pícaro y verdaderamente enternecido—. Tu sombrero es una maravilla, pero ¡ven, acércate aquí!

—¿Cuál te parece mejor?

—¡Mira aquí!

—¿Éste? —dijo Arcadi dudoso.

Pero cuando Vasia, sin poder contenerse más, cogió el sombrero de la estantería, desde donde éste pareció volar solo, como si se alegrara de un buen comprador tras tan larga espera, y cuando crujieron todas sus cintitas, tules en pliegue y encajes, un inesperado grito de asombro salió del fuerte pecho de Arcadi Ivánovich. Incluso madame Leroux, que mantenía la compostura de sus indudables dignidad y aire de superioridad en cuestiones de gusto, durante el tiempo que duró la elección, y que permanecía en silencio sólo por indulgencia, felicitó a Vasia por el acierto con una gran sonrisa, de modo que en su mirada, en su gesto y en su misma sonrisa se pudiera a su vez entrever cómo pronunciaba un "¡Sí!: ha acertado usted, y es digno de la felicidad que le aguarda".

—¡Si estaba coqueteando allí en solitario! —exclamó Vasia, trasladando toda su ternura hacia el maravilloso sombrero—. ¡Se escondía a propósito, el muy tunante mío!—y besó el sombrero, o mejor dicho, lanzó un beso al aire temiendo rozar su joya.

—Así es como se esconden el verdadero mérito y la virtud—añadió Arcadi entusiasmado, escogiendo con humor una expresión aguda que había leído en un periódico matutino—. Bueno, Vasia, ¿y ahora qué dices?

—¡Viva Arcasha! ¡Te advierto que hoy estás de lo más ocurrente, como para hacer furor, como dicen las señoras! ¡Madame Leroux, madame Leroux!

—¿Qué desea?

—¡Querida madame Leroux!

Madame Leroux miró a Arcadi Ivánovich y sonrió indulgente.

—¡No se puede usted imaginar cuánto la adoro en estos momentos...! ¡Permítame que le dé un beso...! —y Vasia le dio un beso a la dependienta.

Y, realmente, aquél era un momento para que ella pusiera de relieve toda su dignidad al no acusar semejante osadía. Pero les aseguro que, al margen de ello, era imprescindible disponer también de la amabilidad y la gracia innatas con que madame Leroux aceptó el entusiasmo de Vasia. Lo disculpó, sabiendo guardar la compostura de forma inteligente y graciosa. ¿Acaso era posible enfadarse con Vasia?

—¿Madame Leroux, y qué precio tiene?

—Éste cuesta cinco rublos—respondió ella, recomponiéndose y sonriendo nuevamente.

—¿Y éste otro, madame Leroux? —dijo

Arcadi Ivánovich, señalando hacia el que había escogido.

—Ése cuesta ocho rublos de plata.

—¡Pero permítame! Dígame sinceramente, madame Leroux, ¿cuál de ellos es el que resulta mejor, más gracioso y bonito, y el que más le gusta?

—Aquél es más lujoso, pero el que ha elegido usted... c'est plus coquet.

—¡Pues nos quedamos con ése!

Madame Leroux cogió una hoja de finísimo papel de seda, la prendió con unos imperdibles alrededor del sombrero, y el papel con el sombrero dentro pareció aún más ligero que antes de envolverlo. Vasia lo cogió con sumo cuidado, sin apenas respirar, y, haciendo reverencias a madame Leroux, le dijo algo muy amable y salió de la tienda.

—¡Soy un pillín, Arcasha, un pillo de nacimiento!—gritaba Vasia, riéndose sin parar, con una risa entrecortada, silenciosa y nerviosa, sorteando a los transeúntes que se le antojaban sospechosos, sin excluir a ninguno, de la tentativa de arrugar su apreciadísimo sombrero.

—¡Escucha, Arcadi! ¡Escucha! —volvió a decir pasados unos minutos, y algo majestuoso y amoroso hasta más no poder resonó en su voz—. ¡Arcadi, soy tan feliz! ¡Tan feliz...!

—¡Vasenka! ¡Yo también, amigo mío!

—¡No, Arcasha, no, tu amor hacia mí no tiene límites; lo sé! Pero tú no puedes experimentar ni la centésima parte de aquello que estoy sintiendo yo ahora. ¡Mi corazón está rebosante! ¡Arcasha! ¡No merezco una felicidad así! Lo sé, lo presiento. ¿Por qué se me concede tanta felicidad? —decía con una voz ahogada en sollozos—, ¿qué es lo que he hecho para merecérmela? ¡Dime! ¡Mira cuánta gente hay en el mundo, cuántas lágrimas, cuánto dolor y cuánta vida monótona, sin alegría alguna! ¡Mientras que a mí... me quiere la muchacha más maravillosa... a mí...! Bueno, tú mismo la verás ahora, y tú mismo valorarás la grandeza de su corazón. Yo procedo de gente humilde; ahora poseo un grado de funcionario, tengo unos ingresos seguros, un sueldo. Nací con un defecto físico, soy algo contrahecho. ¡Y mira tú por dónde que ella se enamoró de mí, aceptándome como soy! Hoy, Iulián Mastákovich estuvo tan delicado, tan atento y amable. En escasas ocasiones habla conmigo. Pues se me acercó y me dijo:

"Bueno, ¿y qué, Vasia?" (¡te juro por Dios que me llamó Vasia!), "¿te irás ahora de parranda en las fiestas?, ¿verdad?» (y él sonriendo).

"Entre otras cosas", le respondí yo, "tengo que hacer, Su Excelencia", pero en ese momento me envalentoné y le dije: "puede que me vaya de juerga"; ¡te juro por Dios que se lo dije así! Y en aquel momento me dio el dinero y después siguió hablándome un rato. Yo, hermano, me eché a llorar. Te juro por Dios que las lágrimas me brotaron solas, y creo que él también se había emocionado. Me sacudió el hombro y me dijo: "¡Que siempre tengas tanta sensibilidad, Vasia...!".

Por un instante Vasia se quedó callado. Arcadi Ivánovich giró la cabeza y también se limpió una lagrimilla.

—¡Y aún hay más! ¡Hay más...! —continuó Vasia—. ¡Yo jamás te había dicho esto hasta ahora, Arcadi...! ¡Me haces tan feliz con tu amistad que, de no ser por ti, yo ya no estaría en este mundo! ¡No, no! ¡No me respondas nada, Arcasha! ¡Deja que te estreche la mano, deja que te lo agra...dez... ca...! —y Vasia no pudo acabar la frase.

A Arcadi Ivánovich le entraron ganas de echarse al cuello de su amigo, pero, como justo en aquel momento estaban cruzando la calle, oyeron el estridente grito de un cochero que exclamaba "¡Cuidado!", y los dos, asustados y nerviosos, cruzaron corriendo para llegar a la otra acera. Arcadi Ivánovich se sintió incluso feliz de aquel incidente. Aquel gesto de gratitud de Vasia se explicaba como un desahogo del momento. Pero estaba triste. Sentía que hasta entonces había hecho muy poco por Vasia. Incluso se sintió avergonzado cuando Vasia le daba las gracias por una cosa tan insignificante. Pero la vida entera estaba aún por delante, y Arcadi Ivánovich respiró con más libertad...

¡Decididamente, ya no les esperaban! Pero la prueba de que habían llegado está en que ya se encontraban tomando el té. Y en verdad, a veces, los mayores suelen ser más perspicaces que los jóvenes, ¡y qué jóvenes! Pues Lizanka, muy seria, trataba de persuadir a su madre de que él no iría. "¡No vendrá, madrecita; mi corazón presiente que no vendrá!", mientras que la madrecita no cesaba de repetirle que su corazón, por el contrario, le decía que iría sin falta, que no podría estar tranquilamente sentado en su casa, que vendría corriendo, que no tenía trabajo de oficina que hacer, y que era víspera de Año Nuevo. Lizanka, que no se lo esperaba ni al abrir la puerta, no dio crédito a sus ojos, y los recibió sofocada, con el corazón sobresaltado como un pajarillo atrapado, toda ruborizada, con las mejillas del color de una cerecita, a la que se parecía extraordinariamente. ¡Dios mío, qué sorpresa! ¡Qué alegría!

—¡Oh! —salió de su pequeña boca—. ¡Qué mentiroso! ¡Amor mío! —exclamó ella rodeando el cuello de Vasia... Pero imagínense su asombro y su repentina vergüenza: justo detrás de Vasia, como si estuviera escondiéndose detrás de él, se encontraba Arcadi Ivánovich. Hay que reconocer que era un hombre poco ducho en el trato con las mujeres, incluso podría decirse que era bastante torpe. Es más, una vez sucedió... Pero dejémoslo para más tarde. Sin embargo, pónganse en su situación: allí no había nada gracioso; se encontraba en el vestíbulo, con las calzas y el capote, un gorro de orejeras que se dio prisa en quitarse, todo él completa y desastrosamente envuelto en una horrenda bufanda de color amarillo anudada atrás, cosa que causaba aún más efecto. Todo aquello había que desatarlo y quitárselo cuanto antes, para dar otra impresión, ya que nadie hay que desdeñe presentarse a otro con un aspecto más favorecedor. Y he aquí que Vasia, aquel Vasia digno de lástima, aquel insoportable, aunque, por lo demás, tierno y bondandoso Vasia, resultó ser de lo más insufrible y cruel, al decir:

—¡Aquí tienes a mi Arcadi! ¿Que quién es? Es mi mejor amigo, abrázale, dale un beso, Lizanka, no tardes en hacerlo, pues, cuando lo conozcas mejor, tú misma lo llenarás de besos...

Y me pregunto yo: ¿qué es lo que podía hacer Arcadi Ivánovich? Cuando sólo le había dado tiempo a quitarse la mitad de su bufanda. La verdad es que a veces incluso me siento mal por el excesivo entusiasmo de Vasia. Ciertamente, eso indica que tiene buen corazón, pero a pesar de todo... ¡fue tan incómodo y embarazoso!

Finalmente entraron en la sala. La anciana estaba feliz de conocer a Arcadi Ivánovich.

—¡Había oído hablar tanto de...! —dijo, pero no pudo terminar la frase. El alegre “¡Oh!” que resonó fuertemente por la habitación la detuvo a media frase. ¡Dios mío! Lizanka estaba de pie, frente al inesperadamente abierto sombrero, con las manos ingenuamente cruzadas y riendo de tal modo—... ¡Dios mío! ¡Pero si madame Leroux no podía tener un sombrero mejor! ¡Oh, Dios mío! Pero ¿dónde puede encontrarse un sombrero más bonito? ¡Si se le vuela a uno de las manos! ¿Dónde podía encontrarse uno mejor? ¡Lo digo en serio! A mí, incluso me desconcierta y disgusta ligeramente ese tipo de desconsideraciones por parte de los enamorados. Pero júzguenlo ustedes mismos, señores: ¿qué mejor cosa hay que un sombrero tan maravilloso? ¡Mírenlo...! Pero no. Mi desesperación era vana; ya están todos nuevamente de acuerdo conmigo; fue un despiste momentáneo, una niebla, un delirio del sentimiento; estoy dispuesto a disculparles... Pero por ello mismo observen... y dispensen caballeros que siga dando la lata con el sombrero de tul, etéreo, con su ancha cinta de color cereza cubierta de encaje que caía entre el tul y el pliegue, y por detrás, dos cintas largas y anchas que debían caer hasta un poco más abajo de la nuca, deslizándose por el cuello... Sólo faltaba colocar el sombrero un poco caído hacia la nuca. ¡Obsérvenlo! Y después de todo, véanlo ustedes mismos, ¡se lo ruego!

¡Pero veo que no están mirando ustedes...!

¡Parece que les da igual! Están mirando a otro lado... y ven cómo dos enormes lágrimas, cual perlas, se empañan por un instante en unos ojos negros como el carbón, tiemblan un momento sobre las largas pestañas para caer después en el aire, del que parecía hecho el tul del que estaba confeccionada aquella obra de arte de madame Leroux... Y de nuevo me enojo: ¡pues esas dos lágrimas no debían derramarse por el sombrero...! ¡No! En mi opinión, una cosa así había que regalarla con indiferencia. Sólo entonces se la valoraría realmente. ¡Reconozco, señores, que todo esto fue a causa del sombrero!

Tomaron asiento: Vasia junto a Lizanka, y la ancianita junto a Arcadi Ivánovich. Empezaron a hablar y Arcadi Ivánovich guardó la compostura perfectamente. Lo reconozco y me alegro. Incluso parece difícil esperar eso de él. Después de un par de palabras sobre Vasia, en buen tono se puso a hablar sobre Iulián Mastákovich, el protector de su amigo. Y habló de un modo tan, tan inteligente, que su discurso duró más de una hora. Había que ver con cuánta habilidad y cuánto tacto se refería Arcadi Ivánovich a ciertas particularidades relacionadas con Iulián Mastákovich, que unas veces se relacionaban directamente con Vasia y otras no.

Por todo ello, la ancianita estaba realmente entusiasmada y ella misma lo reconoció. Se apartó a propósito con Vasia hacia un lado para expresarle que su amigo era una persona extraordinaria, amabilísima, y lo más importante, que era un joven muy serio y respetable. Vasia casi suelta una carcajada de la felicidad. Recordó cómo el respetable Arcasha le estuvo revolcando durante un cuarto de hora en la cama. Después, la ancianita le guiñó un ojo a Vasia y le dijo que la siguiera despacio y con cuidado a otra habitación. Hay que reconocer que se portó absurdamente respecto a Lizanka. Claro que, a causa de no poder contenerse la emoción, traicionó a su hija al ocurrírsele mostrar a escondidas el regalo que Lizanka había preparado a Vasia para la fiesta de Año Nuevo. Era un billetero cosido con cuentas, oro y una maravillosa estampa: en un lado estaba representado un reno corriendo veloz y tan real que parecía auténtico. En el otro, el retrato de un famoso general, también espléndido y muy bien representado. ¡Y no digo nada del entusiasmo de Vasia! Mientras tanto, tampoco en el salón transcurrió el tiempo en vano. Lizanka se acercó directamente a Arcadi Ivánovich. Le tendió las manos en señal de agradecimiento y Arcadi Ivánovich por fin se dio cuenta de que la cuestión giraba en torno a su queridísimo Vasia. Lizanka incluso estaba profundamente conmovida. Había oído que Arcadi Ivánovich era tan buen amigo de su novio, que le quería tanto, que le cuidaba tanto, y que constantemente le daba tan buenos consejos, que ciertamente ella, Lizanka, no podía por menos de agradecerle, ni reprimir sus agradecimientos, porque finalmente esperaba que también Arcadi Ivánovich la quisiera, aunque sólo fuera con la mitad del afecto que le profesaba a Vasia. A continuación, se puso a preguntarle si Vasia cuidaba su salud. Le expresó algunas precauciones respecto a la vehemencia de su carácter, a su escaso conocimiento de la gente y la vida práctica. Le dijo también que con el tiempo velaría religiosamente por él, que le cuidaría y le mimaría toda la vida; y que finalmente esperaba que Arcadi Ivánovich no sólo no los dejara, sino que incluso viviera junto a ellos.

—¡Viviremos los tres como si fuéramos uno! —exclamó ella con ingenuo entusiasmo.

Pero había llegado el momento de marcharse. Y como era de esperar, les estaban reteniendo, pero Vasia respondió con firmeza que ya no podían quedarse más tiempo. Arcadi Ivánovich confirmó lo dicho por su amigo. Claro está que les preguntaron el motivo, e inmediatamente salió a relucir que Iulián Mastákovich le había encomendado un trabajo a Vasia, que se trataba de algo urgente e importante que había que presentar pasado mañana por la mañana, y que el trabajo no sólo no estaba terminado, sino que andaba bastante retrasado. La madrecita suspiró al oírlo, mientras que Lizanka simplemente se asustó, se puso nerviosa e incluso le metió prisa a Vasia. El beso de despedida no fue menor por ese motivo; fue más corto y rápido, pero más ardiente y apasionado. Finalmente se despidieron, y los dos amigos se fueron camino de casa.

Inmediatamente, y en cuanto pisaron la calle, se pusieron a intercambiar sus impresiones. Y sucedió lo que tenía que ocurrir: Arcadi Ivánovich se había enamorado locamente de Lizanka. ¿Y a quién podía confiárselo sino al dichoso de Vasia? Y así hizo: no se avergonzó, y al instante se lo confesó todo a Vasia. Vasia se moría de risa, estaba encantado, e incluso señaló que aquello en absoluto constituía un impedimento y que de ahora en adelante serían aún más amigos.

—¡Me has comprendido, Vasia! —le dijo Arcadi Ivánovich—. ¡Sí! Yo la quiero como a ti. Ella será un ángel para mí, igual que para ti, de modo que vuestra felicidad también se derramará sobre mí y me dará calor. También será la dueña de mi casa, Vasia. Mi felicidad estará en sus manos; que disponga de las cosas de casa tanto tuyas como mías. ¡Sí! ¡Mi amistad será tanto para ti como para ella! A partir de este momento seréis inseparables para mí; sólo que ahora tendré dos sujetos como tú, en lugar de uno... —Arcadi se quedó callado por el exceso de sus sentimientos; mientras que Vasia estaba emocionado hasta el fondo de su alma por las palabras pronunciadas por su amigo. Lo que sucedía es que jamás se habría esperado que Arcadi le expresara aquello. Arcadi Ivánovich apenas sabía hablar, y no le gustaba soñar en absoluto; y, sin embargo, ahora se había entregado a los sueños más felices, frescos y de lo más jubilosos.

—¡Cómo voy a cuidaros y a mimaros a los dos! —empezó él de nuevo—. En primer lugar, yo, Vasia, seré padrino de todos tus hijos, desde el primero hasta el último, y, en segundo lugar, también hay que pensar en el futuro. Hay que comprar muebles y alquilar un piso, de manera que, tanto tú como ella y yo, podamos disponer de diferentes habitaciones. ¿Sabes, Vasia? Mañana mismo iré a mirar anuncios en los portales. Tres habitaciones... no, dos es lo que necesitaremos, no más. Incluso pienso, Vasia, que hoy dije una cosa absurda, de si nos llegaría el dinero. ¿Qué por qué? Pues porque, en cuanto la miré a sus ojitos, enseguida comprendí que nos llegaría. ¡Todo será para ella! ¡Cómo vamos a trabajar! ¡Ahora, Vasia, podemos arriesgarnos y pagar hasta veinticinco rublos por un piso! ¡El piso lo es todo, hermano! ¡Unas buenas habitaciones... donde la persona se sienta a gusto y que le inspiren ideas felices! Y, además, Lizanka será nuestra cajera común. ¡No gastaremos un cópec en cosas vanas! ¿Que vaya yo ahora a una taberna? Pero ¿por quién me has tomado? ¡Por nada del mundo! ¡Y a todo eso se sumarán las subidas de sueldo, las gratificaciones, porque trabajaremos aplicadamente!¡Oh! ¡Trabajaremos como si fuéramos bueyes arando tierra...! ¡Imagínate! —y la voz de Arcadi Ivánovich flojeó de satisfacción—. ¡Que de pronto e inesperadamente metamos cada uno en casa unos veinticinco o treinta rublos...! ¡Y, por cada gratificación, le compraríamos bien un sombrerito, una bufandita o algunos bollitos! Tiene que tejerme una bufanda. ¡Mira lo mal que tengo ésta! Toda amarillenta y asquerosa, que hoy me ha hecho pasar verdaderos estragos. ¡Y tú también, Vasia, tienes unas ocurrencias! Vas y me la presentas cuando estoy tratando de desembarazarme de este harapo... ¡Pero no se trata de eso! Fíjate: yo me encargaría del dinero, también tengo que haceros un regalo... ¡Es una cuestión de honor, de amor propio...! Además, no dejaré de percibir mis gratificaciones. ¿O acaso se las van a dar a Skorojódov? Seguro que a ese tipo se le echarían a perder en su bolsillo. Yo, hermano, os compraré cucharas de plata, unos buenos cuchillos, que, aunque no sean de plata, serán unos cuchillos excelentes, y un chaleco; quiero decir, para mí. ¡Quiero ser el padrino de vuestra boda! ¡Pero espérate ahora, hermano! ¡Espérate, porque estaré encima de ti, hoy, mañana, pasado mañana, y durante toda la noche con un palo en la mano, y te machacaré hasta que termines el trabajo! "¡Acábalo lo antes posible, hermano!", te diré, y después de nuevo, al atardecer, estaremos tan contentos. ¡Jugaremos a la lotería...! ¡Y por las tardes estaremos tranquilos sin hacer nada! ¡Pero qué bien! ¡Uf! ¡Demonios! ¡Qué lástima me da no poder ayudarte! Porque, si no, cogería todo tu trabajo y lo haría por ti... ¿Por qué será que no tenemos la misma letra?

—Sí —respondió Vasia—. ¡Sí! Hay que darse prisa. Creo que ya serán las once. Hay que darse prisa... ¡A trabajar! —y al decir esto, Vasia, que se pasó todo el tiempo bien sonriendo, bien intentando intercalar alguna entusiasmada observación suya en la efusión del sentimiento amistoso, en una palabra, que demostraba estar de lo más animado, de pronto se calmó, se quedó callado y aceleró al máximo el paso. Parecía como si alguna tremenda idea de pronto le helara la ardiente cabeza. Diríase que todo su corazón se había encogido.

Arcadi Ivánovich incluso se inquietó. A sus aceleradas preguntas apenas recibía respuestas de Vasia, que le contestaba cualquier cosa, y, a veces, hasta con alguna exclamación que ni siquiera venía al caso.

—Pero ¿qué te ocurre, Vasia? —gritó finalmente Arcadi Ivánovich, que apenas podía seguirle—. ¿Acaso estás tan preocupado?

—¡Oh, hermano, ya está bien de hablar! —respondió Vasia incluso enojado.

—No te pongas triste, Vasia. Está bien —le interrumpió Arcadi—; si yo te he visto escribir cosas más largas en un plazo bastante más corto de tiempo... ¡No te pongas así! ¡Pero si lo que tú tienes es talento! En un caso extremo, hasta podrías escribir más deprisa: si no van a hacer litografías de la escritura. ¡Te dará tiempo...! Sólo que ahora, al estar más preocupado y alterado, te costará más trabajo escribir...

Vasia no le respondió y murmuró algo a media voz, y los dos llegaron a casa realmente alarmados.

Al instante, Vasia se puso manos a la obra con los papeles. Arcadi Ivánovich se tranquilizó y se quedó callado. Se quitó la ropa en silencio y se metió en la cama sin quitarle ojo a Vasia... De pronto le entró una especie de miedo... "¿Qué le ocurre?», se preguntó, mirando la pálida faz de Vasia, sus ojos encendidos y la inquietud que se manifestaba en cada uno de sus gestos. ¡Pero si le temblaban las manos...! "¡Uf! ¡Vaya problema! Si le aconsejé que se acostara un par de horas, y así se le pasaría la excitación.» Vasia, en cuanto hubo terminado una página, levantó la vista y sin querer miró a Arcadi, pero al instante bajó los ojos, y de nuevo agarró la pluma.

—Escucha, Vasia —dijo de pronto Arcadi Ivánovich—, ¿no sería mejor que te acostaras a dormir un poco? Mírate, si parece que tienes fiebre...

Vasia, enojado, e incluso con rabia, miró a Arcadi y no le respondió.

—Atiende, Vasia, ¿por qué te torturas...? Al instante, Vasia se quedó pensativo.

—¿No sería bueno que me tomara una taza de té, Arcasha?—dijo.

—¿Cómo? ¿Para qué?

—Me daría más fuerzas. ¡No quiero dormir y no dormiré! No pararé de escribir. Mientras que ahora con la taza de té me tomaría un descanso y se me iría el mal rato que estoy pasando.

—¡Qué gallardía, hermano Vasia!

¡Estupendo! ¡Así me gusta! Si yo mismo quise habértelo ofrecido. Y me choca que no me haya venido esa idea a la cabeza. Sólo que... ¿sabes una cosa? Mavra no se va a levantar, no se despertará por nada del mundo...

—Sí...

—¡Pero qué absurdo! ¡No pasa nada! —exclamó Arcadi Ivánovich, saltando descalzo de la cama—. Yo mismo pondré el samovar. ¿Acaso es la primera vez que lo hago...?

Arcadi Ivánovich salió corriendo a la cocina y se puso manos a la obra con el samovar. Vasia, mientras tanto, siguió escribiendo. Arcadi Ivánovich se vistió y salió corriendo a la panadería, para que así Vasia pudiera reponerse y aguantar toda la noche. Al cabo de una hora el samovar estaba puesto sobre la mesa. Se pusieron a tomar el té, pero la conversación no fluía entre ellos. Vasia continuó distraído.

—Bueno —dijo finalmente, como si le estuviera dando vueltas a algo—, mañana habrá que ir a felicitarle...

—Pero tú no puedes hacerlo.

—No hermano, no puede ser —respondió Vasia.

—Yo te reemplazaré en todo y firmaré por ti... ¡Qué más quieres! Mañana has de trabajar. Hoy, podrías estarte hasta las cinco, como te sugerí, y después te echas a dormir. Pues, de lo contrario, ¿cómo estarás mañana? Yo te despertaré a las ocho en punto...

—Pero ¿estará bien que me reemplaces y firmes por mí? —dijo Vasia, ya casi convencido.

—¿Y qué otra cosa mejor podría hacerse? ¡Eso lo hacen todos...!

—Para serte sincero, tengo miedo...

—Pero ¿miedo de qué? ¿De qué?

—Pues porque con otra gente, no pasa nada, pero con Iulián Mastákovich... él es mi protector; y si se da cuenta de que es obra de otra mano...

—¿Cómo se va a dar cuenta? ¡Hay que ver cómo eres, Vasiuk! Pero ¿cómo puede darse cuenta...? ¡Si yo, y tú lo sabes, firmo como tú y hasta el bucle me sale igual, te lo juro por Dios! ¡Anda! ¡Qué dices! ¿Quién había de darse cuenta...?

Vasia no le respondió y se tomó el té apresuradamente... Después, dudoso, movió la cabeza.

—¡Vasia, querido! ¡Oh, si lo consiguiéramos! Vasia, pero ¿qué te ocurre? ¡Me estás asustando! ¿Sabes? Yo ahora no me voy a acostar, porque no me dormiría, Vasia. A ver, enséñame, ¿te queda mucho?

Vasia le echó tal mirada, que a Arcadi Ivánovich pareció dársele la vuelta el corazón y paralizársele la lengua.

—¡Vasia! ¿Qué te ocurre? ¿Por qué me miras de ese modo?

—Arcadi, yo, de verdad, iré mañana a felicitar a Iulián Mastákovich.

—¡Bueno, pues ve! —le respondió Arcadi, mirándole abiertamente a los ojos con angustiosa expectación—. Escucha, Vasia, aligera la pluma. No te aconsejo mal, ¡por Dios sabes que es así! ¡Cuántas veces habrá dicho el propio Iulián Mastákovich que lo que le gustaba de tu pluma era la claridad! Si sólo a Skoroplíjin le gusta que la letra sea como si fuera de molde, para después guardarse de algún modo el documento y llevárselo a su casa, para enseñarles a copiar a los niños. ¡No puede, el muy torpe, comprarles un modelo de letra! ¡Mientras que Iulián Mastákovich no cesa de repetir y exigir que la letra debe ser lo más clara posible...! ¡De verdad, qué más quieres! Vasia, si yo ya no sé cómo hablarte... Incluso tengo miedo... Me estás matando con tu tristeza.

—¡No pasa nada! ¡Nada! —dijo Vasia, y del cansancio se desplomó sobre la silla.

Arcadi se asustó.

—¿No quieres un poco de agua? ¡Vasia! ¡Vasia!

—No te preocupes —respondió Vasia estrechándole la mano—. Estoy bien, sólo que me siento un poco triste, Arcadi. Ni yo mismo sabría decirte la razón. Atiende, mejor será que me hables de otra cosa. No me recuerdes eso...

—¡Tranquilízate, Vasia, por el amor de Dios! ¡Acabarás el trabajo, por Dios que lo terminarás! ¿Y si no lo acabas...? ¿Qué pasaría? ¡Tampoco habrías cometido un crimen!

—Arcadi —dijo Vasia, mirando de un modo tan significativo a su amigo que aquél se asustó bastante, pues jamás había visto a Vasia tan nervioso—. Si estuviera solo, como antes... Pero ¡no! No es eso lo que quiero decir. No hago más que querer hablarte y confesarte como amigo... Pero, además, ¿para qué voy a preocuparte...? Ves, Arcadi, unos hacen grandes cosas, y otros, como yo, cosas insignificantes. Bueno, y si te exigieran un agradecimiento y un reconocimiento al que tú no pudieras corresponder... ¿qué sucedería en tal caso?

—¡Vasia! ¡Definitivamente, no te entiendo!

—Jamás fui desagradecido —continuó a media voz Vasia, como si reflexionara consigo mismo—. Pero si yo no estuviera en condiciones de expresarte todo lo que siento, parecería como si... Resultaría que yo realmente soy un desagradecido y eso me mata.

—Bueno, ¡y qué! ¿Acaso todo el agradecimiento consiste en que entregues el trabajo a tiempo? ¡Piensa lo que dices, Vasia! ¿Acaso el agradecimiento consiste en eso?

De pronto Vasia se quedó callado mirando con los ojos abiertos a Arcadi, como si su inesperado argumento disipara todas las dudas. Incluso sonrió, pero al instante adquirió nuevamente la expresión pensativa de antes. Arcadi, al interpretar aquella sonrisa como el fin de todos sus temores y la preocupación que volvía a apoderarse de su amigo como una decisión de mejorar la situación, se alegró sobremanera.

—Bueno, hermano Arcasha, te despertarás —le dijo Vasia—. Mírame. Si me duermo será una desgracia para mí, y ahora me pongo a trabajar... ¿Arcasha?

—¿Qué?

—No. Nada, sólo era por decir algo... quería...

Vasia se sentó y se quedó callado, mientras que Arcadi se acostó. Ni el uno ni el otro se cruzaron dos palabras sobre la visita a Kolomna. Probablemente ambos se sintieran algo culpables yéndose en vano aquella tarde de juerga. Arcadi Ivánovich se durmió enseguida, todo entristecido por Vasia. Para su propio asombro se despertó justo a las ocho de la mañana. Vasia estaba dormido, sentado en la silla, con la pluma en la mano, y con el semblante pálido y cansado. La vela se había apagado. En la cocina estaba Mavra haciendo cosas y poniendo el samovar.

—¡Vasia, Vasia! —exclamó Arcadi, asustado—... ¿Cuándo te quedaste dormido?

Vasia abrió los ojos y saltó de la silla.

—¡Oh! —dijo—. ¡De modo que me dormí...!

Al instante se lanzó sobre los documentos. Bien: todo estaba en orden. Ninguna gota de tinta ni de cera había caído sobre los papeles.

—Creo que me habré dormido hacia las seis —respondió Vasia—. ¡Qué frío ha hecho esta noche! Vamos a tomar un poco de té y de nuevo...

—¿Has recobrado fuerzas?

—¡Sí! ¡sí! Nada; ¡ahora estoy bien...!

—¡Feliz Año Nuevo, hermano Vasia!

—Igualmente, hermano. ¡Buenos días! Yo también te deseo lo mismo, amigo.

Los dos se abrazaron. A Vasia le temblaba la barbilla y los ojos se le habían humedecido. Arcadi Ivánovich permanecía en silencio. Se sentía afligido; ambos tomaron el té deprisa...

—¡Arcadi! He decidido que iré yo mismo donde Iulián Mastákovich...

—Pero si no se dará cuenta...

—Pero a mí, hermano, me remuerde la conciencia.

—Pero si estás sentado aquí por él, y te sacrificas por él... ¡Ya está bien! Yo, ¿sabes una cosa?, me pasaré por allí...

—¿Por dónde? —preguntó Vasia.

—Por casa de las Artémiev, y las felicitaré en tu nombre y en el mío.

—¡Mi querido amigo! ¡Bueno! Yo me quedo aquí. Reconozco que se te ha ocurrido una buena idea, pues me quedaré aquí trabajando y no malgastando el tiempo en fiestas. Pero espera un minuto, que voy a escribir una carta ahora mismo.

—Escribe, hermano, escribe, que te da tiempo. Y yo, mientras tanto, voy a lavarme, a afeitarme y a limpiar el frac. Bueno, ¡Vasia, hermanito! ¡Qué bien vamos a vivir y qué felices seremos! ¡Abrázame, Vasia!

—¡Oh! ¿De veras lo crees, hermano...?

—¿Vive aquí el señor funcionario Shumkov? —se oyó una voz infantil desde la escalera...

—¡Aquí es! ¡Aquí es! —dijo Mavra dejando pasar a la visita.

—¿Quién es? ¿Qué pasa? ¿Qué? —exclamó Vasia, saltando de la silla y lanzándose hacia el vestíbulo—. ¿Eres tú, Petenka...?

—¡Buenos días! Tengo el honor de felicitarle el Año Nuevo, Vasíli Petróvich— dijo un muchacho muy agradable, de unos diez años de edad y con el cabello rizado—. Mi hermana le envía recuerdos y también la madrecita. Y mi hermana me rogó que le diera un beso de su parte...

Vasia cogió en volandas al muchacho y le plantó un dulce, largo y entusiasmado beso en sus labios, que se parecían mucho a los de Lizanka.

—¡Arcadi, dale un beso! —dijo Vasia, pasándole a Petia, y éste, sin tocar el suelo, pasó al instante al vigoroso y hambriento (en el pleno sentido de la palabra) abrazo de Arcadi Ivánovich.

—¡Querido mío! ¿Quieres tomar un poco de té?

—Se lo agradezco de veras. Pero ya lo tomamos en casa. Hoy nos hemos levantado pronto. Mi madre y mi hermana se fueron a la misa de primera hora. Mi hermana se ha pasado dos horas conmigo peinándome, lavándome, untándome de pomadas y cosiendo mis pantalones, porque ayer, jugando con Sashka en la calle, me los rompí. Nos pusimos a jugar con las bolas de nieve y...

—¡Bien! ¡Bien! ¡Bien!

—Bueno, se ha pasado todo ese tiempo arreglándome para la visita. Después me untó de pomadas, me llenó de besos y me dijo:

"Ve a casa de Vasia y pregúntale si está bien, si ha pasado bien la noche"; y también que le preguntara... alguna cosa más. ¡Sí! Me dijo, si había terminado el trabajo del que le habló usted ayer... no sé cómo...

bueno, aquí lo tengo apuntado—dijo el muchacho leyendo un papelito que sacó del bolsillo—. ¡Sí!: "el trabajo que le preocupaba».

—¡Lo terminaré! ¡Lo acabaré! Díselo así mismo, que estará hecho sin falta. ¡Palabra de honor!

—¡Sí! Y también... ¡oh!, ya se me olvidaba.

Mi hermanita me entregó esta nota y un regalo ¡que casi se me pasa...!

—¡Dios mío...! Y ¿dónde está...?, ¿dónde? ¡Mira, hermanito, lo que me escribe! ¡Qué criatura más deliciosa! ¿Sabes una cosa? Ayer vi en su casa una cartera que está haciendo para mí pero que aún no está terminada, y por eso dice que me envía un mechón de su cabello, pues de lo contrario no dejaría de pensar en ella. ¡Míralo, hermano, míralo!

Y, emocionado de asombro, Vasia mostró a Arcadi Ivánovich el mechón del cabello de Lizanka, rizado, espeso y negro bajo la luz del sol. Después lo besó apasionadamente y lo guardó en un bolsillo lateral junto al corazón.

—¡Vasia! ¡Te encargaré un medallón para que guardes ese mechón de cabello!—dijo finalmente con firmeza Arcadi Ivánovich.

—Pues hoy vamos a comer ternera asada, y mañana sesos. La madrecita quiere hacer unos bizcochos... y no comeremos sopa de avena —dijo el muchacho, después de quedarse un rato en silencio como si pensara cómo poner punto final a su conversación.

—¡Oh! ¡Qué niño más rico! —exclamó Arcadi Ivánovich—. ¡Vasia, eres un mortal de lo más feliz!

El niño terminó el té, recogió la nota que había escrito Vasia, recibió miles de besos y salió de la casa tan feliz y lozano como había entrado.

—¡Bueno, bueno, hermano! —se puso a decir todo encantado Arcadi Ivánovich—. ¡Ves qué bien! ¿Lo ves? Todo va saliendo mejor imposible, no te aflijas y no te pongas triste. ¡Adelante con ello! ¡Termínalo, Vasia! En dos horas estaré de vuelta en casa. Me pasaré por casa de ellas y después por donde Iulián Mastákovich...

—Entonces ¡adiós, hermano! ¡Adiós...! ¡Ah, si pudiera...! Pues bien, ¡vamos, ve!—dijo Vasia—. Mientras que yo, hermano, ya he decidido no ir donde Iulián Mastákovich.

—¡Adiós!

—¡Espera, hermano! Diles... bueno, lo que se te ocurra; y dale un beso a ella... y después me lo cuentas todo, hermano... todo...

—¡Bien, bien, si ya sabemos lo que dirá! ¡Esta felicidad te ha revuelto completamente! Es algo inesperado. Desde ayer no eres la misma persona. Todavía no te has repuesto de las impresiones de ayer. ¡Pues claro! ¡Reponte, querido Vasia! ¡Adiós, adiós!

Finalmente los amigos se despidieron. Durante toda la mañana Arcadi Ivánovich estuvo disperso sin parar de pensar en Vasia. Conocía su carácter débil e irritable. "No me equivocaba: ¡la felicidad le ha revuelto completamente!", se decía él para sus adentros. "¡Dios mío! Si también me contagió la tristeza. ¡De qué no hará tragedia este hombre! ¡Vaya fiebre! ¡Oh! ¡Es preciso salvarle!», murmuró Arcadi, sin percatarse de que él mismo, al parecer, estaba convirtiendo en desgracia pequeños e insignificantes detalles cotidianos. Ya eran las once de la mañana cuando llegó a la conserjería de Iulián Mastákovich para añadir su humilde nombre a la larga lista de las respetuosas personalidades que habían firmado allí en un papel manchado con gotas de tinta y todo emborronado. Y cuál no sería su asombro cuando vio refulgir ante sus ojos la firma del propio Vasia Shumkov. Aquello le dejó estupefacto. "Pero ¿qué le ocurre?", pensó. Arcadi Ivánovich, que unos momentos antes albergaba tantas esperanzas, salió disgustado. Realmente, se avecinaba una desgracia. Pero ¿dónde?, ¿qué tipo de desgracia?

Llegó a Kolomna con el ánimo bajo. Al principio estuvo cortado, pero tras hablar con Lizanka salió de la casa con lágrimas en los ojos, porque estaba realmente preocupado por Vasia. Salió corriendo camino de casa y junto al río Nevá se chocó de frente con Shumkov, que también iba corriendo.

—¿Adónde vas?—exclamó Arcadi Ivánovich.

Vasia se detuvo, como si le pillaran cometiendo un crimen.

—A ninguna parte, sólo quería darme una vuelta.

—¿No has podido resistirte y te dirigías a Kolomna? ¡Oh, Vasia! Pero ¿para qué has ido donde Iulián Mastákovich?

Vasia no respondió, pero después hizo un ademán con la mano y dijo:

—¡Arcadi, no sé lo que me está sucediendo! Yo...

—¡Tranquilo, Vasia! ¡Sé lo que te pasa! ¡Cálmate! Desde ayer estás nervioso y emocionado. Date cuenta de que es difícil de encajar. Pero todos te quieren, todos se preocupan por ti, tu trabajo va avanzando y lo acabarás, indudablemente que lo acabarás; pero sé que se te ha pasado algo por la cabeza que te tiene atemorizado...

—No. No es nada. No es nada...

—¿Te acuerdas, Vasia, de cuando te ascendieron de grado? Que de la felicidad y el agradecimiento duplicaste tu recelo y te pasaste toda una semana emborronando papeles y estropeando el trabajo. Lo mismo te sucede ahora...

—¡Sí! ¡Sí, Arcadi! Pero ahora me ocurre algo diferente, algo completamente diferente.

—Pero ¡cómo que no, por Dios! Puede que la cosa no sea tan urgente, y tú, martirizándote...

—¡Nada, nada! ¡Sólo hablaba por hablar! ¡Vamos!

—¿Entonces te vienes a casa, y no vas donde ellas?

—¡No, hermano! ¿Con qué cara podía presentarme yo allí...? He cambiado de opinión. Lo que ocurrió es que al quedarme solo en casa no aguanté más, pero ahora que estás junto a mí, me sentaré a escribir. ¡Vamos!

Caminaron en silencio durante un rato.

Vasia tenía prisa.

—¿Cómo es que no me preguntas nada de ellas? —dijo Arcadi Ivánovich.

—¡Oh! ¡Es verdad! ¡Bueno, Arcashenka, habla!

—¡Vasia, no pareces el mismo!

—Bueno, ¡no pasa nada! ¡Cuéntamelo todo, Arcasha! —dijo Vasia con voz suplicante, como si quisiera evitar posteriores explicaciones.

Arcadi Ivánovich suspiró. Estaba realmente confundido viendo a Vasia. Pero las noticias sobre la familia de la novia parecieron animarle.

Incluso se puso dicharachero. Almorzaron. La anciana había llenado el bolsillo de Arcadi Ivánovich de bizcochos, y los amigos, según iban comiéndolos, se alegraban cada vez más. Después de comer, Vasia dijo que iba a acostarse un rato, para pasar después toda la noche trabajando. Y realmente se echó. Por la mañana, alguien de quien Arcadi Ivánovich no podía declinar la invitación le invitó a tomar té. Los dos amigos se separaron. Arcadi prometió regresar a casa lo antes posible; procuraría incluso estar a las ocho. Tres horas de separación se le hicieron a Arcadi más largas que tres años. Finalmente pudo liberarse y salir corriendo para estar junto a Vasia.

Al entrar en casa vio que la habitación estaba completamente oscura. Vasia no estaba en casa. Arcadi preguntó a Mavra, quien le dijo que Vasia no había parado de escribir y que no durmió nada, después se puso a dar vueltas por la habitación, y que más tarde, hacía una hora, salió corriendo diciendo que regresaría enseguida; "y que cuando volviera Arcadi

Ivánovich, le dijera, yo, la vieja", concluyó Mavra, "que se había ido a dar una vuelta, repitiendo esto unas tres o cuatro veces".

"¡Está en casa de las Artémiev!", pensó Arcadi Ivánovich moviendo la cabeza.

Al cabo de un minuto dio un salto como si la esperanza reviviera en él. "¡Simplemente, lo habrá terminado!" , pensó. "¡Eso es todo! No pudo aguantar más y salió corriendo a verlas. ¡Pero no puede ser! Me habría esperado... Voy a echar un vistazo a ver cómo va su trabajo.» Encendió una vela y se dirigió a toda prisa hacia el escritorio de Vasia: el trabajo había avanzado considerablemente, y parecía que no faltaba mucho para terminarlo. A Arcadi Ivánovich le dieron ganas de seguir investigando, pero de pronto entró Vasia...

—¡Ah! ¿Estás aquí?—exclamó éste, estremecido por el susto. Arcadi Ivánovich permaneció en silencio. Temía preguntarle a Vasia. Éste agachó la mirada y en silencio se puso a ordenar papeles. Finalmente sus miradas se encontraron. La de Vasia era tan suplicante y abatida que Arcadi se estremeció al mirarle. Su corazón tembló pareciendo salírsele...

—Vasia, hermano mío ¿qué te sucede?, ¿qué te pasa?—exclamó lanzándose hacia su amigo y estrechándole entre sus brazos—. Dime, ¿qué te pasa y por qué estás triste? ¡Pobre mártir! ¿Qué es? Cuéntame todo sin ocultarme nada. No puede ser que sólo eso...

Vasia se fundió con él en un fuerte abrazo, sin poder pronunciar palabra y quedándose sin aliento.

—¡Está bien, Vasia! ¡Está bien! ¿Acaso no lo vas a acabar? ¿Qué sucede? No te comprendo. Confiésame lo que te martiriza. ¿Es que no ves que soy todo oídos...? ¡Oh! ¡Dios mío! —repitió varias veces Arcadi, dando zancadas por la habitación y agarrándose a todos los objetos que se le ponían a mano como si buscara urgentemente una medicina para Vasia—. Yo mismo iré en tu lugar mañana a Iulián Mastákoich, y le rogaré, le suplicaré, para que te conceda un día más. Le explicaré todo, absolutamente todo, si es eso lo que te martiriza tanto...

—¡Que Dios te ampare! —exclamó Vasia y se puso más pálido que una pared. Apenas se tenía en pie.

—¡Vasia, Vasia!

Vasia volvió en sí. Sus labios temblaban. Intentaba pronunciar algo, pero no conseguía hacer otra cosa que estrechar convulsivamente la mano de Arcadi... Su mano estaba fría. Arcadi permanecía expectante frente a él, abatido por la tristeza y la angustia. Vasia de nuevo dirigió su mirada hacia él.

—¡Vasia! ¡Que Dios te ampare! ¡Querido amigo, me estás destrozando el corazón!

De los ojos de Vasia corrieron lágrimas a raudales y se lanzó a los brazos de su amigo.

—¡Te he engañado, Arcadi! —dijo él—. ¡Te engañé! ¡Perdóname! ¡Discúlpame! He traicionado nuestra amistad...

—¿Qué? ¿Qué dices, Vasia? ¿De qué se trata?—le preguntó Arcadi, completamente horrorizado.

—¡Pues de esto!

Y Vasia con gesto desesperado sacó del cajón seis gruesos cuadernos, similares al que estaba copiando, y los arrojó sobre el escritorio.

—¿Qué es esto?

—Aquí tienes lo que tiene que estar hecho pasado mañana. ¡No hice ni la cuarta parte de lo que tenía que hacer! ¡Pero no me preguntes, ni me interrogues sobre... cómo pudo suceder! —dijo Vasia, comenzando él mismo la conversación de lo que tanto le martirizaba—. ¡Arcadi, amigo mío, ni yo mismo sé lo que me ha ocurrido! Parece que estoy despertando de un sueño. He perdido en vano tres semanas enteras. Yo... no he hecho más que ir a visitarla. No podía con mi corazón, y una sensación desconocida... me hacía sufrir... sin que pudiera concentrarme para escribir. No pensaba en ello. Sólo ahora, cuando la felicidad se me viene encima, recobro la conciencia.

—¡Vasia! —dijo Arcadi Ivánovich con tono decidido—. ¡Vasia! Yo te sacaré del apuro. Lo entiendo todo. Esta cuestión no es una broma. ¡Escúchame! Mañana mismo iré a ver a Iulián Mastákovich... No muevas la cabeza. ¡No! ¡Atiende! Le contaré todo, tal y como ha sucedido. Déjame hacerlo de ese modo... ¡Se lo explicaré... soy capaz de todo! Le diré lo mal que te encuentras y lo que sufres.

—¿Sabes que ahora me estás haciendo sentirme muy mal? —dijo Vasia, quedándose completamente helado de frío.

Arcadi Ivánovich se quedó pálido, pero reaccionó al instante y se echó a reír.

—¿Qué importancia tiene? —dijo él—. ¡Hombre, Vasia! ¿No te da vergüenza? ¡Atiende! Veo que te estoy dando un disgusto. ¿Lo ves? Te entiendo: sé lo que te pasa. Si ya llevamos cinco años viviendo juntos, ¡gracias a Dios! Eres bondadoso, dulce, pero débil, imperdonablemente débil. Si de ello se percató hasta Lizaveta

Mijáilovna. Al margen de esto, eres un soñador, y eso tampoco te beneficia: ¡porque puedes perder el juicio, hermano! ¡Espera, porque sé lo que deseas! Te habría gustado, por ejemplo, que Iulián Mastákovich estuviera rebosante de alegría y que en honor a tu boda organizara incluso un baile... Pero ¡espera, espera! Estás arrugando la frente. ¿Lo ves?: por una palabra que dije; te has ofendido por lo de Iulián Mastákovich. Pero dejémoslo a un lado. ¡Si yo también le tengo tanto respeto como tú! Pero no me discutas contradiciéndome que te gustaría que todo el mundo fuera feliz el día en que tú te casaras... Sí, hermano, tendrás que reconocer que te gustaría que, por ejemplo, yo, tu mejor amigo, tuviera de repente unos cien mil rublos de capital; que todos cuantos enemigos hubiera sobre la faz de la tierra, de pronto, sin ton ni son, se amigaran y se abrazaran de felicidad en medio de la calle y que después vinieran a visitarte aquí, a tu casa. ¡Amigo mío! ¡Mi querido amigo! No me estoy burlando, sino que es así. Y tú, desde hace tiempo, me has estado representando todo esto en diferentes facetas. Puesto que, como te sientes feliz, deseas que todos, decididamente todos, se vuelvan de repente felices. ¡Te duele y te cuesta aceptar que sólo tú eres feliz! ¡Y por eso deseas ahora con todas tus fuerzas ser digno de esa felicidad y hacer alguna heroicidad para tranquilizar tu conciencia! ¡Comprendo cómo te debe de atormentar que en algunas cosas, en las que podrías demostrar tu celo y habilidad... y tal vez agradecimiento, como tú dices, de pronto fueras y metieras la pata! Sientes un gran pesar ante la idea de que Iulián Mastákovich frunza el ceño y se enfade contigo cuando vea que has decepcionado la esperanza que él había puesto en ti. Te duele pensar que puedas oír reproches del que es tu protector. ¡Y en qué momento! ¡Cuando tienes el corazón rebosante de felicidad y no sabes a quién expresarle tu gratitud...! Porque es así, ¿no es cierto? ¿Verdad?

Arcadi Ivánovich, al que le tembló la voz al terminar la frase, se quedó callado y tomó aliento.

Vasia miraba a su amigo con ternura. Y una sonrisa se deslizó por sus labios. Incluso pareció que una esperanza revivía en su rostro.

—Bien, entonces, escúchame —dijo nuevamente Arcadi, aún más alentado por esa esperanza—: ni falta que hace que Iulián Mastákovich cambie respecto a su benevolencia contigo. ¿No se trata de eso, querido amigo? ¿Acaso no es eso? Y si es así —dijo Arcadi pegando un salto de la silla—, entonces yo me sacrificaré por ti. Mañana iré a ver a Iulián Mastákovich... ¡Y no me contradigas! Tú, Vasia, estás considerando tu descuido como si fuera un crimen. Y, además, Iulián Mastákovich es muy magnánimo y misericordioso, y es muy diferente a ti. Él, hermano Vasia, nos escuchará a ti y a mí, y nos sacará de la desgracia. ¡Bueno! ¿Ya estás más tranquilo?

Vasia, con los ojos empapados en lágrimas, estrechó la mano de Arcadi.

—¡Bien, Arcadi! ¡Está bien! —le dijo—. Decidido. Bueno... pues no he terminado el trabajo, ¿y qué? Si no lo terminé, pues no lo he terminado. Y no tienes por qué ir tú. Yo mismo le explicaré todo e iré yo. Ahora ya me he tranquilizado, estoy completamente tranquilo. Sólo que no vayas tú... Pero atiende...

—¡Vasia, querido amigo! —exclamó lleno de alegría Arcadi Ivánovich—. He hablado para que me entiendas. Soy feliz de que ya hayas recapacitado y estés dispuesto a rectificar. Pero pase lo que pase, y te ocurra lo que te ocurra, recuerda que estoy a tu lado. Veo que te martiriza la idea de que yo le diga algo a Iulián Mastákovich; y no se lo diré, no le diré nada, sino que se lo dirás tú mismo. Verás: vas a ir mañana... o mejor será que no vayas sino que te quedes aquí escribiendo, ¿lo comprendes? Y yo ya me enteraré allí de si ese asunto es tan urgente o no, si es imprescindible tenerlo acabo para la fecha fijada o no, y qué pasaría si te excedieras del plazo. Después vendré aquí corriendo a contártelo... ¡Lo ves! ¡Si hay esperanza! Figúrate que el asunto no sea urgente y salgamos bien parados. Tal vez Iulián Mastákovich no se acuerde y, en tal caso, estaremos a salvo.

Vasia movió pensativo la cabeza. Pero su mirada de agradecimiento no se apartaba del rostro de su amigo.

—¡Está bien! Estoy cansado y me siento muy débil —dijo, ahogándose en las palabras—; ni yo mismo tengo ganas de pensar en ello. ¡Pues hablemos de otra cosa! Yo, ya ves, probablemente no me ponga ahora a escribir, sino que terminaré como pueda un par de páginas hasta llegar a un punto. ¡Atiende...! Llevo ya tiempo queriéndote preguntar: ¿cómo es que me conoces tan bien?

Las lágrimas de Vasia resbalaban sobre las manos de Arcadi.

—¡Si supieras cuánto te quiero, Vasia, no me habrías preguntado esto!

—¡Sí! ¡Yo no sé, Arcadi, por qué... por qué me quieres tanto! ¿Sabes, Arcadi, que hasta me agobiaba tu afecto? ¿Sabes cuántas veces, al irme a dormir pensando en ti (porque siempre pienso en ti antes de dormir), me empapaba en lágrimas, y mi corazón se estremecía por, por... ¡Porque me quieres tanto, mientras que yo no puedo aliviar mi corazón y demostrarte mi gratitud...!

—¡Ves, Vasia, cómo eres...! Mira qué disgustado estás —dijo Arcadi, quien en aquellos momentos tenía estremecida el alma, y que se acordó de la escena de la calle del día anterior.

—¡Está bien! Quieres que me tranquilice, cuando yo jamás había estado tan tranquilo y feliz como ahora. ¿Sabes una cosa...? Escucha, me habría gustado haberte contado todo, pero siempre he temido disgustarte... Tú siempre te disgustas y me gritas; y yo me asusto... Mira cómo estoy temblando ahora mismo y no sé por qué. Verás, hay algo que quiero decirte. Creo que hasta ahora no me conocía a mí mismo. ¡Sí! Igual que a otros, que sólo los conocí ayer. Yo, hermano, no sentía ni apreciaba las cosas en su plenitud. Mi corazón... era un callo... Escucha: ¡cómo es que jamás hice yo nada bueno en este mundo a nadie, porque no podía hacérselo, e incluso resulto desagradable físicamente...! ¡En cambio, a mí todos me han hecho bien! Y el primero de todos eres tú, ¿acaso no lo veo? Y mientras eso sucedía, yo me limitaba a callar.

—¡Basta, Vasia!

—¿Por qué, Arcasha! ¿Por qué...? Si estoy bien—le interrumpió Vasia, sin poder apenas pronunciar palabra por las lágrimas que lo ahogaban—. Ayer te hablé de Iulián Mastákovich. Y tú sabes que es un hombre recto, y tan severo que hasta te ha llamado la atención un par de veces, y, sin embargo, ayer se le ocurrió gastarme unas bromas abriéndome su bondadoso corazón, que por prudencia no se lo abre a todo el mundo...

—¿Y qué, Vasia? Eso te demuestra que eres merecedor de tu felicidad.

—¡Oh, Arcasha! ¡Si supieras qué ganas tengo de acabar todo este trabajo...! ¡Pero no, echaré a perder toda mi felicidad! ¡Lo presiento! Pero no por eso —le interrumpió Vasia, al ver que Arcadi miraba de reojo el montón de papeles que había sobre el escritorio—. Eso no es nada, es sólo papel escrito... ¡Vaya absurdo! Ésta es una cuestión resuelta... yo... Arcasha, estuve hoy allí, en casa de ellas... pero no entré. ¡Me sentía mal, con ganas de llorar! Sólo permanecí junto a la puerta. Ella tocaba el piano y yo la escuchaba. Lo ves, Arcadi —dijo, bajando la voz—: no me atreví a entrar...

—Escucha, Vasia, ¿qué te pasa? Me miras de un modo tan raro...

—¿Qué? ¡Nada! No me encuentro bien. Me tiemblan las piernas, porque me pasé la noche sentado. ¡Sí! Y parece que se me nubla la vista. Y aquí, aquí...

Se señaló el corazón y perdió el sentido.

Cuando Vasia volvió en sí, Arcadi quiso adoptar serias medidas. Intentó llevarle a la cama a la fuerza. Pero Vasia se resistía con todas sus fuerzas. Lloraba, chasqueaba los dedos, quería escribir, deseando terminar inmediatamente sus dos páginas. Para no ponerle más nervioso, Arcadi le dejó que se acercara a los papeles.

—¡Lo ves! —dijo Vasia, sentándose al escritorio—, ¡también a mí se me ha ocurrido una idea, porque cabe una esperanza! —sonrió a Arcadi, y su pálida faz realmente pareció revivir con el haz de la esperanza—. Mira: pasado mañana le llevaré una parte del trabajo. Y mentiré sobre el resto, diciéndole que se ha quemado, o que se ha empapado de agua, o que lo he extraviado... que, finalmente, no pude acabarlo, porque yo no sé mentir. Se lo explicaré yo mismo. ¿Sabes una cosa? Se lo explicaré todo. Le diré esto y lo otro, y que no pude acabarlo... le contaré lo de mi amor. Si él mismo se casó no hace mucho, ¡me comprenderá! Y haré todo esto con educación y buen tono. Él verá mis lágrimas y eso le conmoverá...

—¡Pues sí! ¡Ve, ve a verle y explícale todo...! ¡Pero no es necesario derramar lágrimas. ¡Para qué! De veras, Vasia, que me has dado un buen susto.

—Sí. Iré, iré. Y ahora deja que me ponga a escribir; déjame escribir, Arcasha. ¡No molestaré a nadie, pero déjame hacerlo!

Arcadi se tumbó en la cama. Vasia no le inspiraba ninguna confianza. Era capaz de todo. Pero ¿qué sentido tenía pedir perdón y presentar excusas? Se trataba de otra cosa y es que Vasia no había terminado el trabajo que se le había encargado. Se sentía culpable y desagradecido con su destino. Estaba deprimido y conmocionado de felicidad, considerándose a sí mismo indigno de ella; únicamente había buscado un pretexto para irse por esos derroteros, y desde el día de ayer aún no había vuelto en sí, por lo inesperado de los acontecimientos. "¡Eso es lo que ha pasado!", pensó Arcadi Ivánovich. "Hay que salvarle. Es necesario reconciliarle consigo mismo. Porque él mismo se humilla".

Estuvo un buen rato pensando y decidió irremediablemente ir al día siguiente a ver a Iulián Mastákovich para contarle todo.

Vasia estaba sentado y escribiendo. Completamente agotado, Arcadi Ivánovich se echó en la cama para pensar nuevamente en el asunto, y se despertó cuando ya estaba amaneciendo.

—¡Demonios! ¡Otra vez! —exclamó, mirando a Vasia; éste seguía sentando y escribiendo.

Arcadi se dirigió rápidamente hacia él, lo agarró, y a la fuerza se lo llevó a la cama. Vasia sonreía: los ojos se le cerraban de la debilidad. Apenas podía pronunciar palabra.

—Si yo mismo quería acostarme —dijo él—. ¿Sabes, Arcadi? Tengo una idea ¡He agilizado la pluma! No tenía fuerzas para seguir sentado más tiempo en el escritorio; despiértame a las ocho.

No acabó la frase y se quedó profundamente dormido.

—¡Mavra! —dijo Arcadi Ivánovich en voz baja a la mujer que traía el té—; Vasia pidió que se le despertara dentro de una hora. ¡Pero bajo ningún concepto! Que duerma diez horas si es necesario. ¿Lo entiendes?

—Lo entiendo, padrecito, lo entiendo.

No es necesario que hagas la comida, y no andes revolviendo la leña y haciendo ruido. ¡Pobre de ti si lo haces! Y, si preguntara por mí, dile que me fui a la oficina, ¿lo entiendes?

—Lo entiendo, padrecito, lo entiendo. Que descanse a gusto, ¡a mí qué más me da! Me alegro de que los señores duerman bien, y yo velo por sus cosas. Hace unos días, cuando se rompió una taza y usted me reprendió, quiero que sepa que no fui yo, sino la gata Mashka. No me dio tiempo de verla cuando saltaba y ¡zas! Tiró la taza al suelo, la muy desgraciada.

—¡Chis! ¡Calla, calla!

Arcadi Ivánovich acompañó a Mavra a la cocina, le pidió la llave y la dejó allí encerrada. A continuación se fue a la oficina. Por el camino iba dándole vueltas a cómo debía abordar a Iulián Mastákovich, y si aquello le saldría con soltura o si, por el contrario, pudiera parecer impertinente. Tímidamente entró en la oficina y preguntó turbado si estaba Su Excelencia. Le dijeron que no, y que no estaría en todo el día. Por un instante, Arcadi Ivánovich pensó en dirigirse a su casa, pero reflexionó y decidió que, si Iulián Mastákovich no había acudido a la oficina, sería porque tenía asuntos que resolver en casa. Se quedó a esperar.

Las horas se le hicieron eternas. Sin que se le notara, y con mucha mano izquierda, fue preguntando acerca del trabajo que se le había encomendado a Shumkov. Pero nadie sabía nada. Lo único que sabían es que Iulián Mastákovich le hacía encargos especiales, de los que nadie tenía información. Finalmente dieron las tres, y Arcadi Ivánovich se fue corriendo a casa. En el vestíbulo le detuvo un escribiente y le dijo que Vasíli Petróvich Shumkov había estado allí a la una aproximadamente "preguntando si usted se encontraba aquí y si Iulián Mastákovich había venido". Al oír aquello, Arcadi Ivánovich salió corriendo, alquiló un coche y llegó a casa asustado hasta más no poder.

Shumkov se encontraba en casa. Daba vueltas por la habitación, demasiado excitado. Al ver a Arcadi Ivánovich, al momento pareció recobrar la compostura y recapacitó, apresurándose en ocultar su preocupación. En silencio, se puso manos a la obra con sus papeles. Parecía esquivar las preguntas de su amigo que pudieran resultarle molestas; tramaba algo para sus adentros y había decidido no desvelar su decisión, como si no debiera depositarse confianza en una amistad. Aquello sorprendió a Arcadi, punzándole fuerte y penetrantemente el corazón. Se sentó en la cama y abrió un librito, el único que tenía, sin quitarle ojo de encima al pobre Vasia. Pero éste permanecía tenazmente callado y escribiendo sin levantar cabeza. Así transcurrieron varias horas y el sufrimiento de Arcadi crecía cada vez más. Finalmente, hacia las once, Vasia levantó la cabeza y le dirigió a Arcadi una mirada torpe y fija.

Éste permanecía a la espera. Pasaron unos dos o tres minutos y Vasia seguía callado.

—¡Vasia!—exclamó Arcadi. Vasia no respondió—. ¡Vasia! —repitió de nuevo Arcadi, levantándose de la cama—. Vasia: ¿qué te sucede?, ¿qué te pasa? —exclamó, acercándose a él. Vasia levantó la cabeza y otra vez le dirigió una mirada torpe y fija.

"¡Le ha dado un espasmo!", pensó Arcadi, asustado e invadido de miedo.

Cogió una jarra de agua, levantó a Vasia, le echó agua en la cabeza, le refrescó las sienes, le frotó las manos y Vasia recobró el sentido.

—¡Vasia! ¡Vasia! —exclamó Arcadi, derramando lágrimas sin poderse contener—. ¡Vasia, no te mates de ese modo, recobra el sentido! ¡Vamos...! —sin terminar la frase, lo estrechó ardientemene entre sus brazos. Una extraña expresión recorrió la faz de Vasia. Se frotó la frente y se agarró la cabeza cual si temiera que ésta le fuera a estallar.

—¡No sé lo que me sucede! —dijo finalmente—; creo que me he esforzado demasiado. ¡Bueno, está bien! ¡Está bien, Arcadi! ¡No te preocupes! —repetía, mirándole con ojos tristes y agotados—. ¿Por qué habíamos de preocuparnos? ¿No te parece?

—Pero si tú me tranquilizas —exclamó Arcadi, al que el corazón parecía estallarle—. Vasia: acuéstate y duerme un poco. ¡Vamos! —dijo finalmente—. ¡No te martirices en vano! ¡Será mejor que después te pongas de nuevo a trabajar!

—¡Sí, sí! —repitió Vasia—. ¡Permíteme! ¡Voy a echarme! ¡Está bien! ¡Lo ves, tenía intención de acabarlo, pero ahora he cambiado de opinión...! ¡Sí...!

Y Arcadi lo metió en la cama.

—¡Escucha, Vasia! —le dijo con firmeza—, ¡hay que solucionar inmediatamente esta cuestión! Dime, ¿qué es lo que te has propuesto?

—¡Ah!—dijo Vasia, haciendo un gesto con su debilitada mano y girando la cabeza hacia otro lado.

—¡Bueno, Vasia, bueno! ¡Decídete! Yo no quiero ser tu asesino. No quiero callar por más tiempo. No te dormirás hasta que te lo propongas. Lo sé.

—¡Como quieras, como quieras! —repitió Vasia en tono enigmático.

"¡Parece que ya se deja convencer!", pensó Arcadi Ivánovich.

—Hazme caso, Vasia —le dijo—, recuerda lo que te dije. Mañana te salvaré; mañana resolveré tu destino. Pero ¿qué digo yo del destino? Me has dado tal susto, Vasia, que incluso yo mismo utilizo tus términos. ¡Qué destino! ¡Si es absurdo! ¡Tonterías! ¡Tú lo que no quieres es perder la buena disposición y hasta el afecto que te tiene Iulián Mastákovich! ¡Claro! ¡Y no los vas a perder!, ya lo verás... Yo... Arcadi Ivánovich podía estar hablándole todavía durante un largo rato, pero Vasia le interrumpió. Se incorporó en la cama, se abrazó en silencio al cuello de Arcadi Ivánovich y le dio un beso.

—¡Bueno!—dijo con voz débil—. ¡Está bien! ¡Ya hemos hablado suficiente del asunto! Y de nuevo se volvió de cara a la pared.

"¡Dios mío!", pensó Arcadi, "¡Dios mío! ¿Qué le ocurre? Ha perdido el juicio por completo. ¿Qué decisión habrá tomado? ¡Se matará a sí mismo!".

Arcadi le miraba perplejo.

"Si se hubiera puesto enfermo", pensó Arcadi, "puede que hasta fuera mejor. Con la enfermedad pasaría la preocupación por alto, y después podría arreglarse todo el asunto estupendamente. Pero ¿por qué miento? ¡Ay, Dios mío...!".

Mientras tanto, pareció que Vasia se había quedado dormido. Arcadi Ivánovich se alegró. "¡Es una buena señal!», pensó. Había tomado la decisión de permanecer junto a él durante toda la noche. Pero Vasia estaba inquieto. Se estremecía a cada minuto, daba vueltas en la cama y en algunos momentos abría los ojos. Finalmente el cansancio le venció. Parecía que se había quedado profundamente dormido. Eran casi las dos de la madrugada. Arcadi Ivánovich se quedó traspuesto sentado en la silla, con el codo apoyado en la mesa.

Tenía un sueño alterado y extraño. No hacía más que parecerle que él no estaba dormido y que Vasia estaba tumbado en la cama como antes. Pero ¡cosa rara! Tenía la impresión de que Vasia se hacía el dormido, de que incluso le engañaba y de que en cualquier momento se iba a levantar despacito y, observándole de reojo, se acercaría a hurtadillas al escritorio. Un ardiente dolor oprimía el corazón de Arcadi. Estaba triste y angustiado y le costaba aceptar que Vasia desconfiaba de él, se escondía y le ocultaba cosas. Quería cogerle, gritar y llevárselo a la cama... Entonces Vasia, en los brazos de Arcadi, daba un grito, y éste se veía llevando a la cama un cuerpo sin vida. Un sudor frío corría por la frente de Arcadi y su corazón latía con increíble fuerza. Abrió los ojos y se despertó. Vasia estaba sentado delante de él en el escritorio y escribiendo.

Desconfiando de sus sentidos, Arcadi miró a la cama: Vasia no estaba allí. Arcadi pegó un salto, presa todavía de sus visiones. Vasia no se inmutó. No paraba de escribir. ¡De pronto, Arcadi observó horrorizado que Vasia pasaba por el papel la pluma con la punta seca y sin tinta; que pasaba una tras otra las páginas en blanco y que tenía prisa, mucha prisa por rellenar la hoja, como si estuviera realizando un trabajo con extraordinaria eficacia! "¡No, esto no es un pasmo!», pensó Arcadi Ivánovich temblando todo.

—¡Vasia, Vasia! ¡Respóndeme, por favor! —exclamó, agarrándole del hombro. Pero Vasia continuó callado, y, como antes, seguía pasando a toda prisa la pluma seca sobre el papel—. Finalmente he podido hacer que la pluma escriba más deprisa—dijo, sin levantar la cabeza para mirar a Arcadi.

Arcadi le cogió de la mano y le arrancó la pluma.

Se oyó salir un gemido del pecho de Vasia. Dejó caer los brazos, levantó los ojos para mirar a Arcadi, y después con gesto triste y agotado se pasó la mano por la frente, como si quisiera quitarse de encima algún insoportable peso depositado sobre su persona, y en silencio, como si se quedara pensativo, bajó la cabeza.

—¡Vasia, Vasia!—exclamó Arcadi Ivánovich desesperadamente—. ¡Vasia!

Al cabo de un minuto, Vasia le miró. Tenía lágrimas en sus grandes ojos azules, y su rostro pálido y sumiso expresaba un terrible sufrimiento... Estaba susurrando algo.

—¿Qué? ¿Qué? —exclamó Arcadi, inclinándose hacia él.

—¿Por qué? ¿Por qué yo? —murmuró Vasia—. ¿Por qué? ¿Qué es lo que he hecho?

—¡Vasia! ¿Qué dices? ¿De qué tienes miedo? ¿De qué? —exclamó Arcadi, retorciéndose desesperadamente las manos.

—¿Por qué habían de enviarme a filas? —dijo Vasia, mirando directamente a los ojos de su amigo—. ¿Por qué? ¿Qué es lo que he hecho?

A Arcadi se le pusieron los pelos de punta. No quería creer lo que veía. Permanecía como una estaca frente a él.

Transcurrido un minuto se repuso. "¡No es nada, fue una cuestión momentánea!", se dijo para sus adentros, completamente pálido, con los labios temblorosos y azulados, y salió corriendo a ponerse la ropa. Quería ir deprisa a por el médico. De pronto Vasia le llamó. Arcadi se lanzó hacia él y lo abrazó como una madre a la que le arrebatan a su criatura....

—¡Arcadi, Arcadi, no se lo digas a nadie! ¿Lo oyes? Éste es mi problema. He de sufrirlo yo solo...

—¿Qué dices? ¿Qué dices? ¡Recobra el sentido! ¡Vamos!

Vasia lanzó un suspiro y unas silenciosas lágrimas corrieron por sus mejillas.

—¿Por qué había de matarla a ella? ¿Qué culpa tiene...? —murmuró él con una voz desgarradora—. ¡Es mi pecado...!

Se quedó callado un instante.

—¡Adiós, querida mía! ¡Adiós! —susurró, moviendo su pobre cabeza. Arcadi se estremeció, recobró el sentido y quiso ir en busca del médico—. ¡Vamos! ¡Ha llegado el momento! —exclamó Vasia, reparando en los movimientos de Arcadi—. ¡Vamos, hermano, vamos! ¡Yo estoy preparado! ¡Y tú, acompáñame! —se quedó callado, mirando a Arcadi con gesto agotado y de desconfianza.

—¡Vasia, por el amor de Dios, no me sigas! Espérame aquí. Enseguida regreso junto a ti —dijo Arcadi Ivánovich, sin saber lo que hacía y cogiendo la visera para salir corriendo en busca del médico. Vasia se sentó al momento. Estaba tranquilo y obediente, únicamente en sus ojos se percibía el brillo de alguna desesperada decisión. Arcadi se dio la vuelta, cogió el cortaplumas de la mesa, miró por última vez a su pobre amigo y salió corriendo del piso.

Eran las ocho de la mañana. Hacía tiempo que la luz había dispersado la oscura noche de la habitación.

Arcadi no encontró a nadie. Llevaba una hora corriendo. Todos los médicos, cuyas direcciones preguntaba a los porteros, con la esperanza de que pudiera vivir alguno en la casa, se habían marchado. Unos a hacer las correspondentes visitas y otros a hacer sus gestiones. Dio con uno que pasaba consulta. Se pasó un largo rato haciendo meticulosas preguntas a su criado, quien le había informado de la visita de Nefédevich. Le preguntó de parte de quién venía, quién era, qué era lo que quería, y de qué condición social era un paciente tan madrugador. Concluyó diciendo que no podía atenderle, que tenía muchos asuntos que resolver, que no podía desplazarse, y que a enfermos de ese tipo había que llevarlos directamente al hospital.

Hundido y desmoralizado, Arcadi, que de ninguna de las maneras esperaba semejante desenlace, lo dejó todo, incluidos todos los médicos del mundo, y a toda prisa se dirigió a casa, alarmado sobremanera por Vasia. Entró corriendo en casa. Mavra, como si nada sucediera, barría el suelo y rompía las astillas para encender la estufa. Arcadi fue directamente a la habitación, donde no quedaba ni rastro de Vasia. Se había marchado...

"¿Adónde se habrá ido? ¿Dónde estará? ¿Dónde podría encontrarse el infeliz?", pensó Arcadi, lívido de horror. Comenzó a hacerle preguntas a Mavra. Ella no sabía ni había visto nada y tampoco se había enterado de cuándo se había marchado.

—¡Que Dios le ampare! —dijo. Nefédevich se fue corriendo a Kolomna, a casa de la novia. ¡Dios sabe por qué pensó que podría estar allí!

Eran ya casi las diez cuando llego a Kolomna. Allí no esperaban su visita, nada sabían y nada habían visto. Arcadi permaneció delante de ellos asustado y disgustado, mientras les preguntaba dónde estaba Vasia. La anciana no se podía sostener de pie y se dejó caer en el sofá. Lizanka, amedrentada por el susto, comenzó a preguntar sobre lo sucedido. Pero ¿qué iba él a decirles? Arcadi Ivánovich se deshizo de ellos como pudo, inventándose no se sabe qué historia que, lógicamente, no se creyeron, y salió corriendo, dejando a toda la familia comocionada y preocupada. A toda prisa se dirigió a su departamento, al menos para no llegar tarde y comunicar lo sucedido con el fin de tomar las medidas oportunas. Por el camino, se le pasó por la cabeza la idea de que Vasia pudiera estar en casa de Iulián Mastákovich. Era lo más probable. Arcadi ya lo había pensado; incluso antes de dirigirse a Kolomna. Al pasar junto a la casa de Su Excelencia, tuvo intención de detenerse, pero al instante ordenó continuar al cochero. Decidió ir primero a la oficina para enterarse de si Vasia estaba allí y, de no encontrarlo en la oficina, personarse ante Su Excelencia para, al menos, informarle sobre Vasia. ¡Alguien tenía que hacerlo!

Ya en el vestíbulo le rodearon los compañeros más jóvenes, la mayoría iguales a él en rango, y al unísono comenzaron a preguntarle qué era lo que le había ocurrido a Vasia. Todos decían que Vasia había perdido la cabeza y se había vuelto loco porque le querían alistar como soldado por el incumplimiento del deber. Arcadi Ivánovich respondía a unos y a otros, o, mejor dicho, no respondía debidamente a nadie, sino que hacía lo posible por llegar hasta las habitaciones del fondo. Por el camino se enteró de que Vasia se encontraba en el despacho de Iulián Mastákovich, donde estaban todos, y de que Esper Ivánovich también se encontraba allí. Se detuvo por un instante. Un funcionario de mayor rango le preguntó adónde se dirigía y qué deseaba. Sin reparar en su cara, murmuró algo sobre Vasia y entró directamente en el despacho. Desde allí ya se podía oír la voz de Iulián Mastákovich.

"¿Adónde va?", le preguntó alguien que estaba junto a la mismísima puerta. Arcadi Ivánovich se quedó muy confuso. Ya se disponía a darse la vuelta, cuando por la puerta entreabierta vio a su pobre Vasia. Abrió la puerta y como pudo se introdujo en el despacho. Allí todo era alboroto y perplejidad porque al parecer Iulián Mastákovich estaba terriblemente disgustado. Estaba rodeado de jefes, a cuál más importante; hablaban, pero no solucionaban nada. Un poco más apartado estaba Vasia. Al verle, a Arcadi le dio un vuelco el corazón. Vasia estaba de pie, pálido, con la cabeza erguida cual si se hubiera tragado un paraguas y las manos rígidas pegadas a la costura del pantalón. Miraba directamente a los ojos de Iulián Mastákovich.

Al instante se dieron cuenta de la presencia de Nefédevich, y alguien que estaba al corriente de que eran compañeros de piso se lo comunicó a Su Excelencia. Le acercaron a Arcadi. Quiso responder a algo que le habían preguntado, pero al mirar a Iulián Mastákovich y ver que su cara expresaba verdadera lástima, se puso a temblar y a sollozar como un niño. Es más, incluso se lanzó hacia Su Excelencia, le cogió la mano para enjugarse las lágrimas, viéndose el propio Iulián Mastákovich obligado a retirar su mano lo antes posible. La sacudió en el aire y dijo:

—¡Está bien, hermano! Veo que tienes un gran corazón.

Arcadi sollozaba y miraba a todos con ojos suplicantes. Le parecía que todos eran como hermanos para Vasia, y que todos ellos también sufrían y lloraban por él.

—¿Cómo es que le ha sucedido esto? —dijo Iulián Mastákovich—. ¿Por qué ha perdido la cabeza?

—¡Por gratitud! —apenas pudo pronunciar Arcadi Ivánovich.

Todos escucharon perplejos su respuesta, dándoles la impresión de que era extraño e irreal que uno perdiera la cabeza por gratitud. Arcadi se explicó como pudo.

—¡Dios, qué lástima! —dijo finalmente Iulián Mastákovich—. Además, el trabajo que se le encargó no era nada importante ni urgente. ¡De modo que arruinó su vida por nada! Bueno, pues ¡habrá que llevárselo al hospital...! —en ese momento Iulián Mastákovich se dirigió nuevamente a Arcadi Ivánovich y se puso a hacerle preguntas—. Ha pedido —dijo Iulián Mastákovich, indicando a Vasia— que no dijéramos nada de lo sucedido a una señorita. ¿Quién es? ¿Tal vez su novia?

Arcadi se lo explicó todo. Mientras tanto, Vasia parecía estar pensando algo, como si con gran esfuerzo recordara algo importante y necesario que debía decir en aquel momento. A veces movía los ojos lastimosamente, como si albergara esperanzas de que alguien le recordara lo que olvidó. Fijó su mirada en Arcadi. De pronto, como si en sus ojos refulgiera una esperanza, se movió del sitio avanzando el pie izquierdo, dio tres pasos lo más hábilmente que pudo y se golpeó la bota izquierda con la derecha, como hacen los soldados cuando les llama el oficial. Todos estaban a la expectativa de lo que podía suceder.

—Tengo un defecto físico, Su Excelencia, soy débil y bajito, no valgo para el servicio —dijo él entrecortadamente.

En aquel momento, todos cuantos se encontraban en la habitación sintieron estrujarse su corazón, e incluso a Iulián Mastákovich, con todo lo fuerte que parecía, le resbaló una lágrima de los ojos.

—Llévenselo —dijo, agitando la mano.

—¡Mi cabeza! —dijo Vasia a media voz, se dio la vuelta girando a la izquierda y salió de la habitación. Todos los que se interesaban por él le siguieron. Arcadi se apretujaba tras ellos. A Vasia lo hicieron pasar y sentarse en la salita a la espera de prescripción y la llegada del coche que se lo llevaría al hospital. Estaba sentado y no hablaba; parecía terriblemente preocupado. Al que reconocía, le hacía una señal con la cabeza como si se despidiera de él. A cada minuto miraba la puerta preparado para que le dijeran que ya había llegado el momento. A su alrededor se ciñó un estrecho círculo; todos movían la cabeza lamentándolo. A muchos les había impresionado su historia que, de repente, se hizo famosa. Unos reflexionaban, otros se apiadaban y animaban a Vasia, diciendo de él que era un joven muy discreto y pacífico y que prometía mucho. Decían de él cómo se aplicaba en aprender, que era amable, y que quería transmitírselo a los demás. "Por sus propios esfuerzos había salido de un nivel social muy humilde", señaló alguien.

Conmovidos, hablaban del apego que le tenía Su Excelencia. Algunos se pusieron a departir sobre por qué le habría dado a Vasia por pensar que le mandarían a filas por no finalizar el trabajo y perder por ello el juicio. Decían que, procediendo el pobre de los siervos, y sólo gracias a las gestiones de Iulián Mastákovich, quien supo valorar su talento, sumisión y obediencia, había recibido su primer cargo. En una palabra, había gente de diversa opinión. De entre los más conmocionados destacaba especialmente un hombre bajito, compañero de Vasia Shumkov. Y no parecía excesivamente joven, sino de unos treinta años, aproximadamente. Estaba más pálido que una sábana, temblaba y sonreía de un modo extraño, probablemente porque le asustara cualquier asunto escandaloso o una terrible escena, y en cierto modo porque también se alegraba como espectador que sigue una escena desde fuera.

A cada minuto daba la vuelta a todo el círculo que se había formado en torno a Shumkov, y como era bajito se ponía de puntillas, agarraba de los botones al primero que se le presentaba, es decir, a aquellos a quienes podía agarrar de los botones, y no paraba de decir que sabía por qué se había producido aquello, que no era una cuestión baldía sino muy importante, y que la cosa no se podía dejar así. Después, de nuevo se ponía de puntillas, le decía algo al oído a su interlocutor, movía de nuevo un par de veces la cabeza y salía corriendo para cambiarse de lugar. Finalmente todo terminó. Llegó el médico acompañado de un guardia de hospital, se acercaron a Vasia y le dijeron que ya era hora de partir. Vasia pegó un salto, se removió inquieto y fue tras ellos, mirando alrededor. Buscaba a alguien con la mirada.

—¡Vasia, Vasia! —exclamó, sollozando, Arcadi Ivánovich. Vasia se detuvo y, a pesar de las dificultades, Arcadi pudo llegar hasta él. Se lanzaron el uno a los brazos del otro y por última vez se fundieron en un fuerte abrazo... La escena fue conmovedora. ¿Qué quimérica desgracia arrancaba las lágrimas de sus ojos? ¿Por qué lloraban? ¿Cuál era la desgracia? ¿Por qué ya no se entendían el uno al otro...?

—¡Toma, coge esto! ¡Y guárdalo! —dijo Shumkov poniendo un papelito en la mano de Arcadi—. Si no, me lo quitarán. Pero tráemelo después. Consérvalo... —Vasia no había terminado la frase cuando le llamaron.

Salió corriendo a toda prisa escalera abajo, despidiéndose de todos y moviendo la cabeza. La perplejidad se reflejaba en su rostro. Finalmente, lo sentaron en el coche de caballos y empezaron el camino. Arcadi abrió apresuradamente el papelito y se encontró con el negro mechón del cabello de Liza, del que Shumkov jamás se había separado. De los ojos de Arcadi brotaron ardientes lágrimas. "¡Pobre Liza!", pensó.

Al terminar su jornada de trabajo, Arcadi se dirigió a casa de los de Kolomna. Sobra decir la escena que allí hubo. Incluso Petia, el pequeño Petia, que no acababa de entender lo que le sucedió a Vasia, se metió en un rincón y, tapándose la cara con las manos, empezó a sollozar con todas las fuerzas que daba de sí su corazoncito. Ya era bien entrada la noche, cuando Arcadi regresaba a casa. Al acercarse al Nevá, se detuvo un rato y miró penetrantemente a lo lejos, a lo largo del humeante río, helador y turbio, que, cubierto con la última púrpura de la encarnada alba, ardía en el horizonte de la neblina. Se hacía de noche en la ciudad, y la inabarcable, encendida y helada pradera del río Nevá se cubría de miríadas de estrellas de punzante escarcha bajo el último brillo de la luz del sol. Hacía mucho frío, veinte grados bajo cero. El humeante vaho se desprendía de la gente al pasar y al correr a toda prisa los coches de caballos.

El denso aire temblaba ante el menor ruido, y de las techumbres, a ambos lados de las orillas, cual gigantes por el cielo helado, se alzaban hacia arriba columnas de niebla, trenzándose y destrenzándose, dando la impresión de que los edificios más nuevos se alzaban sobre los viejos y una nueva ciudad se componía en el aire... Todo aquel mundo, con sus habitantes, los fuertes y los débiles, todas sus viviendas, tanto los cobijos de los mendigos como los dorados palacetes... a esa hora crepuscular, con la fuerza que da la vida, parecían una fantástica y mágica visión; un sueño, que desaparecería al instante esfumándose como vapor por el cielo azul oscuro. Una idea extraña se le pasó por la cabeza a Arcadi, quien se sentía huérfano por la ausencia de su pobre compañero, Vasia. Se estremeció y en ese instante su corazón pareció bañarse en una ardiente fuente de sangre que de pronto prende por el flujo de una poderosa a la vez que desconocida sensación. Parecía que sólo ahora había comprendido aquella alarma y el motivo por el que se había vuelto loco su pobre Vasia, incapaz de sobrellevar su felicidad. Los labios de Arcadi temblaron, sus ojos se encendieron, se quedó pálido, y en aquel instante pareció ver algo nuevo con claridad...

Arcadi se convirtió en una persona triste y taciturna, perdió toda su alegría. El piso donde hasta entonces había vivido se convirtió en insoportable para él y alquiló otro. No le apetecía hacerles visitas a los de Kolomna; y tampoco podía. Transcurridos dos años, se encontró con Lizanka en una iglesia. Ya estaba casada. Detrás de ella caminaba su madre con un bebé en brazos. Se saludaron y durante un largo rato rehuyeron la conversación sobre el pasado. Liza le dijo que ella, gracias a Dios, era feliz, que no era pobre, que su marido era un buen hombre, al que quería... Pero de pronto, en medio de la conversación, sus ojos se empañaron de lágrimas y su voz se apagó. Se dio la vuelta y se inclinó ante el altar para ocultar a la gente su dolor...

LA MUJER AJENA Y EL MARIDO DEBAJO DE LA CAMA

Un acontecimiento extraordinario

I

—¡Permítame hacerle una pregunta, caballero...!

El transeúnte se estremeció y ligeramente amedrentado miró al caballero del abrigo de castor que a las ocho de la noche se le acercaba en mitad de la calle. Es de sobra conocido que el caballero petersburgués se asusta cuando un desconocido de pronto le aborda en la calle para hablar con él.

Y así sucedió. El transeúnte se estremeció, ligeramente asustado.

—Disculpe que le haya importunado—dijo el caballero de la piel de castor—. Pero, a decir verdad, yo... no sé... estoy seguro de que me dispensará. Como verá estoy algo disgustado...

En aquel instante el joven de la pelliza se dio cuenta de que el caballero de la piel de castor estaba realmente disgustado. Su rostro arrugado estaba verdaderamente pálido, le temblaba la voz, se le confundían las ideas, las palabras no acertaban a salir de su boca, y era evidente que le costaba un gran esfuerzo dirigirse con un ruego a una persona que, a juzgar por el aspecto del que se encontraba frente a él, era de inferior nivel social. Además, en cualquier caso, la petición en sí resultaba poco decorosa, informal y extraña considerando a la persona que porta un abrigo de piel tan espléndido, un frac de color verde botella tan distinguido y que luce innumerables condecoraciones. Era evidente que todo ello intimidaba al propio caballero del abrigo de castor, de manera que, disgustado y sin poder ya más, decidió dominar su turbación y suavizar la incómoda escena que él mismo había suscitado.

—Disculpe. Estoy algo confuso. Lógicamente, usted no me conoce... Dispense que le haya importunado. He cambiado de opinión.

En aquel momento alzó cortesmente su sombrero y salió corriendo.

—Pero ¡espere, tenga la amabilidad!

A pesar de todo, el hombre bajito desapareció en la penumbra, dejando estupefacto al caballero de la pelliza.

"¡Qué tipo tan extraño!", pensó éste. Tras la sorprendente situación, recobró el sentido volviendo a centrarse en sus asuntos y empezó a dar vueltas, calle arriba y calle abajo, sin perder de vista la puerta de una casa de innumerables plantas. Empezó a caer la niebla, lo que alegró al joven porque su paseo sería menos visible, aunque algún cochero desesperanzado que estuviera todo el día de pie pudiera advertir su presencia.

—¡Disculpe!

El transeúnte se estremeció de nuevo: el caballero del abrigo de castor otra vez estaba delante de él.

—Perdone que yo de nuevo... —dijo—. Pero usted seguramente será un hombre honesto. No me juzgue externamente en función de mi pertenencia social. Por lo demás, no era eso lo que quería decirle; repare en lo humano... pues frente a usted, caballero, tiene a un hombre que necesita humildemente un favor...

—Si puedo ayudarle en algo... ¿Qué es lo que necesita...?

—Quizás crea que vaya a pedirle dinero— dijo el caballero misterioso, haciendo una mueca con la boca y soltando una carcajada histérica mientras palidecía.

—Por favor...

—¡No! ¡Veo que le estoy molestando! Disculpe, ni yo mismo me soporto, pero tenga en cuenta que me está viendo usted en un estado de ánimo muy alterado que raya en la locura, pero no crea que...

—¡Pero vayamos al grano!—respondió el hombre joven, moviendo la cabeza enérgica e impacientemente.

—¡Ah! ¡Conque ésas tenemos! Usted, un hombre tan joven, me está llamando la atención como si tratara con un muchacho aturdido. ¡Realmente he debido de perder el juicio...! ¿Cómo le parezco ahora humillándome? Dígamelo sinceramente.

El joven caballero se quedó confuso sin decir nada.

—Permítame preguntarle si no habrá visto usted a una dama. En eso consiste toda mi petición—dijo por fin decididamente el caballero del abrigo de castor.

—¿A una dama?

—Sí, a una dama.

—He visto... pero debo reconocer que han pasado tantas de ellas por aquí...

—Muy bien—le respondió el hombre misterioso con una amarga sonrisa—. No era eso lo que quería preguntarle, disculpe. Quería preguntarle si no habrá visto usted a una señora con una piel de zorro, capuchón de terciopelo oscuro y un velo negro.

—No. No he visto a una señora de esas características... o puede que no me haya fijado.

—¡Ah! En tal caso, disculpe.

El hombre joven quería preguntar algo, pero el caballero de abrigo lujoso desapareció otra vez, dejando estupefacto a su inquieto intelocutor. "¡Que se vaya al diablo!", pensó el joven caballero, visiblemente disgustado.

Enojado, subió el cuello de su abrigo y se puso nuevamente a dar vueltas alrededor de la casa de innumerables plantas, sin descuidar la precaución. Estaba enfadado.

"¿Por qué no saldrá?", pensó. "¡Pronto serán las ocho!". Las campanas de una torre dieron las ocho de la tarde.

—¡Qué demonios! ¡Por fin!

—¡Dispense...!

—Perdone que yo le... Pero se me ha presentado usted tan de repente que me di un buen susto—dijo el transeúnte, arrugando la cara y disculpándose.

—Aquí me tiene otra vez. Claro que debo parecerle intranquilo y extraño.

—Haga el favor de explicarse lo antes posible y sin rodeos; todavía no sé en qué consiste su deseo...

—¿Tiene usted prisa? Verá. Se lo contaré sinceramente, sin palabras vanas. ¡Qué voy a hacer! Las circunstancias a veces unen a personas de caracteres totalmente diferentes... Pero veo, joven, que está usted impaciente... Pues allá va... por lo demás, yo no sé ni cómo decírselo: estoy buscando a una dama (ya me he decidido a contarlo todo). Debo saber con precisión adónde se dirigió esa dama. Creo que no es necesario, caballero, mencionar su nombre.

—¡Bueno, bueno, continúe!

—¡Que continúe! ¡Emplea usted un tono! Disculpe, puede que le haya ofendido llamándole joven, pero le aseguro que no... en una palabra, si pudiera usted hacerme un gran favor. Verá, se trata de una dama, quiero decir, una mujer formal, de buena familia, de gente con la que trato... que me pidieron... Yo, sabe usted, no tengo familia...

—¡Bueno!

—Póngase en mi situación, joven (¡ay, otra vez le he llamado joven! ¡Disculpe!). Cada minuto ahora es oro... Imagínese que esa dama... ¿no podría usted decirme quién vive en esta casa?

—Sí... aquí vive mucha gente.

—Sí, quiero decir que tiene razón —respondió el caballero del abrigo de castor, sonriendo ligeramente para guardar las apariencias—. Veo que estoy algo confundido... pero ¿por qué utiliza usted ese tono? Está viendo que reconozco sinceramente mi confusión, y, si es usted un hombre altivo, se habrá percatado de mi humillación... Le estoy hablando de una dama de buena conducta, es decir, de buena posición; disculpe, me confundo tanto como si hablara de literatura. ¡Mire que llegar a la conclusión de que Paul de Kock es poco profundo, cuando es su literatura la que es mala...! ¡Eso es!

El joven miró con compasión al caballero del abrigo de castor, que pareció embrollarse definitivamente, se quedó callado, mirando, sonriendo absurdamente y agarrando con mano temblorosa la solapa del abrigo de su interlocutor.

—¿Dice usted que quién vive aquí? —preguntó el joven retrocediendo ligeramente.

—Sí, pero usted dijo que mucha gente.

—Aquí... sé que también vive Sofía
Ostáfievna—dijo el joven a media voz y con cierta condolencia.

—¡Bueno, pues lo ve, lo ve! ¿Y sabe si vive alguien más?

—Le aseguro que no; no sé nada... Lo he dicho al verle tan excitado.

—Acabo de enterarme por la cocinera de que ella visita esta casa; pero usted no ha reparado en ello, es decir, en lo referente a Sofía Ostáfievna... pues no la conoce...

—¿No?; entonces disculpe...

—Ya sé, joven, que nada de esto le interesa —dijo el extraño caballero con amarga ironía.

—Escuche —dijo el joven, titubeando—. En esencia, ignoro el motivo de su estado, pero dígame sinceramente: ¿acaso le engaña su mujer?

El joven sonrió amablemente.

—Al menos así nos entenderíamos el uno al otro —añadió, expresando con todo su cuerpo el generoso deseo de hacer una ligera inclinación.

—¡Me deja usted estupefacto!, se lo digo sinceramente. Exactamente de eso es de lo que se trata... ¡A quién no le ocurre...! Su interés me ha llegado profundamente. Reconozca que entre gente joven... Aunque yo no lo sea, pero ya sabe, la costumbre, la vida de soltero; la soltería, ya se sabe...

—¡Está claro, está claro! Pero ¿en qué puedo ayudarle?

—Pues verá. Reconozca que visitar a Sofia Ostáfievna... Por lo demás ni siquiera sé adónde se dirigió esa dama. Sólo sé que se encuentra en esta casa. Y al verle pasear por la otra acera yo, que también hacía lo mismo, pensé... ya ve: estoy esperando a esa dama... sé que se encuentra aquí y me gustaría encontrármela para decirle cuán indecoroso e indecente resulta... es decir, ya me entiende usted...

—¡Hum! ¡Bueno!

—No lo estoy haciendo por mí. No se vaya usted a pensar, es la mujer de otro. Su marido está allí, en el puente de Voznesenski. Quiere pillarla, pero aún no ha tomado la determinación; todavía no se lo puede creer, como cualquier marido... —en ese momento el caballero del abrigo de castor hizo un gesto para sonreír—. Soy su amigo. Y, claro, reconocerá usted que siendo como soy, una persona de cierta respetabilidad, no se me podría tomar por otra cosa.

—¡Claro! ¡Y bien, y bien!

—Y bien, tengo que pillarla. Me lo han encargado (¡pobre marido!). Pero sé que se trata de una joven y pícara dama (siempre tiene a Paul de Kock bajo la almohada). Estoy convencido de que se escabulle de su casa sin que nadie se percate... Confieso que fue la cocinera quien me dijo que venía aquí. Y yo, enloquecido, salí corriendo hacia este lugar en cuanto tuve la noticia. Quiero pillarla. Llevo tiempo sospechando y por eso quería pedirle... como usted estaba paseando por aquí... usted (usted), yo no sé...

—Bueno, pero, finalmente, ¿qué es lo que desea?

—Sí... No he tenido el honor de conocerle... ni siquiera me he permitido la curiosidad de saber quién es y a qué se dedica... En cualquier caso, permítame presentarme:

¡mucho gusto...!

El caballero trémulo sacudió ardientemente la mano del joven.

—Esto tenía que haberlo hecho yo al principio —añadió—, pero se me pasó por alto la cortesía.

Mientras hablaba, el caballero del abrigo de castor no podía estarse quieto, miraba intranquilo a ambos lados, movía los pies agarrando continuamente del abrigo al joven como si se ahogara.

—¿Lo ve? —dijo—. Pretendía dirigirme a usted amistosamente... disculpe el atrevimiento... Quería preguntarle si no podría usted dar sus paseos por allí, por aquella calle, junto a la callejuela, donde hay una puerta de salida, en forma de "L"; eso es. Yo, a mi vez, también pasearé cerca del portal principal, de modo que no se nos pasará por alto. Lo que no quiero es que se me escabulla estando yo solo; no quiero que se me escape. Usted, en cuanto la vea, deténgala y avíseme... Pero ¡he perdido el juicio! ¡Ahora me doy cuenta de lo informal y estúpida que resulta mi propuesta!

—Pero ¿por qué? ¡Se lo ruego...!

—¡No me disculpe! ¡Estoy tan alterado y confuso como jamás había estado! Como si realmente hubiera cometido un delito. Para serle franco y honesto, he de reconocer que al principio hasta le tomé por el amante.

—Bueno, hablando claramente, ¿quiere saber lo que estoy haciendo aquí?

—Pero, honorable caballero, ni por lo más remoto he pensado que usted fuera él; no le voy a deshonrar con esa idea, pero... ¿podría darme usted su palabra de honor de que no es un amante...?

—Bueno, está bien, permítame darle mi palabra de honor de que lo soy, pero no de su mujer; de lo contrario, no estaría ahora en la calle, sino con ella.

—¡De la mujer! ¿Quién le ha dicho, joven, que se trate de mi mujer? Soy soltero, es decir, yo también soy un amante...

—Dijo usted que su marido estaba... en el puente de Voznesenski...

—Claro, por supuesto, me estoy trastabillando. Pero la cosa tiene aún más enredo. Pues ha de reconocer, joven, que existe una cierta ligereza de caracteres, o sea...

—¡Bien, bien! ¡Está bien, está bien!

—Es decir, yo no soy el marido...

—Le creo de veras. Pero le digo sinceramente que, después de hacerle cambiar de opinión, lo que deseo es tranquilizarme yo mismo y por eso soy absolutamente franco con usted. Me ha dado usted un disgusto y me está molestando. Prometo que le llamaré. Pero ahora le ruego que haga el favor de retirarse. También yo estoy esperando.

—¡Oh, disculpe, disculpe! Me alejaré, pues respeto la apasionada espera de su corazón. Lo comprendo, tratándose de un joven. ¡Oh, qué bien le comprendo ahora!

—Está bien, está bien...

—¡Hasta la vista...! Por cierto, disculpe joven, otra vez me tiene usted aquí... No sé cómo decirlo... Por última vez, deme su palabra de honor de que no es el amante.

—¡Por el amor de Dios!

—Una última pregunta: ¿sabe cómo se apellida el marido de su... es decir, de aquella mujer, que viene a ser objeto de su...?

—Claro que sí; pero no es su apellido y asunto acabado.

—¿Y cómo sabe mi apellido?

—Escuche, váyase. Está usted perdiendo el tiempo y, mientras tanto, ella podría escabullirse unas cuantas veces... ¿Qué más quiere? La mujer que usted espera lleva una piel de zorro y la mía una gabardina de cuadros y un sombrero de terciopelo azul... Pero ¿qué más quiere? ¿Qué más?

—¡Un sombrerito de terciopelo azul! Ella tiene una gabardina de cuadros y un sombrero azul —exclamó el importuno caballero, regresando al instante.

—¡Ay, al demonio! Pero si eso puede ocurrir... Pero además ¡qué digo! ¡Si la mía no va allí!

—¿Y dónde está la suya?

—¡Quiere saberlo! ¿Y qué más le dará?

—Confieso que sigo con lo de...

—¡Uf, Dios mío! ¡Pero si no tiene usted ni pizca de vergüenza! La mujer que yo espero tiene unos amigos que viven aquí en el tercer piso que da a la calle. Pero ¿acaso debo decirle de qué personas se trata con nombres y apellidos?

—¡Dios mío! Yo también tengo conocidos que viven en el tercer piso y con las ventanas que dan a la calle. Un general...

—¡¿Un general?!

—Un general. Y le voy a hacer el favor de decir de qué general se trata; bueno pues del general Polovitsin.

—¡Toma ya! ¡No, no son ésos! (¡Ay, qué diantre!, ¡qué demonios!)

—¿No se trata de ellos?

—No son ellos.

Ambos callaban y se miraban estupefactos el uno al otro.

—Pero ¿por qué me mira usted de ese modo? —exclamó el joven, sacudiéndose con pesar el pasmo y el ensimismamiento.

El caballero dio muestras de inquietud.

—Yo, yo reconozco...

—No, permítame, permita que hablemos seriamente. Es un asunto que atañe a los dos. Dígame... ¿A quién tiene usted allí...?

—Quiere decir ¿mis amigos?

—Sí, sus amigos...

—¡Lo ve, lo ve! ¡Por su mirada he adivinado que acerté!

—¡Qué demonios! ¡Pues no! ¡Qué demonios! ¿Acaso está ciego? Pero si al estar delante de usted no puedo estar con ella. ¡Y bien, y bien! Sí, por lo demás, todo me da igual; tanto si habla como si no.

El joven, furioso, dio un par de vueltas en el sitio, gesticulando con la mano.

—¡Pero si yo no digo nada! Como persona honesta se lo contaré todo: al principio la mujer venía aquí sola; es su familia. Yo no sospechaba nada. Y ayer me encontré con Su Excelencia, quien me dijo que hacía tres semanas que se había mudado de este piso a otro, luego la mujer, es decir, no mi mujer, sino la mujer del otro (del que está en el puente de Voznesenski), esa dama, decía que hacía un par de días que había estado en casa de ellos, o sea, en este piso... Y la cocinera me dijo que el piso de Su Excelencia lo alquiló un hombre joven apellidado Boby´nitsyn...

—¡Ay, qué demonios, qué demonios...!

—¡Señor mío! ¡Estoy asustado, aterrado!

—¡Ay, qué diantre! ¡Y qué me importa que tenga usted miedo y esté horrorizado! ¡Ay! Allí se ha visto algo...

—¿Dónde? ¿Dónde? No tiene usted más que exclamar: ¡Iván Andréich! y yo saldré corriendo.

—Está bien, está bien. ¡Ay, qué demonio, qué demonio! ¡Iván Andréich!

—¡Aquí estoy! —exclamó Iván Andréich dándose la vuelta completamente sofocado—. ¿Y bien, qué?, ¿dónde?

—No, yo sólo era por... quería saber cómo se llamaba la dama.

—Glaf...

—¿Glafira?

—No, no es exactamente Glafira... disculpe, pero no puedo decirle cómo se llama —y, al decir eso, el honorable caballero se puso completamente pálido.

—Pues claro que no es Glafira, yo mismo sé que no es Glafira, y la otra tampoco; entonces ¿con quién está?

—¿Dónde?

—¡Allí! ¡Ay, qué demonios! —de lo furioso que estaba, el joven apenas se sostenía en pie.

—¡Ah, lo ve! ¿Cómo sabía usted que se llama Glafira?

—¡Al diablo! Encima que estoy entreteniéndome aquí con usted. ¡Pero si ha dicho que la suya no se llamaba Glafira...!

—¡Señor mío, pero qué tono!

—¡Al demonio el tono! ¿Acaso ella es su mujer?

—No, o sea... soy soltero... Pero yo no estaría a cada paso exclamando "¡qué demonio!" a una persona honorable sumida en la desgracia, que, si no pudiera decirse que es digna de todo respeto, al menos es educada. Usted no para de repetir: "¡Qué demonio! ¡Qué demonio!".

—¡Pues sí, al diablo! Ya estamos iguales, ¿lo entiende?

—A usted le ciega la ira, y yo me callo. ¡Dios mío! ¿Quién es?

—¿Dónde?

Se oyeron ruidos y risas. Dos señoritas muy monas bajaron las escalerillas. Los dos caballeros salieron corriendo a su encuentro.

—¡Cómo son! Pero ¿qué hace?

—¿Dónde va?

—¡No es ella!

—¡Nos hemos confundido! ¡Cochero!

—¿Dónde va, señorita?

—A Pokrov. Siéntate Annushka, te llevaré conmigo.

—Me sentaré aquí. ¡Vamos! ¡Vamos, cochero! ¡Sé más veloz...!
El cochero arrancó.

—¿Y de dónde habrán salido?

—¡Dios mío, Dios mío! ¿No deberíamos seguirlas?

—¿Dónde?

—Pues a casa de Boby´nitsyn.

—No. No estaría bien...

—¿Por qué?

—Claro que yo, por mí, iría, pero ella diría otra cosa. Se saldrá por peteneras, la conozco. Diría que vino a propósito para pillarme a mí, y me echaría la culpa.

—¡Y saber que realmente está allí! Pero usted, no sé... no entiendo por qué no sube usted a casa del general...

—Pero si se ha mudado de casa.

—Da lo mismo, ¿lo entiende? Ella ha estado en su casa, bueno pues usted también va a verlo, ¿comprende? Hágalo como si no supiera que el general se ha mudado de casa, vaya como si fuera a buscar a su mujer...

—Y ¿después?

—Bueno, y después disimule como pueda donde Boby´nitsyn. ¡Uf, demonio, qué tor...!

—Bueno, ¿y qué le importa a usted que yo disimule? ¡Lo ve, lo ve...!

—¿Qué? ¿Qué dice, señor mío? ¿Qué? ¿Otra vez me sale con lo de antes? ¡Ay, Dios mío! ¡Debería avergonzarse de ser tan ridículo y torpe!

—Bueno, ¿y por qué razón se toma usted tanto interés? Usted quiere enterarse...

—¿Enterarme de qué?, ¿de qué? ¡Qué demonios, ahora no tengo tiempo para entretenerme con usted! Puedo ir yo solo. ¡Váyase, márchese! ¡Vigile allí! ¡Vamos!

—¡Señor mío, casi pierde usted los estribos!

—exclamó desesperado el caballero del abrigo de castor.

—¿Y qué? ¿Y qué más da que pierda los estribos? —dijo el joven apretando los dientes y acercándose enfurecido al caballero del abrigo de castor—. ¿Y qué pasa? ¿Delante de quién estoy perdiendo los estribos? —rugió apretando los puños.

—Pero señor mío, permítame...

—Pero ¿quién es usted? ¿Ante quién pierdo los estribos? ¿Cómo se apellida?

—No sé por qué... joven. ¿Para qué quiere saber el apellido...? No puedo decírselo... Mejor será que vaya con usted. Vamos, no me voy a quedar atrás, estoy preparado para todo... Pero, créame, merezco que se me trate con más amabilidad. No es necesario perder las formas, y si está disgustado por algo (aunque me imagino el motivo), mayor razón para que no lo haga... ¡Es usted todavía un hombre muy, muy joven...!

—¿Y a mí qué me importa que sea usted viejo? ¡Vaya cosa! ¡Márchese! ¿Qué hace dando vueltas por aquí...?

—¿Qué es eso de que yo sea viejo? No soy tan viejo. Claro que por mi título, pero yo no estoy dando vueltas por aquí...

—Eso está claro. Pero vamos, ¡márchese ya...!

—Pues no, iré con usted. No puede negarse a ello. También estoy metido en el ajo; voy con usted...

—¡En tal caso, silencio! ¡Silencio!
¡Cállese...!

Los dos subieron al rellano y ascendieron por la escalera hasta el tercer piso. Estaba bastante oscuro.

—¡Espere! ¿Tiene cerillas?

—¿Cerillas? ¿Qué cerillas?

—¿Fuma usted?

—¡Ah, sí! ¡Aquí las tengo! Ahora... espere— el señor de la piel de castor se inquietó.

—¡Uf qué tor...! ¡Al diablo! Parece que esto es una puerta...

—Ésta, ésta, ésta, ésta...

—"Ésta, ésta, ésta"... ¿por qué grita? ¡Hable más bajo...!

—¡Señor mío, con todo el dolor de mi corazón... le digo que es usted un insolente! ¡Eso es...!

Prendió la cerilla.

—Esto es, aquí está la placa metálica. Ahí está Boby´nitsyn. ¿Lo ve?: Boby´nitsyn.

—¡Lo veo, lo veo!

—¡Más ba...jito! ¿Se ha apagado?

—Se apagó.

—¿Llamamos?

—No, ¿para qué? Usted empezó, llame usted...

—¡Cobarde!

—¡Usted sí que es cobarde!

—¡Már—che—se!

—¡Estoy arrepentido de haberle confiado mi secreto! Usted...

—¿Yo? ¿Yo qué?

—Se ha aprovechado de mi disgusto. Vio que estaba contrariado...

—¡Al diantre! Me da risa, eso es todo y punto.

—¿Y por qué está usted aquí?

—¿Y usted...?

—¡Vaya una moral! —señaló indignado el caballero del abrigo de castor.

—¿Qué dice de la moral? Y usted ¿qué?

—¡Pues que es inmoral!

—¿Qué?

—¡Pues sí! ¡Que, en su opinión, cualquier marido ofendido es un pazguato!

—¿Acaso es usted un marido? Si el marido está en el puente de Voznesenski. ¿Y, si es así, por qué se pone de ese modo?

—¿Por qué se pone tan pesado? ¡Y a mí que me parece que es usted el amante...!

—¡Escuche, si continúa de ese modo, me veré obligado a reconocer que es un pazguato! ¿O, mejor dicho, sabe qué...?

—¡O sea, que quiere decirme que soy el marido!—dijo retrocediendo el caballero del abrigo de castor como si le echaran un jarro de agua hirviendo.

—¡Chis! ¡A callar! ¿Lo oye...?

—Es ella.

—¡No!

—¡Uf! ¡Qué oscuro está!

Todo quedó en silencio. En el piso de Boby'nitsyn se oyó ruido.

—Pero ¿por qué tenemos que enfadarnos, señor mío? —murmuró el caballero del abrigo de castor.

—Pero ¡qué diantre, si fue usted mismo quien se enfadó!

—Usted me sacó de mis casillas.

—¡Cállese!

—Reconozca que todavía es muy joven...

—Pero ¡cállese!

—Claro que estoy de acuerdo en que un marido que se encuentra en semejante situación es un pazguato.

—Pero ¿puede callarse? ¡Oh!

—¿Por qué se tiene que perseguir con tanta saña al infeliz marido...?

—¡Es ella!

Pero en aquel momento cesó el ruido.

—¡Es ella! ¡Ella! ¡Ella! Pero ¿por qué está usted tan preocupado, si este asunto no le atañe?

—¡Muy señor mío! ¡Muy señor mío! —murmuraba el caballero del abrigo de castor, pálido y a punto de echarse a llorar—. Claro que estoy disgustado... ha presenciado ya bastante de mi humillación; y aunque ahora sea de noche, mañana... la verdad es que mañana no nos volveremos a ver, aunque no temo encontrármelo (y además no seré yo, sino mi compañero, el que está en el puente de Voznesenski. ¡De veras! Se trata de su mujer, no de la mía. ¡Pobre hombre!), se lo aseguro. Lo conozco bien. Permita que se lo cuente todo. Somos amigos, como se podrá usted imaginar, pues de lo contrario no estaría yo tan desconsolado como evidentemente lo estoy. Si ya se lo decía yo una y otra vez: "¿Para qué te casas, querido amigo? Estás bien situado socialmente, vives holgadamente, eres un hombre respetable, ¿por qué quieres cambiar todo esto por encapricharte de una coqueta? ¡Reconócelo!". "¡No!", me dijo. "Me caso porque deseo disfrutar de la felicidad familiar...". ¡Y aquí tiene la felicidad familiar! Antes era él quien engañaba a los maridos, y ahora le ha tocado a él... disculpe, pero era preciso recurrir a estos términos... Es un infeliz, y ahora lo está pagando... ¡Eso es...! — en ese momento el caballero del abrigo de castor soltó un gemido como si se echara a llorar, pues la cosa no estaba para bromas.

—¡Bah, que el demonio se los lleve a todos! ¡Como si en el mundo hubiera pocos idiotas! Pero ¿quiere decirme quién es usted? —el joven apretó enfurecido los dientes.

—Después de esto, ha de reconocer... que he sido amable y sincero respecto a usted... pero ¡hay que ver qué tono!

—No. Disculpe. Dispense... ¿Cómo se apellida usted?

—No. ¿Para qué quiere saber el apellido?

—¡Ah!

—No puedo decirle el apellido...

—¿Conoce usted a Zhabrin? —dijo rápidamente el joven.

—¡¡¡Zhabrin!!!

—¡Sí, Zhabrin! ¡Ah! —en ese momento el joven se permitió burlarse ligeramente del caballero del abrigo de castor—. ¿Comprende de lo que se trata?

—¡No! ¡No sé de qué Zhabrin se trata! —respondió estupefacto el caballero del abrigo de castor—. No conozco en absoluto a ningún Zhabrin. La persona de la que le hablo es un caballero respetable. Sólo los celos que le martirizan disculpan su descortesía.

—¡Es un ladrón, un vendido, un sobornador y un tunante, que ha robado del Tesoro Público! Pronto se verá ante los tribunales.

—Disculpe— le dijo el caballero del abrigo de castor, que se estaba poniendo pálido—, usted no lo conoce. Y, por lo que veo, lo desconoce por completo.

—No lo conozco personalmente, pero sí de otras fuentes cercanas a mí.

—¡Señor mío! ¿Qué fuentes? Como ve, estoy disgustado...

—¡Es un estúpido! ¡Un celoso! ¡Un tipo que no ha sabido controlar a su mujer! ¡Eso es lo que es él, si quiere usted saberlo!

—Perdone, joven, está usted ofuscado y confundido...

—¡Ah!

—¡Ah!

En el piso de Boby´nitsyn se oyó ruido. Estaban abriendo la puerta. Se oyeron unas voces.

—¡Oh! ¡No es ella, no es ella! Reconocería su voz. ¡Ahora ya lo sé todo! Pero ¡no! ¡Ésta no es ella! —dijo el caballero del abrigo de castor, poniéndose completamente pálido.

—¡A callar!

El joven se pegó a la pared.

—Muy señor mío, yo me voy corriendo.

No es ella, y estoy muy contento.

—¡Vamos, vamos! ¡Váyase!

—¿Y por qué no se va usted?

—Y usted ¿por qué se queda?

Se abrió la puerta y el caballero del abrigo de castor bajó corriendo las escaleras.

Un caballero y una dama pasaron rozando al joven, que sintió saltársele el corazón... Se oyó una conocida voz femenina y a continuación una recia voz masculina, que le resultó desconocida.

—Está bien, pediré un trineo —dijo la voz recia.

—¡Ay! Sí, perfecto. Está bien...

—Ahora nos esperará en la puerta. La dama se quedó sola.

—¡Glafira! ¿Y tus promesas? —exclamó el joven, agarrando de la mano a la dama.

—¡Ay! ¿Quién es? ¿Es usted, Tvorogov? ¡Dios mío! ¿Qué hace?

—¿Con quién estaba aquí?

—¡Pero si es mi marido! ¡Váyase! ¡Váyase, que saldrá ahora de allí... de casa de Polovitsin! ¡Por el amor de Dios, váyase!

—Los Polovitsin hace tres semanas que se han mudado. ¡Lo sé todo!

—¡Ay! —la dama salió aprisa hacia el soportal. El joven la detuvo.

—¿Quién se lo ha dicho? —preguntó la dama.

—Su marido, señora, Iván Andréich. Está por aquí, cerca de usted...

Y realmente Iván Andréich se encontraba en el porche.

—¡Ah! ¿Es usted? —exclamó el caballero del abrigo de castor.

—Ah! c'est vous? —exclamó Glafira Petrovna abalanzándose sobre él con sincera alegría—. ¡Oh, Dios! ¡Las cosas que me pasan! Estuve en casa de los Polovitsin. Ya te lo puedes imaginar... sabes que ahora viven en el puente de Izmáilovski. ¿Te acuerdas de que te lo dije? Allí tomé el trineo. Los caballos enloquecieron, echaron a correr y rompieron el trineo, yo me caí a unos cien pasos de aquí. Al cochero se lo llevaron a la comisaría. Yo estaba fuera de mí. Por suerte para mí, llegó monsieur Tvorogov...

—¿Cómo?

Monsieur Tvorogov se asemejaba más a un fósil que al propio señor Tvorogov.

—Monsieur Tvorogov me reconoció enseguida y se ofreció a acompañarme. Pero, como ahora estás aquí, no me queda más que expresarle mi calurosa gratitud, Iván Ilich...

La dama extendió la mano al estupefacto

Iván Ilich, pero, más que estrechársela, pareció pellizcársela.

—¡Monsieur Tvorogov! Es un conocido mío. Tuvimos el placer de conocerlo en el baile de los Skorlúpov. Creo que te hablé de él. ¿Acaso no te acuerdas, Coco?

—¡Oh! ¡Claro, claro! ¡Oh, me acuerdo! —dijo el caballero del abrigo de castor al que llamaban Coco—. Mucho gusto, mucho gusto.

Y estrechó calurosamente la mano del señor Tvorogov.

—¿Con quién está hablando? ¿Qué significa esto? Estoy esperando... —resonó la voz recia.

Frente al grupo apareció un caballero altísimo. Sacó los impertinentes y miró atentamente al caballero del abrigo de castor.

—¡Ah, monsieur Boby´nitsyn! —dijo gorjeando la dama—. ¿De dónde viene usted? Esto es lo que se dice un encuentro. ¡Imagínese! ¡Me caí del trineo hace un rato...! ¡Pero mi marido está aquí! ¡Jean! Te voy a presentar al señor Boby´nitsyn, que estuvo en el baile de los Karpov...

—¡Oh!¡Mucho, mucho gusto...! Pero ahora, amiga mía, voy a buscar un coche.

—¡Búscalo Jean, búscalo! Estoy muy asustada y temblando; no me encuentro bien... Esta noche en el baile de máscaras... —le susurró ella a Tvorogov—. ¡Adiós, adiós, señor Boby´nitsyn! Probablemente nos veamos mañana en el baile de los Karpov...

—No. Disculpe, mañana no asistiré... iré a.... ya que las cosas salieron así... —el señor Boby´nitsyn murmuró algo más entre dientes, arrastró sus enormes botas, se sentó en su trineo y se marchó.

En aquel momento llegó un coche y la dama se montó en él. El caballero del abrigo de castor se detuvo. Parecía que no tenía fuerzas para moverse y se quedó mirando inexpresivamente al joven de la pelliza. Éste sonreía con muy poca gracia.

—Yo no sé...

—Disculpe, es un placer haberle conocido —respondió el joven haciendo una reverencia y ligeramente intimidado.

—Es un placer...

—Creo que ha perdido usted un chanclo...

—¿Yo? ¡Ah, sí! Se lo agradezco, de veras.

Me empeño en usarlos de goma...

—Y al parecer con ellos el pie suda más —dijo el joven, participando con entusiasmo en la conversación.

—¡Jean! Pero ¿cuánto vas a tardar?

—Eso es lo que hace exactamente el pie, sudar. Ahora, ahora, corazoncito mío; he aquí una conversación interesante. Exactamente eso, como muy acertadamente ha señalado usted, que suda el pie... Pero, por lo demás, disculpe, yo...

—Pero ¡hombre!

—Estoy muy, muy satisfecho de haberle conocido...

El caballero de la piel de castor subió al coche. Éste arrancó a andar. El joven, estupefacto, se quedó clavado en el sitio, acompañando el coche con la mirada.

II

Al día siguiente por la tarde había una representación en la Ópera italiana. Iván Andréievich penetró en la sala como una exhalación. Hasta entonces nunca había expresado tanto furor y tanta pasión por la música. Al menos era sobradamente conocido que a Iván Andréievich le gustaba sobremanera quedarse durante alguna horita traspuesto en la Ópera italiana, llegando incluso a reconocer que aquello le resultaba muy agradable y dulce.

"Hasta la prima donna", decía a los amigos, "te susurra como un gatito una canción de cuna". Pero esto lo decía hace ya algún tiempo, durante la pasada temporada; mientras que ahora... ¡Ah! Iván Andréievich no dormía ni en su casa por las noches. Aunque en esta ocasión irrumpió en la sala como una flecha. Incluso el acomodador se quedó sorprendido, y miró instintivamente de reojo su bolsillo lateral cual si temiera que de él se asomara el mango de algún cuchillo. Es preciso señalar que, en aquellos momentos, el público estaba dividido en dos grupos que se inclinaban cada uno por su prima donna. Unos se llamaban ...zistas, y los otros ...nistas. Ambos grupos amaban hasta tal punto la música que los acomodadores finalmente temieron que pudiera surgir alguna expresión real de ese amor hacia lo bello y lo sublime encarnados en las dos primas donnas.

He aquí por qué, viendo una irrupción tan infantil en la sala de un anciano canoso —aunque verdaderamente no lo fuera tanto, pues debía rondar los cincuenta—, algo calvo y, en general, de aspecto formal, el acomodador recordó involuntariamente las palabras de Hamlet, príncipe de Dinamarca:

Cuando la vejez te cae tan de golpe, ¿qué viene a ser la juventud?...

mirando de reojo el bolsillo lateral del frac, y esperando ver un cuchillo asomando. Pero allí sólo había una cartera, nada más.

Al irrumpir en el teatro, Iván Andréievich recorrió de un vistazo todos los palcos de la segunda fila, y ¡oh! ¡Qué horror! Su corazón se estremeció. ¡Ella estaba allí! ¡Sentada en un palco! Lo ocupaba junto al general Polovitsin, su mujer y su suegra; también se encontraba allí el ayudante del general —un joven extraordinariamente hábil—; y, además, un caballero de civil... Iván Andréievich se concentró, afinando al máximo su agudeza visual, y ¡qué horror! El civil se escondió traicioneramente detrás de la espalda del ayudante, haciéndose completamente irreconocible su figura.

Ella estaba allí, cuando por el contrario había dicho que en absoluto pensaba ir al teatro. Precisamente esa duplicidad, que de un tiempo a esta parte afloraba a cada paso en Glafira Petrovna, era lo que mortificaba a Iván Andréievich. Y aquel joven civil terminó por sumirle finalmente en una completa desesperación. Se sentó en su butaca completamente abatido. ¿Que por qué? Es muy sencillo...

Es preciso señalar que la butaca de Iván Andréievich se situaba precisamente junto al palco de platea, y, para colmo, el palco traidor del segundo piso se hallaba justo encima de su asiento, de modo que, para su disgusto, él no podía ver absolutamente nada de cuanto ocurría por encima de su cabeza. Pero estaba tan furioso y sofocado que parecía un samovar. El primer acto transcurrió para él sin enterarse de nada, es decir, sin oír una sola nota. Dicen que lo mejor de la música es que uno puede adaptar sus impresiones musicales a cualquier sensación. Un hombre alegre encontrará en las notas alegría; uno triste, tristeza. Mientras que en los oídos de Iván Andréievich comenzaba a aullar la tormenta. Para colmo de desdichas, detrás, delante y a su lado, se oían unas voces tan horribles que el corazón iba a estallarle.

Finalmente, el acto terminó. Pero, en el preciso instante en que caía el telón, a nuestro héroe le sucedió algo que ninguna pluma es capaz de describir. A veces ocurre que de los palcos de las galerías de arriba cae algún programa. Cuando la pieza resulta aburrida y los espectadores bostezan, eso se convierte para ellos en todo un acontecimiento.

Con especial expectación observan todos desde el palco de arriba el vuelo de ese papel extraordinariamente suave, encontrando placer en ver su recorrido en zigzag hasta los mismos asientos, donde cae irremediablemente sobre alguna cabeza que en absoluto está preparada para el acontecimiento. Y realmente resulta curioso observar lo incómodo que se siente el caballero sobre cuya cabeza se posa el papel (porque se queda irremediablemente confuso). Temo también los gemelos femeninos, que a menudo reposan en los antepechos del palco. Siempre me los imagino salir volando hacia alguna cabeza no preparada para el suceso. Sin embargo, soy consciente de no hacer en vano esta advertencia, motivo que me hace enviar esta observación en forma de artículo a aquellos periódicos que salvaguardan de los engaños, la falta de conciencia, las cucarachas, si alguien las tuviera en su casa, y recomendar al famoso señor Prínchipe, un terrible enemigo y adversario de todas las cucarachas del mundo, no sólo de las rusas, sino también de las extranjeras, tanto las prusianas como las demás.

Pero a Iván Andréievich le sucedió en aquel momento algo indescriptible. Sobre su cabeza —como ya se ha mencionado, bastante desprovista de cabello— no cayó el programa. Confieso que hasta me resulta bochornoso decir que sobre la honorable y calva cabeza de Iván Andréievich, sí, sobre la cabeza del celoso y excitado Iván Andréievich, cayó un objeto tan inmoral como una nota amorosa. El pobre Iván Andréievich, que en absoluto estaba preparado para este inesperado y bochornoso acontecimiento, se estremeció del mismo modo que si hubiera cazado un ratón o algún otro animal salvaje que corriera por su cabeza.

Indudablemente se trataba de una nota de calado amoroso. Estaba escrita en un papel perfumado, como sucede en las novelas, y doblada de un modo tan evidentemente confidencial que cabría en el interior del guante de una señora. Probablemente cayera en el momento de querer entregarla, cuando se hablaba sobre el contenido del programa, estando cuidadosamente doblada en su interior y a punto de pasar a manos de su destinatario, pero, instantáneamente, o por un descuidado empujón del ayudante —que se disculparía cortésmente por su torpeza—, se habría escurrido de la pequeña y temblorosa mano, mientras que el joven, al extender ya ansioso la suya, en lugar de la nota cogía el programa, con el que decididamente no sabría qué hacer. ¡Un suceso desagradable y extraño! Verdaderamente cierto, pero han de reconocer que aún más embarazosa fue la situación en que se encontró Iván Andréievich.

—Prédestiné —murmuró él, mientras un sudor frío le corría por el cuerpo y él estrujaba la notita en la mano—. Prédestiné! ¡La bala encontrará al culpable! —se le pasó por la cabeza—. ¡No, no es eso! ¿Qué culpa tengo yo? Y además hay más dichos que vendrían al caso. ¡Cualquier cosa puede pasársele por la cabeza a un hombre aturdido por un acontecimiento tan repentino! Iván Andréievich se quedó inmóvil en su butaca; no estaba, como se suele decir, ni vivo ni muerto. Sabía que todo el mundo había presenciado lo que le había sucedido, sin percatarse de que en aquel momento un gran alboroto comenzaba en la sala, que aclamaba a la cantante. Continuó sentado, tan confuso y colorado que no se atrevió a levantar los ojos, como si algo desagradable le ocurriera inesperadamente, alguna disonancia en medio de una maravillosa y tumultuosa sociedad. Finalmente, decidió levantar la vista.

—¡Qué bien han cantado! —le señaló a un petimetre que estaba sentado a su izquierda.

El petimetre, que era un entusiasta en grado sumo que aplaudía con ambas manos y armaba un gran alboroto con los pies, le echó una rápida y fugaz mirada a Iván Andréievich y, llevándose las manos a la boca para amplificar su voz, gritó el nombre de la cantante. Iván Andréievich, que hasta entonces no había oído semejante potencia de voz, estaba entusiasmado. "¡No ha visto nada!», pensó, y miró hacia atrás. A su vez, un caballero grueso que estaba sentado detrás de él, y que ya se disponía a salir, le dio la espalda para mirar el palco con impertinentes.

"¡También está bien!", pensó Iván Andréievich. Lógicamente, los de delante no han visto nada. Tímida y felizmente esperanzado miró de reojo los palcos junto a los que se encontraba su asiento, y se estremeció por una sensación de lo más desagradable. Allí había una dama que se llevaba el pañuelo a la boca y, reclinada en el respaldo del asiento, reía frenéticamente.

—¡Oh, estas mujeres, estas mujeres! —murmuró Iván Andréievich y se lanzó hacia la salida pisando los pies de los espectadores.

Ahora bien: propongo a los lectores que deduzcan conmigo lo sucedido con Iván Andréievich. ¿Acaso tenía razón en aquel momento? Como es de sobra conocido, un teatro grande se compone de cuatro pisos de palcos y un quinto, que hace la galería. ¿Por qué habría de suponerse que la nota cayera precisamente de ese palco, y no de cualquier otro como, por ejemplo, un quinto piso donde también podía haber damas? Pero la pasión es algo excepcional, y los celos aún más.

Iván Andréievich se lanzó hacia la luz, abrió la nota y leyó:

Hoy. Ahora, después del espectáculo, en la calle G***, junto a la esquina de la callejuela, en la casa de K***, en la tercera planta, escalera derecha entrando desde el portal. Estate allí, sans faute, por el amor de Dios.

Iván Andréievich no reconoció la letra, pero no había duda: era una cita. "Cazar, atrapar y evitar el mal desde el mismo principio" fue la primera idea que se le ocurrió a Iván Andréievich. Por su cabeza pasó la idea de descubrir a la persona en aquel mismo instante y en el mismo lugar. Pero ¿cómo había de hacerlo? Iván Andréievich salió corriendo hasta el segundo piso, pero regresó tras recapacitar un rato. Decididamente, no sabía hacia dónde salir corriendo. Como no se le ocurría nada, se dirigió hacia otro lado y miró a través de la puerta abierta de un palco que se encontraba en el lado opuesto. "¡Está bien, está bien!", pensó. En los cinco palcos en dirección vertical había jóvenes damas y caballeros. La nota podía haber caído de cualquiera de los cinco palcos, porque Iván Andréievich sospechaba que los ocupantes de todos los palcos se habían conjurado contra él. Pero nada le hizo cambiar de opinión, ni esa evidencia.

Durante el segundo acto se recorrió los pasillos, sin que ninguno de ellos le proporcionara paz interior. Se le ocurrió introducirse en la taquilla del teatro, a la espera de que el taquillero le diera los nombres de las personas que compraron las entradas de los cuatro palcos, pero se encontró con que la taquilla ya estaba cerrada. Finalmente, se oyeron exclamaciones y aplausos. La función había terminado. Comenzaron las ovaciones y desde arriba del todo se oyeron dos voces especialmente potentes: eran los cabecillas de ambos grupos de admiradores. Pero éstos le eran indiferentes a Iván Andréievich. Ya tenía en la cabeza la idea de lo que debía hacer en adelante. Se puso el abrigo y salió corriendo hacia la calle G*** para pillar, sorprender, y, en general, actuar allí, más enérgicamente que el día anterior. Enseguida encontró la casa y ya estaba entrando en el portal cuando, de pronto, se deslizó ante él como una sombra la figura del petimetre con el abrigo puesto.

Lo adelantó y se precipitó escaleras arriba al tercer piso. A Iván Andréievich le pareció que se trataba del mismo petimetre, aunque tampoco antes pudo fijarse bien en la cara de aquel hombre. Se le paralizó el corazón. El petimetre le sacaba ya dos tramos de escalera. Finalmente pudo oír cómo en el tercero se abría la puerta y se le esperaba sin llamar al timbre. El joven caballero entró en el apartamento. Por fin, Iván Andréievich llegó al tercer piso cuando aún no habían cerrado la puerta. Quiso permanecer frente a la puerta, analizar debidamente el paso que iba a dar, recapacitar un poco, para proceder con firmeza posteriormente; pero en aquel momento se oyó el ruido de un coche junto al portal, que se abrió ruidosamente, y alguien de fuertes pisadas acompañadas de carraspeos y toses empezó a subir las escaleras. Iván Andréievich no aguantó más, abrió la puerta e irrumpió en el piso con la solemnidad de un marido ofendido. A su encuentro salió corriendo una doncella completamente agitada, seguida de un hombre; pero no había forma de detener a Iván Andréievich. Como una flecha irrumpió en un cuarto y, tras atravesar a oscuras otras dos habitaciones, se encontró en el dormitorio frente a una joven y maravillosa dama, que temblaba de miedo y miraba horrorizada, sin acabar de entender, lo que estaba sucediendo. En aquel momento se oyeron en la habitación de al lado fuertes pisadas que se dirigían directamente al dormitorio: eran los mismos pasos que ascendían por la escalera.

—¡Dios mío! ¡Es mi marido! —exclamó la mujer, agitando las manos y palideciendo hasta más no poder.

Iván Andréievich se dio cuenta de que se había equivocado actuando de un modo tan infantil y absurdo, sin haber reflexionado como es debido en la escalera el paso que iba a dar. Pero ya no había vuelta atrás. La puerta ya se había abierto y el corpulento marido, a juzgar por sus pesados pasos, entraba en la habitación... No sé quién creyó ser Iván Andréievich en aquel momento. Tampoco la razón que le impedía ponerse frente al marido para decirle que se encontraba en aquel lugar por haber metido la pata, reconocer que inconscientemente había actuado torpemente, disculparse y marcharse; claro que no con grandes honores y tampoco gloriosamente, pero al menos de la manera más noble y sincera posible. Pero, otra vez, Iván Andréievich actuó como un jovenzuelo, cual si se tuviera por un don Juan.

Al principio se escondió detrás de unas cortinas que había junto a la cama, y después, completamente desmoralizado, se deslizó hasta el suelo metiéndose absurdamente debajo de la cama. El miedo paralizó su raciocinio, e Iván Andréievich, al ser también un marido engañado, o por lo menos al considerarse como tal, no soportaba el encuentro con otro marido, probablemente por temor a ofenderle con su presencia. Sea como fuere, se encontró debajo de la cama, sin comprender exactamente cómo podía haber sucedido aquello. Pero lo más sorprendente era que la dama no mostrara extrañeza.

No gritó al ver cómo un extraño caballero ya entrado en años buscaba un escondite en su dormitorio. Decididamente, se llevó tal susto que se había quedado muda. Entre gemidos y bostezos el marido entró en el dormitorio y con voz cantarina, propia de un anciano, saludó a su mujer dejándose caer en el asiento como si acabara de liberarse de una carga de leña. Se oyó una tos sorda y prolongada.   Iván Andréievich, que de furioso tigre había pasado a ser un corderillo tan asustado y apocado como un ratón frente al gato, apenas se atrevía a respirar, aun sabiendo por experiencia propia que no todos los maridos engañados mordían. Sin embargo, no se le ocurrió esta idea, tal vez por falta de imaginación o exceso de nervios. Cuidadosamente, despacio y palpando, empezó a acomodarse debajo de la cama, para adoptar una postura más cómoda. Pero cual no sería su sorpresa cuando, para su asombro, palpó con su mano un objeto que se movía y le agarraba de la mano. Debajo de la cama había otra persona...

—¿Quién es? —murmuró Iván Andréievich.

—¡Ahora voy a decirle quién soy! —susurró el extraño desconocido—. Estese quieto y cállese, ya que se encuentra en semejante situación.

—Y a pesar de todo...

—¡A callar!

Y el caballero que sobraba (pues debajo de la cama con uno era suficiente) apretó en su mano la de Iván Andréievich con tanta fuerza que a éste le faltó poco para lanzar un grito de dolor.

—Muy señor mío...

—¡Chis!

—Entonces no me estruje la mano o, de lo contrario, gritaré.

—¡Ande, grite, atrévase!

Iván Andréievich se sonrojó avergonzado. El desconocido parecía severo y estaba enfadado. Tal vez se trataba de un hombre que ya había experimentado la persecución del destino, habiéndose visto en otras ocasiones en situaciones embarazosas. Pero Iván Andréievich era novato y se ahogaba por la falta de espacio. La sangre se le subía a la cabeza. Y, sin embargo, no había salida: tenía que permanecer tumbado y boca abajo. Iván Andréievich lo asumió con humildad y se quedó callado.

—Yo, querida —empezó a hablar el marido—, estuve en casa de Pavel Iványch. Nos pusimos a jugar a la préférence, y bueno, ¡cof, cof, cof! —le entró un golpe de tos—, y bueno, ¡cof! Y mi espalda... ¡cof!, ¡allá ella...!, ¡cof, cof, cof!

Y el anciano siguió tosiendo.

—La espalda... —dijo por fin, con los ojos empañados de lágrimas— me ha dado dolor de espalda... ¡dichosas hemorroides! ¡No puedes levantarte, ni estarte quieto... ni sentado! ¡cof, cof, cof!

De nuevo pareció que la tos estaba predestinada a sobrevivir con mucho al pobre anciano, que era su dueño. A ratos refunfuñaba algo, sin que se le entendiera nada.

—¡Muy señor mío, por el amor de Dios, échese un poco hacia allá! —murmuró el infeliz de Iván Andréievich.

—¿Dónde dice? Si aquí no hay sitio.

—Sin embargo, reconozca que no puedo estar así. Es la primera vez que me encuentro en semejante situación.

—Y con una vecindad tan desagradable.

—En cualquier caso, joven...

—¡A callar!

—¿A callar? Joven, se está comportando usted de una manera tan descortés... y, si no me equivoco, es usted todavía muy joven. Yo soy mayor que usted.

—¡A callar!

—¡Muy señor mío! Pierde usted los estribos. ¡No sabe con quién está hablando!

—Con un caballero que está tumbado debajo de la cama...

—A mí me trajo aquí una sorpresa... un equívoco, y a usted, la inmoralidad, si no me equivoco.

—Pues en esto se equivoca usted.

—¡Muy señor mío!, soy mayor que usted, y le digo...

—¡Muy señor mío!, sepa usted que aquí estamos a la misma altura. Le ruego que no me ponga la mano en la cara.

—¡Muy señor mío!, yo no veo aquí nada.

Discúlpeme pero no hay sitio.

—¿Por qué tendrá que ser usted tan gordo?

—¡Dios mío! ¡Jamás me he visto en una situación tan humillante!

—Sí, no podía caer más bajo.

—¡Muy señor mío, muy señor mío! No sé quién es usted y no comprendo cómo ha sucedido esto; pero estoy aquí por una equivocación. No soy lo que usted se imagina...

—Decididamente no opinaría nada acerca de usted si no me empujara. Pero ¡cállese!

—¡Muy señor mío! Si no se echa un poco hacia un lado, me dará un ataque. Y usted será el responsable de mi muerte. Se lo aseguro... soy un hombre honrado, un padre de familia. ¡No puedo encontrarme en semejante situación...!

—Usted mismo se ha metido en esta situación. ¡Vamos, muévase! Aquí tiene un hueco. ¡Y no hay más!

—¡Qué joven más bondadoso! ¡Muy señor mío! Veo que estaba equivocado respecto a usted —dijo Iván Andréievich, entusiasmado de agradecimiento por el hueco cedido y colocando sus entumecidas extremidades—. Comprendo el poco espacio que tiene, pero ¿qué le vamos a hacer? Veo que tiene una mala opinión de mí. Concédame defender mi reputación ante sus ojos, decirle quién soy, porque le aseguro que estoy aquí en contra de mi voluntad. No me encuentro aquí por lo que usted cree... Estoy terriblemente asustado.

—Pero ¿puede callarse? ¿No comprende lo que sucedería si nos oyeran? ¡Chis! Está hablando él —y realmente parecía que la tos del anciano empezaba a remitir.

—Pues eso, corazoncito —carraspeó éste tristemente—. Pues eso, corazoncito mío, ¡cof, cof! ¡Oh, qué desgracia! Fedoséi Ivánovich me dijo que podría probar una infusión de milhojas. ¿Me oyes, corazoncito?

—¡Te oigo!

—Pues eso, me dijo: pruebe usted a tomar una infusión de milhojas. Y yo le respondí que me había aplicado sanguijuelas. Y me dijo: "Pues no, Aleksander Demiánovich, la milhojas es más efectiva y es un buen purgante"... ¡cof, cof! ¡Oh, Dios mío! ¿Y tú qué crees, corazoncito...? ¡Cof, cof! ¡Ay!, ¡cof!

—Yo creo que probarlo no estaría de más —respondió la esposa.

—¡Sí! ¡No estaría de más! "Puede que tenga usted la tisis", dijo. ¡Cof, cof! Y yo le respondí que tenía gota y gastritis. ¡Cof, cof! Y él me dijo que probablemente también tuviera la tisis. ¿Y tú...?, ¡cof, cof! ¿Qué piensas de la tisis, corazoncito?

—¡Oh, Dios mío! Pero ¿cómo puedes decir eso?

—¡Sí, la tisis! Y tú, cariño ya podías ir desnudándote para meterte en la cama. ¡Cof, cof! ¡Y yo! ¡Cof! Estoy acatarrado.

—¡Uf! —dijo Iván Andréievich—, por el amor de Dios, apártese un poco para allá.

—Decididamente, me sorprende usted, ¿qué le ocurre? Pero ¿acaso no puede estarse quieto...?

—Usted, joven, se está ensañando conmigo y pretende ofenderme. Lo estoy viendo. ¡Seguro que es el amante de esta dama!

—¡Cállese!

—¡No quiero callarme! ¡No permitiré que me den órdenes! ¡Seguro que usted es el amante! Si nos descubren, no tengo culpa alguna y no sé nada.

—Si no se calla —dijo el joven apretando la dentadura—, diré que usted me ha engañado y que es un tío mío que está arruinado. Entonces, al menos no se pensará que soy el amante de esa dama.

—¡Muy señor mío! Está usted tomándome el pelo. Está agotando mi paciencia.

—¡Chis! ¡O le obligaré a callar! ¡Es usted mi desdicha! A ver, dígame, ¿por qué está aquí? Si no estuviera usted, yo pasaría la noche aquí y después me marcharía.

—Pero yo no puedo estarme aquí hasta la mañana. Soy un hombre cuerdo y tengo relaciones, como es lógico... ¿Cree usted que de veras pasará aquí la noche?

—¿Quién?

—Pues el anciano ese...

—Está claro que sí. No todos los maridos son como usted. Pasan la noche en casa.

—¡Muy señor mío, muy señor mío! —exclamó Iván Andréievich, quedándose frío del susto—. Tenga en cuenta que también yo estoy en casa, y que esto es la primera vez que me ocurre; pero ¡Dios mío, estoy viendo que me conoce! ¿Quién es usted, joven? Dígamelo ahora mismo, se lo suplico; en aras de una amistad desinteresada, le ruego que me diga quién es usted.

—¡Escuche! Puedo usar la violencia...

—Pero permita, caballero, que le diga y explique que se trata de un asunto vergonzoso...

—No quiero que me dé ninguna explicación, y no deseo saber nada. Cállese, o...

—Pero yo no puedo...

Debajo de la cama hubo un leve forcejeo e Iván Andréievich se quedó callado.

—¡Corazoncito! ¿No te da la impresión de que hay gatos haciendo ruido debajo de la cama?

—¿Qué gatos? ¡Qué cosas se te ocurren!

Era evidente que la esposa no sabía de qué hablar con su marido. Estaba tan afectada que no acababa de espabilarse. En aquel momento se estremeció y aguzó los oídos.

—¿Qué gatos?

—Los gatos, corazoncito. Hace unos días, entré y vi a nuestro Vaska en mi despacho, ronroneando. Y yo le dije: "¿Qué te pasa, Vasenka?", y él venga a ronronear. Parecía que susurraba algo. Y se me pasó por la cabeza: "¡Oh! ¡Santo cielo! ¡No me estará profetizando la muerte!".

—¡Pero qué tonterías me estás diciendo hoy! No sé cómo no te da vergüenza.

—Bueno, nada. No te enfades, corazoncito. Veo que te disgusta que me muera, pero no te enfades. Hablaba por hablar. Y tú, corazoncito, ya podías ir quitándote la ropa para meterte en la cama, y mientras tanto yo aguardaré aquí sentado hasta que te acuestes.

—Por el amor de Dios; después...

—¡Bueno, no te enfades, no te enfades! Sólo que realmente parece que aquí hay ratones.

—¡Vaya! ¡Tan pronto son gatos como ratones! A decir verdad, no sé lo que te ocurre.

—A mí no me pasa nada, yo no... ¡cof, cof! Nada, ¡cof, cof, cof! ¡Ay, Dios mío!, ¡cof!

—¿Lo ha oído? Hace usted tanto ruido que hasta él lo ha percibido —susurró el joven.

—Y si supiera usted lo que me está ocurriendo... Me está saliendo sangre de la nariz.

—Pues que le salga; ¡cállese! Espere a que se marche.

—Pero joven, póngase en mi situación. ¡Si ni siquiera sé junto a quién me encuentro debajo de la cama!

—¿Acaso se sentiría más aliviado si lo supiera? Si no me interesa saber ni cómo se apellida. Pero, a propósito, ¿ cuál es su apellido?

—No. ¿Y qué falta hace saber el apellido...? A mí sólo me interesa explicar de qué manera tan absurda...

—¡Chis...! Está hablando otra vez.

—¡De veras corazoncito que cuchichean algo!

—¡Que no! Será el algodón, que se te estará saliendo de los oídos.

—¡Ay, a propósito del algodón! ¿Sabes? Si en el piso de arriba... ¡cof, cof! Arriba, ¡cof, cof!...

—¡Arriba! —susurró el joven—. ¡Al demonio! Y yo que creía que era el último piso. ¿Acaso éste es el penúltimo?

—Joven —susurró agitándose Iván Andréievich—. ¿Qué dice usted? Por el amor de Dios, ¿por qué le interesa eso? Yo también pensaba que era el tercer piso. ¡Por Dios! ¿Acaso aquí hay otro piso más...?

—Es verdad que algo se está moviendo —dijo el anciano, que por fin había dejado de toser...

—¡Chis! ¿Lo oye? —murmuró el joven, estrujando las manos de Iván Andréievich.

—Muy señor mío, me tiene agarradas las manos. ¡Suélteme!

—¡Chis...!

Se produjo otro leve forcejeo y después de nuevo el silencio.

—Me crucé con una chica muy mona... —retomó nuevamente la conversación el anciano.

—¿Cómo que una chica mona? —le interrumpió su mujer.

—Pero si ya antes... te dije que me crucé con una dama muy mona en la escalera, ¿o acaso se me ha pasado? Es que estoy mal de la memoria. Es el hipérico... ¡cof!

—¿Qué?

—Tengo que tomar el hipérico, que me sentará bien..., ¡cof, cof, cof! Me sentará bien.

—¡Le ha interrumpido usted! —dijo el joven, apretando los dientes.

—¿Decías que te cruzaste con una señorita muy mona? —le preguntó la mujer.

—¿Qué? ¿Que se encontró con una señorita muy mona? ¿Quién?

—¡Pues tú!

—¿Quién, yo? ¡Ah, sí...!

—Por fin, ¡vaya momia! Bueno —murmuró el joven, fustigando mentalmente al olvidadizo anciano.

—¡Muy señor mío! Estoy temblando de miedo. ¡Dios mío! ¿Qué estoy oyendo?

¡Ocurre lo mismo que anoche! ¡Exactamente igual...!

—¡Chis!

—¡Sí, sí, sí! ¡Lo recuerdo, vaya bribona! Con esos ojitos... y un sombrerito azul... —siguió el anciano.

—¡Con un sombrerito azul! ¡Ay, ay!

—¡Es ella! Tiene un sombrerito azul. ¡Dios mío! —exclamó Iván Andréich...

—¿Ella? ¿Quién es ella? —susurró el joven, apretando las manos de Iván Andréievich.

—¡Chis! —respondió éste—. Que está hablando él.

—¡Ay, Dios mío! ¡Dios mío!

—Bueno, pero, después de todo, ¿quién no tiene un sombrerito azul... eh?

—¡Y qué bribona! —continuó el anciano—. Viene aquí a visitar a unos amigos, y no hace más que poner ojitos. Y a casa de esos amigos a su vez vienen otros amigos...

—¡Uf! Qué aburrido es esto —le interrumpió la dama—; disculpa, ¿cómo te pueden interesar esas cosas?

—¡Bueno, está bien! ¡Bueno, bueno! ¡No te enfades! —le respondió el vejete con voz cantarina—. No hablaré si no te apetece. Hoy no pareces estar de humor...

—¿Y usted cómo se ha encontrado en una situación así? —preguntó el joven.

—¡Pues ya lo ve! Ahora se interesa y antes no quería ni oírlo.

—¡Pues sí! ¡Porque me da igual! ¡No lo diga, por favor! ¡Al demonio! ¡Vaya historia!

—Joven, no se enoje usted. No sé lo que estoy diciendo. Hablaba por hablar; sólo quería decirle que lo más probable es que no haya caído usted aquí por casualidad... Pero ¿quién es usted, joven? Veo que no lo conozco. Pero ¿quién es usted? ¡Oh, Dios mío, no sé lo que me digo!

—¡Eh! ¡Espere, haga el favor! —interrumpió el joven, como si mascullara algo.

—Se lo contaré todo. Puede que piense que no se lo quiero contar, y que estoy furioso con usted; pues sepa que no es así. ¡Aquí tiene mi mano! Es sólo que estoy bajo de ánimo, nada más. Pero, por el amor de Dios, cuéntemelo todo desde el principio. ¿Cómo ha llegado aquí? ¿Qué circunstancias le llevaron a ello? En cuanto a mí, le diré que no estoy enfadado, juro por Dios que no lo estoy, aquí tiene mi mano. Sólo que aquí hay mucho polvo y la mano está algo manchada.

Pero no tiene importancia, habiendo nobles sentimientos.

—¡Váyase al demonio con su mano! ¡Aquí no hay sitio ni para darnos la vuelta y me viene con la mano!

—Pero ¡muy señor mío! Me trata usted, y permítame la expresión, como la suela de un zapato—dijo Iván Andréievich en un arrebato de desesperación, con un tono en el que se percibía incluso algo de súplica—. ¡Tráteme con algo más de cortesía, aunque sea un poco, y se lo contaré todo! Podíamos simpatizar mutuamente. Incluso estaría dispuesto a invitarle a almorzar a mi casa. Pero le confieso sinceramente que no podemos permanecer con esa actitud por mucho tiempo. ¡Usted, joven, está equivocado! Usted no sabe...

—Pero ¿cuándo se la ha encontrado? —murmuró el joven, visiblemente inquieto—. Es posible que ella ahora esté esperándome... ¡Decididamente he de salir de aquí!

—¿Ella? ¿Quién es ella? ¡Dios mío! ¿De quién está hablando, joven? ¿Cree que allí arriba...? ¡Dios mío! ¡Dios mío! ¿Por qué me habrá caído este castigo?

Desesperado, Iván Andréievich intentó darse la vuelta para ponerse boca arriba.

—¿Y para qué quiere saber quién es ella? ¡Al demonio! ¡Pase lo que pase me marcho de aquí...!

—¡Muy señor mío! ¿Qué dice? ¿Y qué será de mí? —susurró Iván Andréievich, en un ataque de exasperación y agarrándose a los bajos del frac de su vecino.

—¿Y a mí qué me importa? Pues quédese aquí solo. Y, si no, diré que es usted un tío mío que está completamente arruinado, para que el anciano no se crea que soy el amante de su mujer.

—Pero, joven, eso es imposible. No sería natural pensar que sea su tío. Nadie le creería. Eso no lo creería ni un niño—susurró en tono desesperado Iván Andréievich.

—En tal caso, no hable y estese quieto. Puede pasar aquí la noche y mañana ya saldrá de algún modo. Nadie se dará cuenta. Puesto que, si ha salido uno, a nadie se le ocurrirá pensar que haya otro debajo de la cama. ¡Aquí cabría tranquilamente una docena de hombres! Por lo demás, usted solito vale por una docena. ¡Dese la vuelta o me marcho!

—Me está usted lanzando pullas, joven... ¿Y qué ocurriría si me entrara tos? ¡Hay que preverlo todo!

—¡Chis...!

—¿Qué es eso? Parece que de nuevo estoy oyendo ajetreo arriba— dijo el anciano, quien en aquel momento parecía ya haberse quedado dormido.

—¿En el piso de arriba?

—¿Lo ha oído, joven?: arriba.

—Bueno, pues sí, lo oigo.

—¡Dios mío! Joven, voy a salir de aquí.

—¡Pues yo no! ¡Me da igual! ¡Y me da igual si todo se va al traste! ¿Sabe lo que sospecho? ¡Me da la impresión de que precisamente usted es uno de esos maridos engañados...!

—¡Dios mío, qué cinismo...! ¿De veras que sospecha eso? ¿Y por qué había de ser precisamente un marido...? Yo no estoy casado.

—¿Cómo que no está casado? ¡Vaya!

—¡Puede que yo mismo sea un amante!

—¡Sí, vaya un amante!

—¡Caballero! Bueno, está bien, se lo contaré todo. Escuche mi confesión desesperada. Yo no soy ése, no estoy casado. Soy soltero igual que usted. Se trata de un amigo de la infancia, y yo... soy un amante... Bueno, pues él fue y me dijo un día: "Soy un infeliz, estoy apurando el cáliz y sospecho de mi mujer». Pero yo le dije con prudencia: "¿Y por qué sospechas de ella...?". Pero si no me está escuchando. ¡Escúcheme, escúcheme! "Los celos son absurdos, son un defecto...". "No", me responde, "soy un hombre desgraciado. Estoy apurando el cáliz... quiero decir que tengo sospechas". "Tú", le dije, "eres mi amigo desde la más tierna infancia. Juntos íbamos a recoger flores y gozábamos de las mieles de la vida". ¡Dios mío, no sé lo que me digo! No para de reír usted, joven. Me va a volver loco.

—¡Pero si ya lo está...!

—Ya me figuraba yo que iba a decirlo...; ¡Ríase, ríase, joven! También yo en mis tiempos estaba en la flor de la vida, y también era un seductor. ¡Ay! ¡Se me va a prender fuego la sesera!

—¿Qué es eso, corazoncito, parece que alguien está estornudando aquí? —entonó el vejete—. ¿Fuiste tú, corazón, quien ha estornunado?

—¡Oh, Dios mío! —respondió la mujer.

—¡Chis! —se oyó debajo de la cama.

—Los ruidos seguramente proceden de arriba—señaló la mujer, asustada, porque debajo de la cama la cosa estaba realmente alborotada.

—¡Sí, es arriba! —respondió el marido—. ¡Arriba! ¿Te había comentado que me crucé ahora con un petimetre, ¡cof, cof!, con bigotillo?, ¡cof, cof! ¡Oh, Dios mío, mi espalda...! ¡Sí, me crucé con un petimetre con bigotillo!

—¡Con bigotes! ¡Dios mío, ése seguramente será usted! —susurró Iván Andréievich.

—¡Santo Dios! ¡Qué hombre! ¡Pero si estoy aquí junto a usted metido debajo de la cama! ¿Cómo podía cruzarse conmigo? Pero ¡deje usted de tocarme la cara!

—¡Dios mío, ahora me voy a desmayar!

En ese instante, arriba realmente se oyó ruido.

—¿Qué estará pasando allí? —susurró el joven caballero.

—¡Muy señor mío! Estoy asustado, horrorizado. Ayúdeme.

—¡Chis!

—Realmente, corazoncito, hay ruido. Se está organizando un vocerío. Y justo sobre el dormitorio. ¿No deberíamos enviar a alguien a preguntar lo que ocurre?

—¡Bueno! ¡Qué cosas se te ocurren!

—Bueno, lo dejaré. ¡Ciertamente, hoy estás de tan mal humor...!

—¡Oh, Dios mío! Mejor sería que te acostaras.

—¡Liza! Tú no me amas.

—¡Oh! ¡Claro que te quiero! Por amor de Dios, hoy estoy cansada.

—¡Bueno, bueno! Ya me voy.

—¡Ay, no, no! No te vayas —exclamó la esposa—. ¡O mejor, sí, vete... vete!

—Pero ¿qué es lo que te ocurre realmente? Tan pronto me dices que me vaya como que no. ¡Cof, cof! Y la verdad es que me apetece dormir. En casa de los Panafídin a la niña... ¡Cof, cof! A la niña... ¡cof! Le trajeron una muñeca de Núremberg, ¡cof, cof!

—Pues vaya, ¡ahora sale con lo de las muñecas!

—Se está despidiendo —dijo el joven—. ¡Ahora se irá y nosotros saldremos al instante! ¿Lo oye? ¡Alégrese!

—¡Oh, que Dios lo quiera! ¡Que Dios lo quiera!

—Es una lección para usted...

—¡Joven! ¿Por qué una lección? Estoy creyendo que... Pero es usted todavía joven. No puede darme lecciones.

—Y, a pesar de todo, le daré una. Escuche.

—¡Dios mío! ¡Tengo ganas de estornudar...!

—¡Chis! Que no se le ocurra.

—Pero ¿qué puedo hacer? Aquí huele mucho a ratones. No lo aguanto. ¡Por el amor de Dios, haga el favor de sacarme el pañuelo del bolsillo, que no puedo moverme...! ¡Oh, Dios mío! ¿Por qué este castigo?

—¡Aquí tiene el pañuelo! Pero, respecto a lo del castigo, ahora se lo voy a decir. Usted es celoso. Basándose en Dios sabe qué cosas, corre como un loco, irrumpiendo en un domicilio ajeno y alborotando la situación...

—¡Joven! Yo no he alborotado nada.

—¡Cállese!

—Joven, no puede usted hablarme de la moral; tengo más moral que usted.

—¡Cállese!

—¡Oh, Dios mío, Dios mío!

—¡Está usted armando alboroto, asustando a una joven dama, una mujer tímida que no sabe dónde meterse del susto y hasta probablemente enferme; está inquietando a un honorable anciano, abatido por las hemorroides, que por encima de todo precisa tranquilidad! ¿Y todo ello por qué? Porque se ha imaginado algo absurdo que le hace recorrer todas las callejuelas. ¿Comprende, comprende en qué situación tan desagradable se encuentra usted ahora? ¿Lo entiende?

—Muy señor mío, ¡está bien! Yo lo siento, pero usted no tiene derecho...

—¡Cállese! ¿De qué derecho habla? ¿Comprende acaso que esto puede terminar trágicamente? ¿Entiende que el anciano, que ama a su mujer, puede volverse loco cuando le vea salir de debajo de la cama? Pero no, usted es incapaz de provocar una tragedia. Creo que, cuando saliera usted de aquí, el que le viera se echaría a reír. Me gustaría verle con la luz encendida. Estaría muy gracioso.

—¿Y usted, qué? ¡También usted estaría gracioso en una situación así! A mí también me gustaría verle.

—Sí.

—Parece, joven, que tiene usted el sello de la inmoralidad.

—¡Y habla usted de inmoralidad! Pero ¿qué sabrá de por qué me encuentro aquí? Estoy aquí por un error. Me confundí de piso. ¡Y sabrá el demonio por qué me habrán dejado entrar! Claro que ella realmente debía estar esperando a alguien (no a usted, como es lógico). Yo me escondí debajo de la cama en cuanto oí sus ridículos pasos y vi que la dama se había asustado. Además, estaba oscuro. ¿Y qué justifica para usted mi presencia? Usted, señor mío, es un viejo ridículo y celoso. ¿Que por qué no salgo? Es posible que piense que tengo miedo de salir. No, señor, por mí ya habría salido hace tiempo, pero continúo aquí sólo por compasión hacia usted. ¿En qué situación se quedaría aquí sin mí? Se quedaría como un zopenco frente a ellos, sin saber qué hacer...

—No, ¿por qué me iba a quedar como un zopenco? ¿Por qué me compara con un zopenco? ¿Acaso no podría usted compararme con alguna otra cosa, joven? ¿Por qué no habría yo de reaccionar bien? No. Sabría cómo hacerlo.

—¡Oh, Dios mío, cómo ladra esa perrita!

—¡Chis! ¡Ay, es cierto...! Porque usted no para de hablar. Lo ve, ha despertado a la perrita. Ahora estamos perdidos.

Y, realmente, la perrita de la señora, que durante todo ese tiempo había permanecido en un rincón dormitando sobre un cojín, de pronto se despertó, olisqueó a los intrusos y, ladrando, se lanzó debajo de la cama, donde se encontraban ellos.

—¡Oh, Dios mío! ¡Qué perrita tan tonta! —susurró Iván Andréievich—. Nos delatará a los dos. Ahora se sabrá todo. ¡Vaya castigo!

—Pues sí. Tiene usted tanto miedo que eso puede pasar realmente.

—¡Ami, Ami, ven aquí!—exclamó la dueña—, ici, ici.

Pero la perrita no le hacía caso y se metía justo donde estaba Iván Andréievich.

—¿Qué sucede, corazoncito, que Amishka no para de ladrar? —dijo el anciano—. Seguramente ahí habrá ratones, o será el gato Vaska. Por eso no hago más que oírle estornudar... Y además hoy Vaska estaba acatarrado.

—¡Estese quieto! —susurró el joven—. No se mueva. Puede que así la perra nos deje en paz.

—¡Caballero! ¡Suélteme las manos! ¿Por qué me las aprieta?

—¡Chis! ¡Cállese!

—Disculpe, joven. Me está mordiendo la nariz. ¿Quiere usted que me quede sin nariz? Hubo un forcejeo e Iván Andréievich pudo liberar sus manos. La perrita no paraba de ladrar, pero de pronto dejó de hacerlo y soltó un aullido.

—¡Ay! —exclamó la dama.

—¡Monstruo! ¿Qué hace? —murmuró el joven—. Va a hacer que nos echemos a perder los dos. ¿Por qué la ha cogido? ¡Santo Cielo, la está ahogando! ¡No la ahogue, suéltela! ¡Monstruo! ¡Si hace eso es porque desconoce el corazón femenino! Si usted la ahoga, nos delatará a los dos.

Pero Iván Andréievich ya no oía nada. Había logrado agarrar a la perrita y en un ataque de autodefensa le estrujó el cuello. La perrita lanzó un aullido y expiró.

—¡Estamos perdidos! —susurró el joven.

—¡Amishka, Amishka! —exclamó la dama—. Dios mío, ¿qué le están haciendo a mi Amishka? ¡Amishka! ¡Amishka! ¡Oh, monstruos! ¡Bárbaros! ¡Dios mío, me siento mal!

—¿Qué ocurre? ¿Qué sucede? —exclamó el anciano, incorporándose del sillón—. ¿Qué te pasa, corazoncito? ¡Amishka, aquí! ¡Amishka, Amishka, Amishka! —exclamó el anciano, chasqueando los dedos y la lengua mientras llamaba a Amishka—. ¡Amishka!, ici, ici! No puede ser que Vaska se la haya comido. Amiga mía, hay que darle una paliza a Vaska. El muy bribón lleva ya un mes sin que le peguemos. ¿Tú qué crees? Mañana se lo consultaré a Praskovia Zajárievna. Pero ¡Dios mío, corazoncito! ¿Qué te sucede? Estás pálida, ¡oh!, ¡oh! ¡Socorro, socorro!

Y el ancianito se puso a dar vueltas por la habitación.

—¡Malvados! ¡Monstruos!—gritó la dama, dejándose caer sobre el sofá.

—¡Quién! ¿Quiénes? ¿Quiénes son?—gritó el anciano.

—¡Ahí hay unos hombres...! ¡Unos desconocidos! ¡Ahí, debajo de la cama! ¡Oh, Dios mío! ¡Amishka! ¡Amishka! ¿Qué te han hecho?

—¡Ay, Dios mío! ¿Qué hombres? ¡Amishka!...¡No! ¡Socorro, socorro! ¡Vengan aquí! ¿Quién anda ahí? —exclamó el anciano, cogiendo una vela y agachándose hacia debajo de la cama—. ¿Quién es? ¡Socorro, socorro...!

Iván Andréievich, más muerto que vivo, estaba tumbado junto al cuerpo inerte de Amishka. Pero el joven seguía cada movimiento del anciano. De pronto el viejo se dio la vuelta para agacharse por el otro lado de la cama. En aquel instante, el joven salió de debajo de la cama y echó a correr, mientras el marido buscaba a sus huéspedes al otro lado del lecho conyugal.

—¡Dios mío! —exclamó la dama al ver salir al joven—. Pero ¿quién es usted? Y yo que pensaba...

—Aquel monstruo se ha quedado debajo de la cama —dijo el joven en voz baja—. ¡Él es el culpable de la muerte de Amishka!

—¡Ay! —exclamó la dama.

Pero el joven ya había desaparecido.

—¡Ay! Aquí hay alguien. ¡Aquí hay una bota de alguien! —exclamó el marido, agarrando por la pierna a Iván Andréievich.

—¡Asesino, asesino! —gritó la dama—. ¡Oh, Ami, Ami!

—¡Salga de ahí! —exclamó el anciano, dando patadas en la alfombra—. ¡Salga de ahí! ¿Quién es usted? Vamos, diga, ¿quién es? ¡Dios mío! ¡Qué hombre más raro!

—Pero ¡si son unos bandoleros...!

—¡Por el amor de Dios, por el amor de Dios! —gritó Iván Andréievich, saliendo a gatas de debajo de la cama—. ¡Por el amor de Dios! ¡Su Excelencia, no llame a nadie! ¡No llame a nadie! Eso está de más. Usted no me puede echar... ¡No soy lo que piensa! Sino otra cosa... Su Excelencia —continuó Iván Andréievich gimiendo—. De todo eso tiene la culpa la mujer, quiero decir, no la mía, sino la del otro; yo soy soltero... Se trata de un compañero mío y amigo de la infancia...

—¡Qué amigo de la infancia! —gritaba el anciano, dando patadas al suelo—. Usted es un ladrón, que ha venido a robar... y nada de un amigo de la infancia...

—No; no soy un ladrón, Su Excelencia. Realmente soy un amigo de la infancia... sólo que me he... sólo que me he equivocado y por error entré en otra puerta.

—Sí, ya lo veo señor, veo de qué puerta ha salido usted.

—¡Su Excelencia! No soy ese tipo de personas. Se está usted equivocando. Le aseguro que está terriblemente equivocado, Su Excelencia. Écheme un vistazo, míreme, y se dará cuenta por mi persona de que no puedo ser un ladrón. ¡Su Excelencia! —gritaba Iván Andréievich, cruzándose de brazos y dirigiéndose a la joven dama—. Usted, señora, compréndame... He sido yo quien ha matado a Amishka... Pero no tengo la culpa, yo, ¡por el amor de Dios, no tengo la culpa...! De todo eso tiene la culpa la mujer. ¡Yo soy un infeliz al que le ha tocado apurar el cáliz!

—Pero disculpe, a mí qué me importa que usted haya apurado el cáliz. Hasta es posible que haya apurado más de uno, y ello es algo que resulta evidente, a juzgar por su situación. Pero ¿cómo ha entrado usted aquí, muy señor mío? —gritó el anciano temblando de ira, a la vez que se persuadía de que, a juzgar por algunos detalles, Iván Andréievich realmente no podía ser un ladrón—. Le estoy preguntando que cómo ha entrado usted aquí. Ha hecho lo propio de un bandolero...

—No soy un bandolero, Su Excelencia. Me equivoqué de portal, pero de veras que no soy un bandolero. Y todo esto es a causa de mis celos. Se lo contaré todo, Su Excelencia, se lo contaré con tanta franqueza como si fuera mi padre, porque tiene usted una edad que me permite tratarle como tal.

—¿Cómo? ¿Qué edad?

—¡Su Excelencia! ¿Le he ofendido? Y, realmente, una dama tan joven... y su edad... es muy agradable de ver, Su Excelencia, de veras que resulta muy agradable ver un matrimonio así... en la flor de la vida... Pero no llame a nadie... ¡Por Dios! No llame a los criados... porque ellos sólo se reirían... los conozco... Es decir, con eso no quiero decir que conozca exactamente a los criados, pues yo también tengo criados, Su Excelencia, y todos se ríen... ¡Son unos burros! ¡Su Excelencia...! Según puedo observar, tengo el honor de hablar con un príncipe...

—Pues no, no soy un príncipe, sino que soy lo que soy, un caballero... A mí, haga el favor de no adularme con sus zalamerías. ¿Cómo ha podido entrar usted aquí, caballero? ¿Cómo lo ha hecho?

—Disculpe Su Excelencia... Perdone, pero creí que era usted un príncipe. Lo examiné con atención y creí... a veces pasa... Se parece usted tanto al príncipe Korotkoújov, al que tuve el honor de conocer en casa de mi amigo el señor Puzyriov... ¿Lo ve? Yo también conozco a algunos príncipes, y también traté con uno de ellos en casa de un amigo. No puede tomarme por alguien que no soy. No soy un ladrón. Su Excelencia, no llame a los criados. ¿Sabe la que se armaría si los llamara?

—Pero ¿cómo ha podido entrar aquí? —exclamó la dama—. ¿Quién es usted?

—Eso es, ¿quién es usted? —añadió el marido—. Y que yo, corazoncito mío, estaba tan seguro de que era Vaska quien estornudaba debajo de la cama. Y era usted. ¡Ay, qué depravado...! ¿Quién es usted? ¡Dígalo!

Y el vejete una vez más pataleó en la alfombra.

—¡No puedo, Su Excelencia! Debo aguardar a que se calme... Confíe en su buen sentido del humor. En lo que a mí respecta, se trata de una historia ridícula, Su Excelencia. Se lo contaré todo. Y todo puede explicarse sin necesidad de recurrir a eso, es decir, lo que quiero decir es que no llame usted a los criados, Su Excelencia. Le suplico que me trate con honestidad... El hecho de que haya estado debajo de la cama no significa nada... no por eso he perdido mi dignidad. ¡Se trata de una historia de lo más cómico, Su Excelencia! —exclamó Iván Andréievich dirigiendo una mirada suplicante a la señora—. ¡Y especialmente usted, Su Excelencia, se reirá mucho! Tiene frente a usted a un marido celoso. ¿Lo ve? Me estoy humillando y rebajando por propia voluntad. Debo confesar que soy culpable de la muerte de Amishka, pero... ¡Dios mío, no sé lo que me digo!

—Pero ¿cómo, de qué modo ha entrado usted aquí?

—Pues gracias a que estaba a oscuras y era de noche, Su Excelencia, aprovechando la oscuridad... ¡Soy culpable! ¡Discúlpeme, Su Excelencia! ¡Le pido humildemente perdón! Yo sólo soy un marido engañado, nada más. No piense, Su Excelencia, que yo soy el amante. No soy el amante. Su esposa es muy virtuosa, si me permite decirlo. ¡Es pura e inocente!

—¿Qué? ¿Qué? ¿Cómo se atreve a decirlo? —exclamó el anciano, pataleando nuevamente el suelo—. ¿Se ha vuelto loco o qué? ¿Cómo se atreve a hablar de mi mujer?

—¡Ese malvado, ese asesino que ha ahogado a Amishka! —exclamó la mujer sollozando—. ¡Y todavía se atreve a hablar!

—¡Su Excelencia, Su Excelencia! Sólo me he embrollado un poco —gritó atolondrado Iván Andréievich—. ¡Me he embrollado y nada más! Considere que he perdido el juicio... Por el amor de Dios, piense que me he vuelto loco... Le juro por mi honor que me concedería un gran favor. De buena gana le tendería la mano, pero no me atrevo... Yo no estaba solo, soy el tío... quiero decir que no piense que soy un amante... ¡Dios! De nuevo estoy mintiendo... No se enoje, Su Excelencia —gritó Iván Andréievich, dirigiéndose a la mujer—. Usted es una señora y sabe que el amor es un sentimiento muy delicado... Pero ¿qué digo? ¡De nuevo vuelvo a embrollarme! Es decir, que lo que quiero decir es que yo soy un anciano, o mejor dicho, un hombre entrado en años, no un anciano; que yo no podría ser su amante, que un amante puede ser un Richardson o un don Juan... me estoy enredando. Pero ¿lo ve, Su Excelencia, cómo soy un hombre instruido que conoce la literatura? ¡Se ríe usted, Su Excelencia! Estoy feliz de haber provocado su risa. ¡Oh, qué feliz soy de haberle hecho reír!

—¡Dios mío! ¡Qué hombre tan gracioso! —gritó la mujer sin poder aguantar la risa.

—Sí, tan gracioso y con tanto polvo en la ropa —dijo el anciano, alegrándose de ver reír a su mujer—. Corazoncito, él no puede ser un ladrón. Pero ¿cómo ha entrado aquí?

—¡Es realmente extraño! Realmente extraño, Su Excelencia, ¡se parece a una novela! ¿Cómo? ¿Cómo es posible que en plena noche, en una capital, se encuentre un hombre debajo de la cama? ¡Es gracioso y extraño! De alguna manera se parece a lo de Rinaldo Rinaldini. Pero eso no es nada, Su Excelencia. Eso no tiene importancia, Su Excelencia. Se lo contaré todo... Y a usted, señora, Su Excelencia, le compraré otro caniche... De pelo largo y patitas cortas, que no sepa dar dos pasos seguidos; un perrillo de los que salen corriendo y se caen enredándose en sus propias lanas. De los que sólo comen terrones de azúcar. Le conseguiré uno, Su Excelencia, se lo proporcionaré sin falta.

—¡Ja, ja, ja! —la dama se retorcía de risa sobre el sofá—. ¡Dios mío, me va a dar un ataque de histeria! ¡Oh! Pero ¡qué gracioso es!

—¡Sí, sí!, ¡ja, ja, ja!, ¡ji, ji, ji! Tan gracioso y tan lleno de polvo, ¡ji, ji, ji!

—¡Ahora me siento feliz, Su Excelencia! De buena gana le tendería mi mano, pero no me atrevo, Su Excelencia, pues soy consciente de que me atolondré, aunque ya me estoy serenando. Veo que mi mujer es inocente y pura y que en vano sospechaba de ella.

—¡Su esposa! —exclamó la mujer con lágrimas en los ojos estallando en una carcajada.

—¡Está casado! ¿De veras? ¡Eso sí que no me lo figuraba yo por nada del mundo! —añadió el anciano.

—Su Excelencia, mi mujer tiene la culpa de todo, quiero decir, que yo soy culpable por haber sospechado de ella. Sabía que aquí había una cita; sí, aquí, en el piso de arriba; la nota cayó en mis manos, yo me equivoqué y me metí debajo de la cama...

—¡Je, je, je!

—¡Ja, ja, ja!

—¡Ja, ja, ja! —rió finalmente Iván Andréievich—. ¡Oh, qué feliz soy! ¡Qué agradable resulta ver que ahora todos estamos de acuerdo y somos felices! ¡Y mi mujer no tiene culpa alguna! De ello estoy absolutamente seguro. Porque necesariamente ha de ser así, ¿verdad, Su Excelencia?

—¡Ja, ja, ja! ¡Ji, ji, ji! ¿Corazoncito, sabes quién es ella? —dijo finalmente el anciano al dejar de reír.

—¿Quién? ¡Ja, ja, ja! ¿Quién?

—Pues esa señora tan mona que pone ojitos de coqueta y que iba con el petimetre. ¡Es ella! ¡Apostaría lo que fuera a que es su mujer!

—No, Su Excelencia, estoy convencido de que no es ella; estoy completamente seguro.

—Pero ¡Dios mío! Está usted perdiendo el tiempo —exclamó la mujer, dejando de reír.

—Vamos, vaya corriendo arriba. Puede que los pille...

—¡Tiene usted razón, Su Excelencia, voy corriendo! Pero no encontraré a nadie, Su Excelencia. Porque no es ella, estoy seguro de antemano. ¡Ya estará en casa! ¡Aquí el único celoso que hay soy yo y nadie más...! ¿Usted qué piensa? ¿Que de veras los sorprenderé allí, Su Excelencia?

—¡Ja, ja, ja!

—¡Ji, ji, ji!

—¡Vaya, vaya! Y, cuando regrese, venga a contárnoslo —exclamó la dama—. ¡No! Mejor será que lo haga mañana por la mañana y que la traiga también a ella: me gustaría conocerla.

—¡Adiós, Su Excelencia, adiós! La traeré sin falta. Ha sido un honor conocerles. Estoy feliz y contento de que todo se haya resuelto de una forma tan favorable e inesperada.

—¡Y el caniche! No se olvide: ¡tráigame sin falta el caniche!

—Se lo traeré, Su Excelencia, sin falta alguna —señaló Iván Andréievich, entrando nuevamente a toda prisa en la habitación, cuando ya se hubo despedido y estaba saliendo—. Se lo traeré sin falta. ¡Será muy mono! Como si un pastelero lo esculpiera en azucarillos. Y será tan gracioso que andará y se enredará en sus propias lanas hasta caer. ¡De veras! Y yo le diré a mi mujer, "Cariño, ¿por qué esta perrilla no hace más que caerse?". "¡Pero es tan mona!", me responderá. ¡Por Dios, Su Excelencia, será igual que si estuviera hecha de azúcar! ¡Adiós, Su Excelencia, me satisface enormemente haberle conocido! ¡Sí!

Iván Andréievich hizo una reverencia y salió.

—¡Eh, señor! ¡Espere! ¡Vuelva de nuevo! —exclamó el vejete siguiendo con la mirada a Iván Andréievich, que ya estaba saliendo.

Iván Andréievich regresó por tercera vez.

—No encuentro por ninguna parte a Vaska, el gato. ¿No lo habrá visto usted cuando estuvo debajo de la cama?

—No, no lo vi, Su Excelencia. Pero le repito que ha sido un placer conocerle. Ha sido un honor...

—Ahora el pobre estaba acatarrado y no paraba de estornudar y estornudar. ¡Habrá que azotarle!

—Sí, Su Excelencia, claro que sí. Con los animales domésticos, los castigos educativos son necesarios.

—¿Qué?

—Digo que los castigos educativos, Su Excelencia, son necesarios a la hora de educar a los animales y hacerlos obedientes.

—¡Ah...! Bien, vaya usted con Dios, sólo quería saber eso.

—¿Dónde has estado todo este tiempo? ¡Mira qué aspecto tienes! ¡Si tienes la cara descompuesta! ¿Dónde te has perdido? ¡Hay que ver, Señor, tu mujer puede estar muriéndose, y a ti no se te encuentra en toda la ciudad! ¿Dónde te has metido? ¿No habrás estado otra vez queriéndome pillar y estropear alguna cita que Dios sabe con quién pude concertar? ¡Señor, debería darte vergüenza ser esa clase de marido! ¡Pronto nos señalarán con el dedo!

—¡Corazoncito! —respondió Iván Andréievich.

—¿Qué es eso? —exclamó la mujer—. ¡Una perrita muerta! ¡Dios! ¿De dónde ha salido...? ¿Qué has hecho...? ¿Dónde has estado? Dímelo ahora mismo, ¿dónde has estado...?

—¡Corazoncito! —respondió Iván Andréievich, más muerto aún que Amishka—. ¡Corazoncito...!

Pero por esta vez vamos a dejar a nuestro héroe hasta otra oportunidad, ya que aquí comienza otra nueva y particular historia. Algún día, caballeros, les terminaremos de contar todos estos infortunios y persecuciones del destino. Pero ¡han de reconocer que los celos son una pasión imperdonable y, por si fuera poco, también una desgracia...!

EL LADRÓN HONRADO

Una mañana, cuando ya me disponía a dirigirme a mis tareas, entró en mi habitación Agrafena, mi cocinera, lavandera y ama de llaves, y, para mi sorpresa, se dirigió a mí.

Hasta aquel momento era una mujer tan callada y sencilla que, al margen de dos palabras que dijera al día sobre lo que iba a preparar para comer, no había dicho más durante seis años. O, al menos, yo no había oído nada.

—He venido a decirle, señor —empezó de pronto—, que podría usted alquilar el desván.

—¿Qué desván?

—Pues el que está junto a la cocina. Ya sabe al que me refiero.

—¿Para qué?

—¡Para qué! Pues porque la gente los alquila. Está claro para qué.

—Pero ¿a quién se lo alquilaría?

—¡A quién! A un inquilino. ¿A quién si no?

—Pero si allí, madrecita mía, no cabe ni una cama; es muy estrecho. ¿Quién podría vivir allí?

—¿Qué falta hace que viva allí? Sólo hace falta un hueco para dormir; y para vivir está el alféizar de la ventana.

—¿Qué alféizar?

—Está claro cuál, como si no lo supiera. El que está en el vestíbulo. Allí podría sentarse, coser o hacer alguna cosa. También puede sentarse en una silla. Él tiene una silla; y también una mesa; lo necesario.

—Pero ¿de quién se trata?

—Pues de una buena persona, de confianza. Yo le haría la comida. Por la habitación y la comida, le cobraría, al mes, tres rublos...

Finalmente, y después de un buen rato, supe que un hombre entrado en años le pidió a Agrafena que le dejara vivir en la cocina, en calidad de inquilino con derecho a comida. Lo que a Agrafena se le metiera en la cabeza necesariamente había de llevarse a cabo, ya que, de otro modo, sabía que no me dejaría en paz. Cuando algo no salía como ella quería, se quedaba apesadumbrada y presa de una profunda melancolía que podía durarle dos o tres semanas. Durante ese tiempo, solía estropeársele la comida, no me lavaba la ropa, ni el suelo; en un palabra, sucedían cosas desagradables. Hace tiempo que me había dado cuenta de que aquella mujer silenciosa no sabía tomar decisiones ni defender ninguna idea propiamente suya. Pero cuando en su floja inteligencia pudiera componerse de alguna manera algo parecido a una idea o determinación, negárselo significaba aniquilarla moralmente durante algún tiempo. Y por ello, como yo por encima de todo quería mi propia tranquilidad, al instante me conformé con su propuesta.

—Pero ¿tendrá al menos un documento, pasaporte o algo por el estilo?

—¡Cómo! Claro que sí. Es una buena persona y con experiencia; me ofreció pagarme tres rublos.

Al día siguiente, en mi humilde vivienda de soltero apareció un nuevo habitante; pero no me sentí enojado e incluso me alegré en mi interior. En general, vivo muy solitario, como un ermitaño. Apenas tengo conocidos; y salgo en escasas ocasiones. Después de haber vivido durante diez años como un sordo, lógicamente me acostumbré a la soledad. Pero vivir otros diez, quince, o puede que más años, en soledad, con aquella misma Agrafena, y en aquel cuartito de soltero, era una perspectiva de lo más insulsa. Por ello, teniendo en cuenta la situación, una persona tranquila que viene de fuera es una bendición caída del cielo.

Agrafena no había mentido: mi inquilino era una persona decente. Por el pasaporte me enteré de que era un soldado retirado, cosa que había percibido al primer golpe de vista, sin necesidad de mirar el pasaporte. Era fácil de reconocer. Astáfi Ivánovich, mi inquilino, era un buen hombre, entre los de su clase. Comenzamos a tener una buena convivencia. Pero lo más divertido de Astáfi Ivánovich era la facilidad que tenía para relatar historias y sus vivencias. Para el transcurrir diario de mi habitual aburrimiento, alguien que relatara como él era un tesoro. En una ocasión me contó una de sus historias. Ésta me impresionó. Pero he aquí el motivo por el que surgió esa historia:

Un día me quedé solo en casa: Astáfi y Agrafena habían salido a hacer recados. De pronto me pareció que un desconocido entraba en otra habitación. Salí, y vi que en el vestíbulo realmente había un desconocido. Era joven, bajito y, a pesar del frío otoñal, sólo se cubría con una levita.

—¿Qué deseas?

—Quiero ver al funcionario Alexándrov. ¿Vive aquí, verdad?

—Esa persona no vive aquí. ¡Adiós!

—¡Cómo es posible! ¡Si el barrendero me dijo que vivía aquí! —dijo el visitante, retrocediendo cuidadosamente hacia la puerta.

—¡Vamos, vamos! ¡Márchate, hermano! ¡Fuera!

Al día siguiente, después del almuerzo, cuando Astáfi Ivánovich me estaba tomando medidas para una levita, que tenía que arreglar, de nuevo alguien volvió a entrar en el vestíbulo. Entreabrí la puerta.

El caballero del día anterior, ante mis propios ojos, descolgó tranquilamente de la percha mi abrigo de piel, lo cogió debajo del brazo y salió corriendo. Agrafena se quedó mirándole boquiabierta, sin hacer nada para recuperar mi abrigo. Astáfi Ivánovich salió corriendo tras el ladrón y al cabo de diez minutos volvió sofocado y con las manos vacías. ¡El hombre se había esfumado!

—¡Qué mala suerte, Astáfi Ivánovich! ¡Menos mal que aún me queda el capote! ¡De no ser así, el muy ladrón me habría dejado completamente desnudo!

Pero a Astáfi Ivánovich todo aquello le había dejado tan perplejo que, de contemplarle, hasta me olvidé del robo. No podía recomponerse. No hacía más que soltar la labor que tenía entre las manos, para ponerse al instante a contar nuevamente lo que había sucedido, y la forma en que aquello había pasado. Cómo, estando él allí, ante sus ojos y a dos pasos de él, un hombre cogía el abrigo de la percha y salía corriendo sin que se le pudiera alcanzar. Después, otra vez se puso a su labor, para dejarla de nuevo y bajar donde estaba el barrendero a ponerle al corriente y reprenderle para que tomara las medidas oportunas para que en su patio no sucedieran este tipo de cosas. Después, regresó y se puso a regañar a Agrafena. A continuación, de nuevo se puso con su labor, refunfuñando mucho rato para sus adentros sobre cómo había sucedido, cómo, estando él allí y yo aquí, delante de nosotros y a dos pasos, descolgaron el abrigo y etcétera, etcétera. En una palabra, Astáfi Ivánovich, a pesar de hacer bien su labor, era también muy charlatán.

—¡Nos han engañado, Astáfi Iványch! —le dije yo por la tarde, ofreciéndole una taza de té, con tal de salir del aburrimiento, y volviendo a sacar el tema del abrigo, que, de tanto repetirse, y al ver la sinceridad del que lo relataba, hacía que la situación se me presentara cada vez más cómica.

—¡Nos han timado, señor! Me da pena y lástima. Me puede la rabia aunque el abrigo no fuera mío. En mi opinión, no hay peor cosa en esta vida que un ladrón. ¡Otras veces te pueden quitar algo, pero en este caso se trata de tu trabajo, de tu sudor, y el tiempo robado...! ¡Uf! ¡Qué asco! No le apetece a uno ni hablar de ello, me da mucha rabia. ¿Y a usted, señor mío, no le da pena de una cosa suya?

—Sí, es cierto, Astáfi Iványch. ¡Es preferible que se queme una cosa que ceder ante un ladrón! ¡Es algo que da rabia y no se puede consentir!

—¡Hay que ver cómo son las cosas! Claro que hay ladrones diferentes. Pues yo, señor mío, me topé una vez con un ladrón honrado.

—¿Cómo que con un ladrón honrado? ¿Acaso existen ladrones honrados, Astáfi Iványch?

—¡Es verdad, señor! ¿Cómo puede un ladrón ser honrado? No puede ser. Yo sólo quería decir que aquel hombre parecía honrado, pero robó. Sin embargo, me dio lástima de él.

—Y ¿cómo sucedió, Astáfi Iványch?

—Pues así, señor: de eso hace ya dos años.

"Por aquel entonces llevaba yo un año sin trabajar, y en esa situación hice buenas migas con un hombre completamente fracasado. Nos conocimos en un figón. Era un borrachín perdido y un gandul, que antes había prestado servicios en algún lugar, pero a causa de sus borracheras hacía tiempo que le habían echado del trabajo. ¡Era un impresentable! ¡Iba vestido Dios sabe cómo! ¡Alguna vez incluso se me pasó por la cabeza si debajo del capote llevaría camisa o no! Todo cuanto tenía se lo gastaba en la bebida. Pero no era escandaloso. Tenía un carácter tranquilo y era muy cariñoso, bondadoso, no pedía nada, y todo le intimidaba; cuando tú mismo veías que el pobre tenía ganas de beber, se lo alcanzabas. Bueno, pues no sé de qué manera nos hemos hecho el uno al otro, o, mejor dicho, no había forma de desprenderme de él... y a mí me daba lo mismo. ¡Y qué hombre más curioso! Se te pegaba como un perrillo; si ibas a un lugar, él detrás de ti. Sólo nos habíamos visto una vez.

¡Era más enclenque! Al principio dejé que pasara una noche en casa. Vi que tenía el pasaporte en regla y que parecía decente. Al día siguiente me volvió a pedir lo mismo, y al tercero vino él solo y se pasó el día entero sentado en el alféizar de la ventana; también ese día se quedó a pasar la noche. "¿No se me habrá pegado demasiado?", pensé yo. Le das de beber, de comer y encima le dejas que pase la noche en tu casa. ¡A un pobre como yo, va y se le sube uno a la cabeza para que le des de comer! Antes de pegárseme a mí, también lo hizo con un funcionario. Se emborrachaban los dos hasta más no poder; pero el funcionario se alcoholizó completamente y murió de alguna desgracia. El de mi historia se llamaba Iemeléi. Iemeléi Ilich. Yo no hacía más que darle vueltas a qué hacer con él. Me daba apuro y lástima echarle a la calle. ¡Daba tanta pena verle! ¡Estaba tan perdido! ¡Dios mío! Y encima tan callado, no pedía nada, sólo se estaba sentado y mirándote como un perrillo a los ojos. Quiero decir, ¡que hay que ver cómo deteriora al hombre la bebida! Y no hago más que pensar cómo le voy a decir: "¡Márchate de aquí, Iemeliánushka! ¡No tienes nada que hacer aquí! ¡Te has equivocado de persona! ¡Pronto ni yo mismo podré llevarme un pedazo de pan a la boca! ¿Cómo podré mantenerte?". Estoy sentando y pensando: "¿Qué va a hacer cuando le diga eso?". Y me lo imagino mirándome largo rato después de decirle aquello. Me lo imagino sentado sin entender palabra, y cómo después, tras recobrar el sentido, se levanta del alféizar, coge su hatillo, que parece que lo estoy viendo (a cuadros, de color rojo y todo agujereado), y en el que sólo Dios sabe lo que guardaba llevándolo a todas partes; cómo se cubría con su pobre capote para parecer lo más presentable posible, y que le diera calor sin que se le vieran los agujeros. ¡Era una persona delicada! Me lo imaginaba abrir la puerta y salir hacia la escalera con los ojos empañados de lágrimas. ¡Me daba lástima, pues no quería que el hombre se extraviara del todo! Y al instante pensaba: "¿Y en qué situación estoy yo mismo? Espera Iemeliúshka", pensaba yo. "¡No te estarás mucho tiempo dándote banquetes en mi casa! ¡Pronto me marcharé y no me encontrarás!".

¡Y me marché! Por aquel entonces, mi señor, Alexander Filimónovich (que en paz descanse y que Dios lo tenga en su gloria), me dijo: "Estoy muy satisfecho de ti, Astáfi, y cuando regresemos a la aldea no nos olvidaremos de ti y te daremos trabajo". Yo vivía en su casa y trabajaba de mayordomo. Era un señor muy bondadoso, pero falleció ese mismo año. Bueno, pues, en cuanto nos despedimos, cogí mis bártulos y algún que otro ahorrillo, pensé que era hora de vivir tranquilo y me fui donde una viejecilla a la que alquilé el rincón de una habitación. Sólo disponía de un rincón libre. También había trabajado de criada en una casa, pero por aquel entonces vivía sola y recibía una pensión. Y yo que pensé: "¡Pues ahora, Iemeliánushka, querido amigo, ya no me encontrarás!". ¿Y qué cree usted, señor? Por la tarde, de regreso a casa (después de hacerle una visita a un conocido), lo primero que vi al entrar fue a Iemeliá sentado sobre mi baúl y el hatillo a cuadritos junto a él, sin quitarse su viejo capote y esperándome... De lo aburrido que estaba le cogió a la vieja un libro de la iglesia que lo tenía cogido del revés. ¡A pesar de todo, me encontró! Me desanimé del todo. "No tengo nada que hacer", pensé. "¿Por qué no le habré echado al principio?". Y le pregunto directamente: "¿Has traído el pasaporte, Iemeliá?".

Entonces, señor, me senté y me puse a pensar: "Bueno, puesto que es un vagabundo, ¿qué daño me puede hacer?". Y llegué a la conclusión de que no podría ocasionarme grandes trastornos. "Tendrá que comer», pensé yo. "Bueno, un trozo de pan por la mañana, y para que el bocado esté más sabroso tendré que comprarle cebolla. Al mediodía, también tendría que darle pan con cebolla; y, al anochecer, también cebolla con kvas[10] y un mendrugo de pan, si es que quiere más pan. Y si surgiera el caso de que hubiera shi, nos llenaríamos las barrigas hasta más no poder". Si yo, lo que es comer, no como mucho, y todos saben que la persona que bebe apenas come: le bastaría sólo con un licorcito o un vino verde. "Me puede arruinar con la bebida», pensé, y al momento, señor mío, se me pasó una idea por la cabeza, y ¡cómo me impresionó! Que si Iemeliá se marchara, ya no sería yo feliz en la vida... Y en aquel momento decidí ser para él como un padre bienhechor. "Lo apartaré del vicio", pensé, "y haré que aprenda a perder la afición a la bebida. Pero ¡espera un poco!", pensé.

"¡Bueno, está bien, Iemeliá, quédate, sólo que prepárate para vivir conmigo! ¡Tendrás que obedecer!".

"Y, mientras tanto, yo le daba vueltas en la cabeza a cómo enseñarle algún oficio, pero sin prisas. Ahora, al principio, que diera pequeños paseos, y, por el momento, yo iría mirando y buscando algún trabajo que Iemeliá pudiera hacer. Porque para todo, señor mío, es imprescindible tener un don. Y me puse a observarle de soslayo. Veo que es Iemeliánushka un hombre desesperado. Y comencé, señor mío, por hablarle con palabras amables: "Entre otras cosas", le digo, "Iemelián Ilich, podrías mirarte en el espejo y arreglarte un poco. ¡Ya está bien de pasear! ¡Mira cómo vas vestido! ¡Todo lleno de harapos, y tu viejo capote, con perdón, parece un colador! ¡No está bien! Creo que va siendo hora de pensar en la dignidad. Estás sentado, y me escuchas con la cabeza gacha, Iemeliánushka mío.

"Pero ¡Dios mío! ¡De tanto beber se le desarticulan las palabras y es incapaz de pronunciar algo con sentido! Si le hablas de pepinos, va él y te responde refiriéndose a las habas. Se pasa largo rato escuchándome y después lanza un suspiro.

"—¿Y por qué suspiras, Iemelián Ilich? —le pregunto.

"—Por nada, Astáfi Ivánovich, no se preocupe. Pues hoy, dos mujeres, Astáfi Iványch, se pelearon en la calle, y una le lanzó una cesta de bayas rojas a la otra.

"—Bueno, y ¿qué tiene eso de especial?

"—Y por hacerle eso, fue la otra y le tiró su cesta de bayas, y se puso a pisotearlas.

"—Bueno, y ¿qué más sucedió, Iemelián Ilich?

"—Pues nada, Astáfi Iványch, sólo era un comentario.

"Nada, sólo un comentario. ¡Vaya, con Iemeliá, Iemeliúshka!", pensé yo. "¡Le ha dejado descerebrado la bebida...!".

"—En la calle Gorójovaia, o mejor dicho, en la Sadóvaia, a un señor se le cayeron al suelo unos billetes. Y un muzhik que lo vio dijo: "¡Qué felicidad la mía!". Pero en ese momento también lo vio otro, que dijo: "¡No! ¡La felicidad es mía! ¡Yo los vi primero...!".

"—¡Vaya, Iemelián Ilich!

"—Y se pelearon los muzhiks, Astáfi Iványch. Y en ese momento llegó el guardia, recogió los billetes y se los devolvió al caballero amenazando a los dos muzhiks con encerrarles en un calabozo.

"—Bueno, y ¿qué es lo que hay de ejemplar en ello, Iemeliánushka?

"—Pues... yo... nada... La gente se reía, Astáfi Iványch.

"—¡Ay, Iemeliánushka! ¡Y qué importa la gente! Has vendido el alma por una moneda de cobre. Pero ¿sabes, Iemelián Ilich, lo que te voy a decir?

"—¿Qué, Astáfi Iványch?

"—Búscate algún trabajo; de verdad, búscatelo. Te lo he dicho ya cien veces, apiádate de ti.

"—Pero ¿qué tipo de trabajo podría buscarme, Astáfi Iványch? Si ni yo mismo sé qué trabajo podría hacer y además nadie me cogería, Astáfi Iványch.

"—Y ¿por qué te echaron del trabajo, Iemeliá? ¡Ay, borrachín!

"—Pues a Vlas, el camarero, le llamaron hoy para que se presentara en la oficina, Astáfi Iványch.

"—¿Y por qué le llamaron, Iemeliánushka? —le dije.

"—Pues a decir verdad, no lo sé, Astáfi Iványch. Será que tenían que hacerlo y por eso lo llamaron...

"¡Vaya, vaya!", pensé. "¡Estamos perdidos los dos, Iemeliánushka! ¡Dios nos castigará por nuestros pecados! Pero ¡Señor mío! ¿Qué es lo que puedo hacer con un hombre así?".

"¡Sin embargo, era listo a más no poder! Prestaba oído y te escuchaba, pero, en cuanto veía que se aburría y que yo me ponía serio, agarraba su pobre capote, se escabullía y se largaba como si no te conociera. Se podía pasar todo el día deambulando por ahí y al llegar la tarde venía todo ebrio. ¡Sólo Dios sabe quién le daba de beber, y dónde conseguía el dinero! ¡Yo no tengo la culpa de ello y mi conciencia está tranquila!

"—¡No! —le decía yo—. ¡Vas a perder la cabeza, Iemelián Ilich! ¡Ya has bebido mucho! ¿Lo has oído? ¡Ya es suficiente! Si otra vez vuelves borracho a casa, pasarás la noche en la escalera. ¡No te dejaré entrar!

"Después de escuchar la reprimenda, estuvo Iemeliá en casa dos días, y al tercero desapareció de nuevo. Yo esperándole, y él sin aparecer. Y si le soy sincero, incluso estaba preocupado, y sentía lástima. "¿Qué es lo que he hecho?", pensaba. "Le he metido miedo en el cuerpo. Pero ¿adónde habrá ido ahora, el muy desdichado? ¡Dios mío, si se puede perder!". Pasó la noche y él sin regresar. Y al amanecer, cuando salí al zaguán, vi que había pasado la noche allí. Estaba tumbado con la cabeza apoyada en un escalón; debía de estar completamente helado.

"—Pero ¿qué haces, Iemeliá? ¡Dios te ampare! ¿Dónde te has metido?

"—Usted se enfadó conmigo diciéndome que me mandaría a dormir al zaguán, por eso no me atreví a entrar en casa, Astáfi Iványch, y me quedé a dormir aquí.

"¡Sentí a la vez rabia y pena!

"—Pero si tú, Iemelián, podías buscarte otro trabajo —le dije yo—. ¿Por qué escoges el de guarda de la escalera?

"—¿Y qué otro trabajo podría buscarme, Astáfi Iványch?

"—Al menos podrías aprender el oficio de la costura, ¡alma de cántaro! —le dije yo (de la rabia que me dio)—. ¡Mira qué capote llevas! No te conformas con que esté lleno de agujeros y hasta quieres barrer las escaleras con él. Podías coger una aguja y remendarte los agujeros, aunque sólo fuera por dignidad. ¡Ay, borrachín!

"—¡Bueno, señor! —y cogió la aguja. Yo se lo dije en broma, pero él se avergonzó y se puso manos a la obra. Se quitó el viejo capote y se puso a enhebrar la aguja. Le miro, y lo que esperaba: tenía los ojos irritados y enrojecidos; las manos temblorosas a más no poder. Intentaba enhebrar la aguja y no lo conseguía. ¡Y hay que ver cómo fruncía el ceño, humedecía el hilo, lo retorcía, pero no conseguía enhebrarlo! No había forma. Lo tiró y se me quedó mirando...

"—¡Bueno, bueno, Iemeliá! ¡Me dan ganas de cortarte la cabeza! Si te lo dije en broma, te reproché para hacerte reaccionar... Pero ¡que Dios te ampare! Puedes entrar, pero no me abochornes, ¡no pases la noche en la escalera avergonzándome...!

"—Pero ¿qué puedo hacer, Astáfi Iványch? Si yo mismo sé que siempre estoy bebido y que no sirvo para nada... Es sólo que usted, mi... bienhechor, se interesa en vano por mí...

"Y de pronto empezaron a temblarle sus labios azules y una lágrima resbaló por su mejilla blanca. ¡Y cómo temblaba la lagrimilla sobre su barba sin afeitar, y cómo sollozaba, mi Iemelián! ¡Dios mío! ¡Aquello me dolió como si me pasaran un cuchillo por el corazón!

"¡Vaya, qué sensible eres, y yo sin darme cuenta! ¿Quién podía saberlo y adivinarlo? ¡No!", pensé. "No voy a preocuparme por ti, Iemeliá. ¡Puedes convertirte en un guiñapo...!".

"Bueno, señor, de todo aquello podría contarle yo mucho. Pero esa historia es insignificante, mísera y no merece la pena; es decir, que usted, señor, no daría ni dos cópecs por una historia así, y, sin embargo, yo, de haberlos tenido, habría dado más, con tal de que no hubiera sucedido. Yo estaba cosiendo unos pantalones buenos (¡al diablo los pantalones!); eran fantásticos, de cuadros azules. Me los había encargado un terrateniente que venía por aquí, y que se marchó después diciéndome que le estaban estrechos, de modo que se quedaron en casa. Pensé que eran buenos y que en el mercadillo podían darme hasta cinco rublos, y que, de no ser así, podría sacar de ellos dos pantalones de caballero, y me sobraría además un trozo para una levita. Eso, a un hombre humilde, a uno de los nuestros, ¿sabe?, siempre le viene bien. Y Iemeliánushka, por aquel entonces, estaba pasando una mala temporada, estaba serio y triste. Veo que pasa un día sin beber nada: pasa otro y tampoco, el tercero y no prueba gota. Estaba completamente amodorrado, me daba verdaderamente lástima verle sentado y afligido. Y pensé: "Una de dos, o te has quedado sin dinero para beber, o tú mismo escogiste el camino adecuado de decir basta y vivir de forma racional". Pues así estaban las cosas, señor, cuando llegaron las fiestas. Yo me fui a la consueta. Cuando regreso a casa veo que mi Iemeliá está sentadito sobre el alféizar, completamente borracho y meciéndose de un lado a otro. "¡Hum!", pensé. "¡Conque éstas tenemos!" Y me fui derecho al baúl. ¡Miro, y no están los pantalones...! Registré toda la casa: "Me los han robado", pensé. Cuando hube revuelto todo y comprobado que no estaban, pareció que algo me arañaba el corazón. Me dirigí enfurecido a la anciana, y pequé acusándola, descartando las dudas sobre Iemeliá, aunque tuviera mis sospechas, por lo borracho que estaba.

"—No —me dijo la ancianita—; que Dios le ampare, señorito, pero ¿qué falta me harían los pantalones? ¿Para ponérmelos? También a mí me desapareció hace unos días una falda, igual que a usted con este buen hombre... Bueno, no puedo decir lo que no he visto— me dijo.

"—¿Quién estuvo aquí?—le pregunté—. Y ¿quién ha pasado por aquí?

"—Pues nadie, señor —me respondió ella—; yo no me he movido de aquí. Iemelián Ilich salió de casa y regresó después. ¡Allí lo ve usted sentado! Pregúnteselo a él.

"—¿No habrás cogido los pantalones nuevos porque te surgiera alguna necesidad, Iemeliá? ¿Te acuerdas de cómo los cosía para aquel terrateniente?

"—No—responde—, Astáfi Iványch, yo no he cogido eso.

"¡Qué desdicha! De nuevo me puse a buscarlos, lo revolví todo y no encontré nada. Mientras tanto, Iemeliá seguía bamboleándose sobre el alféizar. Me senté, señor, sobre el baúl, frente a él, y de pronto le miré de reojo... "¡Vaya!", se me pasó por la cabeza: y en ese momento pareció que se me prendía el corazón; incluso enrojecí de rabia. De repente, también me miró Iemeliá.

"—No —me dijo—, Astáfi Iványch, yo sus pantalones, quiero decir... eso... que puede usted pensar... yo no he sido.

"—¿Pues cómo han podido desaparecer, Iemelián Ilich?

"—No sé —me respondió—, Astáfi Iványch; no los he visto en absoluto.

"—¿Entonces, Iemelián Ilich, debe ser que ellos solitos, como quiera que se mire, desaparecieron por sí mismos?

"—Puede que hayan desaparecido solos, Astáfi Iványch.

"En cuanto le oí decir eso, me levanté bruscamente, me acerqué a la ventana, encendí la lámpara y me puse a coser. A rehacerle una levita a un funcionario que vivía debajo de nosotros. No paraba de arderme el pecho, como si algo me aullara dentro. Es decir, habría tenido menos calor si hubiera metido toda la ropa del armario en la estufa. Y, por lo que se ve, sintió Iemeliá que la rabia me había punzado el corazón. Y parece, señor, que cuando un hombre está abocado al mal, ya desde lejos presiente la desgracia, igual que un pájaro que vuela por el cielo presintiendo la tormenta.

"—Astáfi Ivánovich —empezó Iemeliúshka (y la vocecilla le temblaba)—. Hoy Antip Projórich, el practicante, se casó con la mujer del cochero, que falleció hace unos días...

"Entonces le eché tal mirada de furia...

"Y Iemeliá lo comprendió. Veo que se levanta, se acerca a la cama y empieza a dar vueltas alrededor de ella. Yo estoy a lo mío y veo que lleva mucho tiempo trasteando y refunfuñando: "¡No aparecen! ¿Dónde se habrán metido, los muy granujas?". Yo seguía en la misma actitud expectante mientras que Iemeliá se puso de rodillas y se metió debajo de la cama. No pude aguantar más.

"—¿Qué hace usted, Iemelián Ilich, de rodillas?

"—Por si encuentro los pantalones, Astáfi Iványch. Registrando, por si se hubieran colado en algún sitio.

"—Pero ¡qué está haciendo, señor!—le dije (y de lo furioso que estaba lo traté de usted)—. ¿Qué necesidad tiene, señor, de hacer semejantes cosas por un pobre hombre como yo, destrozándose inútilmente las rodillas?

"—Pero si no estoy haciendo nada, Astáfi Iványch, nada... Puede que se encuentren si se buscan bien.

"—¡Hum!...—le dije yo—. ¡Escúchame, Iemelián Ilich!

"—¿Qué, Astáfi Iványch?—me dijo.

"—¿Y no habrás sido tú quien los ha cogido, como un simple ladronzuelo, en agradecimiento del pan y la sal que comparto contigo? —le dije yo. Es decir, que a mí, señor, me irritó de tal modo que estuviera de rodillas delante de mí arrastrándose por el suelo...

"—Pues no... Astáfi Ivánovich....

"Pero se quedó en la misma posición, tal y como estaba, debajo de la cama. Estuvo un largo rato allí tumbado; después salió a rastras. Le miro y veo que está completamente pálido. Al levantarse, se sentó cerca de mí en el alféizar de la ventana, y permaneció así sentado unos diez minutos.

"—No, Astáfi Iványch —me dijo. Y de pronto se levanta y se me acerca con un aspecto que daba miedo—. No, Astafi Yványch —me vuelve a decir—. Yo no cogí los pantalones.

"Estaba temblando, golpeándose con el dedo tembloroso en el pecho; la voz le vibraba, lo que me hacía sentir tan avergonzado que parecía enteramente haberme quedado pegado a la ventana.

—Bueno, Iemelián Ilich —le dije—. Está bien, le pido disculpas porque le reproché en vano. ¡Allá los pantalones! ¡Que desaparezcan! No nos va a pasar nada porque hayan desaparecido. Gracias a Dios tenemos manos, no vamos a robar a nadie... y tampoco vamos a pedirles limosna a otros pobres; nos ganaremos el pan...

"Me escuchó Iemeliá, se quedó un rato frente a mí, y después se sentó. Permaneció así toda la tarde, sin moverse lo más mínimo; a mí ya me había entrado sueño y Iemeliá seguía sentado en el mismo lugar. Sólo al amanecer me di cuenta de que estaba tumbado en el suelo y tapado con su pobre capote. Se había sentido tan humillado que no se atrevió a tumbarse en la cama. Pues desde aquel momento, señor, le cogí manía, es decir, los primeros días incluso llegué a odiarle. Para ser más exactos, y por poner un ejemplo, era como si mi propio hijo me ocasionara un dolor horrible. "¡Vaya!", pensé. "¡Iemeliá, Iemeliá!" Mientras tanto él no paró de beber en dos semanas. Se emborrachaba hasta hartarse. Se marchaba por la mañana y no regresaba hasta bien entrada la noche, sin pronunciar palabra en dos semanas. Es decir, o que la pena le había carcomido, o que quisiera castigarse él mismo. Finalmente, dijo basta y dejó de beber. Al parecer se había gastado todo el dinero y otra vez se sentó sobre el alféizar de la ventana. Recuerdo que se estuvo así, sentado y callado, tres días enteros; de pronto, le miro, y lo veo llorando. Quiero decir, señor, que está sentado y llorando. ¡Sí, así, llorando! Como si fuera un río, sin sentir las lágrimas. Y es duro, señor, ver cuando un hombre maduro, y concretamente un anciano, como Iemeliá, llora de la pena y la tristeza que tiene dentro.

"—¿Qué, Iemeliá?—le dije.

"Y se puso a temblar. Se estremeció completamente. Desde lo sucedido, era la primera vez que me dirigía a él.

"—Nada... Astáfi Iványch.

"—¡Que Dios te ampare, Iemeliá, que se vaya todo al demonio! ¿Por qué estás ahí sentado como un búho?—me dio lástima de él.

"—Es que... Astáfi Iványch... bueno. Quisiera encontrar algún trabajo, Astáfi Iványch.

"—Pero ¿qué tipo de trabajo, Iemelián Ilich?

"—Pues así, uno cualquiera. Puede que encuentre algo útil que hacer como antes; ya fui a solicitarle trabajo a Fedoséi Iványch... No me siento bien cuando le ofendo, Astáfi Iványch. Yo, Astáfi Iványch, con un poco de suerte, encontraré algún trabajo, y entonces le devolveré todo, y le daré su compensación por lo que se ha gastado en alimentarme.

"—Bueno, Iemelián, ya está bien; lo que pasó, pasado está. ¡Allá los pantalones! ¿Por qué no volvemos a vivir como antes?

"—No, Astáfi Iványch, usted posiblemente siga pensando lo mismo... pero yo no le robé los pantalones...

"—Bueno, pues como quieras. ¡Que Dios te ampare, Iemeliánushka!

"—No, Astáfi Iványch. Veo que ya no puedo continuar viviendo aquí. Y discúlpeme usted, Astáfi Iványch.

"—¡Pues que sea lo que Dios quiera! —le dije—. ¿Quién te está ofendiendo y te echa al patio? ¿Acaso lo estoy haciendo yo?

"—No, pero me es incómodo vivir con usted de ese modo, Astáfi Iványch... Será mejor que me vaya...

"El hombre estaba ofendido y había tomado una determinación. Le miro y veo que ya se levanta y se echa al hombro su pobre capote.

"—Pero ¿adónde vas a ir, Iemelián Ilich? Sé racional y escucha: ¿qué piensas hacer?, ¿adónde vas a ir?

"—No, perdone usted, Astáfi Iványch, no me retenga —y de nuevo se puso a gemir—. Me voy, Astáfi Iványch. Usted ya no es el mismo de antes.

—¿Cómo que no soy el mismo? ¡Soy el mismo! Si eres como un niño pequeño, irracional; te puedes perder solo, Iemelián Ilich.

"—No, Astáfi Iványch, usted ahora cuando se marcha cierra el baúl, y yo, Astáfi Iványch, que lo veo, me pongo a llorar... No, mejor será que me deje marchar, Astáfi Iványch, y perdone las ofensas que pude haberle infligido en nuestra convivencia.

"Y ¿qué piensa, señor? Se fue el hombre. Le esperé un día, pensando que regresaría al atardecer, pero no volvió. Al siguiente, tampoco, y al otro, igual. Estaba asustado y la tristeza no me dejaba vivir en paz. Ni bebía, ni comía, ni dormía. ¡El hombre me había dejado completamente desarmado! Al cuarto día salí a buscarle por todas las tascas, y nada. ¡No lo encontré! ¡Iemeliánushka había desaparecido!

"¿No habrá perdido el hombre la cabeza?", pensé. "Puede que esté ahora tirado como un penco podrido junto a alguna valla, el muy borrachín". Regresé a casa ni vivo ni muerto. Al día siguiente también salí a buscarlo. Me maldecía a mí mismo por haber permitido que un hombre sin cabeza se fuera de mi lado por su propia voluntad. El quinto día al amanecer (era fiesta) oigo que cruje la puerta. Miro, y veo que entra Iemeliá. ¡Todo amoratado y con el pelo completamente sucio de haber dormido en la calle! Había adelgazado hasta quedarse como una astilla. Se quitó su pobre capote, se sentó junto a mí en el baúl y se me quedó mirando. ¡Qué alegría me dio verle, pero me sentí aún más triste que antes! Mire usted lo que pasa, señor: que caiga sobre mí el pecado, pero habría preferido verle muerto en un arroyo como un perro a que volviera en ese estado. ¡Pero Iemeliá volvió! Bueno, lógicamente, resulta duro ver a un hombre en ese estado. Empecé a animarle, a acariciarle y a tranquilizarle.

—Bueno —le dije—, Iemeliánushka, estoy contento de que hayas vuelto. Si hubieras tardado un poco más, habría ido a buscarte por las tabernas. ¿Has comido algo?

—Sí, Astáfi Iványch.

—Y ¿lo suficiente? Aquí tienes, hermano, un poco de shi que quedó de ayer; es de carne; y aquí tienes un poco de pan y cebolla. Come—le digo—, no está de más para la salud.

Le serví la sopa y vi que probablemente llevaba tres días sin probar bocado, ¡tal era su apetito! Lo que significa que el hambre fue lo que le hizo retornar de nuevo a mí. ¡Cómo me alegré de verle! "Espera", pensé, "en una carrera voy a por algo de beber. Le traeré algo para que se sienta feliz, y nos olvidemos de todo. ¡No te guardo ningún rencor, Iemeliánushka!». Le traje una botella de vino.

"—Aquí tienes —le digo—, Iemelián Ilich, bebamos un poco, hoy es fiesta. ¿Quieres beber? ¡Salud!

"Extendió ansioso la mano, y ya casi tenía cogido el vaso, cuando veo que se detiene; espera un rato; yo le miro: va y lo coge, se lo lleva a la boca, salpicándose la manga con el vino. Y no lo bebe. Se lo vuelve a llevar a la boca, pero al instante lo deja sobre la mesa.

"—¿Qué sucede, Iemeliánushka?

"—Pues nada; es que yo... Astáfi Iványch...

"—¿Acaso no te lo vas a beber?

"—Pues yo, Astáfi Iványch, eso... ya no voy a beber más, Astáfi Iványch.

"—¿Acaso has decidido dejarlo del todo, Iemeliúshka? ¿O sólo se trata de hoy?

"Se quedó callado. Cuando le miro, veo que tiene apoyada la cabeza sobre la mano.

"—¿No te habrás puesto malo, Iemeliá?

—No lo sé, no me encuentro muy bien, Astáfi Iványch.

"Lo conduje hasta la cama. Veo que realmente está mal: le ardía la cabeza y la fiebre le agitaba el cuerpo. Estuve junto a él todo el día; al llegar la noche se puso peor. Le di kvas con mantequilla y cebolla y añadí migas de pan. Le dije:

"—¡Vamos, tómate esta turia[11], que te sentará bien!

"Él movió la cabeza.

"—No —dijo—, no voy a comer hoy, Astáfi Iványch.

"Le preparé un té y mareé del todo a la ancianita; y nada, que no mejoraba. "¡Vaya! ¡Mal asunto!", pensé. Al tercer día fui en busca del médico. Conocía un médico que se apellidaba Kostoprávov, que me trató cuando yo vivía en casa de los señores Bosomiágin. Vino el médico, lo vio y dijo:

"Pues no. La cosa está mal. No tenía que haberse molestado en buscarme. Pero puede darle estos polvos". Pero yo no se los di; pensé que el médico me lo decía por decir: y mientras tanto ya llegó el quinto día.

"Se estaba muriendo ante mis ojos, señor. Yo estaba sentado junto al alféizar de la ventana con la labor entre las manos. La viejecilla estaba echando leña en la estufa para caldear la habitación. Nadie hablaba. Tenía el corazón partido como si se me muriera mi propio hijo. Sabía que Iemeliá me miraba ahora a mí, me había dado cuenta de ello desde la mañana. Veía que el hombre quería sacar fuerzas, deseando decir algo, sin atreverse; y, en cuanto veía que yo le miraba, al instante desviaba la mirada hacia otro lado.

"—¡Astáfi Ivánovich!

"—¿Qué, Iemeliúshka?

"—Y si yo, por ejemplo, llevara mi capote a vender al mercadillo, ¿me darían mucho, Astáfi Iványch?

"—Bueno —le dije yo—, no creo que dieran mucho. Con un poco de suerte hasta unos tres rublos, Iemelián.

"Pero, en realidad", pensaba yo para mis adentros, "si lo llevaras, no te darían nada salvo burlarse de ti en tu cara por ir a vender una cosa en tan mal estado". Sólo que a él, hombre de Dios, conociéndole como le conocía, le dije lo contrario para consolarle.

—Pues yo, Astáfi Iványch, creo que sí me darían tres rublos por la capa; si es de paño. ¿Cómo no iban a darme tres rublos por una cosa de paño?

"—No lo sé, Iemelián Ilich —le dije—. Si deseas llevarla, entonces desde el primer momento habría que pedir por ella tres rublos.

"Iemeliá se quedó un rato callado; y después de nuevo se puso a hablar:

"—¡Astáfi Iványch!

"—¿Qué quieres, Iemeliánushka? —le pregunté.

"—Venda usted el capote cuando me muera, no me entierre con él. No lo necesito; mientras que el capote es algo valioso, le hará falta.

"En ese momento, señor, se me encogió el corazón de tal modo que no supe qué decir. Veo que le rondaba la tristeza que uno siente antes de morir. De nuevo nos quedamos en silencio. Así transcurrió una hora. Otra vez le eché un vistazo: no retiraba la vista de mí, y, en cuanto se cruzaba con mi mirada, de nuevo la desviaba para otro lado.

"—¿No quieres beber un poco de agua, Iemelián Ilich? —le dije.

"—Si es tan amable, que Dios le bendiga, Astáfi Iványch.

"Le di de beber. Bebió con ansia.

"—Se lo agradezco, Astáfi Iványch —me dijo.

"—¿No quieres algo más, Iemeliánushka?

"—No, Astáfi Iványch; no me hace falta nada; sólo que...

"—¿Qué?

"—Pues eso...

"—¿Qué quieres decirme, Iemeliúshka?

"—Pues eso... los pantalones... fui yo el que se los cogí entonces... Astáfi Iványch...

"¡Bueno, pues que Dios te perdone, Iemeliánushka!", me dije. "¡Eres un pobre diablo! Vete en paz...". Se me detuvo la respiración y las lágrimas corrieron por mis mejillas. Me di la vuelta un instante.

"—Astáfi Iványch...

"Lo miro y veo que Iemeliá quiere decirme algo. Se irguió haciendo fuerzas y moviendo los labios... De pronto, se puso todo encarnado y con los ojos clavados en mí... Después, fue palideciendo cada vez más hasta quedarse un instante sin consciencia; echó la cabeza hacia atrás, respiró profundamente y en aquel instante entregó su alma a Dios.

EL ÁRBOL DE NAVIDAD Y UNA BODA

Hace unos días vi una boda... Pero ¡no! Será mejor que les hable sobre la fiesta del Árbol de Navidad. La boda estuvo bien; me gustó mucho, pero aún mejor fue otro acontecimiento. Ignoro de qué modo, al observar la boda me acordé de esa fiesta del Árbol de Navidad. Ocurrió del siguiente modo. Hace exactamente cinco años, en vísperas de Año Nuevo, me invitaron a un baile infantil. La persona que me invitaba era muy célebre e importante, con contactos, influencias e intrigas, de modo que uno podía pensar con facilidad que el baile infantil no era más que una excusa para reunirse los padres y charlar sobre ciertos asuntos de la forma más casual e inocente. Yo era ajeno a aquellas cuestiones, no tenía ningún asunto que tratar, y por ello pasé la tarde de un modo bastante independiente. Había allí también otro señor, que a mi parecer no se distinguía ni por su posición social ni por parentesco alguno, pero que, al igual que me ocurriera a mí, se encontró en la feliz fiesta del mismo modo que yo...

Fue la primera persona en quien me fijé. Era un hombre alto, enjuto, bastante serio y bien vestido. Pero resultaba evidente que en absoluto le divertía aquella alegre fiesta familiar. Cuando se apartaba hacia algún rincón, al instante dejaba de sonreír y fruncía sus espesas y negruzcas cejas. Exceptuando al dueño, no conocía a nadie de aquella fiesta de baile infantil. Era visible que se aburría a más no poder, pero que soportaba heroicamente, hasta el final, el papel de hombre absolutamente feliz y divertido. Después me enteré de que se trataba de un señor de provincias, que vino a la capital a solucionar alguna cuestión importante, y que le traía una carta de recomendación al dueño, nuestro anfitrión, que le mostró su tono protector, no precisamente con amore, y que le invitaba por pura cortesía a su fiesta de baile infantil. Como no jugaba a las cartas y nadie le había ofrecido un cigarro, ni entraba en conversación con él —probablemente al reconocer ya a distancia al pájaro por su pluma—, y por no saber qué hacer con las manos, se vio el caballero obligado a atusarse las patillas durante toda la tarde. Éstas eran verdaderamente hermosas. Pero se las atusaba con tanta insistencia que, al mirarle, resultaba difícil no pensar que en el mundo fueron primeramente creadas las patillas, y que sólo después se les añadió el hombre para que se las atusara.

Al margen de ese caballero, que participaba de ese modo de la felicidad familiar del dueño de la casa, y que tenía cinco hijos regordetes, también llamó mi atención otro caballero. Pero este otro ya era de otra naturaleza. ¡Se trataba de todo un personaje! Se llamaba Iulián Mastákovich. Desde el primer golpe de vista se percataba uno de que se trataba de un invitado de honor y de que tenía la misma relación con el anfitrión que este último con el caballero que se atusaba las patillas. Los dueños le prodigaban infinidad de amabilidades, tenían muchas atenciones con él, le ofrecían bebidas, lo jaleaban, le acercaban a sus invitados para recomendarle, pero en lo que a él se refiere no lo presentaban a nadie. Observé que al dueño le brilló una lágrima en el ojo cuando Iulián Mastákovich, refiriéndose a la velada, dijo que en escasas ocasiones había pasado un rato tan agradable. De pronto me estremecí ante la presencia de aquel personaje, y, por ello, tras deleitarme mirando a los niños, me marché a un pequeño saloncito, que estaba completamente vacío, y me senté en el cenador de la dueña, que tenía muchas plantas y ocupaba casi la mitad de la habitación.

Todos los niños eran increíblemente enternecedores, y decididamente se negaban a comportarse como mayores a pesar de todas las observaciones de las institutrices y las madres. En un abrir y cerrar de ojos habían dejado el árbol prácticamente vacío, hasta el último bombón, y ya les había dado tiempo a romper la mitad de los juguetes, sin saber previamente a quién correspondía cada uno. Especialmente agradable me pareció un niño de ojos negros y pelo rizado, que no hacía más que querer dispararme con su rifle de madera. Pero, de todos los niños, la que más llamó mi atención fue su hermana, una niña de aproximadamente once años, maravillosa, tierna, silenciosa, pensativa y pálida, con ojos grandes, penetrantes y algo saltones. Los niños la habían ofendido por algo, por eso decidió marcharse al salón donde estaba yo, y ponerse a jugar con su muñeca en un rinconcito. Los invitados indicaban con respeto a un rico comerciante, su padre, y alguno que otro señalaba, en voz baja, que ya se había asignado a la niña una dote de trescientos mil rublos.

Me di la vuelta para echar un vistazo a los que curioseaban sobre el acontecimiento, y mi mirada cayó en Iulián Mastákovich, quien, con las manos a la espalda y la cabeza algo ladeada, ponía especial atención para escuchar la vanilocuencia de aquellos caballeros. A continuación no pude por menos de sorprenderme por la sabiduría de los dueños ante la entrega de los regalos de los niños. La niña que ya tenía trescientos mil rublos de dote recibió una impresionante muñeca. Después se fueron entregando los regalos en línea descendente, conforme al nivel y rango de los padres de todas aquellas felices criaturas. Finalmente, el último niño, de unos diez años, delgadito, pequeño, pecosillo y pelirrojo, recibió sólo un libro de cuentos sobre la grandeza de la naturaleza, las lágrimas de la emoción y otras cosas, sin una sola estampa ni viñeta.

Era el hijo de la institutriz de los niños del dueño: una pobre viuda que tenía un niño extremadamente introvertido y asustadizo. Llevaba puesta una chaquetita de nanquín barato. Tras recibir su librito, estuvo un largo rato dando vueltas alrededor de otros juguetes; tenía muchas ganas de jugar con otros niños, pero no se atrevía; era evidente que ya tenía conciencia de su situación y la comprendía. Me gusta observar a los niños. Lo extraordinariamente curioso en ellos viene a ser la primera revelación de independencia en la vida. Observé que al niño pelirrojo le atrajeron sobremanera los juguetes de más categoría de otros niños, especialmente las marionetas de teatro, con las que le habría encantado jugar representando algún papel, hasta el extremo de hacer alguna gamberrada. Se reía y jugaba con otros niños, y le dio su manzana a un niño regordete que tenía anudado un pañuelo lleno de golosinas; incluso accedió a llevar sobre su espalda a otro niño, con tal de que no le apartaran del teatro de las marionetas. Pero, al cabo de un minuto, un chaval travieso le dio una considerable paliza. El niño no se atrevió a llorar. En ese momento llegó la institutriz, su madre, y le ordenó que no molestara a los otros niños. Él entró en la habitación donde estaba la niña. Ella dejó que se le acercara y los dos, bastante entretenidos, se pusieron a vestir a la preciosa muñeca.

Ya llevaba yo una media hora sentado en el saloncito del cenador y casi me adormecí escuchando el silencioso susurro entre el niño pelirrojo y la preciosa niña de trescientos mil rublos de dote, que departían sobre la muñeca. De pronto entró en la habitación Iulián Mastákovich. Aprovechó el momento de una ruidosa pelea entre los niños para escabullirse despacio del salón. Me percaté de que sólo un minuto antes había estado hablando bastante acalorado con el padre de la futura y rica novia, al que acababa de conocer, ensalzando las ventajas de un empleo respecto a otro. Ahora estaba pensativo y parecía estar echando cuentas con los dedos.

—Trescientos... trescientos —susurraba—. Once... doce... trece... ¡Dieciséis; cinco años! Supongamos que cuatro por ciento; doce por cinco, igual a sesenta; si sobre estos sesenta... supongamos que dentro de cinco años, entonces serán cuatrocientos. ¡Sí! Pero no se conformará con el cuatro por ciento, el muy estafador. Puede que quiera el ocho o el diez por ciento. Bueno, supongamos que quiera quinientos, quinientos mil, que será lo más probable; y el resto será para la renta, ¡hum...! Había dejado de darle vueltas, se sonó la nariz y ya se disponía a salir de la habitación cuando de pronto miró a la niña y se quedó parado. Como yo estaba detrás de las macetas y las plantas, no me veía. Pero me pareció que estaba muy excitado. Tal vez le afectaron las cuentas que echó, o alguna otra cosa, pero se frotaba las manos sin poder quedarse quieto. Aquella preocupación aumentó hasta nec plus ultra, cuando de pronto se detuvo, y echó otro vistazo a la futura novia. Quiso avanzar un paso, pero, antes de hacerlo, miró alrededor. Después, y de puntillas, como si se sintiera culpable, se fue aproximando a la criatura. Se le acercó sonriendo, se agachó y le dio un beso en la cabeza. La niña, que estaba abstraída jugando, lanzó un grito asustada.

—¿Y qué hace usted aquí, preciosa niña? —le preguntó él, a media voz, mirando alrededor y dándole una palmadita en la mejilla.

—Estamos jugando...

—¿Cómo? ¿Con este niño? —Iulián Mastákovich miró de reojo al niño—. ¿Y no sería mejor que tú, cielito, fueras al salón? —le dijo al niño.

El niño le miró abiertamente a los ojos. Iulián Mastákovich echó nuevamente un vistazo alrededor y se inclinó otra vez sobre la niña.

—¿Qué es esto, una muñequita, querida niña? —preguntó él.

—Sí— respondió la pequeña, frunciendo el entrecejo y ligeramente apocada.

—Una muñequita... ¿sabes, querida niña, de qué está hecha tu muñeca?

—No lo sé... —respondió ella a media voz y con la cabeza completamente gacha.

—De guata, querida. Pero sería mejor que el niño se fuera al salón con los demás niños —dijo Iulián Mastákovich, mirando severamente al niño. La niña y el niño fruncieron el ceño y se apretujaron el uno contra el otro. Al parecer, no querían separarse.

—¿Y sabes por qué te han regalado esta muñequita? —le preguntó Iulián Mastákovich, bajando cada vez más el tono de voz.

—No lo sé.

—Pues para que te portes durante toda la semana como una niña buena y cariñosa.

En aquel momento Iulián Mastákovich, excitado hasta más no poder, miró alrededor y, bajando cada vez más la voz, le preguntó finalmente con un tono apenas perceptible por el nerviosismo y la inquietud:

—¿Vas a ser cariñosa conmigo, querida niña, cuando yo venga a visitar a tus padres?

Al decir esto, Iulián Mastákovich quiso darle de nuevo un beso a la preciosa niña, pero el niño, al ver que ésta se encontraba a punto de romper a llorar, la cogió de las manos y se puso a gemir compadeciéndose de ella. En esta ocasión, Iulián Mastákovich se enfureció.

—¡Largo, largo de aquí, vamos! —le dijo al niño—. ¡Márchate al salón! ¡Vete allí, con los demás niños!

—¡No! ¡Que no se vaya! ¡Márchese usted! ¡Déjelo en paz! ¡Déjelo!—le dijo la niña, a punto de romper a llorar.

Se oyeron voces en la puerta y Iulián Mastákovich se estremeció, irguiendo al instante su majestuoso cuerpo. Pero el niño, aún más asustado, dejó a la niña y, apoyándose despacito en la pared, pasó del salón al comedor. Para no levantar sospechas, Iulián Mastákovich también se dirigió al comedor. Estaba más colorado que un cangrejo, y al verse en un espejo pareció turbarse por su aspecto. Probablemente se disgustara por su acaloramiento y falta de paciencia. Posiblemente, sus cálculos le impresionaran sobremanera, seduciéndole y entusiasmándole de tal modo que, sin reparar en la formalidad y la importancia de su persona, decidiera comportarse como un chiquillo y abordar su objetivo directamente, sin percatarse de que éste podría haber sido verdaderamente factible pasados, al menos, cinco años. Salí al comedor, siguiendo al distinguido caballero, y presencié un espectáculo bochornoso. Iulián Mastákovich, completamente enrojecido de rabia y enojo, iba tras el niño pelirrojo, asustándole; éste, preso del miedo, retrocedía cada vez más sin saber dónde meterse.

—¡Largo de aquí! ¿Qué estás haciendo? ¡Vamos, granuja, fuera! Has venido aquí para robar la fruta, ¿verdad? ¿Estás robando fruta? ¡Vete, granuja! ¡Márchate, mocoso! ¡Vamos! ¡Vamos! ¡Ve con los demás niños!

El niño, completamente asustado, decidió finalmente intentar colarse debajo de la mesa. En aquel momento, su instigador, acalorado a más no poder, sacó su largo pañuelo de batista y comenzó a agitarlo debajo de la mesa para sacar al niño, que estaba tremendamente asustado. Hay que señalar que Iulián Mastákovich era un hombre algo corpulento. Se trataba de un individuo bien alimentado, de mejillas sonrosadas, carnes prietas, barriguita y muslos rellenos; en una palabra, lo que se dice un fortachón, redondo como una nuez. Sudaba, jadeaba y estaba todo congestionado. Finalmente, se enfureció completamente, tal era la indignación que sentía o (¿quién sabe?) puede que también los celos. Yo solté una incontenible carcajada. Iulián Mastákovich se dio la vuelta y, sin reparar en su posición social, se quedó completamente confuso. En aquel momento, por la puerta de enfrente, entró el dueño de la casa. El niño salió de debajo de la mesa limpiándose los codos y las rodillas. Iulián Mastákovich se apresuró a acercarse a la nariz el pañuelo que sostenía entre los dedos, cogido por la punta.

El dueño de la casa nos miró a los tres algo turbado, pero, como hombre que sabía de cosas de la vida y que la miraba desde un ángulo serio, aprovechó al instante la ocasión para hablar en privado con su invitado.

—Aquí está el niño —le dijo, indicando al crío pelirrojo— de quien tuve el honor de solicitarle...

—¿Cómo? —respondió Iulián Mastákovich sin que aún le diera tiempo a reponerse.

—Es el hijo de la institutriz de mis hijos —continuó el dueño con tono suplicante—; una pobre mujer, viuda de un honesto funcionario; y por ello... Iulián Mastákovich, si fuera posible...

—¡Oh, no, no! —exclamó apresuradamente Iulián Mastákovich—. No; discúlpeme, Filipp Alekséievich, pero es de todo punto imposible. Ya me informé debidamente; no hay vacantes, y, de haberlas, habría diez candidatos aspirando a ellas con bastantes más derechos adquiridos que él... Es una lástima, una lástima...

—Es una pena —repitió el dueño—; el niño es muy discreto y modesto...

—Bastante travieso, por lo que he podido observar —respondió Iulián Mastákovich, torciendo histéricamente la boca—. ¡Vamos, niño! ¿Qué haces aquí parado? ¡Ve con los otros muchachos! —dijo, dirigiéndose al niño. En aquel instante, no pudo resistir más y me miró de reojo. Tampoco yo pude resistir y me eché a reír directamente en su cara. Iulián Mastákovich se dio la vuelta al instante y, con voz bastante perceptible para mí, le preguntó al dueño quién era aquel joven tan raro. Salieron susurrando entre ellos de la habitación. Después pude observar cómo Iulián Mastákovich, escuchando al dueño, movía la cabeza con cierta desconfianza.

Tras reírme lo mío regresé al salón. Allí, el aspirante a marido, rodeado de padres y madres de familia y los dueños de la casa, le decía algo acaloradamente a una señora a la que le acababan de presentar. La señora sujetaba la mano de la niña con quien Iulián Mastákovich había tenido aquella escena en el salón hacía diez minutos. Ahora se estaba deshaciendo en halagos y asombros de la belleza, el talento, la gracia y la buena educación de aquella tierna criatura. Le hacía visiblemente la pelota a la madre. Ésta le escuchaba emocionada, casi con lágrimas en los ojos. Los labios del padre sonreían. El dueño de la casa participaba de la felicidad general. Incluso los invitados se emocionaron y los juegos de los niños se interrumpieron para no molestar la conversación. El aire que se respiraba era pletórico.

Más tarde pude oír cómo la madre de la niña, profundamente emocionada, le rogaba con exquisitas expresiones a Iulián Mastákovich que les otorgara el honor de visitarles; también oí después con qué sincero entusiasmo acogía Iulián Mastákovich la invitación, y cómo los invitados, al dirigirse cada uno a su casa, tal y como mandan los cánones de las buenas costumbres, se despedían los unos de los otros, repletos de halagos hacia el comerciante, su mujer y la niña, y, muy especialmente, hacia Iulián Mastákovich.

—¿Está casado este caballero? —pregunté yo, casi en voz alta, a uno de mis conocidos, que se encontraba al lado de Iulián Mastákovich.

Éste me echó una mirada escudriñadora y malévola.

—¡No! —respondió mi conocido, disgustado hasta el fondo de su corazón por mi torpeza, cometida intencionadamente...

Hace poco pasaba yo cerca de la iglesia ***. Me impresionó la muchedumbre que allí se agolpaba. Alrededor se hablaba de una boda. El día estaba nublado y empezaba a caer escarcha; entré en la iglesia introduciéndome en la muchedumbre y vi al novio. Era un hombre regordete, con barriguita y luciendo todas sus condecoraciones. Corría de un lado para otro, gestionando algo y dando órdenes. Finalmente, se oyó que la novia había llegado. Me abrí paso entre la gente y vi a la bella novia para la que apenas despuntaba la primera primavera. La joven estaba pálida y triste. Miraba tímidamente; incluso me pareció que tenía los ojos enrojecidos por las recientes lágrimas.

La severa hermosura de cada uno de los rasgos de su rostro le otorgaba cierta importancia triunfal a su belleza. Pero a través de esa pureza y solemnidad, a través de aquella tristeza, todavía se traslucía un semblante infantil e ingenuo; se veía algo indescriptiblemente inocente, inmaduro, joven, que sin hacerlo parecía estar rogando piedad.

Se comentaba que la novia apenas tendría dieciséis años. Miré atentamente al novio y de pronto reconocí a Iulián Mastákovich, al que no veía desde hacía cinco años. También miré a la novia... ¡Dios mío! Me puse a toda prisa a abrirme paso entre la gente para salir de la iglesia. Entre la muchedumbre se hablaba de que la novia era rica, de que tenía quinientos mil rublos de dote... y no se sabía cuánto más en renta...

"Pues, pese a todo, ¡le salió bien la cuenta!", pensé yo saliendo a la calle...

LAS NOCHES BLANCAS

Noche primera.

Hacía una noche extraordinaria, como sólo puede hacer, querido lector, cuando somos jóvenes. El cielo estaba tan estrellado y claro que, mirándolo, sin querer te preguntabas: ¿acaso bajo un cielo así puede vivir gente malhumorada y caprichosa? ¡También ésta, querido lector, es una pregunta que se hace uno cuando es muy, muy joven, pero quiera Dios que te la hagas más veces...! Hablando de personas caprichosas y de todo tipo de caballeros malhumorados, no he podido dejar de recordar mi propio proceder con tan buena conducta durante todo ese día. Desde por la mañana me estuvo martirizando una extraña melancolía. De pronto me dio la impresión de que al solitario que era yo todos le habían abandonado y le daban la espalda. Claro que cualquiera estaría en su derecho de preguntar: ¿y quiénes son esos todos? Porque llevo ya ocho años viviendo en San Petersburgo, sin poder fraguar una sola amistad. Pero ¿para qué sirven las amistades? Pues, sin necesidad de ellas, conozco toda la ciudad. Y ésta es la razón por la que me dio la impresión de que todos me abandonaban cuando los habitantes de San Petersburgo se levantaban para marcharse a sus casas de campo.

Me entró un terrible miedo de quedarme solo y me pasé tres días deambulando por la ciudad sumido en una profunda melancolía, sin comprender qué era lo que me sucedía exactamente. Bien caminando por la avenida Nevski o por el jardín, bien paseando por el muelle, no hallaba ni a una sola de las personas con las que solía encontrarme en esos lugares a la misma hora durante todo el año. Ellos, claro está, no me conocen, pero yo a ellos sí. Los conozco bien. Casi tengo estudiadas sus fisonomías y me alegra verlos cuando están contentos y me entristezco cuando sus semblantes se nublan. Prácticamente me he hecho amigo de un ancianito al que veía en la Fontanka todos los días a la misma hora.

¡Qué rostro tan interesante y pensativo! No cesa de murmurar y mover la mano izquierda, mientras que en la derecha lleva un largo bastón de pomo dorado. Incluso se da cuenta de mi presencia y se alegra de verme. Si algo sucediera y yo no pudiera estar en el lugar conocido de la Fontanka, estoy convencido de que se pondría melancólico. He aquí por qué a veces casi nos inclinamos el uno ante el otro, especialmente cuando estamos de buen humor. Hace poco, cuando estuvimos dos días enteros sin vernos, y nos encontramos al tercero, estábamos a punto de quitarnos el sombrero, pero afortunadamente nos dimos cuenta a tiempo, y bajamos las manos, cruzándonos los dos con manifiesto interés. También conozco las casas. Cuando voy andando, parece que cada una de ellas sale corriendo delante de mí por la calle, me mira con todas sus ventanas faltándole poco para decirme: "¡Hola! ¿Cómo está? ¡Yo también, gracias a Dios estoy bien de salud, y en el mes de mayo me van a añadir una planta más!". O bien: "¿Cómo está? ¡A mí mañana me empiezan a hacer obras!". O incluso: "¡Casi me quemo! ¡Qué susto!", etcétera.

De todas ellas, hay algunas casas por las que tengo predilección y con las que también tengo algo de amistad. Una de ellas está dispuesta a curarse este verano bajo la dirección de un arquitecto. ¡Pasaré por allí a propósito todos los días para ver si le hacen alguna chapuza! ¡Que Dios la ampare...! Pero jamás olvidaré la historia de una maravillosa casita de color rosa claro. Era una preciosa casita de piedra que a mí me miraba de un modo tan hospitalario, y a sus torpes vecinas con tanto orgullo, que mi corazón se alegraba cuando tenía ocasión de pasar junto a ella. De pronto, la semana pasada, cuando iba por la calle y miré a mi amiga, en tono lastimoso le oí exclamar: "¡Me van a pintar de amarillo!". ¡Malvados! ¡Bárbaros! No se apiadan de nada, ni de las columnas ni de las cornisas, y mi amiga lució un color amarillo canario. Por este motivo casi me da un ataque de bilis y aún no he recobrado fuerzas para encontrarme con esa pobre y desfigurada casa, que pintaron del color que mejor le fuera al cielo del imperio.

De modo que comprenderá usted, lector, de qué manera conozco todo San Petersburgo.

Como ya dije antes, llevaba tres días martirizándome el desasosiego, hasta que me di cuenta de lo que se trataba. También me encontraba mal en la calle (no está éste, tampoco aquél, ¿dónde se habrá metido ese otro?). Y ni siquiera en casa me encontraba a gusto. Dos tardes enteras me he estado preguntando: ¿qué es lo que echaba yo de menos en mi rincón? ¿Por qué me encontraba tan a disgusto en él? Y, sin comprenderlo, observaba sus paredes verdosas, llenas de hollín, el techo cubierto de telas de araña que, con grandes esfuerzos, quitaba Matriona. Miraba los muebles, observaba cada silla pensando si la tristeza pudiera deberse a eso (pues con que hubiera sólo una silla mal colocada, como lo estuvo ayer, yo ya no era el mismo), me asomaba a la ventana, y todo era en vano... ¡Nada me aliviaba! Incluso se me ocurrió llamar a Matriona y al instante la reprendí paternalmente por las telas de araña y el desorden general; pero ella sólo me miró con asombro y se dio la vuelta, sin responder palabra, de manera que las telas de araña siguen hasta ahora colgando felizmente en su sitio. Por fin, sólo esta mañana me he dado cuenta de lo que se trataba. ¡Eh! ¡Pero si se marchan a sus casas de campo huyendo de mí! Pido disculpas por la trivialidad de la frase, pero hoy no estaba yo para expresarme con estilo pulido... ya que todos cuantos había en San Petersburgo, bien se habían trasladado ya a sus casas de campo, bien lo estaban haciendo ahora; porque cada caballero de buena presencia y buen aspecto que alquilaba un coche se convertía ante mis ojos en el respetabilísimo padre de familia que, después de sus quehaceres y obligaciones rutinarios, se dirigía ligero de equipaje al seno de su familia, a la casa de campo; porque cada uno de los transeúntes tenía ahora un aspecto especialmente particular, al que sólo faltaba decirle a quien se cruzara: "Nosotros, caballeros, estamos aquí sólo de paso, porque dentro de dos horas nos marchamos a la casa de campo".

Si se abría una ventana en la que repiqueteaban unos dedos tan finos y blancos como el azúcar, y se asomaba la cabeza de alguna bella muchacha que llamaba al vendedor ambulante de flores, al instante me daba la impresión de que aquellas flores se compraban sólo por comprar, es decir, que ello en absoluto se hacía para disfrutar del placer primaveral en el corazón de un piso de la capital, y que muy pronto todos se trasladarían a sus casas de campo llevándose consigo las flores. Por si fuera poco, ya había logrado yo tales éxitos en este nuevo tipo de descubrimientos que ya podía, sin temor a equivocarme, y a juzgar simplemente por el aspecto, adivinar en qué casa de campo vivía cada cual. Los habitantes de las islas Kámenny y Aptékarski, o los del camino de Petergof, se distinguían por la delicadeza de sus maneras, por la elegancia de sus trajes y los maravillosos coches con que venían a la ciudad.

Los habitantes de Pargólovo y sus afueras, al primer golpe de vista, "impresionaban" por su nobleza y buen porte. El que vivía en la isla de Krestovski se distinguía por su imperturbable y alegre aspecto. Si se me presentaba la ocasión de cruzarme con una larga hilera de transportistas que caminaban perezosamente con las riendas en la mano junto a sus carretas, llenas hasta arriba, con montañas enteras de todo tipo de muebles, mesas, sillas, sofás turcos y de otras procedencias, y todo tipo de bártulos domésticos, encima de los cuales, en lo más alto de la carreta, a menudo iba sentada una cocinera canija, protegiendo los bienes de sus señores como oro en paño; y si se me ocurría mirar a las pesadas barcas llenas de carga doméstica que se deslizaban por el río Nevá, o por la Fontanka, hasta el río Chiorny o hasta las islas, tanto las cargas como las barcas se multiplicaban ante mis ojos, por diez y por cien. Parecía que todo se había levantado y había emprendido el camino, que se trasladaba en caravanas enteras a las casas de campo; parecía que todo San Petersburgo amenazaba con convertirse en un desierto, de modo que al final me sentía avergonzado, incómodo y triste. Verdaderamente, no tenía nada que hacer y ninguna dacha a la que dirigirme. Estaba dispuesto a marcharme con cada carga, irme con cualquier caballero de aspecto honorable que alquilaba un coche. Pero decididamente ninguno me invitaba. Era como si se hubieran olvidado de mí, como si realmente les fuera ajeno.

Estuve andando mucho rato, de modo que ya me había dado tiempo, como me ocurre a menudo, a olvidarme de dónde me encontraba. Cuando quise darme cuenta estaba a las puertas de la ciudad. De pronto sentí alegría, rebasé la barrera del paso a nivel para cruzarla y caminé por entre los campos y praderas sembrados, sin reparar en el cansancio, más bien sintiendo con todo mi cuerpo que me quitaba un peso del alma. Todos los transeúntes me miraban de un modo tan cordial que sólo les faltaba saludarme; absolutamente todos estaban por alguna razón tan contentos que todos ellos, sin excluir a ninguno, fumaban puros. También yo estaba tan alegre como no lo había estado hasta entonces. Es como si de pronto me encontrara en Italia... tanta fue la impresión que causó la naturaleza a un caballero enclenque como yo, que estaba a punto de ahogarse entre las paredes de la ciudad.

Hay algo inexplicablemente conmovedor en nuestra naturaleza petersburguesa cuando, al comenzar la primavera, de pronto muestra toda su potencia, todas las fuerzas que le deparó el cielo; se reviste toda, se engalana, se llena de abigarradas flores...

Involuntariamente, me evoca a una muchacha enfermiza y marchita, a la que unas veces se mira con lástima, otras, con cariño y compadecimiento, otras simplemente uno no se percata de ella; y que de pronto, inesperadamente, se convierte en extraordinariamente bella, y usted, impresionado y extasiado, se pregunta sin querer: ¿qué fuerza ha hecho brillar con fuego esos ojos tristes y pensativos?, ¿qué ha hecho sonrosarse esas pálidas y flacas mejillas?, ¿qué cubrió de pasión esos delicados rasgos de la cara?, ¿qué hace que su corazón palpite así?, ¿qué ha suscitado esa fuerza, vida y belleza en el rostro de la pobre joven, obligándolo a iluminarse con esa sonrisa, a revivir con esa resplandeciente y chispeante risa? Uno mira alrededor y busca algo, se da cuenta de algo... Pero pasado un instante, e incluso probablemente al día siguiente, vuelve usted a ver de nuevo la mirada pensativa y despistada de antes, el mismo semblante pálido, la misma humildad y timidez en sus movimientos, e incluso remordimiento y huellas de alguna tristeza mortecina y enojo por un momento de pasión... Y uno siente lástima de que tan pronto, y sin retorno, se haya marchitado aquella instantánea belleza que tan engañosamente y en vano brilló ante usted; se siente triste por no haber tenido tiempo a enamorarse de ella...

Pero ¡a pesar de todo mi noche fue aún mejor que el día! He aquí lo que sucedió.

Regresé a la ciudad muy tarde, y ya habían dado las diez de la noche cuando me propuse volver a mi piso. Mi camino me llevaba a lo largo del muelle del canal, en el que a esas horas no encuentras un alma. A decir verdad, vivo en una zona alejada de la ciudad. Iba caminando y cantando, porque cuando me siento feliz irremediablemente maúllo alguna melodía dentro de mí, como cualquier hombre feliz que no tiene amigos, ni buenos conocidos, y quien en momentos felices de la vida no tiene con quién compartir su alegría. De pronto me sucedió una aventura de lo más inesperada.

Cerca de mí, con los codos en la barandilla del muelle, había una mujer apoyada en la rejilla mirando atentamente las turbias aguas del canal. Llevaba un bonito sombrero de color amarillo y una mantilla muy coqueta de color negro. "Es una joven, y seguramente morena", pensé yo. Al parecer, no se había percatado de mis pasos, y ni siquiera se inmutó cuando pasé junto a ella, con la respiración entrecortada y el corazón palpitando. "¡Qué raro!", pensé, "seguramente estará sumida en algún pensamiento"; y de pronto me detuve como si me hubiera quedado petrificado. Me pareció oír un sordo sollozo. ¡Sí! No me había equivocado: la muchacha estaba llorando, y a cada minuto le sobrevenían sollozos. ¡Dios mío! Se me encogió el corazón.

Y por muy vergonzoso que fuera yo con las mujeres, al tratarse de una cuestión así... me di la vuelta, retrocedí un paso hacia ella y al instante habría querido decirle: "¡Señorita!", de no ser porque esa exclamación había sido miles de veces empleada en todas las novelas rusas de alta sociedad. Eso fue lo único que me detuvo. Pero, mientras rebuscaba la palabra, la muchacha se repuso, se dio la vuelta, se percató de mi presencia, bajó la mirada y me esquivó por el muelle. Yo la seguí al instante, pero ella se dio cuenta, abandonó el muelle, cruzó la calle y siguió caminando por la otra acera. Yo no me atreví a cruzar la calle. Mi corazón se estremecía como el de un pajarillo recién capturado. De pronto un suceso salió en mi ayuda.

Al otro lado de la acera, cerca de mi desconocida, de repente apareció un caballero vestido de frac, entrado en años, aunque con unos andares poco nobles. Iba tambaleándose y apoyándose cuidadosamente sobre la pared. La muchacha, por el contrario, caminaba como una flecha, deprisa y tímidamente, tal y como andan todas las jóvenes que no desean que alguien les ofrezca acompañarlas de noche a su casa, y claro está que el caballero que se tambaleaba no la habría alcanzado por nada del mundo, si en mi destino no se hubiera interpuesto una artificiosa estratagema. De pronto, sin decir palabra, el caballero arrancó a correr tras la joven para alcanzar a mi desconocida. Ella caminaba tan rauda como el viento, pero el tambaleante caballero que iba en pos de ella la alcanzó, la muchacha lanzó un grito... y ¡yo bendigo el destino por llevar en aquella ocasión un bastón de nudos en mi mano derecha! Al instante me encontré en la otra acera y el inesperado caballero enseguida comprendió de qué se trataba, y se percató de mi irrebatible motivo.

No dijo palabra, se quedó rezagado, y sólo cuando ya estábamos muy lejos comenzó a protestar, insultándome en unos términos muy enérgicos. Pero sus palabras apenas llegaban hasta nosotros.

—Deme la mano —dije yo a mi desconocida—, y él ya no se atreverá a molestarla.

Ella en silencio me dio su mano todavía temblorosa por el miedo y el sobresalto. ¡Oh, inesperado caballero, cuánto te agradecí aquel momento! La miré de soslayo: era muy bella y morena: había acertado; en sus negras pestañas todavía brillaban lágrimas de un reciente disgusto o alguna desgracia acaecida. No lo sé. Pero en sus labios ya resplandecía una sonrisa. También ella me miró a hurtadillas. Se sonrojó ligeramente y bajó la mirada.

—Lo ve. ¿Por qué me rehuyó usted antes? Si yo hubiera estado aquí, nada habría ocurrido...

—Pero si yo no le conocía: pensaba que usted también...

—Pero ¿acaso me conoce ahora?

—Un poco. Por ejemplo, ¿por qué está usted temblando?

—¡Oh! ¡Ha acertado al primer golpe de vista! —respondí yo, completamente entusiasmado de que mi muchacha fuera inteligente: eso nunca estorba a la belleza—. Pero si desde el primer momento se dio cuenta usted de con quién trataba. Es cierto, soy tímido con las mujeres. No estoy menos turbado que usted hace un momento, cuando ese caballero le dio el susto... Ahora estoy algo avergonzado. Parece un sueño, y ni siquiera en un sueño podría presentárseme la idea de hablar con una mujer.

—¿Cómo es eso? ¿Es cierto...?

—Y si mi mano está temblorosa es porque nunca había cogido una mano tan agradable y pequeñita como la suya. He perdido la costumbre de tratar con las mujeres; quiero decir que nunca he tratado con ellas, soy un solitario... Si ni siquiera sé cómo hablarles. He aquí que no sé cómo dirigirme a ellas. Tampoco sé ahora mismo si le habré dicho alguna tontería. Dígamelo directamente; se lo aseguro, no soy de los que se ofenden...

—No, nada, nada, al contrario. Y si usted exige que yo sea sincera, entonces le diré que a las mujeres les gusta este tipo de timidez; y si desea saber algo más, le diré que también a mí me gusta, y no le echaré de mi lado hasta llegar a casa.

—Va a conseguir usted que deje de sentirme intimidado—empecé a decirle entusiasmado— y de tener vergüenza al momento, y entonces ¡adiós a todos mis procedimientos...!

—¿Procedimientos? ¿Qué procedimentos?

Y ¿para qué? Esto ya sí es una tontería.

—Yo tengo la culpa, se me ha escapado. Pero ¿cómo quiere que en un momento así no tenga yo algún deseo...?

—¿De agradar, acaso?

—Pues sí; pero, por favor, tenga usted la bondad. ¡Júzgueme tal y como soy! Porque yo ya tengo veintiséis años, y jamás he tratado con nadie. ¿Cómo puedo hablar bien, con habilidad y oportunamente? A usted le resultará más cómodo cuando todo quede explicado con claridad... No sé callar cuando me habla el corazón. Bueno, si da lo mismo. ¡Créame que no he conocido jamás a ninguna mujer! ¡Jamás! ¡No he conocido a ninguna! Y no hago más que soñar que finalmente algún día me encontraré con alguien. ¡Oh! ¡Si supiera cuántas veces he estado enamorado de ese modo...!

—Pero ¿cómo? ¿De quién?

—Pues de nadie, de un ideal, de la que se me aparece en sueños. Creo en mi imaginación novelas enteras. ¡Oh, usted no me conoce! A decir verdad, sí he conocido a dos o tres mujeres, pero ¡qué mujeres! Son una especie de patronas que... Le voy a hacer reír si le cuento que en unas cuantas ocasiones estuve tentado de entablar una conversación (así, por las buenas) con alguna aristócrata en la calle, cuando estaba ella sola, claro está; entablar una conversación tímida, respetuosa y apasionadamente; decirle que me muero de soledad, que no me eche de su lado, que no tengo posibilidad de conocer a mujer alguna; infundirle, incluso, que está obligada como mujer a no despreciar una petición tan tímida que procede de alguien tan infeliz como yo. Que, finalmente, cuanto estoy pidiendo se limita únicamente a dirigirme un par de palabras amistosas, participando, sin echarme desde el primer momento de su lado; a creer en lo que digo, escucharme, reírse de mí, si viniera al caso, a que me diera esperanzas, que me dijera un par de palabras, sólo un par, ¡aunque después ya no nos volviéramos a ver más...! Pero se ríe usted... Por lo demás, hablo sólo para hacerla reír...

—No se enoje; me río porque es usted su propio enemigo, y si lo intentara lo conseguiría, aunque la ocasión surgiera en la calle: cuanto más sencillo, mejor... Ninguna mujer buena, a menos que fuera una estúpida, o estuviera especialmente enfadada por algo en aquel momento, se decidiría a echarle de su lado sin haberle dejado pronunciar esas dos palabras que usted suplica tan tímidamente... ¡Además, quién soy yo para hablar! Lo más probable es que lo tomara por un loco. Pero juzgo por mí misma. ¡Como si yo supiera mucho de cómo vive la gente en este mundo!

—¡Oh, se lo agradezco! —exclamé yo—, ¡no sabe cuánto ha hecho ahora por mí!

—¡Está bien! ¡Está bien! Pero, dígame, ¿por qué ha sabido que yo era una de esas mujeres con las que... bueno, bueno, a las que considera dignas... de atención y amistad... en una palabra, que no era una patrona, como usted las llama? ¿Por qué ha decidido acercarse a mí?

—¿Que por qué? ¿Por qué? Pues porque estaba usted sola y aquel señor era excesivamente atrevido, y ahora es de noche: reconózcalo, tenía que hacerlo...

—No, no, antes de eso, estando allí, en la otra acera. Porque usted quería acercarse a mí, ¿no es cierto?

—¿Allí, en aquella acera? A decir verdad, no sé qué decir; temo... ¿Sabe una cosa? Hoy me he sentido feliz; iba caminando y cantando.

Estuve en las afueras de la ciudad; hasta ahora no había sentido momentos tan felices. Usted... a mí, puede que me haya parecido... Bueno, disculpe si se lo recuerdo: me pareció que estaba usted llorando, y no podía oírlo... el corazón se me estremeció... ¡Oh, Dios mío! Bueno, pues sí, ¿acaso no podía sentir lástima hacia usted? ¿Acaso sería un pecado sentir hacia usted una compasión fraternal...? Perdone, he dicho compasión... Bueno, pues sí, en una palabra, ¿acaso podía ofenderla porque involuntariamente se me ocurriera acercarme a usted...?

—Déjelo, ya es suficiente, no hable más... — dijo la muchacha, bajando la mirada y apretando mi mano—. La culpa es mía por haber empezado a hablar de eso; pero estoy contenta de no haberme confundido respecto a usted... Bueno, pues ya he llegado a casa. Tengo que ir por aquí, por esta callejuela. Estoy a dos pasos... Adiós, le agradezco...

—Pero ¿acaso es posible que no nos volvamos a ver más...? ¿Es que esto se va a quedar así?

—Lo ve—dijo la muchacha sonriendo—, usted deseaba primero intercambiar sólo un par de palabras, y ahora... Por lo demás, no le prometo nada... Puede que nos encontremos...

—Vendré aquí mañana —dije yo—. ¡Oh, disculpe, ya estoy exigiendo...!

—Sí, es usted muy impaciente... casi está exigiendo...

—¡Escuche, escuche! —la interrumpí—. Discúlpeme si de nuevo le digo algo por el estilo... Pero atienda una cosa: no podré dejar de venir aquí mañana. Soy un soñador; tengo tan poca vida privada, y unos minutos como éstos, como los de ahora, se me presentan en tan escasas ocasiones que no puedo dejar de repetirlos en mis pensamientos. Estaré soñando con usted toda la noche, toda la semana y el año entero. Irremediablemente vendré aquí mañana, exactamente aquí, a este mismo lugar, a la misma hora, y seré feliz recordando lo de ayer. Este lugar ya me es querido. Tengo dos o tres lugares de éstos en San Petersburgo. En una ocasión hasta lloré recordando algo, igual que usted... ¿Quién sabe? Puede que usted, hace diez minutos, también llorara recordando algo... Pero discúlpeme, de nuevo se me ha pasado; puede que usted en alguna ocasión haya sido especialmente feliz aquí...

—Está bien —dijo la joven—, a lo mejor yo también vendré aquí mañana, a las diez. Veo que ya no se lo puedo prohibir... La cuestión está en que tengo que estar aquí; no piense que le estoy citando. Le aseguro que yo tengo que estar aquí. Bueno... se lo diré directamente: no estaría mal que también viniera usted. Por un lado, de nuevo podríamos tener algún disgusto como el de hoy, y por otro... en una palabra, simplemente me gustaría verle... para intercambiar con usted un par de palabras. Pero, lo ve, ¿no me estará juzgando usted ahora? ¿No se pensará que estoy dándole una cita con mucha ligereza...? Yo se la daría, a no ser... Pero ¡que eso sea un secreto mío! Antes de todo una condición...

—¡Una condición!... Dígala, cuénteme, cuéntemelo todo. Estoy dispuesto a todo, a todo —exclamé yo entusiasmado—. Yo respondo por mí: seré obediente, respetuoso... Usted me conoce...

—Porque le conozco, le estoy invitando mañana—dijo la muchacha sonriendo—. Le conozco perfectamente. Pero tenga en cuenta una cosa, venga con una condición. Sobre todo (sea amable y cumpla lo que le pida: está viendo que le hablo con franqueza): no se enamore de mí... Eso está prohibido, se lo aseguro. Estoy dispuesta a una amistad, y aquí tiene mi mano... Pero ¡no se enamore, se lo ruego!

—¡Se lo juro! —exclamé yo cogiéndole la mano...

—Es suficiente. No jure, porque sé que es usted capaz de estallar como la pólvora. No me juzgue por hablar así. Si usted supiera... Tampoco yo tengo a nadie con quien intercambiar palabra, y a quien pedirle un consejo. Claro está que no iba a buscar un consejero en la calle, pero usted es una excepción. Le conozco como si fuéramos amigos desde hace veinte años... ¿Verdad que no va usted a cambiar?

—Ya lo verá... sólo que no sé cómo sobreviviré estas veinticuatro horas.

—¡Que tenga un feliz sueño! Buenas noches; y recuerde que ya he confiado en usted. Pero hace un rato lanzó usted una exclamación tan hermosa que ¡acaso hay que dar explicaciones de cada sentimiento, incluso en el sentido fraternal! ¿Sabe una cosa? Lo expresó usted de una forma tan bella que al instante se me pasó por la cabeza la idea de confiar en usted...

—¡Por el amor de Dios! Pero ¿de qué se trata? ¿Qué es?

—Hasta mañana. Que de momento sea un secreto. Será mejor para usted; aunque lejanamente se parezca a una novela. Puede que se lo diga mañana y puede que no... Todavía tengo que hablar más con usted, conocernos mejor...

—¡Oh, sí! Mañana le contaré todo sobre mi persona. Pero ¿qué es esto? ¡Parece que me está sucediendo un milagro...! ¿Dónde estoy? ¡Dios mío! Pero, dígame, ¿acaso no está satisfecha de sí misma por no haberse enfadado conmigo como lo hubiera hecho otra mujer? ¿Por no haberme rechazado desde el primer momento? Dos minutos, y me ha convertido usted para siempre en una persona feliz. ¡Sí! ¡Feliz! ¿Quién sabe? Puede que me haya reconciliado conmigo mismo y haya resuelto mis dudas... Es posible que me sobrevengan minutos de esa naturaleza... Pero bueno, ya mañana le contaré todo, y usted lo sabrá todo, todo...

—Está bien, estoy de acuerdo. Empezará usted.

—Estoy conforme.

—¡Adiós!

Y nos despedimos. Estuve deambulando toda la noche. No me decidía regresar a casa.

¡Estaba tan feliz...! ¡Hasta mañana!

Noche segunda

—¡Bueno, ya veo que ha sobrevivido! —me dijo ella sonriendo y estrechándome las manos.

—Llevo aquí ya dos horas. ¡No sabe cómo lo he pasado durante el día!

—Lo sé, lo sé... pero vayamos al asunto. ¿Sabe por qué he venido? Pues no para decir cosas absurdas como ayer. Mire una cosa: debemos actuar con más inteligencia. Estuve dando muchas vueltas a todo esto ayer por la noche.

—¿En qué aspecto he de actuar con más inteligencia? Por mi parte, estoy dispuesto. Pero, a decir verdad, nunca en la vida me han ocurrido cosas tan sensatas como las de ahora.

—¿De veras? En primer lugar, se lo suplico, no me apriete tanto las manos; y en segundo lugar, le confieso que hoy he estado pensando durante mucho rato en usted.

—Y bien, ¿qué ha concluido?

—¿Qué he concluido? He concluido que es preciso comenzar por el principio, porque hoy he decidido que usted es completamente desconocido para mí, y que ayer me comporté como una cría, una jovencita; claro está, mi buen corazón tiene la culpa de todo. Es decir, yo me alabé, como siempre sucede cuando uno empieza a examinar su vida. Y por ello, para enmendar el error, he decidido enterarme ahora acerca de su vida de la manera más detallada posible. Y como no tengo a nadie que me la cuente, deberá hacerlo usted mismo, para que se conozca todo el intríngulis. Por ejemplo, ¿qué tipo de persona es usted? ¡Vamos! ¡Cuente su historia!

—¡Historia! —exclamé yo asustado—. ¡Historia! Pero ¿quién le ha dicho que yo tengo una historia? No tengo historia...

—Entonces, ¿cómo ha vivido usted sin una historia?—interrumpió ella, sonriendo.

—Pues ¡sin historia alguna! Como dicen aquí, simplemente viviendo, es decir, completamente solo; solo del todo. ¿Comprende lo que quiere decir solo?

—Pero ¿cómo que solo? ¿Quiere decir que jamás ha visto a nadie?

—¡Oh, no! Veía a gente, pero a pesar de todo estaba solo.

—Pero ¿acaso no habla usted con nadie?

—En sentido estricto, con nadie.

—Entonces, explíquese: ¿quién es usted? Espere, yo misma lo adivinaré: usted, al igual que yo, tiene una abuela. La mía es ciega y lleva toda la vida sin dejarme ir a ninguna parte, de modo que hasta casi se me olvida hablar. Y cuando hace dos años hice una trastada, al darse ella cuenta de que no había forma de sujetarme, cosió mi vestido al suyo con un imperdible y así nos pasamos sentadas días enteros; ella tejiendo calcetines aunque esté ciega, y yo junto a ella, cosiendo o leyendo un libro en voz alta. De esta forma tan rara, llevo ya dos años prendida con un imperdible a su vestido...

—¡Oh, Dios mío, qué desgracia! Pues no, yo no tengo una abuela como la suya.

—Y si no es así, ¿cómo puede quedarse sentado en casa...?

—Espere, ¿quiere saber quién soy?

—¡Pues sí!, ¡sí!

—¿En el estricto sentido de la palabra?

—¡En el más estricto!

—Disculpe, soy... un tipo.

—¡Un tipo, un tipo! ¿Qué tipo? —exclamó la muchacha riéndose como si no tuviera oportunidad de reírse así durante todo el año—. Pero ¡si es muy divertido estar con usted! Mire: aquí hay un banco. ¡Sentémonos! ¡Por aquí no pasa nadie y nadie nos oirá! ¡Comience ya a contar su historia! Porque usted no me convencerá, tiene una historia, sólo que la está ocultando. En primer lugar, ¿qué es un... tipo?

—¿Un tipo? Un tipo es algo original, un hombre muy gracioso —respondí yo, soltando una carcajada a continuación de su risa infantil—. Es un tipo de carácter. Escuche: ¿sabe usted lo que es un soñador?

—¿Un soñador? Disculpe, ¿cómo no iba a saberlo? ¡Yo misma soy una soñadora! Algunas veces que estoy sentada junto a la abuela, hay que ver la de ideas que me vienen a la cabeza. Te pones a soñar y te quedas tan ensimismada en los pensamientos que vas y te casas con un príncipe chino... ¡O quizás no, sabe Dios! Especialmente cuando tienes en qué pensar sin necesidad de recurrir a eso —añadió la joven esta vez con un tono bastante serio.

—¡Excelente! Puesto que si en una ocasión se casó con un emperador chino, en tal caso, me entenderá a la perfección. Escuche... Pero permítame: si todavía no sé cómo se llama usted.

—¡Por fin! ¡A buenas horas!

—¡Ay, Dios mío!; es que no me dio por pensar en ello, me encontraba muy a gusto sin necesidad de saberlo...

—Me llamo Nástenka.

—¡Nástenka! Y ¿nada más?

—Nada más. ¿Acaso es poco? ¡Qué insaciable es usted!

—¿Que si es poco? Mucho, mucho, al contrario, es muchísimo, Nástenka. Es usted una muchacha muy bondadosa, ya que desde el principio ha sido Nástenka para mí.

—¡Eso es! ¡Bueno!

—Pues bien, escuche, Nástenka, qué historia más ridícula me va a salir.

Me senté junto a ella, adopté una pose entre pedante y seria y comencé a hablar como si estuviera leyendo un libro:

—Hay en San Petersburgo, Nástenka, si no lo sabe usted, unos rincones bastante curiosos. En esos lugares parece que no asoma el mismo sol que para el resto de los petersburgueses, sino otro, nuevo, como si se encargara a propósito para esos rincones, luciendo con una luz diferente, muy particular. En esos rincones, querida Nástenka, se vive de una forma completamente diferente que en nada se parece a la que bulle en torno a nosotros, sino que por el contrario se vive una vida que bien pudiera transcurrir en otro reino desconocido, y no aquí en este tiempo tan tremendamente serio. Pues precisamente esa vida viene a ser una mezcla de algo puramente fantástico, ardiente e ideal, con (¡oh, Nástenka!) algo terriblemente prosaico y corriente, por no decir trivial hasta más no poder.

—¡Uf! ¡Oh, Dios mío! ¡Vaya introducción! ¿Qué es lo que oigo?

—Lo que oye usted, Nástenka (creo que jamás me cansaría de llamarla Nástenka). Sí, lo que oye usted es que en esos rincones vive gente rara, soñadora. El soñador, si es necesario definirlo con más precisión, no es un hombre, sino, si quiere saberlo, un ser de género neutro. Se ubica generalmente en algún rincón inaccesible, como si se escondiera del mundo, y se introduce en él apegándose a su rincón como un caracol, o al menos pareciéndose mucho a ese curioso animal que es casa y animal a la vez, como la tortuga. ¿Por qué cree usted que ama tanto sus cuatro paredes, pintadas precisamente de verde, cubiertas de hollín, tristes e inadmisiblemente impregnadas de tabaco?

¿Por qué ese ridículo caballero, cuando le visita alguno de sus pocos conocidos (y lo que sucede es que se queda sin amigos), lo recibe de un modo tan tímido, demudándosele la cara y quedándose tan azorado como si acabara de cometer un crimen entre esas cuatro paredes, o de hacer unos billetes falsos o algunos versos para enviar a una revista con carta anónima, dejando constancia en ella de que el verdadero poeta ha muerto y de que su amigo considera un deber sagrado publicar sus versos? ¿Por qué, dígame, Nástenka, no fluye la conversación entre esos dos interlocutores? ¿Por qué ni la risa ni una palabra alegre salen de la boca del desconcertado compañero que acababa de irrumpir en su casa, y al que en otras ocasiones le gusta tanto la risa como las palabras alegres, así como las conversaciones sobre el bello sexo, y otros temas amenos?

¿Por qué, finalmente, ese compañero, al que probablemente conociera no hace mucho, ya en su primera visita (dado que no habrá otra, pues el compañero ya no volverá más), se queda tan confuso, petrificado, con lo ocurrente que es (¡eso sólo si lo es!), al mirar la cara de zozobra del dueño, a quien a su vez ya le dio tiempo a quedarse completamente confuso, embrollarse tras los gigantescos y vanos esfuerzos de allanar y adornar la conversación, mostrándole a su vez desde su perspectiva los conocimientos que tiene de la sociedad, y hablarle de la belleza del sexo opuesto, aunque sólo fuera por agradar con este humilde gesto al pobre hombre que cayó en un lugar inapropiado visitándole por error?

¿Por qué razón el huésped de pronto coge su sombrero y sale apresuradamente acordándose de un asunto muy importante, que jamás existió, y libera como puede su mano de los calurosos apretones del dueño, que por todos los medios intenta demostrar su arrepentimiento y enderezar el asunto? ¿Por qué el compañero que sale de su casa suelta una carcajada al cerrar la puerta, y se da palabra de no volver a entrar en casa de ese ser tan estrafalario, aunque éste, en esencia, sea un joven maravilloso que a su vez no puede dejar de imaginar algo caprichoso: de comparar, aunque sea muy lejanamente, la fisonomía de su compañero de conversación durante el tiempo que duró la visita con el aspecto de aquel gatito infeliz al que estrujaron los niños, espachurrándolo y ofendiéndolo de todas las maneras posibles, tomándolo a la fuerza como presa, confundiéndole hasta más no poder, para meterse finalmente debajo de una silla, en la oscuridad, donde se vio obligado a pasar una hora entera, con el pelo erizado, bufando y lavando con sus dos patitas su ofendido hociquito; y que, transcurrido un buen rato, mira hostil el mundo y la vida, e incluso los restos de la comida de los señores que le lleva la compasiva ama de llaves?

—Escuche —interrumpió Nástenka, que durante todo ese tiempo estuvo escuchándome asombrada y boquiabierta—. Escuche: ignoro por completo por qué ha sucedido todo esto y por qué me hace usted preguntas tan ridículas. Pero de lo que estoy segura es de que todas esas aventuras de cabo a rabo le ocurrieron irremediablemente a usted.

—Sin duda alguna —respondí yo con cara muy seria.

—Pues, si no cabe duda, entonces continúe —respondió Nástenka— porque tengo muchas ganas de saber cómo termina eso.

—¿Desea saber, Nástenka, lo que hacía nuestro héroe en su rincón, o mejor dicho, yo, porque el héroe de todo esto soy yo, con la particular timidez que me caracteriza? ¿Quiere saber por qué me había alarmado y turbado tanto durante el resto del día la inesperada visita del compañero? ¿Desea saber por qué me estremecí y me sonrojé tanto al abrir la puerta de mi casa? ¿Por qué no supe recibir la visita y me sentí morir, avergonzado bajo el peso de mi propia hospitalidad?

—Pues ¡sí! ¡Sí! —respondió Nástenka—, en ello está la cuestión. Escuche: usted lo narra maravillosamente, pero ¿no se podría contar de un modo más sencillo? Porque habla usted como si leyera un libro.

—¡Nástenka! —le respondí con voz grave y severa, sin poder apenas aguantar la risa—. ¡Querida Nástenka, sé que lo cuento muy bien, pero siento no poder contarlo de otro modo! Ahora, querida Nástenka, me parezco al espíritu del rey Salomón, que permaneció durante mil años encerrado en una urna bajo siete sellos, y al que finalmente liberaron. Y ahora, cuando nos hemos encontrado de nuevo tras una larga separación... porque yo ya la conozco desde hace mucho, y porque desde hace tiempo estuve buscando a alguien, lo que significa que la estuve buscando precisamente a usted y que nos estaba destinado encontrarnos; ahora en mi cabeza se han abierto miles de válvulas y tengo que derramar un río de palabras, pues de lo contrario me ahogaría. De manera que le suplico que no me interrumpa, Nástenka, sino que me escuche paciente y atentamente. De lo contrario, me callaré.

—¡De ninguna manera! ¡Hable! Ahora no diré ni una palabra.

Continué:

"Hay en el día, mi querida amiga Nástenka, una hora que yo adoro extraordinariamente. Viene a ser la hora en que la gente termina casi todos sus quehaceres, obligaciones y deberes, y todos corren deprisa hacia sus casas para comer, descansar, y, mientras tanto, él camina y se inventa otros temas divertidos relacionados con la tarde, la noche y el tiempo restante. A esa hora, también nuestro héroe, y permítame, Nástenka, hablar en tercera persona, porque en primera me resultaría tremendamente bochornoso contarle todo esto, de modo que a esa hora, nuestro héroe, que también tiene cosas que hacer, va caminando con los demás. Pero un extraño sentimiento de satisfacción juguetea en su semblante pálido y ligeramente arrugado. Mira con indiferencia el crepúsculo vespertino que se apaga lentamente en el frío cielo petersburgués.

Miento cuando digo que mira. Porque no mira, sino que contempla inconscientemente como si a la vez estuviera cansado o ensimismado en alguna otra cuestión más interesante, de modo que sólo de pasada, y casi involuntariamente, repara en lo que le rodea. Se siente satisfecho porque ha finalizado hasta mañana los asuntos que le resultan tediosos, y está tan contento como un colegial al que liberan del pupitre para que se distraiga con travesuras y juegos divertidos. Mírele de reojo, Nástenka: al instante verá que la alegría ya afectó felizmente a sus débiles nervios y su fantasía, enfermizamente irritada. Y he aquí lo que piensa... ¿Cree usted que en la comida? ¿En la tarde de hoy? ¿Qué es lo que mira de ese modo? ¿A ese caballero de tan buen aspecto cual si estuviera plasmado en un cuadro, inclinándose ante la dama que acaba de pasar junto a él en un espléndido coche de veloces caballos? No, Nástenka, ¡qué le importan todas esas pequeñeces! Ahora ya es rico con su particular vida. De repente parece convertirse en un hombre rico, y el rayo de despedida del sol que se apaga no brilló en vano alegremente delante de él, sino que suscitó en su cálido corazón todo un enjambre de recuerdos. Ahora apenas se fija en aquel camino en el que antes le podía sorprender la cosa más nimia. Ahora la diosa Fantasía (si ha leído usted a Zhukovski, querida Nástenka) ya bordó con caprichosa mano su pátina de oro, desplegando ante él bordados de una vida desconocida, extravagante; y ¿quién sabe?, puede que lo transporte con su mágica mano hasta el séptimo cielo de cristal, arrancándole del espléndido suelo de granito por el que está caminando. Intente detenerle ahora y pregúntele: ¿dónde se encuentra ahora y por qué calles caminó? Probablemente no recuerde nada, ni por dónde anduvo, ni dónde se encuentra ahora, y, sonrojándose de angustia, mentiría ligeramente para salvar las apariencias. Ésa es la respuesta a por qué se estremeció casi hasta gritar al mirar temeroso alrededor cuando una distinguida anciana que se había equivocado de camino le detuvo cortésmente en la acera para preguntarle por una calle. Sigue adelante con el entrecejo arrugado sin percatarse apenas de que más de un transeúnte sonrió al verle, volviéndose para mirarle, y de que alguna pequeña, que le cedió tímida el paso, soltó una carcajada al mirar con ojos como platos su amplia sonrisa contemplativa y sus gestos de manos. Y, sin embargo, esa misma Fantasía arrancó también en su vuelo juguetón a la anciana, a los curiosos transeúntes, a la niña que se rió, y a los muzhiks que se pasan la tarde en sus barcas que invaden la Fontanka (supongamos que en ese momento nuestro héroe está pasando por ella), prendiendo traviesamente todo y a todos en su cañamazo como moscas en una tela de araña. Con su nueva adquisición, el estrafalario entra en su acogedora madriguera, se sienta a cenar, termina, y sólo regresa a la realidad cuando la pensativa y siempre triste Matriona, que le sirve, haya recogido la mesa y entregado la pipa. Es cuando se despabila y con sorpresa recuerda que ya cenó, completamente abstraído de cómo había transcurrido aquello.

La habitación se queda a oscuras. Siente vacío y tristeza en su alma. Todo un reino de sueños se acaba de derrumbar alrededor de él, destruyéndose sin dejar huella, sin ruido ni estrépito, pasando junto a él como una visión, sin que él mismo pueda recordar lo que ha visto. Pero una sensación oscura hace gemir y atormentar su pecho. Una sensación nueva que tienta e irrita su fantasía suscita imperceptiblemente todo un enjambre de nuevos espectros.

El silencio reina en la pequeña habitación. La soledad y la pereza acarician la fantasía. Ésta se enciende con suavidad, y se pone ligeramente en ebullición como el agua en la tetera de la vieja Matriona, que prosigue tranquilamente con sus quehaceres en la cocina, preparando el café. He aquí que ya se empieza a abrir camino entrecortadamente, y el libro cogido sin finalidad alguna y al azar le resbala entre las manos a mi soñador, que no ha llegado ni a la tercera página. Su imaginación de nuevo está lista para despertar, suscitarse, y de pronto otra vez un nuevo mundo, una nueva y maravillosa vida brilla junto a él en su centelleante perspectiva. ¡Un nuevo sueño, una nueva vida! ¡Una nueva dosis de un veneno refinado y voluptuoso! ¡Oh! ¡Qué le importa nuestra vida real! Para su mirada cautiva, usted y yo, Nástenka, llevamos una vida perezosa, lenta y desvaída. ¡Para su mirada, todos nosotros estamos tan descontentos de nuestro destino y tan fatigados de nuestra vida! Y, verdaderamente, fíjese y verá cómo en realidad, al primer golpe de vista, todo entre nosotros parece frío, lúgubre, como si estuviéramos enfadados... "¡Pobres!", piensa mi soñador. Y no es de extrañar que piense así. ¡Fíjese en esas visiones mágicas! ¡De qué modo tan encantador, con qué filigranas, y de qué manera tan caprichosa e ilimitada se compone ante él un cuadro mágico y animado, donde en primer plano y en primera persona, evidentemente, aparece él, nuestro soñador, con su especial particularidad! ¡Fíjese en qué diferentes acontecimientos, y qué infinito enjambre de sueños ardientes! Tal vez se pregunte usted qué está soñando. ¿Para qué preguntarlo? Pues sueña con todo, con el destino del poeta, desconocido al principio y coronado después; con la amistad de Hoffmann; con la noche de san Bartolomé, con la Diana de Vernon, con el papel heroico ante la toma de Kazán por Iván Vasílievich; Clara Mowbray, Effie Deans, el concilio de los prelados y Huss ante ellos, con la rebelión de los muertos en la obertura (¿se acuerda de la música?: ¡huele a cementerio!) con Minna y Brenda, la batalla de Berezina, la lectura del poema en casa de la condesa V. D., con Danton, con Cleopatra, e i suoi amanti, La casita en Kolomna, de Pushkin, con su rinconcito junto a un ser querido, que le escucha en una tarde de invierno con los ojos y la boca abiertos, tal y como me escucha usted ahora, mi pequeño ángel...

¡No, Nástenka, qué más le da, qué le importa al voluptuoso holgazán esta vida, a la que tanto nos aferramos! Él piensa que esta vida es pobre y triste, sin adivinar que también le llegará el día en que suene la hora fatal, en que por un día de esta triste vida entregaría él todos sus años fantásticos, y no ya a cambio de la alegría o la felicidad, pues no tendría preferencias en esa hora de tristeza, arrepentimientos y dolor sin obstáculos. Pero, hasta que llegue ese momento amenazador, no desea nada, pues está por encima de los deseos porque lo tiene todo, está saciado, él mismo es el artífice de su vida, que va creando a su antojo a cada momento.

¡Y es que ese mundo de cuento y fantasía se va creando de un modo tan fácil y natural! Como si realmente todo ello no fueran visiones. Pero a decir verdad está dispuesto a aceptar, en ese momento, que toda esa vida no es efecto de la excitación de los sentidos, sino que todo ello es verdaderamente real, auténtico y tangible. Y ¿por qué, dígame, Nástenka, por qué durante esos minutos se le estremece el alma? ¿Por qué tipo de magia o voluntad invisible se le acelera el pulso, las lágrimas brotan de los ojos del soñador, arden sus pálidas y humedecidas mejillas y toda su existencia se llena de ese irresistible deleite? ¿Por qué noches enteras de insomnio duran un instante, lleno de inagotable alegría y felicidad, y cuando en su ventana brilla el alba con su rayo de color rosa iluminando al amanecer la sombría habitación con una luz incierta y fantástica, como ocurre en nuestras casas de San Petersburgo, nuestro soñador, fatigado y agotado, se deja caer sobre la cama para quedarse dormido con el alma presa de éxtasis por la enfermiza exaltación de su espíritu y el dulce y agotador dolor de su corazón? Sí, Nástenka, nuestro héroe le hace involuntariamente creer a uno que una pasión verdadera y genuina le atormenta el alma, cree que hay algo vivo, tangible, en sus sueños incorpóreos. ¡Y, sin embargo, qué engaño! El amor ha penetrado en su pecho con toda su inagotable alegría y sus agotadores sufrimientos... Basta mirarle para convencerse. ¿Podrá creer al mirarle, querida Nástenka, que realmente jamás conoció a la que tanto amó en sus frenéticos sueños?

¿Acaso sólo la vio en sus seductoras visiones y sólo ha soñado esa pasión? ¿Es posible que de veras no hayan caminado cogidos de la mano en todos los años de su vida, solos los dos, dejando el mundo a un lado y uniendo cada uno su mundo y su vida con los del compañero? ¿Acaso no era ella quien, a última hora de la separación, estaba apoyada en su pecho sollozando y triste, sin oír la tormenta que se preparaba bajo el cielo amenazador, ni el viento que le arrancaba las lágrimas de sus negras pestañas? ¿Acaso todo ello había sido un sueño? ¡Y ese jardín, melancólico, abandonado y salvaje, con sus caminitos cubiertos de musgo, solitario y sombrío, donde tanto pasearon los dos, presos de esperanza y melancolía y amándose tan intensamente el uno al otro, "¡Tanto tiempo y con tanta ternura!", ¿Y aquella extraña y vieja casa, en la que durante tanto tiempo vivió ella en soledad y tristeza junto a su viejo y lúgubre marido, eternamente callado y bilioso, que los asustaba como a niños tímidos que ocultaban el amor que se tenían? ¡Cómo sufrían! ¡Cómo temían y qué puro e inocente era su amor! ¡Y, por supuesto, Nástenka, qué malvada era la gente! ¡Dios mío! ¿Acaso él no la encontró a ella después lejos de su tierra, bajo un cielo extraño, meridional y cálido, en una ciudad maravillosa y eterna, en el esplendor de un baile, bajo el estruendo de la música, en un palazzo, "precisamente un palazzo", ahogado en el mar de luces, sobre un balcón cubierto de mirto y rosas, en el que ella, reconociéndole, se quitó apresuradamente la máscara y susurrando: "¡Soy libre!" se lanzó temblorosa a sus brazos? Y exclamando de entusiasmo, abrazándose los dos, se olvidaron por un instante de la pena, la separación, los sufrimientos, la casa lúgubre, el anciano y el jardín sombrío en la lejana tierra, y del banco en que, tras el último beso apasionado, ella se arrancó de sus brazos petrificados por la tristeza y la desesperación... ¡Oh!, reconocerá, Nástenka, que uno se agitará, se turbará y se ruborizará como un colegial que acaba de meter en su bolsillo la manzana robada del jardín vecino cuando un muchacho alto y fuerte, juguetón y bromista, su amigo anónimo, abre la puerta y grita como si nada pasara: "¡Hermano, acabo de llegar de Pavlovsk!». ¡Dios mío!

¡Ha muerto el viejo conde, comienza una felicidad inenarrable...! ¡Y en ese momento llega gente de Pavlovsk!".

Me callé patéticamente, finalizando mis conmovedoras exclamaciones. Recuerdo que tenía enormes ganas de echarme a reír a carcajadas, porque sentía un malévolo diablillo agitarse en mi interior; se me ponía un nudo en la garganta, me temblaba la barbilla y los ojos se me humedecían cada vez más... Yo esperaba que Nástenka, que me estaba escuchando con sus inteligentes y abiertos ojos, se echara a reír con su risa infantil e irresistiblemente alegre. Me arrepentía de haber llegado tan lejos y de haber contado en vano aquello que bullía en mi corazón desde hacía tiempo y acerca de lo cual podía hablar como si leyera un libro; porque desde hacía mucho había preparado la sentencia en contra de mí mismo, y no me resistía ahora a leerla, sin esperar que se me comprendiera. Pero para mi sorpresa ella se quedó callada, y después de un rato me estrechó la mano y me dijo tímidamente:

—¿De veras que ha vivido usted así durante toda su vida?

—¡Toda la vida, Nástenka! —respondí—. ¡Toda la vida, y me parece que también la acabaré del mismo modo!

—¡No, eso no puede ser! —dijo ella, inquieta—. Eso no sucederá; del mismo modo tampoco yo puedo pasarme la vida entera junto a mi abuela. ¡Escuche! ¿Sabe usted que no está bien vivir de ese modo?

—¡Lo sé, Nástenka! ¡Lo sé! —exclamé sin poder contener mi emoción—. ¡Ahora más que nunca sé que he malgastado los mejores años de mi vida! ¡Ahora lo sé, y eso me causa más dolor, porque Dios mismo me ha enviado a usted, a mi bondadoso ángel, para decirme esto y demostrármelo! Ahora que estoy sentado junto a usted y le hablo, hasta me da miedo pensar en el futuro, porque en el futuro... de nuevo me espera la soledad, de nuevo esa vida rancia e inútil. Y ¿con qué podría soñar cuando ya he sido tan feliz en la vida real junto a usted? ¡Que Dios la bendiga, querida muchacha, porque no me rechazó desde el primer momento, y porque ya puedo decir que he vivido dos noches en mi vida!

—¡Oh, no, no! —exclamó Nástenka, y unas lagrimillas brillaron en sus ojos—. ¡Eso ya no sucederá! ¡No nos separaremos de ese modo! ¿Qué es eso de dos noches?

Respondí.

"¡Oh, Nástenka, Nástenka! ¿Sabe para cuánto tiempo me ha reconciliado conmigo mismo? ¿Sabe que ahora ya no pensaré tan mal de mí mismo como lo he hecho otras veces? ¿Sabe que posiblemente ya no me entristeceré por haber cometido un crimen o un pecado en mi vida, porque esta vida es un delito y un pecado? ¡Y no piense que le estoy exagerando, por el amor de Dios, no lo piense, Nástenka, porque a veces me sobrevienen momentos de tanta, tanta melancolía...! Porque entonces me parece que ya no seré capaz de empezar a vivir de otro modo; porque me parece que he perdido todo el tacto y la intuición en lo real, en lo tangible; porque finalmente lancé maldiciones contra mí mismo; porque a mis noches de fantasía les sobrevienen momentos de desembriagamiento, que son horribles.

Y mientras tanto oyes cómo a tu alrededor, en un torbellino vital, la muchedumbre humana da vueltas estruendosamente; oyes y ves cómo vive la gente (que vive de verdad), y ves que la vida para ellos no está hecha por encargo, que su vida no se esfumará como un sueño o una visión; que su vida, siempre joven, se renueva continuamente, y ni una sola de sus horas se parece a otra, que lo que resulta aburrido y monótono hasta el extremo es la asustadiza fantasía, sierva de la sombra, de la idea; sierva de la primera nube que repentinamente ha tapado el sol y estruja en la melancolía el verdadero corazón petersburgués, que tanto aprecia su sol.

Y ¿qué fantasía puede haber en la tristeza? Sientes que ella finalmente se cansa, se agota en su continua tensión, porque uno finalmente madura dejando atrás sus ideales de antes, que se esfuman como el polvo y se rompen en pedazos; y si no hay otra vida, es preciso construirla con esos mismos pedazos.

¡Mientras tanto el alma ansía y te pide algo diferente! ¡Y en vano escarba el soñador entre sus viejas fantasías, como si fueran ceniza en la que busca algún rescoldo para reavivar el fuego y calentar su frío corazón, haciendo resurgir de nuevo en él todo cuanto ha sido tan querido, cuanto arrebataba el alma, cuanto le hacía hervir la sangre, arrancando lágrimas y cautivando sutilmente! ¿Sabe a lo que he llegado, Nástenka? ¿Sabe que hasta me siento obligado a celebrar el aniversario de mis sensaciones, el aniversario de aquello que antes me resultaba tan querido?; algo que en realidad nunca existió (porque ese aniversario se celebra conforme a aquellos sueños absurdos e incorpóreos), y esos sueños absurdos ni siquiera existen y no hay por qué sobrevivirlos: porque también los sueños se sobreviven. ¿Sabe que ahora, en una fecha determinada, me gusta recordar y visitar aquellos lugares donde algún día fui feliz a mi manera? ¿Sabe que me gusta construir lo presente conforme a lo que se fue sin retorno, y a menudo deambulo por las callejuelas y avenidas petersburguesas como una sombra triste y afligida, sin finalidad ni necesidad alguna?

Y ¡qué recuerdos! Me viene a la memoria, por ejemplo, que justo en ese lugar, hace un año, a la misma hora, caminé por esa acera igual de solitario que ahora. Recuerdo que también entonces las ideas eran tristes y, aunque no estuviera mejor, parece que de alguna manera resultaba más fácil vivir, y que no te atormentaba esa idea oscura que ahora no te abandona; que no tenías esos remordimientos de conciencia; remordimientos oscuros, lúgubres, que ahora no te dejan en paz ni de día ni de noche.

Y te preguntas: ¿dónde están tus sueños? Y sacudes la cabeza diciendo: ¡cómo pasan los años! Y de nuevo te preguntas: ¿qué has hecho con tus años?, ¿dónde has enterrado tus mejores años? ¿Has vivido o no? ¡Mira!, te dices a ti mismo. ¡Qué frío se llega a sentir en esta vida! Pasarán los años y vendrá la lúgubre soledad, y después, junto al bastón, la trémula vejez y, detrás de ella, la tristeza y la melancolía. Palidecerá tu mundo fantástico, se petrificarán y ahogarán tus sueños, y caerán cual hojas amarillentas de los árboles... ¡Oh, Nástenka, será triste quedarse solo, completamente solo sin tener nada que lamentar! Nada, absolutamente nada... ¡porque todo cuanto has perdido, todo eso no ha sido nada, porque el absurdo y aberrante cero no ha sido más que un sueño!

—¡Bueno, no me haga ponerme más triste! —dijo Nástenka, secándose una lagrimilla que salía de sus ojos—. ¡Ahora ya ha terminado! Ahora estaremos los dos juntos; me pase lo que me pase, no nos separaremos jamás. Escuche. Soy una muchacha sencilla, he estudiado poco, aunque la abuela pagaba a un profesor para darme clases. Pero, a decir verdad, yo le entiendo, porque todo cuanto usted me acaba de contar también lo he vivido yo cuando la abuela me cosió con imperdibles a su vestido. Yo no lo habría podido contar tan bien como usted, porque no he estudiado—repitió tímidamente, expresando todavía admiración y respeto por mi discurso patético y mi elevado estilo—; pero estoy muy contenta de que haya confiado en mí. Ahora yo le conozco bien, le conozco a fondo. Y ¿sabe una cosa? Me gustaría contarle también mi historia, toda íntegra, sin ocultar nada, y después de ello me dará usted un consejo. Es usted una persona muy inteligente, ¿me da su palabra de que me dará ese consejo?

—¡Oh, Nástenka! —respondí—. Aunque antes jamás había sido consejero, y menos aún consejero inteligente, me parece sensato lo que usted me propone. Bueno, mi querida Nástenka, ¿de qué consejo se trata? Dígamelo abiertamente. Ahora me siento tan contento y feliz, tan valiente y ocurrente, que no será necesario recurrir a trucos para responder con palabras precisas.

—¡No, no! —interrumpió Nástenka echándose a reír—, no me hace falta un consejo inteligente, sino uno que salga del corazón, fraternal, como si me quisiera usted hace ya un siglo.

—¡De acuerdo, Nástenka! ¡De acuerdo! —dije entusiasmado—. ¡Si yo la quisiera veinte años, a pesar de ello no la querría más de lo que la quiero ahora!

—¡Deme su mano! —dijo Nástenka.

—¡Aquí está! —le respondí yo, dándole la mano.

—Comencemos mi historia, pues.

La historia de Nástenka

—Ya conoce usted la mitad de la historia, es decir, ya sabe usted que tengo una abuela anciana...

—Y si la segunda mitad es tan corta como ésta... —la interrumpí yo sonriendo.

—Calle y escuche. Antes que nada vamos a poner la condición de no interrumpir, porque de lo contrario me equivocaré. Bueno, pues escuche atentamente:

"Yo tengo una abuela anciana. Vivo con ella desde que era muy pequeña, porque mis padres murieron. Hay que tener en cuenta que antes la abuela vivía mejor, pues hasta hoy recuerda días mejores. Ella fue quien me enseñó francés y después me buscó un profesor particular.

Cuando yo tenía quince años, pues ahora tengo diecisiete, terminaron mis estudios. Y en ese tiempo fue cuando hice algunas travesuras; lo que hice no se lo voy a contar, pero es suficiente con que le diga que no fue nada grave. Entonces una mañana me llamó la abuela y me dijo que, como estaba ciega, no podía vigilarme. Cogió entonces un imperdible y prendió su vestido al mío, diciendo que así es como viviríamos siempre, si yo, claro está, no sentaba la cabeza. En una palabra, al principio no podía apartarme de ella de ninguna de las maneras: tenía que hacerlo todo junto a la abuela: trabajar, leer, estudiar. Una vez se me ocurrió hacer un truco y convencí a Fiokla para que se sentara en mi lugar. Fiokla es nuestra criada y está sorda. Se sentó en mi lugar. Durante ese rato la abuela se quedó dormida en su sillón, y yo me fui a casa de una amiga que no vive lejos. Pero la cosa terminó mal. La abuela se despertó cuando yo no había regresado aún y preguntó algo pensando que yo estaba quieta sentada en mi sitio. Fiokla, al ver que la abuela la preguntaba, y ella que no oía lo que le decía, sin saber qué hacer, desabrochó el imperdible y salió corriendo...".

Llegado este punto Nástenka se calló y se echó a reír. Yo me reí con ella. Pero ella al instante se detuvo.

—Escuche: usted no se ría de la abuela. Yo me río, porque me hace gracia... Pero ¿qué se puede hacer cuando la abuela es así? Pero yo, a pesar de todo, la quiero un poco. Y bien, entonces recibí mi merecido: al instante me sentó nuevamente a su lado sin que ya pudiera moverme ni hacer nada.

"Bueno, se me había olvidado decirle que tenemos, más bien que la abuela tiene, su propia casa, es decir, una casita pequeña, con sólo tres ventanas, de madera y tan vieja como la abuela. Arriba hay un desván; y un día un inquilino nuevo se instaló en nuestro desván...".

—¿Se entiende que era un inquilino mayor? —puntualicé yo de pasada.

—Pues claro —respondió Nástenka—, y sabía estar callado mejor que usted. Aunque a decir verdad apenas hablaba. Era un anciano seco, mudo, ciego y cojo, de manera que finalmente se le hizo imposible vivir en este mundo y murió. Después de aquello tuvimos que instalar a otro inquilino, pues no podíamos vivir sin alquilar. Nuestros únicos ingresos eran la pensión de la abuela y lo que cobrábamos por el alquiler. Y, como si fuera a propósito, el nuevo inquilino era un hombre joven que no era de aquí sino que estaba de paso. Como no regateó, la abuela lo aceptó. Después me preguntó: "¿Qué, Nástenka, es joven nuestro inquilino?".

No quise mentirle y dije: "Bueno, abuela, no es del todo joven, pero tampoco parece viejo".

"Bueno ¿y tiene buen aspecto?", preguntó la abuela.

Tampoco quise mentirle. "Sí, tiene buen aspecto, abuela". Y la abuela me dijo: "¡Ay, qué castigo! Te lo digo, nieta, para que no le mires a la cara. ¡Vaya tiempos que corren! ¡Hay que ver, un inquilino tan insignificante, y tiene que tener buen aspecto! ¡Eso no pasaba en mis tiempos!".

La abuela lo relacionaba todo con sus tiempos. En sus tiempos ella era más joven, el sol calentaba más, las ciruelas no se ponían tan pronto ácidas... y todo lo relacionaba con sus tiempos mozos. Y he aquí que estoy yo sentada y pensando: "¿Por qué la abuela me hace esas preguntas: que si el inquilino tiene buen aspecto, que si es joven?". Pero eso sólo lo pensé un momento y continué sentada contando los puntos y haciendo calceta, olvidándome después de ello por completo.

"Un día por la mañana vino a vernos el nuevo inquilino para recordarnos que habíamos prometido empapelarle la habitación. Una palabra siguió a la otra, y como la abuela es charlatana me dice: "Ve, Nástenka, a mi dormitorio y tráeme las cuentas". Yo me levanté deprisa y sin saber por qué me sonrojé toda, olvidándoseme además que estaba sentada y prendida con un imperdible. En lugar de desabrochar despacito el imperdible para que el inquilino no se percatara, di un tirón tan fuerte que arrastré el sillón de la abuela. Al darme cuenta de que ahora el inquilino lo sabía todo sobre mí, me sonrojé, me quedé clavada en el sitio y de pronto rompí a llorar. ¡Sentí en aquellos momentos tanta vergüenza y amargura que quería morirme! Y la abuela gritó: "¿Qué haces quedándote ahí parada?", y yo lloraba aún más... Al ver el inquilino que estaba abochornada delante de él, hizo una reverencia y se marchó.

"Desde entonces, cuando oía un ruido en el zaguán, me quedaba paralizada. "Ya está", pensaba yo, "ya viene el inquilino", y por si acaso desabrochaba despacito el imperdible. Pero no era él. No venía. Pasaron dos semanas: el inquilino nos envió un recado a través de Fiokla en que decía que tenía muchos libros en francés que eran muy buenos, y que podíamos leerlos. Que si no le gustaría a la abuela que yo se los leyera para no aburrirse. La abuela aceptó agradecida, pero no paró de preguntar si eran libros morales, "en caso de que no lo sean, tú, Nástenka, no debes leerlos pues aprenderías cosas malas".

"—¿Y qué puedo aprender, abuela? ¿Qué es lo que dicen?

"—¡Ah! —me dijo—. Escriben cómo los jóvenes seducen a las muchachas, y bajo el pretexto de casarse con ellas se las llevan de la casa paterna para después abandonar a las pobres muchachas a la voluntad de Dios, que se pierden de la manera más lamentable. Yo —dijo la abuela— he leído muchos de esos libros, y todo está tan maravillosamente expresado que te pasas la noche leyéndolos en silencio. Así que tú —dijo—, Nástenka, ten cuidado, no los leas. ¿Y qué libros ha traído? —preguntó la abuela.

"—Todos son novelas de Walter Scott, abuela.

"—¡Las novelas de Walter Scott! Bueno, ¿y no habrá en ellas algún truco? Mira a ver si no habrá introducido él dentro alguna notita de amor.

"—No, abuela—le dije—, no hay ninguna nota.

"—Mira debajo de la encuadernación. ¡A veces, ellos las introducen allí, entremedias, los muy tunantes...!

"—No abuela. Tampoco hay nada debajo de la encuadernación.

"—Bueno, está bien.

"De modo que nos pusimos a leer a Walter Scott y en cosa de un mes nos leímos casi la mitad de los libros. Después él continuó enviándonos más. Nos mandó la obra de Pushkin, de modo que yo ya no podía vivir sin libros y dejé de pensar en casarme con un príncipe chino.

"Así transcurrían las cosas cuando un día me crucé en la escalera con nuestro inquilino. La abuela me había mandado a hacer un recado. Él se detuvo, yo me sonrojé toda, y él también, pero se echó a reír, me saludó y preguntó por la salud de la abuela, y me dijo:

"Y bien, ¿ha leído usted los libros?". Y yo le respondí: "Los he leído". "¿Y cuál le ha gustado más?". Y yo le dije: "Ivanhoe y Pushkin son los que más me han gustado". Con esto concluyó aquella vez la conversación.

"Al cabo de una semana de nuevo me topé con él en la escalera. En aquella ocasión no iba a hacer ningún recado de la abuela sino que era yo quien necesitaba algo. Eran cerca de las tres y el inquilino volvía a esa hora a casa. "¡Hola!2, me dijo. Y yo le respondí:

"¡Hola!".

"—¿Y qué? —me dijo—, ¿no se aburre usted de estar todo el día sentada junto a la abuela?

"Cuando me preguntó aquello, no sé por qué me ruboricé toda, me avergoncé y me sentí ofendida, seguramente al pensar que ya era un tema que estaba en boca de todos. Estuve a punto de no responderle y marcharme, pero no tuve fuerzas.

"—¡Escuche! —me dijo—, ¡si usted es una buena muchacha! Disculpe que le hable en este tono, pero le aseguro que deseo su bien más que su abuela. ¿No tiene usted ninguna amiga a la que pudiera visitar?

"Le respondí que no tenía ninguna, que tuve una, Máshenka, pero que se había marchado a vivir a Pskov.

"—Escuche —me dijo él—. ¿Quiere venir conmigo al teatro?

"—¿Al teatro? Pero ¿y la abuela?

"—Pues márchese usted despacito de su lado...

"—No —le dije—. No quiero engañar a la abuela. ¡Adiós!

"—Bueno, pues adiós —respondió él, y no dijo más.

"Pero después de la comida vino a vernos. Se sentó y estuvo largo rato hablando con la abuela, preguntando si salía a alguna parte, si tenía conocidos. Y de pronto dijo:

—Pues hoy he sacado un palco para la ópera. Representan El barbero de Sevilla. Unos conocidos querían ir a verlo, pero después desistieron y me he quedado con una entrada en la mano.

"—¡El barbero de Sevilla! —exclamó la abuela—. ¿Y es el mismo Barbero que representaban en mis tiempos?

"—Sí, el mismo —dijo él mirándome—; ¿lo conoce?—yo ya lo había comprendido todo, me sonrojé, y el corazón me saltaba por la espera.

"—¡Cómo no iba a conocerlo! —respondió la abuela—. En mis tiempos yo misma representé el papel de Rosina en un teatro casero.

"—¿Y no querría ir hoy? —dijo el inquilino—. La entrada que tengo se perdería en vano.

"—¡Pues sí, vayamos! —dijo la abuela—. ¿Por qué no habíamos de ir? Pero resulta que mi Nástenka nunca ha estado en el teatro.

"¡Dios mío, qué alegría! Al momento nos pusimos en marcha, nos arreglamos y partimos al teatro. La abuela aunque estuviera ciega deseaba oír música, pero aparte de eso es buena, pues lo que más quería era agradarme a mí, porque por nuestra cuenta nosotras nunca nos habríamos decidido a ir. No le voy a contar la impresión que me causó El barbero de Sevilla, sólo que durante toda la tarde nuestro inquilino me miraba de un modo tan agradable, se dirigía a mí en un tono tan cortés, que enseguida comprendí que por la mañana me pondría a prueba proponiéndome que me fuera sola con él al teatro. ¡Bueno, qué alegría! Me fui a dormir tan orgullosa, tan alegre, y el corazón me latía con tanta fuerza que hasta tuve un poco de fiebre y me pasé la noche delirando con El barbero de Sevilla.

"Yo creí que después de aquello el inquilino vendría a vernos más a menudo, pero no lo hizo. Casi dejó de visitarnos. Como máximo un par de veces al mes y sólo para invitarnos al teatro. Fuimos al teatro dos veces más. Sólo que yo no estaba contenta. Me percaté de que a él simplemente le daba lástima que yo viviera en esas condiciones con la abuela; nada más. Según pasaba el tiempo me di cuenta de que no podía estarme quieta sentada: no leía, tampoco hacía mis labores, a veces me echaba a reír y le hacía alguna travesura a la abuela para hacerla rabiar, y otras, simplemente me echaba a llorar. Finalmente adelgacé y casi caigo enferma. Pasó la temporada de ópera y el inquilino dejó de visitarnos por completo. Cuando nos encontrábamos (siempre en la misma escalera, se entiende), él se inclinaba sin decir nada, todo serio, como si no quisiera hablar, y bajaba después al porche mientras yo seguía aún en mitad de la escalera, colorada como una cereza, porque al cruzarme con él empezaba a subírseme toda la sangre a la cabeza.

"Y ahora ya viene el final. Hace ahora justo un año, en el mes de mayo, vino el inquilino a casa diciendo a la abuela que ya había concluido todas sus gestiones aquí y que debía partir de nuevo a Moscú por un año. En cuanto lo oí, me quedé pálida y como muerta me dejé caer en la silla. La abuela no se percató de nada. Y él, tras decirnos que nos dejaba, se despidió y se marchó.

"¿Qué iba yo a hacer? Le di muchas vueltas, estaba muy triste, hasta que por fin tomé una decisión. Él se marchaba al día siguiente y decidí resolverlo todo por la noche, cuando la abuela se fuera a dormir. Y así pasó. Hice un hatillo y metí todo dentro; todo cuanto tenía de vestidos y ropa, y con él en la mano, ni viva ni muerta, me dirigí al desván donde vivía nuestro inquilino. Creo que tardé una hora en subir la escalera. En cuanto abrí la puerta para entrar en su habitación, él me vio y dio un grito. Debió de pensar que era un fantasma y fue corriendo a ofrecerme agua, porque apenas me tenía en pie. El corazón me latía con fuerza, me dolía la cabeza y estaba mareada. Cuando me recompuse, puse mi hatillo en su cama, me senté junto a él, me tapé la cara con las manos y rompí a llorar desconsoladamente. Él pareció comprenderlo todo al instante, y permanecía delante de mí pálido y mirándome de un modo tan triste que faltaba poco para que me estallara el corazón.

"—Escúcheme —dijo él—. Escúcheme, Nástenka, no puedo hacer nada. Soy pobre y de momento no puedo ofrecer nada, ni siquiera un puesto de trabajo decente. ¿Cómo íbamos a vivir si yo me casara con usted?

"Estuvimos hablando largo rato, pero finalmente yo estallé y le dije que no podía vivir con la abuela, que me escaparía de su lado, que no quería que me cosiera con un imperdible, y que si él quería me iría con él a Moscú, porque no podía vivir sin él. La vergüenza, el amor y el orgullo... todo ello hablaba al mismo tiempo en mi interior, y me faltó poco para caer en la cama y delirar. ¡Temía tanto el rechazo!

"Estuvo un rato sentado en silencio, después se levantó, se acercó a mí y me cogió de la mano.

"—¡Escuche, mi buena y querida Nástenka! —dijo con lágrimas en la voz—. Escuche. Le juro que si en algún momento tengo posibilidades de casarme, inmediatamente formaría usted parte de mi felicidad. Le aseguro que ahora sólo usted puede hacerme feliz. Escuche, yo me voy a Moscú y permaneceré allí justo un año. Espero arreglar mis asuntos. Cuando regrese y si usted sigue queriéndome, le juro que seremos felices. Pero ahora es imposible, no puedo, no tengo derecho a ofrecerle nada. Le juro que, si no es al cabo de un año, algún día se hará realidad; se entiende que en caso de que no prefiera usted a otro, porque no puedo ni me atrevo a pedirle que me dé su palabra.

"Eso fue lo que me dijo, y al día siguiente se marchó. Lógicamente acordamos no decir ni palabra de aquello a la abuela. Así lo quiso él. Y, bueno, ahora ya casi termina mi historia. Pasó justo un año. Él regresó, y ya lleva aquí tres días y...

—Y ¿qué?—exclamé yo impaciente por oír el final.

—¡Hasta ahora no se ha presentado! —respondió Nástenka como si quisiera recobrar fuerzas—. No se sabe nada de él...

Llegado este punto se detuvo, se quedó callada, bajó la cabeza y de pronto, tapándose la cara con las manos, empezó a sollozar de tal modo que mi corazón al oír su llanto dio un vuelco.

No podía imaginarme un desenlace así.

—¡Nástenka! —dije con voz tímida e insinuante—. ¡Nástenka, no llore, por el amor de Dios! ¿Cómo lo sabe usted? Puede que aún no haya venido...

—¡Está aquí! ¡Está aquí! —respondió rápidamente Nástenka—. Yo sé que se encuentra aquí. Habíamos acordado una cosa. Aquella noche, antes de su marcha, cuando nos dijimos todo lo que yo le conté, acordamos salir a dar un paseo por aquí, justamente en este muelle. Eran las diez de la noche. Estuvimos sentados en este banco. Yo ya no lloraba, me deleitaba escuchándole... Me dijo que en cuanto regresara vendría a nuestra casa y, si yo no lo rechazaba, le contaríamos todo a la abuela. ¡Ahora ha regresado, lo sé, pero no viene!

Y de nuevo se echó a llorar.

—¡Dios mío! ¿Acaso no hay forma de ayudarla? —exclamé yo, saltando del banco verdaderamente desesperado—. Dígame, Nástenka, ¿y no podría yo ir a verle...?

—¿Acaso es posible?—dijo ella, levantando de pronto la cabeza.

—¡No! ¡Claro que no!—señalé yo, ocurriéndoseme de repente—. Pero mire, escríbale una carta.

—¡No, de ninguna de las maneras! ¡No lo puedo hacer!—respondió ella decididamente, pero ya con la cabeza gacha y sin mirarme.

—¿Cómo que no puede? ¿Por qué es imposible?—continué yo, aferrándome a mi idea—. Sepa una cosa, Nástenka: que no se trata de una carta cualquiera. Porque hay cartas y cartas y... ¡Oh, Nástenka, es así! ¡Créame! No le voy a dar un consejo absurdo. Todo eso se puede preparar. Si usted ha dado el primer paso, y ahora ya...

—¡No puede ser! ¡No puede ser! Podría parecer que quiero comprometerle...

—¡Oh, mi querida Nástenka! —interrumpí yo, sin ocultar la sonrisa—. ¡Le digo a usted que no! Usted, a decir verdad, está en su derecho porque él le hizo una promesa. Y por lo que veo se trata de una persona delicada, que ha actuado correctamente— continué yo, entusiasmándome cada vez más por la lógica de mis propias conclusiones y mis convencimientos—. ¿Cómo ha actuado él? Dio su palabra de compromiso. Le dijo que en caso de casarse, no lo haría con nadie que no fuera usted y le dio plena libertad para rechazarle en cualquier momento... En un caso así, usted puede dar el primer paso, tiene derecho a hacerlo, lleva ventaja, aunque sólo fuera, por ejemplo, para liberarle del compromiso dado...

—¡Escuche! ¿Cómo la escribiría?

—¿Qué?

—Pues esa carta.

—Yo por ejemplo la escribiría del siguiente modo: "Muy señor mío...".

—¿Y necesariamente ha de ser así? "¿Muy señor mío?".

—¡Necesariamente! Además, qué más da. Yo creo...

—¡Bueno, bueno, continúe!

—"¡Muy señor mío! Disculpe que yo...". ¡Por lo demás, no, no hace falta dar ningún tipo de excusas! El propio hecho lo justifica todo. Diga simplemente: "Me dirijo a usted. Perdone mi impaciencia. Durante todo el año fui feliz esperándole. ¿Acaso ahora soy culpable por no soportar un solo día de duda? Ahora que ha regresado usted, puede que haya cambiado de intención. En tal caso esta carta le demostrará que ni me quejo ni le recrimino. No le culpo porque no soy dueña de su corazón. ¡Mi destino es así! Es usted una persona honesta. No se burle ni se enfade al leer estas impacientes líneas mías. Recuerde que las escribe una pobre joven, que está sola, sin nadie que la pueda orientar ni aconsejar, y que nunca supo dominar su corazón. Pero disculpe que por un instante la duda haya penetrado en mi corazón. No sería usted capaz de ofender ni siquiera mentalmente a la persona que tanto le amó y le ama".

—¡Sí, sí! Así es exactamente como yo lo he pensado —exclamó Nástenka, y la alegría brilló en sus ojos—. ¡Oh! Ha disipado usted mis dudas, Dios mismo le ha enviado a mí. ¡Se lo agradezco! ¡Se lo agradezco!

—¿El qué? ¿Haber sido enviado por Dios? —respondí yo, mirando entusiasmado su rostro lleno de felicidad.

—Sí, aunque sea eso.

—¡Ay, Nástenka! ¡Debemos agradecer a algunas personas el simple hecho de vivir junto a nosotros! ¡Yo le agradezco que nos hayamos encontrado, y que la recordaré todo un siglo!

—Bueno, basta. Y ahora escuche: entonces acordamos que en cuanto él llegara haría saber de su presencia dejándome una carta en casa de unos conocidos míos, gente buena y sencilla, que no saben nada de esto; y en caso de no poder escribirme la carta, porque no siempre se puede contar todo en una carta, entonces el día de su llegada vendría aquí, donde nos citamos, a las diez en punto de la noche. Sé que ya ha llegado; pero ya lleva aquí tres días y no tengo carta suya ni ha venido. Escaparme de la abuela por la mañana me resulta imposible. Entregue mañana usted mismo mi carta a esa buena gente de la que le hablo: ellos se la harán llegar; y en caso de haber respuesta, usted me la traerá a las diez de la noche.

—¡Pero la carta, la carta! Si lo primero que tengo que hacer es escribir la carta. De este modo, quizás todo podría solucionarse pasado mañana.

—¡La carta...! —respondió Nástenka, ligeramente confusa—, ¡la carta...!; pero...

No finalizó la frase. Al principio volvió la cara, se sonrojó como una rosa, y de pronto sentí la carta en mi mano, escrita al parecer ya hacía tiempo, completamente preparada y con el sobre cerrado. ¡Un recuerdo conocido, tierno y simpático, pasó por mi cabeza!

—¡Ro—ro—si—si—na—na! —dije yo.

—¡Rosina! —entonamos los dos, yo casi abrazándola de entusiasmo, y ella sonrojándose hasta más no poder, y riendo entre lágrimas, que como perlas temblaban sobre sus negras pestañas.

—¡Bueno, basta! Ahora, adiós —dijo ella deprisa—. Aquí tiene usted la carta y la dirección donde debe llevarla. ¡Adiós! ¡Hasta la vista! ¡Hasta mañana!

Me apretó con fuerza las dos manos, hizo un ademán con la cabeza y como una flecha desapareció en su callejuela. Permanecí un largo rato en el sitio, acompañándola con la vista.

"¡Hasta mañana! ¡Hasta mañana!", se me pasó por la cabeza cuando hubo desaparecido.

Noche tercera

Hoy ha sido un día triste, lluvioso, sin un rayo de luz, igual que lo será mi vejez. Pensamientos extraños, sensaciones oscuras e interrogaciones poco claras se agolpan en mi cabeza, sin que me encuentre con fuerzas ni ganas para resolverlos. ¡No seré yo quien resuelva todo esto!

Hoy no nos veremos. Ayer, cuando nos estábamos despidiendo, las nubes comenzaron a cubrir el cielo y empezó a levantarse la niebla. Le dije que al día siguiente haría mal tiempo. No me respondió, no quería contrariarse; para ella ese día era claro y luminoso y ninguna nube cubriría su felicidad.

—¡Si llueve no nos veremos! —dijo ella—. No vendré.

Pensé que no se daría cuenta de la lluvia de hoy, pero a pesar de ello no apareció.

Ayer fue nuestro tercer encuentro, nuestra tercera noche blanca...

¡Y hay que ver cómo la alegría y la felicidad hacen que el hombre sea algo maravilloso! ¡Cómo bulle de amor el corazón! Parece que quieres fundir tu corazón con el otro, deseando que todo transcurra de la forma más alegre y que todo sonría. ¡Y qué contagiosa es esa alegría! Ayer en sus palabras había tanta complacencia, tanta bondad suya hacia mi corazón... ¡Cómo me cortejaba, qué tierna se mostraba y cómo alentaba y mimaba mi corazón! ¡Oh, cuánta coquetería encierra la felicidad! Y yo... Yo me lo tomaba todo como un juego limpio; pensaba que ella...

Pero Dios mío, ¿cómo podía pensar yo eso? ¿Cómo podía estar tan ciego cuando todo estaba ya en manos de otro, y nada me pertenecía; cuando, finalmente, incluso la misma ternura, su solicitud, su amor, sí, amor hacia mí, no eran más que la felicidad por la próxima cita con el otro, el deseo de trasladarme también a su felicidad...? Cuando él no apareció y esperábamos en vano, ella frunció el entrecejo y se quedó cohibida y acobardada. Todos sus gestos y palabras ya no eran tan suaves, juguetones y alegres. Y, cosa extraña, se mostró más atenta conmigo, como si instintivamente quisiera verter sobre mí aquello que deseaba y lo que temía si la cosa no se cumpliera. Mi Nástenka se quedó tan apocada y asustada que finalmente parecía creer que yo la amaba y se apiadó de mi pobre amor. Ello sucede cuando somos infelices y sentimos con más fuerza la desgracia de los demás; el sentimiento no se rompe, sino que se concentra...

Acudí al encuentro con el corazón rebosante, haciéndoseme interminable la espera. No presentía lo que iba a experimentar; ni que todo aquello tuviera el desenlace que tuvo. Estaba radiante de felicidad, esperaba una respuesta. Y la respuesta fue ella misma. Él debía venir, llegar corriendo a su llamamiento. Ella llegó una hora antes que yo. Al principio se reía de todo, y sonreía a cada palabra mía. Yo empecé a hablar y me quedé callado.

—¿Sabe por qué estoy tan contenta? —dijo ella—. ¿Por qué estoy tan contenta de verle? ¿Y por qué le quiero tanto hoy?

—¿Y bien? —dije yo con el corazón encogido.

—Le quiero porque no se ha enamorado usted de mí. Porque cualquier otro en su lugar estaría molestándome, dándome la lata, quejándose, haciéndose el enfermo, ¡mientras que usted es tan adorable!

En ese momento apretó tanto mi mano que me faltó poco para lanzar un grito. Se echó a reír.

—¡Dios mío, qué buen amigo es usted! —dijo pasado un minuto, en tono serio—. ¡Si el mismo Dios le ha enviado a mí! Pero ¿qué sería de mí si no estuviera usted ahora conmigo? ¡Qué desinteresado! ¡Cuánto me quiere! Cuando me case mantendremos una gran amistad, más que si fuéramos hermanos. Yo le querré casi tanto como a él...

En aquel instante sentí mucha tristeza y, sin embargo, algo similar a la risa se removió en mi alma.

—Usted tiene un ataque de nervios —dije yo—. Cree que él no vendrá.

—¡Vaya por Dios! —respondió ella—. Si no fuera tan feliz creo que me echaría a llorar por su desconfianza y sus reproches. Por lo demás, usted me dio la idea y me hizo pensar mucho; pero lo pensaré más tarde, y ahora le confieso que tiene usted razón. ¡Sí! No parezco la misma. Estoy completamente a la expectativa y todo me llega con demasiada susceptibilidad. Pero ¡ya es suficiente, dejemos a un lado los sentimientos...!

En ese momento se oyeron unos pasos y en la oscuridad apareció un transeúnte que se dirigía justo hacia nosotros. Los dos nos echamos a temblar, a ella le faltó poco para lanzar un grito. Yo bajé su mano e hice un gesto como si fuera a apartarme. Pero estábamos equivocados: no era él.

—¿De qué tiene miedo? ¿Por qué ha retirado mi mano? —dijo ella, dándomela de nuevo—. ¿Y bien? Lo encontraremos juntos. Yo quiero que vea cuánto nos queremos el uno al otro.

—¡Cómo nos queremos el uno al otro! —exclamé.

"¡Oh, Nástenka, Nástenka!", pensé yo, "¡cuánto has dicho con esas palabras! ¡Un amor como éste, Nástenka, en determinados momentos enfría el corazón y vuelve pesarosa el alma! Tu mano está fría y la mía arde como el fuego. ¡Qué ciega estás, Nástenka...! ¡Oh! ¡Qué insufrible resulta una persona feliz en momentos como éste! Pero no puedo enfadarme contigo...".

Finalmente sentí que mi corazón estallaba.

—¡Escuche, Nástenka! —exclamé—. ¿Sabe cómo me he sentido durante todo el día?

—¿Qué? ¿Qué es lo que le ha sucedido? ¡Cuéntemelo deprisa! ¿Por qué ha estado todo este rato callado?

—En primer lugar, Nástenka, hice todos sus recados, entregué la carta, estuve en casa de sus conocidos; después... me fui a casa y me eché a dormir.

—¿Sólo eso? —interrumpió ella echándose a reír.

—Sí, casi nada más —respondí con esfuerzo, porque unas absurdas lagrimillas empezaron a aflorar en mis ojos—. Me desperté una hora antes de la cita, con la impresión de no haber dormido. No sé qué me sucedió. Venía para contarle todo esto, como si el tiempo se hubiera detenido para mí, como si sólo una sensación, un sentimiento, desde este momento debiera quedarse para siempre dentro de mí, como si un minuto debiera continuar toda la eternidad y toda mi vida se hubiera detenido... Cuando desperté, creí que una dulce melodía que había oído en algún lugar volvía a aflorar en mi memoria. Tenía la impresión de que durante toda la vida había estado queriendo salir de mi alma y sólo ahora...

—¡Ay, Dios mío, Dios mío! —interrumpió Nástenka—. ¿Cómo es que ha sucedido esto? No entiendo nada.

—¡Ay, Nástenka! Me gustaría, de algún modo, transmitirle esa extraña sensación... —dije yo con voz lastimera, en la que aún remotamente latía la esperanza.

—¡Basta, basta, no siga! —dijo ella. ¡Y al instante se dio cuenta, la muy tunanta!

De pronto se puso muy habladora, alegre y traviesa.

Me cogía del brazo, sonreía, invitándome también a reír, y cada tímida palabra mía se reflejaba en ella en forma de una sonora y prolongada risa... Empecé a enojarme y ella de pronto se puso a coquetear.

—Escuche —dijo ella—, me sienta mal que no se haya enamorado usted de mí. Después de esto, ¿quién entiende a los hombres? Pero a pesar de todo, caballero inflexible, no podrá usted dejar de alabarme por lo sencilla que soy. Yo le cuento absolutamente todo, hasta las tonterías que se me pasan por la cabeza.

—¡Escuche! ¡Parece que han dado las once! —dije yo, cuando se oyeron las campanadas de una lejana torre de la ciudad. De pronto Nástenka se detuvo, dejó de sonreír y se puso a contar.

—Sí, son las once —dijo finalmente con voz tímida e indecisa.

Al instante me quedé compungido por haberla asustado haciéndole contar las horas y me maldije por mi ataque de rabia. Me producía lástima y no sabía cómo redimir mi pecado. Me puse a tranquilizarla y a buscar razones que justificaran su ausencia, a esgrimir argumentos y pruebas. Nadie era más fácil de engañar entonces que ella, y además en momentos así todos escuchamos con alegría una palabra de consuelo, y nos sentimos felices con sólo una sombra de justificación.

—Pero ¡si esto es ridículo! —dije yo, acalorándome cada vez más y satisfecho por la claridad de mis pruebas—. Si no podía venir. También a mí me ha engañado y engatusado usted, Nástenka, haciéndome incluso perder la noción del tiempo... Dese cuenta de que apenas le dio tiempo a recibir la carta; supongamos que no pudiera venir, supongamos que piensa contestar, en cuyo caso la carta no llegaría hasta mañana.

Mañana en cuanto amanezca iré a recogerla y le haré saber lo que sea. Suponga, finalmente, miles de posibilidades: como, por ejemplo, que no estuviera en casa cuando llegara la carta, y puede que no la haya leído hasta ahora. Todo es posible.

—¡Sí, sí! —respondió Nástenka—, ni siquiera lo pensé: claro que todo es posible—dijo con voz complaciente en la que en forma de disonancia dolorosa se percibía otra idea lejana—. Ya sé lo que tiene que hacer usted mañana —dijo—. Vaya lo más temprano posible y si hay algo me lo dice enseguida. Porque usted sabe dónde vivo—y de nuevo empezó a repetirme la dirección de su casa.

Después, de pronto se puso muy tierna y tímida conmigo... Parecía escuchar atentamente lo que le decía; pero cuando me dirigí a ella con una pregunta, se quedó confusa y en silencio giró la cabeza. La miré a los ojos, y efectivamente: estaba llorando.

—Pero ¿es posible? Pero ¡qué niña es! ¡Qué infantil...! ¡Vamos, basta!

Intentó sonreír y tranquilizarse, pero le temblaba la barbilla y le palpitaba el pecho.

—Estoy pensando en usted —dijo tras un minuto de silencio—. Es usted tan bondadoso, que tendría que ser de piedra para no sentirlo. ¿Sabe lo que me ha venido ahora a la cabeza? Los he comparado a los dos. ¿Por qué él, y no usted? ¿Por qué él no es como usted? Él no es tan bueno como usted, aunque yo le quiera más.

No respondí nada. Parecía que Nástenka estaba esperando que yo dijera algo.

—Claro que puede que no lo comprenda bien todavía, no lo conozco bien. ¿Sabe una cosa? Siempre he tenido la sensación de tenerle respeto. Siempre se ha mostrado tan serio, tan orgulloso. Cierto que ésa es la impresión que da, y que su corazón es más tierno que el mío... Recuerdo cómo me miraba cuando me dirigí a él con mi hatillo; pero a pesar de todo le respeto demasiado, como si no estuviéramos en pie de igualdad.

—¡No, Nástenka! ¡No! —respondí yo—, ¡eso quiere decir que le ama usted más que a nada en el mundo, incluso más que a sí misma!

—Sí, supongamos que así sea —respondió ingenuamente ella—, pero ¿sabe lo que se me ha pasado ahora por la cabeza? Sólo que no voy a hablar de él, sino en general. Ya lo pensé hace tiempo. Escuche, ¿por qué no nos tratamos fraternalmente los unos a los otros? ¿Por qué hasta el hombre más bondadoso parece siempre disimular y callar en presencia de otro? ¿Por qué no se puede expresar en el momento lo que tienes en el corazón, sabiendo que tus palabras no se las llevará el viento? Porque todo el mundo se cree más severo de lo que realmente es, como si temiera ofender con sus sentimientos si los muestra demasiado deprisa...

—¡Ay, Nástenka!, es cierto lo que dice. Pero sucede a menudo —interrumpí yo, conteniendo en aquellos momentos mis sentimientos más que nunca.

—¡No, no! —respondió ella con gran pesar—. Usted, por ejemplo, no es como los demás. Yo, a decir verdad, no sabría expresar lo que siento. Me parece que, por ejemplo, usted... aunque sólo fuera ahora... creo que se sacrifica por mí —añadió ella tímidamente y mirándome de soslayo—. Usted... y disculpe si le hablo de este modo: soy una muchacha sencilla. He visto poco en esta vida y la verdad es que a veces no sé ni hablar —dijo con una voz temblorosa que parecía ocultar algún sentimiento y procuraba a su vez sonreír—, pero me gustaría expresarle que le estoy agradecida y que también siento todo esto... ¡Oh! ¡Que Dios se lo pague haciéndole feliz! Porque lo que usted me describió con su soñador no es en absoluto cierto, o sea, quiero decir, que en absoluto le corresponde a usted. Usted se está reponiendo, realmente no es la misma persona que describió. Si algún día se enamora, ¡que Dios le haga feliz junto a ella! A ella no le deseo nada, porque ya será feliz con usted. Lo sé, yo soy una mujer, y debe creer lo que digo...

Se quedó callada y me apretó fuertemente la mano. De la agitación que tenía no podía hablar. Pasaron varios minutos.

—Sí, por lo que se ve, hoy no vendrá —dijo finalmente levantando la cabeza—. ¡Es muy tarde...!

—Vendrá mañana —dije yo en un tono convincente y severo.

—Sí —añadió ella, alegrándose—. Yo misma veo ahora que vendrá mañana. ¡Entonces hasta mañana, pues! ¡Hasta mañana! Si llueve, posiblemente no vendré. Pero pasado mañana vendré, lo haré sin falta, ocurra lo que ocurra. Esté aquí, pase lo que pase. Deseo verle y contarle todo.

Y después, cuando nos estábamos despidiendo, me dio su mano y me dijo en tono claro y mirándome a los ojos:

—Porque desde ahora siempre estaremos juntos, ¿no es así? ¡Oh, Nástenka, Nástenka! ¡Si supieras qué solo me siento ahora!

Cuando dieron las nueve de la noche, no pude permanecer más tiempo en la habitación, me vestí y salí sin reparar en el desapacible tiempo que hacía. Estuve sentado allí, en nuestro banco. Ya me había dirigido a su callejuela, pero me sentí incómodo y me di la vuelta sin mirar sus ventanas y a dos pasos de su casa. Regresé a casa tan triste como no lo estaba desde hacía tiempo. ¡Qué tiempo más malo, húmedo y aburrido! Si hiciera bueno, me estaría paseando toda la noche...

Pero ¡hasta mañana! Mañana ella me lo contará todo.

Sin embargo, hoy no ha habido carta. Por lo demás, así es como debía ser. Ya estarán juntos...

Noche cuarta

¡Dios mío, cómo ha terminado todo esto!

¡Qué fin ha tenido!

Llegué a las nueve de la noche. Ella ya estaba allí. La vi desde lejos. Estaba de pie como la primera vez, apoyada en la barandilla del muelle y sin darse cuenta de que me acercaba.

—¡Nástenka! —le dije, sobreponiéndome y superando la agitación.

Ella se dio rápidamente la vuelta.

—¡Venga! —dijo ella—. ¡Venga, más rápido! Yo la miraba asombrado.

—Pero ¿dónde está la carta? ¿Trajo usted la carta? —repitió ella, agarrándose con la mano a la barandilla.

—No, yo no tengo la carta —dije finalmente—. Pero ¿es que él no ha venido?

Ella palideció terriblemente, y permaneció un largo rato mirándome inmóvil. Yo había destruido su última esperanza.

—¡Allá él! —dijo finalmente con voz entrecortada—. ¡Allá él si ha decidido dejarme así!

Bajó los ojos; después hizo un gesto para mirarme, pero no pudo. Todavía durante unos minutos estuvo haciendo el esfuerzo de sobreponerse a su agitación, pero de pronto se dio la vuelta, se apoyó en la balaustrada del muelle y se echó a llorar.

—¡Basta, basta! —empecé a decirle yo, sin que me quedaran fuerzas para continuar; además ¿qué podía decirle?

—No me tranquilice —me decía ella llorando—. No me hable de él, ni me diga que va a venir, ni que no me ha abandonado de un modo tan cruel e inhumano. ¿Por qué, por qué? ¿Acaso había algo en mi carta, en mi infeliz carta?

En ese momento sus sollozos interrumpieron su voz. Me dolía el corazón de verla.

—¡Oh, qué inhumano y cruel es esto! —dijo de nuevo—. ¡Y ni una sola línea! ¡Ni una línea! Podía haber respondido que no le hacía falta alguna, que me rechaza, pero no escribir ni una sola línea a lo largo de tres días enteros... ¡Qué fácil le resulta insultar y ofender a una pobre e indefensa muchacha culpable únicamente de amarle! ¡Oh, cuánto he llegado a soportar durante estos tres días! ¡Dios mío! Cuando recuerdo que fui yo quien acudió a verle la primera vez, que me humillé ante él, lloré y supliqué una gota de amor... ¡Y después de eso...! Escuche —dijo dirigiéndose a mí, y sus negros ojos brillaron—. ¡Si no es así! ¡No puede ser así! ¡No es natural! O usted o yo estamos equivocados. ¿Es posible que no haya recibido la carta? ¿Puede que hasta hoy no sepa nada? ¿Cómo es posible? Júzguelo usted mismo, dígame, por el amor de Dios, explíqueme, porque no consigo entenderlo, ¿cómo es posible actuar de un modo tan bárbaro como ha hecho él conmigo? ¡Ni una sola palabra! ¡Si hasta con las peores personas se porta la gente con más compasión! ¿Es posible que él haya oído algo? ¿Que alguien le haya dicho algo sobre mí? —exclamó ella dirigiéndose a mí   . ¿Qué piensa usted?

—Escuche, Nástenka, mañana iré a verle de su parte.

—¿Y bien?

—Le preguntaré todo, y le contaré todo.

—¿Y qué más?, ¿qué más?

—Usted escriba una carta. ¡No diga que no, Nástenka! ¡No diga que no! Yo haré que vea digno su proceder, él lo sabrá todo, y si...

—¡No, amigo mío! ¡No! —interrumpió ella—. ¡Ya está bien! ¡No recibirá de mí ni una palabra, ni una línea! ¡Es suficiente! ¡No le conozco, ya no le quiero y le ol—vi—da—ré...!

No terminó la frase.

—¡Tranquilícese, tranquilícese! Siéntese aquí, Nástenka —dije yo indicándole el banco.

—Estoy tranquila. ¡Está bien! ¡No es nada! ¡Sólo son unas lágrimas! ¡Ya se me secarán! ¿Cree usted que me voy a suicidar? ¿Que me voy a tirar al agua...?

Mi corazón estallaba de emoción. Quise empezar a hablar, pero no pude.

—¡Escuche! —continuó ella, cogiéndome la mano—. Dígame: usted no actuaría así, ¿verdad? ¿Abandonaría a una muchacha que vino donde usted por su propio pie? No se burlaría cruelmente de ella por tener un corazón tan débil y absurdo. ¿Usted la protegería? ¡Usted sabría que estaba sola, que no podía mirar por sí misma, que no supo actuar de otro modo respecto al amor que sentía por usted! ¡Sabría que no era culpable, que finalmente no tenía la culpa... que no había hecho nada...! ¡Oh, Dios mío, Dios mío...!

—¡Nástenka! —exclamé yo finalmente, sin poder sobreponerme a la agitación—. ¡Me está usted martirizando! ¡Me está destrozando el corazón, me está matando! ¡No puedo callar! ¡Tengo que hablar y expresar lo que bulle aquí, en mi corazón...!

Al decirlo, me levanté del banco. Ella me cogió de la mano y me miró asombrada.

—¿Qué le ocurre? —dijo finalmente.

—¡Escuche! —dije yo en tono decidido—. Escúcheme, Nástenka. ¡Lo que voy a decirle ahora es absurdo, son ilusiones vanas y una estupidez! Sé que eso nunca se podrá realizar, pero no puedo callar más. ¡Le pido anticipadamente disculpas por lo que está sufriendo ahora...!

—¿De qué se trata?, ¿qué es? —dijo ella dejando de llorar y mirándome fijamente con una extraña curiosidad brillando en sus sorprendidos ojos—. ¿Qué le ocurre?

—Es una quimera, pero yo la amo, Nástenka. ¡Eso es! Bueno, ya lo sabe usted todo —dije gesticulando con la mano—. Ahora usted misma juzgará si puede hablar conmigo como hasta este momento, y si finalmente escuchará lo que le vaya a decir...

—Bueno, ¿y qué? —interrumpió Nástenka—. ¿Qué hay de nuevo en eso? Ya sabía desde hacía tiempo que usted me amaba, sólo que creía que me quería así, sencillamente... ¡Ay, Dios mío! ¡Dios mío!

—Al principio todo era muy sencillo, Nástenka, mientras que ahora, ahora... me siento igual que usted cuando se dirigió donde él con su hatillo de ropa. Peor de lo que se sentía usted, porque entonces él no quería a nadie, mientras que ahora usted quiere a otro...

—Pero ¿qué me está diciendo? Ahora no le comprendo en absoluto. Pero escuche, ¿por qué todo esto?; o mejor dicho, ¿por qué me dice esto, y así de repente...? ¡Dios mío! ¡Estoy diciendo tonterías! Pero usted...

Y Nástenka se quedó completamente turbada. Sus mejillas se encendieron y bajó la mirada.

—¿Qué puedo hacer, Nástenka? ¿Qué puedo hacer? Soy culpable, y he abusado... Pero no, yo no tengo la culpa, Nástenka, soy consciente de esto y lo siento, pues mi corazón me dice que tengo razón, y que en absoluto puedo ofenderla ni agraviarla. Fui su amigo; bueno, y también lo soy ahora, no he cambiado en nada. Mire cómo me corren las lágrimas, Nástenka. Allá ellas, que corran... no molestan a nadie. Ya se secarán...

—Pero ¡siéntese, siéntese! —dijo ella, haciéndome sentar en el banco—. ¡Ay, Dios mío!

—¡No, Nástenka! No me voy a sentar. Ya no puedo estar aquí más tiempo, usted no me verá ya más. Lo diré todo y me marcharé. Sólo quiero decirle que usted jamás se habría enterado de que yo la amaba. Yo habría guardado mi secreto. Y no la estaría martirizando en estos momentos con mi egoísmo. ¡No! Pero no he podido soportarlo ya. Usted misma empezó a hablar de ello, usted tiene la culpa... tiene toda la culpa, y no yo. No puede alejarme de su lado...

—Pero ¡no! ¡Yo no le echo de mi lado! —dijo Nástenka, ocultando la pobre como podía su turbación.

—¿No me aleja de su lado? ¿No? Yo mismo quería irme. Y me marcharé, sólo que antes le contaré todo, porque cuando me hablaba yo no podía permanecer indiferente al verla llorar y martirizarse porque, bueno, porque... (lo diré, Nástenka), porque la rechazaban, rechazaban su amor, y yo sentía que en mi corazón ¡hay tanto amor para usted, Nástenka! ¡Tanto...! Y he estado tan triste por no poderla ayudar en ese amor... que el corazón se me rompía, y no podía callar porque tenía que hablar, Nástenka. ¡He tenido que hablar...!

—¡Sí, sí, dígamelo!... hábleme así —dijo Nástenka con un gesto delicado—. A lo mejor le extraña que le hable así, pero... hable. ¡Ya le diré más tarde! ¡Le contaré todo!

—Usted siente lástima de mí, Nástenka. Sencillamente siente lástima de mí, amiga mía. Lo que se ha perdido, perdido está, y lo que se ha dicho ya no vuelve atrás. ¿No es así? Bueno, ahora ya lo sabe usted todo. Esto es un punto de apoyo. ¡Todo está bien ahora! Pero escuche. Cuando usted estaba ahí sentada y llorando, yo pensaba para mis adentros (¡oh, déjeme decir lo que pensaba!), pensaba que usted... bueno, que de alguna manera absolutamente indirecta ya no le quería. Entonces, yo ya pensaba esto, Nástenka, ayer y anteayer... entonces yo haría todo lo posible para que usted me quisiera: si usted misma dijo que ya casi me quería. Y ahora ¿qué más? Bueno, esto es casi todo lo que quería decir; sólo queda preguntar: ¿qué es lo que ocurriría si se enamorara usted de mí? Sólo quería decir eso, nada más. Escúcheme, amiga mía, porque a pesar de todo sigue siendo mi amiga, y yo, claro está, soy un hombre sencillo, pobre e insignificante, sólo que no se trata de eso (parece que no estoy hablando de lo que debo, pero es por lo confuso que estoy, Nástenka)... Yo la amaría tanto, que si usted le siguiera queriendo a él y continuara amando al que yo no conozco, a pesar de todo no se percataría del peso de mi amor. Usted únicamente oiría y sentiría que junto a usted late un corazón noble y apasionado, que para usted... ¡Oh, Nástenka! ¿Qué ha hecho usted conmigo?

—¡No llore! ¡No quiero que llore usted! —dijo Nástenka, levantándose rápidamente del banco—. ¡Vamos, levántese, levántese! ¡Venga conmigo, no llore, no llore! —dijo, limpiándome las lágrimas con su pañuelo—. Bueno, ahora vámonos. Puede que le diga algo... Si él ahora me ha abandonado porque ya me olvidó, y aunque todavía le ame (pues no quiero engañarle...), pero escúcheme y responda. Por ejemplo, en el caso de que yo le tomara cariño a usted, es decir, sólo si... ¡Oh, amigo mío! ¡Ahora me doy cuenta de cómo le ofendí entonces, cuando me reí de su amor! ¡Cuando le elogiaba por no haberse enamorado de mí...! ¡Oh, Dios mío! Pero ¡cómo pude yo no darme cuenta! ¿Cómo pudo pasárseme? ¡Qué estúpida fui! Pero... bueno, he tomado la decisión de decirlo todo...

—Escúcheme, Nástenka, ¿sabe una cosa? Yo me alejaré de usted. ¡Eso es! Porque de este modo sólo la estoy martirizando. Porque ahora le remuerde la conciencia por haberse reído de mí, pero yo no quiero, no quiero, que junto a la pena que siente... ¡Claro que yo tengo la culpa, Nástenka! Pero ¡adiós!

—Espere, escúcheme: ¿puede esperar?

—¿Esperar qué? ¿Cómo?

—Yo le quiero a él, pero eso pasará, debe pasar, no puede no pasar. Ya se está pasando, lo siento... Tal vez termine hoy mismo, porque le odio, porque se rió de mí, cuando usted lloraba a mi lado, porque usted no me habría rechazado como él, porque me quiere, mientras que él no, y porque en suma yo misma le quiero a usted. ¡Sí, le quiero! Le quiero como usted me quiere a mí. Si yo misma le dije eso antes, usted mismo lo escuchó... le quiero porque es usted mejor que él, porque es más noble que él, porque, porque, él...

La emoción de la pobre era tal, que no pudo terminar la frase; apoyó su cabeza en mi hombro, después en mi pecho, y rompió a llorar amargamente. Yo la tranquilizaba, la calmaba, pero ella no cesaba de llorar. No hacía más que apretarme la mano y decir entre sollozos: "¡Espere, espere! ¡Ya se me pasa! ¡Quiero hablarle... no piense que estas lágrimas... son debilidad, espere a que se me pase...!». Por fin cesó de llorar, se secó los ojos y de nuevo nos pusimos a andar. Yo quería hablar, pero ella estuvo un largo rato rogándome que me esperara. Nos quedamos en silencio... Finalmente se recompuso y se puso a hablar...

—Mire —dijo Nástenka con voz débil y temblorosa, en la que de pronto sonó una nota que me llegó directamente al corazón gimiendo dulcemente—: no piense que soy tan inestable y voluble. No crea que puedo olvidarme y cambiar tan rápidamente y tan a la ligera... Le he amado a él durante todo el año, y por Dios juro que jamás, jamás, le fui infiel siquiera en el pensamiento. Él ha despreciado esto. Se ha reído de mí... allá él. Pero me ha herido y ha ofendido mi corazón. Yo, yo no le quiero, porque sólo puedo amar al que es generoso, al que me entiende y es noble, pues yo misma soy así y él no se merece a alguien como yo. Bueno, ¡allá él! Es mejor que haya actuado así, que yo me desengañara de él esperanzada, y que me enterara después de cómo es realmente... ¡Bueno, ya se acabó! Pero ¿quién sabe, amigo mío? —continuó ella, apretándome la mano—, ¿quién sabe? Es posible que todo mi amor fuera un engaño de los sentimientos, una imaginación. Es posible que haya comenzado como una travesura, absurdamente, por encontrarme bajo la vigilancia de la abuela. Quizás debiera amar a otro y no a él, a otra persona que se apiadara de mí, y, y... Pero dejemos, dejemos eso —se interrumpió Nástenka ahogándose de agitación—. Yo sólo quería decirle... quería decirle que si a pesar de que le quiero a él (no, mejor dicho, de que le quería), si a pesar de ello, dice usted todavía... si siente que su amor es tan grande que puede reemplazar finalmente en mi corazón al otro... si desea apiadarse de mí, si no quiere dejarme a solas con mi destino, desconsolada y desesperanzada, si quiere amarme siempre, tal y como lo está haciendo ahora, entonces le juro que el agradecimiento... que mi amor será finalmente digno del suyo. ¿Me cogerá usted ahora de la mano?

—¡Nástenka! —exclamé yo, ahogándome en sollozos—. ¡Nástenka...! ¡Oh, Nástenka!

—Bueno, ¡basta, basta! ¡De veras! —dijo sin poder apenas sobreponerse—. Ahora ya está dicho todo. ¿No es verdad? ¿No es así? Usted es feliz y yo también. Ni una palabra más de ello. ¡Espere, compadézcase de mí...! ¡Hable de otra cosa, por el amor de Dios...!

—¡Sí, Nástenka, sí! Bueno, dejémoslo, ahora soy feliz; yo... Hablemos de otra cosa. Cambiemos de tema, vamos. ¡Sí! Estoy dispuesto...

Y, sin saber de qué hablar, nos pusimos a reír, a llorar, a decir mil palabras sin sentido y que no venían a cuento. Tan pronto caminábamos por la acera como retrocedíamos y cruzábamos la calle. Después nos parábamos y de nuevo cruzábamos el muelle. Parecíamos unos críos...

—Ahora, Nástenka, estoy viviendo solo— dije yo—. Y mañana...
Nástenka, usted sabrá que soy pobre, y que todo mi capital asciende a
mil doscientos rublos, pero no importa...

—Por supuesto que no; pero la abuela tiene una pensión y no será
una carga. Tendríamos que llevarnos a la abuela.

—Claro que nos llevaremos a la abuela... sólo que también está
Matriona... ¡Ay, si usted también tiene a Fiokla! Matriona es bondadosa,
sólo que tiene un defecto: carece absolutamente de imaginación,
Nástenka. Pero ¡eso no importa...!

—Da lo mismo. Ellas pueden estar juntas.

Entonces, múdese a nuestra casa.

—¿Cómo es eso? ¿Donde usted? Está bien, estoy dispuesto...

—Sí, como inquilino. Arriba tenemos una buhardilla; está vacía.
Teníamos una inquilina, una anciana de familia noble, pero se mudó, y
sé que la abuela quiere alquilárselo a algún joven. Y yo le pregunto:

"¿Y por qué a un joven?". Y ella me responde: "Pues porque yo ya
estoy vieja; pero no te pienses, Nástenka, que quiero casarte con él". Y
me percaté de que precisamente de eso se trataba...

—¡Ay, Nástenka...!

Y los dos nos echamos a reír.

—¡Ya basta! ¿Y dónde vive usted? Se me ha olvidado.

—Allí, cerca del puente, en la casa de Barannikov.

—¿Esa casa que es tan grande?

—Sí, esa casa tan grande.

—¡Ay, la conozco, es una buena casa! Es sólo que... ¿sabe una cosa?
Déjela y múdese a vivir con nosotras cuanto antes...

—Mañana mismo, Nástenka, mañana mismo. Debo algo por el
alquiler, pero no importa... Pronto cobraré...

—¿Sabe? A lo mejor me pongo a dar clases.

Me prepararé y me pondré a dar clases...

—¡Estupendo...! Y a mí me ascenderán pronto, Nástenka...

—De modo que mañana será usted mi inquilino...

—Sí, e iremos a ver El barbero de Sevilla, porque pronto lo volverán
a representar otra vez.

—Sí, iremos —dijo sonriendo Nástenka—. No, mejor sería que
fuéramos a oír otra cosa y no El barbero...

—Bueno, está bien, otra cosa. Claro, mejor será, no me había dado
cuenta...

Mientras hablábamos, los dos caminábamos como si estuviéramos embriagados, como si no supiéramos lo que nos sucedía. Tan pronto nos deteníamos y nos quedábamos un largo rato hablando en el mismo lugar, como de pronto nuevamente arrancábamos a andar para llegar Dios sabe dónde, para otra vez más echarnos a reír y a llorar... De repente, Nástenka expresaba su deseo de regresar a casa sin que yo me atreviera a retenerla. Arrancábamos a andar y al cabo de un cuarto de hora de nuevo nos encontrábamos en nuestro banco en el muelle. Allí Nástenka suspiró, y le brotaron nuevamente lágrimas en los ojos. Me quedé acobardado y sobrecogido de frío... Pero al instante ella me apretó la mano, tirando nuevamente de mí para volver a andar, charlar y conversar...

—¡Ya es hora, debo regresar a casa! Creo que ya es muy tarde —dijo finalmente Nástenka—, ¡dejémonos de tantas chiquilladas!

—Sí, Nástenka, sólo que ahora ya no podré conciliar el sueño. No voy a ir a casa.

—Creo que yo tampoco podré dormirme.

Pero acompáñeme usted...

—Por supuesto.

—Ahora es preciso que lleguemos hasta mi casa.

—Por supuesto, por supuesto...

—¿Palabra de honor?... ¡Porque alguna vez habrá que volver a casa!

—Palabra de honor —respondí yo sonriendo.

—¡Vamos pues!

—Vamos. ¡Mire el cielo, Nástenka, mírelo! Mañana hará una mañana estupenda. ¡Qué cielo tan azul y qué luna! Mire cómo esa nube amarilla va a cubrirla ahora. ¡Mire, mire...! No. Ha pasado de largo. ¡Mírelo, mírelo...!

Pero Nástenka no miraba la nube y permanecía callada como si se hubiera quedado petrificada. Al cabo de un minuto empezó a apretarse contra mí con cierta timidez. Su mano temblaba en la mía. La miré... Ella se apretó contra mí con más fuerza todavía.

En ese instante junto a nosotros pasó un caballero joven. De pronto se detuvo, se quedó mirándonos fijamente y después avanzó unos pasos hacia nosotros. Mi corazón se estremeció...

—Nástenka—dije yo a media voz—. ¿Quién es, Nástenka?

—¡Es él! —respondió ella susurrando, apretándose contra mí, aún más estremecida... Yo apenas podía sostenerme en pie.

—¡Nástenka! ¡Nástenka! ¡Eres tú! —se oyó una voz detrás de nosotros, y en aquel instante el joven caballero avanzó unos pasos más hacia nosotros.

¡Dios mío, qué grito dio ella, cómo se estremeció! ¡Cómo se arrancó de mis brazos y se lanzó a su encuentro...! Me quedé mirándoles con el corazón hecho pedazos. Pero, apenas le hubo extendido tímidamente la mano y se hubo echado en sus brazos, de pronto se dio la vuelta y como una ráfaga de aire o un relámpago se lanzó hacia mí, y sin que me diera tiempo de reponerme me rodeó el cuello con los brazos y me dio un fuerte y ardiente beso. Después, sin decir palabra, de nuevo se lanzó hacia él, le cogió de las manos y le arrastró tras ella.

Permanecí un largo rato mirándoles...

Finalmente los dos desaparecieron de mi vista.

La mañana

Mis noches terminaron por la mañana. Hacía un día desapacible. Llovía, y la lluvia golpeaba tristemente en mis cristales. La habitación estaba oscura y el patio sombrío. Me dolía la cabeza y estaba mareado. La fiebre recorría todos los miembros de mi cuerpo.

—Señor, el cartero le ha traído una carta —dijo Matriona inclinándose sobre mí.

—¡Una carta! ¿De quién? —exclamé yo, saltando de la silla.

—No veo, señor, mírelo, puede que aquí ponga quién lo envía.

Rompí el sello. ¡Era de Nástenka! ¡Oh, perdone, disculpe! De rodillas le ruego que me perdone... Le he engañado a usted y a mí misma. Ha sido un sueño, una ilusión... Hoy estoy sufriendo por usted hasta más no poder.

¡Perdóneme, perdóneme...!

No me culpe, porque en absoluto he cambiado respecto a usted. Dije que le iba a querer, y le quiero ahora, y aún más que eso. ¡Oh, Dios mío!

¡Si pudiera amarles a los dos a la vez! ¡Oh, si usted fuera él!

"¡Oh, si él fuera usted!", se me pasó por la cabeza. ¡Recordé tus propias palabras, Nástenka!

¡Dios sería testigo de lo que sería capaz de hacer ahora por usted! Yo sé que se siente mal y está triste. Yo le ofendí, pero ya sabe que, cuando se ama, la ofensa no puede sostenerse mucho tiempo.

¡Y usted me ama!

¡Se lo agradezco! ¡Sí, le agradezco ese amor! Porque ha impregnado mi memoria como un dulce sueño que al despertar se recuerda largo tiempo. Porque recordaré eternamente aquel momento en que me abrió usted su corazón tan fraternalmente acogiendo generosamente el mío, que estaba destrozado, para protegerlo, cuidarlo con ternura y curarlo... Si usted me perdona, su recuerdo se enaltecerá en mí con un eterno sentimiento de gratitud que jamás se borrará de mi alma... Guardaré ese recuerdo y le seré fiel, no lo cambiaré ni traicionaré mi corazón: es demasiado constante. Ayer mismo se volvió rápidamente hacia aquel a quien ha pertenecido siempre.

Nos encontraremos, usted vendrá a vernos, no nos dejará, y será eternamente un amigo mío, un hermano... Y cuando me vea, ¿me tenderá usted su mano? ¿Verdad que sí? Usted me la tenderá, me perdonará, ¿no es cierto? ¿Me ama como antes?

¡Oh, quiérame, no me abandone, porque le quiero tanto en estos momentos!, porque soy digna de su amor... porque lo mereceré... mi querido amigo. La semana que viene me caso con él. Regresó enamorado y jamás se olvidó de mí... No se moleste porque le escriba sobre él. Pero me gustaría ir con él a su casa. Le cogerá simpatía, ¿verdad?

¡Perdóneme y recuerde y quiera a su Nástenka!

Estuve un largo rato releyendo la carta. Los ojos se me llenaron de lágrimas.

Finalmente la carta resbaló de mis manos y me cubrí la cara.

—¡Caramba! ¡Caramba! —dijo Matriona.

—¿Qué sucede, mujer?

—Pues que he quitado todas las telarañas del techo. Ahora incluso puede casarse e invitar a la gente, antes de que se ensucie de nuevo...

Miré a Matriona... Todavía era una mujer vital y joven, y no sé por qué se me presentó de pronto con la mirada apagada, arrugas en la cara, encorvada y senil... No sé la razón por la que me figuré mi habitación tan envejecida como ella. Las paredes y los suelos parecían descoloridos y todo estaba ensombrecido. No sé por qué al mirar por la ventana me dio la impresión de que la casa de enfrente también se tornaba decrépita y sombría, a la vez que la pintura de sus columnas se ahuecaba y caía; que las cornisas se habían ennegrecido y agrietado y en las paredes de color ocre chillón aparecían manchas...

Tal vez un rayo de sol que asomaba detrás de una nube se ocultara detrás de otra, preñada de lluvia, oscureciendo nuevamente todo ante mis ojos. Probablemente me figuraría pasar fugaz y tristemente toda la perspectiva de mi futuro, viéndome en aquel momento quince años después, como un hombre envejecido en aquella misma habitación, igual de solitario y junto a la misma Matriona que no había ganado en luces durante esos años.

Pero ¡recordar yo mi ofensa, Nástenka!

¿Ensombrecer con una oscura nube tu felicidad clara y serena? ¿Envenenar tu corazón con secretos remordimientos, obligándolo a latir con tristeza en los momentos de tu felicidad? ¿Ajar un solo pétalo de esas delicadas flores que entrelaces en tus negros rizos cuando junto a él te dirijas al altar...? ¡Eso jamás, jamás! ¡Que resplandezca tu cielo, que tu tierna sonrisa sea clara y serena, que Dios te bendiga por un minuto de felicidad que des a otro corazón solitario y agradecido!

¡Dios mío! ¡Un minuto entero de felicidad! ¿Acaso es poco para toda una vida humana...?

EL PEQUEÑO HÉROE

Por aquel entonces no tendría yo más de once años. En julio me enviaron a pasar una temporada a un pueblo de los alrededores de Moscú, donde un pariente llamado T...ov, en cuya casa se habían reunido unas cincuenta personas o más... no recuerdo bien, pues no los conté. Había mucho alboroto y mucha alegría. Todo parecía indicar que se trataba de una fiesta que había comenzado para no finalizar jamás. Daba la impresión de que el dueño se había propuesto derrochar lo antes posible toda su fortuna y estaba a punto de conseguir su fin gastando hasta el último cópec de su patrimonio.

A cada instante llegaban nuevos invitados. Moscú estaba muy cerca, de modo que los que se marchaban dejaban su lugar a los que llegaban mientras la fiesta proseguía su curso. Las diversiones cambiaban unas por otras, sin que se previera el final de los pasatiempos. Tan pronto se organizaban excursiones en grandes grupos a caballo por los alrededores, como paseos por el bosque o el río. Se hacían meriendas, almuerzos en el campo y cenas en el hermoso porche de la casa, rodeado de tres filas de exóticas flores que impregnaban de fresco aroma el aire de la noche bajo la radiante iluminación de la mesa, que hacía que nuestras bellas damas lo parecieran aún más, animadas a causa de las impresiones del día, con sus brillantes miradas, sus vivas conversaciones cruzadas y sus vibrantes y sonoras risas semejantes a campanillas. Había bailes, música y canciones.

Cuando el tiempo empeoraba se hacían cuadros vivos, charadas y otros juegos. Se montaba un teatro casero. Venían prosadores, cuentistas y gente que contaba anécdotas.

Algunos semblantes resaltaban claramente, sobreponiéndose en un primer plano. Como era lógico, los chismes y cotilleos seguían su propio curso, pues no es posible vivir sin ellos y muchos se morirían de aburrimiento como moscas. Pero yo, como por aquel entonces sólo tenía once años, no me percataba de esos seres, abstraído como estaba en otros detalles, y, de haberme dado cuenta, no habría sido plenamente. Una vez transcurrido aquello, pude recordar algo. Sólo una brillante parte del cuadro penetró en mis infantiles ojos y toda esa animación general, el brillo, el bullicio y lo que jamás había visto ni oído hasta entonces, me causó tanta impresión que estuve completamente aturdido durante los primeros días y mi pequeña cabeza me daba vueltas.

Repito que en aquellos momentos yo sólo tenía once años y lógicamente no era más que un crío. Muchas de esas maravillosas mujeres que me acariciaban no se percataban de mi corta edad. Pero ¡cosa extraña! Una sensación que no entendía se apoderó de mí. Algo que me rozaba el corazón y que éste desconocía e ignoraba le hacía encenderse y latir a su vez como si estuviera asustado, lo que provocaba que mi rostro se sonrojara inesperadamente. A veces sentía vergüenza e incluso me ofendía por ciertos privilegios infantiles míos. Otras veces parecía que el asombro se apoderaba de mí, obligándome a esconderme donde nadie me viera como si necesitara tomar aliento para recordar lo que en aquel momento quería recordar pero que de pronto se me olvidara; algo que, sin embargo, no me dejaba ni vivir ni estar en paz.

Finalmente, me daba la impresión de que les ocultaba a todos cosas que no les desvelaría por nada del mundo, pues, como crío que era, sentía una terrible vergüenza. De pronto, en medio del torbellino que me rodeaba, sentía soledad. Allí había otros niños, pero todos eran bastante más pequeños o mayores que yo. Además, me resultaban indiferentes. Claro está que nada hubiera sucedido de no haberme encontrado yo en una situación extraordinaria. A ojos de aquellas maravillosas damas yo aún era un ser pequeño y sin formar, al que les gustaba acariciar de vez en cuando y con quien les divertía jugar como si fuera un muñeco. Especialmente a una encantadora rubia, de cabellos tan hermosos y espesos como jamás había visto y que parecía haberse propuesto no dejarme en paz. A mí me intimidaba y a ella le divertían las risas que estallaban alrededor de nosotros, y que ella provocaba constantemente con bruscos y extravagantes gestos dirigidos a mí y que al parecer le satisfacían enormemente.

Se comportaba como una colegiala entre amigas del pensionado. Era extraordinariamente atractiva, y había algo en su belleza que saltaba a primera vista. Claro está que no se parecía a aquellas pequeñas y tímidas rubitas tan blancas como la pelusilla y tan tiernas como los ratoncillos, o a las hijas de un pastor. Era bajita y rellenita, con unas finas y suaves facciones de cara. Había en su rostro algo que se asemejaba a un relámpago, siendo como era toda ella tan viva como el fuego, enérgica y vehemente. Sus grandes y abiertos ojos parecían lanzar destellos. Brillaban como diamantes, y jamás cambiaría yo esos azules y chispeantes ojos por otros negros, aunque fueran los más oscuros de los ojos andaluces; además, mi rubia se parecía a aquella morena a la que canta un extraordinario y famoso poeta que en sus más excelentes poesías juró ante toda Castilla estar dispuesto a romperle los huesos al que se atreviera a rozar con la punta de sus dedos la mantilla de su beldad. A ello habría de añadirse que mi bella dama era la más alegre de todas las bellezas del mundo, la más alborotada charlatana, tan vivaracha como un niño, sin reparar en que ya llevaba cinco años casada. La risa no se iba de sus labios, frescos como una rosa mañanera que con el primer rayo de sol abre su aromático brote de color escarlata y sobre la que aún reposan las frescas y grandes gotas del rocío.

Recuerdo que al segundo día tras mi llegada se estaba preparando un teatro casero. La sala estaba abarrotada de gente. No había ni un hueco, y como por algún motivo que ignoro llegué tarde, me vi obligado a disfrutar del espectáculo de pie. Pero la animada representación me llevaba a desplazarme cada vez más hacia delante, y sin darme cuenta me fui abriendo paso hasta las primeras filas, donde finalmente me quedé apoyado en el respaldo de un asiento en el que estaba sentada una dama. Se trataba de mi rubia; pero todavía no nos conocíamos. Y he aquí que sin darme cuenta me fijé en sus maravillosos y seductores hombros torneados, esculpidos y blancos como la espuma, aunque, a decir verdad, me habría dado igual fijarme en unos maravillosos hombros femeninos que en un sombrero con cintas encarnadas que cubrían las canas de una respetable dama de la primera fila.

Junto a la rubia estaba sentada una solterona, una de las que, tal y como comprobé después, están eternamente revoloteando alrededor de las damas jóvenes y bellas, escogiendo a las que no gustan de espantar de su lado a la juventud. Pero eso no tiene importancia, sino que aquella solterona se fijó en mi contemplativa mirada y acercó la cabeza a la de su vecina de asiento mientras le susurraba entre risas algo al oído. De pronto la rubia se dio la vuelta y recuerdo que sus ojos de fuego brillaron de tal modo en la penumbra que me estremecí como si me quemaran, pues no estaba preparado para el encuentro. La bella dama sonrió.

—¿Te gusta lo que están representando? —me preguntó, mirándome a los ojos burlona y maliciosamente.

—Sí —respondí yo, sin quitarle ojo de encima y asombrado, cosa que a ella al parecer le gustó.

—Y ¿por qué estás de pie? Te vas a cansar. ¿No tienes sitio para sentarte?

—Así es, no hay sitio —respondí, más ocupado en esta ocasión en encontrar un asiento que en los ojos chispeantes de la beldad y alegrándome muy seriamente por haber encontrado finalmente un corazón bondadoso en quien poder confiar—. Ya he buscado, pero todas las sillas están ocupadas —añadí, quejándome de no encontrar sitio.

—Ven aquí —dijo ella vivamente, resuelta a tomar cualquier decisión, de igual modo que lo haría para tomar cualquier extravagante idea que pudiera pasársele por su alborotada cabeza—. Ven aquí, conmigo, y siéntate sobre mis rodillas.

—¿En las rodillas?... —pregunté yo desconcertado.

Como ya comenté antes, mis privilegios de niño empezaban a ofenderme y avergonzarme seriamente. Y además yo, que siempre había sido un muchacho tímido y vergonzoso, me sentía ahora especialmente intimidado frente a las señoras, lo que me hacía quedar terriblemente confuso.

—Pues sí, ¡en mis rodillas! ¿Por qué no quieres sentarte en mis rodillas? —insistió ella, riéndose cada vez más, hasta que finalmente estalló en Dios sabe qué risas, puede que a causa de su propia ocurrencia o divirtiéndose por mi confusión.

Sonrojado y turbado miré alrededor, como si buscara un hueco donde esconderme. Pero a ella ya le había dado tiempo a agarrarme de la mano para impedirme marchar, y de pronto, para mi gran asombro, estrujó mi mano con tanta fuerza entre sus traviesos y cálidos dedos, que me hizo retorcer de dolor para no gritar, obligándome a poner caras raras. Al margen de lo que me sucedía, estaba asombrado, desorientado e incluso horrorizado al ver que existían damas tan simpáticas y malvadas, capaces de hablar con chiquillos de semejantes bobadas, a la vez que los pellizcaban dolorosamente, Dios sabe por qué motivo, en presencia de todos. Probablemente mi infeliz rostro reflejaba mi desconcierto, porque la traviesa señora reía como una insensata mirándome a los ojos y, mientras tanto, estrujaba cada vez más mis pobres dedos. Estaba fuera de sí por el asombro de lograr finalmente hacer una travesura y poner en trance de confusión a un pobre muchacho hasta hacerle polvo. Mi situación era desesperante.

En primer lugar, estaba rojo de vergüenza porque casi todos cuantos estaban alrededor de nosotros se dieron la vuelta para mirarnos, algunos asombrados y otros riéndose, captando al instante la travesura de la bella dama. Además, yo tenía ganas de gritar, porque ella me destrozaba con saña los dedos, precisamente porque no gritaba; y yo, como un espartano, había decidido aguantar el dolor, temiendo armar escándalo con mis gritos, después de los cuales no sé lo que hubiera podido suceder. En un ataque de completa desesperación, comencé a luchar con todas mis fuerzas: hice lo posible para liberar mi mano, pero mi tirana era más fuerte que yo. Por fin no soporté más y lancé un grito, cosa que ella esperaba. Al momento me soltó la mano y se dio la vuelta, como si nada sucediera y no fuera ella quien hiciera la travesura sino cualquier otro, comportándose como una colegiala a la que al primer despiste del profesor ya le había dado tiempo a hacer la trastada, como pellizcar a algún compañero más pequeño y débil, darle un capirotazo, un puntapié o codazo.

Una vez cometida la fechoría, la colegiala se daba la vuelta disimulando como si nada sucediera, enfrascándose en el libro para proseguir con la lección y dejando de ese modo con un par de narices al enfurecido profesor que se lanza como un gavilán al oír el alboroto.

Pero, para mi suerte, en aquel momento toda la atención se centró en la actuación magistral de nuestro anfitrión, que representaba el papel principal en la comedia. Todos empezaron a aplaudir y yo, aprovechando el ruido, me escabullí entre las filas y salí corriendo hasta el fondo de la sala, hacia el rincón opuesto, desde donde, ocultándome tras una columna, miré horrorizado a donde estaba sentada la bella y astuta dama. Ella seguía riéndose con el pañuelo a la boca. Durante un buen rato estuvo dándose la vuelta para buscarme por todos los rincones; probablemente sintiera que nuestra estrafalaria lucha hubiera terminado tan pronto mientras seguía tramando otra fechoría.

Así fue como nos conocimos, y desde aquella tarde ya no me dejó en paz un momento. Me perseguía sin miramiento ni conciencia, y se convirtió en mi perseguidora y tirana. Lo cómico de su artificio consistía en que parecía haberse enamorado locamente de mí, dejándome en una situación de lo más embarazoso frente a todos. Claro que a mí, un muchacho salvaje, todo eso me resultaba muy duro de sobrellevar, conduciéndome en varias ocasiones a una situación tan crítica que estaba dispuesto a enzarzarme en una pelea con mi astuta admiradora. Mi ingenua turbación y mi desesperada tristeza parecían animarle a perseguirme hasta el final. Desconocía la compasión, y yo ignoraba cómo podía esconderme de ella. La risa, que resonaba alrededor y que ella suscitaba de maravilla, la invitaba a hacer nuevas travesuras. Pero sus bromas ya empezaban a convertirse en pesadas. Y además, según recuerdo, se permitía demasiadas libertades con un niño como yo.

Pero su carácter era así: todo su temperamento era travieso. Después me enteré de que quien más la mimaba era su propio marido, hombre regordete, bajito y de piel encarnada; persona de mucho dinero y muy ocupado, al menos a primera vista: nunca estaba quieto y, puesto que siempre estaba haciendo gestiones, no sabía permanecer en el mismo sitio un par de horas. Todos los días salía de la finca en que nos encontrábamos para viajar a Moscú, en ocasiones hasta un par de veces; y confesaba que hacía todo por asuntos de negocios. Era difícil encontrar algo más alegre y bondadoso que su cómica y además honesta fisonomía. Por si fuera poco, amaba a su mujer hasta más no poder, hasta provocar lástima: sencillamente, la adoraba como a una diosa.

No le negaba nada. Ella tenía multitud de amigas y amigos. En primer lugar, había poca gente que no la quisiera y, en segundo, tampoco era muy exigente en la elección de sus amigos, aunque en el fondo de su carácter había aspectos bastante más serios de lo que se podría suponer si se juzga por lo que acabo de contar. Pero, de todas sus amigas, la que más quería y a la que más atención prestaba era una joven dama, una lejana pariente suya, que también ahora se encontraba invitada en la finca. Había entre ellas una especie de tierna y delicada unión, una de esas relaciones que a veces se producen al encontrarse dos caracteres a menudo completamente contrarios, de los cuales uno es más severo, profundo y transparente, mientras que el otro, por ser muy resignado y de nobles sentimientos, se somete humildemente a él, reconociendo su superioridad y guardando en su corazón su amistad como una verdadera dicha.

Es cuando surge esa tierna y noble sutileza en la relación de tales caracteres: por una parte, el amor y toda la condescendencia del mundo y, por otra, el afecto y el respeto; un respeto rayano en temor de uno mismo ante los ojos de aquel que tienes en tan alta estima y que llega hasta el ansioso deseo de acercarse en la vida paso a paso cada vez más a su corazón. Las dos amigas eran de la misma edad, pero entre ellas había una inconmensurable diferencia en todo, comenzando por la belleza. Madame M* también era muy agraciada, pero su belleza tenía un halo especial que la distinguía drásticamente del resto de otras bellas mujeres. En su rostro había algo que atraía irresistiblemente toda su simpatía o, mejor aún, que suscitaba la noble y elevada simpatía del que se cruzara con ella. Hay caras así. Junto a ella todos se sentían mejor, más libres y afables; y, sin embargo, sus grandes y tristes ojos, llenos de pasión y fuerza, miraban tímida e inquietamente, como si estuvieran constantemente atemorizados por algo hostil, y esa extraña timidez melancólica cubría al instante sus tranquilos y dulces rasgos, que evocaba el rostro iluminado de las madonnas italianas, de modo que al mirarla uno se sentía tan triste como si tuviera su propio pesar. Esa cara pálida y delgada en la que, a través de la irreprochable belleza de unos rasgos correctos y limpios y la triste y severa melancolía oculta, a menudo se traslucía el original semblante infantil, el semblante de los años mozos, probablemente de una ingenua felicidad; y esa sonrisa silenciosa, tímida y vacilante a la vez, lo predisponían inconscientemente a uno a la simpatía hacia esa mujer, que hacía nacer en su corazón una dulce y ardiente inquietud que se percibía a distancia, y que le hacía sentirse aún más cercano a ella.

Pero la bella dama parecía callada, misteriosa, aunque nada había más atento y amable que ella cuando alguien necesitaba compasión. Hay mujeres que parecen auténticas hermanas de la caridad. Ante ellas uno puede sentirse libre para no ocultar nada, al menos nada que no sea dolor o herida para el alma. El que sufre puede dirigirse a ellas sin temor, porque pocos sabemos hasta qué punto pueden ser interminables y pacientes el amor, la compasión y el perdón que alberga el corazón de una mujer. Esos corazones puros albergan auténticos tesoros de simpatía, consuelo y esperanzas; corazones que también a su vez fueron ofendidos, pues el corazón que ama sufre, pero su herida se cierra parcamente frente a una mirada curiosa, ya que los pesares profundos suelen ocultarse y llevarse en silencio. No les arredra ni la profundidad de la herida, ni la purulencia ni la pestilencia de ésta: el que se acerca a ellas es ya digno de ellas; además, parecen haber nacido para ayudar... Madame M* era alta, airosa y esbelta, pero algo delgada.

Todos sus movimientos eran algo desproporcionados, a veces resultaban lentos, suaves e incluso impetuosos; otras, parecían infantiles y rápidos, trasluciéndose a su vez en sus gestos una apocada resignación, algo trémula e indefensa que jamás imploraba ayuda.

Como ya dije, me intimidaban las censurables pretensiones de la astuta rubia, que provocaban en mí dolor y rabia extremos. Pero había además una cuestión oculta, extraña y absurda, que yo mantenía en secreto y ante la que temblaba como un avaro ante su tesoro con sólo reparar en ella; cabizbajo y a solas con mi pensamiento me ocultaba en algún rincón secreto y oscuro, a salvo de la burlona e inquisidora mirada azul de alguna curiosa; me ahogaba de pudor, vergüenza y temor ante la sola idea del objeto en cuestión; en una palabra, estaba enamorado, aunque supongamos que es absurdo lo que acabo de decir: pues no podía ser.

Pero ¿por qué de entre todos los rostros que me rodeaban sólo había uno que atraía mi atención? ¿Por qué sólo me gustaba seguirla con la mirada a ella, aunque yo no tuviera la edad apropiada para fijarme en las damas y presentarme a ellas? Esto sucedía con más frecuencia por las tardes, cuando el mal tiempo nos obligaba a todos a entrar en casa; cuando me ocultaba solitario en algún rincón del salón y miraba alrededor sin finalidad ni distracción alguna, pues en escasas ocasiones hablaba alguien conmigo, a excepción de mis perseguidoras. Como aquellas tardes yo estaba terriblemente aburrido, me fijaba en los rostros que me rodeaban, ponía atención en sus conversaciones, de las que a menudo no entendía una palabra; y he aquí que en uno de esos momentos la mirada silenciosa, la dulce sonrisa y el bello rostro de madame M* (porque así era ella), ¡Dios sabe por qué!, fueron presa de mi fascinada atención sin que pudiera abandonarme aquella extraña, indefinida pero incomprensiblemente dulce impresión mía. A menudo creía no poder apartar de ella mi mirada durante horas; conocía todos sus gestos, sus movimientos, aguzaba el oído a cada vibración de su voz profunda, plateada y algo apagada; pero (¡cosa rara!) de todas aquellas observaciones mías, de aquellas tímidas y dulces impresiones, nació en mí una increíble curiosidad. Parecía que no me quedaba otra opción que la de descubrir algún secreto...

Lo que más me atormentaba eran las burlas en presencia de madame M*. Esas burlas y persecuciones cómicas, tal y como yo las interpretaba, me hacían sentirme humillado. Y cuando alguna risa generalizada estallaba a mi costa y en cuya chanza participaba a veces involuntariamente madame M*, entonces, desesperado, ofendido y fuera de mí, salía corriendo de mis tiranos y subía arriba para dedicarme a hacer el salvaje durante el resto del día y sin atreverme a asomar al salón.

Además, ni yo mismo entendía entonces ni mi vergüenza ni mi inquietud; todo el proceso lo vivía yo de un modo inconsciente. A madame M* apenas le había dirigido un par de palabras, y tampoco me hubiera atravido a hacerlo. Pero he aquí que una tarde, tras un día abundante en contrariedades para mí, me quedé rezagado del resto de la gente durante el paseo. Estaba muy cansado y regresaba a casa atravesando el jardín. Sobre un banco, en una solitaria alameda, divisé a madame M*. Estaba completamente sola, como si hubiera elegido aquel solitario lugar a propósito. Tenía la cabeza inclinada y daba vueltas al pañuelo entre las manos. Estaba tan sumida en sus pensamientos que no se dio cuenta cuando me aproximé a ella.

Al verme, se levantó rápidamente del banco, se dio la vuelta y yo me percaté de que se enjugaba las lágrimas. Estaba llorando. A continuación me sonrió y juntos nos dirigimos a casa. No recuerdo de qué hablamos ella y yo, pero no hacía más que apartarme de su lado poniendo todo tipo de pretextos: tan pronto pedía que le arrancara una flor como que mirara quién era el que iba a caballo por la alameda contigua. Cuando me apartaba de ella, al instante se llevaba el pañuelo a los ojos y se enjugaba las rebeldes lágrimas, que no cesaban de fluir, y que se le acumulaban en el corazón sin parar de aflorar a sus pobres ojos. Comprendí que mi presencia le molestaba (pues no hacía más que apartarme de su lado), que se había dado cuenta de que yo me percaté de todo y que no conseguía dominarse, y eso hacía que me entristeciera aún más. Me enfadaba desesperadamente conmigo mismo, me maldecía por mi torpeza y, sin encontrar la manera más sutil de apartarme de ella y sin expresarle que me había percatado de su pena, seguía caminando junto a ella sumido en   la tristeza e incluso el temor, completamente confuso y sin encontrar la palabra adecuada para mantener nuestra absurda conversación.

Aquel encuentro me causó tanta impresión que me pasé la tarde entera mirando a hurtadillas a madame M*, sin poder apartar mis ojos de ella. Pero en un par de ocasiones me sorprendió observándola, y la segunda vez, al darse cuenta, sonrió. Aquélla fue la única sonrisa que me dirigió en toda la tarde. La tristeza no se iba de su semblante, que en aquel momento estaba muy pálido. Durante todo el tiempo estuvo hablando en voz baja con una dama entrada en años, una vieja malhumorada que respondía a regañadientes y con quien nadie simpatizaba por sus continuos chismorreos, pero a la que a su vez todos temían, y por ello se veían obligados a agradarla, aun en contra de su voluntad...

Aproximadamente a las diez de la noche llegó el marido de madame M*. Hasta aquel momento yo la seguía observando sin apartar los ojos de su entristecida cara. Pero entonces, ante la inesperada llegada de su marido, vi cómo se estremecía toda y su semblante se ponía aún más pálido. Fue tan notorio que también otros se percataron de ello: capté una conversación entrecortada de la que, como pude, deduje que la pobre madame M* no era muy feliz. Decían que su marido era más celoso que un árabe, pero no por amor a ella, sino por amor propio. Por encima de todo se trataba de un hombre europeo, actual, con las ideas modeladas a lo moderno y muy orgulloso de ellas. Por lo que a su físico se refiere, era moreno, alto y bastante robusto, con unas patillas a la europea, con la cara sonrosada y satisfecho de sí mismo; tenía unos dientes tan blancos como el azúcar y el porte de un caballero impecable. Se le consideraba un hombre inteligente. Así es como en algunos círculos llaman a un tipo concreto de hombres cebados a costa de otros, que no hacen ni quieren hacer absolutamente nada y que, de la continua pereza y del no tener nada que hacer, en el lugar del corazón tienen un trozo de tocino. A cada instante se les oye lamentarse alegando que si no hacen nada es a causa de algunas circunstancias enrevesadas y hostiles que terminan por "agotar su genio", y ésta es la razón que hace que "resulte tan triste verles de ese modo".

Esta expresión se convierte para ellos en una frase habitual y pomposa, su mot d'ordre, su consigna y lema, la expresión que mis satisfechos gordinflones sueltan constantemente a diestro y siniestro y que, al tratarse de palabras rematadamente huecas, resulta cansina. Por lo demás, algunos de esos chistosos que no acaban de encontrar el quehacer (algo que por otra parte jamás han buscado) pretenden que todos piensen que en el lugar del corazón no tienen un trozo de tocino, sino, contrariamente a ello y hablando en términos generales, algo muy profundo, pero sobre lo cual ni el mejor cirujano, lógicamente por cortesía, se atrevería a decir palabra. Estos caballeros se abren paso en la vida agudizando todos sus instintos hacia la burda broma, la crítica más simplona y el desmedido orgullo. Como no tienen otra cosa que hacer que advertir y aprenderse de memoria los errores y debilidades ajenos, y dado que sus buenos sentimientos son comparables a los de una ostra, no les resulta difícil en tales circunstancias convivir con las personas cautelosamente. De ello se jactan sobremanera.

Por ejemplo, están casi convencidos de que el mundo entero debe rendirles pleitesía; de que éste para ellos es como una ostra que cogen por si acaso; de que todos son idiotas, excepto ellos; de que cualquier persona se asemeja a una mandarina o una esponja, que ellos pueden exprimir mientras haya jugo; de que son dueños de todo y de que todo ese digno orden de elogios se debe a que son muy inteligentes y poseen una gran personalidad. Su desmedido orgullo no les permite adscribirse defecto alguno. Se parecen a aquella raza de bribones cotidianos, antecesores de Tartufo y Falstaff, que llegaron a tal grado de bribonería que finalmente se convencieron de que las cosas habían de ser así: es decir, que vivir para ellos era sinónimo de ser bribón. Hasta tal punto se empeñan en persuadir a todo el mundo de que son gente honesta, que finalmente se convencen de ello como si realmente lo fueran y de que las bribonadas son una cuestión honorable. Jamás anhelan la autocrítica y la justa valoración de sí mismos. Son demasiado torpes para eso. Siempre, y en todas las cosas, sobresale su particularidad, su Moloch y Baal, su magnífico ego. La naturaleza y el mundo entero no son para ellos más que un precioso espejo creado para que ese diosecillo pueda admirarse en él continuamente, sin ver detrás de sí nada ni a nadie. Después de ello, nada de extraño hay en que todo en esta vida lo vean ellos de un modo tan deforme. Para cada circunstancia tienen la frase apropiada y, sin embargo, el súmmum de su habilidad se circunscribe a la frase más moderna.

Incluso contribuyen a la moda difundiendo gratuitamente por todos los rincones aquella idea que intuyen que tendrá éxito. Para ser más precisos, poseen el olfato para hacer suya la frase más moderna antes de que otros se la apropien, de modo que parezca propia. Especialmente se proveen de frases que expresan la profunda simpatía que sienten hacia la humanidad y definen del modo más correcto posible la filantropía justificada racionalmente, para finalmente arremeter sin piedad contra el romanticismo, es decir, contra lo que a menudo es todo lo bello y elevado, y donde un simple átomo es más valioso que toda la naturaleza de molusco que ellos poseen. Sus toscos espíritus no reconocen la verdad que se presenta en una forma todavía inmadura y transitoria, y rechazan todo aquello que aún no ha robustecido o cristalizado completamente. Un hombre cebado ha llevado una vida alegre, acostumbrado a cosas que él mismo no sabe hacer y de las que ignora la dificultad que implica conseguirlas, y por ello es una desgracia rozar sus cebados sentimientos con alguna rudeza: eso es algo que jamás perdonarán esos hombres, que lo recordarán y se vengarán gustosos. Resumiendo, este héroe mío no es ni más ni menos que un gran saco inflado de sentencias, frases modernas y etiquetas de toda naturaleza y todo género.

Pero, por lo demás, monsieur M* poseía una particularidad: era un hombre curioso, ocurrente, buen conversador y narrador; en los salones, alrededor de él siempre se reunía un grupo de gente. Aquella noche estuvo especialmente ocurrente. Se hizo dueño de la conversación. Estaba ingenioso, alegre, satisfecho de sí mismo, consiguiendo acaparar la atención por encima de todo. Sin embargo, madame M* tuvo durante toda la velada aspecto de indispuesta. Tenía una expresión tan triste que parecía que de un momento a otro las lágrimas aflorarían de nuevo a sus largas pestañas. Todo ello, como ya comenté antes, me había impresionado y sorprendido sobremanera. Me marché con el sentimiento de una extraña curiosidad, y durante toda la noche estuve soñando con monsieur M*, a pesar de que hasta entonces había tenido pesadillas en escasas ocasiones.

Al día siguiente, por la mañana temprano, me llamaron para ensayar los cuadros vivos en los que también yo tenía asignado un papel. Los cuadros vivos, el teatro y después el baile, que se representarían en la misma noche, estaban programados para tener lugar dentro de cinco días, con motivo de una fiesta familiar: el nacimiento de la hija pequeña de nuestro anfitrión. A aquella casi improvisada fiesta se había invitado a unas cien personas, gente de Moscú y de las casas de campo de los alrededores, de manera que había mucho alboroto, quehaceres domésticos y barullo. El ensayo, o mejor dicho el examen de los trajes, se hizo a destiempo, por la mañana, porque nuestro director de escena, el prestigioso pintor R* (compañero y huésped del dueño de la hacienda, que por amistad con el anfitrión se encargó de la composición y la puesta en escena, así como de nuestros papeles), tenía prisa por ir a la ciudad para comprar cosas para la fiesta, de modo que disponíamos de poco tiempo para el ensayo. Yo participaba en uno de los cuadros junto a madame M*. El cuadro representaba la vida medieval y se titulaba La señora del castillo y su paje.

Me sentí terriblemente turbado al verme junto a madame M* durante los ensayos. Me dio la impresión de que, con sólo mirarme a los ojos, podía adivinar al instante mis pensamientos, las dudas y sospechas engendradas en mi cabeza desde el día anterior. A ello se unía que me sentía culpable por haberla sorprendido llorando ese día por la tarde, de manera que sin querer me miraría de reojo como si yo fuera un desagradable testigo y partícipe no invitado de su secreto. Pero, gracias a Dios, la cosa pasó sin grandes alborotos: sencillamente, no se había fijado en mí. Parecía que su ánimo no estaba para reparar en mí y tampoco para ensayar: estaba ausente, triste y sumida en pensamientos que le preocupaban. Era notable que tenía un problema considerable que la hacía sufrir. Al finalizar mi papel salí corriendo para cambiarme de ropa y pasados diez minutos me presenté en la terraza del jardín.

Casi a la vez que yo, por la otra puerta, salió madame M*, y justo enfrente de nosotros hizo aparición su autosatisfecho marido, que regresaba del jardín tras acompañar a todo un grupo de damas para dejarlas en compañía de un ocioso cavalier servant. Al parecer, el encuentro entre el marido y la mujer fue inesperado. Madame M*, sin saber por qué, se ruborizó y un ligero disgusto se traslució en un involuntario gesto suyo. Su señor marido, que venía silbando relajadamente un aria y atusándose concienzudamente las patillas, frunció el entrecejo al cruzarse con su mujer, escudriñándola de arriba abajo (según lo recuerdo ahora) con una mirada inquisidora.

—¿Vas al jardín? —preguntó él, fijándose en el libro que su mujer llevaba en las manos.

—No, al bosque —respondió ella, sonrojándose ligeramente.

—¿Sola?

—Con él... —dijo madame M* señalándome a mí—. Por la mañana paseo sola—señaló con un tono de voz irregular e indefinido, igual que cuando se miente por primera vez en la vida.

—Hum... Y yo acabo de acompañar allí a toda una pandilla. Se van a reunir en el cenador para despedir a N*. Se marcha; supongo que sabrás... que al parecer le ha ocurrido una desgracia en Odesa... Su prima —se refería a la rubia— tan pronto ríe como llora, cuando no hace las dos cosas a la vez, sin que nadie pueda sacarle nada en claro. Me dijo que por alguna razón estabas enfadada con N* y por eso no fuiste a su despedida. Me imagino que es algo absurdo.

—Es su forma de burlarse —respondió madame M* mientras bajaba las escalerillas de la terraza.

—¿De modo que éste es tu cavalier servant de todos los días? —añadió monsieur M* haciendo una mueca con la boca y apuntando hacia mí con su monóculo.

—¡Un paje! —exclamé yo, enojándome por el monóculo y la burla, y riéndome directamente en su cara salté de golpe tres escalones de la terraza...

—¡Que lo pasen bien!—murmuró monsieur

M*, y continuó su camino.

Enseguida me acerqué a madame M*, en cuanto señaló hacia mí su marido; la miraba como si me hubiera invitado hacía una hora y como si la acompañara en sus paseos matutinos desde hacía un mes. Pero no conseguía entender: ¿por qué se había azorado y turbado tanto y qué fue lo que se le pasó por la cabeza cuando decidió recurrir a su pequeña mentira? ¿Por qué no había dicho sencillamente que iba sola? Ahora ya no sabía cómo mirarla. Sorprendido por su actitud, le miraba ingenuamente la cara a hurtadillas; pero igual que sucedió durante el ensayo, una hora atrás, ella no se daba cuenta ni de mis miradas ni de mis mudas preguntas. Seguía igual de inquieta y preocupada, lo que se reflejaba con más evidencia que antes tanto en su rostro como en su forma de andar. Tenía prisa por llegar a alguna parte, aceleraba cada vez más el paso y miraba nerviosa en dirección a los paseos de la alameda, y en cada claro del bosque volvía el cuerpo hacia un lado del jardín. También yo estaba a la expectativa de algo. De repente detrás de nosotros se oyeron pisadas de caballo. Era toda una cabalgata de jinetes y amazonas que estaban despidiendo a aquel N* que de un modo tan inesperado abandonaba nuestra compañía.

Entre las damas también se encontraba mi rubia, a la que se había referido monsieur M*, cuando habló de sus lágrimas. Pero, como era habitual en ella, se reía igual que un niño y cabalgaba velozmente sobre un caballo bayo. Al alcanzarnos, N* se quitó el sombrero, pero no se detuvo y no dijo palabra a madame M*. Pronto todo el tropel desapareció de nuestra vista. Miré a madame M* y me faltó poco para lanzar un grito de asombro: estaba completamente pálida y unas enormes lágrimas empañaban sus ojos. Nuestras miradas se cruzaron sin querer. Madame M* se sonrojó de pronto, se dio la vuelta por un instante, y la inquietud y el pesar refulgieron claramente en su rostro. Yo estorbaba aún más que ayer, y ello era evidente, pero ¿dónde podía meterme?

De pronto madame M* abrió el libro que tenía en las manos, y sonrojándose, probablemente evitando mirarme, dijo como si cayera en la cuenta:

—¡Ah! ¡Pero si es el segundo tomo! ¡Me he equivocado! Haz el favor de traerme el primero.

¿Cómo no había de entenderla? Mi papel había finalizado y no se me podía echar de una manera más clara.

Salí corriendo con su libro y no regresé. El primer tomo reposó tranquilamente sobre la mesa hasta el amanecer...

Pero yo no era el mismo. El corazón me palpitaba deprisa, como si estuviera continuamente asustado. Hacía todo lo posible por no encontrarme con madame M*. En cambio, observaba de un modo casi salvaje la personalidad autosatisfecha de monsieur M*, como si su persona albergara ahora algo especial. Decididamente no comprendo en qué consistía aquella cómica curiosidad mía. Sólo recuerdo que me encontraba curiosamente sorprendido por lo que había visto aquella mañana. Y, sin embargo, era sólo el principio de un nuevo día repleto de sucesos.

Aquel día almorzamos muy temprano. Por la tarde se había programado una excursión a la aldea vecina donde se celebraba una fiesta rústica, y se necesitaba tiempo para prepararse. Yo llevaba un par de días soñando con aquella excursión, que era un motivo de gran alegría para mí. Nos reunimos casi todos a tomar café en la terraza. Los seguí prudentemente y me oculté detrás de la tercera fila de asientos. La curiosidad me devoraba, pero no quería que madame M* me viera por nada del mundo. Sin embargo, el destino quiso situarme cerca de mi rubia perseguidora. En aquella ocasión le había sucedido algo maravilloso y casi inverosímil: estaba más hermosa que nunca. No sé la razón, pero las mujeres suelen sufrir a menudo ese tipo de transformaciones. En aquel instante se encontraba entre nosotros un nuevo huésped. Era un hombre joven, alto, de semblante pálido y apasionado seguidor de nuestra rubia, que, como si fuera a propósito, acababa de llegar de Moscú para sustituir a monsieur N*, que se marchaba, y sobre el que corrían rumores de que estaba locamente enamorado de nuestra beldad.

En lo que se refiere al recién llegado, éste tenía desde hacía tiempo con ella la misma relación que Benedicto con Beatriz en la obra de Shakespeare Mucho ruido y pocas nueces. Resumiendo, nuestra beldad gozó durante ese día de un gran éxito.

Sus bromas y comentarios resultaron tan simpáticos y tan ingenuamente inocentes como perdonablemente indiscretos. Estaba convencida con tan graciosa presunción del entusiasmo general que suscitaba que realmente acaparó admiración. En torno a ella se había ceñido un estrecho círculo de admiradores y oyentes sorprendidos, y jamás estuvo tan seductora como en aquel momento. Cualquier palabra suya se tomaba como un prodigio y una originalidad; se captaba rápidamente y pasaba de unos a otros, sin que ninguna broma ni ningún gesto suyo pasaran desapercibidos. Al parecer, nadie esperaba de ella tanto derroche de buen gusto, brillo e ingenio. Sus mejores cualidades cotidianas eran sepultadas en la más voluntariosa extravagancia, en la terquedad más colegial, que rayaba casi en la bufonada. Pocos se percataban de ello; y si lo hacían no lo tenían en cuenta, de manera que ahora su extraordinario éxito era acogido por un generalizado susurro de apasionado asombro.

Por lo demás, una situación especial y bastante delicada contribuía a ese éxito; al menos a juzgar por el papel que a su vez desempeñaba el marido de madame M*. La traviesa había decidido (y debería añadirse que con el beneplácito de la mayoría, o al menos de toda la juventud) atacarle encarnizadamente por diversos motivos, que desde su punto de vista probablemente fueran de considerable importancia. Le lanzaba una descarga de ocurrencias, burlas, irrebatibles y atrevidos sarcasmos que resultaban de lo más astuto, compactos y rotundos; aquellos que dan directamente en la diana, pero a los que resulta imposible engancharse para responder y que sólo consiguen agotar a la víctima en infructuosos esfuerzos, para llevarla hasta la locura y la desesperación más cómica.

A decir verdad, no lo sé con exactitud, pero parecía que todo su comportamiento no era casual ni improvisado. Ese desesperado duelo comenzó ya durante el almuerzo. Y digo "desesperado" porque monsieur M* tardó en bajar la guardia. Necesitaba, apelando a su presencia de ánimo, toda su agudeza y su escaso ingenio para no resultar completamente derrotado y cubrirse definitivamente de deshonor. La cosa transcurría en medio de una incontrolable risa de testigos y participantes del duelo. Verdaderamente el hoy no tenía para él comparación con el ayer. Resultó notorio que en varias ocasiones madame M* estuvo a punto de cortarle la palabra a su imprudente amiga, que a su vez deseaba disfrazar infaliblemente a su celoso marido con el traje más bufón y ridículo posible, y es de suponer que con el de Barba Azul, a juzgar por las evidencias y cuanto quedó grabado en mi memoria, así como el papel que finalmente me tocó representar en aquella farsa.

Ocurrió de pronto, de la forma más inesperada y graciosa que se pueda imaginar.

Como si fuera a propósito, en aquel momento yo me encontraba a la vista de todos, sin sospechar malicias y olvidándome incluso de mis recientes cautelas. De repente fui sacado a primer plano como si fuera un enemigo mortal y realmente un adversario de monsieur M*; alguien desesperadamente enamorado de su mujer, cosa que juró mi tirana, dando su palabra de honor y alegando tener pruebas, poniendo para más exactitud el ejemplo de haber visto hoy mismo en el bosque...

No le había dado tiempo a terminar la frase cuando la interrumpí, en el momento más decisivo para mí. Ese minuto estaba tan deshonestamente calculado, tan deslealmente preparado para un desenlace cómico, y dispuesto de un modo tan ridículo que un incontrolable estallido de risa generalizada respondió a esa última extravagancia. Y aunque ya entonces me había percatado de que no era a mí a quien correspondía representar el papel más grotesco, a pesar de ello estaba tan avergonzado, irritado y asustado que, con lágrimas en los ojos, triste, desesperado y ahogándome de vergüenza, me metí entre dos filas de asientos hasta situarme delante y, dirigiéndome a mi tirana, exclamé con voz entrecortada por las lágrimas y la indignación:

—Y ¿no le da vergüenza... decir en voz alta... y en presencia de todas las damas... una mentira de ese calibre?... Se comporta como una chiquilla... delante de todos los caballeros... ¿Qué dirán ellos?... ¡Usted es una persona adulta... y está casada!...

No había acabado la frase cuando se oyó un ensordecedor aplauso. Mi postura suscitó un verdadero furore. Mi gesto inocente, mis lágrimas y, lo que es aún más importante, la impresión de haber salido yo en defensa de monsieur M*, todo ello provocó una carcajada tan infernal que incluso recordándolo hoy me entra una incontrolable risa. Me quedé estupefacto, petrificado, y, al estallar de sonrojo como la pólvora, me cubrí la cara con las manos. Me lancé hacia fuera, en la puerta tiré la bandeja que llevaba un criado y subí corriendo a mi habitación. Arranqué la llave que asomaba de la cerradura y me encerré por dentro. Había actuado correctamente, porque me perseguía toda una procesión. No había transcurrido un minuto cuando mi puerta fue rodeada por toda una cuadrilla de nuestras más bellas damas.

Oía sus sonoras risas, cómo charlaban en tono alto y también sus penetrantes voces. Gorjeaban como golondrinas, todas al unísono. Todas, desde la primera hasta la última, me rogaban y suplicaban que les abriera la puerta aunque sólo fuera por un minuto, que no me harían daño, sino que todas me llenarían de besos. Pero... ¿qué podía resultarme más horrible que aquella nueva amenaza? Me consumía de sonrojo y vergüenza escondiéndome tras la puerta y ocultando el rostro en la almohada. No abrí y ni siquiera respondí. Estuvieron un largo rato dando golpes en la puerta y suplicándome, pero yo estaba insensible y sordo como corresponde a un muchacho de once años.

¿Qué iba a hacer? Todo cuanto había ocultado con celo se había descubierto y sacado a la luz... ¡Me veía cubierto de eterna vergüenza y deshonra!... Aunque, a decir verdad, ni yo mismo habría sabido decir lo que tanto me asustaba y lo que deseaba ocultar. Y, sin embargo, temía algo, y el descubrimiento de ese algo me hacía temblar como si fuera una hojita de árbol. Lo que hasta entonces no sabía es de qué se trataba: si de algo bueno o vergonzoso, digno de alabanza o no. Entonces, sumido en el sufrimiento y la tristeza, supe que aquello resultaba ridículo y bochornoso. Instintivamente sentí en aquel momento que aquel veredicto era falso, inhumano y tosco; pero estaba derrotado, y aniquilado.

El proceso de razonar pareció detenerse y enredarse dentro de mí. Ni siquiera me sentía con fuerzas para oponerme a ello ni juzgarlo debidamente: estaba aturdido. Sólo percibía que mi corazón estaba inhumana y vergonzosamente ofendido, y que no cesaba de llorar. Estaba irritado. Dentro de mí hervían la impotencia y el odio, que hasta entonces no había conocido jamás, porque por primera vez en la vida había experimentado una seria desgracia, ofensa y dolor. Y realmente, sin exagerar, todo ello resultaba así. En el niño que había en mí, había sido toscamente ofendido ese primer sentimiento todavía desconocido e inexperto. El primer y fragante pudor virginal había sido tan tempranamente descubierto y profanado que se había puesto en ridículo a su vez la primera, y puede que muy seria, sensación estética. Claro está que los que se burlaban de mí ignoraban muchas cosas y no se imaginaban mi sufrimiento. Una parte la formaba una situación recóndita que hasta entonces ni yo mismo había tenido el valor de analizar y que me daba miedo. Sumido en la tristeza y la desesperación, continué tumbado en la cama, con la cara hundida en la almohada; el calor y los escalofríos corrían por mi cuerpo alternativamente. Dos cuestiones me atormentaban: ¿qué era exactamente lo que había visto aquella rubia entrometida de lo que había sucedido ese día en el bosque entre madame M* y yo? Y ¿con qué ojos y cómo podía yo mirarle ahora a la cara a madame M* sin perecer en el instante de vergüenza y desesperación?

Un extraordinario ruido que provenía del patio me sacó finalmente de mi semiinconsciencia. Me levanté y me acerqué a la ventana. El patio estaba lleno de carruajes, carros de caballos y sirvientes que iban y venían. Parecía que todos se marchaban. Varios jinetes ya estaban sentados sobre los caballos. Otros invitados se acomodaban en los coches... En aquel momento me acordé de la excursión proyectada, y empecé a inquietarme poco a poco. Me puse a buscar con la vista a mi corcel. Pero no estaba; se habían olvidado de mí. No pude soportarlo y bajé volando las escaleras, sin pensar ni en los encuentros desagradables ni en la vergüenza que acababa de pasar...

Me esperaba una terrible noticia. En esta ocasión no disponía ni de caballo, ni de un asiento en un coche: todo estaba cogido y ocupado, y yo me vi obligado a ceder mi puesto a otros.

Abatido por el nuevo pesar, me detuve en el porche y miré con tristeza la larga hilera de los coches, los cabriolés y carretelas entre los que no había ni un hueco para mí. Miraba también a las elegantes amazonas cuyos caballos estaban ya impacientes.

Uno de los jinetes se retrasó por alguna razón. Sólo faltaba él para partir. Su corcel estaba junto a la entrada, mordiendo su bocado, dando coces en la tierra, estremeciéndose constantemente, erizándose y asustado. Dos mozos de escuadra le sujetaban cuidadosamente las riendas y todos se mantenían alejados de él, a una distancia prudente.

En realidad, razones de contratiempo impedían que yo fuera de excursión. Aparte de que hubieran llegado nuevos invitados y se hubieran distribuido todas las plazas y los caballos, dos de ellos se pusieron enfermos, por lo que uno de ellos era el mío. Pero no sólo a mí me estaba predestinado sufrir por esa circunstancia. Nuestro nuevo invitado, aquel joven de tez pálida que ya mencioné, tampoco disponía de caballo. Para suavizar el desagradable incidente, nuestro anfitrión se vio en la obligación de recurrir al extremo de ofrecerle su potro salvaje, aún sin domar, alegando, para librarse así de responsabilidad, que no había forma humana de montarlo y que, dado su carácter indómito, llevaba tiempo queriéndolo vender si le saliera un comprador. El joven, que fue advertido, declaró que sabía montar perfectamente, y que con tal de ir de excursión estaba dispuesto a montar cualquier corcel. Entonces el anfitrión se quedó callado, pero en ese momento me pareció que una sonrisa ambigua afloraba en sus labios.

A la espera del jinete que había hecho alarde de su arte, estaba aguardando para subir a su caballo frotándose inquieto las manos y mirando a cada minuto hacia la puerta. Pensamientos similares debieron pasar por la cabeza de los dos mozos de cuadra que sujetaban al potro y que se mostraban muy orgullosos ante todo el público frente a un caballo que en cualquier momento podría soltarle una coz mortal a uno. Una sonrisa similar a la de su dueño se percibía también en los ojos de los mozos, que apuntaban expectantes hacia la puerta por la que debía aparecer el atrevido caballero. Hasta el propio caballo se portaba como si hubiera llegado a un acuerdo con el dueño y los mozos de cuadra. Se mantenía soberbio y arrogante como si supiera que le observaban varias decenas de curiosos ojos, y se mostraba orgulloso de su mala reputación igual que unos incorregibles juerguistas se jactan de sus fechorías. Parecía provocar al atrevido jinete que pretendía privarle de su libertad.

Finalmente apareció el temerario jinete. Se disculpó por haber hecho esperar a la concurrencia mientras se ponía apresuradamente los guantes y se dirigía hacia delante sin mirar, descendió las escalerillas del porche y levantó la mirada sólo cuando hubo extendido la mano para coger la crin del caballo. De pronto se desconcertó por un inesperado brinco que dio el potro, seguido de los gritos del alarmado público. El joven retrocedió un paso y miró asombrado al indómito potro, que temblaba como una hoja y resoplaba rabioso moviendo salvajemente sus ojos inyectados en sangre, a la vez que se alzaba a cada minuto sobre sus patas traseras decidido a lanzarse contra viento y marea hasta llevarse por delante a los dos mozos de cuadra. Durante un minuto el caballero permaneció completamente desorientado. Después, ligeramente sonrojado por el pequeño incidente, elevó los ojos, miró alrededor y observó a las asustadas damas.

—¡Un buen caballo! —dijo como si hablara solo—; y, si se tiene en cuenta todo, debe ser un placer cabalgar sobre él, pero ¿saben? No iré —concluyó, dirigiéndose a nuestro anfitrión con una amplia y sencilla sonrisa que le iba tan bien a su bondadoso e inteligente rostro.

—A pesar de todo, le considero un extraordinario jinete, se lo prometo —respondió satisfecho el dueño del indomable potro, apretando con fuerza y probablemente agradecido la mano de su invitado—, pues desde el primer momento se percató usted del tipo de animal con que se las veía —añadió con dignidad—. ¿Querrá creerme que, después de veintitrés años de servicio en los húsares, he tenido el gusto de caer rodando a tierra hasta tres veces, las mismas que he subido a este... parásito? Tankred, amigo mío, somos poca cosa para ti. Debe de ser que tu jinete es algún Ilia Muromets que por ahora está quietecito en la aldea de Karacharovo esperando a que se te caigan los dientes. ¡Vamos, muchachos, lleváoslo de aquí! ¡Ya está bien de espantar a la gente! Lo han sacado en vano —concluyó, frotándose satisfecho las manos.

Hay que señalar que Tankred no le aportaba el más mínimo beneficio, y se limitaba a comer pienso de balde. Al margen de eso, el viejo húsar echó a perder su fama de remontista al pagar un fabuloso precio por un inservible parásito que sólo lucía por su belleza... Pero a pesar de todo el dueño estaba asombrado de que su Tankred no descuidara su dignidad, obligando a apearse a su jinete y ganándose con ello nuevos e inútiles laureles.

—¿Cómo? ¿No viene usted? —exclamó la rubia, que al parecer necesitaba irremediablemente que su cavalier servant estuviera junto a ella en aquella ocasión—. ¿Acaso no se atreve?

—¡Como lo está viendo! —le respondió el joven caballero.

—¿Y lo dice usted en serio?

—Escuche: ¿acaso desea que me rompa el cuello?

—Bueno. Pues monte usted mi caballo. No tema, es pacífico. No nos entretendremos. Enseguida les cambiarán las sillas. Yo intentaré montar el suyo. Es imposible que Tankred sea siempre tan descortés.

¡Dicho y hecho! La traviesa dama saltó de la silla y se plantó ante nosotros al terminar la frase.

—Conoce usted poco a Tankred si piensa que consentirá dejarse montar con su inservible silla. Y además no permitiré que se rompa usted el cuello. Porque ciertamente sería una lástima —dijo nuestro anfitrión con su afectada galantería, que ya no precisaba de aquella brusca y artificial forma de hablar que, según él pensaba, distinguía a un bonachón y viejo soldado, y que imaginaba que gustaba sobremanera a las damas. Ésa era una de sus fantasías, su manía más característica.

—¡Vamos! Y tú, llorica, ¿no querías probarlo? Tenías tantas ganas de hacer la excursión —dijo la audaz amazona al darse cuenta de mi presencia mientras me hacía burla e indicaba hacia Tankred con la única finalidad de no marcharse sin obtener nada, tras bajarse en vano del caballo, y sin haber soltado una pulla contra mí, ya que yo mismo había metido la pata por estar cerca de ella.

—Seguramente ¿no serás como...? Bueno, no vamos a mentar nombres de famosos héroes para que te avergüences de acobardarte; especialmente cuando te están observando todos, ¡maravilloso paje! — añadió ella a la vez que echaba una fugaz mirada a madame M*, cuyo coche estaba más cerca del porche que otros.

El odio y el sentimiento de venganza invadieron mi corazón cuando la maravillosa amazona se acercó a nosotros con intención de montar a Tankred... Pero no sería capaz de explicar lo que sentí ante aquella inesperada invitación de colegiala. De repente una idea pasó por mi cabeza... Fue en un instante o incluso menos, como si explotara la pólvora o rebasara una medida; de pronto me sentí tan indignado como si en aquel momento quisiera apabullar a todos mis enemigos para vengarme de ellos por todo y demostrar por fin qué clase de hombre era yo. O quizás fuera también que alguien me había enseñado entonces algo de la historia medieval, de la que yo hasta aquel momento nada sabía, y en mi cabeza, que daba vueltas, centellearon torneos, paladines, héroes, maravillosas damas, el honor y los ganadores; se oyeron las trompetas de los pregoneros, el sonido de las espadas, los gritos y aplausos de la muchedumbre, y entre todos esos gritos se oía uno, tímido, el de un corazón asustado que acariciaba el alma orgullosa y que era más dulce que la victoria y la gloria... Ignoro si toda aquella situación absurda se me pasó en aquel momento por la cabeza, o si como creo era el presentimiento de lo que se me avecinaba a causa del inevitable absurdo; yo sólo pensaba que había llegado mi hora. Mi corazón se exaltó, se estremeció, y ni yo mismo recuerdo cómo salté del porche y me planté junto a Tankred.

—Y ¿piensa usted que me da miedo? —exclamé yo de un modo descarado y orgulloso, inconsciente de lo que hacía y tan sofocado de excitación y sonrojo que las lágrimas me quemaban las mejillas—. Pues ¡ahora verá! —y, mientras me agarraba a las crines de Tankred, coloqué mi pie en el estribo antes de que a nadie le diera tiempo a hacer el más mínimo movimiento para sujetarme; en ese momento Tankred dio un respingo, elevó la cabeza y de un brusco salto se liberó de las manos de los mozos de cuadra que lo sujetaban; raudo como el viento echó a correr ante las exclamaciones y ayes de los presentes.

Sólo Dios sabe cómo pude levantar la otra pierna en plena carrera; tampoco logro entender cómo conseguí no perder las riendas. Tankred salió corriendo conmigo, atravesó los portones de rejas, giró bruscamente a la derecha y se dirigió sin detenerse a lo largo del enrejado sin saber adónde iba. Sólo en aquel momento pude oír detrás de mí las voces de unas cincuenta personas gritando, y esas exclamaciones resonaron en mi estremecido corazón con un sentimiento de satisfacción y orgullo que jamás olvidaré de aquel loco instante de mi infancia. Toda la sangre se me subió a la cabeza, me ensordeció y se esparció ahogando mi temor. No me reconocía ni yo mismo. Y realmente, según lo recuerdo ahora, había en todo ello algo de caballeresco.

Por otra parte, todas mis andanzas caballerescas comenzaron y finalizaron en menos de un instante, pues de lo contrario este caballero lo habría pasado mal. Ignoro cómo pude salir sano y salvo de aquel trance. Sabía montar a caballo: me lo habían enseñado. Pero mi caballo se parecía más a una oveja que a un caballo propiamente dicho. Claro que podía haber salido disparado y caerme de Tankred, aunque sólo si le hubiera dado tiempo; al dar unos cincuenta pasos, de pronto se asustó de una piedra de considerable tamaño que había en medio del camino y dio un respingo, echándose atrás. Giró según galopaba, aunque lo hizo tan bruscamente que hasta el día de hoy me sigo preguntando cómo es posible que no saliera despedido de la silla como una pelota lanzada a tres sázhenas de distancia, que no me matara y que Tankred no se partiera las patas al girar tan bruscamente. Se volvió atrás, hacia los portones, y mientras movía bruscamente la cabeza se puso, enloquecido, a dar brincos de un lado a otro, poniéndose de manos e intentando con cada salto desprenderme de su lomo, como si un tigre se hubiera lanzado sobre él clavándole sus uñas y dientes en la carne. Un momento más... y me caería; ya me estaba cayendo; pero unos jinetes venían a toda prisa a socorrerme. Dos de ellos le cerraron el paso al caballo y otros dos se acercaron tanto que les faltó poco para aplastarme las piernas. Rodearon a Tankred por ambos lados con sus caballos, y los dos sujetaron sus riendas. Al cabo de unos segundos ya estábamos cerca del porche.

Me bajaron del caballo, pálido y sin que apenas pudiera respirar. Temblaba como un tallo de hierba azotado por el viento, igual que Tankred, que empujaba hacia atrás con todo su cuerpo, inmóvil con los cascos clavados en tierra y echando el sofocado aliento de sus humeantes ijares; temblaba nervioso, verdaderamente petrificado de humillación y rabia por la insolencia de un crío sin castigar. Alrededor se oían exclamaciones de turbación, asombro y miedo.

En aquel momento mi mirada perdida se cruzó con la de madame M*, que estaba alarmada y pálida; no puedo olvidar aquel instante. En un momento todo mi rostro se cubrió de rubor y se prendió como el fuego. No sé lo que me sucedió, pero, turbado y asustado de mi propia sensación, bajé tímidamente la mirada. Pero ésta fue advertida, captada y arrebatada. Todos se fijaron en madame M*, quien, presa de la atención general, se sonrojó como una niña por algún sentimiento involuntario e inocente y, aunque torpe en su esfuerzo, intentó sofocar su sonrojo con una sonrisa...

Todo ello, lógicamente, resulta muy gracioso si se observa desde fuera; aunque en aquel momento una inesperada e ingenua situación me salvó de la risa generalizada y le dio un colorido especial a lo sucedido. La culpable de todo aquel alboroto, la que hasta aquel momento era mi irreconciliable enemiga, mi maravillosa tirana, se lanzó de pronto a abrazarme y a darme besos. Miraba sin dar crédito a sus ojos cuando me atreví a desafiarla y levantar el guante que ella me había arrojado mirando a madame M*. Casi se muere de susto y remordimiento cuando me vio volando a lomos de Tankred. Y en aquel momento, cuando todo había terminado y ella había captado, igual que otros, mi mirada a madame M* así como mi turbación y mi inesperado sonrojo; cuando finalmente se le ocurrió otorgar a aquel instante, gracias a la predisposición de su romántica y superficial cabecita, una idea nueva, secreta e inexpresada... en aquel momento, después de lo sucedido, se entusiasmó tanto con mi "caballerosidad" que se lanzó hacia mí y, toda conmovida, feliz y orgullosa de mí, me apretó contra su pecho. Al instante, con semblante completamente ingenuo y serio, sobre el que brillaban dos cristalinas lágrimas, se volvió hacia los que nos rodeaban y en un tono grave que jamás había oído en ella, dijo, señalándome:

—Mais c'est très sérieux, messieurs, ne riez pas!12—sin percatarse de que cuantos estaban frente a ella parecían hechizados contemplando su claro entusiasmo. Todos aquellos movimientos suyos rápidos e inesperados, su seria expresión de cara, su cándida ingenuidad, aquellas hasta entonces insospechadas lágrimas que se concentraban en sus eternamente sonrientes ojillos, resultaban tan milagrosamente inesperados en ella que todos se quedaron clavados frente a ella electrizados por su fugaz mirada, su palabra ardiente y su gesto. Parecía que nadie podía desviar de ella la mirada por miedo a perderse aquel espontáneo minuto que expresaba su inspirado rostro. Incluso el anfitrión se puso más colorado que un tulipán, y, según afirman, más tarde se le oyó confesar que "para su sonrojo" había estado durante casi un minuto enamorado de su arrebatadora invitada. Pero, después de cuanto había sucedido, el caballero, el héroe, lógicamente, era yo.

Alrededor se oyeron exclamaciones y aplausos.

—¡Viva la nueva generación! —añadió el anfitrión.

—¡Tiene que hacer la excursión con nosotros! ¡Tiene que hacerla sin falta! —exclamó la beldad—. Tenemos que hacerle un hueco para que venga con nosotros. Puede ir conmigo sentado en mis rodillas... ¡o no, no! ¡Me he confundido...! —corrigió ella, para después echarse a reír sin poder aguantar la risa al recordar el día en que nos conocimos. Pero mientras se reía me acariciaba suavemente la mano, intentando con todas sus fuerzas mimarme para que yo no me ofendiera.

—¡Por supuesto, por supuesto! —exclamaron varias voces—. Tiene que hacer la excursión, se merece un hueco —y, en un instante, todo quedó resuelto—. Aquella solterona que me presentó a la rubia fue asediada al instante con ruegos de todos los jóvenes para que me cediera su lugar y se quedara ella en casa, solicitud que muy a su pesar se vio en la obligación de aceptar, sonriendo por fuera pero contrariada y gruñona por dentro. Su protectora, que antes había sido enemiga mía y ahora era amiga, le gritó al galope, desde su veloz caballo y riendo como una cría, que la envidiaba y que le hubiera encantado quedarse con ella, ya que de un momento a otro iba a ponerse a llover y todos nos mojaríamos.

Su profecía pareció cumplirse realmente. Al cabo de una hora nos sorprendió una fuerte lluvia y nuestro paseo tuvo que interrumpirse.

Tuvimos que aguardar varias horas en casas de gente labriega para regresar hacia las diez, con el ambiente húmedo tras la lluvia. Yo empecé a tiritar. En aquel instante, cuando ya nos disponíamos a montar nuestros caballos y partir, se me acercó madame M* y, sorprendida, me preguntó por qué iba tan desabrigado. Le respondí que no me había dado tiempo de coger la gabardina. Ella sacó un imperdible y me prendió los cuellos hacia arriba; se quitó de su cuello un pañuelo de seda y lo ató al mío para que no cogiera frío en la garganta. Lo hizo tan deprisa que no me dio tiempo ni de darle las gracias.

Cuando regresamos a casa la busqué en el pequeño salón, junto a la rubia y el joven de cara pálida que aquel día dejó en mal lugar su fama de buen jinete, por no atreverse a montar a Tankred. Yo me acerqué para darle las gracias y devolverle el pañuelo. Pero en ese momento, después de todas mis peripecias, y sin saber el motivo, me sentía incómodo. Tenía ganas de subir lo antes posible a mi habitación y, una vez allí, pensar y reflexionar un rato. Tenía multitud de nuevas impresiones. Al devolverle el pañuelo, como era de esperar, me sonrojé hasta las orejas.

—Apuesto a que le gustaría quedarse el pañuelo —comentó el joven sonriendo—; sus ojos dicen que le da lástima desprenderse de él.

—¡Eso, eso es! —añadió la rubia—. ¡Hay que ver cómo es! ¡Ay!... —dijo, al parecer enojada y moviendo la cabeza; se detuvo al instante frente a la seria mirada de madame M*, que no tenía ganas de bromear.

Me aparté lo más deprisa que pude.

—¡Hay que ver cómo eres! —dijo la colegiala, alcanzándome en la habitación contigua y cogiéndome de las manos—. Si tenías tantas ganas podías haberte quedado con el pañuelo. Podías haber dicho que lo dejaste en algún lugar que no recuerdas y ya está. ¡Hay que ver cómo eres! ¡No te has atrevido a hacerlo! ¡Qué gracioso!

Y en ese momento me dio suavemente con su dedo en la barbilla y se echó a reír porque me había sonrojado como una amapola:

—Pero ahora yo soy tu amiga, ¿no es así? ¿Verdad que ha terminado nuestra hostilidad? ¿Sí o no?

Me eché a reír y sin decirle nada estreché sus dedos.

—¡Pero bueno...! ¿Por qué estás tan pálido y temblando? ¿Tienes escalofríos?

—Sí. No me encuentro bien.

—¡Ay, pobrecillo! ¡Eso te pasa por las impresiones tan fuertes que has tenido! ¿Sabes una cosa? Será mejor que te vayas a dormir, sin esperar la cena; se te pasará durante la noche. Vamos.

Me acompañó arriba y me pareció que se excedía en atenciones conmigo. Tras esperar a que me desvistiera, se fue abajo para subirme después personalmente una taza de té cuando ya me había metido en la cama. También me trajo una manta caliente. Las atenciones y los cuidados que me prodigaba me sorprendieron hasta conmoverme, o tal vez yo estuviera predispuesto a ello por la excursión y la fiebre. Al despedirme de ella le di un fuerte y caluroso abrazo, como si yo fuera un amigo querido y cercano, y en ese momento todas las impresiones afluyeron de golpe a mi enternecido corazón. Me faltó poco para echarme a llorar al apretarme contra su pecho. Ella se dio cuenta de mi impresión, y creo que mi revoltosa amiga también estaba algo emocionada...

—Eres un chico excepcionalmente bueno —dijo, mirándome con sus suaves ojillos—; por favor, no te enfades conmigo, ¿de acuerdo?, ¿lo harás?

En una palabra, nos hicimos buenos y fieles amigos.

Cuando me desperté era muy temprano, pero el sol ya inundaba toda la habitación con su clara luz. Me incorporé de la cama completamente sano y alegre, como si no hubiera tenido fiebre la noche anterior o si en ese momento se hubiera desplazado por una inexplicable alegría que sentía en mi interior. Recordé lo sucedido el día anterior, y sentí que habría podido entregar toda mi felicidad por haber podido en aquel momento abrazar, igual que el día anterior, a mi nueva amiga, nuestra beldad de manos blancas. Pero era muy temprano y todos estaban durmiendo. Tras vestirme a toda prisa salí al jardín y desde allí al bosque. Intentaba llegar al lugar donde había más vegetación, donde la resina de los árboles olía más intensamente y el rayo de sol se introducía más radiante y feliz de penetrar por los recovecos del tupido follaje. Hacía una mañana espléndida.

Sin darme cuenta y adentrándome cada vez más, salí finalmente al otro lado del bosque, donde se encontraba el río Moskova. Fluía a unos doscientos pasos de mí y estaba al pie de la colina. En la otra orilla estaban segando el heno. Me quedé contemplando cómo una hilera de afiladas guadañas, a cada golpe de los segadores, relucía amigablemente para nuevamente desaparecer escondiéndose como culebrillas de fuego. Miraba cómo la hierba, cortada de raíz, caía en espesos y gruesos montones, y se colocaba en rectos y largos surcos. Ya no recuerdo cuánto tiempo estuve contemplándolo, cuando de pronto, en el bosque, a unos veinte pasos de mí, en el cortafuego que se extendía desde el camino ancho que llevaba hasta la casa del dueño, oí el resoplido y los impacientes pasos de un caballo que piafaba. Ignoro si oí al caballo en el momento en que se acercaba y se detenía el jinete o si, por el contrario, el ruido llevaba ya largo rato acariciándome inútilmente el oído, incapaz de arrancarme de mi contemplación. Con curiosidad me adentré en el bosque y, tras dar unos pasos, escuché unas voces que hablaban deprisa pero bajito. Me acerqué un poco más, apartando cuidadosamente las últimas ramas de los arbustos que orlaban el cortafuego, y al instante retrocedí asombrado: ante mis ojos relució un vestido blanco que me resultó familiar y una voz femenina suave como una melodía resonó en mi corazón. Era madame M*. Estaba de pie junto a un jinete que le hablaba deprisa desde su caballo. Para mi asombro pude reconocer a monsieur N*, el joven que el día anterior por la mañana se había marchado de la hacienda y que había ocasionado tantos desvelos a monsieur M*. Habían dicho que se marchaba muy lejos, al sur de Rusia, y me extrañó sobremanera volverle a ver de nuevo en nuestro bosque, tan temprano y junto a madame M*.

Ella parecía tan animada y alterada como jamás la había visto. Unas lágrimas brillaban en sus mejillas. El joven sostenía su mano, que besaba inclinado desde su montura. Los sorprendí en el momento de la despedida. Parecían tener prisa. Finalmente él sacó de su bolsillo un sobre cerrado, se lo entregó a madame M*, la abrazó igual que antes sin bajarse de su caballo y le dio un fuerte y prolongado beso. Un instante después, golpeó con la fusta a su caballo y como un relámpago pasó cerca de mí. Madame M* le siguió con la mirada durante unos segundos; después, pensativa y triste, se dirigió camino de casa. Pero, tras dar un par de pasos por el cortafuego, de pronto pareció despabilarse, apartó enérgicamente las ramas de los arbustos y se puso a andar atravesando el bosque.

Yo la seguía, asombrado y perturbado de lo que había visto. Mi corazón latía fuertemente, como cuando uno se da un gran susto. Estaba aturdido y ofuscado. Mis pensamientos se esparcían y desparramaban; aunque recuerdo que por alguna causa me sentía terriblemente triste. De cuando en cuando veía refulgir su vestido blanco por entre el follaje del bosque. Yo la seguía mecánicamente, sin perderla de vista, pero tembloroso de miedo por si se percataba de mi presencia. Finalmente salió al camino que conducía al jardín. Dejé pasar medio minuto, y salí también yo al camino. Pero cuál no sería mi sorpresa cuando de pronto me di cuenta de que sobre la gravilla rojiza del sendero había un sobre cerrado que reconocí nada más verlo: el mismo que hacía diez minutos le había entregado el jinete a madame M*.

Lo recogí del suelo. Era blanco y no llevaba firma alguna. Al primer golpe de vista no era grande pero parecía grueso y pesado, como si en su interior llevara unos tres pliegos de carta o más.

¿Qué llevaría dentro? ¡Indudablemente desvelaría todo el secreto! Probablemente en su interior se hallara aquello que el señor N* habría querido terminar de decir y que no pudo por la precipitación y la brevedad del encuentro. Ni siquiera bajó del caballo... Tal vez tuviera prisa o quizás temiera contradecirse en el momento de la despedida, ¡sabe Dios...!

Me detuve sin salir al sendero, tiré el sobre en el lugar más visible del camino sin apartar los ojos de él, suponiendo que madame M* se daría cuenta de que lo había perdido y que regresaría y se pondría a buscarlo. Pero tras esperar unos minutos no aguanté más, recogí nuevamente el sobre del suelo, lo metí en un bolsillo y eché a correr tras madame M*. La alcancé ya en el jardín, en la gran alameda. Se dirigía a la casa con pasos rápidos y apresurados, aunque pensativa y con los ojos clavados en tierra. No sabía qué hacer, si acercarme y entregárselo. Hacerlo sería como decir que lo sabía todo y lo había visto todo. Al empezar a hablar me pondría nervioso.

¿Cómo podría mirarla? Y ¿cómo me miraría ella...? Yo esperaba que se diera cuenta de que lo había perdido y se volviera atrás, en cuyo caso yo podría dejar disimuladamente el sobre en el suelo para que ella lo viese. ¡Pero no fue así! Ya nos estábamos acercando a la casa; y los que estaban allí ya la podían ver...

Aquella mañana casi todo el mundo se había levantado muy temprano porque ya desde el día anterior, y a consecuencia de la malograda excursión, habían planeado hacer otra, cosa que yo ignoraba. Todos se estaban preparando para partir y desayunaban en la terraza. Esperé unos diez minutos para que no me vieran junto a madame M*, y, bordeando el jardín, me acerqué por otro lado a la casa, bastante más tarde que ella. Ella iba y venía por la terraza, estaba pálida y excitada, con las manos cruzadas sobre el pecho, y por todo su comportamiento era visible que quería mantenerse firme, intentando sofocar en su interior la dolorosa y desesperada tristeza que no hacía más que asomar a sus ojos, en su forma de andar y en todos y cada uno de sus movimientos. En algunos momentos descendió la escalinata y dio unos pasos alrededor de los parterres en dirección al jardín. Sus ojos inquietos, ansiosos e incluso indiscretos, buscaban algo sobre la arena de los senderos y el suelo de la terraza. No cabía duda: se había dado cuenta de la pérdida y debía estar pensando en algún lugar cerca de casa en que perdió el sobre. ¡Sí, eso era! Y estaba convencida de ello.

Alguien se percató de su palidez y excitación, detalle que después confirmaron otros invitados. Empezó el aluvión de preguntas sobre su estado de salud y las enojosas lamentaciones. Ella se veía en la necesidad de bromear, sonreír y aparentar estar contenta. De vez en cuando miraba a su marido, que estaba de pie al fondo de la terraza hablando con dos damas, e igual que sucediera la tarde en que éste llegó, el temblor y la confusión se apoderaron de ella. Con la mano metida en el bolsillo y agarrando fuertemente el sobre, yo me mantenía alejado de todos, rogando para que madame M* se percatara de mi presencia. Deseaba tranquilizarla y animarla aunque sólo fuera con la mirada, decirle algo furtivamente y a escondidas. Pero, cuando casualmente me miró, me estremecí y bajé los ojos.

Yo veía cómo sufría y no me equivocaba. Hasta el día de hoy ignoro el secreto, y no sé nada, excepto lo que vi y que ahora estoy contando. Pero aquella relación podría no ser lo que me pareció al primer golpe de vista. Puede que aquel beso fuera el de despedida, o la última y débil recompensa por el sacrificio en aras de su tranquilidad y honor. El señor N* se marchaba; probablemente, la dejaba para siempre. Finalmente, incluso esta carta que yo apretaba entre mis manos; ¿quién sabe lo que contendría? ¿Cómo habría de juzgarse, y quién debía hacerlo? Mientras tanto, es indudable que una repentina revelación del secreto se convertiría en un horror y en un fuerte golpe para su vida. Todavía recuerdo su rostro durante aquel minuto: sufría lo indecible. Sentir, saber y estar segura y a la espera de la sentencia que al cabo de un cuarto de hora o un minuto lo sacaría todo a la luz. Alguien podía encontrar el sobre y recogerlo del suelo. Como no llevaba destinatario podían abrirlo y... ¿qué sucedería en tal caso? ¿Qué otra sentencia peor que ésta la esperaba? Iba y venía por la terraza rodeada de sus futuros jueces.

Pasados unos minutos sus sonrientes y aduladores semblantes se tornarían severos e implacables. Ella vería la burla, la maldad y el frío desprecio en aquellos rostros y después una noche interminable y oscura cubriría su vida... Sí, por aquel entonces yo no entendía lo que sucedía como ahora. Únicamente podía sospechar, presentir y compadecerme de todo corazón del peligro que la acechaba, del cual no era completamente consciente. Fuera cual fuere su secreto... el caso es que con aquellos dolorosos instantes de los que fui testigo, y que jamás olvidaré, ya había expiado ella mucho, si es que tenía algo que expiar.

De repente sonó la alegre llamada para partir de excursión; todos se mostraron ajetreados y alegres; por todas partes se oían vivas conversaciones y risas. Pasados un par de minutos la terraza quedó desierta. Madame M* no quiso hacer la excursión, alegando finalmente estar indispuesta. Pero, gracias a Dios, todos partieron apresuradamente y no había tiempo para importunarla con lamentaciones, preguntas y consejos. Unos pocos se quedaron en casa. El marido de madame M* intercambió con ella un par de palabras; ella le respondió que hoy mismo se repondría, que no se preocupara, que no necesitaba retirarse a su habitación para descansar y que prefería dar conmigo a solas una vuelta por el jardín... En aquel momento me miró. ¡Yo no podía sentirme más feliz! Me sonrojé de alegría. Al cabo de un minuto emprendimos el paseo.

Seguía los mismos senderos, paseos y caminitos por los que hacía poco regresó del bosque, recordando instintivamente el itinerario que había seguido y mirando inmóvil delante de ella, sin apartar los ojos de la tierra y buscando algo sin hablar conmigo, olvidándose probablemente de que caminaba junto a ella.

Pero, cuando casi habíamos llegado al lugar donde yo recogí el sobre y donde finalizaba el sendero, madame M* de pronto se detuvo y con voz débil y angustiada me dijo que se encontraba peor y que pensaba regresar a casa. Al llegar a la reja del jardín, se paró otra vez, y se quedó pensativa un rato; la sonrisa de desesperación afloró a sus labios y completamente vencida, agotada, decidida y resignada a todo, se dirigió en silencio al primer camino, olvidándose, en esta ocasión, incluso de avisarme...

Yo estaba triste a más no poder y sin saber qué hacer.

Nos dirigimos, o mejor dicho, la conduje hasta el lugar en que hacía una hora había oído yo el ruido de los pasos de un caballo y la conversación entre ellos. Allí, junto al espesor del olmo, había un banco esculpido en una enorme piedra y sobre el que se enredaba la hiedra y crecía jazmín salvaje y escaramujo. (Todo ese bosque estaba repleto de puentecillos, cenadores, grutas y sorpresas por el estilo). Madame M* se sentó en el banco, mirando inconscientemente el encantador paisaje que se extendía frente a ella. Al cabo de un minuto abrió un libro e inmóvil se quedó mirándolo sin pasar página ni leer; apenas sabía lo que hacía. Ya eran las nueve y media de la mañana. El sol estaba muy alto, y se desplazaba esponjosamente sobre nuestras cabezas por el azul y profundo cielo, consumiéndose en su propio fuego. Los segadores ya estaban lejos: apenas se les veía desde nuestra orilla. Tras ellos, seguían uno tras otro infinitos surcos de hierba segada y de cuando en cuando el apenas perceptible aire nos traía su fresca fragancia. Alrededor de nosotros se oía el ininterrumpido concierto de gorjeos de los que "ni siembran ni siegan», sino que son libres como el aire que surcan con sus ágiles alas. Parecía que en aquel momento cada flor y el insignificante tallo de hierba, con el humeante aroma de la abnegación, le susurraban a su creador: "¡Dios mío, qué feliz soy!".

Miré a la pobre mujer, que sólo ella parecía un ser inanimado en medio de aquella vida alegre: sobre sus pestañas había dos grandes y fijas lágrimas, que con gran dolor afloraron de su corazón. En mi mano tenía la posibilidad de hacer revivir y sentirse feliz a aquel pobre y entristecido corazón, sólo que ignoraba cómo abordar la situación y dar el primer paso. Estaba sufriendo. Varias veces estuve tentado de tomar la decisión de acercarme a ella y cada vez algún sentimiento nuevo me dejaba clavado en el sitio haciéndome sonrojar como si me prendieran fuego.

De pronto una idea me aclaró la situación. Había encontrado el medio; y yo estaba salvado.

—¿Quiere que vaya a recoger flores y le haga un ramo? —dije, con una voz tan alegre que madame M* alzó de pronto la cabeza y se quedó mirándome fijamente.

—¡Ve! —dijo por fin ella con voz débil y sonriendo suavemente, a la vez que bajaba instantáneamente la cabeza para clavar sus ojos en el libro.

—¡Porque también aquí pueden segar la hierba y hacer desaparecer las flores!—exclamé yo, mientras me disponía alegre para la tarea.

Rápidamente recogí un ramo de flores; un ramo sencillo y modesto. A uno le daría bochorno ponerlo en un jarrón. Pero con cuanta alegría latía mi corazón mientras lo recogía y ataba. El escaramujo y el jazmín campestre los recogí en el mismo sitio. Sabía que cerca había un campo con los trigales en flor. Corrí hacia allí para recoger los acianos. Los mezclé con las largas espigas de trigo, de las que había escogido las más doradas y colmadas. En el mismo lugar, muy cerca de allí, encontré toda una familia de nomeolvides y mi ramo ya empezó a rellenarse. Más lejos, en el campo, encontré campanillas azules y claveles salvajes, y bajé hasta la misma orilla del río para recoger los nenúfares amarillos. Finalmente, ya de regreso, me introduje por un instante en el bosque para cortar unas hojas de arce de vivo color verde con que rodear el ramillete, y casualmente me topé con toda una familia de pensamientos silvestres junto a los cuales, para mi felicidad, el aromático olor a violetas que provenía de la jugosa y espesa hierba ocultaba una flor, todavía cubierta de brillantes gotas de rocío. El ramo ya estaba listo. Lo até con una larga y fina hierba, que trencé como una sirga, introduje cuidadosamente el sobre en su interior, y lo oculté entre las flores. Lo había hecho de tal modo que podía verse con sólo mirar el ramo.

Se lo llevé a madame M*.

Por el camino me pareció que el sobre asomaba demasiado y lo cubrí un poco más. Cuando me estaba acercando, lo empujé más adentro entre las flores, y finalmente, ya casi en el lugar donde se encontraba ella, de pronto lo introduje tan dentro del ramo que desde fuera apenas se veía. Mis mejillas ardían como el fuego. Quería taparme la cara con las manos y echarme a correr al instante, pero ella miró mi ramo como si hubiera olvidado completamente que había ido a recogerlo. Mecánicamente, y sin apenas mirarme, extendió la mano y cogió mi regalo, para depositarlo al instante sobre el banco como si ésa fuera la finalidad, y de nuevo, completamente ensimismada, bajó la mirada al libro. Me entraron ganas de llorar por mi fracaso. "¡Lo único que quiero es que no aparte el ramo de su lado!", pensé, "¡que no se olvide de él!". Me tumbé sobre la hierba, no lejos del banco, coloqué la mano debajo de la cabeza y cerré los ojos, como si tuviera sueño. Pero no apartaba los ojos de ella y permanecía a la espera...

Pasaron unos diez minutos; me daba la impresión de que ella estaba cada vez más pálida... De pronto, una casualidad salió en mi ayuda.

Se trataba de una grande y dorada abeja que para mi suerte había traído el aire consigo. Al principio revoloteó zumbando sobre mi cabeza y después se acercó a madame M*. Un par de veces ella la apartó con la mano, pero la abeja, como si fuera a propósito, se ponía cada vez más pesada. Por fin, madame M*, cogió mi ramo y lo sacudió delante de ella. En ese instante, el sobre salió de entre las flores y cayó justo en el libro, que estaba abierto. Me estremecí. Durante un rato madame M*, estupefacta de asombro, miraba tan pronto el sobre como el ramo que sostenía entre sus manos y parecía no dar crédito a sus ojos... De repente se sonrojó y, sofocada, me miró. Pero a mí ya me había dado tiempo a captar su mirada y cerrar fuertemente los ojos haciéndome el dormido. En aquel momento, por nada del mundo la habría mirado directamente a la cara. El corazón me palpitaba ansioso como un pajarillo que ha caído preso en las manos de un chaval travieso de cabellos alborotados. No recuerdo cuánto tiempo estuve echado de ese modo, con los ojos cerrados. Unos dos o tres minutos. Por fin me atreví a abrirlos. Madame M* leía ansiosa la carta y, por las mejillas encendidas, por la mirada iluminada y humedecida, así como por la claridad de su rostro, en el que cada rasgo palpitaba de alegre sensación, me percaté de que aquella carta era portadora de la felicidad y de que toda su tristeza se había desvanecido como humo. Un sentimiento dulce y doloroso se adhirió a mi corazón, y me costaba trabajo fingir...

¡Jamás olvidaré aquel momento!

De improviso, todavía lejos de nosotros, se oyeron unas voces:

—¡Madame M*! ¡Natalie! ¡Natalie!

Madame M* no respondió, se levantó rápidamente del banco, se acercó a mí y se agachó. Sentí cómo me miraba directamente a la cara. Mis pestañas temblaron, pero me contuve y no abrí los ojos. Procuraba respirar uniforme y tranquilamente, pero el corazón me ahogaba con sus bruscas palpitaciones. Su cálido aliento me abrasaba las mejillas; ella se agachó muy cerca de mi cara como si me estuviera poniendo a prueba. Finalmente, un beso y unas lágrimas cayeron sobre mi mano, la que tenía puesta sobre mi pecho. Me besó dos veces.

—¡Natalie! ¡Natalie! ¿Dónde estás? —se oyó de nuevo, esta vez ya muy cerca de nosotros.

—¡Ya voy!—dijo madame M* con su voz plateada y suave, pero tan apagada y temblorosa por las lágrimas que sólo yo pude oírla—. ¡Ya voy!

En ese instante fue cuando mi corazón me traicionó, y me dio la impresión de que toda la sangre afluía a mis mejillas. En aquel momento, un rápido y ardiente beso abrasó mis labios. Lancé un suave grito, abrí los ojos, pero al instante un pañuelo de seda me cayó sobre ellos, como si con él quisiera ella resguardarme del sol. Al cabo de un rato había desaparecido. Sólo pude oír el rumor apresurado de sus pasos que se alejaban. Estaba solo.

Me quité el pañuelo de la cara y me puse a besarlo entusiasmado; permanecí varios minutos como si estuviera trastornado. Sin apenas coger aliento y con los codos apoyados en la hierba, inmóvil e inconscientemente contemplé el paisaje que dibujaban las colinas abigarradas de trigales, el río que se deslizaba serpenteándolas, y a lo lejos, tan lejos hasta donde alcanzaba la vista, ondulándose entre nuevas colinas y aldeas, centelleando como puntos sobre la lontananza iluminada, los azules y apenas perceptibles bosques, que parecían humeantes al borde del incandescente cielo; y un dulce silencio, que parecía emanar de un solemne cuadro, poco a poco fue sosegando mi corazón. Me encontré aliviado y respiré con libertad... Pero toda mi alma empezó a sentir una dulce y apagada nostalgia, como si entreviera algo similar a un presentimiento. Mi corazón, asustado y tembloroso por la espera, parecía adivinar algo tímida y alegremente... De pronto mi pecho se agitó y sentí en él un dolor como si algo lo penetrara y unas dulces lágrimas brotaron de mis ojos. Me cubrí la cara con las manos y, temblando como un tallo de hierba, sin ningún obstáculo me entregué al primer conocimiento y la primera revelación de mi corazón, a la primera sensación de mi aún confusa naturaleza de hombre... En aquel instante finalizaba mi primera infancia.

Cuando, al cabo de dos horas, regresé a casa, ya no encontré a madame M*; se había marchado con su marido a Moscú, por algo que les había surgido repentinamente. Nunca más volví a verla.

UN EPISODIO VERGONZOSO

Este episodio vergonzoso sucedió exactamente en el momento en que, con incontenible ímpetu y conmovedor e ingenuo arrebato, comenzaba el resurgimiento de nuestra querida patria y la tendencia de todos nuestros heroicos hijos hacia nuevos destinos y esperanzas. Esto sucedió durante el invierno, en una clara y gélida noche, cerca de las doce, cuando tres distinguidos caballeros estaban sentados en una confortable, e incluso lujosa, habitación de una espléndida casa de dos plantas en la zona de San Petersburgo, entregados a una seria y excelente conversación sobre un tema un tanto curioso.

Esos tres hombres vestían uniforme de general. Estaban sentados alrededor de una pequeña mesita, cada uno de ellos en su correspondiente y mullido sillón, y, mientras duraba la conversación, bebían champán silenciosa y confortablemente. La botella estaba allí mismo, sobre la mesa, en una cubitera de plata con hielo. La cuestión estriba en que el dueño, un consejero privado, Stepán Nikíforovich Nikíforov, un viejo solterón de unos sesenta y cinco años, estaba celebrando su mudanza a una casa recién comprada, que por cierto también coincidía con el día de su cumpleaños, que él hasta entonces nunca había celebrado.

Además, la celebración no era cualquier cosa; y, tal y como ya hemos mencionado, había sólo dos invitados, ambos antiguos compañeros y subordinados del señor Nikíforov, y para más exactitud: el consejero estatal en activo, Semión Ivánovich Shipulenko, y el también consejero estatal en activo, Iván Ilich Pralinski. Habían llegado hacia las nueve de la noche, tomaron el té y después se pusieron a beber vino, sabiendo que justo a las once y media debían marcharse a su casa. El dueño de la casa había amado durante toda su vida la regularidad. Es preciso decir dos palabras acerca de él: había comenzado su carrera como funcionario de bajo rango, aguantando tranquilamente durante cuarenta y cinco años seguidos y sabiendo perfectamente hasta dónde podía llegar; no soportaba la idea de alcanzar las estrellas del cielo, aunque ya luciera dos de ellas en su uniforme; no le agradaba en absoluto, por el motivo que fuese, dar su propia opinión.

Era honesto, lo que vale a decir que no se le había presentado la ocasión de hacer algo deshonesto; estaba soltero, porque era un egoísta; no era nada tonto, pero en el momento actual no podía demostrar su inteligencia; lo que más le disgustaba era el desorden y el entusiasmo, que los consideraba como una alteración moral, y en los últimos años de su vida se había sumergido en una especie de vago confort y soledad sistemática. Y aunque a veces iba como invitado a casas de personas de mejor posición, ya desde su juventud no soportaba tener invitados en su casa y últimamente, si no hacía solitarios, se congratulaba con la compañía de su reloj de mesa, en el que escuchaba imperturbablemente, durante las tardes que pasaba dormitando en su sillón, su tictac debajo de la campana de cristal que estaba sobre la chimenea. Gozaba de un excelente aspecto y un rostro bien afeitado, lo que le hacía parecer que incluso tenía menos edad: estaba bien conservado, prometía vivir muchos años, y se comportaba como un verdadero caballero. Ocupaba un puesto bastante cómodo: mantenía algunas reuniones y firmaba algunos papeles. Resumiendo, se le consideraba una excelente persona. Únicamente poseía una pasión o, mejor dicho, un ferviente deseo: tener una casa propia, y exactamente eso, una casa, construida al estilo señorial y no simplemente por invertir el capital. Finalmente su deseo se hizo realidad: estuvo buscando y compró una casa en la zona de San Petersburgo; a decir verdad, algo lejos, pero era una residencia con jardín y, además, una casa distinguida.

El nuevo propietario consideraba que resultaba mejor que se encontrara lejos: no le gustaba recibir a gente en su casa y para desplazarse a algún lugar, o incluso para ir a trabajar, disponía de un coche de dos plazas de color chocolate, del cochero Mijei y de dos pequeñas pero fuertes yeguas. Todo ello había sido adquirido gracias a una cuidadosa economía durante cuarenta años, de modo que su corazón estaba resplandeciente de felicidad. He aquí la razón por la cual al comprar la casa, y al mudarse a ella, Stepán Nikíforovich sintió en su tranquilo corazón tanta satisfacción que hasta invitó a gente el día de su cumpleaños, que antes ocultaba celosamente hasta a sus conocidos más cercanos. Para uno de los invitados guardaba incluso una especial propuesta. Dentro de la casa, él mismo había ocupado el piso de arriba, y para el de abajo, igualmente construido y distribuido, necesitaba un inquilino.

Stepán Nikíforovich pensaba en Semión Ivánovich Shipulenko, y durante aquella tarde sacó en un par de ocasiones la conversación sobre este tema. Pero Semión Ivánovich se quedaba callado al respecto. También era un hombre al que le había costado trabajo abrirse camino en la vida durante mucho tiempo y con dificultad; tenía el cabello negro, patillas, y una permanente sombra de enojo en su fisonomía. Estaba casado y era un lúgubre amante de su hogar, donde mandaba con temor de todos; en su trabajo se sentía muy seguro de sí mismo, y también sabía perfectamente hasta dónde podía llegar y, mejor aún, hasta dónde no llegaría nunca, ocupaba un puesto cómodo y estaba bien agarrado a él. Observaba el nuevo orden de cosas aunque con cierta rabia, pero sin excesiva preocupación: estaba muy seguro de sí mismo y no sin maliciosa ironía escuchaba la verborrea de Iván Ilich Pralinski sobre nuevos temas. A decir verdad, todos ellos habían bebido un poco más de la cuenta, de manera que el propio Stepán Nikíforovich se mostró condescendiente con el señor Pralinski y se puso a discutir ligeramente con él sobre las nuevas costumbres. Pero es preciso decir unas palabras sobre el señor Pralinski, pues es el protagonista principal del presente relato.

En realidad, al consejero de estado, Iván Ilich Pralinski, sólo hacía cuatro meses que se le había otorgado el tratamiento de excelencia; en una palabra, era un general de corta edad. Por la edad que tenía, parecía un hombre joven, de no más de unos cuarenta y tres años, pero por su aspecto parecía aún más joven y eso le gustaba. Era un hombre atractivo y alto, presumía de su forma de vestir y de su refinada sobriedad en los atuendos; con gran habilidad llevaba una condecoración que le colgaba del cuello; ya desde la infancia había adquirido ciertos hábitos y maneras de la alta sociedad, y desde soltero soñaba con casarse con una novia rica y de clase alta. Todavía soñaba mucho, aunque no era nada tonto.

Además, era un gran conversador y hasta le gustaba adoptar poses de parlamentario. Procedía de una buena familia, y era un holgazán e hijo de un general; en su más tierna infancia vestía de terciopelo y batista; se educó en una institución aristocrática y, aunque no saliera de allí con muchos conocimientos, pudo entrar en la Administración y llegar hasta el generalato. Los jefes le consideraban una persona con dotes, e incluso depositaban su confianza en él. Stepán Nikíforovich, bajo cuyo mandato había comenzado y continuado su carrera, casi hasta el mismo generalato, jamás lo había considerado persona especialmente eficiente, y nunca había esperado mucho de él. Pero le gustaba que procediera de una buena familia, que gozara de una buena posición, es decir, de una casa grande que tenía un administrador; que estuviera bien emparentado y que, además, tuviera buena presencia.

Stepán Nikíforovich, en su interior, blasfemaba contra él por considerar que poseía un exceso de imaginación y superficialidad. El propio Iván Ilich sentía a veces que él mismo tenía excesivo amor propio y que era muy quisquilloso. Pero, cosa rara: alguna que otra vez, le entraban ataques de enfermiza escrupulosidad, e incluso de ligero arrepentimiento. Con amargura y oculto dolor en su alma, a veces reconocía que en absoluto había llegado tan alto como a él le parecía. Durante esos momentos, incluso se sentía abatido, especialmente cuando se le recrudecía la dolencia de las hemorroides; decía que su vida había sido une existence manquée, dejaba, claro está que para sus adentros, de tener confianza en sí mismo y en sus dotes parlamentarias, diciendo de su propia persona que era un charlatán y fraseólogo, y aunque todo ello redundaba claramente en gran honor suyo, no impedía, ni mucho menos, que pasada la media hora de nuevo levantara cabeza y, con más terquedad y arrogancia, se envalentonara y se convenciera a sí mismo de que todavía tenía tiempo para demostrar que llegaría no sólo a ser un alto funcionario, sino un hombre de Estado, al que todavía durante mucho tiempo recordaría Rusia. A veces, incluso se imaginaba que le erigían monumentos.

De todo ello se deduce que Iván Ilich aspiraba a llegar muy alto, aunque ocultara profundamente, pero no sin cierto temor, sus indefinidos sueños y esperanzas. En una palabra, era una buena persona que incluso llevaba un poeta en su alma. Durante los últimos años esas enfermizas ráfagas de decepción comenzaron a presentársele con más frecuencia. Se hizo especialmente irritable, aprensivo y dispuesto a tomar como una ofensa cualquier contrariedad. Pero la renovada Rusia llegó a aportarle de pronto grandes esperanzas. El generalato terminó de coronarlas. Recobró el ánimo, e irguió la cabeza. De pronto comenzó a hablar mucho y con elocuencia, abarcando temas más novedosos, con los que se identificaba hasta rabiar con excesiva rapidez e inesperadamente. Buscaba la ocasión para intervenir, viajaba por la ciudad, y en muchos lugares llegó a cobrar fama de extremado liberal, cosa que le agradaba mucho. A lo largo de esa tarde, y tras haber tomado unas cuatro copas, estaba especialmente animado. Le entraron ganas de hacer cambiar completamente de opinión a Stepán Nikíforovich, al que hacía tiempo que no veía, y al que hasta aquel momento siempre había respetado e incluso obedecido. Por algún motivo lo consideró un retrógrado y le atacó con inusitado fervor.

Stepán Nikíforovich apenas le contradecía, y se limitaba a escuchar maliciosamente, aunque el tema en sí le interesaba. Iván Ilich se fue enardeciendo y, en el calor de la disputa imaginaria, fue dando algún que otro sorbo a su copa, con más frecuencia de la que debiera. Entonces,

Stepán Nikíforovich cogía la botella y al momento le añadía más en su copa, cosa que inexplicablemente de pronto comenzó a ofender a Iván Ilich, tanto más cuanto que Semión Ivánovich Shipulenko, al que despreciaba especialmente y al que sobre todo temía por su cinismo y malicia, estaba a su lado callado pusilánimemente y sonriendo más de lo acostumbrado. "Al parecer me están tomando por un mozalbete», se le pasó por la cabeza a Iván Ilich.

—No, señor, ya era hora, y desde hace tiempo —continuó diciendo, acalorado—. Han llegado demasiado tarde, y, en mi opinión, el humanitarismo es una cuestión primordial, el humanitarismo con los subordinados, teniendo en cuenta que también ellos son seres humanos. El humanitarismo lo salvará todo, y todo lo pondrá de relieve...

—¡Ja, ja, ja! —se oyó desde donde se encontraba Semión Ivánovich.

—Y ¿por qué, no obstante, nos está usted riñendo de este modo? —respondió por fin Stepán Nikíforovich, sonriendo amablemente—. Reconozco, Iván Ilich, que hasta ahora no consigo comprender lo que pretende explicar. Usted ensalza el humanitarismo. Y ello significa el amor al prójimo, ¿verdad?

—Sí, quizás sea el amor al prójimo. Yo...

—Permítame. Por lo que puedo juzgar, la cosa no estriba sólo en eso. El amor al prójimo siempre ha sido necesario. Pero la reforma no se limita a eso. Se han cuestionado aspectos relacionados con el campesinado, la legalidad, la administración de haciendas, los arrendamientos, la moral y... y... una infinidad de esas cuestiones, y todo junto, de golpe, puede provocar grandes trastornos, por así decirlo. Eso era lo que temíamos, y no únicamente el humanitarismo...

—Sí, la cuestión es más profunda —señaló Semión Ivánovich.

—Lo comprendo perfectamente, y permítame señalarle, Semión Ivánovich, que no me gustaría en absoluto quedarme a la zaga de usted para entender la profundidad de las cosas —señaló Iván Ilich con mordacidad y muy bruscamente—, pero, a pesar de todo, me permitiré la osadía de indicarle, Stepán Nikíforovich, que usted tampoco me ha comprendido en absoluto...

—No le he entendido.

—Y mientras tanto yo, concretamente, mantengo y sigo promulgando la idea de que el humanitarismo, y para ser más exactos, el humanitarismo con los subordinados, del funcionario al escribiente, de éste al criado, del criado al campesino, el humanitarismo, digo yo, puede servir de algún modo de piedra angular de las reformas que se presentan, y en general para la renovación de las cosas. Que ¿por qué? Por lo siguiente, véase el silogismo: soy humanitario, por consiguiente, me quieren. Me quieren, luego sienten confianza; confían en mí, luego creen; y si creen, entonces me quieren... bueno, no, quiero decir que si creen, creerán también en la reforma, y entenderán, de alguna manera, la esencia misma de la cuestión, es decir, se abrazarán moralmente y resolverán todas las cuestiones de una manera amigable, fundamentalmente. ¿Por qué se ríe usted, Semión Ivánovich? ¿No lo entiende?

Stepán Nikíforovich levantó en silencio las cejas; estaba asombrado.

—Me parece que he bebido un poco más de la cuenta —señaló con malicia Semión Ivánovich—, y por ello me siento torpe para razonar. Tengo la cabeza ligeramente ofuscada.

Iván Ilich se crispó.

—No estaremos preparados —pronunció de pronto Stepán Nikíforovich tras quedarse pensativo un rato.

—Pero ¿cómo que no estaremos preparados? —al parecer, Stepán Nikíforovich, no quiso entrar en más detalles.

—¿No estará usted refiriéndose al vino nuevo y a las nuevas pieles? —respondió Iván Ilich no sin cierta ironía—. Pues no, yo respondo por mí.

En aquel momento el reloj dio las once y media de la noche.

—No hacen más que estar sentados y comiendo —dijo Semión Iványch, disponiéndose a levantarse del sitio. Pero Iván Ilich se le adelantó, al instante se levantó de la mesa y cogió su gorro de marta. Miraba como si estuviera ofendido.

—Bueno, ¿entonces se lo pensará, Semión Iványch? —dijo Stepán Nikíforovich, acompañando a los invitados.

—¿En lo referente al piso? Me lo pensaré, me lo pensaré.

— Y póngame al corriente en cuanto decida algo.

—¿Siguen hablando de negocios? —señaló con amabilidad el señor Pralinski en un tono de cierto halago y jugueteando con su gorro. Le dio la impresión de que se estaban olvidando de él.

Stepán Nikíforovich levantó las cejas y se quedó callado como si señalara que no retenía a los invitados. Semión Iványch se despidió de un modo apresurado.

"Bueno... pues después de esto, allá vosotros, si no comprendéis lo que es simple cortesía", pensó para sus adentros el señor Pralinski y, de un modo especialmente independiente, extendió la mano a Stepán Nikíforovich.

En el vestíbulo, Iván Ilich se envolvió en su ligero y caro abrigo de piel, procurando por alguna razón no reparar en el raído abrigo de castor de Semión Iványch, y los dos empezaron a bajar las escaleras.

—Parece que nuestro viejo se ha ofendido —dijo Iván Ilich a Semión Iványch, que estaba callado.

—¡No! ¿Por qué razón? —respondió éste tranquila y fríamente.

"¡Lacayo!", pensó para sus adentros Iván Ilich.

Cuando bajaron al porche, a Semión Iványch le acercaron el trineo con su poco agraciado potro gris.

—¡Qué demonios! ¿Dónde ha metido Trifón mi carro? —exclamó Iván Ilich, al no ver su coche.

Iba de un lado para otro y el coche no aparecía. El criado de Stepán Nikíforovich no tenía ni idea de dónde podía estar. Le preguntaron a Varlam, el cochero de Semión Iványch, y éste les respondió que el otro cochero había permanecido allí durante todo el tiempo, así como el coche, pero que ahora ya no estaban.

—¡Qué anécdota más vergonzosa! —dijo el señor Shipulenko—. ¿Desea que le acerque?

—¡Qué sinvergüenza! —gritó enloquecido el señor Pralinski—. El muy canalla me pidió permiso para ir a una boda, aquí mismo, en la zona de San Petersburgo; una comadre que se iba a casar. ¡Al demonio con ella! Le prohibí rotundamente que se marchara. ¡Y ahora estoy seguro de que ha ido allí!

—Realmente ha ido —señaló Varlam—, pero aseguró que regresaría enseguida, para estar de vuelta a tiempo.

—¡Vaya! ¡Parecía que lo estaba presintiendo! ¡Cuando le vea!

—Mejor será que le dé usted un par de latigazos, y así obedecerá —dijo Semión Iványch, envolviéndose ya en la manta del coche.

—¡Por favor, no se preocupe, Semión Iványch!

—De modo que no quiere que le lleve.

—No, merci, que tenga buen viaje.

Semión Iványch se marchó, e Iván Ilich se fue andando por los puentes de madera, sintiéndose bastante irritado.

"¡Pues ahora verás, estafador! Iré a pie a propósito, para que te avergüences y te sientas mal. ¡Cuando vuelvas y veas que el señor se ha tenido que ir andando... miserable!".

Iván Ilich jamás había maldecido tanto, pero en esta ocasión estaba muy alterado y, por añadidura, le zumbaba la cabeza. Era un hombre que no bebía, y por ello unas cinco o seis copas se le subían enseguida a la cabeza. Hacía una noche maravillosa. Estaba helando, pero había un silencio especial y no hacía viento. El cielo estaba claro y se veían las estrellas. La luna llena iluminaba la tierra con un brillo plateado y mate. Se estaba tan bien que Iván Ilich, al dar unos cincuenta pasos, casi se había olvidado de su pena. Se sentía especialmente bien. A ello se añadía que la gente que bebe un poco suele cambiar a menudo de estado de ánimo. Incluso empezaron a gustarle las poco agraciadas casitas de la calle desierta.

"Pues está muy bien eso de haber tomado la decisión de ir a pie", pensó para sus adentros, "y será una lección para Trifón, y una satisfacción para mí. A decir verdad, hay que dar paseos a pie más a menudo. ¿Qué? En la avenida Bolshoi enseguida encontraré un cochero. ¡Qué noche más espléndida! ¡Y qué casitas hay por aquí! Debe ser que en esta zona vive toda la morralla, los funcionarios de bajo rango, los tenderos, y puede que el mismo... Stepán Nikíforovich. Pero ¡qué retrógrados son todos ellos! ¡Viejos pazguatos! Precisamente pazguatos, c'est le mot. Por lo demás es un hombre inteligente; tiene eso que se llama bon sens, y esa comprensión juiciosa y práctica de las cosas. Pero, a pesar de todo, ¡son unos viejos! Les falta eso... ¡cómo decirlo! Pues sí, les falta algo... ¡No estaremos preparados! ¿Qué fue lo que quiso decir con aquello? Incluso se quedó pensativo cuando lo decía. Por lo demás, a mí no me comprendió en absoluto. Y ¿cómo es posible? Resulta más difícil no entender que entender. Pero lo más importante es que yo estoy convencido, convencido hasta el fondo de mi alma. El humanitarismo... y el amor al prójimo. Devolver al hombre a sí mismo... hacerle renacer su dignidad y entonces... con el material preparado, ponerse manos a la obra.

¡La cosa parece clara! Pues ¡sí! Permítame, Excelencia, atienda al siguiente silogismo: nos encontramos, por ejemplo, con un funcionario pobre, apocado. "Vamos a ver... ¿quién eres?" Y la respuesta será: "Un funcionario". Está bien, un funcionario; y prosigue: "¿Y un funcionario de qué rango?". Y la respuesta es: "Pues un funcionario tal y cual". "¿Estás en activo?" "¡Sí!" "¿Quieres ser feliz?" "Lo quiero." "¿Y qué hace falta para ser feliz?" "Pues esto y lo otro." "¿Por qué?" "Por esto y por lo otro..." Y he aquí que el hombre me ha entendido enseguida: ya es mío, está cogido, por decirlo de alguna manera, en mi red, y yo hago con él todo cuanto deseo, es decir, para su bien. ¡Es vergonzoso ese Semión Iványch! Y qué cara más desagradable tiene... Lo de darle unos latigazos lo dijo a propósito. No, no es así, ponle tú mismo la mano encima, porque yo no lo haré; a Trifón lo pondré en su sitio con una palabra, con un reproche, y él lo sentirá. En cuanto a lo del uso del látigo, hum... es una cuestión que no está clara... hum. ¿Y por qué no pasar por casa de Emerans? ¡Uf, al demonio, con los malditos puentes éstos!", exclamó de pronto, mientras retrocedía repentinamente.

"¡Y ésta es la capital! ¡La ilustración! Puede uno romperse la pierna. Hum. No trago a ese tal Semión Iványch; tiene una cara de lo más desagradable. Hace un rato se burlaba de mí cuando dije que la gente se abrazará moralmente. Bueno, pues que se abracen, ¿y a ti qué te importa eso? Si yo no pienso abrazarte; antes abrazaría a un campesino... Si me encuentro con un campesino, le hablaré. Por lo demás, yo estaba bebido, y posiblemente no me explicara bien. Puede que tampoco ahora me esté explicando bien... Hum. No volveré a beber más. Por la noche hablas más de la cuenta y al día siguiente te arrepientes. Y ¿qué? No voy dando tumbos, sino que ando bien... ¡Y, además, todos ellos son unos bribones!".

Así, de un modo inconexo y fragmentado, iba reflexionando Iván Ilich, mientras continuaba andando por la acera. Le había afectado el aire puro y, por decirlo de alguna manera, lo espabiló. Pasados cinco minutos se habría tranquilizado y le entrarían ganas de dormir; pero, de repente, casi a dos pasos de la avenida Bolshoi, le pareció oír música. Miró alrededor. En la otra acera de la calle, en una casita muy vieja de una planta, que era muy larga y de madera, se celebraba una fiesta, sonaba un violín, un contrabajo, y silbaba una flauta con una música muy alegre al aire de una cuadrilla. Junto a las ventanas había gente, la mayoría eran mujeres con chaquetones guateados de tela de saco y con pañuelos en la cabeza; se esforzaban al máximo para poder ver algo a través de las rendijas de las contraventanas. Era evidente que allí dentro se lo estaban pasando bien. El ruido de los taconazos de los que bailaban llegaba hasta el otro lado de la calle. Iván Ilich descubrió a un guardia municipal y se le acercó.

—¿De quién es esa casa, hermano?—le preguntó, entreabriendo ligeramente su costoso abrigo de piel, lo justo para que el guardia pudiera ver la importante condecoración que llevaba al cuello.

—Del funcionario Pseldonímov, el que trabaja en la legislatura—le respondió poniéndose derecho el guardia, al que le había dado tiempo de ver la distinguida orden.

—¿De Pseldonímov? ¡Bah! ¡De Pseldonímov...! ¿Y qué sucede? ¿Se casa?

—Se casa, Su Excelencia, con la hija del consejero titular. El consejero titular Mlekopitáiev... que trabajaba en el municipio. Esta casa es parte de la dote de la novia.

—¿Conque esta casa es ahora de Pseldonímov y no de Mlekopitáiev?

—Sí, Su Excelencia. Antes era de Mlekopitáiev y ahora es de Pseldonímov.

—Hum. Te estoy preguntando, hermano, porque yo soy su jefe. Soy el general del mismo lugar en el que presta sus servicios Pseldonímov.

—Esto es, Su Excelencia —el guardia municipal se estiró definitivamente, mientras que Iván Ilich pareció quedarse pensativo. Estaba de pie reflexionando algo.

Sí, realmente, Pseldonímov era de su departamento; de la misma oficina donde trabajaba él; estaba haciendo memoria de ello. Se trataba de un funcionario de bajo rango que cobraba unos diez rublos al mes. Puesto que hacía muy poco que el señor Pralinski había tomado posesión de su oficina, no recordaba con precisión a todos sus subordinados, pero sí se acordaba de Pseldonímov y, concretamente, por el detalle de su apellido. Le llamó la atención desde el primer momento, de manera que desde aquel instante le entró la curiosidad de observar al dueño de ese apellido con más esmero. Recordó ahora a un hombre todavía muy joven, con una nariz larga y aquilina y el cabello rubio con mechas, pálido y mal alimentado, con un uniforme imposible y un aspecto tan deplorable que rayaba en lo indecente. Recordó cómo ya entonces le había venido a la cabeza la idea de darle al pobre una gratificación de diez rublos para la celebración de la fiesta. Pero como aquel pobre hombre tenía cara de viernes, y la mirada tan extremadamente antipática que, incluso, provocaba desagrado, la bondadosa idea se esfumó por sí misma, quedándose así Pseldonímov sin gratificación.

Por esa razón le impactó que ese mismo Pseldonímov le fuera a pedir permiso para casarse no hacía más de una semana. Iván Ilich recordó que de alguna forma no había tenido más tiempo para dedicarle a ese asunto, de manera que la cuestión de la boda se abordó de manera rápida y apresurada. Pero, a pesar de todo, recordó con precisión que, junto a su novia, Pseldonímov recibía una casa de madera y cuatrocientos rublos libres de impuestos; esa circunstancia le había sorprendido ya en aquel momento; recordó que incluso se le ocurrió un ligero chiste por el hecho del choque que ocasionaban los apellidos de Pseldonímov y Mlekopitáiev13. Recordó con precisión todo aquello.

Lo recordó y se fue sumiendo cada vez más y más en sus pensamientos. Es de sobra conocido que a veces de manera instantánea pasan por nuestras cabezas reflexiones enteras, o en alguna de sus formas, sin necesidad de ser traducidas al lenguaje humano y menos aún al literario. Pero intentaremos traducir todas esas sensaciones de nuestro héroe y presentar al lector aunque sólo sea su esencia, es decir, aquello que era imprescindible y veraz en ellas. He aquí la razón por la cual ni siquiera salen a la luz, aunque las tiene todo el mundo. Claro está que las sensaciones y las ideas de Iván Ilich eran algo deshilvanadas. Pero ustedes ya conocen el motivo.

"¡Y bien!", se le pasó por la cabeza.

"Sucede que todos nosotros no paramos de hablar y hablar, pero en cuanto llega el momento de actuar todo queda en nada. He aquí el ejemplo, tomando al mismo Pseldonímov: acaba de casarse, todo nervioso y con la esperanza de agradar los paladares... Es uno de los días más felices de su vida... Ahora está atendiendo a sus invitados... les está ofreciendo un banquete; modesto y pobre, pero alegre y sincero.... Y ¿qué sucedería si en ese preciso instante se enterara de que yo, yo, que soy su jefe, su jefe principal, estoy aquí mismo, junto a su casa, escuchando su música? Hum... está claro que al principio se asustaría, se quedaría mudo de incertidumbre. Yo sería un estorbo para él, y probablemente descabalaría todo... Sí, así es como sucedería si entrara cualquier otro general que no fuera yo.

"¡Sí, Stepán Nikíforovich! Hace un rato usted no me había comprendido y aquí tiene un ejemplo vivo.

"Sí. Todos nosotros gritamos acerca del humanitarismo, del heroísmo, pero no estaremos preparados para hacer un acto heroico.

"¿Qué clase de heroísmo? Pues el siguiente: dadas las circunstancias actuales de las relaciones entre todos los miembros de la sociedad, si yo entrara, a la una de la noche, durante la celebración de una boda, en casa de mi subordinado, un escribiente que cobra diez rublos al mes, provocaría confusión: sería como un torbellino de ideas, el último día de Pompeya, ¡el caos! Nadie lo entendería. Stepán Nikíforovich se moriría y no lo entendería. Si él mismo dijo: "No estaremos preparados". Sí, pero eso será para ustedes, gente vieja, anquilosada y estancada, porque yo ¡sí que estoy preparado! Yo convertiré el último día de Pompeya en el día más feliz de mi subordinado, y un acto salvaje en algo normal, patriarcal, elevado y moral. ¿Cómo? Pues del siguiente modo. Preste atención...

"Bueno... pues supongamos que entro, ellos se quedan asombrados, interrumpen el baile, miran cohibidos y se retraen. Bien, y en ese momento yo demuestro lo que soy: me dirijo directamente al asustado Pseldonímov y, con la más dulce de las sonrisas y las palabras más sencillas, le digo: "Bueno, entre una cosa y otra, vengo de casa de Su Excelencia Stepán Nikíforovich. Supongo que lo conoces porque vive aquí cerca...". Luego, en tono desenfadado le cuento lo sucedido con Trifón. De Trifón paso a explicarle cómo he venido a pie... "En fin, pues oigo música, me entra la curiosidad, le pregunto al guardia municipal, y me entero de que eres tú, hermano, el que se casa. Y he pensado que por qué no podía entrar en casa de mi subordinado y echar un vistazo a ver cómo se divierten y se casan mis funcionarios. ¡Pues he supuesto que no me echarías a la calle!" ¡Echar a la calle! Vaya palabreja para un subordinado. ¡Cómo demonios me ibas a echar! ¡Yo más bien pensaba que te volverías loco, y que te apresurarías a ofrecerme un sillón, que te estremecerías de asombro, y que incluso no sabrías cómo reaccionar al principio...!

"¡Y qué puede resultar más sencillo y elegante que un acto de este tipo! ¿Por qué entraría? ¡Ésa ya es otra cuestión! Ésa ya es, por decirlo de alguna manera, la cuestión moral del asunto. ¡Y en ella está la esencia!

"Hum... A ver, ¿en qué estaba pensando? ¡Sí!

"Pues claro, que me iban a sentar junto a los invitados más distinguidos, algún consejero titular, o algún pariente, capitán retirado de nariz colorada... ¡Qué bien describía Gógol a esos tipos! Claro está que me presentarán a la novia; la alabo, y animo a los invitados. Les ruego que no se sientan incómodos, que se diviertan, que continúen bailando, gasto bromas, me río, en una palabra, me porto amable y agradablemente. Yo siempre soy amable y agradable cuando me siento a gusto conmigo mismo... Hum... la cosa está en que todavía parece que estoy un poco... es decir, no es que esté bebido, sino que...

"... Claro está que como caballero que soy me siento en igualdad junto a ellos y de ningún modo les exigiría ningún tipo de atención especial... Pero desde el punto de vista moral, lo que es moral, hay otra cuestión: ellos lo comprenderán y lo valorarán... Mi acto despertará en ellos el sentido de la magnanimidad... Me quedaré una media hora... Incluso una hora entera. Y me marcharé, claro está, justo antes de que sirvan la cena, y ellos harán lo posible para que me quede, se pondrán a hacer cosas al horno, e insistirán encarecidamente, pero yo tan sólo me tomaré una copa, los felicitaré, y les diré que no me quedaré a cenar. Les diré: "tengo asuntos que resolver". Y en cuanto pronuncie la palabra "asuntos", se les pondrá a todos una cara respetuosamente seria. Con ello les recordaré, con delicadeza, que ellos y yo somos diferentes. Como el cielo y la tierra. Y no es que desee llamarles la atención, pero resulta imprescindible... incluso en el sentido moral resulta necesario, se diga lo que se diga. Por lo demás, sonreiré al instante, e incluso es probable que me eche a reír, y al momento todos se animarán... Una vez más le gastaré una broma a la novia; hum... incluso haré lo siguiente: le echaré la indirecta de que me presentaré nuevamente transcurridos justo nueve meses, y haré de padrino, ¡je, je! Y ella, probablemente, dará a luz para entonces. Si esa gente se reproduce como los conejos... Bueno, y todos se echarán a reír, y la joven se sonrojará; le daré afectuosamente un beso en la frente e incluso la bendeciré y... al día siguiente en la oficina mi acto heroico ya será conocido.

Al día siguiente, de nuevo me mostraré severo, y seré exigente e incluso implacable, pero ya sabrán todos quién soy yo. Conocerán mi espíritu y mi esencia: "¡Como jefe es severo, pero como hombre es un ángel!". Y he aquí que los he vencido; los atrapé con un pequeño gesto que ni se les pasa a ustedes por la cabeza; y ya son míos; yo soy su padre y ellos mis hijos... A ver, Su Excelencia, Stepán Nikíforovich, vamos, haga usted algo así...

"... Y ¿saben una cosa? ¿Comprenden que Pseldonímov les recordará a sus hijos cómo el mismísimo general ha estado celebrando, e incluso tomándose una copa en su boda? Hasta sus hijos les contaran a su vez a los suyos, y éstos a sus nietos, como una anécdota sagrada, cómo un alto funcionario, un estadista (pues para aquel entonces ya lo seré) les ha otorgado el honor, etc. Porque levantaré moralmente al humillado, lo devolveré a sí mismo... ¡Pero si él gana diez rublos mensuales...! Si yo repitiera este acto unas cinco o diez veces, más o menos, me habría ganado una fama universal... Quedaría impreso en el corazón de todos, y ¡sólo el demonio sabrá qué es lo que podría salir de esto, quiero decir, de la popularidad...!".

Esto, o algo parecido, era lo que pensaba Iván Ilich (señores, y ¿qué no se dirá el hombre de sí mismo a veces, máxime encontrándose en una situación excéntrica?). Todos esos pensamientos se le pasaron por la cabeza en el transcurso de medio minuto, y, claro está, probablemente habría quedado satisfecho con esas reflexiones y, avergonzando mentalmente a Stepán Nikíforovich, se habría dirigido tranquilamente a casa y se habría echado a dormir. ¡Y habría sido lo mejor! Pero, por desgracia, también se trataba de un momento excéntrico.

Como si fuera a propósito, de repente, en ese mismo instante, en su excitada imaginación se figuró ver los rostros satisfechos de Stepán Nikíforovich y Semión Ivánovich.

"¡No estaremos preparados!", se decía una vez más Stepán Nikíforovich, sonriendo con altanería.

"¡Ji, ji, ji!», replicaba Semión Ivánovich, sonriendo de una manera de lo más desagradable.

"¡Ahora veremos si no estaremos preparados!", se dijo animadamente Iván Ilich, al que le dio incluso un golpe de calor en la cara. Bajó el puente y con paso decidido se dirigió directamente, atravesando la calle, hacia la casa de su subordinado, el escribiente Pseldonímov.

Su estrella le arrastraba. Entró de forma decidida por la portezuela abierta y con desprecio apartó con el pie a un pequeño y peludo perrillo, que apenas tenía voz y que, más bien por aprecio que por deber, le rondaba los pies con su ronco ladrido. Por un entarimado de tablas llegó hasta el porche cubierto que sobresalía hasta el patio, y subió tres viejos escalones de madera para entrar en un pequeño zaguán. Y en ese lugar, aunque en un rincón ardía un trozo de cera o algo parecido a un quinqué, ello no impidió a Iván Ilich, tal y como iba, con los chanclos, meter el pie izquierdo en un plato de gelatina que estaba colocado allí para enfriarse. Iván Ilich se agachó y, mirando con curiosidad, vio que había dos platos más con un áspic de pescado y dos cacharros más que probablemente fueran un postre. El plato de gelatina que había aplastado con el pie le dejó confuso, y sólo por un instante se le pasó fugazmente por la cabeza la idea de si no sería mejor marcharse enseguida de allí. Pero consideró ese acto demasiado bajo. Pensó que nadie lo había visto y que no creerían que había sido él, se limpió deprisa el chanclo para borrar toda huella, palpó a tientas la puerta forrada de fieltro, la abrió, y entró en un minúsculo vestíbulo. La mitad de éste estaba literalmente abarrotada de capotes, abrigos de piel, capuchas, bufandas y chanclos. En el otro lado estaban los músicos: dos violines, una flauta y un contrabajo, en total unas cuatro personas, contratadas, claro está, en la calle. Estaban sentados tras una mesita de madera sin pintar, iluminada por una sola vela; atacaban con ganas los últimos pasos del baile.

Desde la puerta entreabierta del salón se podía ver a quienes estaban bailando, envueltos en una nube de polvo, tabaco y olor a quemado. Había una alegría desenfrenada. Se oían risas, gritos y chillidos de señoras. Los caballeros daban patadas al suelo como si fueran un escuadrón de caballería. Sobre toda esa bulla se oían las órdenes del maestro de baile, probablemente hombre extraordinariamente desenvuelto, que incluso llevaba la levita desabrochada: "¡Caballeros, den un paso hacia delante, chaîne des dames, balancez!", etc. Iván Ilich, algo nervioso, se quitó el abrigo y los chanclos y con el gorro en las manos entró en la habitación. Además, él ya ni siquiera razonaba...

En principio nadie se dio cuenta de su presencia: todos estaban enfrascados terminando el baile que finalizaba. Iván Ilich permanecía de pie aturdido y no lograba distinguir nada entre toda aquella bulla. Centelleaban los vestidos de las damas y los cigarrillos que los caballeros llevaban en la boca... Refulgió el echarpe de color azul claro de una dama, que le rozó la nariz. Tras ella, locamente entusiasmado, pasó corriendo un estudiante de medicina con el cabello alborotado, y le dio un fuerte empujón. También pasó delante de él un oficial de algún regimiento, tan largo como un tallo. Alguien con una voz excesivamente chillona pasó volando y pegando saltos junto a otros, gritando: "¡Eh, eh, eh, Pseldonimushka!". Debajo de los pies de Iván Ilich había algo pegajoso: probablemente le habían dado cera al suelo. En la habitación, por lo demás, no demasiado pequeña, había unos treinta invitados.

Pero al cabo de un minuto finalizó el baile y casi al instante sucedió exactamente lo mismo que se estuvo imaginando Iván Ilich, cuando estaba pensando en el puente. Entre los invitados y los que estaban bailando, a los que todavía no les había dado tiempo de tomar aliento y limpiarse el sudor de la frente, corrió cierto rumor. Todos los ojos y rostros comenzaron a darse rápidamente la vuelta hacia el invitado recién llegado. Después, todos al unísono comenzaron a retroceder lentamente. A los que aún no se habían percatado les tiraban de la ropa para avisarles. Éstos también miraban alrededor y al instante reculaban junto a los demás. Iván Ilich permanecía aún en el quicio de la puerta, sin dar un solo paso hacia delante, y entre él y los invitados cada vez se iba abriendo un espacio más amplio, un suelo cubierto con infinitos papeles de caramelo, tarjetas y colillas de cigarrillos.

De pronto, un joven vestido de uniforme, con el cabello rubio y alborotado y nariz aquilina, apareció en ese espacio. Se desplazó hacia delante encorvado, mirando al inesperado huésped con la mismísima expresión de un perro cuando mira a su dueño que lo llama para darle un puntapié.

—¡Hola Pseldonímov! ¿Me reconoces...? —dijo Iván Ilich, y al instante sintió que lo había dicho de un modo excesivamente torpe; también sintió que probablemente, en aquel momento, estuviera cometiendo una horrible estupidez.

—¡Su—su—su Excelencia! —murmuró Pseldonímov.

—Pues nada, hermano, he entrado aquí por casualidad, tal y como, probablemente, tú mismo te lo podrás imaginar...

Pero Pseldonímov seguramente no podía imaginarse nada. Estaba clavado en el suelo, con los ojos fuera de sí, y terriblemente perplejo.

—Bueno, supongo que no me irás a echar...

¡Te sorprenda o no, al invitado hay que recibirlo...! —continuó Iván Ilich, sintiendo que se estaba turbando hasta más no poder, y que no podía sonreír ni queriendo; que el comentario humorístico acerca de Stepán Nikíforovich y Trifón se estaba volviendo cada vez más insostenible. Pero, como si fuera a propósito, Pseldonímov no salía de su asombro y seguía mirando con una expresión absolutamente estúpida. Iván Ilich se encogió de hombros y sintió que, de transcurrir un minuto más en aquellas circunstancias, se produciría un increíble caos.

—¿No estaré molestando...? ¡Me voy! —apenas pudo pronunciar, y un nervio le tembló en la comisura derecha de sus labios...

Pero Pseldonímov ya estaba volviendo en sí...:

—Su Excelencia, por favor... Es un honor... —susurró, inclinándose apresuradamente—. Tenga la amabilidad de tomar asiento—y ya más recompuesto le indicó con ambas manos el sofá del que habían apartado la mesa para poder bailar...

Iván Ilich pareció respirar y se dejó caer en el sofá; al momento alguien se apresuró a acercarle la mesa. Echó un vistazo y se percató de que era el único que estaba sentado y de que todos los demás estaban de pie, incluidas las damas. Mala señal. Pero aún no había llegado el momento de recordarles que se animaran. Los invitados seguían retrocediendo, y enfrente de él todavía permanecía, de pie, solo y encogido, Pseldonímov, que seguía sin comprender nada y se encontraba lejos de poder sonreír.

La situación resultaba espantosa, o mejor dicho: en aquel instante nuestro héroe estaba tan angustiado que realmente su invasión a lo Harunal—Rashid, en honor al principio hacia su subordinado, podría considerarse un acto heroico. Pero de pronto una pequeña figura apareció ante Pseldonímov y comenzó a inclinarse. Para su inexpresable satisfacción e incluso felicidad, Iván Ilich reconoció al instante al oficial mayor Akím Petróvich Zubikov, con el que, claro está, no trataba, pero de quien sabía que era un funcionario trabajador y de pocas palabras. Enseguida se levantó y le extendió la mano a Akím Petróvich; la mano entera y no dos dedos. Éste la cogió entre sus dos manos con grandísimo honor. El general estaba triunfante; toda la situación quedaba fuera de peligro.

Y realmente en ese momento Pseldonímov había pasado, por así decirlo, de segundo a tercer plano. Con el relato de lo sucedido podía dirigirse directamente al oficial mayor, tomándole por necesidad por una persona conocida, y aun por amigo íntimo, mientras que Pseldonímov podía, entre tanto, permanecer callado y temblar de respeto. De esta manera, las apariencias quedaban cubiertas. Y el relato resultaba imprescindible; Iván Ilich lo presentía; veía que todos los invitados estaban esperando algo, que incluso toda la gente que se encontraba en la casa se agolpaba en las dos puertas, y que sólo les faltaba subirse unos encima de los otros para verle y escucharle. Lo que resultaba desagradable era que el oficial mayor, a causa de su idiotez, seguía sin sentarse.

—¡Vamos, hombre! —dijo Iván Ilich, indicándole apurado un lado del sofá en el que estaba sentado.

—Disculpe señor... estoy bien aquí... —y Akím Petróvich se sentó enseguida en una silla entregada casi en volandas, por un Pseldonímov fuertemente clavado en el suelo.

—Puede usted imaginarse un suceso —comenzó Iván Ilich, dirigiéndose exclusivamente a Akím Petróvich, algo tembloroso, pero con una voz ya más suelta. Incluso estiraba y dividía por sílabas las palabras, ponía énfasis en las sílabas y la letra a comenzó a pronunciarla como si fuera una e, es decir, sintiendo y siendo consciente de que estaba haciendo el ridículo, pero que ya no podía dominarse a sí mismo; una fuerza exterior, ajena a él, lo dominaba. En esos momentos se daba cuenta de muchas y terribles cosas.

—Puede usted imaginarse que llego ahora de casa de Stepán Nikíforovich; a lo mejor ha oído hablar de él, es un consejero privado. El que está ahora en esa comisión...

Akím Petróvich se inclinó respetuosamente hacia delante con todo su cuerpo como si dijera: "¿Quién no ha oído hablar de él?".

—Ahora es tu vecino —continuó Iván Ilich, mientras se dirigía, por un instante, y para guardar las formas, a Pseldonímov, pero volviéndose enseguida a descubrir en la mirada de éste que eso le daba exactamente igual—. El viejo, como usted sabe, estuvo toda su vida soñando con comprar una casa... y se la compró. Y una casa espléndida. Sí..., y hoy era el día de su cumpleaños, que antes nunca lo había celebrado, e incluso nos lo ocultaba, y lo guardaba como un secreto por tacañería, ¡je, je!... Y ahora estaba tan feliz de haber comprado la casa que nos invitó a Semión Ivánovich y a mí. ¿Lo conoce? A Shipulenko.

Akím Petróvich se inclinó de nuevo. Lo hizo poniendo énfasis. Iván Ilich se quedó algo más tranquilo. Porque ya se le estaba pasando por la cabeza que el oficial mayor probablemente se diera cuenta de que en aquellos instantes él era un punto de apoyo imprescindible para Su Excelencia. Eso sería lo más bochornoso.

—Bueno, pues estuvimos allí los tres, nos sirvió champán, charlamos sobre diversas cuestiones... pues de esto y de lo otro... sobre problemas... Incluso discutimos... ¡je, je!

Akím Petróvich levantó las cejas respetuosamente.

—Sólo que la cosa no está en eso. Finalmente me despedí de él, es un viejo muy formal, se acuesta pronto, ya sabe, la edad. Salgo de su casa... Y ¡no está mi Trifón! Me pongo nervioso y pregunto: "¿Dónde habrá dejado Trifón el carro?". Y resulta que él, creyendo que yo regresaría más tarde, se fue a la boda de una madrina suya o una hermana... ¡sabe Dios! Que vive por aquí, en la parte de Peterburgski. Y además se llevó consigo el carro—el general, otra vez y por cortesía, miró a Pseldonímov, que al instante se retorció, pero no como le hubiera gustado a él. "No tiene compasión, tiene el corazón duro", se le pasó por la cabeza.

—¡Dice usted...! —dijo profundamente impresionado Akím Petróvich. Un suave susurro de asombro recorrió a toda la gente que allí se agolpaba.

—Se podrá usted imaginar mi situación... — Iván Ilich miró a todos los presentes—. No tenía más opción que la de ir andando. Pensé llegar hasta la avenida Bolshoi y allí encontrar a algún cochero... ¡je, je!

—¡Ji, ji, ji! —respondió respetuosamente Akím Petróvich. De nuevo volvió a oírse el susurro entre los presentes, pero ya en un tono alegre. En aquel momento, haciendo mucho ruido, se rompió el cristal de la lámpara de pared. Alguien se lanzó apresuradamente a arreglarla.

Pseldonímov se estremeció y con gesto serio miró la lámpara, pero el general ni siquiera prestó atención, y todo volvió a calmarse.

—Voy caminando... y hace una noche tan maravillosa y silenciosa. De pronto oigo música, taconeo, ruido de baile. Le pregunto por curiosidad al guardia municipal: "Se casa Pseldonímov", me dice. Pero tú, hermano, ¿estás dando un baile a toda la zona de San Petersburgo? Ja, ja —dijo de repente dirigiéndose nuevamente a Pseldonímov.

—¡Ji, ji, ji! Sí... —respondió Akím Petróvich. Los invitados se removieron de nuevo, pero lo que resultó más absurdo de todo fue que Pseldonímov, aunque se inclinó otra vez, ni siquiera sonrió en ese momento, como si se hubiera quedado petrificado. "¿Acaso es un idiota, o qué?", pensó Iván Ilich. "En un momento así podría sonreír el muy asno, y todo iría sobre ruedas". La inquietud bullía en su corazón. "Yo pensé: voy a entrar a ver a mi subordinado. Porque él no me va a echar... Lo quiera o no, tendrá que recibir al invitado. Disculpa, hermano, haz el favor. Si he molestado en algo, me marcho... Yo sólo entré a echar un vistazo...".

Pero poco a poco todos comenzaron a moverse. Akím Petróvich miraba con amabilidad, como diciendo: "¿acaso puede usted molestar, Su Excelencia?". Todos los invitados cambiaron de postura y empezaron a mostrar las primeras señales de soltura. Casi todas las damas ya se habían sentado. Era una señal buena y positiva. Las más atrevidas comenzaron a agitar sus pañuelos. Una de ellas, que llevaba un vestido de terciopelo gastado, dijo a propósito algo en voz alta. El oficial al que ella se dirigió quiso también contestarle alto, pero como los dos eran de los que hablaban más alto, se contuvo. Los hombres, en su mayoría oficinistas, y unos dos o tres estudiantes, se intercambiaron miradas, como si estuvieran empujándose los unos a los otros para estar más sueltos, carraspearon, e incluso dieron un par de pasos en diferentes direcciones. Por lo demás, nadie se encontraba especialmente incómodo, sino que estaban extrañados y casi todos, interiormente, miraban de forma hostil a la persona que había irrumpido donde estaban ellos para interrumpirles su fiesta. El oficial, avergonzado de su proceder, comenzó poco a poco a acercarse a la mesa.

—Oye, hermano, permíteme preguntarte tu nombre y patronímico —preguntó Iván Ilich a Pseldonímov.

—Porfiri Petrov, Su Excelencia —respondió éste, abriendo los ojos, como si le examinara.

—Pues preséntame, Porfiri Petróvich, a tu joven esposa... Acompáñame... yo...

Y pareció mostrar su deseo de incorporarse. Pero Pseldonímov se lanzó deprisa al salón. Además, la joven ya se encontraba en el quicio de la puerta, aunque, en cuanto oyó que se hablaba de ella, se escondió al instante. Al cabo de un minuto, Pseldonímov la hizo entrar cogiéndola de la mano. Todos se apartaban para abrirles el paso. Iván Ilich se levantó con solemnidad y se dirigió a ella con una sonrisa de lo más amable.

—Estoy encantado, encantado de conocerla —le dijo, medio inclinándose con gesto aristocrático—, y máxime en un día como éste...

Se sonrió pícaramente. Las damas se agitaron de gusto.

—Charmée— pronunció la dama del vestido de terciopelo casi en voz alta.

La joven era igual que Pseldonímov. Se trataba de una damita delgada, de unos diecisiete años nada más, pálida, de rostro muy menudo y nariz afilada. Sus pequeños ojillos, de mirada rápida y nerviosa, no se intimidaban en absoluto, sino que por el contrario miraban fijamente e incluso con cierto aire de malicia. Seguramente, Pseldonímov no la había escogido por su belleza. Llevaba un vestido de muselina blanca sobre unas enaguas de color rosa. Su cuello era delgado, el cuerpo parecía el de una gallina, y le sobresalían los huesos. Literalmente, no supo cómo responder al saludo del general.

—Es muy mona —continuó él a media voz, como si se dirigiera sólo a Pseldonímov, pero haciéndolo de tal modo que, a propósito, también le oyera la joven. En esta ocasión tampoco Pseldonímov supo responderle, ni siquiera se inmutó. A Iván Ilich incluso le pareció que en sus ojos había algo frío, oculto, algo que se escondía en su cabeza y que era de una naturaleza especial y maligna. Y a pesar de ello, costara lo que costara, había que conseguir algo de emoción. Sí, él había venido para eso.

"¡Hay que ver qué parejita!", pensó.

"Además...".

Y de nuevo se dirigió a la joven, que se había acomodado en el sofá junto a él, pero que a sus dos o tres preguntas sólo dio como respuesta un "sí" o un "no", aunque también estos monosílabos fueron apenas perceptibles.

"Si al menos se sintiera incómoda", continuó pensando él. "En tal caso le podría gastar una broma. Pero de este modo mi situación resulta de lo más embarazoso". Y Akím Petróvich, como si fuera a propósito, también permanecía callado; aunque fuera por pura idiotez, de todos modos resultaba imperdonable.

—¡Señores! ¿No les habré impedido disfrutar de la fiesta? —se dirigió a todos en general. Sentía que incluso le sudaban las palmas de las manos.

—No... No se preocupe, Su Excelencia, enseguida reanudaremos el baile, mientras tanto... estamos descansando un rato —respondió el oficial. La joven le miró con agrado: el oficial no era todavía un hombre mayor, y llevaba el uniforme de algún regimiento. Pseldonímov permanecía en el mismo lugar, inclinado hacia delante, y parecía que su nariz aquilina sobresalía más que antes. Escuchaba y miraba como un lacayo que sujeta el abrigo de piel en las manos a la espera de que concluyera la conversación de sus señores. Esa comparación la hizo el propio Iván Ilich; no sabía qué hacer y se sentía incómodo, tremendamente incómodo, de modo que parecía que la tierra se abría bajo sus pies; que había entrado en algún lugar sin salida, como si se encontrara entre las tinieblas.

De pronto, todos se apartaron y apareció una mujer fuerte y bajita, ya entrada en años, vestida de un modo sencillo aunque arreglada de fiesta, con un pañuelo sobre los hombros prendido al cuello y con una cofia, que al parecer no estaba acostumbrada a llevar. En las manos portaba una pequeña bandeja redonda con una botella de champán y dos copas, ni más ni menos. Al parecer la botella estaba destinada sólo para dos invitados.

La mujer entrada en años se dirigió directamente al general.

—No se ofenda, Su Excelencia —dijo ella inclinándose—, ya que ha sido tan amable con nosotros y ha tenido el honor de venir a la boda de mi hijito, le rogamos que tenga la amabilidad de brindar por los jóvenes. No decline el favor de honrarnos.

Iván Ilich se agarró a ella como a una tabla de salvación. Se trataba de una mujer que aún no era mayor, de unos cuarenta y cinco o cuarenta y seis años, no más. Pero tenía una cara tan bondadosa y sonrosada, una faz rusa tan abierta y redondeada, sonreía tan amablemente y se inclinaba de un modo tan sencillo que Iván Ilich casi se había tranquilizado y recobrado la esperanza.

—¿Conque usted es la madre... de su hijo? —dijo incorporándose del sofá.

—Sí, Su Excelencia —pronunció lentamente Pseldonímov, estirando su largo cuello y sacando de nuevo su nariz.

—¡Ah! Tengo mucho gusto, mucho gusto... de conocerla.

—No nos haga el desprecio, Su Excelencia.

—Con grandísimo honor.

Depositaron la bandeja sobre la mesa y Pseldonímov le llenó la copa tras acercarse de un salto. Iván Ilich, todavía de pie, cogió la copa.

—Estoy especial, especialmente feliz de estar en esta circunstancia, de poder... —dijo—, de poder... ser testigo... En una palabra, como jefe... le deseo, señora —se dirigió a la recién casada—, y a ti, amigo mío, Porfiri, les deseo una felicidad plena, larga y dichosa.

Y se tomó emocionado la copa, que ya era la séptima de la noche. Pseldonímov miraba serio e incluso triste. El general empezó verdaderamente a odiarlo.

"Y para colmo ese payaso", miró al oficial, "sigue aquí plantado. ¡Ya podía exclamar un hurra! Y la cosa proseguiría su curso...".

—Y también usted, Akím Petróvich, beba y brinde —añadió la mujer dirigiéndose al oficial mayor—. Usted es su jefe y él su subordinado. Mire usted por mi hijo, se lo ruego como madre. Y en adelante no se olvide de nosotros, querido Akím Petróvich, como buena persona que es usted.

"¡Pues qué bondadosas son estas mujeres rusas!", pensó Iván Ilich. "Ha animado a todo el mundo. Siempre he apreciado a la gente del pueblo...".

En ese momento trajeron a la mesa otra bandeja. La llevaba una joven con un vestido recién estrenado de percal y crinolina. Apenas podía sujetar la bandeja con ambas manos de lo grande que era. Había sobre ella innumerables platitos con manzanas, bombones, fruta escarchada, mermelada, nueces, etc. La bandeja, hasta entonces, había permanecido en el salón a disposición de los invitados, y principalmente de las damas. Pero ahora la habían trasladado exclusivamente para el general.

—No desprecie nuestros dulces, Su Excelencia. Somos felices con lo que tenemos —repetía inclinándose la mujer.

—¡Con permiso...! —dijo Iván Ilich, e incluso con ganas cogió y partió entre los dedos una nuez. Ya había tomado la decisión de ser popular hasta el final.

Mientras tanto, la joven de pronto se echó a reír.

—¿Qué pasa? —preguntó Iván Ilich sonriendo satisfecho por tales señales de vida.

—Pues nada, que Iván Kostenkinych me está haciendo reír —respondió ella confusa.

El general realmente pudo distinguir a un joven rubio, de bastante buen aspecto, que se escondía tras una silla que estaba al otro lado del sofá y que le decía a madame Pseldonímova algo al oído. El joven se levantó. Al parecer era muy vergonzoso y joven.

—Le hablaba de El libro de los sueños, Su Excelencia —murmuró él, como si estuviera disculpándose.

—¿De qué libro de los sueños? —preguntó amablemente Iván Ilich.

—Un nuevo libro de los sueños, señor, el literario. Le decía que si veía en sueños al señor Panáiev, significaba que se había manchado de café la pechera.

"¡Vaya inocencia!", pensó incluso con rabia Iván Ilich. El joven se había sonrojado muchísimo al decir esto, pero estaba contento hasta más no poder de haber contado lo del señor Panáiev.

—Pues sí, yo lo he oído... —respondió Su Excelencia.

—No, pero si todavía hay algo mejor —dijo otra voz que estaba junto al mismo Iván Ilich—: se va a publicar una nueva enciclopedia y lo que dicen es que el señor Kráievski escribirá en ella sus artículos; también Alferaki... y la literatura "difumatoria"...

El que había dicho esto era un joven que ya no se turbaba, sino que hablaba con bastante soltura. Llevaba unos guantes, un chaleco blanco y sujetaba un sombrero entre sus manos. No bailaba y tenía una mirada altiva, porque era uno de los colaboradores de la revista El Tizón; se hacía el importante y se encontraba por casualidad en la boda, en calidad de invitado de honor de Pseldonímov, con quien se tuteaba ya desde el pasado año y con quien compartió en alquiler un "rincón» en casa de una alemana. Sin embargo, bebía vodka y repetidamente se marchaba a una habitación trasera, cuyo camino conocían todos. Al general, no le gustó nada el joven.

—Y si esto tiene gracia —interrumpió de repente en tono regocijante el joven rubio que había contado lo de la pechera, y al que el colaborador que vestía el chaleco blanco había mirado con odio—, tiene gracia, Su Excelencia, porque se supone que el que lo había escrito era el señor Kráievski, quien no sabía ortografía y creía que la literatura "difamatoria" había de escribirse "difumatoria"...

Pero el pobre joven apenas pudo terminar. Por la mirada se dio cuenta de que el general hacía tiempo que ya estaba al corriente, pues él mismo también pareció turbarse, probablemente porque ya lo sabía. El joven se quedó tremendamente abochornado. Le dio tiempo a esfumarse hacia algún rincón lo más deprisa que pudo, y permaneció allí muy triste el resto del tiempo. Para compensar su ausencia, el colaborador desenfadado de El Tizón se acercó un poco más, y pareció tener intención de tomar asiento cerca del general. Esa actitud tan atrevida le pareció a Iván Ilich inadmisible.

—¡Sí! Por favor, dime, Porfiri —dijo él, con el fin de decir algo—, porque llevo tiempo queriéndote preguntar personalmente: ¿por qué te llamas Pseldonímov y no Pseudonímov? Porque seguramente serás Pseudonímov.

—No se lo puedo precisar, Su Excelencia — respondió Pseldonímov.

—Probablemente eso incluso se remonta a una confusión de los papeles cuando su padre entró en el servicio, de modo que se quedó hasta ahora con el apellido de Pseldonímov —respondió Akím Petróvich—. A veces ocurren esas cosas.

—Indudablemente —confirmó entusiasmado el general—, indudablemente, porque juzgue por sí mismo: Pseudonímov proviene del término literario "pseudónimo" y, sin embargo, Pseldonímov no significa nada.

—Por ignorancia —añadió Akím Petróvich.

—Es decir, ¿realmente por ignorancia?

—La gente rusa, por ignorancia, a veces cambia las letras y en ocasiones las pronuncia a su manera. Por ejemplo dicen neválido en lugar de inválido.

—Pues sí... neválido, je, je, je.

—También dicen nómero, Su Excelencia —rugió el oficial alto, quien desde ya hacía rato quería sobresalir.

—Pero ¿qué es eso de nómero?

—Dicen nómero en lugar de número, Su Excelencia.

—¡Oh! Sí, nómero en lugar de número... ¡Pues sí, sí, ¡je, je, je...! —Iván Ilich se vio en la necesidad de echar una risotada frente al oficial.

El oficial se colocó la corbata.

—Y también dicen otra cosa: de poso —dijo el colaborador de El Tizón metiéndose en la conversación. Pero Su Excelencia fingió no haberle oído. No podía reírse de todas las gracias.

—Poso en lugar de paso —añadió el "colaborador" con evidente irritación. Iván Ilich le miró con gesto severo.

—¿Por qué estás dando la lata? —le susurró Pseldonímov al colaborador.

—No estoy molestando, sino hablando. ¿Acaso no se puede hablar? —se enzarzó a media voz aquél, pero a pesar de todo se quedó callado y con rabia disimulada salió de la habitación.

Se fue directamente hacia un atractivo cuarto de atrás, donde para los caballeros que bailaban, ya desde primera hora de la tarde, había, sobre una pequeña mesita cubierta con un mantel de Iaroslav, vodka de dos clases, arenques, caviar en rebanadas de pan y una botella de un fuerte jerez de elaboración nacional. Con el corazón enrabietado ya iba a ponerse vodka, pero de repente entró corriendo el estudiante de medicina, de cabello alborotado, el primer bailarín y cancanista en el baile de Pseldonímov, quien se lanzó sobre el garrafón con irreprimible ansiedad.

—¡Comenzarán enseguida! —dijo él, aclarando la situación—. Ven a verlo: haré el solo alzando los pies y con la cabeza abajo, y después de la cena me atreveré con un cancán. Eso le va a una boda. Será, por decirlo de algún modo, un gesto amistoso hacia Pseldonímov... Pero qué maravillosa es esa Kleopatra Semiónovna, con ella puede uno atreverse a hacer lo que le venga en gana.

—Es un retrógrado —respondió sombrío el colaborador, apurando la copa.

—¿Quién es un retrógrado?

—Pues ese individuo, a quien le pusieron delante la fruta escarchada. ¡Es un retrógrado!; te lo digo yo.

—¡Anda, no exageres! —murmuró el estudiante, y se lanzó fuera de la habitación al oír el ritornello de la banda.

El colaborador, al quedarse solo, se sirvió otra copa para aparentar tener más coraje e independencia, lo bebió y tomó algunos entremeses. Hasta entonces el auténtico consejero estatal Iván Ilich jamás se había encontrado con un enemigo tan feroz y tan implacablemente vengativo como el muy descuidado redactor de El Tizón, y especialmente cuando se había tomado ya dos copas de vodka. ¡Ay! Iván Ilich no sospechaba nada por el estilo. Tampoco sospechaba otra circunstancia muy singular, que repercutiría en todas las posteriores relaciones respectivas de los invitados con Su Excelencia. La cuestión estriba en que, a pesar de haber ofrecido por su parte una explicación formal e incluso pormenorizada, en realidad aquello no satisfizo a nadie, y los invitados continuaron cohibidos.

Pero de repente todo cambió como por arte de magia; todos se habían tranquilizado y ya estaban dispuestos a pasarlo bien, a reír, gritar y bailar, como si el inesperado invitado no estuviera en la habitación. Ello se debió a que no se sabe por qué razón el rumor, los susurros y la noticia de que al parecer el huésped, en fin... estaba bajo los efectos de...

Y aunque al primer golpe de vista la cosa parecía ser producto de una mentira vil, poco a poco fue tomando visos de verdad, con lo que quedó todo aclarado. Por si fuera poco, de repente se pudo respirar con libertad. Y en ese justo instante comenzó el baile de la cuadrilla, el último antes de la cena, que tantas ganas tenía de bailar el estudiante.

Y cuando Iván Ilich ya se disponía de nuevo a dirigirse a la recién casada, intentando en esta ocasión agradarle diciéndole algún calambur, de improviso, de un brinco, se le había acercado el oficial alto y clavó su rodilla en el suelo. Al instante, de un salto, se puso de pie y se fue junto a él para formar fila en el baile de la cuadrilla. El oficial ni siquiera se disculpó, y ella no miró al general cuando se alejaba, como si estuviera encantada de librarse de él.

"En realidad, ella está en su derecho", pensó Iván Ilich, "y además ellos ignoran las normas de la buena conducta".

—Hum... pues tú, hermano, Porfiri, no deberías andarte con ceremonias —se dirigió a Pseldonímov—. A lo mejor tienes algo que hacer... tal vez dar algunas órdenes... o algo por el estilo... por mí no dejes de hacerlo.

"¿Acaso está haciendo guardia aquí junto a mí?", pensó.

Pseldonímov le parecía insoportable, con su cuello largo y sus ojos clavados fijamente en él. En una palabra, aquello no iba como debería, nada en absoluto, pero Iván Ilich todavía estaba lejos de tomar conciencia de ello.

Empezó el baile.

—¿Permite, Su Excelencia? —preguntó Akím Petróvich, sujetando con aire solemne la botella y preparándose para echar champán en la copa de Su Excelencia.

—Yo... yo, a decir verdad, no sé si...

Pero Akím Petróvich ya estaba echándole el champán con cara honorablemente resplandeciente. Al llenarle la copa, pareció que casi a hurtadillas robara algo y, encogido y agachado, se echó también champán en su copa, pero con la suficiente diferencia a favor del general para que resultara más honorable. Parecía una mujer parturienta que estaba junto a su jefe superior. Realmente, ¿de qué podían hablar? Y distraer a Su Excelencia era casi una cuestión obligatoria, dado que tenía el honor de hacerle compañía. El champán sirvió de pretexto, e incluso a Su Excelencia le agradó que le sirviera—y no por lo del champán, porque no estaba frío y era una auténtica porquería, sino porque moralmente resultaba agradable.

"El viejo también quiere beber", pensó Iván Ilich, "y no se atreve a hacerlo sin mí. No quiero impedírselo... Y encima resulta ridículo que la botella permanezca así de intacta entre nosotros dos".

Dio un trago, lo que a pesar de todo le pareció mejor que estar sentado sin hacer nada.

—Si yo me encuentro aquí —empezó a hablar con pausas y acentuando las palabras—, me encuentro aquí, por así decirlo, por casualidad y, claro está, posiblemente algunos piensen que no es correcto que esté en una reunión... de este tipo.

Akím Petróvich permanecía en silencio y prestaba atención con tímida curiosidad.

—Espero que comprendan la razón por la cual me encuentro aquí... Porque en absoluto vine para tomarme una copa de vino, ¡je, je!

Akím Petróvich quiso echar una risita a continuación de la frase de Su Excelencia, pero nuevamente se sintió incómodo y tampoco pudo decir nada para animarle.

—Me encuentro aquí... para, por así decirlo, poner en práctica... y demostrar, en fin, un principio moral —continuó Iván Ilich, irritado por la falta de reacción de Akím Petróvich; pero de pronto se quedó callado.

Se dio cuenta de que el pobre Akím Petróvich tenía la mirada baja, como si se sintiera culpable por algo. El general, algo confuso, se apresuró a dar un trago más a su copa, mientras que Akím Petróvich agarró la botella y le volvió a echar más, como si toda la salvación consistiera en ello.

"¡Qué pocos recursos tienes!", pensó Iván Ilich echándole una severa mirada a Akím Petróvich. Éste, a su vez, sintiendo sobre su persona la mirada generalesca, decidió permanecer definitivamente callado sin levantar la vista. Así, sentados uno frente a otro, estuvieron dos minutos, dos minutos fatales para Akím Petróvich.

Hemos de decir dos palabras acerca de Akím Petróvich. Era una persona chapada a la antigua, tan asustadizo como una gallina, educado de manera servil y al margen de ello un hombre bueno e incluso noble. Pertenecía a los rusos petersburgueses, es decir, que su padre y el padre de su padre habían nacido y trabajado en San Petersburgo, y ni una sola vez salieron de allí. Se trataba de un tipo de ruso muy especial. Apenas tienen idea de Rusia, cosa que no les inquieta, puesto que todo su interés se cierne en torno a San Petersburgo y, lo que es aún más importante, al lugar en que trabajan. Todas sus preocupaciones giran alrededor del juego a la préférence, a un cópec la apuesta, a la cesta de la compra, y al sueldo mensual. No conocen ni una sola costumbre rusa, ni una canción rusa, aparte de Luchinushka, y eso sólo porque la tocan los organillos. Por lo demás, hay dos características esenciales y clave que le permiten a uno al instante distinguir a un ruso auténtico de un ruso petersburgués. La primera de ellas consiste en que todos los rusos petersburgueses, todos sin excepción, jamás dicen: La gaceta de San Petersburgo, sino que dicen: La gaceta Académica. La segunda característica, igual de fiable, consiste en que el ruso petersburgués jamás utiliza el término "almuerzo" sino que lo dice en alemán: frühstük, acentuando especialmente la sílaba frü.

Por estas dos señales arraigadas y diferenciadoras se les distingue siempre; en una palabra, se trataba de un tipo sumiso nacido durante estos últimos treinta y cinco años. Además, Akím Petróvich no era en absoluto un estúpido. De preguntarle el general algo que le afectara a él, habría respondido y mantenido la conversación; de lo contrario, resultaba poco correcto que un subalterno tomara la iniciativa, aunque Akím Petróvich ardiera en deseos de conocer algo más pormenorizadamente las verdaderas intenciones de Su Excelencia...

Y, mientras tanto, Iván Ilich se iba sumiendo cada vez más en sus pensamientos, y en una especie de revoltijo de ideas; dada la confusa situación, daba algunos tragos a su copa. Akím Petróvich al instante se la rellenaba atentamente. Los dos permanecían callados. Iván Ilich se puso a mirar el baile, que enseguida acaparó su atención. De pronto una situación le sorprendió...

El baile realmente era divertido. Allí precisamente se bailaba de todo corazón, con sencillez, y con el fin de divertirse e incluso de hacer el loco. Había pocos bailarines realmente habilidosos; pero los demás taconeaban con tanto ímpetu que podría tomárseles por diestros. En primer lugar se distinguía un oficial: le gustaba especialmente hacer los pasos en el baile, y se quedaba haciéndolos en solitario, como si se tratara de un solo.

Al hacerlo se encorvaba extraordinariamente y, para más exactitud, completamente derecho como un palo, se inclinaba hacia un lado, cual si se fuera a caer, pero con el paso siguiente se inclinaba hacia el lado contrario, hasta formar un ángulo agudo con el suelo. Mantenía una expresión en la cara de lo más serio y bailaba totalmente convencido de que todos se sorprendían de verle bailar. El otro caballero, que había bebido más de la cuenta, se quedó dormido en la segunda parte del baile, junto a su dama, lo que hizo que tuviera que bailar sola. El joven escribiente, que bailó en el transcurso de la noche todas las figuras y los cinco bailes de la cuadrilla con una dama de chal azul, repetía la misma gracia, y más concretamente dejaba una cierta distancia con su pareja, agarraba la punta de su chal, y al vuelo, al llegar el vis a vis, se apresuraba a darle unos veinte besos en la punta del chal. La dama, a su vez, se deslizaba delante de él como si no se diera cuenta de nada. El estudiante de medicina realmente realizó el solo alzando los pies por encima de su cabeza, lo que suscitó una increíble admiración, taconeos y gritos de satisfacción.

En una palabra, reinaba un ambiente de lo más agradable. Iván Ilich, a quien se le había subido el alcohol, se puso a sonreír, pero poco a poco una especie de amarga duda empezó a penetrar en su alma: claro que le gustaba mucho la desenvoltura y el ambiente relajado; los deseaba, e incluso los ansiaba en su interior, cuando todos se habían sentido incómodos, y he aquí que ahora esta soltura comenzó a salirse de sus casillas. Por ejemplo, una dama, con el vestido azul de terciopelo raído, adquirido no ya de segunda sino de cuarta mano, se recogió en la sexta figura del baile el vestido con unos imperdibles, cual si llevara unos pantalones. Se trataba de la mismísima Kleopatra Semiónovna, con la que uno podía atreverse a lo que quisiera, tal y como expresaba su pareja de baile, el estudiante de medicina. Y de éste sólo cabe decir que era un verdadero maestro. ¿Cómo podía suceder esto? ¡Hace un rato se sentían cohibidos y ahora de pronto se habían emancipado! Parecía que no ocurría nada, pero de alguna forma este cambio resultaba extraño: presagiaba algo. Realmente parecía que se habían olvidado completamente de que Iván Ilich existía sobre la tierra. Claro está que él era el primero en reír, e incluso se arriesgó a aplaudir. Akím Petróvich echaba respetuosamente risotadas al unísono, y, por lo demás, se sentía evidentemente satisfecho, sin sospechar que Su Excelencia empezaba a sentir un nuevo gusano en su corazón.

—¡Baila usted estupendamente, joven! —se vio en la necesidad de decir Iván Ilich al estudiante, que pasaba cerca de él, nada más finalizar la cuadrilla.

El estudiante, que dio un brusco giro hacia él, hizo una mueca extraña y, mientras acercaba su rostro al de Su Excelencia a una distancia poco decorosa, cacareó como un gallo a voz en grito. Eso ya resultaba excesivo. Iván Ilich se levantó de la mesa. Sin reparar en ello, estalló un golpe de insostenibles risas, ya que el canto del gallo resultó extraordinariamente natural, y la mueca absolutamente inesperada. Iván Ilich todavía permanecía de pie y sin poder reaccionar, cuando apareció el propio Pseldonímov y anunció la cena haciendo reverencias. Detrás de él apareció su madre.

—Dios mío, Su Excelencia —dijo ella inclinándose—, háganos el favor, no repare en nuestra humilde mesa...

—Yo... yo, a decir verdad, no sé —dijo Iván Ilich—, no vine aquí con esa finalidad... yo ya quería irme...

Y realmente ya sostenía el sombrero entre sus manos. Por si fuera poco, allí mismo, en aquel mismo instante, se prometió que, pasara lo que pasara, no se quedaría, y... se quedó. Al cabo de un minuto, encabezaba la marcha hacia la mesa. Pseldonímov y su madre iban delante de él abriéndole paso. Le ofrecieron el asiento más distinguido, y de nuevo delante de él apareció una botella de champán sin abrir. De entrantes había arenques y vodka. Alargó la mano, se echó una gran copa de vodka y se la tomó. Antes jamás había tomado vodka. Le dio la impresión de caer rodando desde una montaña, de que volaba, volaba y volaba, y tenía la necesidad de agarrarse a algo, de engancharse a algo, pero sin ninguna posibilidad de hacerlo.

Lo cierto es que su situación se hacía cada vez más excéntrica. Y, por si fuera poco, se trataba de una especie de ironía del destino.

¡Dios sabe lo que sintió durante aquella hora! Cuando entró, por decirlo de algún modo, había abierto sus brazos a toda la humanidad y a todos sus subordinados; y sin que apenas hubiera transcurrido una hora ya sabía con todo el dolor de su corazón, era consciente y lo sabía, que odiaba a Pseldonímov, que lo maldecía, así como también a su mujer y su boda. Y, por si fuera poco, por su cara y por su mirada, veía que el propio Pseldonímov también lo odiaba, y que al mirarlo le faltaba poco para decir:

"¡Ojalá te trague la tierra, maldito! ¡Vaya peso que me ha caído encima...!".

Todo aquello hacía rato que lo había captado en su mirada.

Claro que Iván Ilich, incluso ahora sentado a la mesa, se habría dejado antes cortar la mano que reconocer sinceramente, y ya no sólo en voz alta, sino incluso en su interior, que todo ello realmente estaba sucediendo de ese modo. Todavía no había llegado el momento, y aún ahora conservaba una especie de equilibrio moral. ¡Pero el corazón, su corazón... le dolía! Le pedía salir a la libertad, a respirar el aire libre, el descanso. Pues Iván Ilich era un hombre demasiado bondadoso.

Porque él sabía, y lo sabía muy bien, que tenía que haberse marchado hacía tiempo, y no sólo eso, sino que tenía que haberse puesto a salvo. Que todo aquello, de pronto, se convirtió en otra cosa muy diferente de lo que hacía un rato se había imaginado paseando por la acera.

"Y ¿para qué he venido? ¿Acaso vine aquí para beber y comer?", se preguntaba mientras se tomaba el arenque. Incluso había llegado a contradecirse a sí mismo. En su espíritu se agitaba momentáneamente la ironía sobre su propio acto heroico. Empezó incluso a sospechar de la razón que realmente le había llevado a entrar allí.

Pero ¿cómo podía marcharse?, puesto que irse sin haber terminado el propósito resultaba imposible. ¿Qué dirían de él?

"Dirán que me meto en lugares poco indicados. E incluso eso realmente quedaría así, si no termino mi finalidad. ¿Qué dirán mañana, por ejemplo (ya que surgirá por todas partes), Stepán Nikíforovich, Semión Iványch, en las oficinas, en casa de los Shembel y los Shubin? No: debo marcharme de tal modo que todos comprendan el motivo de mi visita, es preciso descubrir la finalidad moral..."; y, mientras tanto, no surgía el momento patético adecuado. "Si ni siquiera me respetan", se dijo. "¿De qué se ríen? Se encuentran tan en su salsa, como si fueran insensibles... Sí, hace tiempo que vengo sospechando de la insensibilidad de la generación de jóvenes. ¡Es preciso quedarme, pase lo que pase...! Ahora han estado bailando, y cuando se sienten a la mesa será el momento... Hablaré de las cuestiones como las reformas, la grandeza de Rusia... ¡Los dejaré boquiabiertos! ¡Sí! Posiblemente no esté todo perdido... Puede que así es como suceda en realidad. Pero ¿cómo habría de comenzar para atraer su atención? ¿Qué es lo que podría ocurrírseme? Me quedo aturdido, sencillamente eso... Y ¿qué es lo que necesitan?, ¿qué es lo que piden...? Veo que entre ellos se cruzan risitas... ¿No será de mí? ¡Dios mío! Pero ¿qué es lo que busco?, ¿qué es lo que estoy haciendo aquí?, ¿por qué no me marcho?, y ¿qué pretendo...?".

Eso era lo que pensaba mientras una especie de profunda e insoportable vergüenza le punzaba cada vez más el corazón.

Y las cosas fueron sucediéndose así, unas tras otras.

A los dos minutos de haberse sentado a la mesa, una terrible idea se apoderó de todo su ser. De pronto sintió que estaba horriblemente ebrio, es decir, no como lo estaba antes, sino definitivamente ebrio. La causa de ello fue la copa de vodka que se tomó a continuación del champán y que le hizo un efecto inmediato. Sentía, y se percataba de ello con todo su ser, que estaba cada vez más débil. Por supuesto que hizo cuanto podía, pero la conciencia no le abandonaba y le exclamaba: "¡No está bien, no está nada bien, e incluso resulta poco decoroso!". Claro está que los pensamientos ebrios más inestables no se detenían en un punto: de pronto surgieron en su mente dos cuestiones casi tangibles para él. Una de ellas consistía en el espíritu triunfador, el deseo de salir victorioso, la desaparición de obstáculos y la inexpugnable convicción de que todavía podría alcanzar su finalidad. La otra cuestión se revelaba en forma de desasosiego en el alma y tortura en el corazón: "¿Qué dirán? ¿Cómo terminará todo? ¿Qué sucederá mañana, sí, mañana...?".

Antes ya había presentido que tenía enemigos entre los invitados. "Eso se debe a que yo, efectivamente, he estado ebrio hasta hace un rato", pensó con una duda angustiosa. ¡Cuál no sería su espanto cuando realmente, y por insospechadas señales, se convenció de que en la mesa, ciertamente, tenía enemigos y de que de ello no cabía ya duda alguna!

"Y ¿por qué, por qué?", pensó.

A la mesa se sentaron unos treinta invitados, de los cuales algunos estaban definitivamente borrachos. Los otros se comportaban con cierta descarada y malsonante soltura: gritaban, hablaban todos a la vez, brindaban anticipadamente, lanzaban bolitas de pan a las damas y ellas se las devolvían. Uno de los invitados, un sujeto desagradable con un chaleco mugriento, se cayó de la silla en cuanto se hubo sentado a la mesa, quedándose así hasta que finalizó la cena. Otro quería subirse como fuera a la mesa para hacer un brindis, y sólo el oficial, que le agarró de la ropa, pudo contener su inoportuno entusiasmo. La cena era absolutamente corriente, aunque para ello se había encargado el servicio de un cocinero, el siervo de un general: había gelatina, lengua con patatas y filetes rusos con guisantes; más tarde trajeron ganso y, para finalizar, todo tipo de dulces. Para beber había cerveza, vodka y jerez. La botella de champán permanecía sólo delante del general, lo cual le obligaba a echarlo en la copa de Akím Petróvich, quien ya era incapaz de tener iniciativa propia.

Para los brindis, al resto de los invitados se les había asignado vino de mesa o lo que hubiera más a mano. La misma mesa se componía de muchas mesas pegadas unas a otras, entre las cuales había una de jugar a las cartas. Estaba cubierta con muchos manteles, entre los que destacaba uno de muchos colores de Iaroslav. Los invitados estaban intercalados, varones y damas. La madre de Pseldonímov no quiso sentarse a la mesa, sino que permaneció ajetreada y organizándolo todo. A su vez apareció una figura femenina de aspecto malvado, a la que no se había visto antes; llevaba un vestido de seda rojo, la cara vendada como si le dolieran las muelas y una cofia altísima. Resultó ser la madre de la novia, que había decidido finalmente salir del cuarto de atrás para incorporarse a la cena. Hasta ahora no había salido a causa de la implacable hostilidad que tenía frente a la madre de Pseldonímov; pero dejemos esta cuestión para más tarde. Esta dama miró al general con rabia, incluso con sorna, y probablemente no quiso que se lo presentaran.

A Iván Ilich esa figura le pareció extremadamente sospechosa. Pero, al margen de ella, también otras personas le resultaban sospechosas e involuntariamente le infundían inseguridad e inquietud. Incluso parecía que habían conspirado algo entre sí, y más concretamente contra Iván Ilich. Al menos, eso era lo que le parecía y a medida que transcurría la cena estaba cada vez más convencido de ello. Y para más exactitud le pareció malvado un caballero con perilla, un pintor que trabajaba por libre, que incluso un par de veces había mirado a Iván Ilich y, después, al darse la vuelta hacia su vecino le dijo algo al oído. Otro de los presentes, que a decir verdad estaba ya completamente ebrio, a pesar de todo, por algunos detalles, resultaba sospechoso. Flacas esperanzas también le ofrecía el estudiante de medicina. Incluso el propio oficial no le resultaba de fiar. Pero quien realmente gozaba de evidente antipatía era el colaborador de El Tizón: ¡estaba tan despatarrado en la silla; miraba de un modo tan orgulloso y arrogante; refunfuñaba tan seguro de sí mismo!

Y aunque el resto de los comensales no le prestaba especial interés al colaborador del periódico —que por haber escrito cuatro estrofas en El Tizón se había convertido en un liberal, y quien al parecer no gozaba de muchas simpatías—, cuando a Iván Ilich le alcanzó una bolita de pan, claramente dirigida a él, estaba absolutamente seguro de que el culpable del lanzamiento de aquella bolita no era otro que el colaborador de El Tizón.

Todo eso, claro está, terminó por afectarle aún más.

Especialmente desagradable le resultó otra observación: Iván Ilich estaba absolutamente convencido de que comenzaba a articular las palabras con dificultad y de una manera poco clara; de que quería decir muchas cosas pero la lengua se le paralizaba. Más tarde, de pronto comenzó a darse cuenta de que perdía la memoria y lo más importante era que sin ton ni son soltaba una risotada. Esta disposición de ánimo se le pasó pronto, en cuanto hubo tomado una copa de champán, que, aunque se la había servido, tardó en tomársela, y que de repente se bebió sin darse cuenta. Después de tomarse esa copa, casi le entraron ganas de llorar. Le dio la impresión de que era presa de la sensibilidad más excéntrica; nuevamente comenzó a querer cada vez más a todos, incluso a Pseldonímov, y hasta al colaborador de El Tizón. De pronto le dieron ganas de abrazarlos a todos, de olvidarlo todo y hacer las paces. Y, por si eso fuera poco, de contarles sinceramente todo, absolutamente todo, es decir, lo bondadoso y espléndido que era, y qué cualidades tan excepcionales tenía: lo útil que sería para la patria, cómo sabía divertir a las señoras, y, sobre todo, lo progresista que era; de qué manera tan humana era capaz de ponerse al nivel de todos, hasta el más bajo de los escalones; y finalmente, como conclusión, contar abiertamente todos los motivos que le habían empujado a aparecer en casa de Pseldonímov, tomarse allí dos botellas de champán y hacerle feliz con su visita.

"¡La verdad, la santa verdad y la sinceridad antes que nada! Llegaré a ellos por la sinceridad. Ellos me creerán, lo veo claramente; ahora incluso tienen miradas hostiles pero, cuando les revele todo, los conquistaré irremisiblemente. Llenarán sus copas y con exclamaciones brindarán por mi salud. Estoy convencido de que el oficial romperá su copa contra la espuela. Probablemente incluso exclame un "¡Hurra!". En caso de decidirse a lanzarme al aire, al estilo de los húsares, tampoco me opondría, e incluso sería algo estupendo. A la recién casada le daría un beso en la frente; es tan mona. Akím Petróvich también es una buena persona. Claro está que Pseldonímov cambiará más tarde. Le falta, por decirlo de alguna manera, un cierto barniz social... Y aunque es evidente que las nuevas generaciones no poseen esa delicadeza de corazón, yo... yo les hablaré del destino actual de Rusia entre otras potencias mundiales. Les recordaré la cuestión de los siervos, y... ¡y todos ellos me querrán y me marcharé triunfal...!".

Estas fantasías, efectivamente, eran muy agradables, pero lo que no lo resultaba tanto era que, entre todas esas esperanzas rosas, Iván Ilich de repente descubrió una habilidad suya desconocida para él: concretamente la de escupir. Al menos, la saliva comenzó a salírsele de la boca, sin que pudiera controlarlo. Se percató de ello al ver a Akím Petróvich, al que le había salpicado la mejilla y que estaba sentado sin moverse y sin atreverse a limpiársela por respeto.

Iván Ilich cogió una servilleta y enseguida él mismo se la limpió. Pero eso le pareció al instante hasta tal punto inoportuno y absurdo que se quedó callado y sorprendido. Akím Petróvich, aunque estaba ebrio, parecía haberse quedado estupefacto. Iván Ilich se percató ahora de que, aunque llevaba casi un cuarto de hora hablándole de un tema de lo más interesante, Akím Petróvich al escucharle no sólo se quedaba confuso, sino que parecía temer algo. Pseldonímov, al que le separaba una silla de Iván Ilich, también estiraba su cuello en dirección a él, e inclinaba la cabeza hacia un lado con un gesto de lo más desagradable. Parecía realmente que lo estaba vigilando. Al echar una mirada a los invitados, Iván Ilich se dio cuenta de que muchos de ellos lo miraban directamente a la cara y se reían. Pero lo más extraño fue que ante esta situación no se sintió abochornado y que, contrariamente a ello, dio un trago más a la copa y de pronto comenzó a hablar en voz alta para que todos pudieran oírle.

—¡Ya lo dije! —pronunció en un tono potente—. Le acabo de decir, señores, a Akím Petróvich que Rusia... sí, precisamente Rusia... en una palabra, ustedes ya entienden lo que quiero decir... estoy profundamente convencido de que Rusia está atravesando momentos de hu—hu—manitarismo...

—¡Hu—hu—manitarismo! —se oyó al otro extremo de la mesa.

—¡Eh, tú!

Iván Ilich pareció quedarse callado. Pseldonímov se levantó de la silla para buscar al que había exclamado. Akím Petróvich movía la cabeza a hurtadillas, como si castigara a los invitados. Iván Ilich se dio perfectamente cuenta de ello pero, pesaroso, no dijo nada.

—¡Humanitarismo! —continuó con firmeza—. Y hace un rato... y para más exactitud hace precisamente un rato yo le decía a Stepán Nikíforovich... sí... que... que la renovación, por así decirlo, de las cosas...

—¡Su Excelencia! —se oyó la fuerte voz de alguien al otro lado de la mesa.

—¿Qué desea? —contestó Iván Ilich a quien le había interrumpido, e intentado ver quién se dirigía a él.

—¡Nada en absoluto, Su Excelencia, me he despistado, continúe!; ¡con—ti—nú—e!—se oyó nuevamente la voz.

Iván Ilich se estremeció.

—La renovación, por así decirlo, de esas mismas cosas...

—¡Su Excelencia! —se oyó de nuevo la voz.

—¿Qué desea?

—¡Hola!

En esta ocasión, Iván Ilich no pudo contenerse más. Interrumpió el discurso para dirigirse al alborotador que le había ofendido. Era un estudiante todavía muy joven que estaba considerablemente bebido y que le suscitaba la más grande de las sospechas. Llevaba tiempo gritando e incluso había roto una copa y dos platos, y afirmó que era lo que se debía hacer en una boda. En el momento en que Iván Ilich se dirigió a él, el oficial empezó a reprender al alborotador.

—¿Qué haces? ¿Por qué gritas? ¡Lo que teníamos que hacer es echarte de aquí!

—¡No se refiere a usted, Su Excelencia! ¡No se refiere a usted! ¡Continúe! —exclamó el regocijado estudiante repantigado sobre la silla—. ¡Continúe, yo le escucho, y me siento muy, muy satisfecho de su discurso! ¡Es extraordinario, extraordinario!

—¡El muchacho está borracho! —dijo a media voz Pseldonímov.

—Ya veo que está borracho, pero...

—¡Hace un rato, Su Excelencia, les conté una anécdota muy divertida! —dijo el oficial—; se trataba de un teniente de nuestro regimiento, que hablaba de ese modo con los superiores; y ahora también le dio a él por imitarle. A cada palabra que pronunciara el jefe, el otro no cesaba de repetir: "¡extraordinario!, ¡extraordinario!". Hace diez años que le expulsaron del servicio por ese motivo.

—¿Qué, qué teniente era ése?

—Uno de nuestro regimiento, Su Excelencia, a quien le gustaba alabar hasta más no poder. Al principio le reprendían con buenas palabras, y después le arrestaron... El jefe le reprendía de forma paternal; y aquél le respondía: "¡extraordinario, extraordinario!". Y lo curioso es que se trataba de un oficial muy valeroso, de unas nueve verstas de altura. Querían juzgarle, pero se dieron cuenta de que había perdido la cabeza.

—Entonces se trataba de un estudiante. Al ser un estudiante se podía ser menos severo... Yo, por mi parte, estaría dispuesto a perdonarle...

—Le hicieron un reconocimiento médico, Su Excelencia.

—¿Cómo? ¿Que lo a—na—to—mi—za—ron?

—Disculpe; si entonces todavía estaba completamente vivo.

Se oyó una sonora y casi generalizada carcajada entre los invitados que, al principio, procuraron guardar las formas. Iván Ilich se puso furioso:

—¡Señores, señores! —exclamó, casi sin tartamudear, por primera vez—, estoy en condiciones de distinguir a la perfección que a los vivos no se les somete a ese examen anatómico. Me imaginé que a causa de la locura ya no estaba vivo... es decir, que había muerto... o sea, quiero decir... que ustedes no me estiman... Mientras que yo les estimo a todos ustedes... sí, estimo a Por... a Porfiri... Me estoy humillando a mí mismo al hablar de este modo...

En ese momento una gran cantidad de saliva saltó de la boca de Iván Ilich y salpicó el lugar más visible del mantel. Pseldonímov se apresuró a limpiarlo con una servilleta.

Este último suceso le dejó definitivamente afligido.

—¡Señores, esto ya es demasiado! —exclamó él desesperado.

—Ese hombre está borracho, Su Excelencia —de nuevo irrumpió Pseldonímov.

—¡Porfiri! ¡Ya veo que todos... ustedes... sí! Digo que albergo esperanzas... sí, les estoy invitando a que me digan en qué me he humillado a mí mismo.

Iván Ilich estaba a punto de echarse a llorar.

—¡Su Excelencia, por favor!

— Porfiri, me dirijo a ti... Dime, si he venido... sí... sí, a la boda con una finalidad. Yo quería elevar moralmente... deseaba despertar sentimientos. Me dirijo a todos: en su opinión me he humillado mucho, ¿o no?

Se hizo un silencio sepulcral. Y en eso estaba la cuestión: en que había un silencio sepulcral, máxime tratándose de un aspecto tan categórico. Pero ¿qué trabajo les costaba gritar algo en aquel momento?, se le pasó por la cabeza a Iván Ilich. Pero los invitados se limitaban a mirarse los unos a los otros. Akím Petróvich, como si estuviera petrificado, continuó sentado, y Pseldonímov se quedó mudo de espanto, mientras repetía para sus adentros una terrible pregunta que desde hacía rato le rondaba la cabeza: "¿Y qué será de mí mañana después de todo esto?".

De pronto, el colaborador de El Tizón, que ya estaba bastante ebrio, pero que continuaba hasta aquel momento sumido en un taciturno silencio, se dirigió a Iván Ilich y, con ojos centelleantes, comenzó a responder en nombre de todos los invitados.

—¡Sí! —exclamó él con voz de trueno—. ¡Sí! ¡Se ha humillado y es usted un retrógrado...! ¡Re—tró—gra—do!

—¡Joven, tenga usted conciencia de la persona con la que está hablando! —exclamó furioso Iván Ilich, pegando nuevamente un salto en su asiento.

—Con usted; y en segundo lugar, yo no soy un joven... Ha venido usted a darse importancia y a buscar popularidad.

—Pseldonímov, ¿qué es esto? —exclamó Iván Ilich.

Pero Pseldonímov dio un respingo, tan horrorizado que se quedó petrificado sin saber cómo reaccionar. Los invitados también se quedaron mudos, sentados en sus asientos. El artista y el estudiante aplaudieron y gritaron "¡bravo, bravo!».

El colaborador continuó gritando con incontenible ira:

—¡Sí, ha venido usted para alardear de su humanitarismo! Nos ha fastidiado usted la fiesta a todos. ¡Ha bebido usted un champán sin tener conciencia de que es demasiado costoso para un funcionario que cobra diez rublos mensuales, y sospecho que pertenece a aquel tipo de jefes que se encaprichan de las mujeres jóvenes de sus subordinados! Y, por si fuera poco, estoy convencido de que apoya el pago de las gratificaciones... ¡Sí, sí, sí!

—¡Pseldonímov, Pseldonímov! —exclamó Iván Ilich, extendiendo sus brazos hacia él. Sentía que cada palabra que fuera pronunciada por el colaborador se le clavaría como una nueva puñalada en el corazón.

—¡Ahora mismo, Su Excelencia! ¡No se altere, por favor! —exclamó con voz enérgica Pseldonímov, acercándose de un salto hacia el colaborador: lo agarró del cuello de la chaqueta y lo arrastró fuera de la mesa. Nadie se esperaba que el esmirriado de Pseldonímov pudiera sacar tanta fuerza física. Pero el colaborador estaba muy ebrio y Pseldonímov completamente sobrio. Después le dio unos golpes en la espalda y lo empujó por la puerta.

—¡Son todos ustedes unos ruines! —gritó el colaborador—. ¡Mañana les haré a todos ustedes una caricatura en El Tizón...!

Todos dieron un respingo en sus asientos.

—¡Su Excelencia, Su Excelencia!—gritaban Pseldonímov, su madre y algunos de los invitados agolpándose alrededor del general—. ¡Tranquilícese, Su Excelencia!

—¡No, no! —exclamó el general—; me han ridiculizado... yo vine... quería, por así decirlo, echar una bendición. Y ¡ahora esto, esto...!

Abatido, se dejó caer en la silla, como si se quedara inconsciente, puso ambas manos sobre la mesa y apoyó su cabeza en ellas, en el mismo plato del manjar blanco. Sobra describir el espanto general suscitado. Al cabo de un minuto se levantó, con la probable intención de marcharse, pero se tambaleó, se enganchó en la pata de una silla, cayó con todo su peso al suelo y empezó a roncar...

Estas cosas ocurren a veces a los que no suelen beber y se emborrachan ocasionalmente. Se mantienen con la conciencia despierta hasta el último momento y después se desploman como si alguien segara la hierba bajo sus pies. Iván Ilich estaba tumbado en el suelo, absolutamente inconsciente. Pseldonímov se agarró de los pelos, quedándose petrificado en esa postura. Los invitados comenzaron a marcharse, comentando cada uno lo sucedido a su manera. Eran ya cerca de las tres de la madrugada.

Lo importante de la cuestión estriba en que la circunstancia de Pseldonímov era bastante peor de lo que uno podía imaginarse, y ello sin reparar en lo desagradable de la situación. Y mientras que Iván Ilich permanece tumbado en el suelo, y Pseldonímov, de pie junto a él, agarrándose desesperadamente de los pelos, vamos a interrumpir el orden de la narración para introducir unas esclarecedoras palabras sobre el propio Porfiri Petróvich Pseldonímov.

Poco menos de un mes antes de la celebración de su boda, Pseldonímov se hallaba en una situación irremediablemente mala. Procedía de una provincia, donde su padre hacía tiempo había prestado algún servicio, y donde murió mientras lo estaban procesando. Cuando faltaban cinco meses para la boda, Pseldonímov, que ya llevaba un año malviviendo en San Petersburgo, consiguió un puesto de diez rublos mensuales; sintió revivir de cuerpo y espíritu, hasta caer nuevamente víctima de las circunstancias. En todo el mundo sólo quedaban dos Pseldonímov, él y su madre, que había abandonado la provincia tras la muerte de su marido. Madre e hijo llevaban malviviendo los dos sufriendo frío y hambre. Había días en que Pseldonímov iba con un jarro a la Fontanka para beber agua.

Al conseguir un puesto de trabajo, pudo alquilar un rinconcito de mala muerte junto a su madre. Ella se puso a trabajar de lavandera mientras que él, durante unos cuatro meses, se puso a ahorrar dinero para intentar comprarse unas botas y un modesto capote.

¡Y cuántas humillaciones no habrá sufrido en su oficina! Se le acercaban los jefes para preguntarle cuánto tiempo llevaba sin bañarse. A sus espaldas se comentaba que debajo del cuello de su uniforme había nidos enteros de piojos. Pero Pseldonímov tenía un carácter firme. Al primer golpe de vista era pacífico y silencioso; tenía muy poca formación y casi nunca se le veía conversando con alguien. No sé exactamente si pensaba algo, si urdía algunos planes o proyectos o si soñaba algo. Pero a cambio de esto se le fue desarrollando una instintiva, firme e inconsciente decisión de llegar a ser alguien y salir de su penosa situación. Poseía un tesón de hormiga: si a las hormigas se les destruye su nido, al instante volverán a construirse otro; si se les vuelve a destruir este último, otra vez volverán a construir uno nuevo, y así sucesivamente, sin desistir. Se trataba de un sujeto ordenado y economizador. Bastaba con verle la cara para darse cuenta de que se abriría camino, se construiría un nido y posiblemente hasta ahorrara algo de dinero. En el mundo entero sólo lo quería su madre, pero lo quería con locura. Era una mujer fuerte, incansable, trabajadora, y al margen de esto también bondadosa. Los dos habrían seguido viviendo en sus rincones alquilados, puede que unos cinco o seis años más, hasta que cambiaran las circunstancias, de no haberse topado en su vida con un consejero titular jubilado, Mlekopitáiev, que en otros tiempos había sido tesorero y funcionario en la provincia, y que se había colocado y trasladado a vivir con su familia en San Petersburgo. Conocía a Pseldonímov y desde hacía tiempo le debía algún favor a su padre.

Disponía de algún dinerillo, claro que no demasiado, pero lo tenía; lógicamente nadie sabía cuánto poseía exactamente, ni su mujer, ni su hija mayor, ni sus parientes. Tenía dos hijos, pero como era un déspota terrible, un borrachillo, un tirano en su casa, y además un hombre enfermo, se le ocurrió casar a una de sus hijas con Pseldonímov: "Lo conozco", decía, "su padre era una buena persona y el hijo también lo será". Mlekopitáiev hacía lo que quería; tomaba una decisión y la llevaba a cabo. Era un tirano de lo más extraño. La mayor parte de su tiempo lo pasaba sentado en su sillón, porque le impedía alguna enfermedad, cosa que no le estorbaba para beber vodka. Se pasaba días enteros bebiendo y blasfemando.

Era un hombre malvado; tenía la imperiosa necesidad de martirizar continuamente a alguien. Para ello tenía viviendo junto a él a unas parientes lejanas: una hermana, enferma y huraña; dos hermanas de su mujer, también malvadas y de lengua viperina; y una tía anciana suya, que en su día se había roto una costilla. También vivía junto a él una alemana gorrona que se había rusificado y que poseía el talento de contarle los cuentos de Las mil y una noches. Toda su satisfacción consistía en maltratar a todas esas infelices parásitas, en blasfemar horriblemente de ellas a cada momento, a pesar de que ellas, sin excluir a su mujer, que había nacido con dolor de muelas, no se atrevieran a abrir la boca en su presencia. Las enfrentaba a las unas contra las otras, se inventaba y fomentaba cotilleos, y después se reía y regocijaba al ver cómo les faltaba poco para llegar a las manos. Se alegró mucho cuando su hija mayor, que había malvivido durante diez años con su marido, que era un oficial, al quedarse finalmente viuda se trasladó a vivir a su casa con sus hijos pequeños, que estaban enfermos. Él no soportaba a sus hijos pero, puesto que con su llegada aumentó el material con que poder llevar a cabo sus experimentos, el viejo se sintió muy satisfecho. Todo ese montón de mujeres malvadas y de niños enfermos, junto a su maltratador, se hacinaban en una casa de madera en la zona de San Petersburgo. Pasaban hambre, porque el viejo era tacaño y entregaba el dinero con cuentagotas, aunque no escatimaba para comprarse vodka; tampoco dormían lo suficiente, porque el anciano sufría insomnio y exigía que se le distrajera. En una palabra, todos vivían de mala manera y maldecían su suerte.

Por aquel entonces Mlekopitáiev se fijó en Pseldonímov. Le había impresionado su larga nariz y su aspecto pacífico. Su hija menor, flaca y fea, había cumplido diecisiete años. Aunque en su momento había asistido a una escuela alemana, no aprendió nada en ella excepto el abecedario. Mientras tanto crecía caquéctica y escrofulosa, sometida a la muleta de su padre cojo y borrachín, en el ambiente de cotilleos domésticos, sospechas y discordias. Jamás tuvo amigas, como tampoco inteligencia. Hacía tiempo que deseaba casarse. Delante de la gente no abría la boca, pero en casa, junto a su madrecita y el grupillo de gorronas, era malvada y tenía la lengua de una arpía. Le gustaba especialmente pellizcar y dar capirotazos a los hijos de su hermana, fiscalizarles por el azúcar y el pan que robaban, a causa de lo cual entre ella y su hermana mayor siempre había una interminable y continua riña. Fue el propio viejo quien se la ofreció en matrimonio a Pseldonímov. Éste, a pesar de su malvivir, le pidió algo de tiempo para reflexionar. Él y su madre estuvieron mucho tiempo pensándolo. Pero a nombre de la novia se iba a poner la casa que, aunque fuera malucha, de madera, y de una planta, tenía valor. Al margen de ello, les daban cuatrocientos rublos. ¿Cuándo podrían ellos ahorrarlos?

"¿Que por qué traigo a casa a un hombre?", exclamaba el ebrio tirano. "En primer lugar, porque todas vosotras sois mujeres, y estoy harto de tantas mujeres. Quiero que también Pseldonímov me dore la píldora, ya que soy su bienhechor. En segundo lugar, lo traigo porque todas estáis en contra y furiosas. Pues pienso hacerlo para fastidiaros. ¡Pienso hacer lo que he dicho! Y tú, Porfiri, dale palizas cuando sea tu mujer; desde que nació lleva siete demonios en su interior. Échalos de ahí, yo te preparo el garrote...".

Pseldonímov permanecía callado aunque ya había tomado la decisión. A él y a su madre les habían acogido en la casa antes de casarse; los lavaron, los calzaron y les dieron dinero para la boda. El anciano los protegía, probablemente porque toda la familia estaba enfurecida con ellos. La madre de Pseldonímov incluso le había caído bien, de modo que se contenía y no la pinchaba. Por lo demás, una semana antes de la boda, obligó al propio Pseldonímov a bailar el kazachók delante de él. "Bueno, ya es suficiente, sólo quería advertirte de que no se te subieran los humos delante de mí», le dijo al finalizar el baile. Dio el dinero justo para la boda e invitó a todos sus familiares y conocidos. Por parte de Pseldonímov sólo asistieron el colaborador de El Tizón y Akím Petróvich, un invitado de honor. Pseldonímov sabía perfectamente que la novia sentía aversión hacia él, y que hubiera preferido casarse con el oficial en lugar de con él. Pero él lo soportaba todo, pues así lo acordó con su madre.

Durante todo el día de la boda y toda la tarde estuvo el viejo blasfemando y emborrachándose. Toda la familia se refugió en los cuartos de atrás y se hacinó allí hasta no poder respirar. Las habitaciones delanteras se destinaron para el baile y la cena. Finalmente, cuando el viejo se hubo quedado dormido completamente ebrio, cerca de las once de la noche, la madre de la novia, especialmente enfadada ese día con la madre de Pseldonímov, decidió tornar su mal humor en amabilidad y salir al baile y a la cena. La aparición de Iván Ilich lo había cambiado todo. Mlekopitáieva se quedó confusa, empezó a gruñir porque no la habían informado de que habían invitado al general. Le aseguraban que había venido por su cuenta, sin que nadie le hubiera invitado, cosa que la dejó tan atónita que no se lo podía creer. Tuvieron que comprar champán. La madre de Pseldonímov sólo disponía de un rublo, y el propio Pseldonímov no tenía ni un cópec. Había que humillarse ante la vieja gruñona Mlekopitáieva, pedirle dinero para una botella y después para la otra.

Le informaban de las futuras relaciones del funcionario de carrera, y trataron de persuadirla. Finalmente ella dio su propio dinero, pero obligó a Pseldonímov a tragarse tanta bilis que tuvo que entrar varias veces en la habitación destinada al lecho nupcial; en silencio se agarraba de los pelos y se lanzaba de cabeza a la cama destinada a los goces matrimoniales, tiritando de rabia de pies a cabeza. ¡Sí! Iván Ilich ignoraba cuánto costaban las dos botellas de champán que él se había tomado aquella noche. ¡Cuál no sería el horror, la tristeza e incluso la desesperación cuando el asunto de Iván Ilich terminó de una manera tan inesperada! De nuevo llegaron los quebraderos de cabeza, y posiblemente los gritos y las lágrimas durante toda la noche de la caprichosa novia y los absurdos reproches de sus familiares. A él ya le dolía la cabeza y, sin necesidad de ello, el tufo y la oscuridad le nublaban la vista. Y ahora había que prestarle ayuda a Iván Ilich y a las tres de la madrugada buscar al médico o el carruaje para llevarle a casa; y era especialmente necesario encontrar un carruaje porque enviarle en ese estado en un trineo a su casa era imposible. Y ¿de dónde iban a sacar dinero aunque sólo fuera para el carruaje?

La señora Mlekopitáieva, enfurecida porque el general no había intercambiado con ella ni dos palabras y ni siquiera la miró durante la cena, anunció que no tenía ni un cópec. ¿De dónde podían sacarlo? ¿Qué había que hacer? Sí, había motivo suficiente para agarrarse de los pelos.

Entre tanto, a Iván Ilich lo trasladaron al pequeño sofá de piel, que se encontraba en el mismo comedor. Mientras estaban recogiendo las mesas y retirándolo todo, Pseldonímov corría de un lado a otro para pedir dinero, intentando incluso pedírselo a los criados, pero nadie lo tenía. Incluso se arriesgó a molestar a Akím Petróvich, que se quedó más tiempo que los demás. Pero éste, aunque fuera un buen hombre, al oír hablar de dinero se quedó tan estupefacto y asustado que se puso a decir las tonterías más insospechadas.

—En otro momento lo haría con mucho gusto —murmuró—, pero ahora... a decir verdad, discúlpeme...

Cogió el sombrero y salió corriendo de la casa. Sólo el joven bondadoso que había hablado de El libro de los sueños procuró ayudar, pero también ello resultó en vano. Se quedó más tiempo que los demás, participando cordialmente en los problemas de Pseldonímov. Finalmente, el joven y su madre decidieron, de común acuerdo, enviar a alguien no en busca del médico, sino del carruaje para llevar al indispuesto a su casa, y mientras tanto, hasta que llegara el carruaje, aplicarle algunos remedios caseros, como colocarle compresas de agua fría en las sienes y la cabeza, así como hielo. De ello se encargó la madre de Pseldonímov. El joven salió corriendo en busca del carruaje.

Dado que a esa hora en la zona de San Petersburgo era imposible encontrar un coche, se fue lejos, a una hospedería, y despertó a los cocheros. Se pusieron a regatear y los cocheros respondieron que a esas horas pedir cinco rublos por un coche no era caro. Sin embargo, llegaron al acuerdo de hacerlo por tres rublos. Pero cuando cerca de las cuatro de la madrugada el joven llegó a casa de los Pseldonímov con el carruaje alquilado, hacía ya rato que éstos habían cambiado de opinión. Resultó que Iván Ilich, que todavía se encontraba inconsciente, se puso tan enfermo, y gemía y se agitaba tanto, que trasladarle a su casa en esas circunstancias resultaba de todo punto imposible e incluso arriesgado. ¿En qué quedaría todo aquello?, decía absolutamente desalentado Pseldonímov. ¿Qué es lo que se podía hacer? Surgió una nueva cuestión. En caso de dejar al enfermo en casa, ¿adónde habría que trasladarlo para acomodarlo? En toda la casa sólo disponían de dos camas: una grande de matrimonio, en la que dormía el viejo Mlekopitáiev con su esposa, y otra recién comprada, de nogal, también de matrimonio y destinada para los recién casados. Todos los demás habitantes de la casa o, mejor dicho, los que la habitaban, dormían en el suelo, hacinados, la mayoría en colchones de plumas, casi todos estropeados y malolientes, es decir, absolutamente impresentables, y de éstos había los justos; no sobraba ninguno.

¿Dónde iban a colocar al enfermo? En caso de necesidad quizás pudieran dar con un colchón de plumas quitándoselo a alguien, pero ¿dónde podían colocarlo?, ¿y sobre qué? Resultó que había que ponerlo en el salón, ya que esa habitación estaba separada del núcleo familiar y disponía de su propia puerta de salida. Pero ¿dónde iban a apoyarlo? ¿Acaso sobre las sillas? Pseldonímov prefería no decir nada sobre eso. Es de sobra conocido que sobre las sillas sólo acomodan a los colegiales cuando vienen a casa a pasar fines de semana, pero para una persona como Iván Ilich aquello resultaba harto incorrecto. ¿Qué diría él al día siguiente al verse sobre las sillas? Pseldonímov no quería ni oír hablar del tema.

Quedaba una solución: pasarle a la cama de matrimonio. Y ésta, como ya hemos dicho antes, se encontraba en una habitación pequeña, junto al comedor. Sobre la cama había un colchón nuevo para dos personas y sin estrenar; ropa de cama limpia, cuatro almohadones de calicó rosa, con fundas de muselina bordada y volantes. La manta era de raso, de color rosa y pespunteada de arabescos. De un anillo dorado sobre la cama pendían unas cortinas de muselina. Resumiendo, que todo estaba como Dios manda, y los invitados, casi todos cuantos pasaron por la alcoba, alabaron el buen gusto. La novia, aunque no aguantaba a Pseldonímov, en cuanto podía a lo largo de la tarde, y generalmente a hurtadillas, salía corriendo a verla. ¡Y cuál no sería su indignación y rabia cuando se enteró de que querían trasladar al enfermo, que sufría algo parecido al cólera, a su lecho nupcial! La madre de la novia salió en defensa de su hija, juraba y prometía quejarse a su marido al día siguiente; pero Pseldonímov se puso firme y se salió con la suya: a Iván Ilich lo trasladaron y a los recién casados los acomodaron en el salón sobre unas sillas. La joven lloriqueaba, dispuesta a dar pellizcos, sin atreverse a desobedecer: su padre tenía una muleta que le era sobradamente conocida, y ella sabía que su padre pediría cuentas de todo al día siguiente. Para tranquilizarla llevaron su edredón rosa y las almohadas con las fundas de muselina al salón. Justo en aquel momento llegó el joven con el carruaje; al enterarse de que éste ya no era necesario se llevó un buen susto, pues le tocaba pagarlo a él, que jamás dispuso ni de una moneda de diez cópecs. Pseldonímov anunció su absoluta ruina. Intentaron convencer al cochero, pero éste comenzó a armar alboroto e incluso a golpear las contraventanas. No sé exactamente cómo acabó aquello. Parece ser que el joven, en calidad de rehén, se dirigió con el carruaje a Peski, a la cuarta calle de Rozhdestvenskaia, a donde fue con intención de despertar a un conocido suyo que era estudiante, y que pasaba la noche en casa de unos conocidos, para ver si disponía de algo de dinero.

Ya eran las cuatro y pico de la madrugada cuando dejaron y encerraron a los jóvenes en la sala. La madre de Pseldonímov se quedó a pasar toda la noche a los pies de la cama del enfermo. Se acomodó en el suelo, sobre la alfombra, y se cubrió con una pequeña pelliza, pero no pudo conciliar el sueño por tener que levantarse a cada minuto, ya que Iván Ilich sufría una terrible indigestión. La señora Pseldonímova, mujer de coraje y bondadosa, le desvistió; le quitó toda la ropa y le cuidó como a su propio hijo, y se pasó toda la noche corriendo del dormitorio al pasillo portando las vasijas propias de aquellas circunstancias. Y, sin embargo, las desgracias de aquella noche estaban todavía lejos de acabarse.

No habían transcurrido ni diez minutos desde que dejaron a los novios a solas en el salón, cuando de pronto se oyó un grito estremecedor, que no era alegre, sino de naturaleza más maligna. A continuación de los gritos se oyó un ruido, y un crujido como si cayeran las sillas; al instante, en la habitación todavía oscura, inesperadamente irrumpió una multitud de mujeres asustadas, gritando y en todo tipo de paños menores. Esas mujeres eran la madre de la novia, su hermana mayor, que se había ausentado dejando a sus hijos enfermos, y tres tías suyas, entre las que también se encontraba la de la costilla rota. Incluso la cocinera estaba allí, y también la alemana gorrona, que contaba cuentos, y a la que, para los recién casados, le habían quitado a la fuerza su propio colchón de plumas, que era el mejor de toda la casa y que componía todo su patrimonio; también ella se encontraba allí junto a los demás. Todas estas distinguidas y perspicaces damas, hacía ya un cuarto de hora, se habían deslizado desde la cocina atravesando de puntillas el pasillo y estaban escuchando en el vestíbulo presas de la más inexplicable curiosidad.

Mientras tanto, alguien encendió rápidamente una vela y todos pudieron contemplar un inesperado espectáculo. Las sillas, incapaces de soportar el peso de dos personas, sujetando el ancho colchón de plumas pillado sólo por los bordes, se habían separado y el colchón cayó entre ellas al suelo. La novia lloriqueaba de rabia; en esta ocasión estaba ofendida hasta el fondo de su alma. El moralmente herido Pseldonímov estaba clavado en el suelo como un criminal pillado con las manos en la masa. Ni siquiera intentó disculparse. Por todas partes se oían ayes y gritos. Al oír el alboroto también llegó la madre de Pseldonímov, pero en esta ocasión la madre de la recién casada dominaba la situación. Al principio, cubrió a Pseldonímov de raros, y en su mayoría injustos, reproches respecto al tema: "¡Dios mío!, ¿qué clase de marido puedes ser después de esto? ¿Adónde puedes ir, amigo, después de un bochorno como éste?", y cosas parecidas, y finalmente, tras coger de la mano a su hija, la apartó del marido llevándosela consigo y tomando personalmente la responsabilidad de darle cuentas al severo padre.

Tras ella se marcharon todos, suspirando y moviendo las cabezas. Junto a Pseldonímov sólo se quedó su madre, quien procuró calmarle. Pero él la echó inmediatamente de su lado.

No estaba para consuelos. Llegó hasta el sofá y se sentó, sumido en lúgubres pensamientos, tal y como estaba, descalzo y en ropa interior. Las ideas se enredaban y confundían en su cabeza. En algunos momentos echaba maquinalmente una mirada recorriendo la habitación donde hacía poco los bailarines habían armado la batahola, y donde el humo de los cigarrillos aún permanecía en el aire. Las colillas y los envoltorios de los caramelos aún seguían desparramados por el manchado y grasiento suelo. Las ruinas del lecho nupcial y las sillas caídas eran testigos de la fragilidad de los mejores y más fieles esperanzas y sueños terrenales. De ese modo permaneció sentado Pseldonímov una hora. No hacían más que venirle a la cabeza ideas pesadas, como, por ejemplo: ¿qué es lo que le depararía ahora su trabajo? Apesadumbrado, reconocía que irremediablemente debía cambiar de puesto de trabajo, ya que resultaba imposible quedarse en el mismo, a consecuencia de lo sucedido aquella noche. Le venía a la cabeza la imagen de Mlekopitáiev, quien con toda probabilidad le haría bailar de nuevo el kazachók para poner a prueba su docilidad.

Pensó también que Mlekopitáiev, aunque hubiera dado cincuenta rublos para la celebración de la boda, gastados en su integridad, no pensaba todavía darle los cuatrocientos rublos de la dote, que ni siquiera mencionó. Ni la propia casa estaba todavía formalmente transferida. Se quedó pensando en su mujer, que le había abandonado en el momento más crítico de su vida; en el alto oficial que había hincado una rodilla ante ella. Pudo reparar en ello; pensó en los siete demonios que se alojaban en el cuerpo de su esposa, tal y como lo atestiguaba su propio progenitor, y en el garrote preparado para expulsarlos... Claro está que se sentía con fuerzas de sobrellevar muchas cosas, pero finalmente el destino le deparaba tales sorpresas que llegaba hasta a dudar de su aguante.

Así de afligido estaba Pseldonímov. Mientras tanto la vela se consumía. La luz centelleante, que iluminaba directamente su perfil, reflejaba de forma colosal su imagen en la pared, con su cuello larguirucho, la nariz aquilina y sendos mechones de pelo en la frente y en el cogote. Finalmente, cuando ya empezó a sentirse el frescor de la mañana, se levantó, tiritando de frío, y, moralmente envarado, se acercó al colchón que estaba entre las dos sillas; y sin arreglar nada, y sin apagar la vela, y sin siquiera colocarse una almohada debajo de la cabeza, se deslizó a gatas sobre el colchón y se quedó dormido como un tronco, con un sueño similar al que probablemente tengan aquellos a los que el día siguiente les depara la pena de muerte.

Por otra parte, ¿qué podía compararse con aquella tormentosa noche que pasó Iván Ilich Pralinski sobre el lecho nupcial del infeliz Pseldonímov? Durante un rato el dolor de cabeza, los vómitos y otros desagradables ataques no le dejaron un momento en paz. Aquéllos fueron unos sufrimientos infernales. La conciencia, aunque apenas centelleaba en su cabeza, le alumbraba tales profundidades de horror, unas imágenes tan lúgubres y desagradables, que era preferible no recobrarla. Es decir, todo estaba enmarañado en su cabeza. Por ejemplo, reconocía a la madre de Pseldonímov, oía sus dulces exhortaciones, como: "Procura aguantar cielito, procura aguantar, verás cómo se te pasa"; la reconocía y a pesar de ello no conseguía encontrar una respuesta lógica a su presencia junto a él. Tenía unas visiones detestables: la que más se le presentaba era la de Semión Iványch, pero al mirarle atentamente se daba cuenta de que en absoluto se trataba de Semión Iványch, sino de la nariz de Pseldonímov. Delante de él pasaba fugazmente la figura del artista bohemio, el oficial, y la vieja con la cara vendada. Lo que más atraía su atención era el anillo de oro que pendía sobre su cabeza, y que sujetaba las cortinas. Lo distinguía con claridad a la débil luz de la vela que alumbraba la habitación, y no hacía más que preguntarse: "¿para qué sirve ese anillo?, ¿por qué está aquí?, ¿qué es lo que significa?". Varias veces preguntó acerca de ello a la vieja, pero, al parecer, no decía lo que se proponía, y tampoco ella comprendía lo que él le hablaba, pues no conseguía explicarse.

Finalmente, ya al amanecer, los ataques cesaron, y él se quedó dormido profundamente y sin soñar. Estuvo dormido cerca de una hora y cuando se despertó había recobrado prácticamente el conocimiento con un fuerte dolor de cabeza, y en la boca, sobre la lengua, convertida en un trozo de tela de algodón, un sabor de lo más desagradable. Se incorporó en la cama, miró alrededor y se quedó pensativo. La pálida luz del amanecer, que penetraba a través de las rendijas de las contraventanas en forma de una larga raya, temblaba proyectada sobre la pared. Eran cerca de las siete de la mañana. Pero cuando Iván Ilich de pronto reflexionó y recordó todo cuanto le había sucedido la noche anterior; cuando recordó todas las aventuras ocurridas durante la cena, su hazaña fallida y su discurso en la mesa; cuando de golpe se imaginó con horrible claridad todo cuanto podría suceder a raíz de aquello ahora, lo que dirían y pensarían de él; cuando miró alrededor y vio en qué deplorable y triste estado había dejado el pacífico lecho nupcial de su subordinado...

¡Oh, en aquel momento tan mortales vergüenza y sufrimiento penetraron de pronto su corazón, que lanzó un grito, se cubrió el rostro con las manos y descorazonado se tiró sobre la almohada! Al cabo de un minuto se volvió a incorporar, vio sobre la silla su ropa cuidadosamente doblada y limpia, la cogió rápida y apresuradamente y, mirando alrededor y terriblemente temeroso de algo, se puso a vestirse. Allí mismo, en otra silla, estaba su abrigo de piel, su gorro y los guantes amarillos. Deseaba escabullirse despacio. Pero de repente se abrió la puerta y entró la vieja Pseldonímova, con una jofaina de barro y un aguamanil. Sobre su hombro colgaba una toalla. Dejó el aguamanil y, sin muchos preámbulos, le dijo que había que asearse inmediatamente.

—¡Vamos, señor, a lavarse! ¡No puede estar sin lavarse...!

Y en aquel instante, Iván Ilich tomó conciencia que, de haber alguien en este mundo ante quien él podía no avergonzarse ni temer nada, sería precisamente esa mujer. Se lavó. Y después, transcurrido ya mucho tiempo, en momentos difíciles de su vida, entre remordimientos de conciencia, le venía a la memoria la circunstancia de aquel despertar, y aquella jofaina de barro con el aguamanil de loza repleto de agua fría en la que aún flotaban algunos trozos de hielo y el jabón ovalado envuelto en papel rosa, con letras borrosas, que valdría unos quince cópecs, comprado probablemente para los recién casados, y que hubo de estrenar Iván Ilich, y también la vieja con la toalla de hilo sobre el hombro izquierdo. El agua helada lo refrescó; se secó y, sin decir palabra, ni dar las gracias a su hermana de la caridad, cogió su gorro, se echó por encima el abrigo de piel que le tendía la señora Pseldonímova, atravesó la cocina y el pasillo, donde ya estaba maullando el gato, y donde la cocinera, levantándose de su cama, le siguió con una mirada llena de curiosidad, salió al patio, a la calle, y se lanzó a coger un coche de punto. Hacía una mañana muy fría; una neblina helada y amarillenta cubría aún las casas y todo cuanto había. Iván Ilich se levantó el cuello del abrigo. Pensaba que todos le miraban, que le conocían, y lo sabían todo...

Durante ocho días estuvo sin salir de casa y sin presentarse en la oficina. Estaba enfermo, terriblemente enfermo, pero más moral que físicamente. Durante esos ocho días había vivido todo un infierno que probablemente se le tendría en cuenta en la otra vida. En algunos momentos pensó en hacerse monje. Verdaderamente hubo tales momentos. Incluso su imaginación giraba sobremanera en torno a ello. Se imaginaba tranquilos cánticos subterráneos, un ataúd abierto, con la vida en una celda solitaria, los bosques y las grutas; pero, al recobrar la consciencia, enseguida se daba cuenta de que todo eso resultaba terriblemente absurdo y exagerado, y se avergonzaba de ello. Después comenzaban sus ataques morales, que tenían por objeto su existence manquée. A continuación la vergüenza prendía en su alma, se apoderaba de ella, la reducía a cenizas y la irritaba. Se estremecía al imaginarse diferentes situaciones.

¿Qué dirían de él?, ¿qué pensarían?, ¿cómo entraría en la oficina?, y ¿qué comentarios le perseguirían durante todo un año, diez, o toda la vida? Esa anécdota llegaría hasta sus descendientes. A veces se sentía tan acongojado que estaba dispuesto al momento a presentarse ante Semión Ivánovich para presentarle disculpas y ofrecerle su amistad. Ni siquiera se justificaba a sí mismo, se echaba toda la culpa. No encontraba excusas y se avergonzaba de ello.

Pensó incluso en pedir inmediatamente el retiro, y de ese modo, sencillamente y en solitario, consagrarse a la dicha de la humanidad. En cualquier caso era imprescindible cambiar de amistades, haciéndolo incluso de tal modo que extirpase de raíz cualquier recuerdo de su persona. Después le venía a la cabeza que también eso era absurdo y que todo este asunto resultaba posible arreglarlo reforzando la severidad con los subalternos. Entonces comenzaba a recobrar esperanzas y se animaba. Finalmente, transcurridos ocho días de dudas y sufrimientos, sintió que no podía soportar más la incertidumbre, y un beau matin se dirigió a la oficina.

Antes, cuando todavía estaba en casa sumido en la tristeza, mil veces se había imaginado el modo en que entraría en la oficina. Horrorizado, se persuadía de que oiría irremediablemente a sus espaldas rumores de doble sentido, rostros malintencionados, y de que soportaría sonrisas perniciosas. Cuál no sería su sorpresa cuando, a la hora de la verdad, nada de eso sucedió. Lo recibieron respetuosamente; le hacían reverencias; todos estaban serios; todos estaban ocupados. La alegría llenó su corazón cuando entró en su despacho.

Al instante y con extrema seriedad se puso manos a la obra, escuchó algunos informes y explicaciones y tomó decisiones. Sentía que hasta entonces jamás había reflexionado y pensado de manera tan inteligente y sensata como aquella mañana. Veía que todos estaban contentos con él, que lo respetaban, que se dirigían a él con respeto. Ni el recelo más puntilloso se percataría de nada. Todo transcurría a las mil maravillas.

Finalmente apareció Akím Petróvich con unos papeles. Con su presencia algo pareció pincharle a Iván Ilich en el mismo corazón, pero sólo fue por un instante. Despachó con Akím Petróvich, le habló con seriedad, dándole explicaciones de cómo había de proceder, aclarándole cuestiones. Únicamente se percató de que rehuía mantener la mirada en Akím Petróvich o, mejor dicho, de que Akím Petróvich temía mirarle. Pero he aquí que Akím Petróvich terminó y se puso a recoger los papeles.

—Hay otra petición más —señaló en un tono de lo más seco—, es sobre el traslado de departamento del funcionario Pseldonímov... Su Excelencia Semión Ivánovich Shipulenko le ofreció un puesto. Ruega que tenga la amabilidad de colaborar, Su Excelencia.

—¡Ah! ¡Así que se traslada! —dijo Iván Ilich, sintiendo que se quitaba un gran peso del corazón. Miró a Akím Petróvich, y en ese momento sus miradas se encontraron.

—Bueno, pues yo, por mi parte... emplearé... —respondió Iván Ilich—, estoy conforme.

Al parecer, Akím Petróvich deseaba escabullirse lo antes posible. Pero Iván Ilich, de pronto, en un arranque de generosidad, quiso finalmente expresarse. Al parecer, de repente le vino la inspiración:

—Dígale —dijo clavando su mirada, tranquila y cargada de sentido, sobre Akím Petróvich—, hágale llegar a Pseldonímov que yo no le deseo mal alguno; ¡sí, no se lo deseo!... Y que, por el contrario, incluso estoy dispuesto a olvidarme de todo lo sucedido, olvidarlo todo, todo...

Pero, de improviso, Iván Ilich se paró en seco, al observar asombrado el extraño comportamiento de Akím Petróvich, quien, sin saber por qué, de repente pasó de ser un hombre cuerdo a convertirse en un gran estúpido. En lugar de escuchar hasta el final, de pronto se sonrojó hasta más no poder y empezó apresuradamente, e incluso de un modo indecoroso, a hacer pequeñas reverencias a la vez que se dirigía hacia la puerta. Todo su aspecto reflejaba su deseo de que le tragara la tierra o, mejor dicho, de llegar lo antes posible hasta su mesa. Al quedarse solo, Iván Ilich, presa de la turbación, se levantó del sillón. Se miró en el espejo sin ver en él su reflejo.

—¡No; severidad, severidad y sólo severidad! —se decía casi inconscientemente en voz baja, y de pronto un fuerte sonrojo le cubrió toda la cara. Se sintió de tal modo avergonzado y angustiado como no lo había estado ni en los momentos más difíciles de la enfermedad que le duró ocho días. "¡No he sabido hacer mi papel!", pensó, y desmadejado se dejó caer sobre el sillón.

EL COCODRILO

Extraordinario acontecimiento o el paso del Pasaje. Una historia verídica que versa sobre cómo un caballero de cierta edad y buena presencia fue engullido vivo y en su totalidad por un cocodrilo, y de lo que de ello resultó.

I

El trece de enero de 1865, a las doce y media del mediodía, Elena Ivánovna, esposa de Iván Matvéievich, un instruido amigo mío, compañero, y en parte pariente lejano, deseó ver al cocodrilo que se mostraba en el Pasaje por un precio asequible. Como ya disponía de su billete para partir al extranjero (no tanto por motivos de salud como por curiosidad), considerado a todos los efectos como viaje en comisión de servicio, y tenía completamente libre aquella mañana, Iván Matvéievich no sólo no se opuso al irresistible deseo de su mujer, sino que él mismo ardía de curiosidad.

—¡Excelente idea! —dijo en tono satisfecho—. ¡Vamos a ver al cocodrilo! En vísperas de emprender un viaje a Europa, no está de más conocer desde aquí a sus pobladores aborígenes —y, con esas palabras, cogió del brazo a su esposa y se dirigió junto a ella directamente al Pasaje.

Yo, como de costumbre, los acompañé como amigo de la familia. ¡Nunca había visto a Iván Matvéievich de tan buen humor como aquella inolvidable mañana! ¡Y realmente no sabemos lo que nos depara el destino! Al entrar en el Pasaje, comenzó al instante a extasiarse con la magnificencia del edificio y, al llegar al establecimiento en el que se exhibía el monstruo, él mismo quiso pagar al dueño del cocodrilo los veinticinco cópecs de mi entrada, detalle que nunca había tenido antes.

Al entrar en un saloncito de tamaño mediano, observamos que, además del cocodrilo, había allí unos exóticos loros al estilo de las cacatúas y un grupo de monos en una jaula que había al fondo. Junto a la pared, a la izquierda de la entrada, había una caja de hojalata con forma de bañera, cubierta con una fuerte red metálica, con un poco de agua. Y en ese minúsculo charco moraba un enorme cocodrilo, tumbado como un tronco y completamente inmóvil, privado, al parecer, de todas sus facultades, a causa de nuestro clima inhóspito y húmedo para los foráneos. Al principio, aquel monstruo no despertó en ninguno de nosotros una curiosidad especial.

—¡Así que éste es el cocodrilo! ¡Y yo que me lo figuraba de otro modo! —dijo Elena Ivánovna con voz cantarina ligeramente desengañada.

Probablemente pensó que estaría cubierto de brillantes. Un alemán, que salió a nuestro encuentro, y que era el propietario del cocodrilo, nos miraba con un aire excesivamente orgulloso.

—Tiene razón —me susurró Iván Matvéievich—, pues sabe que, en todo el territorio ruso, sólo él está exhibiendo ahora un cocodrilo.

Aquel absurdo comentario también lo atribuyo al extraordinario buen humor que se había apoderado de Iván Matvéievich, que en otras ocasiones era algo envidioso.

—Me parece que su cocodrilo no está vivo —dijo nuevamente Elena Ivánovna, molesta por la rigidez del dueño, y dirigiéndose a él con un estilo muy femenino y una graciosa sonrisa capaz de aplacar al más grosero.

—¡Oh! ¡No, señora! —respondió aquél, pronunciando con dificultad el ruso a la vez que levantaba la red hasta la mitad de la caja y daba con un palo en la cabeza del cocodrilo.

Para dar señales de vida, el astuto monstruo movió ligeramente las patas y la cola y, cuando levantó el morro, lanzó algo similar a un intenso resuello.

—¡No te enojes, Karijen! —dijo cariñosamente el alemán, todo satisfecho.

—¡Qué desagradable es este cocodrilo! Incluso me ha asustado —murmuró coquetamente Elena Ivánovna—. Ahora tendré pesadillas.

—Si está dormido no la morderá, señora —observó con galantería el alemán, riendo la agudeza de sus palabras, sin que ninguno de nosotros le respondiera.

—¡Vamos, Semión Semiónovich! —continuó Elena Ivánovna, dirigiéndose exclusivamente a mí—, será mejor que vayamos a ver a los monos. Me gustan muchísimo los monos. ¡Son tan simpáticos... mientras que el cocodrilo es horrible!

—No temas, amiga mía —gritó a nuestro paso Iván Matvéievich, pavoneándose simpático ante su esposa—. Este soñoliento habitante del reino de los faraones no nos puede hacer nada —dijo, y continuó junto a la caja. Por si fuera poco, comenzó a hacerle con su guante cosquillas en la nariz al cocodrilo, pretendiendo, tal y como lo confesó más tarde, hacerle resoplar de nuevo. El dueño, como corresponde a un caballero ante una dama, siguió a Elena Ivánovna hasta la jaula donde estaban los monos.

Todo transcurría a las mil maravillas y no se preveía ningún contratiempo. Elena Ivánovna se distrajo con los monos hasta más no poder, observándolos completamente absorta. Gritaba de alborozo, dirigiéndose continuamente a mí, como si no quisiera prestarle su atención al dueño. Se reía del parecido entre los monos y alguno de sus conocidos y amigos. Yo también lo estaba pasando bien, pues el parecido era increíble. El propietario alemán, sin saber si debía reír o no, terminó finalmente por enfurruñarse.

En aquel instante, un grito horrible, que parecía irreal, estremeció a los que nos encontrábamos en aquel salón. Sin saber qué pensar, al principio me quedé clavado en el sitio; al ver que en ese momento también gritaba Elena Ivánovna, me di rápidamente la vuelta y ¡Dios mío lo que vi! El pobre Iván Matvéievich estaba entre las horribles mandíbulas del cocodrilo. Lo tenía levantado horizontalmente, agarrado por la mitad del cuerpo y moviendo desesperadamente las piernas en el aire. Después, Iván Matvéievich desapareció por un instante.

Lo describiré detalladamente pues, durante el tiempo que permanecí inmóvil, observé lo que sucedía con tanta atención y curiosidad como hacía tiempo no recordaba. Si, en lugar de a Iván Matvéievich, aquello me hubiera ocurrido a mí, ¿cómo habría sentido yo un trago tan desagradable?, se me pasó por la cabeza en aquellos fatídicos momentos. Pero vayamos a los hechos.

El cocodrilo, tras darle la vuelta al desdichado Iván Matvéievich entre sus horribles mandíbulas, con las piernas hacia dentro, empezó por engullírselas. Después, soltando en un leve eructo a Iván Matvéievich, que luchaba por escapar del cocodrilo agarrándose con las manos a la caja, lo engulló nuevamente, esta vez hasta más arriba de la cintura. Después, soltando otro eructo, continuó engulléndolo, una y otra vez. Y así ha sido cómo ha ido desapareciendo Iván Matvéievich ante nuestros ojos. Finalmente, en un último esfuerzo, el cocodrilo se tragó a mi instruido amigo, sin dejar rastro. Por la superficie del cocodrilo se veía cómo iba deslizándose Iván Matvéievich en su interior. Ya estaba dispuesto yo a lanzar de nuevo un grito, cuando una vez más el destino quiso gastarnos una broma. El cocodrilo, en un esfuerzo, seguramente a causa del tamaño del objeto tragado, abrió nuevamente sus fauces, de las que en forma de último eructo, y por un segundo, asomó la cabeza de

Iván Matvéievich con cara de desesperación, resbalándosele al instante las gafas, que cayeron al fondo de la caja.

Parecía que aquella desesperada cabeza se había asomado al exterior para echar un último vistazo a todos los objetos, y así poder despedirse mentalmente de todas las delicias sociales. Sin dejarle satisfacer su propósito, el cocodrilo engulló otra vez con todas sus fuerzas la cabeza, que desapareció en esta ocasión instantánea y definitivamente. Aquella aparición y desaparición de una cabeza humana, aún dotada de vida, era algo terrible, pero a la vez, quizá por la rapidez y lo inesperado del hecho, o tal vez a causa de la caída de las gafas, encerraba en sí algo tan jocoso que hizo que yo imprevisiblemente soltara una carcajada. Sin embargo, al darme cuenta de lo indecoroso que en aquellos momentos era reírse de un amigo de la familia, me dirigí inmediatamente a Elena Ivánovna, a la que, con gesto simpático, dije:

—¡Adiós a nuestro Iván Matvéievich!

No puedo expresar el grado de preocupación mostrado por Elena Ivánovna durante todo aquel proceso. Al principio, y después de lanzar el primer grito, pareció haberse quedado inmóvil, mirando con cierta indiferencia, pero con los ojos fuera de órbita, la barahúnda representada ante sus ojos. Después, estalló en un llanto estremecedor y yo le estreché las manos. En aquel instante, el dueño, que también se había quedado estupefacto ante el horror, de pronto sacudió las manos y, mirando al cielo, exclamó:

—¡Oh, mi cocodrilo! ¡Karijen de mi vida! Mutter, mutter, mutter!

Al oír los gritos, se abrió la puerta trasera y apareció sofocada la tal mutter, mujer entrada ya en años que llevaba una cofia y estaba completamente despeinada; se lanzó hacia su hijo. Comenzó el alborozo. Elena Ivánovna, fuera de sí, sólo conseguía gritar: "¡Que le abran la tripa! ¡que le abran la tripa!", mientras se lanzaba tan pronto hacia el dueño del cocodrilo como a la mutter, y les rogaba inconscientemente para que le abrieran lo que fuera. Pero el dueño y la mutter, haciendo caso omiso de nosotros, lloraban como dos terneros ante la bañera donde se encontraba el cocodrilo.

—¡Está perdido! ¡Reventará de un momento a otro por tragarse a un funcionario! —gritaba el dueño.

—¡Pobre Karijen! ¡Nuestro querido Karijen! ¡Se morirá! —aullaba la dueña.

—¡Nos deja huérfanos y sin pan! —añadió el dueño.

—¡Que le abran la tripa! ¡Que se la abran! ¡Que se la abran! —gritó Elena Ivánovna agarrándose a la levita del alemán.

—¡Se estaba burlando del cocodrilo! ¿Por qué su marido hacer burlas al cocodrilo? —gritó el alemán intentando apartarse a un lado—. ¡Y si Karijen reventar, usted tener que indemnizarme! ¡Era como un hijo! ¡Mi único hijo!

Confieso mi terrible indignación ante el egoísmo mostrado por aquel viajante alemán y la frialdad de la desgreñada mutter. Además, los ininterrumpidos gritos de Elena Ivánovna de "¡que le abran la tripa!" me alteraron aún más, lo que acaparó mi atención y me asustó...

Diré por adelantado... que aquellas extrañas exclamaciones las había entendido yo erróneamente.

Creía que Elena Ivánovna, tras haber perdido momentáneamente el juicio, y deseosa a la vez de vengar la pérdida de su querido Iván Matvéievich, proponía que se castigara al cocodrilo dándole azotes, pero lo que en realidad quería decir era otra cosa muy diferente.

No sin cierta congoja, y mirando a hurtadillas la puerta, me puse a suplicar a Elena Ivánovna que se tranquilizara y procurara no emplear el quisquilloso término "abrir". Un deseo tan retrógrado pronunciado allí, en el mismo corazón del Pasaje de una sociedad instruida, y a tan sólo dos pasos del salón, donde en aquellos momentos el señor Lavrov podría seguramente estar pronunciando su conferencia, no sólo era algo impropio, sino incluso impensable, que podía en cualquier momento atraer la atención y los silbidos de las instruidas caricaturas del señor Stepánov. Para mi espanto, todas mis temidas sospechas resultaron ciertas al instante. De repente se abrieron las cortinas que separaban el salón donde se ubicaba el cocodrilo del vestíbulo donde se cobraba la entrada. En el umbral apareció una figura con bigotes, barba y una gorra en la mano. Con la parte superior de su cuerpo se inclinaba considerablemente hacia delante como si tuviera especial cuidado en mantener los pies en el quicio de la habitación, para así poder conservar el derecho de no pagar la entrada.

—Señora, un deseo tan retrógrado —dijo el desconocido, haciendo equilibrios para mantenerse en el quicio y no caer en nuestra parte— no honra su instrucción y demuestra la insuficiencia de fósforo en su cerebro. Muy pronto será usted abucheada en la crónica del progreso y en nuestras hojas satíricas...

Pero no pudo terminar su discurso. El dueño del cocodrilo recobró el sentido y al ver horrorizado al hombre que hablaba en el salón y que no había pagado nada, se lanzó furioso hacia el desconocido progresista y con los puños en alto lo empujó hacia fuera. En un instante, los dos desaparecieron detrás del cortinaje. Sólo entonces me percaté de que toda aquella barahúnda había surgido de la nada. Elena Ivánovna resultó ser absolutamente inocente y, como ya señalé más arriba, en ningún momento se le había ocurrido someter al cocodrilo al humillante y retrógrado castigo de los azotes, sino que sencillamente había deseado que con un cuchillo le abrieran el vientre para rescatar de su interior a Iván Matvéievich.

—¡De modo que quiere usted que desaparezca mi cocodrilo! —gritó nuevamente el dueño—. ¡Pues no! ¡Cómo va a desaparecer primero su marido, y después el cocodrilo! ¡Mi padre mostrar el cocodrilo, mi abuelo mostrar el cocodrilo, mostrar mi hijo, y mostrar yo ahora! A mí me conoce Europa entera, y usted, que nadie conocer en Europa, tendrá que pagarme una multa.

—¡Eso, eso! —gritó furiosa la alemana—. No les permitiremos marcharse de aquí hasta que nos paguen la multa, porque Karijen está reventando.

—Además, sería inútil abrirlo —dije yo en tono sosegado, tratando de desviar la atención y llevarme a casa a Elena Ivánovna—, ya que nuestro querido Iván Matvéievich estará ya seguramente camino de las nubes.

—¡Amigo mío! —se oyó en aquel momento, y para nuestro asombro, era la voz de Iván Matvéievich—. Amigo mío: creo que sería mejor actuar directamente a través de la oficina del inspector, puesto que sin la ayuda policial el alemán no entenderá la verdad.

Aquellas palabras, pronunciadas con firmeza y que expresaban un inmejorable estado de ánimo, nos sorprendieron de tal modo que al principio nos resistimos a dar crédito a nuestros oídos.

Sin embargo, al instante salimos corriendo hacia la bañera donde estaba el cocodrilo y, con tanta reverencia como incredulidad, nos pusimos a escuchar al infeliz preso.

Su voz era apagada, fina e incluso algo chillona, como si proviniera de una considerable lejanía. Parecía que un bromista, que se hubiera marchado a otra habitación y se hubiera tapado la boca con una almohada, representara ante el público cómo se llamaban uno a otro dos hombres que se encuentran en el desierto o separados por un profundo barranco. Esa representación ya había tenido yo el placer de contemplarla unas Navidades en casa de unos amigos.

—¡Iván Matvéievich! ¡Amigo mío! ¿Estás vivo? —balbuceó Elena Ivánovna.

—¡Sano y salvo! —respondió Ivan Matvéievich—. ¡Y, gracias al Todopoderoso, tragado sin el menor rasguño! Sólo me preocupa una cosa: ¿cómo verán este episodio los jefes? Pues, teniendo ya en la mano el billete para partir al extranjero, acerté a colarme dentro en un cocodrilo, algo que incluso no resulta muy agudo...

—¡Amigo mío, no debes preocuparte de lo que pueda resultar poco agudo! Antes que nada es preciso que te saquen, escarbando de algún modo del interior del cocodrilo —interrumpió Elena Ivánovna.

—¡Escarbar! —gritó el dueño—; no permitiré que escarben a mi cocodrilo. Ahora tendremos mucho más público. Yo pediré fuftsig15 cópecs, y Karijen ya no necesitará comer.

—¡Gracias a Dios! —añadió la dueña.

—Tienen razón —observó tranquilamente Iván Matvéich—. El principio económico está antes que nada.

—¡Amigo mío! —exclamé—. Ahora mismo salgo corriendo para ver a los jefes y presentarles quejas, pues presiento que no podremos arreglarnos solos con este desaguisado.

—Pienso lo mismo —observó Iván Matvéich—. Pero, en nuestros tiempos de crisis comercial, resulta difícil abrir la barriga de un cocodrilo sin una compensación económica, y más si se plantea la inevitable pregunta de cuánto cobraría el dueño por su cocodrilo, y quién pagaría. Pues sabrás que no tengo medios...

—Tal vez, pidiendo un anticipo del sueldo —observé yo tímidamente, pero el dueño enseguida me interrumpió:

—¡No venderé el cocodrilo ni por tres, ni por cuatro mil rublos! Ahora tendremos mucho público. ¡Venderé el cocodrilo por cinco mil rublos!

Resumiendo, él fanfarroneaba indecentemente y la codicia y la repugnante avidez brillaban alegres en sus ojos.

—¡Me voy! —grité yo, indignado.

—¡Y yo! ¡Yo también! Iré a ver al mismo Andréi Osipych y lo ablandaré con mis lágrimas —gimió Elena Ivánovna.

—¡No lo hagas, amiga mía! —la interrumpió apresuradamente Iván Matvéich, pues desde hacia tiempo tenía celos de su mujer y de Andréi Osipych, porque sabía que le gustaba llorar delante de hombres con cierto poder y también porque las lágrimas le favorecían—. No te lo aconsejo, amigo mío —continuó, dirigiéndose a mí—. No hay que apresurarse, pues no sabemos en qué puede desembocar esta gestión. Sería mejor que hoy mismo te dirigieras a Timoféi Semiónych como una simple visita privada. Es un hombre chapado a la antigua, de no muchas luces, pero serio, y lo más importante es que se trata de un hombre recto. Salúdale en mi nombre y descríbele la situación en que me encuentro. Como le debo siete rublos desde la última partida de cartas, aprovecha la ocasión para entregárselos; este gesto suavizará al severo anciano. En todo caso, su consejo nos servirá para orientarnos. Entre tanto, llévate de aquí a Elena Ivánovna.

—Tranquilízate, amiga mía —dijo, dirigiéndose a su mujer—. Estoy cansado de tantos gritos y disputas y me gustaría dormir un poco. Esto, a pesar de todo, es cálido y muy mullido, aunque todavía no me ha dado tiempo a inspeccionar bien este inesperado refugio mío...

—¡Inspeccionarlo! ¿Acaso tienes luz ahí? —exclamó alegremente Elena Ivánovna.

—Estoy rodeado de una impenetrable noche —respondió el desdichado preso—, pero puedo palpar y, por decirlo de alguna manera, ver con las manos... ¡Así pues, hasta la vista! ¡Estáte tranquila y no te prives de las distracciones! ¡Hasta mañana! En cuanto a ti, Semión Semiónych, ven a verme por la tarde, y, como eres algo despistado y puedes olvidarte, hazte un nudo...

Confieso que me alegré de marcharme, pues estaba excesivamente cansado y, en parte, también aburrido. Me apresuré a coger del brazo a la abatida, pero aún más bella por la preocupación, Elena Ivánovna, y la saqué lo más aprisa que pude del local donde se hallaba el cocodrilo.

—¡Por la tarde también tendrán que pagar veinticinco cópecs por la entrada! —gritó el dueño mientras nos alejábamos.

—¡Oh, Dios!, ¡qué avara es esta gente! —dijo Elena Ivánovna, mirándose en todos los espejos del Pasaje, como si estuviera reafirmándose en su belleza.

—El principio económico —respondí yo con gesto preocupado y mostrándome ante los transeúntes orgulloso de mi dama.

—El principio económico... —repitió ella con vocecita simpática—. No he comprendido nada de lo que Iván Matvéich ha dicho antes de ese repugnante principio económico.

—Yo se lo explicaré —le respondí, y comencé inmediatamente a disertar sobre los beneficiosos resultados que aportaba a nuestro país la posibilidad de atraer el capital extranjero: una información que había leído aquella mañana en El mensajero de San Petersburgo y en El cabello.

—¡Qué extraño es todo esto! —interrumpió ella tras escuchar un rato—; déjelo ya, ¡es desagradable! ¡Qué cosas tan absurdas dice! Dígame: ¿estoy muy colorada?

—¡Está usted preciosa! O, mejor dicho, ¡sonrojada! —apunté yo, aprovechando la ocasión para lanzarle una lisonja.

—¡Qué juguetón! —susurró ella encantada—. Pobre Iván Matvéich —añadió al instante, inclinando coquetamente su cabeza hacia el hombro—. A decir verdad, me da lástima. ¡Oh, Dios mío! —gritó de pronto—. Dígame, ¿cómo va a comer hoy allí y... y... y de qué modo podrá... si necesita algo...?

—Ésta es una cuestión que no habíamos previsto —respondí, igualmente apesadumbrado—. ¡A decir verdad, ni se me había ocurrido pensar hasta qué punto suelen las mujeres ser más prácticas que los hombres ante los problemas cotidianos!

—¡Pobre! ¿Cómo ha podido colarse allí... donde no hay distracciones y se está a oscuras...? ¡Qué lástima si me quedara sin una fotografía suya...! De modo que ahora soy algo así como una viuda —añadió ella con una seductora sonrisa, interesándose por su nueva situación—. ¡Hum...! ¡A pesar de todo me da mucha lástima!

En una palabra, una melancolía comprensible y real, por su esposo fallecido, se expresaba en una mujer joven y atractiva. Finalmente la acompañé a su casa, la tranquilicé y, después de almorzar y tomarme una taza de aromático café, a las seis de la tarde, me dirigí a casa de Timoféi Semiónych, teniendo en cuenta que a esas horas la gente de bien suele estar en casa.

Tras escribir este primer capítulo con un estilo que corresponde al acontecimiento del relato, emplearé en lo sucesivo un tono menos elevado y más natural, lo cual adelanto anticipadamente al lector.

II

El respetable Timoféi Semiónych me recibió algo apurado, como si estuviera confuso. Me acompañó a su pequeño despacho y, mientras cerraba bien la puerta, en un tono algo preocupado me dijo que era "para que los niños no nos molestaran". A continuación, tras ofrecerme asiento junto a su mesa de despacho, se sentó en su sillón, se recogió los bajos de su vieja bata y adoptó un aire oficial, incluso algo severo, aunque en absoluto fuera mi jefe ni el de Iván Matvéich, sino que por el contrario se consideraba hasta entonces simplemente un compañero y conocido.

—Ante todo —profirió— tenga en cuenta que no soy un jefe, sino un subordinado, como usted e Iván Matvéich... Yo estoy al margen del asunto, y no deseo inmiscuirme en nada.

Me sorprendió que, al parecer, ya estuviera al corriente de todo. Sin reparar en ello, le conté de nuevo y detalladamente lo sucedido. Se mostró conmovido, pues en aquellos momentos cumplía con las obligaciones de un verdadero amigo. Escuchaba sin asombrarse especialmente, pero expresando a su vez claros síntomas de sospecha.

Tras escucharme, dijo:

—¡Créame que siempre supuse que esto le ocurriría algún día!

—¿Por qué, Timoféi Semiónych? Si lo sucedido es algo extraordinario.

—Estoy de acuerdo. Pero Iván Matvéich durante toda su carrera ha estado predispuesto a tener un resultado de estas características. Incluso su osadía resulta arrogante. ¡Siempre "el progreso" y todo tipo de ideas similares! ¡Y he aquí adónde conduce el progreso!

—Pero si el suceso es de lo más inusual, y no debe convertirse en regla general para todos los progresistas...

—Pero es así. Verá, todo eso viene del exceso de instrucción, créame. La gente excesivamente instruida se mete en todas partes, y concretamente allí donde nadie los llama. Además, puede que sepa usted más —añadió él, como si se sintiera ofendido—. Yo no soy una persona muy instruida, y además soy mayor. Comencé a prestar servicios en la Administración de niño, como hijo de militar, y este año cumplo cincuenta años de servicio.

—¡No, discúlpeme, Timoféi Semiónych! Al contrario, Iván Matvéich ansía su consejo y orientación. Incluso podría decirse que los suplica con lágrimas en los ojos.

—¡Conque "los suplica con lágrimas en los ojos"! ¡Hum! Pero si son lágrimas de cocodrilo a las que no se les debe dar crédito. Además, dígame: ¿por qué le atraía tanto el extranjero? ¿Y de qué dinero disponía, si no tenía medios?

—De los ahorros de las últimas condecoraciones, Timoféi Semiónych —respondí yo en tono lastimero—. ¡Sólo quiso visitar tres meses Suiza... la tierra de Guillermo Tell!

—¿Guillermo Tell? ¡Hum!

—Deseaba ver en Nápóles la llegada de la primavera y visitar los museos, conocer otras costumbres y ver animales...

—¡Hum! ¿Animales? Me parece que únicamente por satisfacer su orgullo. ¿Qué animales? ¿Animales? ¿Acaso aquí hay pocos animales? Tenemos casas de fieras, museos, camellos. Hay osos viviendo cerca del mismo San Petersburgo. Y él va y se mete en un cocodrilo...

—¡Disculpe, Timoféi Semiónych! ¡El pobre está viviendo un infortunio y recurre a usted como a un amigo, un pariente mayor! ¡Necesito un consejo, y usted hace reproches...! ¡Al menos, apiádese de la infeliz Elena Ivánovna!

—¿Se refiere usted a su mujer? Interesante damita —dijo Timoféi Semiónych, como si se enterneciera, a la vez que aspiraba placenteramente el tabaco—. Una persona fina. ¡Qué rellenita está y cómo inclina su cabecita hacia un lado...! ¡Resulta tan agradable! Anteayer, Andréi Osipych habló de ella.

—¿Se refirió a ella?

—Sí, y en términos bastante lisonjeros.

"¡Qué busto tiene, qué ojos y qué cabello...!", dijo. "Más que una damita parece un bomboncito", y nos echamos a reír.

—Son jóvenes —Timoféi Semiónych se sonó ruidosamente la nariz—. ¡Ahí tiene usted a un hombre joven, y qué carrera lleva!

—Aquí se trata de otra cosa, Timoféi Semiónych.

—Claro, claro.

—Pero ¿cómo, Timoféi Semiónych?

—Y ¿qué puedo hacer?

—¡Aconséjenos, oriéntenos como un hombre experimentado, un familiar! ¿Cómo podemos actuar? ¿Deberíamos ir a los jefes o...?

—¿A los jefes? ¡De ninguna manera! —dijo apresuradamente Timoféi Semiónych—. Si quiere un consejo, en tal caso, lo primero que hay que hacer es echar tierra sobre el asunto, y actuar como particular. El caso es un tanto extraño y poco corriente. Y lo más importante es que se trata de algo extraordinario. No ha habido nada igual y, para colmo, es poco recomendable... Por ello, ante todo, es preciso actuar con prudencia. Que permanezca allí echado. Hay que aguardar y aguardar...

—Pero ¿cómo aguardar, Timoféi Semiónych? ¿Y si se asfixia allí dentro?

—¿Por qué? ¿No dijo usted mismo que se había instalado allí con bastante comodidad?

Volví nuevamente a contarle todo. Timoféi Semiónych se quedó pensativo.

—¡Hum! —dijo dando vueltas a su cigarrera—. Creo que incluso vendría bien que permaneciera allí tumbado durante algún tiempo, en lugar de irse al extranjero. Que reflexione durante el ocio. Claro está que no tiene por qué asfixiarse y para eso han de tomarse medidas oportunas para la salud: tener la precaución de no coger un resfriado y cosas por el estilo...

"En cuanto al alemán, me parece que está en todo su derecho, e incluso en mayor medida que la otra parte, ya que es en su cocodrilo en el que se han introducido sin consentimiento previo y no él quien se metió sin consentimiento en el cocodrilo de Iván Matvéich; y además quiero recordar que él no ha llegado a tener su propio cocodrilo. Y como éste constituye una propiedad, no se permite abrirlo sin una indemnización".

—¡Por salvar la humanidad! —exclamó Timoféi Semiónych—. Éste es un asunto que compete a la policía. Habría que dirigirse a ella.

—Podrían requerirle en la oficina; podrían necesitarle.

—¿Necesitar a Iván Matvéich? ¡Je, je! Además se considera que está de permiso, con lo cual, podemos ignorar el asunto, y él que se dedique a estudiar allí las tierras europeas. Otra cosa sería que no apareciera después de transcurrido el tiempo, en cuyo caso preguntaríamos y solicitaríamos informes...

—¡Son tres meses! ¡Apiádese, Timoféi Semiónych!

—¡Él tiene la culpa! ¿Quién lo ha metido allí? Si a eso vamos, hasta habría que contratarle una criada a cuenta del Estado, cosa que no corresponde a su categoría laboral. Y lo más importante es que el cocodrilo es una propiedad, y, por lo tanto, aquí entramos en el campo del principio económico. Y éste es prioritario. Hace tres días, en casa de Luki Andréich, ya lo comentaba Ignati Prokófich.

—¿Conoce usted a Ignati Prokófich?

—Es un capitalista que maneja grandes negocios, y se expresa muy bien;

"Necesitamos industria", dice. "Tenemos poca industria. Es preciso que nazca. Y si hay que crear los capitales, en tal caso también la clase media; es decir, que nazca la así llamada burguesía. Pero, puesto que no tenemos capitales, es necesario atraerlos desde el extranjero. Para ello, en primer lugar, para la compra de nuestras tierras, hay que dar entrada a las compañías de fuera, tal y como se estipula ahora en el extranjero.

¡La propiedad de la obshina16 es el infierno!", dice. "¡Es la muerte!". Y ¿sabe? ¡Habla con tanta pasión! Bueno, a ellos se les permite: son gente de capital... y, además, no trabajaban para la Administración. "Con la obshina", dice, "no aumentará ni la industria ni la agricultura". Mantiene que es preciso que las compañías foráneas compren, en la medida de lo posible, toda nuestra tierra en parcelas, y después fraccionar, fraccionar y fraccionar en pequeñas fincas todo cuanto sea posible; y ¿sabe?, pronuncia con tanta precisión la palabra "fraccionar"... y después dice que es necesario vender las fincas como propiedad privada. Y ya no vender, sino sencillamente arrendar. Dice que, cuando toda la tierra esté en manos de compañías extranjeras, se podrá asignar el precio que se desee por arrendamiento. El campesino tendrá que trabajar tres veces más para ganarse el pan de cada día y se le podrá echar cuando a uno le venga bien. Por consiguiente, estará más convencido, será más sumiso y tenaz, y trabajará tres veces más por el mismo jornal. ¡Mientras que con la obshina le da lo mismo! Pues, sabiendo que no morirá de hambre, puede holgazanear y emborracharse. Y, de otro modo, el dinero vendría a nuestras manos y se crearían los capitales y la burguesía. Además, el periódico político y literario inglés, The Times, a propósito de nuestra economía, decía que si no crecían nuestras finanzas era precisamente por no tener clase media, porque no había grandes fortunas ni serviciales proletarios... Ignati Prokófich habla muy bien. Es todo un orador. Tiene intención de presentar un informe a las altas esferas, y después publicarlo en Izvestia. Aquí ya no se trata de unas estrofas al estilo de Iván Matvéich.

—¿Y qué será de Iván Matvéich? —volví yo al tema, tras dejar hablar al anciano. A Timoféi Semiónych, a veces, le gustaba charlar para demostrar que también él estaba informado y al corriente de las cosas.

—¿Que qué será de Iván Matvéich? Pues a eso voy. Nosotros mismos hablamos de la atracción de capitales para nuestro país. Juzgúelo usted mismo: si, cuando el capital del atraído propietario del cocodrilo se duplica gracias a Iván Matvéich, nosotros, en lugar de proteger al propietario extranjero, contrariamente a ello, intentamos abrirle las tripas al capital... ¿Tiene eso sentido? Me parece que Iván Matvéich, como verdadero hijo de la patria, debería sentirse orgulloso de que gracias a él se haya duplicado el valor del cocodrilo foráneo, y probablemente hasta triplicado. Esto es preciso para atraerlos: si uno tiene éxito, no tardará en venir otro dueño con su cocodrilo; y el tercero traerá, a su vez, dos o tres más y a su alrededor se agruparán los capitales. ¡Y he aquí la burguesía! ¡Hay que dar estímulos!

—¡Tenga piedad, Timoféi Semiónych! —exclamé yo—. ¡Le está exigiendo al pobre Iván Matvéich un sacrificio tan poco natural!

—¡Yo no le exijo nada y le agradecería que, como le advertí antes, comprendiera que no soy un jefe y, por consiguiente, no puedo exigirle nada a nadie! Estoy hablando como el hijo de la patria o, mejor dicho, no como

"El hijo de la patria", sino, sencillamente, como un hijo de la patria. Y, una vez más, ¿quién le mandaba meterse allí? Un hombre serio, un funcionario de cierto nivel, casado legalmente, de pronto da un paso así. ¿Tiene esto sentido?

—Pero si todo sucedió accidentalmente.

—¡Quién sabe! Además, dígame, ¿con qué dinero se le pagaría al dueño del cocodrilo?

—¿Tal vez con el sueldo de él, Timoféi Semiónych?

—¿Le llegará?

—No le llegará, Timoféi Semiónych —respondí yo entristecido—. El propietario del cocodrilo al principio temió que el animal fuera a reventar, pero después, convencido de que todo marchaba bien, empezó a darse importancia, alegrándose de poder doblar el precio.

—¡Y triplicar y hasta cuadruplicar! Afluirá el público, y los propietarios de cocodrilos son gente hábil. A ello se une que estamos en Carnavales, días en que se come carne, y hay tendencia a divertirse. Por eso, repito que Iván Matvéich no tenga prisa y permanezca allí de incógnito como observador. Que todos sepan que está dentro del cocodrilo, pero sin comunicarlo oficialmente. En este sentido, Iván Matvéich se encuentra en unas condiciones especialmente favorables, puesto que se le considera fuera del país. Y si dicen que está en el interior del cocodrilo, nosotros no lo creeremos. Así podremos sobrellevar el asunto. Lo más importante es que espere pacientemente. Además, ¿qué prisa tiene?

—Pero ¿y si...?

—No se preocupe, es de constitución fuerte...

—Bueno, y ¿después de haber esperado pacientemente?

—No voy a ocultarle que el caso es extremadamente intrincado. Es incongruente y, aún peor, no ha habido un caso similar. Si tuviéramos un ejemplo, podríamos guiarnos de algún modo. Pero ¿qué solución tiene esto? Si cuando uno empieza a comprender algo, el asunto se le va de las manos.

Una idea feliz se me pasó por la cabeza:

—Y ¿no podría plantearse —dije—, puesto que le está destinado continuar en las entrañas del monstruo (que la voluntad de la providencia conserve sus tripas), solicitarle un permiso para que se considere que está prestando servicios...?

—¡Hum...! Como si estuviera de permiso sin sueldo...

—¿Y no podría ser con sueldo?

—¿En calidad de qué?

—Como si estuviera en comisión de servicio.

—¿Qué comisión?, y ¿dónde?

—Pues en las entrañas; en las entrañas del cocodrilo... Es decir, para hacer informes y estudiar los hechos desde el terreno. Esto, claro está, sería una novedad, y, al tratarse de algo progresista, demostraría, a su vez, inquietud por el conocimiento.

Timoféi Semiónych se quedó pensativo.

—Creo que es absurdo mandar a un funcionario en comisión de servicio a las entrañas del cocodrilo para una misión concreta —dijo finalmente—. No corresponde a su categoría laboral. Además, ¿de qué misiones se podría encargar?

—Pues de la naturaleza, es decir, del conocimiento de la naturaleza en vivo. Hoy están muy de moda las ciencias naturales, la botánica... Él podría vivir allí e informar... sobre la digestión, o simplemente sobre las costumbres. Es decir, podría hacer un acopio de datos.

—Quiero decir en materia de estadística. No tengo conocimiento de estas cuestiones, y además no soy filósofo. Habla usted de datos, cuando los tenemos en demasía y no sabemos qué hacer con ellos. Además, esa estadística es peligrosa...

—¿Por qué?

—Lo es. Y, además, reconozca que estaría, por decirlo de algún modo, haciendo el informe tumbado. Y ¿cómo se puede prestar servicios tumbado? Sería otra innovación, y peligrosa. Es más, no hemos tenido antes un ejemplo de esas características. Si al menos dispusiéramos de algún ejemplillo, se le podría enviar en comisión de servicio.

—Pero si hasta ahora tampoco habían traído aquí cocodrilos vivos, Timoféi Semiónych.

—¡Hum, sí...! —se quedó pensativo de nuevo—. Debo admitir que su objeción es justa, e incluso serviría de base para futuras cuestiones.

Pero también tendrá que reconocer usted que si con la aparición de los cocodrilos comienzan a desaparecer los funcionarios, y después, como allí dentro hace calor y se está a gusto, empiezan a solicitarse comisiones de servicio para estar allí tumbados...; admita que se trata de un ejemplo absurdo. Porque, de este modo, cualquiera se daría prisa en meterse allí dentro para cobrar el sueldo sin hacer nada a cambio.

—¡Haga todo lo posible, Timoféi Semiónych! A propósito: Iván Matvéich me encargó que le entregara siete rublos que le debía por la partida de yeralash...

—¡Ah sí! ¡Perdió el otro día en casa de Nikífor Nikíforych! Lo recuerdo. ¡Qué alegre estaba! ¡Cuánto nos hizo reír! ¡Y ahora...!

El anciano estaba realmente emocionado.

—Haga todo lo posible, Timoféi Semiónych.

—Haré gestiones. Hablaré en mi nombre, extraoficialmente, y pediré informes. A propósito, haga usted el favor de enterarse, así, por curiosidad y oficiosamente, de qué precio estaría dispuesto a pedir el propietario por su cocodrilo.

Timoféi Semiónych parecía ablandarse.

—Inmediatamente —respondí yo—. Vendré y se lo comunicaré al instante.

—¿Y su mujer...? ¿Está ahora sola? ¿Se aburre?

—Podía hacerle usted una visita, Timoféi Semiónych.

—La visitaré, ya lo pensé anoche, y además la ocasión se presenta favorable... Pero ¿por qué le habrá dado por ver el cocodrilo? Aunque también yo estaría deseoso de verlo...

—Hágale usted una visita a ese desdichado, Timoféi Semiónych.

—Claro que lo visitaré. Aunque al dar este paso no quisiera darle esperanzas. Iré a verlo extraoficialmente... Bueno, pues hasta la vista. Ahora nuevamente voy a casa de Nikífor Nikíforych. ¿Usted también?

—No, yo voy a ver al preso.

—¡Sí! ¡Ahora iré yo a visitar al preso...! ¡Ah, vaya frivolidad!

Me despedí del anciano. Ideas diversas me rondaban la cabeza. Timoféi Semiónych era hombre bondadoso y honrado. Sin embargo, al salir de su casa, me alegré de que celebrara sus cincuenta años en activo, y de que fuera una excepción entre nosotros. Claro está que al instante me dirigí al Pasaje para informar de todo al desdichado Iván Matvéich. La curiosidad me devoraba: ¿cómo se habría instalado él en el interior del cocodrilo, y cómo podía vivir allí dentro? ¿Realmente era posible vivir dentro del cocodrilo? A decir verdad, a veces me parecía que todo aquello no era más que un sueño monstruoso, máxime tratándose de un animal así...

III

Y, sin embargo, no era un sueño, sino una realidad tangible. ¡De lo contrario, yo no estaría aquí contándolo! Proseguiré...

Llegué al Pasaje ya algo tarde, rondando las nueve de la noche, y tuve que entrar a ver al cocodrilo por la puerta trasera porque, en esta ocasión, el alemán había cerrado el establecimiento antes de lo habitual. Iba de un lado a otro en ropa de estar por casa, vestido con una levita grasienta, y mucho más contento que por la mañana. Era evidente que ya no temía nada y que había tenido mucho público.

La mutter salió algo más tarde, seguramente para vigilarme. El alemán y la mutter cuchicheaban bastante entre sí. A pesar de que el establecimiento estuviera ya cerrado, el alemán me cobró los veinticinco cópecs. ¡Absurda exactitud!

—Usted tener que pagar cada vez que entre. El público pagar un rublo y usted sólo veinticinco cópecs, porque si usted ser buen amigo de su amigo, yo tener en cuenta amigos...

—¿Está vivo...? ¿Está vivo mi instruido amigo? —exclamé yo en voz alta, acercándome al cocodrilo y esperando que mis palabras llegaran hasta Iván Matvéich, y halagaran su amor propio.

—¡Estoy sano y salvo! —respondió él como si estuviera a mucha distancia o se encontrara debajo de la cama—. ¡Sano y salvo! Pero dejemos eso para más tarde. ¿Cómo van las cosas?

Adrede, y como si no le hubiera oído bien, comencé animada y resueltamente a preguntarle cómo estaba, qué hacía, cómo vivía dentro del cocodrilo, y cómo era su interior. La amistad y la cortesía así lo exigían. Pero él me interrumpió en un tono algo caprichoso y enfadado.

—¿Cómo van las cosas? —gritó, como de costumbre, dándome órdenes y con una voz chillona, especialmente desagradable en esta ocasión.

Le conté con detalle la conversación mantenida con Timoféi Semiónych, intentando expresar con mi tono de voz que estaba ofendido.

—El viejo tiene razón —dijo bruscamente Iván Matvéich, como habitualmente acostumbraba dirigirse a mí—. Me gusta la gente práctica y no soporto a los remolones empalagosos. Sin embargo, estoy dispuesto a admitir que tu idea sobre la comisión de servicio no es del todo absurda.

Realmente puedo informar de muchas cosas, tanto en lo referente a cuestiones científicas como morales. Pero ahora todo ello comienza a tomar una forma nueva e inesperada, y no merece la pena hacer gestiones para conseguir el sueldo. Escucha atentamente. ¿Estás sentado?

—No. Estoy de pie.

—Siéntate en algún sitio, aunque sea en el suelo, y escucha atentamente.

Enojado, cogí una silla, y a propósito la arrastré por el suelo para hacer ruido.

—¡Escucha! —dijo él en tono imperativo—. Hoy ha habido muchísimo público. Por la tarde no cabía más gente, y tuvo que intervenir la policía para poner orden. A las ocho, es decir, antes de lo habitual, el dueño incluso tomó la decisión de cerrar el establecimiento y suspender la exhibición para hacer la caja y prepararse para el día siguiente. Sé que mañana habrá multitud de gente. Es de suponer que por aquí pasará la gente más instruida de la capital. Damas de la alta sociedad, enviados especiales, juristas, etc. Y, por si eso fuera poco, empezará a afluir gente de múltiples provincias de nuestro amplio y curioso Imperio. Resumiendo, estaré tan a la vista de todos que, aunque esté oculto, tendré prioridad. Tendré que instruir a la ociosa muchedumbre. ¡Aleccionado por la experiencia, mi persona representará el ejemplo de la grandeza de espíritu y la resignación frente al destino! Sentaré, por decirlo de alguna manera, una cátedra desde la que daré lecciones a la humanidad. Resultan extremadamente valiosos los conocimientos de ciencias naturales que puedo comunicar acerca del monstruo en cuyo interior habito. Y, por ello, no sólo no lamento lo sucedido, sino que estoy firmemente convencido de que esto me proporcionará una brillante carrera.

—Y ¿no te aburrirás? —observé yo en tono mordaz.

Lo que más me enfurecía era que él prácticamente había dejado de utilizar los pronombres personales. ¡Tanta importancia se daba! Además, todo aquello me estaba confundiendo. "¿De qué está fanfarroneando ese cabeza de chorlito?", susurré yo a media voz, rechinando los dientes. "¡Aquí hay que llorar y no fanfarronear!»

—¡No! —respondió él bruscamente a mi observación—. Como ahora estoy totalmente imbuido de grandes ideas, durante el ocio puedo soñar con la mejora del destino de la humanidad. Ahora del cocodrilo saldrá la luz y la verdad. Sin duda alguna inventaré una original teoría sobre las nuevas relaciones económicas y estaré orgulloso de ella; cosa que hasta ahora no he podido hacer por falta de tiempo para el ocio, por el servicio y las vulgares distracciones mundanas. Lo refutaré todo y seré el nuevo Fourier. A propósito, ¿le pagaste los siete rublos a Timoféi Semiónych?

—De mi dinero —respondí yo, procurando poner énfasis en que los había pagado de mi bolsillo.

—Ya haremos cuentas —respondió él con arrogancia—. Espero un aumento de sueldo inmediato, pues ¿a quién habrían de subir el sueldo, si no es a mí? Ahora aportaré un beneficio infinito. Pero vayamos al asunto. ¿Y mi mujer?

—¿Te refieres, sin duda, a Elena Ivánovna?

—¡Mi mujer! —gritó él, esta vez con voz estridente. ¡No tenía salida! Con resignación, y rechinando otra vez los dientes, le conté cómo la había dejado en casa. Me interrumpió sin que terminara.

—Tengo para ella unas perspectivas particulares —dijo él con impaciencia—. Si yo me hago famoso aquí, me gustaría que ella se hiciera famosa allí. Los científicos, los poetas, los filósofos, los especialistas en minerales, que estén de paso, y los hombres de Estado, podrían, después de hablar conmigo por la mañana, frecuentar su salón por la tarde. Desde la semana que viene ella debe poner en marcha el funcionamiento del salón. Unos ingresos duplicados permitirán recibir en condiciones a las visitas y, puesto que éstas se limitarán a un té y unos lacayos de alquiler, la cosa irá sobre ruedas. Tanto aquí como allí se hablará de mí. Desde hace tiempo ansiaba un acontecimiento que hiciera que todos hablaran de mí, cosa que no conseguía alcanzar, constreñido como estaba por mi insignificancia y mi bajo rango laboral. ¡Y ahora, mira tú por dónde, voy y lo consigo sólo con que me trague el cocodrilo! Cada palabra mía será escuchada, cada sentencia que emita dará que reflexionar, correrá de boca en boca y se publicará. ¡Haré que me conozcan! ¡Finalmente comprenderán las cualidades que dejaron desaparecer en las entrañas del monstruo! Unos dirán: "¡este hombre podía ser un ministro y gobernar en otro país». Otros replicarán: "pues este hombre no gobernó en otro país". ¿En qué soy yo peor que un Garnier—Pagés cualquiera?... Mi mujer me servirá de complemento; yo tengo inteligencia, y ella, belleza y amabilidad. Unos dirán: "es bella y por eso es su mujer". Otros rectificarán: "es bella porque es su mujer". En cualquier caso, que Elena Ivánovna compre mañana mismo el diccionario enciclopédico editado por Andréi Kráievski para poder hablar de todos los temas. Que lea con más frecuencia el editorial político de El mensajero de San Petersburgo y lo coteje a diario con El cabello. Supongo que el propietario accederá en alguna ocasión a llevarme junto al cocodrilo al espléndido salón de mi mujer. Estaré metido en una caja, en medio del hermoso salón, derramando agudezas seleccionadas previamente por la mañana. Le comunicaré mis proyectos al hombre del Estado. Hablaré en rima con el poeta. Me mostraré divertido y simpático con las damas, pues seré completamente inofensivo para sus maridos. Para todos los demás, apareceré como un ejemplo de resignación frente al destino y la voluntad de la providencia. Convertiré a mi mujer en una brillante literata. La empujaré hacia delante y explicaré lo que quiere decir al público. Como esposa mía, deberá tener multitud de cualidades, y si a Andréi Aleksándrovich, muy justamente, lo llaman nuestro Alfredo de Musset ruso, a ella con más razón tendrían que denominarla nuestra Eugenia Tur rusa.

Reconozco que, a pesar de que toda esta farsa se asemejaba en parte al Iván Matvéich de siempre, pensé que podía ahora tener fiebre y delirar. Y aunque en realidad se trataba del mismo Iván Matvéich de siempre, parecía aumentado con una lupa.

—¡Amigo mío! —le dije—. ¿Tienes esperanza de vivir muchos años? Dime: ¿te encuentras bien? ¿Cómo comes, duermes y respiras? Soy tu amigo y debes comprender, puesto que lo sucedido ha sido bastante extraordinario, que también mi curiosidad es algo natural.

—Una curiosidad vana y nada más —dijo él con un tono de sentencia—; pero te satisfaré. ¿Me preguntas que cómo me he instalado en las entrañas del monstruo? Te diré que, en primer lugar, y para mi sorpresa, el cocodrilo resultó estar totalmente vacío. Su interior se compone de algo parecido a un enorme y vacío saco de goma, al estilo de esos objetos que tanto se venden ahora en nuestras calles de Gorójovaia y Morskáia, y, si no me equivoco, en la avenida de Voznesenski. Pues, de no ser así, dime, ¿cómo habría podido caber yo?

—¿Es posible? —exclamé yo asombrado—. ¿De veras, el cocodrilo estaba completamente vacío?

—¡Absolutamente! —respondió, en tono firme e imponente, Iván Matvéich—. Seguramente así lo dispondrán las leyes de la propia naturaleza. El cocodrilo consta únicamente de una boca provista de unos afilados dientes y, al margen de esto, de una cola considerablemente larga. Y, a decir verdad, eso es todo. En el centro, entre sus dos extremidades, hay un espacio vacío, recubierto de algo parecido al caucho; es probable que realmente sea caucho.

—¿Y las costillas, el estómago, los intestinos, el hígado y el corazón? —le interrumpí yo, ligeramente enojado.

—Nada, no hay absolutamente nada de eso, y probablemente nunca lo hubo. Todo eso es fantasía ociosa de viajeros superficiales. Del mismo modo que se inflan los almohadones para aliviar las hemorroides, así también inflo yo ahora con mi persona el interior del cocodrilo. Es increíblemente elástico. Incluso tú, como un buen amigo, podrías caber perfectamente a mi lado, si fueras generoso. Incluso contigo, habría espacio suficiente. En un caso extremo, también estoy pensando en inscribir aquí a Elena Ivánovna. Además, esta vacua condición del cocodrilo concuerda perfectamente con las ciencias naturales. Si se diera el caso de que tuviéramos que crear un cocodrilo nuevo, lógicamente se plantearía la cuestión de cuál sería su propiedad esencial. La respuesta sería tan clara como la de tragar gente. ¿Y qué condiciones debería tener para tragar gente? Esta respuesta sería aún más sencilla: hacerlo vacío. Hace tiempo que la física resolvió que la naturaleza no admite la vacuidad. Por ello, precisamente para no soportar esa vacuidad, el interior del cocodrilo ha de ser vacío para poder consiguientemente tragar y llenarse continuamente con lo que está más a mano. Y he aquí la única razón sensata por la cual todos los cocodrilos se tragan a nuestros hermanos. No sucede lo mismo en la naturaleza humana; que cuanto más vacía está una cabeza humana, tanta menos necesidad tiene de llenarse. Y ésta es la única excepción a la regla general. Todo esto, que veo ahora tan claro como la luz del día, lo comprendí gracias a mis propias inteligencia y experiencia, ubicándome, por decirlo de alguna manera, en las entrañas de la naturaleza, en su retorta, escuchando con atención los latidos de su pulso. Incluso la etimología misma me da la razón, pues el propio término cocodrilo significa "glotonería". "Cocodrilo», crocodillo, será seguramente una palabra italiana actual procedente posiblemente del antiguo Egipto faraónico o, si no, de la raíz francesa croquer, que significa "comer" y, en general, "tomar algún alimento". Estoy dispuesto a decir todo esto en mi primera conferencia pública en el salón de Elena Ivánovna, cuando me lleven allí metido en una caja.

—Amigo mío, ¿no deberías tomarte algún laxante? —exclamé yo sin querer. "¡Tiene fiebre! ¡Está con fiebre!", pensé asustado.

—¡Absurdo! —respondió él en tono despectivo—. Además, en mis circunstancias actuales, eso resultaría absolutamente incómodo. Pero ya me figuraba yo que me hablarías del laxante...

—Amigo mío, y ¿cómo...?; ¿de qué modo te alimentas? ¿Has almorzado hoy?

—No; pero estoy lleno, y probablemente no necesite ingerir ya más alimento alguno. Es comprensible. Llenando con mi persona todo el interior del cocodrilo, hago que él se sienta siempre lleno. Ahora él puede estar varios años sin comer. Por otra parte, llenándose con mi persona, es natural que también me transfiera jugos vitales de su cuerpo. Es similar a lo de las coquetas más refinadas, que por las noches se aplican compresas de filetes rusos crudos cubriéndose con ellos todas sus formas. Por ello, después del baño matutino, resultan tan frescas, tersas, jugosas y seductoras. De este modo, al alimentar con mi persona al cocodrilo, también recibo su alimento. Por consiguiente, nos alimentamos mutuamente. Pero, como también al cocodrilo le resulta difícil digerir a un hombre como yo, es lógico que experimente una cierta pesadez en el estómago, del que, por cierto, carece. Y he aquí por qué cambio yo tan poco de postura; para no hacerle daño al monstruo. Incluso pudiéndome cambiar más a menudo de posición, no lo hago por humanidad. Ésta es la única insuficiencia de mi actual situación. Y, en sentido alegórico, Timoféi Semiónych tenía toda la razón en llamarme gandul. Pero yo demostraré que incluso estando tumbado o, mejor aún, que únicamente estando echado de lado es cuando se puede dar la vuelta al destino de la humanidad. Todas las grandes ideas, y las que expresan nuestras revistas y periódicos, son indudablemente elaboradas por gandules. ¡He aquí la razón de que las denominen "ideas de despacho"! ¡Que las llamen como quieran! Yo inventaré todo un sistema social, y no te lo vas a creer, pero es muy fácil. Sólo hay que aislarse en algún rincón lo más alejado posible o introducirse en un cocodrilo, cerrar los ojos e inventar al instante todo un paraíso para la humanidad. Hace un rato, cuando te marchaste, al momento me puse a inventar, y ya inventé tres sistemas; ahora estoy elaborando el cuarto. Hay que decir que, al principio, hay que refutarlo todo; pero esto resulta muy fácil desde el cocodrilo. Además, desde su interior parece que todo resulta claro... Es evidente que en mi situación también hay algunos inconvenientes, aunque insignificantes. En el interior del cocodrilo hay humedad y parece recubierto de una sustancia viscosa. Además, huele ligeramente a goma, igual que mis chanclos del año pasado. Y eso es todo, no hay más inconvenientes.

—Iván Matvéich, lo que cuentas es una maravilla que cuesta trabajo creer —le interrumpí yo—. ¿De veras estás dispuesto a no comer más durante el resto de tu vida?

—¡Infeliz cabeza de chorlito! ¿Qué es lo que te inquieta? ¡Te estoy hablando de grandes ideas! ¡Y tú...! Has de saber que sólo me satisfacen las grandes ideas que alumbran la noche que me rodea. Por lo demás, el bondadoso dueño del monstruo, tras hablar con su buena mutter, decidió que cada mañana introducirían en las fauces del cocodrilo un tubo metálico curvado, como una flauta, por el que yo podría aspirar café o un caldo con pan blanco mojado. La flauta ya la encargaron cerca de aquí, pero creo que es un lujo innecesario. Pienso vivir, por lo menos, mil años, si consideramos cierto que los cocodrilos viven tanto. Y ya que me lo has recordado, ocúpate mañana de buscarlo en algún libro de historia natural y comunícamelo, pues puedo estar equivocado y confundir el cocodrilo con algún animal ancestral. Sólo me inquieta una cosa: como llevo ropa de paño y unas botas, probablemente el cocodrilo no pueda digerirme. Además, estoy vivo, y por ello me resistiré con todas mis fuerzas a que me digiera, pues evidentemente no deseo convertirme en aquello en lo que se convierte cualquier alimento, lo que me resultaría excesivamente humillante. Sólo temo que, al cabo de mil años, el paño de mi levita, por desgracia de fabricación nacional, pudiera pudrirse, y quedarme entonces yo, pese a mi indignación, sin ropa y expuesto a entrar probablemente en el proceso de digestión. Y, aunque durante el día por nada del mundo consienta que esto ocurra, por las noches, durante el sueño, cuando la voluntad se desprende del hombre, es cuando podría sobrevenirme el bajo deseo de comerme unas patatas guisadas, unos bliny o una ternera asada. Ese pensamiento me vuelve loco. Sólo por este motivo deberíamos cambiar los aranceles y alentar la importación del paño inglés, que resulta más fuerte, y por tanto más resistente a la naturaleza en el caso de encontrarse uno en el interior del cocodrilo. En cuanto se me presente la oportunidad, trasladaré mi idea a alguien del gobierno, y a los observadores políticos de nuestros periódicos petersburgueses. ¡Que exclamen! Espero que no sea lo único que asimilen de mí. Preveo que, cada mañana, un montón de ellos, con sus veinticinco cópecs de la redacción, se agolparán alrededor de mí para captar mis ideas acerca de los telegramas del día anterior. Resumiendo, se me presenta un futuro espléndido.

"¡Está delirando! ¡Está delirando!", susurré yo entre dientes.

—Amigo mío, ¿y la libertad? —le dije, deseando genuinamente saber su opinión—. Tú, por decirlo de alguna manera, estás encarcelado, cuando como ser humano que eres deberías disfrutar de libertad.

—Eres un necio —respondió él—. Los salvajes aman la libertad; los sabios, el orden, y cuando no hay orden...

—¡Iván Matvéich, ten piedad!

—¡Calla y atiende! —gritó él enfadado por haberle interrumpido—. Nunca me había sentido mejor que ahora. Sólo temo una cosa aquí, en mi estrecho refugio: la crítica de las voluminosas revistas literarias y el silbido de nuestra prensa satírica. Temo que los visitantes superficiales, los imbéciles, los envidiosos y, en general, los nihilistas, se burlen de mí. Pero tomaré medidas. Aguardaré impaciente la opinión pública de mañana y, sobre todo, la prensa. Comunícame mañana mismo qué dice la prensa.

—Está bien, mañana mismo te traeré un montón de periódicos.

—Sería prematuro esperar que las réplicas salgan mañana en los periódicos, porque las noticias aparecen sólo al cuarto día. Sin embargo, tendrías que venir aquí todas las tardes, y entrar por la puerta trasera del patio. Estoy dispuesto a utilizarte como mi secretario. Tú me leerás los periódicos y las revistas, y yo te dictaré mis ideas y te encargaré gestiones. Lo más importante es que no olvides los telegramas. ¡Y que recibamos diariamente telegramas desde Europa! De momento, basta. Probablemente tendrás sueño. Ve a casa y no pienses en lo que te he dicho a propósito de la crítica. Yo no la temo, pues es ella la que está en una situación crítica. Me bastará con ser sabio y virtuoso para colocarme inmediatamente en el pedestal. Si no he de ser Sócrates, seré Diógenes, o el uno y el otro juntos, y éste es el papel que desempeñaré en el futuro de la humanidad.

Iván Matvéich se apresuraba a expresarse delante de mí de un modo tan superficial e insistente (claro que a causa del delirio) que se asemejaba a las mujeres de carácter débil, de las que se dice que son incapaces de guardar un secreto. En general, todo lo que me decía acerca del cocodrilo me parecía bastante sospechoso. Además, ¿cómo era posible que el cocodrilo estuviera absolutamente vacío? Apuesto lo que sea a que en todo aquello fanfarroneaba él por vanidad, y, en parte, también para humillarme. La verdad es que estaba enfermo, y a los enfermos hay que respetarlos. Sin embargo, reconozco sinceramente que jamás soporté a Iván Matvéich. Durante toda mi vida, desde la misma infancia, deseé librarme de su tutela, sin conseguirlo. Quise romper con él mil veces, para regresar de nuevo a su lado, como si albergara esperanzas de demostrarle algo o vengarme de algo. ¡Qué extraña era aquella amistad! Estoy convencido de que una décima parte de aquella relación se basaba en el odio. En cualquier caso, en esta ocasión nos despedimos verdaderamente afectuosos.

—Su amigo ser hombre muy listo —me dijo a media voz el alemán, dispuesto a acompañarme. Había estado escuchando nuestra conversación atentamente.

—¿Cuánto estaría dispuesto usted a pedir por su cocodrilo en caso de que alguien quisiera comprarlo?

Iván Matvéich, que había oído la pregunta, aguardaba la respuesta con vivo interés. Era evidente que no deseaba que el alemán pidiera poco. Al menos, soltó un graznido muy característico al oír mi pregunta.

Al principio, el alemán no quiso escucharme, e incluso se enfadó.

—¡Nadie poder comprar mi cocodrilo! —gritó con ira, enrojeciendo como un cangrejo—. Yo no querer vender cocodrilo.

No coger millón de táleros por él. Yo coger hoy ciento treinta táleros del público, y mañana, diez mil; después, coger cien mil táleros diarios. ¡No querer venderlo!

Iván Matvéich incluso se reía de gusto.

Cumpliendo con el deber de íntimo amigo y haciéndome el valiente, fría y sensatamente le insinué al estrafalario alemán que sus cuentas no resultaban del todo claras. Si cada día lograba él hacer una caja de cien mil táleros, al cuarto día todo San Petersburgo habría desfilado por el local y ya no habría a quién cobrar más entradas. Le dije que nuestra vida y muerte eran voluntad de Dios, que el cocodrilo podría reventar en cualquier momento, e Iván Matvéich, enfermarse y morir, etcétera.

El alemán se quedó pensativo.

—Yo darle gotas de farmacia y su amigo no morir —dijo él como si reflexionara.

—Las gotas son una cosa, pero imagínese que se inicie un proceso judicial —le dije—. La mujer de Iván Matvéich podría exigirle a su legítimo esposo. Si está usted dispuesto a enriquecerse, ¿estaría dispuesto a asignarle algún tipo de pensión a Elena Ivánovna?

—¡No! ¡No dispuesto! —respondió el alemán firme y decididamente.

—¡No dispuesto! —añadió algo enojada la mutter.

—De este modo, ¿no sería mejor que, antes de exponerse a la incertidumbre, aceptara usted algo de dinero ahora, aunque fuera una cantidad módica, pero sustanciosa y razonable? Me veo obligado a señalarle que le hago esta pregunta sólo a título de curiosidad.

El alemán cogió a la mutter y junto a ella se apartó hacia un rincón del local donde se encontraba el mono más grande y horrible de la colección.

—¡Ya verás! —me dijo Iván Matvéich.

En lo que a mí se refiere, en aquellos momentos deseaba, en primer lugar, darle una paliza al alemán, después a la mutter, y posteriormente golpear a Iván Matvéich lo más fuerte y dolorosamente posible, por su ilimitado amor propio. Pero eso no era nada teniendo en cuenta la respuesta del avaro alemán.

Aconsejado por su mutter, como precio de venta del cocodrilo el alemán pidió cincuenta mil rublos en billetes de último empréstito, una casa de piedra en la calle Gorójovaia, una farmacia en propiedad y, por añadidura, el grado de coronel ruso.

—¿Lo ves? —exclamó triunfante Iván Matvéich—, ¡ya te lo decía yo! Al margen del último e insensato deseo del grado de coronel, tiene razón, pues sabe perfectamente el precio del monstruo que muestra. ¡El principio económico está antes que nada!

—¿Qué me dice? —le grité furioso al alemán—. ¿Para qué quiere el grado de coronel? ¿Qué hazaña ha realizado? ¿Qué servicio ha prestado? ¿Qué gloria militar ha conseguido? ¿Acaso no es un insensato, después de esto?

—¡Insensato! —gritó ofendido el alemán—. ¡No! ¡Yo ser hombre muy listo, y usted un necio! ¡Yo merecer coronel, porque mostrar cocodrilo, y en su interior un gof—rat! ¡El ruso no poder mostrar al cocodrilo con un gof—rat vivo su interior! ¡Soy hombre muy inteligente y deseo mucho ser coronel!

—¡Adiós pues, Iván Matvéich! —exclamé temblando de cólera, y salí corriendo del salón donde se encontraba el cocodrilo. Sentí que, de haber permanecido allí un minuto más, no respondería de mi persona. No soportaba las esperanzas tan irreales que albergaban aquellos dos estúpidos. Una bocanada de aire me refrescó, lo que aplacó mi indignación. Por fin, después de escupir quince veces a diestro y siniestro, cogí un coche, llegué a casa, me quité la ropa y me metí en la cama. Lo que más me molestaba era haberme convertido en su secretario. ¡Ahora, cada tarde, me veía morir allí de aburrimiento para cumplir con las obligaciones de un verdadero amigo! Tenía ganas de abofetearme a mí mismo. Tras apagar la vela y taparme con la manta, me golpeé con el puño unas cuantas veces en la cabeza y el resto del cuerpo. Eso me alivió un poco hasta que finalmente, tras el cansancio, logré conciliar un sueño reparador. Durante toda la noche soñé con monos, y, ya de madrugada, con Elena Ivánovna.

IV

Llegué a la conclusión de que había soñado con los monos porque estaban en la jaula del dueño del cocodrilo; pero en cuanto a lo de Elena Ivánovna, eso merece un artículo aparte.

Diré por adelantado que yo amaba a esa dama; pero me apresuro a aclarar que la amaba paternalmente, ni más ni menos. Lo deduzco porque a menudo me invadía el irrefrenable deseo de darle un beso en la cabeza o en su sonrosada mejilla. Y, aunque jamás lo había hecho, confieso que no rehusaría besarla incluso en los labios. Y no sólo en los labios, sino en sus dientecillos, que, cuando se reía, siempre se veían como una bella hilera de preciosas perlas. Porque, curiosamente, se reía muy a menudo. En circunstancias cariñosas, Iván Matvéich la llamaba su "amada calamidad», calificativo en alto grado justo y característico. Sencillamente se trataba de una "damita—bombón". Por ello, no comprendo por qué el propio Iván Matvéich se figuraba a su mujer como una Eugenia Tur rusa. En todo caso, mi sueño, sin tener en cuenta a los monos, me produjo una impresión de lo más grato. Ante la taza de té de por la mañana, repasé en mi cabeza todos los acontecimientos del día anterior y de camino al trabajo decidí pasar inmediatamente por casa de Elena Ivánovna. Tenía que hacerlo, como amigo de la familia.

En una habitación minúscula, contigua al dormitorio y a la que llamaban el saloncito, aunque el salón principal también era pequeño, estaba sentada Elena Ivánovna en un diminuto y bonito sofá junto a una mesita de té. Llevaba una vaporosa bata y bebía café de una tacita en la que mojaba un pequeño picatoste. Estaba seductoramente hermosa, pero daba la impresión de estar pensativa.

—¡Ah! ¿Es usted, pillín? —exclamó con una sonrisa algo despistada—. ¡Siéntese, juguetón! ¿Qué hizo usted ayer? ¿Estuvo en el baile de máscaras?

—Pero ¿estuvo usted? Si yo no salgo... Además, ayer estuve visitando a nuestro preso... —suspiré, haciendo un gesto piadoso al tomar café.

—¿A quién? ¿A qué preso? ¡Ah, sí! ¡Pobrecito! ¿Qué tal está? ¿Se aburre? ¿Sabe?... Me gustaría preguntarle algo... ¿Verdad que ahora puedo solicitar el divorcio?

—¡El divorcio! —grité con indignación, a punto de derramar el café. "¡Es por aquel moreno!", pensé, enfadándome para mis adentros.

En efecto, había un moreno con bigotes, que trabajaba en asuntos relacionados con la construcción, que los visitaba con excesiva frecuencia, y al que se le daba especialmente bien hacer reír a Elena Ivánovna. ¡Confieso que le odiaba, y no me cabía duda de que ayer mismo ya se había dado prisa en ver a Elena Ivánovna, bien en el baile de máscaras, bien aquí, y decirle una sarta de estupideces!

—¡Vamos a ver! —dijo apresuradamente Elena Ivánovna, como si estuviera completamente aleccionada—. ¿Acaso debo esperarle aquí, mientras él está dentro del cocodrilo sin esperanzas de poder salir en la vida? Un marido debe vivir en casa, y no dentro de un cocodrilo...

—Pero si ha sido un contratiempo imprevisible —dije yo con un tono visiblemente preocupado.

—¡Ah! ¡No diga nada! ¡No quiero! ¡No quiero! —exclamó ella, completamente enfadada—. ¡Siempre está usted llevándome la contraria! ¡Qué malo! ¡Con usted es imposible! ¡No me aconseja nada! Si incluso la gente dice que se me concedería el divorcio, porque Iván Matvéich ya no cobrará más sueldo.

—¡Elena Ivánovna! ¿Es a usted a quien estoy oyendo? —exclamé yo en tono patético—. ¿Quién es el malvado que le ha metido todo eso en la cabeza? Además, obtener el divorcio por un motivo tan insustancial como es el sueldo resulta absolutamente imposible. ¡Pobre, pobre Iván Matvéich, él que, incluso en el interior del monstruo, arde en amores por usted! ¡Es más, incluso se derrite como un azucarillo del amor que siente por usted! Ayer por la noche, mientras usted se divertía en el baile de máscaras, él me decía que en último caso estaría dispuesto a inscribirla consigo en las entrañas del cocodrilo, en calidad de su legítima esposa. Además, resulta que el cocodrilo dispone de espacio suficiente, y no sólo para dos, sino incluso para tres personas. A continuación le conté la parte más interesante de la conversación que mantuve el día anterior con Iván Matvéich.

—¿Cómo? ¿Cómo? —exclamó ella sorprendida—. ¿No pretenderá que también yo me meta allí, junto a Iván Matvéich? ¡Vaya ideas! Además, ¿cómo puedo meterme allí con sombrero y vestido de crinolina? ¡Señor, qué estupidez! Pero ¿qué postura adoptaría yo cuando fuera a hacerlo? ¿Y si hubiera alguien mirándome?... ¡Es ridículo! ¿Qué comería allí dentro?; ¡y... y... cómo haría... cuando...! ¡Ay, Dios mío, lo que se les ha ocurrido! ¿Qué distracciones hay allí? Dijo usted que allí huele mucho a caucho. ¿Y qué sería de mí si nos enfadáramos? ¡Tendríamos que estar tumbados uno junto al otro! ¡Uf! ¡Qué repugnante!

—Estoy de acuerdo con sus argumentos, queridísima Elena Ivánovna —la interrumpí, apresurándome a expresarme con aquel comprensible entusiasmo que siempre se adueña de uno cuando siente que la verdad está de su parte—. Pero en toda esta cuestión hay algo que usted no ha valorado. No ha valorado que, al parecer, él no puede vivir sin usted, cuando la llama a su lado. Por consiguiente, aquí hay amor. Un amor apasionado, fiel y prometedor... ¡No ha valorado usted el amor, querida Elena Ivánovna! ¡El amor!

—¡No quiero! ¡No quiero! ¡No quiero oír nada! —gesticulaba ella con su pequeña y linda manita de uñas sonrosadas y recién lavadas y cepilladas—. ¡Me va a hacer llorar! ¡Malo! ¡Métase usted mismo allí dentro, si tanto le agrada! ¡Si es usted su amigo, vaya y acuéstese, por amistad, allí junto a él, y pásese la vida entera discutiendo con él sobre esa tediosa ciencia...!

—Hace usted mal en burlarse de esta posibilidad —interrumpí yo en tono grave a la superficial señora—; pero Iván Matvéich no me llamó por eso. Claro que en el caso de usted eso sólo sería cumplir con su deber, mientras que en el mío indicaría generosidad. Al explicarme ayer la extraordinaria elasticidad del cocodrilo, Iván Matvéich me insinuó con bastante claridad que no sólo ustedes dos, sino que también yo, como amigo de la familia, podría caber junto a ustedes; es decir, que cabríamos los tres, siempre y cuando yo lo quisiera, porque...

—¿Cómo que los tres? —exclamó Elena Ivánovna mirándome sorprendida—. ¿Que nosotros...? ¿Los tres juntos? ¡Ja, ja, ja! ¡Qué necios son los dos! ¡Ja, ja, ja! ¡Me pasaría el tiempo pellizcándoles! ¡Qué malo! ¡Ja, ja, ja! ¡Ja, ja, ja!

Apoyándose en el respaldo del sofá, se puso a reír hasta saltársele las lágrimas. Todo ello —las lágrimas y la risa juntas— resultaba hasta tal punto seductor que, sin poderme resistir, me lancé entusiasmado a besarle las manos, a lo que ella no opuso resistencia, aunque me tiró suavemente de las orejas en señal de reconciliación.

Acto seguido, nos alegramos y yo le conté todos los proyectos del día anterior de Iván Matvéich. Le gustó sobremanera la idea de las tardes de recepción y la apertura de su salón.

—Lo que ocurre es que necesitaré vestidos nuevos —observó ella— y, para ello, Iván Matvéich debería enviar más dinero y lo más urgentemente posible... Sólo que... ¿cómo es que lo van a traer metido en una caja? — agregó, algo pensativa—. Es ridículo. No quiero que a mi marido lo lleven dentro de una caja. Pasaré mucha vergüenza delante de mis invitados... ¡No quiero! ¡No! ¡No quiero!

—A propósito, ahora que me acuerdo, ¿estuvo Timoféi Semiónych ayer por la tarde en su casa?

—¡Ah! Sí, estuvo. Vino a consolarme e imagínese, nos pasamos la tarde jugando a las cartas. Cuando perdía él, me ofrecía bombones, y cuando perdía yo, me besaba las manos. ¡Qué pillín! ¡Imagínese, estuvo a punto de ir conmigo al baile de máscaras! ¡De veras!

—¡Qué entusiasmo! —observé yo—. Pero ¿quién no se entusiasma con usted, seductora?

—¡Vaya, ya vuelve usted con sus halagos! Espere un momento, que antes de que se vaya le voy a pellizcar. He aprendido ahora a pellizcar muy bien. ¿Qué tal? A propósito, dice usted que ayer Iván Matvéich habló mucho de mí.

—N... n... no, no fue exactamente mucho...

Confieso que en lo que más piensa él ahora es en el destino de toda la humanidad, y desea que...

—¡Allá él! ¡No me lo diga! Verdaderamente, se aburre mucho. Un día de éstos le haré una visita. Iré mañana mismo sin falta. Hoy no puedo. Me duele la cabeza y, además, allí habrá mucha gente... Dirán que "allí está su mujer", y me dará vergüenza... ¡Adiós! ¿Estará usted... allí por la tarde?

—Estaré con él. Me encargó que fuese y le llevase periódicos.

—Muy bien. Vaya a verle y léale la prensa. No es necesario que venga usted hoy a visitarme. No me encuentro bien, y probablemente salga a hacer alguna visita. ¡Adiós, pillín!

"¡Seguro que esta tarde vendrá a verla el moreno ese!", pensé yo para mis adentros. En la oficina, como es lógico, no dejé que trasluciera que me devoraban todo tipo de inquietudes y desvelos. No tardé en advertir que algunos de nuestros periódicos más progresistas pasaban aquella mañana con especial ligereza de mano en mano entre mis compañeros y se leían con muy serias expresiones en la cara. El primer periódico que llegó a mis manos fue La hoja. Era un periodicucho sin tendencia concreta que trataba cuestiones humanitarias, por lo que aquí, aunque primordialmente se despreciara, a pesar de eso, se leía. No sin asombro, leí lo siguiente:

Ayer corrieron extraños rumores por nuestra gran capital de hermosos edificios. Un tal N*, conocido gastrónomo de la alta sociedad, cansado de la cocina de Borel y del club de ***ski, entró en el edificio del Pasaje y, tras dirigirse a donde muestran un enorme cocodrilo, recién traído a la capital, encargó que se lo prepararan para comer. Tras llegar a un acuerdo con el dueño, acto seguido procedió a comérselo (es decir, no al dueño, un alemán pacífico y con tendencia al orden, sino a su cocodrilo), cortando sus todavía vivos y jugosos trozos con un cortaplumas y tragándolos con inusitada rapidez. Poco a poco, todo el cocodrilo desapareció en sus obesas entrañas, de manera que ya se disponía a comerse al icneumón, compañero inseparable del cocodrilo, suponiendo indudablemente que estaría igual de sabroso.

En absoluto nos oponemos a este nuevo producto, tan conocido para gastrónomos extranjeros. Incluso lo habíamos predicho. Los lores ingleses y los viajeros pescan por partidas enteras cocodrilos en Egipto y preparan el lomo del monstruo como un bistec, aliñado con mostaza y guarnición de cebollas y patatas. Los franceses llegados con De Lesseps prefieren las patas asadas a la brasa, lo que hacen para fastidiar a los ingleses que se burlan de ellos. Claro está que aquí se valora tanto lo uno como lo otro. Por otra parte, estamos muy satisfechos de esta nueva rama alimenticia que escasea especialmente en nuestra poderosa y diversa nación. Tras este primer cocodrilo, desaparecido en las entrañas del gastrónomo petersburgués, antes de que transcurra el año, traerán aquí indudablemente a cientos de ellos.

Y ¿por qué no habríamos de aclimatar cocodrilos en Rusia? Y si las aguas del Nevá resultaran excesivamente frías para estos exóticos habitantes foráneos, hay estanques, ríos y lagos en nuestra capital y las afueras. ¿Qué razón habría para que no pudiéramos criar cocodrilos, por ejemplo, en Pargólovo, Pavlovsk, Moscú, o en los estanques de Presnenski y en Samotiok? Si se les proporciona un alimento sano y placentero a nuestros refinados gastrónomos, podrían divertir a las damas que pasean a orillas de los estanques, a la vez que instruir con su presencia a los niños en materia de ciencias naturales. Con la piel del cocodrilo se podrían elaborar estuches, maletas, cigarreras y carteras, y puede que hasta más de un sobado billete de mil, de los que tanto gustan a los mercaderes, pudiera caber en la piel de un cocodrilo. Esperamos poder volver una vez más a esta interesante cuestión.

Aunque me esperaba algo por el estilo, me confundió la inexactitud de la noticia. Sin encontrar a nadie con quien pudiera cambiar impresiones, me dirigí a Projor Sawich, que ocupaba una mesa frente a la mía. Observé que desde hacía un buen rato me vigilaba con la vista, sosteniendo en sus manos el diario El cabello como si se dispusiera a entregármelo. Sin mediar palabra, cogió el periódico La hoja, y me entregó a cambio El cabello, en el que con una uña había señalado el artículo sobre el que, seguramente, deseaba llamar mi atención. Aquel Projor Sawich era un hombre extraño. Viejo callado y solterón, no trataba con ninguno de nosotros. Apenas hablaba con la gente de la oficina, mantenía siempre su propio punto de vista y no soportaba tener que comunicárselo a nadie. Vivía solo y casi ninguno de nosotros había estado en su casa.

He aquí lo que leí, señalado por él, en El cabello:

Bien es sabido por todos que somos progresistas y humanitarios, y deseamos seguir en esa dirección los pasos de Europa. Pero, sin reparar en nuestros esfuerzos y los desvelos de nuestro periódico, todavía estamos lejos de la "madurez", tal y como demostró ayer un suceso acaecido en el Pasaje, y que ya habíamos pronosticado. Un propietario extranjero llegó a la capital trayendo consigo un cocodrilo, que comenzó a mostrar al público en el Pasaje. Enseguida nos apresuramos a dar la bienvenida a esta nueva rama de la útil industria que escasea por completo en nuestra poderosa y diversa nación. Y he aquí que ayer, a las cuatro y media de la tarde, en la tienda del propietario extranjero, entró un sujeto extraordinariamente grueso y en estado de ebriedad que tras pagar la entrada, y sin avisar a nadie, se introdujo en las fauces del cocodrilo que, como era lógico, se vio en la necesidad de tragarle, aunque sólo fuera por instinto de protección y para no atragantarse. Nada más caer al interior del cocodrilo, el desconocido se quedó dormido. No le causaron impresión ni los gritos del propietario extranjero, ni el llanto de su asustada familia, ni las amenazas de llamar a la policía. Del interior del cocodrilo sólo se oían risas y promesas para solucionar el asunto a golpes, mientras el pobre mamífero lloraba en vano, obligado a tragarse tal cantidad de carne. Haciendo caso omiso del proverbio de que "un huésped no invitado es peor que un tártaro", el desvergonzado visitante no tiene intención de salir. No sabemos cómo explicar estos hechos tan bárbaros, que certifican nuestra inmadurez, comprometiéndonos frente a los extranjeros. La soltura propia de la naturaleza rusa encontró su digna aplicación. Nos preguntamos qué era lo que buscaba nuestro inoportuno visitante. ¿Un cálido y confortable lugar? Hay infinidad de espléndidas casas en la capital, con pisos bastante confortables y a buen precio, así como agua corriente del Nevá, escaleras iluminadas con lámparas de gas y porterías donde los dueños disponen a menudo de un conserje. No obstante, queremos llamar la atención de nuestros lectores sobre el bárbaro trato infligido a los animales domésticos. Como es lógico, al cocodrilo le resultaba difícil digerir de golpe semejante cantidad de carne, y se ve ahora obligado a estar tumbado, hinchado como una montaña, y aguardando la muerte en medio de insoportables sufrimientos. En Europa, desde hace ya tiempo, se persigue judicialmente el trato inhumano que se inflige a animales domésticos. Pero, sin reparar en la ilustración europea, en las avenidas y la construcción de las casas aún nos queda mucho para dejar atrás nuestros ocultos prejuicios.

"Las casas son nuevas; pero los prejuicios, viejos...".

Pero ¿acaso son nuevas las casas? Pues no podría decirse lo mismo de sus escaleras. En nuestro periódico hemos mencionado más de una vez que en la zona petersburguesa, en casa del comerciante Lukiánov, los peldaños de madera de la escalera del porche se han podrido y hundido, lo que constituye desde hace tiempo un peligro para su sirvienta Afimia Skapidarova, que a menudo se ve en la necesidad de subir las escaleras cargada como va con leña o agua.

Finalmente, se confirmaron nuestras predicciones. Ayer, a las ocho y media de la noche, la sirvienta Afimia Skapidarova se cayó con un plato de sopa al hundírsele el escalón y se rompió finalmente una pierna. Ignoramos si ahora Lukiánov arreglará la escalera. Dado que el ruso es muy duro de mollera, lo más probable es que su víctima ya esté de camino al hospital. Tampoco nos cansaremos de repetir que los barrenderos que limpian las veredas de madera de la calle Vyborskaia no deberían ensuciar el calzado de los viandantes, sino reunir lo que barren en montoncitos, igual que se hace en Europa...

—Pero ¿qué es esto? —dije yo, mirando indignado a Projor Sawich—, ¿qué es esto?

—¿El qué?

—¡Por el amor de Dios, en lugar de apiadarse de Iván Matvéich, se apiadan del cocodrilo!

—¡Pues claro! ¡Se apiadan de un animal, de un mamífero!. ¡Igual que en Europa! ¡Allí también se apiadan de los cocodrilos! ¡Ji, ji, ji!

Dicho esto, el estrafalario Projor Sawich metió sus narices en los papeles y no volvió a decir palabra.

El cabello y La hoja los guardé en mi bolsillo y, para distracción vespertina de Iván Matvéich, recogí cuantos ejemplares viejos pude del Noticias y El cabello. Aunque faltaba mucho para la tarde, me escabullí antes de la oficina para acercarme al Pasaje y observar, aunque fuera a distancia, lo que sucedía allí, para así poder contrastar opiniones de distintas tendencias. Suponiendo que habría verdaderas masas de gente, me levanté el cuello del capote para taparme la cara pues, a pesar de todo, sentía algo de vergüenza. ¡Hasta tal punto nos intimida la publicidad! No obstante, pienso que no tengo derecho a expresar mis prosaicas y particulares sensaciones con motivo de un suceso tan original y admirable.

BOBOK

Hace tres días Semión Ardaliónovich me dijo:

—Pero ¿llegará el día en que te veamos sobrio, Iván Iványch? ¡Dímelo, por el amor de Dios!

Extraña exigencia. No me ofendo, soy una persona tímida; y, sin embargo, he aquí que me han convertido en un loco. Un pintor me hizo un retrato por pura casualidad: "Ante todo, eres un literato", me dijo. Yo me presté a ello y él lo expuso. Después pude leer:

"Dense prisa para contemplar este rostro enfermizo, cercano a la locura".

Pase que así sea, pero ¿para qué había de publicarlo? Para publicar algo habría que poner de relieve lo noble, mostrar ideales, mientras que aquí...

Si quería decir algo, podía hacerlo indirectamente, para eso está el estilo. Pero no, no quiere lanzar indirectas. Actualmente están desapareciendo el humor y el estilo, y las blasfemias han pasado a ocupar el lugar de las agudezas. Dios sabe que no soy un gran literato como para volverme loco por eso. Escribí un relato y no me lo publicaron. Escribí un artículo y lo rechazaron. Ya llevé yo a muchas editoriales artículos de este tipo, y en todas me los rechazaron. "Les falta sal", me dijeron.

—Pero ¿de qué sal se trata? —pregunté irónico—. ¿Sal ática?

Ni siquiera lo comprendieron. A lo que más me dedico es a traducir del francés para los libreros. También redacto anuncios para los comerciantes, tales como:

"¡Extraordinario! Té rojo de plantación propia...". Por un panegírico a Su Excelencia, el difunto Piotr Matvéich, cobré una buena cantidad. Por encargo de un librero compuse El arte de gustar a las mujeres. Así, a lo largo de mi vida habré escrito yo unos seis libros de ese tipo. Quisiera reunir algunos bons mots de Voltaire, pero temo que les pueda parecer insulso a nuestros literatos. ¡Qué Voltaire! ¡Hoy día hacen falta garrotes en lugar de Voltaire! ¡Si se han pegado hasta romperse los dientes los unos a los otros! Y he aquí toda mi creación literaria. Sin mencionar que envío desinteresadamente cartas a las editoriales con mi propia firma. Les doy todo tipo de exhortaciones y consejos, hago críticas y les indico la dirección que deben seguir. La semana pasada mandé una carta que hacía el número cuarenta en dos años; sólo en sellos me gasté cuatro rublos. Lo que pasa es que tengo un carácter detestable.

Creo que el pintor no me retrató por mi vínculo literario, sino por las dos verrugas simétricas que tengo en la frente: es decir, todo un fenómeno. Como carecen de ideas, se lucen con los fenómenos. ¡Y hay que ver lo bien que le quedaron mis dos verrugas en el retrato! ¡Parecen vivas! A eso llaman ellos realismo.

Y en cuanto a la locura, aquí el año pasado declararon locos a muchos. Y con qué estilo lo defendían, alegando: "Ante un talento tan extraordinario... esto es lo que finalmente ha sucedido... por lo demás, ya era de prever hace tiempo...". Y esto todavía tiene mucha picardía, pues desde el punto de vista del arte puro incluso merece una alabanza, mientras que aquellos otros ni siquiera se han vuelto más inteligentes. Eso es, aquí le vuelven loco a uno, pero todavía no han convertido a nadie en más inteligente.

En mi opinión, el más inteligente es aquel que se llama a sí mismo "tonto", aunque sólo sea una vez al mes; ¡una habilidad desconocida hasta ahora! Al menos antes, el estúpido, aunque sólo fuera una vez al año, se reconocía como tal, pero ahora, ni hablar. Y hasta tal punto se confundieron las cosas que ya no puedes distinguir a un estúpido de un tonto. Eso lo hicieron ellos a propósito.

Me viene a la memoria una agudeza española, de hace ya dos siglos y medio, cuando los franceses construyeron su primer manicomio: "Encerraron allí a todos sus idiotas para convencerse de que ellos mismos eran inteligentes". Pero la verdad es que encerrando a otro en un manicomio no demostrarás tu propia inteligencia. "K* se volvió loco, lo que significa que ahora nosotros somos inteligentes". ¡Pero no, no es así!

¡Además, al demonio...! ¡Qué hago yo disertando aquí sobre mi inteligencia: no hago más que gruñir y gruñir! Hasta he hartado a la sirvienta. Ayer vino a verme un compañero y me dijo que a mí me estaba "cambiando el estilo, se está haciendo más entrecortado. Cortas y cortas; las oraciones están repletas de cuñas, después de la cuña, vas y pones otra cuña, a continuación algo entre paréntesis, y después nuevamente cortas y cortas...".

El compañero tenía razón. Algo extraño me está sucediendo. Me está cambiando el carácter y me duele la cabeza. Empiezo a ver y oír cosas extrañas. Y ya no es que sean voces, sino como si alguien que estuviera cerca de mí me susurrara: "¡Bobok, bobok, bobok!".

Y ¿qué es eso de bobok? Necesito distraerme.

Pensaba distraerme un poco y caí en un entierro. Era un pariente lejano. De todos modos, se trataba de un consejero colegial. La viuda, cinco hijas, todas solteras. ¡Cuánto gastaría sólo en zapatos! El difunto ganaba dinero, pero ahora sólo les queda una pequeña pensión. Tendrán que apretarse el cinturón. A mí siempre me recibían con desgana. Y tampoco habría ido ahora, de no haber sido un caso excepcional. Los acompañé hasta el cementerio junto con los demás; pero se apartaban de mí y son altaneros. A decir verdad, mi uniforme está en mal estado. Creo que hace ya veinticinco años que no visitaba un cementerio. ¡Vaya un lugar!

Para empezar, el ambiente. Llegaron como unos quince cadáveres. De distintas categorías; hasta hubo dos catafalcos: para un general y no sé qué señora. Había muchos rostros apesadumbrados, aflicción fingida, y mucha alegría sincera. El clero no puede quejarse: tiene sus beneficios. Pero el ambiente, el ambiente... No me gustaría estar aquí oficiando de clérigo.

Me acercaba a ver los rostros de los difuntos con sumo cuidado, inseguro de mi impresionabilidad. Hay expresiones suaves, y las hay desagradables. Por lo general, las sonrisas no estaban bien logradas, especialmente las de algunos. No me gustan; luego sueño con ellos.

Durante la misa salí de la iglesia para respirar un poco el aire; el día era grisáceo, pero seco. También hacía frío; hay que tener en cuenta que estamos en octubre. Me di una vuelta entre las sepulturas. De distintas categorías. La de tercera clase cuesta treinta rublos: es decente y no es tan costosa. Las dos primeras se ofician en la iglesia, bajo el atrio. Pero resulta excesivo. En aquella ocasión enterraban a unas seis personas en tercera categoría, entre ellos un general y su esposa.

Eché un vistazo a las fosas: ¡qué horror!; ¡había agua, y qué agua! ¡Absolutamente verde! Bueno... ¡qué más da! A cada minuto, el sepulturero la vaciaba con un achicador. Mientras se oficiaba la misa, me salí afuera para deambular un poco detrás de la valla. Ahora hay un hospicio y, un poco más allá, incluso un restaurante. Y no está mal, hasta puedes tomar un aperitivo. Estaba a rebosar de acompañantes. Observé que había entre ellos mucha alegría y animación sincera. Tomé un tentempié y bebí un poco.

A continuación participé personalmente en llevar el féretro desde la iglesia hasta la fosa. Y ¿por qué será que los difuntos pesan tanto en los féretros? Dicen que por algún tipo de inercia el cuerpo ya no puede dominarse a sí mismo... o alguna absurdez de ese tipo; contradice la mecánica y el sentido común.

No soporto cuando la gente que sólo posee nociones generales se pone a discurrir sobre cuestiones específicas; y aquí los tenemos por doquier. Los civiles gustan de juzgar sobre las cuestiones militares e incluso acerca de los mariscales de campo, y la gente con formación de ingeniería habla más de la filosofía y la economía política.

No fui al banquete fúnebre. Estoy orgulloso de ello, y si en verdad me invitan por una extrema necesidad, ¿por qué había de asistir a sus comidas, aunque fueran fúnebres? Lo único que no llego a comprender es por qué me quedé en el cementerio; me senté al pie de una estatua y, dadas las circunstancias, me quedé pensando.

Comencé por la exposición de Moscú y terminé con el asombro, es decir, el asombro como tema. Y he aquí lo que deduje sobre "el asombro":

"Lógicamente asombrarse por todo es absurdo, mientras que no asombrarse por nada es bastante más bello y por alguna razón se reconoce como rasgo de buen gusto. Pero difícilmente puede ser así en realidad. En mi opinión, no asombrarse por nada es bastante más estúpido que asombrarse por todo. Al margen de esto: no asombrarse ante nada viene a ser lo mismo que no respetar nada. Además, un estúpido no sabe respetar".

—Sí: yo ante todo deseo respetar. Ansío espetar—me dijo un día un conocido.

"¡Desea respetar! ¡Dios mío —pensé yo—, qué sería de ti si se te ocurriera ahora publicarlo!".

Y en aquel momento me perdí en mis reflexiones. No me gusta leer las inscripciones de las lápidas; siempre viene a ser lo mismo. En la lápida que estaba cerca de mí, había un bocadillo sin terminar: es absurdo y no es el lugar más adecuado. Lo tiré a la tierra, pues no era pan, sino un bocadillo. Porque echar migas de pan sobre la tierra parece que no constituye un pecado; el pecado es echarlo al suelo. Debo comprobarlo en el calendario de Suvorin.

Es de suponer que estuve sentado mucho rato, e incluso demasiado; es más, me tumbé sobre una larga piedra de mármol en forma de ataúd. Y ¿cómo ocurrió que de pronto empecé a oír voces? Al principio no les presté atención y me porté despectivamente. Sin embargo, la conversación continuaba. Oí unos sonidos sordos, como si las bocas estuvieran tapadas con almohadas; principalmente se trataba de unas voces claras que procedían de muy cerca. Me despejé, me senté y me puse a escucharlas atentamente.

—Su Excelencia, eso no puede ser de ninguna de las maneras. Ha anunciado usted un juego, voy yo y juego, y me viene usted con un as de picas. Deberíamos habernos puesto de acuerdo antes respecto a los ases.

—¿Para qué jugar de memoria? ¿Dónde está el atractivo?

—No es posible, Su Excelencia, sin un mínimo de garantía no es posible de ninguna de las maneras. Sólo podría hacerse con un comodín y de una sola tirada.

—Pero aquí no encontraremos un comodín.

¡Qué términos más insolentes! Me resultó extraño e inesperado. Una de las voces parecía muy importante y de una persona respetable, la otra, algo almibarada. No me lo habría creído de no haberlo oído yo mismo. Creo que no asistí a los funerales. Y, sin embargo, ¿cómo es que aquí se jugaba a la préférence, y de qué general se trataba? Pero no cabía duda alguna de que lo que se oía procedía de debajo de las lápidas. Me incliné ante el monumento y leí la siguiente inscripción:

"Aquí yace el cuerpo del general —mayor Pervoiédov... Caballero de tal y tal Orden".

¡Hum!

"Fallecido en agosto de tal año a los cincuenta y siete años de edad... Descansa en paz, querido, hasta el día de la resurrección".

¡Hum! ¡Al demonio, en realidad se trataba de un general! En la otra tumba, de la que procedía la voz lisonjera, aún no habían puesto el monumento; y sólo había una lápida; debía de ser uno de los novatos. Por la voz se notaba que se trataba de un consejero de corte.

—¡Ja, ja, ja! —se oyó una voz completamente nueva, a unas cinco sázhenas del lugar donde se hallaba el general, y desde una tumba completamente reciente; era una voz masculina y de gente sencilla, pero debilitada por el tono piadoso y enternecido.

—¡Ja, ja, ja! ¡Vaya, de nuevo tiene hipo! —se oyó de pronto una voz escrupulosa y altanera de una dama irritada; parecía a todas luces de la alta sociedad—. ¡Vaya un castigo el de estar junto a este tendero!

—No he tenido hipo alguno, y no tomé nada, sino que mi naturaleza es así. Y a pesar de todo, señora, no puede usted calmarse debido a sus propios caprichos...

—Entonces ¿por qué yace aquí?

—Fueron mi mujer y mis hijos pequeños quienes me colocaron aquí, y no yo, los que eligieron el lugar donde yazco. ¡Misterios de la muerte! Por mí, no me habría colocado a su lado ni por todo el oro del mundo. Si estoy aquí es gracias a mi propio capital, teniendo en cuenta el precio.

Porque eso es algo que siempre nos podemos permitir; pagarnos una sepultura de tercera clase.

—¿Qué, ha ahorrado timando a la gente?

—¿Cómo iba a engañar a la señora, si ya desde el mes de enero no hemos tenido ingreso alguno por su parte? Tenemos en la tienda una cuenta a su nombre.

—Pues ¡eso es absurdo! ¡Aquí, en mi opinión, buscar deudas es una estupidez! Vaya arriba. Y pregúntele a mi sobrina, que es mi heredera.

—Pero ¿dónde voy yo ahora a preguntar, y adónde me dirijo? Los dos hemos llegado a nuestro límite y estamos a la par en pecados ante el juicio final.

—¡En pecados! —le remedó con desprecio y burlonamente la difunta—. ¡Y no se atreva a dirigirme más la palabra!

—¡Ja, ja, ja!

—Y, sin embargo, ¿se ha dado cuenta Su Excelencia de cómo el tendero hace caso a la señora?

—¿Y por qué no había de hacérselo?

—Pero si está claro, Su Excelencia, porque aquí reina otro orden de cosas.

—¿Qué otro orden de cosas?

—Pues que nosotros, por decirlo de algún modo, estamos muertos, Su Excelencia.

—¡Ah, pues sí! De todos modos, hay un orden...

¡Lo que faltaba! ¡He de reconocer que me he tranquilizado! Pues si aquí se ha llegado a esto, ¿qué podría decirse del piso de arriba? Pero ¡qué cosas pasan! De todos modos, continué escuchando, aunque bastante indignado.

—¡No, pero si yo podría estar vivo! ¡No... yo! ¿Saben...? ¡Podría estar vivo!—se oyó de pronto la voz de alguien, en un lugar situado entre el general y la señora que estaba irritada.

—¿Lo oye, Su Excelencia? A éste otra vez le ha dado con lo mismo. Puede estarse callado durante tres días, y de pronto va y suelta: "¡Oh, no, pero si yo podría estar vivo!". Y ¿sabe? Lo dice con tanto ímpetu, ¡ji, ji, ji!

—¡Y con qué premura!

—Le afecta todo, Su Excelencia. Se va quedando dormido, completamente dormido (¡si lleva aquí desde el mes de abril!), y de pronto va y suelta: "¡Pero si yo podría estar vivo!".

—Y sin embargo, esto es aburrido —señaló Su Excelencia.

—Es aburrido, Su Excelencia, pero ¿acaso habremos de irritar de nuevo a Avdotia Ignátievna? ¡Ji, ji, ji!

—Claro que no, le ruego que me libre de ella. No soporto a esa vocinglera provocativa.

—Pues yo, por mi parte, no les soporto a ninguno de los dos —respondió despectivamente la vocinglera—. Los dos son de lo más aburrido y no saben decir nada que resulte ideal. Y sobre usted, Su Excelencia: por favor, no se ufane tanto, pues me sé una historia acerca de usted, de cómo un lacayo le sacó a escobazos de debajo de la cama de un matrimonio.

—¡Qué mujer más desagradable! —refunfuñó entre dientes el general.

—Madrecita, Avdotia Ignátievna —aulló de pronto el tendero—, señora mía, dime, sin guardarme rencor, ¿acaso estoy en el purgatorio, o está ocurriendo algo diferente...?

—¡Vaya! ¡Otra vez! Lo presentía, me vino su aliento y era porque se daba la vuelta.

—No me estoy dando vueltas, madrecita, y no desprendo ningún olor especial, porque todavía me conservo íntegro en todo mi cuerpo, mientras que usted, señora mía, sí que está afectada, pues su olor resulta insoportable incluso para el lugar en que nos encontramos. Y si me callo es por educación.

—¡Oh, qué desagradable ofensor! ¡Él sí que apesta, y me lo dice a mí!

—¡Ja, ja, ja, ja! A ver si llegan cuanto antes nuestros sorokovinki [18]: ¡oiré sus voces de llanto, el sollozo de la esposa y el silencioso lloriqueo de los niños...!

—Mira de lo que se lamenta: se llenarán las barrigas de kutia [19] y se marcharán. ¡Oh, si al menos alguien se despertara!

—Avdotia Ignátievna —dijo el funcionario lisonjero—... Espérese un momentito, que los nuevos no tardarán en hablar.

—¿Hay gente joven entre nosotros?

—También los hay jóvenes, Avdotia Ignátievna. Incluso adolescentes.

—¡Oh, qué a propósito vienen!

—¿Y qué, no han empezado aún? —se informó Su Excelencia.

—Los que trajeron hace tres días ni siquiera han despertado, Su Excelencia, y usted mismo lo sabe, que a veces están callados durante toda una semana. Está bien que a los de ayer, anteayer y hoy, los trajeron de golpe a todos. Ya que alrededor de nosotros, y hasta unas diez sázhenas, nos rodean prácticamente todos los del año pasado.

—Sí, es interesante.

—Pues, hoy, Su Excelencia, han enterrado al mismísimo consejero privado Tarásovich. Lo reconocí por las voces. Conozco a su sobrino, que ayudó a bajar el ataúd.

—¡Hum! Y ¿dónde está?

—Pues a unos cinco pasos de usted, Su Excelencia, hacia la izquierda. Está casi a sus pies... Podían ustedes presentarse, Su Excelencia.

—¡Hum! Pues no... no voy a ser yo el primero.

—Si empezará él mismo, Su Excelencia.

Hasta estaría orgulloso, déjelo de mi mano, Su Excelencia, y yo...

—¡Ay, ay, ay! Pero ¿qué es lo que me ocurre? —se quejó de pronto una voz nueva y asustada.

—¡Es el nuevo, Su Excelencia! ¡El nuevo, gracias a Dios! ¡Y qué pronto ha hablado! En otras ocasiones están callados hasta toda una semana.

—¡Oh, si parece un hombre joven! —lanzó un gritito Avdotia Ignátievna.

—¡Yo... yo... yo estoy aquí por una complicación que me surgió y que se me presentó así de pronto! —balbuceó de nuevo el joven—: Ya en la víspera me decía Shults: se le ha presentado a usted una complicación, y al amanecer me muero de golpe. ¡Ay, ay!

—Pues nada se puede hacer, joven —señaló con benevolencia, y probablemente alegrándose por la presencia del novato, el general—. ¡Debe tranquilizarse! ¡Bienvenido a nuestro, por así decirlo, valle de Josafat!

Somos buena gente, ya lo verá y nos apreciará. El general—mayor, Vasíli Vasíliev Pervoiédov, para servirle.

—¡Oh, no! ¡No, no, no es posible! Me trataba Shults. Yo, ¿sabe?... primero se me complicó la cosa en el pecho, con tos, y después me constipé: el pecho y la gripe... y he aquí que así de repente, e inesperadamente... lo más importante es que sucedió de un modo completamente inesperado.

—Dijo usted que al principio empezó por el pecho —se mezcló suavemente en la conversación el funcionario, como si deseara darle ánimos al novato.

—Sí, el pecho y las toses, y después de pronto desapareció la tos y continuó lo del pecho, sin que pudiera respirar... y sabe...

—Lo comprendo, lo comprendo. Pero si comenzó por el pecho, mejor habría sido que se dirigiera a Ek, y no a Shults.

—Y yo, ¿sabe usted?, ya estaba convencido de ir a Botkin y de pronto...

—Bueno, pero si Botkin muerde —señaló el general.

—¡Oh, no! No muerde en absoluto; yo había oído que era muy atento y que lo diagnostica todo a tiempo.

—Su Excelencia lo ha dicho en el sentido de los precios que cobra— apuntó el funcionario.

—¡Oh, no! ¡Qué dice! En total tres rublos, te hace el reconocimiento, te extiende la receta... y yo quise ir a él inmediatamente, pues me dijeron.... ¿Qué debía haber hecho, señores, ir a Ek o a Botkin?

—¿Qué? ¿Adónde? —se removió, riendo agradablemente, el cadáver del general. Le acompañó el falsete del funcionario.

—¡Querido niño! ¡Querido y alegre niño!

¡Cuánto te quiero! —exclamó entonces con entusiasmo Avdotia Ignátievna—. ¡Ay, si lo hubieran colocado junto a mí! ¡No, esto ya no estoy dispuesto a aceptarlo! ¡Además es un cadáver reciente!

Sin embargo, conviene escuchar algo más y no precipitarse en las conclusiones. A este mocoso del novato recuerdo yo haberle visto hace poco en el ataúd; tenía la expresión de un polluelo asustado, de lo más desagradable. Pero ¿y qué vino después?

Después comenzó tal barahúnda que no pude retenerlo todo en la memoria, ya que muchos comenzaron a despertarse de golpe: se despertó el funcionario, de los que pertenecen a los consejeros de estado, y comenzó inmediatamente a hablar con el general sobre el proyecto de la nueva subcomisión ministerial; sobre otros asuntos y el posible traslado de personas relacionadas con la subcomisión, con lo cual distrajo sobremanera al general. Reconozco que yo mismo me enteré de muchas cosas, hasta asombrarme de los entresijos a través de los cuales resulta a veces posible llegar a conocer las novedades administrativas de la capital. A continuación se medio despertó un ingeniero, pero se estuvo mucho rato refunfuñando cosas totalmente absurdas, de modo que los demás ni siquiera se metieron con él y lo dejaron que estuviera un rato a su aire. Finalmente empezó a dar señales de sepulcral reanimación la señora de la alta sociedad enterrada por la mañana en el catafalco. Lebeziátnikov (ya que el adulador y odioso consejero áulico, que se ubicaba cerca del general Pervoiédov, resultó llamarse Lebeziátnikov) no cesaba de dar vueltas y asombrarse de que en esta ocasión todos se hubieran despertado tan de golpe. Reconozco que también yo me sorprendí; además, algunos de los que se despertaron habían sido enterrados hacía tres días, como, por ejemplo, una muchacha muy jovencita, de unos dieciséis años, pero que no paraba de reír...; reía de un modo desagradable y lascivo.

—¡Su Excelencia, el consejero privado, Tarásovich, se está despertando! —informó de pronto Lebeziátnikov, con extraordinaria rapidez.

—¿Cómo? ¿Qué? —con desaire y voz melindrosa murmuró, recién despierto, el consejero privado. En su tono de voz había algo que denotaba un aire caprichoso y dominante. Me puse a escuchar con curiosidad, ya que los últimos días había oído decir cosas de lo más tentadoras e inquietantes de un tal Tarásovich.

—Soy yo, Su Excelencia, de momento, sólo soy yo.

—¿Qué es lo que pide y qué desea?

—Lo único que deseaba era informarme sobre la salud de Su Excelencia; por falta de costumbre, aquí, desde el primer día, se siente uno con algo de estrechez. El general Pervoiédov desearía tener el honor de presentarse a Su Excelencia y espero...

—No he oído.

—Por favor, Su Excelencia, el general Pervoiédov, Vasíli Vasílievich...

—¿Usted es el general Pervoiédov?

—No, Su Excelencia, tan sólo un consejero áulico, Lebeziátnikov, para servirle a usted, y el general Pervoiédov...

—¡Qué absurdo! Le ruego que me deje en paz.

—¡Déjele! —interrumpió en tono digno el propio general Pervoiédov la repugnante impaciencia de su agente sepulcral.

—Todavía no se ha despertado, Su Excelencia, hay que tenerlo en cuenta; es por falta de costumbre: cuando se despierte actuará de otro modo...

—¡Déjele! —repitió el general.

—¡Vasíli Vasílievich! ¡Eh, usted, Su Excelencia! —gritó de pronto, en voz alta y con ímpetu, junto a la misma Avdotia Ignátievna, una voz completamente nueva, insolente y de señorito; era un tono cansado muy a la moda y de estilo descarado, como si estuviera midiendo versos—. Llevo un par de horas observándoles; estoy aquí desde hace tres días.

¿Se acuerda usted de mí, Vasíli Vasílievich? Soy Klinévich, nos vimos en casa de los Volokónski, donde, no sé por qué, también estaba usted invitado.

—¿Cómo? El conde Piotr Petróvich... ¿es posible que sea usted?... y tan joven... ¡Cuánto lo siento!

—Yo mismo lo siento, sólo que me da igual, con tal de sacar lo que pueda de donde esté. Y no soy conde, sino barón, sólo un barón. Somos unos baroncetes tiñosos, procedentes de lacayos; y tampoco sé la razón, pero me da igual. No soy más que un gandul de la pseudoaltísima clase, considerado como un "encantador polizón". Mi padre era un generalucho, y mi madre ha tratado en su tiempo con la haut lieu. El año pasado, junto al judío Zifel, conseguí pasar cincuenta mil billetes falsos, y después lo denuncié, y todo el dinero enterito se lo llevó consigo Iulka Charpentier de Lusagnan a Burdeos. E imagínese, yo ya estaba comprometido del todo con Shevalévskaia, le faltaban tres meses para cumplir los dieciséis; todavía era estudiante de instituto; ofrecían unos noventa mil rublos por su dote. Avdotia Ignátievna, ¿se acuerda de cómo, hace quince años, me pervirtió usted, cuando yo todavía era un paje de catorce años?

—¡Vaya un sinvergüenza que eres! Si al menos te hubiera mandado Dios; pero en este lugar...

—En vano sospechaba usted del mal olor de su vecino, el comerciante... Yo estaba callado y riéndome. Pues el olor procede de mí; me han enterrado en un ataúd cerrado con clavos.

—¡Oh, qué bribón! Sólo que yo estoy contenta a pesar de todo. ¡No se imagina, Klinévich, qué ausencia de vida y agudeza mental reinan en este lugar!

—¡Pues sí, sí! También yo estoy dispuesto a emprender aquí algo original. Excelencia, no me dirijo a usted, Su Excelencia Pervoiédov, sino a otro señor: Tarásovich, el consejero privado. ¡Responda! Soy Klinévich, el que le llevaba durante la Cuaresma a casa de mademoiselle Furi.

—Le estoy oyendo, Klinévich, y estoy muy contento, pero créame...

—No me lo creo en absoluto, y me importa un comino. Y a usted, mi querido ancianito, sólo me encantaría llenarle de besos, pero no puedo, a Dios gracias. ¿Saben ustedes, señores, lo que escribió este grand—père? Se murió hace unos tres o cuatro días, y ¿se pueden creer que dejó las arcas del Estado con un déficit nada menos que de cuatrocientos mil rublos? Una cantidad destinada a las viudas y los huérfanos, y, sin saber por qué, sólo él tenía acceso a ello, ya que al parecer no lo revisaban desde hacía ocho años. Me imagino ahora las caras largas que se les habrán puesto allí a todos, y cómo se acuerdan de él. ¿Acaso no es una idea voluptuosa? Ya me asombraba yo el último año de cómo a un vejete de setenta años, gotoso y con todo tipo de males, le quedaban tantas fuerzas para la perversión. Y ¡aquí está la solución! ¡Esas viudas y los huérfanos... la sola idea de ellos debió de enardecerle!... Ya lo sabía yo hace mucho, era el único que lo sabía, me lo dijo la señora Charpentier, y en cuanto me enteré, por Semana Santa, empecé a presionarle amistosamente: "Entrega veinticinco mil que, si no, mañana te van a inspeccionar». Pues imagínense, por aquel entonces sólo disponía de trece mil, de modo que en estos momentos, al parecer, se murió muy a tiempo. Grandpère? ¿Me oye, grand— père?

—Cher Klinévich, estoy completamente de acuerdo con usted, y en vano... ha entrado usted en esos detalles. La vida trae tantos sufrimientos y desgracias, y tan pocos castigos... Finalmente deseo apaciguarme, y, por lo que he visto, espero desprenderme aquí de todo ello.

—¡Me apuesto lo que sea que ya ha olido a Katish Berestova!

—¿Qué... qué Katish? —tembló la voz lasciva del anciano.

—¿Que qué Katish? Pues aquí, a la izquierda, a cinco pasos de mí, y a unos diez de usted. Ya lleva aquí cinco días, y ¡si usted supiera, grand— père, lo miserable que es...! ¡Es de buena familia y educada...! ¡Pero un monstruo hasta más no poder! No se la he presentado a nadie, y sólo lo sabía yo... ¡Katish... responde!

—¡Ji, ji, ji! —respondió la vocecita rota de una joven, en la que se percibía algo similar al pinchazo de una aguja.

—Y ¿es rubita? —murmuró entrecortadamente, en tres tonos, el grand— père.

—¡Ji, ji, ji!

—Llevo ya mucho tiempo —balbuceó ahogándose el anciano soñando con la idea de una rubita, de unos quince años... y precisamente en una circunstancia así...

—Pero ¡qué monstruo! —exclamó Avdotia Ignátievna.

—¡Ya está bien! —decidió Klinévich—, veo que el material es extraordinario. Enseguida nos acomodaremos aquí mejor. Lo más importante es que pasemos el resto del tiempo de la manera más divertida posible; pero ¿qué tiempo? ¡Eh, usted! ¡Un tal funcionario Lebeziátnikov, o algo por el estilo! ¡He oído que le llamaban así!

—Soy Lebeziátnikov, el consejero áulico, Semión Evséich, para servirle, y estoy pero que muy satisfecho.

—Me importa un comino que esté usted satisfecho, y parece que sólo usted es quien lo sabe aquí todo. En primer lugar, respóndame (pues desde ayer no salgo de mi asombro), ¿cómo es que podemos hablar aquí? Si hemos muerto, y al margen de ello, hablamos; parece que nos movemos, y mientras tanto, ni hablamos ni nos movemos. ¿Qué truco es éste?

—Pues eso, si usted lo desea, podría explicárselo, mejor que yo, el barón Platón Nicoláievich.

—¿Quién es ese Platón Nicoláievich? No sea remolón, vaya al asunto.

—Platón Nicoláievich es nuestro filósofo casero, especialista en ciencias naturales y un maestro. Escribió unos cuantos libros de filosofía, pero he aquí que lleva tres meses completamente dormido, de modo que ya resulta imposible hacerle despertar. Una vez por semana murmura unas cuantas palabras que no vienen a cuento.

—¡Vamos, vamos!...

—Todo esto lo explica él de un modo muy sencillo, a saber, que allí arriba, cuando aún tenemos vida, se considera erróneamente la muerte como una muerte verdadera. Aquí, el cuerpo parece revivir de nuevo, los restos de la vida se concentran, pero sólo en el nivel de la conciencia. Es decir (no sé cómo explicárselo) que la vida continúa como por inercia. Todo está concentrado, según sostiene él, en algún lugar de la conciencia, y continúa así dos o tres meses más... a veces incluso hasta seis. Aquí, por ejemplo, hay uno que ya está casi descompuesto, pero una vez cada seis semanas, de pronto, balbuce una palabreja, claro que sin sentido alguno, algo así como bobok: "Bobok, bobok»; lo que quiere decir que en su cuerpo todavía arde vida en forma de invisible chispa...

—Es bastante absurdo. Y ¿cómo es que yo, sin tener olfato, puedo percibir el hedor?

—Eso es... ¡je, je!... Bueno, pues en esta cuestión nuestro filósofo se pierde en las tinieblas. Concretamente, respecto al olfato, señaló que aquí el hedor se percibe, por decirlo de algún modo, moralmente, ¡je, je! El hedor es como si fueran las almas, a las que se les da tiempo para rectificar durante dos o tres meses, y esto, por así decirlo, es la última clemencia que se concede... Sólo que a mí me parece, barón, que todo ello viene a ser un delirio místico, bastante comprensible en su estado...

—Es suficiente, estoy seguro de que todo esto es absurdo. Lo más importante son los dos o tres meses de vida, y al final... bobok. Les propongo a todos que pasemos estos dos meses lo mejor posible, y para ello es imprescindible que nos mentalicemos de las siguientes condiciones. ¡Señores! ¡Les propongo que no nos avergoncemos de nada!

—¡Oh, vamos! ¡Vamos a no avergonzarnos de nada!—se oyeron múltiples voces, y curiosamente incluso algunas completamente nuevas, lo que significa que se habían despertado en aquel momento. Con especial participación resonó la voz de bajo del ingeniero, que expresaba su conformidad ya completamente despierto. La joven Katish se echó a reír alegremente.

—¡Cómo me gustaría no tener vergüenza de nada! —exclamó con entusiasmo Avdotia Ignátievna.

—¿Han oído? Ya que si Avdotia Ignátievna desea no avergonzarse por nada...

—¡No, no, no, Klinévich, yo sentía vergüenza! ¡A pesar de todo, allí arriba, sentía vergüenza, pero aquí tengo muchas ganas de dejar de avergonzarme!

—Entiendo, Klinévich —resonó el vozarrón del ingeniero—, que ofrece usted emprender la vida de aquí, por decirlo de algún modo, sobre unos principios nuevos y ya más racionales.

—¡Me importa un comino! Para eso esperaremos a Kudeiárov, al que trajeron ayer. Cuando se despierte, le explicará todo. ¡Es un personaje! ¡Un personaje de gran relieve! Tengo entendido que mañana traerán a otro especialista más en ciencias naturales, probablemente un oficial, y, si no me equivoco, dentro de unos tres o cuatro días, a un periodista, al parecer, junto a un redactor. Pero, además, ¡que se vayan al demonio! Pues sólo es preciso que nos juntemos un grupito y las cosas saldrán por sí mismas. De momento, lo único que deseo es no mentir. Sólo deseo eso, porque es lo más importante. Vivir sobre la tierra sin mentir resulta imposible, ya que la vida y la mentira vienen a ser sinónimas; mientras que aquí, y para divertirnos, no mentiremos. ¡Al diablo, pues algún sentido tendrá la tumba! Contaremos todos en voz alta nuestras historias, y ya sin avergonzarnos de nada. Empezaré por mi persona. ¿Saben? Soy una persona de las lascivas. Todo esto, allí arriba, estaba atado con cuerdas podridas. ¡Deshagámonos de ellas y vivamos dos meses en la más desvergonzada verdad! ¡Desnudémonos y quitémonos los ropajes!

—¡Desnudémonos, desnudémonos! —gritaron todas las voces.

—¡Pues yo deseo desnudarme con todas mis ganas! —dijo lanzando grititos Avdotia Ignátievna.

—¡Oh, oh...! ¡Oh! ¡Estoy viendo que aquí lo pasaremos bien! ¡No deseo volver con Ek!

—¡Pues no! Yo, ¿sabe usted?, si por mí fuera, viviría.

—¡Ji, ji, ji! —sonrió Katish.

—Lo más importante es que nadie puede prohibirnos nada, y aunque veo que Pervoiédov se enfada, aún con todo, no me alcanza con la mano. ¿Está usted de acuerdo, grand—père?

—Estoy completamente de acuerdo, y muy satisfecho por mi parte, pero siempre y cuando sea Katish la que comience a contar primero su bi—o—gra—fía.

—¡Pues yo protesto! Protesto con todas mis ganas—pronunció con firmeza el general Pervoiédov.

—¡Su Excelencia! —murmuró el tunante de Lebeziátnikov con voz baja y atolondrada para convencer—: Su Excelencia, pero si salimos ganando con dar nuestra conformidad. Aquí, sabe usted, está esa niña... y finalmente todas esas cosas...

—Supongamos lo de la niña, pero...

—¡Nos conviene más, Su Excelencia! ¡Por Dios que nos conviene más! ¡Aunque sólo sea como un ensayo, aunque sólo sea por probar...!

—¡Ni siquiera en la tumba le dejan a uno en paz!

—En primer lugar, general, que usted en la tumba juega a la préférence, y, en segundo lugar, nos importa usted un pimiento —dijo Klinévich con voz chulesca.

—A pesar de todo, le ruego, señor mío, que no pierda la memoria.

—¿Qué? Pero si usted no llega hasta donde estoy yo, y yo, desde aquí, puedo hacerle burlas, como al caniche de Iulka. Y en segundo lugar, señores, ¿qué general es él aquí? ¡Eso lo era allí arriba, mientras que aquí no es nada de nada!

—¡No! ¡De eso nada...! ¡También lo soy aquí...!

—Aquí se pudrirá en la tumba, y no quedarán de usted más que seis botones de cobre.

—¡Bravo, Klinévich! ¡Ja, ja, ja! —bramaron las voces.

—Yo he servido a mi soberano... y tengo una espada...

—Su espada sólo sirve para pinchar ratones, y, además, jamás la usó.

—¡A pesar de ello, formé parte de un todo!

—¡Hay tantas partes de un todo!

—¡Bravo, Klinévich! ¡Bravo! ¡Ja, ja, ja!

—Yo no sé lo que es una espada —exclamó el ingeniero.

—¡Huiremos de los prusianos como ratones, y nos convertirán en polvo! —resonó una voz alejada, que me resultó desconocida, pero que literalmente se ahogaba de alegría.

—¡La espada, señor mío, es el honor! —exclamó el general, pero sólo yo pude oírle. Se armó un largo y prolongado bullicio, todo un alboroto y motín, en el que únicamente se oían los impacientes e histéricos gritos de Avdotia Ignátievna.

—¡Hagámoslo cuanto antes! ¡Oh! Pero ¿cuándo empezaremos a no avergonzarnos de nada?

—¡Ja, ja, ja! ¡En verdad que el alma recorre el camino del purgatorio! —se oyó una voz de un villano, y...

Y de pronto estornudé. Sucedió de golpe y sin poderme contener, pero el efecto fue increíble: todo quedó sumido en el silencio, como en un cementerio, y desapareció como un sueño. Realmente se hizo un silencio sepulcral. No creo que se avergonzaran de mí: ¡si ya habían decidido no avergonzarse de nada! Esperé unos cinco minutos y no volví a oír una sola palabra, ni un ruido. No podría presuponerse que se asustaran de una denuncia a la policía. Pues ¿qué podría hacer aquí la policía? Llego involuntariamente a la conclusión de que, a pesar de todo, debían de tener algún tipo de secreto, desconocido para los mortales, que ocultaban celosamente de cualquiera de ellos.

"Pues bueno", pensé, "queridos míos, ya volveré a visitaros"; y con esas palabras me fui del cementerio.

Pero ¡no! ¡No puedo admitirlo! ¡Verdaderamente no puedo! Bobok no me confunde (¡conque eso era Bobok!).

¡La depravación en un lugar así, la depravación de las últimas esperanzas, de los cuerpos marchitos y en descomposición, e incluso sin piedad de los últimos momentos de conciencia! Se les han dado, se les han regalado estos momentos y... ¡Y lo más increíble... lo más increíble es que suceda en semejante lugar! No, eso es algo que no puedo admitir...

Visitaré las tumbas de otras clases, y escucharé en todas partes. Y he aquí que, para hacerse una idea, hay que escuchar en todas partes, y no sólo en una. A lo mejor doy con algo más reconfortante.

Aunque sin duda alguna volveré donde ellos. Me ofrecieron sus biografías y diferentes anécdotas. ¡Puf! Pero iré; iré sin falta. ¡Es una cuestión de conciencia!

Llevaré esto al periódico Grazhdanín. Allí también plasmaron el retrato de un redactor. Tal vez lo publiquen.

EL NIÑO CON LA MANITA

Los niños son unas personitas un tanto particulares. Uno sueña con ellos y se los imagina. En Navidades, o el mismo día de Nochebuena, tropecé en la esquina de una famosa calle con un muchachillo que no tendría más de siete años. Hacía un frío espantoso y el niño vestía ropa de verano y unos trapos viejos atados al cuello que hacían de bufanda (lo que significaba que a pesar de todo, había alguien que se los ponía antes de salir a la calle). Andaba él "con la manita" extendida, un término técnico que significa... pedir limosna. Lo acuñaron los propios muchachos. Hay muchos chicos como él que se cruzan en tu camino repitiendo lo mismo (y aullando algo ya aprendido). Pero este niño no lo hacía, hablaba ingenuamente y con un estilo poco corriente y sincero, mirándote a los ojos; quizás se estuviera iniciando en el oficio. A mis preguntas respondió que tenía una hermana que no trabajaba y estaba enferma. Probablemente fuera cierto, pero después me enteré de que hay una multitud de esos muchachos: los echan a la calle "con la manita" aunque haga un frío terrible y, en caso de no recoger limosna, seguramente les aguarde después una paliza.

Tras reunir algunas monedas, el niño, con las manos ateridas y enrojecidas, se dirige al sótano, donde algún grupo de gente se emborracha a su costa: son aquellos que "tras holgar del sábado al domingo, no regresan a sus puestos de trabajo hasta el miércoles por la tarde". Y allí, en los sótanos, se emborrachan junto a ellos sus hambrientas y apaleadas mujeres, y allí mismo gimen sus bebés. El vodka; suciedad y depravación, pero que no falte vodka. Con los cópecs reunidos envían rápidamente al niño a otra taberna a por más vino. Para divertirse, a veces también le dan un poco de alcohol, mientras el niño, medio ahogado, cae inconsciente al suelo, ... y en su boca vierten despiadadamente el desagradable vodka...

En cuanto estos muchachos crecen un poco los envían a trabajar a alguna fábrica y se ven nuevamente obligados a entregar cuanto ganen a esos bribones que se lo gastan en alcohol. Pero ya antes de empezar a trabajar esos niños se convierten en auténticos delincuentes. Deambulan por la ciudad y llegan a conocer todo tipo de sótanos donde pueden pasar la noche sin que nadie repare en ellos. Uno de esos muchachos pasó varias noches seguidas en una portería dentro de una cesta y nadie se percató de su presencia. Se convierten en unos ladronzuelos sin darse cuenta.

Incluso en niños de ocho años, el hurto se torna pasión y apenas son conscientes del delito cometido. Finalmente, lo padecen todo —hambre, frío y palizas—, y sólo para conservar la libertad, y huyen de esos bribones para mendigar por su cuenta. Esos pequeños salvajes a veces no saben nada, ni dónde viven, ni de qué nacionalidad son, ni si existe Dios, y se comentan a veces de ellos tales cosas que hasta le parece a uno mentira oírlas; y, sin embargo, todo eso son hechos.

El niño ante el árbol de Navidad

Pero soy un novelista y creo que una de esas "historias" fui yo mismo quien la inventó. Y si he dicho "creo" es porque soy consciente de haberla inventado y, sin embargo, me parece que realmente sucedió en algún lugar, y, para más exactitud, en vísperas de Navidad, en alguna ciudad terriblemente grande, un día que hacía mucho frío.

Veo en un sótano a un niño pequeño que como máximo tendrá unos seis años, quizás menos. Se despierta por la mañana en un sótano húmedo y frío. Lleva algo parecido a una bata, y tirita. Al respirar, sale de su boca vaho, y mientras se acurruca sobre un baúl se entretiene soltando al aire bocanadas de vaho. Pero tiene mucha hambre. A lo largo de la mañana se acerca varias veces al finísimo petate de paja, con un hatillo de trapos que hace de almohada, sobre el que yace su madre, que está enferma. ¿Cómo fue a parar allí? Debió de venir de otra ciudad junto a su hijo y después enfermó. Hacía un par de días que la policía había echado a la patrona de aquel lugar; los inquilinos se marcharon Dios sabe adónde, y allí tirado se quedó sólo un indigente que llevaba veinticuatro horas completamente borracho sin haber llegado la fiesta. En otro rincón de la habitación gemía una anciana octogenaria que trabajó de criada durante algún tiempo y ahora estaba muriéndose en soledad; la anciana gruñía al niño cada vez que se le acercaba, hasta que el muchacho dejó de hacerlo.

En el zaguán encontró algo de beber, pero no consiguió dar con un pedazo de pan; se había acercado ya una decena de veces a su madre para despertarla. Finalmente, la angustia empezó a apoderarse de él: hacía mucho que había anochecido y no encendían las luces. Al palpar el rostro de su madre, le extraña que no se inmute y esté tan fría como el témpano.

"Aquí hace demasiado frío", piensa el muchacho, que se queda un rato de pie y apoya inconscientemente su mano sobre el hombro de la fallecida; a continuación se sopla los dedos ateridos de frío, se coloca la gorra, que está sobre el petate, y despacito y a tientas sale del sótano. Quería haber salido antes, pero le retuvo el miedo a un perro grande que estaba en la escalera de arriba y que se pasó el día entero aullando en la puerta de los vecinos. Pero, como el perro ya se había marchado, el muchacho pudo finalmente salir a la calle.

¡Dios mío, qué ciudad! Jamás había visto nada semejante. En el lugar del que provenía, las noches eran muy oscuras y en toda la calle había sólo una farola. Las casitas bajas de madera se cerraban con sus contraventanas. Apenas anochecía no quedaba un alma en la calle, pues todos se escondían en sus casas y sólo se oían aullidos de jaurías enteras de perros. Centenares y miles de ellos aullaban y ladraban durante toda la noche. Pero, a pesar de todo, allí hacía calor y le daban de comer, mientras que aquí... ¡Dios mío, ojalá pudiera llevarse algo a la boca! ¡Aquí, en cambio, cuánto ruido y bramido había! ¡Cuánta luz y cuánta gente, cuántos coches, caballos! ¡Y frío, cuánto frío! Los morros de los sudorosos caballos que corren veloces desprenden un vaho blanco; sus cascos resuenan en el empedrado cubierto de mullida nieve. Pero ¡Dios mío! ¡Qué hambre tiene! ¡Con que sólo pudiera llevarse a la boca un pedazo de pan! De pronto siente un fuerte dolor en sus deditos. Un guardia pasa junto a él y se da la vuelta, haciéndose el despistado.

He aquí otra calle. ¡Oh, qué ancha es! Le pueden aplastar a uno, por eso todos gritan y corren de un lado a otro, ¡y cuánta luz hay!

¡Cuánta luz! "Y ¿eso qué es?", piensa el niño. ¡Oh! ¡Qué cristal tan grande, y detrás una habitación con un árbol que llega hasta el mismo techo! Es un abeto con muchas luces, adornos dorados y manzanas. Alrededor del árbol hay juguetes y caballitos pequeños. Por la habitación corretean niños vestidos de gala. Están limpios y ríen, juegan, comen y toman refrescos. Una niña se pone a bailar con un niño. ¡Qué niña más guapa! También hay música que se oye a través de la ventana. El niño la mira sorprendido, incluso tiene ganas de reír, pero le duelen los dedos de los pies y los de las manos los tiene tan enrojecidos que no los puede doblar. Y de pronto vuelve a sentir que le duelen los deditos, se echa a llorar y sale corriendo hacia otro lugar, donde ve otra habitación detrás de una ventana y varios árboles, y sobre las mesas hay bollos de todo tipo, de almendra y de color rojo y amarillo. Y junto a la mesa están sentadas cuatro ricachonas que ofrecen bollos al que se acerca a la mesa, y la puerta de la casa, donde entran muchos señores, se abre constantemente. El niño se acerca agazapado, abre despacito la puerta y entra.

¡Uf! ¡Cómo le gritan y le espantan! Una señora se acerca rápidamente y le da un cópec mientras abre la puerta y le indica la salida.

¡Cómo se asusta! Al instante, la moneda se le resbala de las manos y cae al suelo sonando escaleras abajo. El niño no puede doblar sus helados deditos para agarrarla. Sale a toda prisa sin saber adónde. Otra vez le entran ganas de llorar, pues tiene miedo, y corre deprisa mientras se sopla los deditos. Y la tristeza nuevamente se apodera de él porque está solo y angustiado, pero ¡Dios mío! ¿Qué es esto? Hay una muchedumbre que se asombra y se agolpa junto a una ventana. Al otro lado del cristal hay tres muñecos pequeños, vestidos con preciosos vestidos de color verde y encarnado, que parecen de verdad: un ancianito sentado que toca un enorme violín y otros dos de pie junto a él que tocan unos violines pequeños. Pero ¡cómo giran sus cabecitas mirándose los unos a los otros, y moviendo los labios como si realmente hablaran! Aunque a través del cristal no se les oye. Al principio, el niño creyó que se trataba de personas vivas, pero al percatarse de que eran muñecos se echó de pronto a reír. ¡Jamás había visto semejantes muñecos! ¡No pensaba que pudieran existir! Tiene ganas de llorar, pero los muñecos le hacen mucha gracia. De repente siente que alguien le agarra del abrigo. Un chico grandote con cara de malas pulgas, y que está a su lado, de improviso le da un capirotazo en la cabeza, le quita el gorro y le propina una patada en la espinilla. El niño cae estupefacto al suelo en medio de un gran alboroto; se levanta y echa a correr a toda prisa. De pronto se encuentra en un patio desconocido y se acurruca tras un montón de leña: "Aquí no me buscarán y está oscuro", piensa.

Se queda acurrucado y sin aliento por lo asustado que está, y pronto empieza a sentirse a gusto: súbitamente deja de sentir dolor en sus manitas y piececillos y le parece estar junto a una estufa. El muchacho se estremece: ¡oh!, pero ¡si se había quedado dormido! "¡Qué a gusto se duerme aquí! Estaré aquí un ratito y otra vez iré a ver los muñecos», pensó el niño, y sonrió al recordarlos. "¡Si parecen de verdad...!". Y se imagina que su madre le canta una canción al oído. "¡Mamá, estoy durmiendo! ¡Oh! ¡Qué bien se duerme aquí!".

—¡Vamos a ver mi árbol de Navidad! —le susurra de pronto una voz cariñosa.

El muchacho cree que es su madre, pero no lo es. No ve quién le llama ni quién, en medio de la oscuridad, se agacha junto a él y le abraza, y también el niño le extiende sus bracitos y... ve mucha luz. ¡Qué árbol! ¡No parece un árbol, jamás había visto nada semejante! ¿Dónde está ahora? Todo refulge y brilla y alrededor hay muchos muñecos. Pero si no son muñecos, sino niños y niñas, sólo que iluminados, revoloteando y dando vueltas en torno a él. Todos lo besan, lo cogen de la mano, lo llevan con ellos, y él ve que su madre lo mira y sonríe feliz.

—¡Mamá! ¡Mamá! ¡Oh! ¡Qué bien se está aquí! —exclama el niño, y vuelve a besarse con los niños, y tiene muchas ganas de contarles los muñecos que vio detrás de los cristales de un   ventanal—. ¿Quiénes sois, niños? ¿Quiénes sois, niñas? —les pregunta, sonriendo amorosamente.

—Éste es el "Árbol de Noé" —le responden—. En un día como éste, Cristo siempre tiene un Árbol de Noé para los niños que no tienen su propio árbol allí, en la Tierra...—y se enteró de que todos aquellos niños y niñas eran muchachos como él, sólo que unos murieron congelados en las cestas en que los abandonaron tras arrojarlos a las puertas de algún funcionario petersburgués; otros, asfixiados a manos de las cuidadoras de los orfanatos donde les daban de comer; otros, en los extenuados pechos de su madre (durante la hambruna de Sámara); otros, asfixiados por el aire fétido en los vagones de tercera. Y ahora todos están aquí, todos son ángeles que están junto al Niño Jesús, y él en medio, con las manos extendidas hacia ellos; los bendice tanto a ellos como a sus pecadoras madres... Y las madres de esos niños también están aquí, a un lado, y lloran: todas reconocen a sus hijos, y los niños vuelan hacia sus madres y las besan, les secan las lágrimas con sus manitas, y las consuelan para que no lloren, pues están muy bien en este lugar...

Mientras tanto, por la mañana, aquí abajo en la Tierra, los barrenderos encontraron el pequeño cuerpo sin vida de un niño escondido detrás de la leña; también encontraron a su madre... Había fallecido antes que él; ambos se reencontraron en el cielo.

Y ¿para qué habré escrito yo una historia de este tipo, ajena a la línea de un diario normal, máxime cuando es el de un escritor?

¡Había prometido hablar únicamente de historias reales! Pero ahí está la cuestión, que no hace más que figurárseme que todo ello pudo haber ocurrido realmente, es decir, lo que ocurrió en el sótano y detrás de la leña. Y en cuanto a lo del Árbol de Noé ni yo mismo sabría decirles si realmente pudo haber ocurrido o no. Pero por algo soy novelista y puedo imaginar.

EL CAMPESINO MARÉI

Creo que resultan muy aburridas de leer todas esas professions de foi; por ello voy a contar una anécdota, aunque en realidad no lo sea. Se trata de un recuerdo lejano que, no sé muy bien por qué, me apetecía contar precisamente aquí y ahora como conclusión de nuestro tratado sobre el pueblo. Tenía yo entonces unos nueve años...; pero será mejor que comience desde que tenía veintinueve.

Era el segundo día de Pascua. El aire era cálido, el cielo azul, el sol estaba alto, cálido y radiante, pero mi alma estaba triste. Vagaba yo por detrás de los pabellones, mirando y enumerándolos; contaba los palos de la empalizada del fuerte de la prisión y, aunque en realidad no me apetecía hacerlo, los contaba siguiendo la costumbre. Otro día de "fiesta" corría en la prisión; a los presos no se los llevaban a trabajar y había multitud de borrachos. Blasfemias y discusiones se oían surgir de todos los rincones. Canciones vulgares y desagradables, juegos de cartas entre los petates, algún que otro preso medio muerto por alguna reyerta, a juicio de los compañeros, tapado después con zamarras hasta que despertara y recobrara el sentido. En más de una ocasión, los cuchillos habían salido a la luz, y todo ello, en dos días de fiestas, me había martirizado hasta enfermar. Nunca pude soportar las orgías ni las borracheras populares, y en ese lugar me desagradaban aún más.

Ni siquiera los jefes aparecían esos días por la prisión, ni inspeccionaban, ni requisaban el vino, como si comprendieran que, una vez al año, también a esos renegados había que dejarlos expandirse, y que de no hacerlo sería peor.

Por fin, la cólera prendió en mi corazón. Me encontré con el polaco M*tski, un preso político. Me miró con tristeza, con los ojos brillantes y los labios temblorosos. "Je hais ces brigands!"[1], dijo a media voz, rechinando los dientes y pasando de largo. Regresé al pabellón sin reparar en que un cuarto de hora antes había salido corriendo de allí como enloquecido, cuando seis robustos hombretones se echaron todos a una a apaciguar al borracho tártaro Gazin, al que terminaron por propinarle una paliza. Le pegaron absurdamente. Con semejante paliza se podría matar a un camello. Sabían que a aquel Hércules resultaba difícil matarlo, por eso le pegaron sin reparo.

---

[1] Sensación de disgusto, odio y desesperación.

Al regresar, me percaté de que al fondo del pabellón, sobre su petate, yacía Gazin ya sin dar apenas señales de vida y casi sin sentido. Estaba tapado con su zamarra y todos pasaban a su alrededor en silencio, firmemente convencidos de que se despertaría a la mañana siguiente, "aunque de semejante paliza no era de extrañar que muriera el hombre".

Llegué hasta mi sitio, que estaba frente a una ventana con rejas de hierro. Me tumbé boca arriba, crucé las manos debajo de la cabeza y cerré los ojos. Me gustaba estar echado de ese modo. Nadie se mete con el que está dormido, y, mientras tanto, se puede fantasear y pensar. Pero en aquel momento no pude conciliar ninguna fantasía. El corazón me palpitaba inquieto, y en mis oídos sonaban las palabras de M*tski: "Je hais ces brigands!». Pero qué sentido tiene describir las impresiones, si hasta hoy día todavía sueño con aquellos instantes, y no hay sueño que me torture más. Probablemente se hayan dado cuenta de que, hasta el día de hoy, rara vez he escrito algo sobre mi vida durante la condena. Porque

"Las anotaciones de la casa de los muertos" las escribí hace ya quince años, donde me inventé al personaje, un delincuente que mataba a su mujer. A propósito, y para más detalle, diré que, desde entonces y hasta hoy día, todavía hay mucha gente que piensa, y afirma, que fui condenado por asesinar a mi mujer.

Poco a poco me fui amodorrando y me sumí en recuerdos. Durante los cuatro años de condena recordaba constantemente todo mi pasado, y parece que a través de los recuerdos revivía nuevamente toda mi vida anterior. Esos recuerdos venían solos, raramente los evocaba yo a mi voluntad. Comenzaban por algún punto, un rasgo, a veces algo impreciso, que poco a poco crecía hasta convertirse en todo un cuadro, en alguna impresión fuerte y pura. Yo analizaba esas impresiones y les aportaba nuevos rasgos a las antiguas vivencias. Pero lo más importante era que corregía lo vivido, lo corregía constantemente. Ésa era toda mi distracción.

Esta vez, por algún motivo, me vino a la memoria un instante insignificante de mi infancia, cuando tan sólo tenía diez años. Creí que aquel instante había quedado para mí completamente olvidado. Amaba especialmente yo entonces los recuerdos de mi infancia. Recordé el mes de agosto en nuestra aldea: un día claro y seco, aunque algo fresco y con viento. El verano se estaba acabando, y pronto habría que emprender el viaje a Moscú para aburrirse durante todo el invierno con las clases de francés. Me entristecía tanto dejar la aldea...

Fui andando hasta dejar atrás el granero, bajé al barranco y subí a Losk: así llamábamos al espeso matorral situado al otro lado del barranco que llegaba hasta el mismo bosque. Me metí en la profundidad del matorral y oí que muy cerca, a unos treinta pasos, en la pradera, un muzhik estaba arando el campo en solitario. Como tenía que arar una abrupta cuesta, su yegua andaba con dificultad, y a mis oídos llegaba su voz:

"¡Vamos, vamos!". Conocía a casi todos nuestros campesinos, pero no reconocí al que está arando ahora, aunque me da igual, pues estoy completamente sumido en mis cosas. También yo estoy ocupado: arranco una vara de nogal para hostigar a las ranas. Las varas hechas con ramas de nogal son muy bonitas, pero poco sólidas si se las compara con las de abedul. También acaparan mi interés los escarabajos y los pequeños bichitos. Tengo una colección, y los hay de lo más bonito. También me gustan las pequeñas y ágiles salamandras de color rojo amarillento, con motitas negras; pero las culebras me dan miedo. Además, las culebras resultan más difíciles de encontrar que las salamandras. Hay pocas setas por aquí. Para ir a por setas, hay que adentrarse en el bosque de abedules y me dispongo a ir allí. Nada he querido más en el mundo que el bosque con sus setas y sus frutos salvajes, sus bichitos y pájaros, sus erizos y ardillas, con su, tan querido para mí, olor húmedo a hojas en descomposición. Incluso ahora, cuando escribo esto, me llega el olor de nuestro bosque de abedules de la aldea. Estas impresiones quedan para toda la vida. De pronto, en medio del profundo silencio, pude oír con claridad: "¡Que viene el lobo!". Del susto, lancé un grito y salí corriendo a la pradera directamente hacia el muzhik que estaba arando.

Era nuestro muzhik Maréi. No sé si existirá un nombre así, pero todos le llamaban Maréi. Era un muzhik de unos cincuenta años, robusto, muy alto y con una tupida barba de color rubio oscuro bastante encanecida. Aunque le conocía, hasta entonces casi nunca había hablado con él. Al oír mi grito, detuvo la yegua. Para no caerme del impulso de la carrera, me agarré con una mano a su arado y con la otra a su manga. Entonces me miró y se percató de mi susto.

—¡Que viene el lobo! —grité, ahogándome.

Él levantó la cabeza y, sin querer, miró alrededor, casi creyéndome por un instante.

—¿Dónde está el lobo?

—El grito... Alguien gritó "que viene el lobo"... —susurré yo.

—¿Qué dices, qué lobo?; te lo habrá parecido. ¿Lo ves?, ¿cómo iba a haber aquí un lobo?—susurraba dándome ánimos. Temblando con todo el cuerpo, me agarré con más fuerzas aún a su anguarina; debía de estar muy pálido. Él me miraba con una sonrisa preocupada, al parecer alarmado e inquieto por mí.

—¡Vaya, mira que asustarte!, ¡ay, ay! —dijo, moviendo la cabeza—. ¡Ya está, hijo! ¡Ea, ya está bien, pequeño!

Extendió su mano y acarició mi mejilla.

—Bueno, ya está, no temas, Cristo está contigo —pero yo no me santigüé. Las comisuras de mis labios temblaban, y, al parecer, eso le sorprendía especialmente. Extendió despacio hacia mí su dedo gordo con la uña negra manchada de tierra y rozó suavemente mis temblorosos labios.

—Lo ves —dijo, sonriéndome con una prolongada sonrisa maternal—, ¡señor, qué es eso, ay, ay!

Finalmente comprendí que no había ningún lobo y que el grito: "que viene el lobo" fue algo que me había figurado. Por lo demás, el grito fue muy claro y preciso, pero gritos así (y no tratándose sólo de lobos) ya los había llegado yo a oír una o dos veces más; ya los conocía. (Después, al pasar la infancia, esas alucinaciones desaparecieron.)

—Bueno, me voy —dije con mirada tímida e interrogante.

—Ve, y yo te miraré. ¡No dejaré que te coja el lobo! —añadió, sonriendo nuevamente de modo maternal—. Vamos, Cristo está contigo. Vamos, ve—me santiguó con su mano y después se santiguó él.

Eché a andar, volviéndome hacia atrás casi cada diez pasos. Mientras iba andando, Maréi permanecía inmóvil junto a su yegua, mirando cómo me alejaba y moviendo la cabeza cada vez que yo volvía la vista atrás. A decir verdad, me daba algo de vergüenza haberme asustado tanto delante de él, pero, hasta que remonté el barranco y llegué al primer cobertizo, todavía sentía bastante miedo al lobo. Aunque aquí el miedo desapareció por completo, y de pronto, saliendo no sé de dónde, se me echó encima nuestro perro de corral, Volchok. Junto a Volchok me sentí más seguro y por última vez volví a mirar a Maréi. Ya no veía su cara con claridad, pero sentía que él continuaba del mismo modo sonriéndome afectuosamente y moviendo la cabeza. Yo agité la mano, y él, tras corresponderme con otra señal, arreó a su yegua.

—¡Vamos, vamos! —se oyó nuevamente su voz, y la yegua tiró otra vez de su arado.

No sé por qué, me vino todo esto de golpe a la memoria con claridad y detalle extraordinarios. De pronto, me despabilé y me incorporé sentado en el petate. Me acuerdo de que todavía sentía en mi rostro la tímida sonrisa del recuerdo. Permanecí recordando un minuto más.

Al dejar a Maréi y de regreso a casa, no le conté a nadie mi "aventura". Además, ¿qué aventura era ésa? Incluso, no tardé mucho en olvidar a Maréi. Después, cuando alguna vez me lo he vuelto a encontrar, nunca más volví a hablar con él, y ya no sólo acerca del lobo, sino de nada. De repente, ahora, pasados veinte años y en Siberia, recordé todo aquel encuentro con total claridad y hasta el último detalle. Será que, por sí mismo e involuntariamente, se alojó de manera imperceptible en mi alma para reaparecer súbitamente cuando tenía que ser. Recordé aquella sonrisa dulce y maternal del pobre siervo muzhik, su cruz y su movimiento de cabeza: "¡Vaya, se ha asustado el pequeño!". Recordé especialmente su dedo gordo manchado de tierra, con el que despacio, y con tímida delicadeza, rozó mis temblorosos labios. Claro que cualquiera puede animar a un niño, pero lo que surgió durante aquel encuentro solitario fue algo completamente distinto y, si yo fuera su propio hijo, él no habría podido mirarme irradiando un amor más claro, y ¿quién lo obligaba?

Él era nuestro siervo y yo, a pesar de todo, su señorito. Nadie sabría cómo me acarició y nadie lo recompensaría por ello. ¿Acaso quería tanto a los niños? Hay gente así. El encuentro tuvo lugar a solas en el campo, y puede que sólo Dios haya visto desde arriba con qué profundo e iluminado sentimiento humano y con qué delicadeza y ternura, casi femeninas, puede estar henchido el corazón de un rudo, terriblemente ignorante y siervo muzhik ruso, que no esperaba su libertad y ni siquiera se la imaginaba entonces. Díganme, ¿no era eso lo que quería decir Konstantín Aksákov cuando hablaba de la elevada formación de nuestro pueblo?

Cuando me incorporé del petate y miré alrededor, recuerdo haber sentido de repente que era capaz de mirar a esos infelices con otros ojos, y que de pronto, como si fuera un milagro, todo el odio y la maldad desaparecían por completo de mi corazón. Fui andando y mirando las caras de la gente con la que me cruzaba. Porque ese afeitado y bribón muzhik, embriagado y con estigmas en el rostro, que grita su borracha y ronca canción, también podría ser aquel mismo Maréi, yo no soy quién para adentrarme en su corazón. Aquella tarde me encontré nuevamente con M*tski. ¡Infeliz! Él no podía tener recuerdo alguno de ningún Maréi y ningún otro punto de vista sobre esa gente, a excepción de "Je hais ces brigands!". Verdaderamente, ¡esos polacos han soportado entonces más que nosotros!

LA SUMISA

Capítulo I

Del autor: Pido a mis lectores que me disculpen que en esta ocasión en lugar de la forma habitual de El diario [de un escritor] les ofrezca un relato breve. Y realmente este relato ha absorbido durante este mes la mayor parte de mi trabajo. En cualquier caso, pido comprensión a los lectores.

Abordemos ahora la cuestión misma del relato. Lo subtitulé "fantástico" aunque yo mismo lo considere real en toda la expresión de la palabra. Porque realmente tiene algo de fantástico y concretamente en la forma, cuestión que considero necesario aclarar previamente.

La cuestión estriba en que no se trata ni de una novela ni de unas memorias. Imagínense a un marido que tiene ante sí sobre la mesa a su esposa, que se suicidó arrojándose por la ventana hace unas horas. Por lo alterado que está aún no ha podido ordenar sus ideas. Va y viene por las habitaciones intentando tomar conciencia de lo sucedido y "ordenar sus ideas». Además es un hipocondríaco crónico, de los que hablan solos, que se explican lo sucedido y se lo aclaran a sí mismos. Sin reparar en la aparente consecuencia del discurso, a veces se contradice, tanto en la lógica como en los sentimientos. Tan pronto se disculpa a sí mismo como la culpa a ella y se lía con explicaciones vanas: en ello influye la rudeza del pensamiento y la del corazón, y también un hondo sentimiento.

Lentamente se aclara a sí mismo la situación y consigue "ordenar las ideas". Poco a poco una serie de recuerdos consigue irremediablemente conducirle hasta la verdad; ésta eleva irrefutablemente su intelecto y su corazón. Finalmente cambia hasta el tono del relato si se lo compara con su desordenado comienzo. La verdad se le revela al pobre infeliz de un modo bastante claro y determinado, al menos para sí mismo. Éste es el tema. Claro que el proceso del relato dura varias horas, con sus desviaciones, incisos y una forma un tanto confusa: tan pronto se dirige a sí mismo como de repente se pone a hablar a un oyente inexistente como a un juez. Pero así ocurre en la realidad. Si se diera el caso de que un taquígrafo lo escuchara tomando nota de todo, el relato quedaría más árido y tosco de como yo lo presento, pero me da la impresión de que probablemente el orden psicológico seguiría siendo el mismo. Y a esa versión que tomaría el taquígrafo (a continuación de la cual yo redactaría lo anotado) es a lo que yo llamo "fantástico".

En cierto modo algo similar ya se dio en la literatura: Victor Hugo, por ejemplo, en su obra maestra de El último día de un condenado a muerte, utiliza prácticamente el mismo procedimiento y, aunque no recurra al taquígrafo, se permite algo aún más inverosímil, pues presupone que el condenado pueda (disponga de tiempo para) llevar a cabo unas anotaciones, ya no sólo en el transcurso de su último día de vida, sino incluso durante la última hora, y para más exactitud, durante el último minuto. Pero de no recurrir él a esa fantasía, tampoco existiría la obra en sí, la más real y veraz de cuantas escribió.

¿Quién era yo y quién era ella?

Bueno, mientras ella esté aquí... todo va bien: me acerco a ella y la miro a cada minuto. Pero ¿cómo me quedaré mañana solo cuando se la lleven? Ahora ella está en el salón, tumbada sobre dos mesitas de juego que han juntado; el ataúd lo traerán mañana, y será blanco, en gruesa madera de Nápoles, pero por lo demás, no se trata de eso... No hago más que ir y venir, dándole vueltas para aclarar lo ocurrido. Llevo ya seis horas dando vueltas sin conseguir poner en orden las ideas. Lo que sucede es que no paro de dar vueltas y más vueltas en el sitio... Sucedió del siguiente modo. Sencillamente lo relataré por orden. (¡Orden!) Señores, estoy lejos de ser un escritor, y ustedes lo saben, pero qué importa, lo contaré tal y como lo entiendo yo mismo. ¡Y lo más horrible es que lo comprendo todo!

Y si desean ustedes saberlo, es decir, si hubiéramos de remontarnos al mismo principio, tengo que decirles que ella venía entonces a donde yo trabajaba a empeñar las cosas para pagar los anuncios que publicaba en La voz, en los que se ofrecía ... en fin, como institutriz dispuesta a viajar, así como para dar clases a domicilio, etc., etc. Todo ello sucedió al principio, y yo, claro está, no la diferenciaba de otras personas: venía como viene todo el mundo, etc., etc. Comencé a fijarme en ella más tarde. Era muy delgadita, tenía las manos muy blancas y era de mediana estatura. Se portaba de un modo algo torpe conmigo, como si se quedara confusa (creo que se comportaba igual con todos los desconocidos, y yo, lógicamente, era para ella igual que cualquier otro, quiero decir como persona, no como prestamista). En cuanto cogía el dinero, al instante se daba la vuelta y se marchaba.

Y todo eso, sin decir palabra. Otros, ¡hay que ver cómo discuten, piden, regatean, con tal de que se les dé más! Y ella, nada... cogía lo que le dieran y... Me da la impresión de que me estoy liando... Sí. En primer lugar me sorprendieron los objetos que ella traía: unos pendientes de plata bañados en oro, un medallón de poco valor... objetos sin importancia. Ella misma sabía que su valor era insignificante, pero por la expresión de su rostro me daba cuenta de que le eran muy valiosos; y, realmente, más tarde me enteré que todo aquello era lo que le había quedado de sus padres. Sólo en una ocasión me permití burlarme de sus objetos.

¿Lo ven? Es algo que jamás me permito hacer y mantengo con el público una actitud caballeresca, la de intercambiar pocas palabras, en tono cortés, pero firme. "Firme, firme y firme". Pero en una ocasión se me presentó con los restos (en el sentido literal de la palabra) de una vieja chaqueta de piel de conejo... y yo sin contenerme le gasté de pronto algo parecido a una broma. ¡Dios mío, cómo se sonrojó! Tenía los ojos azules, grandes y pensativos, pero ¡cómo se le encendieron! No respondió nada, cogió sus "restos" y se marchó. Ésa fue la primera vez en que realmente me fijé en ella y pensé algo concreto respecto a ella, quiero decir que lo sucedido me sugirió un pensamiento especial en relación con ella. Sí, todavía recuerdo otra sensación, la síntesis de todo: para ser más exactos, que era muy joven, tan joven como si tuviera catorce años. Por aquel entonces sólo le faltaban tres meses para cumplir los dieciséis. Pero, por lo demás, yo no quería decir eso, la síntesis no consiste en eso. Regresó al día siguiente.

Después me enteré de que se había dirigido con aquella chaqueta a la tienda de Dobronravov y Mozer, pero ellos no aceptaban nada excepto el oro y no se molestaron ni en hablar. Sin embargo, en una ocasión yo le acepté un camafeo (de poco valor), y más tarde, después de recapacitar, me asombré: tampoco yo aceptaba nada excepto el oro y la plata, y, a pesar de todo, consentí que ella entregara el camafeo. Eso fue lo segundo que pensé sobre ella; lo recuerdo.

En esta ocasión, es decir, después de la tienda de Mozer, trajo una boquilla de ámbar, un objeto que no estaba mal, de interés para un aficionado, aunque tampoco interesaba en nuestra tienda, porque sólo aceptamos oro. Pero como se me presentó tras lo sucedido el día anterior, la recibí con unos modales severos. Los modales severos en mí consisten en tratar a la gente secamente. Y, no obstante, al entregarle dos rublos, no pude aguantar más y le dije algo irritado:

"Eso sólo lo hago por usted, porque Mozer no aceptaría una cosa de ese tipo en su establecimiento". Puse especial énfasis en la expresión "por usted», dándole cierto sentido. Estaba enfadado. De nuevo se sonrojó toda al oír aquel "por usted", pero no dijo palabra, tampoco arrojó el dinero, sino que lo cogió. ¡Hay que ver lo que es ser pobre! Pero ¡cómo se sonrojó! Comprendí que la había herido. Cuando ya se hubo marchado, de pronto me hice la pregunta: ¿acaso aquel triunfo sobre ella vale dos rublos? ¡Je, je, je! Recuerdo habérmelo preguntado dos veces: "¿lo vale?, ¿lo vale?". Y riéndome para mis adentros resolví afirmativamente aquella cuestión. Me divertí mucho. Pero aquel no era un sentimiento absurdo: yo actuaba intencionadamente y con una finalidad. Quería ponerla a prueba, porque algunas ideas acerca de ella me rondaban la cabeza. Y ése fue el tercer pensamiento especial que me sugirió.

... Pues así es como había empezado entonces todo. Claro que intenté enterarme al instante de todas sus circunstancias a través de terceros y esperaba con especial impaciencia su llegada. Presentía que vendría pronto. Cuando vino, empecé a hablarle con mucha cortesía y extraordinaria gentileza, pues soy una persona bien educada y sé guardar las formas. ¡Hum...! Entonces pude adivinar que se trataba de una persona buena y sumisa. La gente buena y sumisa no suele resistir mucho tiempo y, aunque en general no se abran del todo, no saben esquivar una conversación: utilizan pocas palabras, pero responden, y tanto más cuanto más se prolonga la conversación. Únicamente es preciso no cansarse uno mismo si se pretende llegar a algún punto.

Claro está que entonces ni siquiera ella me dio explicaciones de nada. Fue más tarde cuando me enteré de lo de La voz y todo lo demás. Con los anuncios que ponía se gastaba lo último que le quedaba. Al principio, se entiende, lo hacía de forma algo arrogante, y decía: "Se ofrece institutriz dispuesta a desplazarse; remítanse las condiciones". Y más tarde: "Dispuesta para todo tipo de tareas: dar clases, hacer compañía, encargarse de faenas domésticas, cuidar de los enfermos y hacer costura», etc., etc. ¡Ya se sabe! Por supuesto que todo eso se iba añadiendo en los sucesivos y diferentes anuncios, y finalmente, cuando la cosa llegó hasta la desesperación, entonces puso "sin sueldo, por el pan". Pero ¡no! ¡No encontró trabajo! Entonces finalmente me decidí a ponerla a prueba: cogí el ejemplar del día del periódico La voz y le mostré un anuncio:

"Joven huérfana busca trabajo de institutriz para niños pequeños, a ser posible en casa de un viudo entrado en años. Dispuesta a ayudar en labores domésticas".

—¡Lo ve, este anuncio se ha publicado esta mañana, y por la tarde la joven probablemente ya habrá encontrado trabajo ¡Así es como hay que publicar!

Se sonrojó completamente, de nuevo se le encendieron los ojos, se dio la vuelta y se marchó al instante. Me gustó mucho. Además, entonces yo estaba totalmente seguro de mí mismo y no tenía miedo: nadie adquiriría las boquillas; y además incluso éstas se le habían terminado. Y así sucedió. Al tercer día vino toda pálida y preocupada, y deduje que algo había pasado en su casa. Ahora paso a explicar lo que ocurrió, pero de momento sólo quiero recordar que me tiré un farol y me crecí a sus ojos. Ésa fue la intención que tuve en aquel momento. La cosa está en que ella trajo una imagen (se decidió a traerla)... Pero ¡escuchen!

¡Escuchen! Ahora ya he encontrado el hilo conductor, porque hasta el momento no hacía más que confundirme... La cuestión está en que ahora quiero recordar todo eso, cada pequeñez, cada detalle. No hago más que querer ordenar las ideas sin conseguirlo y estos detalles, estos detalles...

Era la imagen de una virgen. La virgen con el niño en brazos, una imagen de su casa, un icono familiar, antiguo. Tenía una orla de plata dorada que valdría unos seis rublos. Y me percaté de que aquella imagen le era muy valiosa y de que la empeñaba entera, sin quitarle la orla. Le dije que sería mejor quitarle la orla y llevarse la imagen, pues, a pesar de todo, es una imagen ¿sabe?...

—¿Acaso le está prohibido?

—No, no es que me esté prohibido, sino que usted misma...

—Vamos, quítela.

—¿Sabe una cosa? No voy a quitársela y pondré la imagen allí en la urna de los iconos —le dije tras reflexionar un rato—. La pondré debajo de la lámpara —desde que poseía el establecimiento siempre tenía una lámpara encendida ante los iconos—, y usted sencillamente coja diez rublos.

—No necesito diez rublos, deme cinco y la desempeñaré enseguida.

—¿No quiere diez? La imagen los vale —añadí percatándome de que de nuevo le brillaban los ojos. Se quedó callada. Le di cinco rublos.

—No lo desprecie, yo también pasé por semejantes apuros y aún peores, y si ahora me está viendo usted en este trabajo... es porque sufrí lo mío...

—Se está usted vengando de la sociedad, ¿verdad? —me interrumpió de repente con burlona acritud, en cuyo gesto por lo demás había mucha ingenuidad (porque entonces ella no me diferenciaba de otras personas, de modo que lo dijo sin malicia). "¡Ah!", pensé, "¡conque sí! ¡Mostrando nuevos rasgos de tu carácter!".

—Lo ve —señalé yo al instante, medio en broma y con aire misterioso—. "Soy una parte de aquel todo que queriendo hacer el mal, obra bien...".

Rápidamente y con mucha curiosidad me echó una mirada, en la que por cierto, había muchos rasgos infantiles.

—Espere... ¿Qué idea es ésa? ¿De dónde sale? La había oído en algún lugar...

—No se rompa la cabeza con esas expresiones, es Mefistófeles presentándose a Fausto. ¿Ha leído Fausto?

—No... no muy bien.

—Yo no lo he leído. Tengo que leerlo. Por cierto, otra vez veo en su boca un gesto burlón. Le ruego que no piense que tengo tan mal gusto como para embellecer mi labor de prestamista haciendo de Mefistófeles. Un prestamista siempre será un prestamista. Ya se sabe.

—Es usted un tanto extraño... No pensaba decirle nada por el estilo...

En lugar de eso ella quería haber dicho: no me esperaba que fuera usted una persona instruida, pero no lo dijo, aunque yo sabía que lo estaba pensando. Di en el clavo.

—Lo ve —señalé yo—. Desde cualquier lugar se puede hacer el bien. Ciertamente no me refiero a mí; admitamos que, al margen de mi necia actividad, no hago nada, pero...

—Claro que desde cualquier terreno puede hacerse el bien —dijo ella lanzándome una rápida y penetrante mirada—. Precisamente desde cualquier lugar —añadió de pronto.

¡Oh, sí, lo recuerdo, recuerdo todos aquellos instantes! Y aún quiero subrayar que cuando esa juventud, esa dulce juventud, desea decir algo inteligente y profundo, se muestra de pronto excesivamente sincera e ingenua, como si dijera: "lo que te estoy diciendo ahora es ocurrente y profundo"; y no por vanidad, como hacen nuestros semejantes, sino porque ella misma valora sobremanera todo eso, y cree, respeta y piensa que usted también respeta todo eso igual que ella. ¡Oh, la sinceridad! ¡Y con ella vencen! ¡Y de qué forma más espléndida se reflejaba eso en ella!

¡Lo recuerdo, no se me ha olvidado nada! Cuando ella salió, lo decidí al instante. Aquel mismo día hice las últimas averiguaciones y supe de ella el resto, el intríngulis de lo que le sucedía; puesto que de lo que le ocurría anteriormente ya estaba yo al corriente gracias a Lukeria, que por aquel entonces trabajaba de sirvienta en su casa y a quien yo había sobornado hacía unos días. Lo que le sucedía era tan horrible que hasta hoy día sigo sin entender cómo le quedaban ganas de reír, tal y como lo hizo hace poco, y de interesarse por las palabras de Mefistófeles, estando en una situación tan espantosa como en la que se encontraba. Pero ¡hay que ver lo que es la juventud! Exactamente eso fue lo que pensé sobre ella, orgulloso y feliz, porque en ello reside la grandeza de espíritu: es decir, aunque se esté al borde del abismo, las grandes palabras de Goethe resplandecen. La juventud de alguna manera es siempre suave, indirecta y magnánima. Pero yo me estoy refiriendo a ella, es decir sólo a ella. Y lo más importante es que la miraba como si fuera algo mío y no dudaba de mi poder.

¿Saben? Esta idea, es decir, cuando ya ni siquiera dudas, resulta de lo más voluptuoso.

Pero ¿qué es lo que me sucede? Si continúo así, ¿cuándo lograré ordenar todas mis ideas? ¡Más rápido, más rápido! Pero ¡la cosa no consiste en eso! ¡Oh, Dios mío!

PROPOSICIÓN DE MATRIMONIO

"El intríngulis" de su vida, del que me enteré, lo expondré en pocas palabras: sus padres fallecieron hacía ya bastante tiempo, unos tres años antes, y por ello se quedó con unas caóticas tías suyas. Mejor dicho, sería poco calificarlas de caóticas. Una de ellas era viuda, con una familia numerosa de seis hijos, a cual más pequeño, y la otra era una detestable vieja solterona. Las dos eran desagradables. Su padre había sido un funcionario, de la categoría de un escribiente, en una palabra, todo menos perteneciente a la nobleza. Las cosas estaban a mi favor. Yo parecía proceder de un mundo superior; al fin y al cabo era un capitán retirado del Estado Mayor de un regimiento brillantísimo. Era de noble ascendencia, persona independiente, etc.

Y lo de que tuviera un establecimiento de préstamos era una razón de peso que les infundía mucho respeto a las tías. Ella vivió tres años con sus tías como una esclava, pero a pesar de ello logró aprobar unos exámenes —le dio tiempo a aprobarlos, hizo todo lo posible por conseguirlo con tal de escapar del despiadado trabajo—, y esto, de alguna manera, significaba para ella aspirar a algo más elevado y noble. ¿Para qué deseaba casarme yo? Pero no merece la pena hablar de mí...

¡No viene al caso! Ella daba clases a los hijos de una de sus tías y cosía ropa; finalmente ya no sólo cosía, sino que también fregaba suelos. Le pegaban por cualquier cosa, y le echaban en cara cada pedazo de pan que se llevaba a la boca. Terminaron queriéndola vender. ¡Uf! Paso por alto los miserables detalles. Después ella me lo contó todo pormenorizadamente. Todo eso llevaba observándolo un año entero un gordo vecino suyo que era tendero, pero no un simple tendero, sino uno con dos tiendas de ultramarinos. Ya había enterrado a dos esposas suyas y buscaba una tercera, y la cosa está en que se fijó en ella y pensó: "Es calladita, creció en la pobreza; me caso con ella para que cuide de mis hijos". Y realmente tenía hijos. Le pidió la mano y se puso de acuerdo con las tías. Para colmo, él tenía cincuenta años; ella estaba horrorizada.

En aquel momento fue cuando comenzó a frecuentar mi establecimiento para publicar sus anuncios en La Voz. Finalmente rogó a las tías que le dieran un poco de tiempo para pensárselo. Le concedieron un solo plazo y brevísimo; no la dejaban en paz, la agobiaban y decían: "Ni nosotras mismas sabemos el bocado que nos vamos a llevar hoy a la boca y encima te tenemos que mantener". Yo ya estaba al corriente de todo eso, y aquel día, tras lo sucedido por la mañana, ya había tomado la decisión. Aquella tarde llegó a su casa el tendero, que traía de su establecimiento de ultramarinos una libra de caramelos por valor de cincuenta cópecs. Mientras ella estaba sentada junto a él en la cocina, llamé a Lukeria y le ordené que fuera a donde ella y le dijera al oído que yo estaba en los portones y que quería decirle algo muy importante. Me sentía satisfecho de mí mismo. Y, en general, durante todo aquel día me había sentido muy contento.

Y allí junto a los portones, ella asombrada porque la había llamado, le expliqué, delante de Lukeria, que sería un gran honor y una gran felicidad... Después, para que no se extrañara de mis maneras y del hecho de que estuviera junto a los portones, le dije que era "un hombre directo que había analizado las circunstancias". Y no le estaba mintiendo en lo de que era franco. Bueno, eso da igual. Le hablaba no sólo correctamente, es decir, mostrándome como una persona educada, sino también de una manera original, y esto es lo más importante. ¿Y qué? ¿Acaso es una vergüenza reconocerlo? Quiero juzgarme a mí mismo y lo estoy haciendo. Tengo que decir tanto los pros como los contras, y así procedo. Y aún después me acordaba de ello con satisfacción, aunque fuera una tontería: le dije entonces, claramente y sin intimidarme lo más mínimo, que en primer lugar no tenía un gran talento, que no era brillante intelectualmente, probablemente ni siquiera fuera demasiado bueno, y que era algo egoísta (recuerdo esa expresión, que se me ocurrió por el camino y que me satisfizo) y... que posiblemente tuviera muchos defectos. Todo eso lo dije con un orgullo muy especial (¡ya se sabe cómo se dicen esas cosas!).

Cierto que tuve tan buen gusto que, al declararle noblemente mis defectos, no le expuse mis virtudes: Es decir, que "a cambio poseo esto, aquello y lo de más allá». Me di cuenta de que la joven todavía estaba bastante asustada, pero yo no suavicé nada, sino al contrario; al ver que estaba asustada, hice a propósito hincapié en lo siguiente: le dije directamente que no le faltaría comida, pero que no podría asegurarle ni vestidos de lujo, ni salidas a los teatros ni a los bailes. Nada de eso habría, o si acaso más tarde, cuando se alcanzaran mis objetivos. Me entusiasmó el tono severo que utilicé al decirlo. También, como si fuera de paso, añadí que si había elegido una dedicación así, es decir, que si tenía una casa de empeños, era porque tenía, digamos, un propósito muy concreto... Pero yo tenía derecho a hablar de ese modo: realmente tenía ese propósito y aquellas condiciones. Sin embargo, esperen, señores: en primer lugar, durante toda mi vida he odiado esa casa de empeños, porque en esencia, aunque resulte ridículo confesar esto ante mí mismo con frases misteriosas, en realidad "yo me estaba vengando de la sociedad".

¡De verdad, de verdad, de verdad! De modo que su agudeza de la mañana respecto a que yo "me estaba vengando" no era justa. Es decir, como verán, si yo le hubiera dicho directamente esas palabras: "Sí; me estoy vengando de la sociedad", ella se habría echado a reír, tal y como lo hizo por la mañana, y la cosa habría quedado realmente ridícula. Pero dicho de una manera indirecta, y lanzando una frase misteriosa, es posible seducir la imaginación. Además, entonces yo ya nada temía: me había dado cuenta de que en cualquier caso el tendero gordo le repugnaba más que yo y de que, al encontrarme junto a los portones, yo me convertía en el liberador. Para mí eso estaba claro. ¡El hombre entiende especialmente bien las vilezas! Pero ¿era aquello una vileza?

¿Cómo se ha de juzgar al hombre en estas circunstancias? ¿Acaso yo entonces no la quería?

Esperen: claro está que en aquel momento no le dije ni palabra acerca de la buena acción, sino al contrario: Es decir: "soy yo quien sale beneficiado, no usted". De manera que incluso lo expresé con palabras, sin poder contenerme, y me salió probablemente de una manera absurda, porque observé una fugaz mueca en su semblante. Pero, en general, decididamente había salido ganando. Esperen; si se ha de recordar toda esa suciedad, en tal caso mencionaré hasta la última bajeza: yo estaba de pie y se me pasaban por la cabeza las siguientes ideas: eres alto, esbelto, educado, y —finalmente y sin fanfarronear— no estás nada mal. Eso fue lo que se me pasó por la cabeza. Está claro que ya cerca de los portones ella me dijo que sí. Aunque debo decir que, allí, junto a los portones, se quedó un largo rato pensando antes de darme el "sí". Se quedó tan, tan pensativa que me vi obligado a preguntarle:

—¿Y bien, qué decide? —sin poderme contener y dando a mi entonación un aire de ostentación.

—Espere, estoy pensando —respondió ella.

¡Y tenía un semblante tan, tan serio, que ya entonces habría podido leerlo! Y yo, que me sentí ofendido, pensé: "¿Acaso está dudando entre el tendero y yo?". ¡Oh, entonces aún no lo comprendía! ¡No entendía nada de nada! ¡No lo he comprendido hasta el día de hoy! Recuerdo cómo Lukeria salió corriendo detrás de mí cuando ya me marchaba, me detuvo por el camino y me dijo muy deprisa: "¡Que Dios se lo pague, señor, por llevarse a nuestra dulce señorita; sólo le ruego que no se lo diga, es muy orgullosa!".

¡Orgullosa! Está bien, me gustan las orgullositas. Las orgullosas resultan especialmente atractivas cuando... bueno, cuando ya no tienes dudas de tu poder sobre ellas, ¿verdad? ¡Ay, hombre ruin y torpe! Pero ¡qué satisfecho me sentía! ¿Saben una cosa? Cuando aún estaba en aquel momento junto a los portones, pensando en darme su conformidad, me sorprendí de que se le pudiera pasar por la cabeza la siguiente idea:

"Si tanto aquí como allí me espera la desgracia, ¿no sería mejor escoger directamente lo peor, es decir, al tendero gordo, para que, borracho, me mate a golpes lo antes posible?". ¿No podía ser? ¿No creen ustedes que semejante idea se le pudo haber pasado por la cabeza?

Pero ¡tampoco ahora comprendo nada! Ahora acabo de decir que se le pudo haber pasado esa idea por la cabeza: que, de dos desgracias, podía escoger la peor, es decir, escoger al tendero. ¿Y quién le resultaba entonces peor, el tendero o yo? ¿El tendero o el prestamista que citaba a Goethe? ¡Esto es una pregunta! Pero ¿qué pregunta? Si ni siquiera esto lo comprendes: ¡la respuesta yace sobre la mesa, y tú te interrogas sobre la "pregunta"! ¡Al diablo conmigo! La cuestión no estriba en mí... Y, a propósito, ¿qué me importa si la cosa estriba en mí o no? Es algo que no puedo decidir en absoluto. Mejor será que me vaya a dormir. Me duele la cabeza...

Soy el más noble de los hombres, pero ni yo mismo lo creo

No me pude dormir. Y, como no he podido conciliar el sueño, me late la cabeza. Desearía asimilar todo eso, toda esa suciedad.

¡Oh, la suciedad! ¡De qué ciénaga la saqué yo entonces! Ella debió haber comprendido y valorado mi acto. También me atraían otros pensamientos, como que yo tuviera cuarenta y un años y ella tan sólo dieciséis. Eso me cautivaba; esa sensación de desigualdad me resultaba muy, muy dulce.

Yo, por ejemplo, quería celebrar una boda à l'anglaise, es decir, solos, junto a dos testigos, de los que una sería Lukeria, para después coger enseguida el tren y dirigirnos a Moscú (donde a propósito tenía un asunto que resolver), y permanecer un par de semanas en un hotel. Ella se resistió, no lo permitió, y me vi obligado a visitar a las tías para expresarles mis respetos y pedirles la mano de su sobrina. Cedí, y a las tías se les dispensó lo correspondiente. Incluso les regalé a esos bichos cien rublos a cada una, prometiéndoles darles todavía más, sin que ella lo supiera para no ofenderla por la vil situación. Al instante, las tías se pusieron como la seda. También se habló de la dote: ella no tenía nada, en el sentido casi literal de la palabra, pero tampoco quería nada. Sin embargo, pude convencerla de que era imposible no tener nada y la dote la di yo, pues de lo contrario ¿quién lo iba a hacer? Pero ¡al diablo conmigo! Algunas ideas mías, a pesar de todo, se las pude expresar, para que al menos estuviera al tanto. Es posible que incluso me apresurara. Y lo más importante es que desde el mismo principio, por más que quisiera hacerse la fuerte, se arrojó a mis brazos con amor; me recibía entusiasmada cuando iba a verla por las tardes y me contaba con su voz susurrante (el encantador susurro de la inocencia) cosas de su infancia, desde sus primeros años de vida; sobre su hogar y sus padres. Pero yo enseguida arrojé un cubo de agua fría sobre todo este encantamiento.

Y en ello consistía mi idea. A su entusiasmo le respondía con silencio, claro está que de un modo benévolo... aunque, no obstante, ella enseguida se percató de que éramos personas muy diferentes, y de que yo era... un enigma. Pero ¡lo más importante es que yo mismo me empeñaba en serlo! Pues probablemente hiciera toda esa tontería para conseguir ser un enigma. En primer lugar fui severo y entré en casa con ella con aspecto severo. Resumiendo, por aquel entonces, a pesar de sentirme muy contento, creé todo un sistema. ¡Oh! Salió sin ningún esfuerzo, por sí solo. Además, no podía ser de otro modo, tenía que crear ese sistema en virtud de una circunstancia irrebatible; pero, en realidad, ¿por qué estoy calumniándome yo mismo? El sistema era verdadero. ¡Escuchen, tengan la amabilidad! Si se ha de juzgar a una persona, que se haga sabiendo de qué se trata... ¡Atiendan!

No sé cómo empezar, porque me resulta muy difícil. Cuando uno empieza a justificarse, resulta difícil. Ya se sabe que la juventud, por ejemplo, desprecia el dinero; y yo hice hincapié en ello al instante: hablaba de él con insistencia. Y lo hice de tal modo que ella comenzó a quedarse cada vez más callada. Abría sus grandes ojos, escuchaba, miraba y callaba. ¿Lo ven? La juventud es magnánima, quiero decir la buena juventud; es magnánima e impetuosa y, si algo no le parece bien, lo desprecia. Y yo quería generosidad, quería inculcar generosidad en su corazón y su mirada, ¿no es así? Pondré un ejemplo baladí: ¿cómo podía explicarle yo, a un carácter como el suyo, lo de mi establecimiento de empeños? Claro está que no le hablé directamente, pues habría parecido que me estaba disculpando por tener un establecimiento de este tipo; actuaba de otro modo, con orgullo, y hablaba casi callando.

Soy un maestro en hablar callando y toda mi vida la pasé hablando en silencio, sufriendo verdaderas tragedias sin decir palabra. ¡Oh, pero si también yo era infeliz! Fui arrinconado por todos; arrinconado e ignorado, y absolutamente nadie lo sabe. Y de pronto esta joven de dieciséis años se enteró por gente ruin de los detalles de mi vida y se creyó que lo sabía todo, mientras que lo recóndito del alma permanecía oculto en mi pecho. Yo no hacía más que callar, y especialmente frente a ella; hasta ayer mismo.

¿Por qué callaba? Pues como corresponde a una persona orgullosa. ¡Quería que se enterara por sí misma, sin recurrir a mi versión y al margen de la gente vil! ¡Deseaba que descubriera por sí misma a mi persona y que la comprendiera! Al ofrecerle entrada en mi casa quería respeto absoluto. Quería que estuviera ante mí en una actitud de súplica por mis sufrimientos... y yo me lo merecía.

¡Oh, yo siempre fui orgulloso y siempre quise todo o nada! Precisamente por eso de que no soy partidario de andar a medias tintas en cuanto a la felicidad, sino que lo quería todo... concretamente por eso me vi obligado a actuar de ese modo en aquel momento: es decir, "¡descúbrelo tú misma y valórame!". Porque, reconózcanlo, si yo mismo empezara a darle explicaciones, a soplarle cosas, a andarme con rodeos y a suplicarle respeto, eso sería igual que si le pidiera limosna... Por lo demás... por lo demás, ¿por qué estoy hablando de esto?

¡Es absurdo, absurdo, absurdo y absurdo! Le expliqué entonces directamente y sin piedad (insisto en que le hablé sin piedad), y en un par de palabras, que la magnanimidad de espíritu de la juventud era algo maravilloso, pero que no valía nada. ¿Que por qué no valía nada? Porque se consigue fácilmente y sin experiencia, y todo ello, por decirlo de algún modo, son "las primeras impresiones del ser"; ¡habría que verlas trabajando! La magnanimidad barata siempre resulta fácil, incluso entregar la vida resulta barato, porque ello sólo indica que la sangre hierve, que hay sobradas fuerzas, y que la belleza se desea apasionadamente. ¡No! Tomen ustedes por ejemplo, como un acto heroico, una magnanimidad difícil, silenciosa, callada, sin brillo, con calumnias, donde hay mucho sacrificio y ni pizca de gloria, cuando usted, siendo una persona brillante, se expone ante todo el mundo como un ruin, siendo como es la persona más honesta que hay sobre la tierra. ¡A ver, intenten realizar esta hazaña! Seguro que la rechazarían. Mientras que yo no he hecho otra cosa en mi vida que llevar a cabo esta heroicidad.

Al principio ella discutía, ¡y de qué modo! Después, empezó a quedarse callada, incluso no decía palabra, lo único que hacía era abrir mucho los ojos, unos ojos muy grandes y de mirada penetrante. Y... después de esto, un día de pronto vi una sonrisa; una sonrisa desconfiada, silenciosa, con malicia. Pues con esa sonrisa entró en mi casa. También es cierto que no tenía dónde ir...

PLANES Y MÁS PLANES

¿Quién de nosotros fue el primero en empezar?

Ninguno de los dos. La cosa empezó por sí sola desde el primer momento. Dije que la llevé a casa bajo unas condiciones severas y, sin embargo, desde el primer momento suavicé la situación. Ya de novia le expliqué que se ocuparía de la recogida de los objetos y la entrega del dinero, y tampoco dijo nada en aquel momento (anótense esto). Más aún, puso manos a la obra incluso con diligencia. Pero, claro está, el piso, los muebles, todo, quedó como estaba. El piso tenía dos habitaciones: un salón grande, separado del establecimiento, y otra habitación, también amplia, que era nuestro cuarto de estar, donde hacíamos la vida y donde también estaba el dormitorio. Mis muebles son de poca calidad. Incluso los de sus tías son mejores. Mi urna para los iconos y la lámpara están en el salón junto al establecimiento. En mi habitación tengo un armario con libros, cuyas llaves guardo yo. Allí mismo están la cama, las mesas y las sillas. Cuando éramos novios y antes de casarnos, le dije que para nuestra manutención, la mía, la de ella y la de Lukeria —a la que convencí para que se viniera con nosotros—, asigné un rublo al día, no más, porque "yo me había propuesto ahorrar treinta mil rublos en tres años, pues no podía ser de otro modo".

Ella no replicó, pero yo mismo le subí la asignación en treinta cópecs. Lo mismo hice con el teatro. De novios, le dije que no habría teatro, y, a pesar de todo, decidí llevarla al teatro una vez al mes, y ocupar buenas butacas. Íbamos juntos; fuimos tres veces, y quiero recordar que vimos En busca de la felicidad y Los pájaros cantores. (¡Oh, qué más da! ¡Qué más da!) Íbamos en silencio y en silencio regresábamos. Pero ¿por qué, por qué, desde el principio mismo, estábamos callados? Pues al principio no teníamos motivo de discusión y, no obstante, callábamos. Recuerdo que por aquel entonces ella me miraba a escondidas, y yo, en cuanto me percaté de ello, reforcé el silencio. Lo cierto es que fui yo quien hizo hincapié en el silencio y no ella. Una o dos veces tuvo arrebatos en los que se me echaba al cuello para abrazarme. Pero, como los arrebatos eran enfermizos e histéricos y yo lo que necesitaba era una felicidad firme y con respeto por su parte, lo tomé con frialdad. Y tenía razón: siempre, al día siguiente de tales arrebatos, discutíamos.

O mejor dicho, como era habitual, no discutíamos y se imponía el silencio; y ella se mostraba cada vez más impertinente.

"Rebelión e independencia": eso era lo que sucedía, sólo que ella no sabía hacerlo. Y ese rostro sumiso se iba poniendo cada vez más impertinente. Querrán creerme que a sus ojos me estaba convirtiendo en un ser detestable y lo comprendí porque la estudié. Era evidente que tenía arrebatos que la sacaban de quicio. Después de vivir en medio de tanta miseria y pobreza, después de lavar suelos, empezaba de pronto a refunfuñar de nuestra pobreza. Lo ven: pero no era pobreza, sino economía, y en lo que fuera necesario incluso lujo, como, por ejemplo, en la ropa y en la limpieza. Hasta presuponía antes que la limpieza del marido seduce a la mujer. Por lo demás, no se quejaba de la pobreza, sino de mi tacañería en relación con la economía. Es decir, como si tuviera una finalidad y mostrara firmeza de carácter. Ella misma renunció a ir al teatro. Y cada vez se mostraba más burlona... mientras que yo insistía siempre más y más en mi silencio.

¡No iba a justificarme! Aquí lo más importante era la casa de empeños. Permítanme decir una cosa: yo sabía que una mujer, y más aún una de dieciséis años, no podía dejar de subordinarse completamente a su marido. ¡Las mujeres carecen de originalidad, y esto es un axioma e incluso ahora lo sigue siendo para mí! Pero ¿qué ocurre? ¿Qué es lo que yace en el salón? La verdad es la verdad y ni el propio Mill puede hacer aquí nada. Y una mujer que ama, ¡oh! —una mujer que ama—, diviniza incluso los arrebatos y las maldades de su ser amado. Ni él mismo es capaz de encontrar excusas para sus maldades como las que inventa ella. Esto es magnánimo, pero no original. Lo que más ha perjudicado a las mujeres es su falta de originalidad. Y una vez más repito, ¿por qué me señalan ustedes la mesa? ¿Acaso es original lo que hay sobre ella? ¡Oh!

¡Escúchenme! En aquellos momentos yo creía en el amor. Si por aquel entonces ella se me arrojaba al cuello, eso significaba que me quería o, mejor dicho, que deseaba quererme. Así es como era: ella deseaba amar, buscaba el amor. Y lo más importante es que aquí no había ninguna maldad para que ella pudiera recurrir a algún tipo de excusas. Ustedes dirán, como todo el mundo: es un "prestamista". ¿Y qué pasa con que sea un prestamista? Quiero decir que había motivos para que un hombre de lo más generoso se hiciera prestamista.

Lo ven, señores, que hay ideas... es decir, que si una se pronuncia, o se expresa con palabras, queda muy absurdo. Uno mismo siente vergüenza. Que ¿por qué? Pues por nada. Porque todos somos basura y no soportamos la verdad, o qué sé yo. Acabo de decir que era un hombre "de lo más generoso". Resulta ridículo aunque, al mismo tiempo, así es como ha sido. Pero ¡es verdad, o sea, la pura verdad! Sí, entonces yo tenía derecho a querer abrir un establecimiento de empeños: "Y ustedes, es decir, la gente, me rechazaron con un silencio despectivo. A mi apasionado arrebato hacia ustedes, respondieron ofendiéndome para el resto de mi vida. Ahora me siento con derecho a defenderme de ustedes poniendo una pared entremedias, a reunir esos treinta mil rublos y pasar el resto de mi vida en algún lugar de Crimea, en la costa meridional, en las montañas de entre los viñedos, en mi propiedad, adquirida por treinta mil rublos, y lo que es más importante, lejos de todos, pero sin guardar rencor hacia ustedes, con un ideal en el espíritu, junto a la mujer amada y la familia, si Dios así lo quisiera... ayudando a los campesinos del lugar".

Lógicamente, bien está que lo diga ahora para mis adentros, pues de lo contrario ¿qué ridículo no haría diciéndoselo en voz alta? He aquí la razón por la cual me mantenía en orgulloso silencio, y por la que estábamos callados. De no ser así, ¿qué habría entendido ella? Si tenía dieciséis años; estaba en la primera juventud. ¿Qué comprendería ella de mis excusas y sufrimientos? Lo principal era la rectitud, el desconocimiento de la vida, la ligereza de convicciones de la juventud, la ceguera de "los corazones nobles" y, lo que es aún más importante, la casa de empeños; ¡y basta! (¿acaso yo era un malvado en la casa de empeños? ¿Acaso no se daba cuenta de mi actitud y de que no me quedaba con nada?).

¡Oh, qué terrible resulta la verdad en este mundo! Esta joven maravillosa, sumisa, ese cielo... era una tirana, una insufrible tirana de mi alma y mi torturadora. ¡Y si no lo dijera me calumniaría a mí mismo! ¿Creen ustedes que no la quería? ¿Quién podría decirlo? Lo ven: ¡aquí hay ironía, se ha revelado la maldad de la ironía y el destino! ¡Estamos malditos, y en general la vida de los hombres está maldita! (¡Y la mía, en particular!) Pero ahora comprendo que en esto algo me he equivocado. Aquí algo ha salido mal. Todo estaba claro, mi plan era más claro que el cielo: "Severo, orgulloso y sin necesitar del consuelo moral de nadie, sufriendo en silencio".

¡Así es como sucedió, yo no mentía! ¡No mentía! "Despúes ella debía ver por sí misma que en todo mi comportamiento había magnanimidad, sólo que no se percató de ello; y si alguna vez se hubiera dado cuenta lo valoraría diez veces más y se pondría de rodillas suplicándome". Éste era mi plan. Pero en esto he fallado yo en algo o algo no he tenido en cuenta. Hay algo que no supe hacer. Pero ya está bien, ya está bien. ¿Y a quién se ha de pedir perdón ahora? Si se ha terminado, pues terminado está. ¡Sé más valiente, más hombre y más orgulloso! ¡Tú no tienes la culpa...!

Pues bien, diré la verdad, no temo mirar cara a cara a la verdad: ¡es ella quien tiene la culpa, ella...!

La sumisa se rebela

Las discusiones comenzaron cuando a ella se le ocurrió entregar el dinero por su cuenta, asignándoles a las cosas más valor del que tenían, e incluso en un par de ocasiones se atrevió a discutir conmigo sobre el tema. Yo me opuse. Pero por aquel entonces entró en escena una capitana.

Se presentó una vieja capitana, con un medallón, regalo de su difunto marido; ya se entiende: se trataba de un recuerdo. Le di treinta rublos. Se puso a gemir de pena, a suplicar que le guardáramos el objeto. Lógicamente, se lo reservamos. En una palabra, de pronto, al cabo de cinco días, vino a cambiarlo por una pulsera que no valía ni ocho rublos. Claro que me negué a aceptarla. Debió de percatarse de algo por la mirada de mi mujer, pues, en cuanto volvió en mi ausencia, ella se lo cambió por el medallón.

Al enterarme aquel mismo día, le dije lo que pensaba en pocas pero firmes y razonables palabras. Ella estaba sentada sobre la cama mirando hacia abajo y rozando con el pie derecho la alfombrilla (era su costumbre). Tenía una sonrisa burlona en los labios. Entonces, sin alzar en absoluto la voz, le dije tranquilamente que el dinero era mío, que tenía derecho a mirar la vida con mis propios ojos, y que cuando la llevé a mi casa no le oculté nada.

Súbitamente, se levantó de un salto, empezó a temblar y ¿qué creen ustedes? De repente se puso a patalear ante mí. Se trataba de una fiera; de un ataque; de una fiera a la que le había dado un ataque. Me quedé petrificado. Jamás me hubiera esperado una salida de ese tipo. Pero no me aturdí, ni siquiera me inmuté, y de nuevo con el mismo tono de voz le expuse claramente que desde aquel momento le prohibía participar en mis asuntos. Se echó a reír en mi cara y salió de casa.

La cosa estriba en que no tenía derecho a salir de casa. Así es como lo acordamos siendo aún novios. Regresó al atardecer. Yo no le dije palabra.

Al día siguiente también volvió a salir y al otro igual. Cerré el establecimiento y me dirigí a casa de las tías. Había roto con ellas desde el día de mi boda; ni ellas venían a nuestra casa ni nosotros íbamos a la de ellas. Resultó que no había ido allí. Ellas me escucharon atentamente y se rieron en mi cara: "Eso es lo que usted se merece», me dijeron. Pero yo ya me esperaba su burla. En ese momento soborné por cien rublos a la tía soltera y le adelanté otros veinticinco. Transcurridos dos días vino a mi casa: "En este asunto", me dijo, "está mezclado un oficial, el teniente del ejército Efímovich, un antiguo compañero suyo".

Me quedé completamente pasmado. Ese tal Efímovich me hizo mucho daño en el regimiento, y hacía cosa de un mes se había personado descaradamente un par de veces en mi establecimiento como cliente; recuerdo que le gastó algunas bromas a mi mujer. Entonces me acerqué a él y le dije, recordando nuestras relaciones, que no se atreviera a entrar más en mi tienda, aunque no se me ocurrió pensar en ninguna otra cosa, aparte de que se trataba de un sinvergüenza. Pero en aquel momento, de pronto, la tía me comunicó que ella tenía una cita con él y que la que estaba manipulando todo el asunto era una antigua conocida de las tías, Iulia Samsonovna, una viuda, y además coronela. "Ahora su mujer la frecuenta".

Resumiré este episodio. Todo este asunto me costó unos trescientos rublos, pero la cosa se organizó de tal modo que yo estuviera en la habitación contigua, escuchando detrás de la puerta el primer rendez—vous de mi mujer a solas con Efímovich. En la víspera, esperando el momento, tuve con ella en casa una escena breve pero muy significativa.

Regresó antes de anochecer, se sentó en la cama y con mirada burlona se puso a dar golpecitos con el pie en la alfombra. De repente, al verla se me pasó por la cabeza que durante todo aquel mes o, mejor dicho, las dos últimas semanas, no parecía la misma, hasta podría decirse que se mostraba con un carácter contrario al suyo. Estaba furiosa, agresiva, sin que pudiera decirse que desvergonzada, pero sí alterada, como si ella misma provocara la turbación. Como si la buscara. Sin embargo, eso chocaba con su carácter sumiso. Cuando una persona así se rebela, aun saltándose las normas, es visible que lo hace a su pesar, animándose a sí misma, y que su propio pudor y su propia vergüenza le impiden conseguirlo. Por ello, personas de ese tipo se salen a veces a destiempo de las casillas, de modo que le cuesta a uno creer lo que está viendo.

Por el contrario, cuando un alma depravada actúa vilmente siempre disimula su actitud guardando la formalidad y el decoro, pretendiendo con ello poner de relieve su superioridad frente a los demás.

—¿Y no es cierto que le echaron del regimiento porque se acobardó a la hora de batirse en duelo? —soltó ella de pronto, rompiendo el silencio y con los ojos brillantes.

—Es cierto. Por orden de los oficiales se me pidió que abandonara el regimiento, aunque, por lo demás, yo mismo solicité el retiro antes de que eso sucediera.

—¿Le echaron por cobarde?

—Sí, me sentenciaron por cobarde. Pero si renuncié al duelo no fue por cobardía, sino porque no quería someterme a su tiránico juicio y batirme en duelo cuando yo mismo no encontraba motivo de ofensa. ¿Sabe —añadí entonces— que rebelarme contra una tiranía de ese tipo, aceptando las consecuencias, significa demostrar mucha más firmeza que en cualquier duelo?

No pude contenerme y con esa frase parecí pedirle disculpas. Era lo único que le faltaba, esa nueva humillación mía. Se echó a reír malvadamente.

—¿Y es cierto que después estuvo usted tres años deambulando por las calles de San Petersburgo como un vagabundo pidiendo limosna y durmiendo donde pudiera?

—Incluso pasé la noche en la calle Sennaia, en casa de Viazemski. Sí, es cierto. Ha habido en mi vida mucha deshonra y decadencia después del regimiento, pero no una decadencia moral, porque yo era el primero que por aquel entonces odiaba mi propio proceder. Sólo se trataba de la decadencia de mi voluntad e inteligencia, dada mi situación tan desesperada. Pero eso ya pasó...

—¡Oh, ahora es usted toda una personalidad, un hombre de negocios!

Eso era una indirecta a la casa de empeños. Pero me dio tiempo a contenerme. Veía que ella ansiaba escuchar de mí explicaciones humillantes para mí, pero no se las di. En aquel momento llamó un prestatario y salí a recibirle al salón. Después, al cabo de una hora, cuando ella ya se había vestido para salir, se detuvo frente a mí y me dijo:

—Sin embargo, usted no me dijo nada de esto antes de la boda.

No le respondí y ella se marchó.

Así pues, al día siguiente me encontré en aquella habitación detrás de la puerta escuchando cómo se resolvía mi destino, y en mi bolsillo guardaba el revólver. Ella estaba muy arreglada y sentada a la mesa, mientras Efímovich melindreaba ante ella. Y ocurrió (lo digo en mi honor) exactamente aquello que yo, sin tener conciencia de ello, ya presentía y suponía. No sé si me explico con claridad.

He aquí lo que sucedió. Estuve escuchando una hora entera la conversación entre una mujer noble con ideas sublimes y un bicho de la alta sociedad, torpe, perverso y de espíritu rastrero. ¿Y cómo podía esa alma ingenua, sumisa y callada, saber todo eso?, pensaba yo sorprendido. El actor más virtuoso de las comedias de salón sería incapaz de crear una escena de tanta burla, de risa ingenua y de santo desprecio de la virtud al vicio. ¡Y cuánto brillo había en las palabras y expresiones rápidas de ella! ¡Cuánta agudeza en sus ágiles respuestas y cuánta certeza en sus juicios! Y, a la vez, cuánta sinceridad casi juvenil. Ella se burlaba en su cara de sus declaraciones de amor, sus gestos y sus proposiciones. Él, que había llegado para abordar la cuestión de un modo burdo, y sin sospechar resistencia, de pronto se quedó desorientado. Al principio pensé que no se trataba más que de simple coquetería por parte de ella —"la coquetería de un ser astuto aunque perverso, para darse a valer más"—. Pero no fue así, la verdad brilló como el sol, y ya no había lugar a dudas. Sólo por un odio fingido e impetuoso hacia mí, la inexperta dio el paso para citarse con él, pero, llegada la hora de la verdad, al momento se le abrieron los ojos.

Sencillamente se trataba de un ser que deseaba injuriarme por encima de todo pero, habiéndose decidido para un acto tan vil, no soportó la confusión. ¿Acaso podía ese Efímovich, o cualquiera de esos aristocráticos bichos, seducir a un ser tan puro, cándido y con ideales como era ella? Antes al contrario, sólo provocó su risa. Toda la verdad pareció brotar de su alma y la indignación provocó que el sarcasmo emergiera de su corazón. Repito que aquel payaso se quedó por fin completamente amodorrado y permanecía sentado con el ceño fruncido sin apenas responder, de modo que incluso temí que quisiera ofenderla como reacción de ruin venganza. Nuevamente repito en honor a mí mismo que aquella escena la escuché sin apenas sorprenderme. Parecía que me topaba con algo conocido. Como si fuera detrás de aquello para encontrármelo. Fui sin creer en nada y sin acusación alguna, aunque había metido el revólver en el bolsillo, ¡eso es cierto! ¿Acaso podía imaginármela de otro modo? ¿Por qué, si no, la quería? ¿Por qué, si no, la valoraba y me había casado con ella?

Pero claro está que me di sobradamente cuenta de cuánto me odiaba ella entonces; y también me convencí de su pureza. Interrumpí aquella escena de golpe, abriendo la puerta. Efímovich se levantó de un salto, yo la cogí de la mano y la invité a acompañarme. Efímovich reaccionó y de pronto soltó una sonora carcajada.

—¡Oh, no tengo nada en contra de los sagrados derechos conyugales! ¡Llévesela, llévesela! Y ¿sabe una cosa? —exclamó él cuando me marchaba—: aunque una persona formal no debería permitirse batirse en duelo con usted, por respeto a su dama estoy a su disposición... Si, por lo demás, se atreve usted a arriesgarse...

—¿Lo oye? —dije a mi mujer, deteniéndola unos segundos en el quicio de la puerta.

Después, durante todo el camino de regreso a casa no intercambiamos palabra. Yo la llevaba de la mano sin que ella opusiera resistencia. Al contrario, estaba muy sorprendida, pero sólo hasta llegar a casa. Al llegar, se sentó en una silla y se quedó mirándome fijamente. Estaba excesivamente pálida; y, aunque sus labios expresaban una sonrisa burlona, me miraba con gesto desafiante, solemne y severo, y al principio parecía estar completamente segura de que le dispararía con el revólver. Pero, en silencio, saqué el revólver del bolsillo y lo coloqué sobre la mesa. Ella nos miraba a mí y al revólver.

Observen lo siguiente: que ella ya conocía aquel revólver. Yo lo había adquirido y lo tenía cargado desde que había abierto la casa de empeños. Cuando abrí el establecimiento, decidí no hacerme ni con grandes perros ni con robustos lacayos, como, por ejemplo, hace Mozer. En mi establecimiento quien abre la puerta a los clientes es la cocinera. Pero, cuando uno se dedica a este oficio, resulta imposible privarse, por si acaso, de una autodefensa, de manera que me hice con un revólver cargado. Desde el primer día en que entró a vivir en mi casa se interesó por el revólver y me hizo preguntas, y yo incluso le expliqué su mecanismo y funcionamiento. Además, en una ocasión hice que probara a disparar en un blanco. Fíjense bien en todo esto. Sin prestar atención a su asustada mirada, me acosté en la cama medio desnudo. Estaba muy cansado: ya eran cerca de las once. Ella continuó sentada casi una hora más en el mismo sitio y sin moverse. Después apagó la vela y se acostó, también vestida, en el sofá junto a la pared. Era la primera vez que no se acostaba conmigo; observen también este detalle...

Un recuerdo terrible

Ahora viene ese terrible recuerdo...

Me desperté por la mañana, cerca de las ocho, y en la habitación ya había bastante luz. Me desperté de golpe y, completamente consciente, abrí los ojos. Ella estaba junto a la mesa sujetando el revólver entre sus manos. No se percató de que me había despertado y la estaba viendo. De pronto vi que empezó a acercarse a mí con el revólver en la mano. Cerré los ojos rápidamente y fingí estar profundamente dormido.

Se acercó hasta la cama y se detuvo delante de mí. Yo lo oía todo; aunque reinaba un silencio sepulcral, pero lo oía. En aquel momento hice un movimiento involuntario, y de repente, sin poder evitarlo, abrí los ojos. Ella estaba mirándome fijamente, y el revólver ya estaba pegado a mi sien. Nuestras miradas se encontraron, pero sólo por un instante. De nuevo cerré fuertemente los ojos y en aquel momento decidí con toda mi alma no hacer ningún movimiento ni abrir los ojos, sucediera lo que hubiera de suceder.

Y realmente sucede que incluso un hombre profundamente dormido de pronto abre los ojos y momentáneamente levanta la cabeza y mira la habitación, y después, pasado un instante, apoya otra vez inconscientemente la cabeza sobre la almohada y se queda dormido y sin acordarse de nada. Cuando me crucé con su mirada y sentí el revólver en mi sien y súbitamente, inmóvil, cerré nuevamente los ojos, como si estuviera profundamente dormido, seguramente ella supuso que yo realmente estaba dormido y no había visto nada, máxime siendo inconcebible que pudiera cerrar los ojos en aquel momento después de haber visto lo que vi.

Sí, resultaba inverosímil. Pero, de todos modos, ella pudo haber adivinado la verdad; y eso fue lo que me pasó fugazmente por la cabeza en aquel instante. ¡Oh, qué torbellino de ideas y sensaciones se sucedieron por mi cabeza en menos de un instante! ¡Viva la electricidad del pensamiento humano! En este caso (me dio la impresión), de haberse ella dado cuenta y sabido que yo no dormía, la habría desarmado con mi actitud de aceptar la muerte, y su mano podría temblar. La decisión tomada puede romperse frente a una nueva y extraordinaria impresión. Dicen que los que están en la cima tienden de algún modo por sí mismos hacia abajo, hacia el abismo. Yo creo que gran parte de los suicidios y asesinatos tuvieron lugar sólo porque el revólver ya estaba en la mano.

Aquí también existe el abismo y una pendiente de cuarenta y cinco grados, en la que resulta imposible no resbalar y algo te empuja inquebrantablemente a apretar el gatillo. Pero la conciencia de que yo lo había visto todo, de que lo sabía todo y esperaba a que me matara sin decir palabra... pudo inducirla a declinar el impulso.

El silencio continuaba, y de pronto sentí en la sien, junto a mis cabellos, el frío contacto del metal. Se preguntarán ustedes si estaba completamente convencido de que me iba a salvar. Les responderé como lo haría ante Dios: no tenía esperanza alguna, excepto una entre cien. ¿Por qué, pues, había de aceptar la muerte? Y yo me pregunto: ¿qué sentido tenía para mí vivir después de ver al ser amado encañonarme con el revólver? Al margen de esto, en mi interior estaba completamente convencido de que los dos sosteníamos en aquel instante un combate; un terrible duelo a vida y muerte, una lucha en la que participaba el mismo cobarde de antes, al que sus compañeros le echaron del regimiento. Yo lo sabía y ella también, en caso de haber adivinado que no dormía.

Es posible que eso no fuera así, quizás entonces ni siquiera lo pensara, pero todo ello debió haber sucedido, aunque no fuera en el pensamiento, pues el resto de mi vida no hice más que pensar en ello.

Pero ustedes se preguntarán de nuevo: ¿por qué entonces no la salvé de cometer el crimen? ¡Oh! Después, en miles de ocasiones me planteé esa cuestión, cuando el escalofrío me recorría la espalda al recordar aquellos momentos. En aquel entonces mi alma estaba sumida en sombría desesperación: me sentía morir, yo mismo estaba pereciendo, ¿a quién podía salvar yo? Y, además, ¿saben ustedes si entonces quería salvar a alguien? ¿Cómo se sabe lo que yo sentía en aquellos momentos?

Sin embargo, mi conciencia estaba en ebullición; pasaban los segundos y el silencio era sepulcral; ella seguía delante de mí... y de pronto me estremecí de esperanza. Abrí rápidamente los ojos. Ella ya no se encontraba en la habitación. Me levanté de la cama: ¡yo había vencido y ella estaba derrotada para siempre!

Me acerqué al samovar. El té se tomaba siempre en nuestra casa en la primera habitación y era ella quien lo servía. Me senté a la mesa en silencio y cogí la taza de té que ella me ofreció. Transcurridos unos cinco minutos, la miré. Estaba terriblemente pálida, aún más que el día anterior; me estaba mirando. Y, súbitamente, al ver que yo la miraba, esbozó una suave sonrisa con los labios pálidos y una tímida interrogación en sus ojos. Debe ser que aún dudaba y se preguntaba a sí misma: ¿lo sabrá o no?, ¿lo habrá visto o no? Con gesto indiferente desvié la mirada. Después del té, cerré el establecimiento y me fui al mercado, donde compré una cama de hierro y un biombo. Al regresar a casa ordené colocar la cama en el salón, con un biombo delante. Aquella cama era para ella, pero no le dije palabra. Sin necesidad de hablar y por el detalle de la cama comprendió "que lo había visto todo y que lo sabía» y que ya no había lugar a dudas. Por la noche dejé como siempre el revólver sobre la mesa. Llegada la noche, sin decir nada, se echó en su nueva cama: el matrimonio quedaba roto, "ella estaba vencida, pero no perdonada".

Por la noche deliró y por la mañana tuvo fiebre. Permaneció seis semanas en la cama.

Capítulo II

El sueño del orgullo

Lukeria me acaba de comunicar que no vivirá conmigo y que se marchará cuando entierren a la señora. Estuve cinco minutos rezando de rodillas, aunque me habría gustado estar una hora entera, pero no paraba de darle vueltas y más vueltas y todos los pensamientos eran dolorosos. También me duele la cabeza. ¿Cómo podía rezar en esas condiciones? ¡Sería un pecado! Lo extraño es que tampoco tengo ganas de dormir: cuando sucede una gran desgracia, después de las primeras y fuertes sensaciones, siempre apetece dormir. Dicen que los condenados a muerte, la última noche, duermen extraordinariamente bien. Así es como tiene que ser, la naturaleza es así, pues de lo contrario fallarían las fuerzas... Me tumbé en el sofá, pero no me dormí...

... Durante las seis semanas que duró su enfermedad la cuidamos día y noche, Lukeria, yo y una enfermera de hospital que contraté. No reparé en el gasto de dinero e incluso deseaba gastarlo en ella. Llamé al doctor Schreder, al que pagaba diez rublos por visita. Cuando ella recobró la conciencia, me dejé ver menos. Pero, además, ¿por qué estoy describiendo esto? Cuando ya se repuso del todo, silenciosa y sin decir palabra, se sentó en mi habitación a una mesa especial que yo por aquel tiempo también le había comprado... Sí, lo cierto es que estábamos completamente callados o, mejor dicho, comenzamos a hablar después, pero de cosas intrascendentes.

Yo, claro está, no me mostraba demasiado locuaz a propósito, pero me daba perfectamente cuenta de que ella también se alegraba de no decir una palabra de más. Aquello me pareció completamente natural por su parte: estaba demasiado afectada y derrotada, pensaba yo, y lógicamente debía tomarse su tiempo para olvidarlo y acostumbrarse a la situación. Así pues, los dos callábamos, pero a cada minuto en mi interior yo me preparaba para el futuro. Creía que ella también lo hacía, y me resultaba tremendamente ameno descifrarlo: ¿en qué estaría pensando exactamente?

También es preciso decir ¡que nadie se había percatado de cuánto había sufrido yo mientras ella estaba enferma! Pero yo sufría por dentro, guardando la pena en mi pecho, ocultándola incluso de Lukeria. No me imaginaba y ni siquiera suponía que ella pudiera morir sin saberlo todo. Cuando se había curado y estaba fuera de peligro y cuando comenzó a recobrar la salud, recuerdo cómo enseguida me tranquilicé. Por si fuera poco, decidí aplazar nuestro futuro el tiempo que fuera necesario, dejando de momento todo tal y como estaba. Por aquel entonces me ocurrió algo extraño y especial, pues no podría denominarlo de otra manera: me encontraba triunfante y la sola conciencia de ello me era suficiente. De este modo transcurrió todo el invierno. ¡Oh! Estaba más contento que nunca, y permanecí así todo el invierno.

Fíjense en que en mi vida había una situación externa horrible, que hasta aquellos momentos, es decir, hasta la misma catástrofe con mi mujer, me había estado ahogando cada día y cada minuto, exactamente... se trataba de la pérdida de la reputación y la salida del regimiento. Resumiendo, en torno a mí giraba una injusticia tiránica. La verdad es que mis compañeros no me querían dado mi difícil y puede que ridículo carácter, aunque a menudo sucede que lo que uno tiene en más alta estima, lo más secreto y preciado, provoca risa por algo a muchos de nuestros compañeros. ¡Oh! A mí no me querían ni siquiera en el colegio. Jamás me quisieron en ninguna parte. Ni siquiera Lukeria puede quererme. Aunque lo sucedido en el regimiento tuviera su raíz en la antipatía hacia mi persona, sin duda alguna conllevaba una circunstancia casual. Lo comento porque no hay nada más doloroso y ofensivo que sucumbir por un suceso que pudo haber ocurrido o no, por un desafortunado cúmulo de hechos que podían haber pasado de largo sin rozarnos, como las nubes. Para un sujeto inteligente esto resulta humillante. Sucedió lo siguiente.

En el teatro, durante el entreacto, salí al bar. De pronto entró el húsar A* y en voz alta y delante de todos los oficiales y del público allí presente se puso a hablar con dos de sus compañeros acerca del capitán de nuestro regimiento Bezúmtsev, que acababa de armar escándalo en el pasillo y que "al parecer estaba borracho". La conversación no cuajó y además estaban en un error, porque ni el capitán Bezúmtsev estaba borracho ni el escándalo fue tal como decían. Los húsares se pusieron a hablar de otras cosas y con ello terminó el asunto, pero al día siguiente la anécdota pasó a oídos de nuestro regimiento, y al instante se empezó a hablar de que de nuestro regimiento sólo estaba yo en el bar y de que, cuando el húsar A* habló en tono impertinente del capitán Bezúmstev, yo no me había acercado a él para reprenderle. Pero ¿por qué había de hacerlo? En caso de tener él sus razones para estar enfadado con Bezúmtsev, se trataría de una cuestión entre ellos dos, ¿por qué había de entrometerme yo?

Mientras tanto, los oficiales empezaron a considerar que el asunto no era una cuestión personal, sino que afectaba al regimiento y, puesto que yo era el único presente de los oficiales, con ese gesto les demostré a ellos que se encontraban en el bar, y a cuantos allí estaban, que en nuestro regimiento había oficiales poco celosos respecto a su honor y al de su regimiento. Yo no estaba de acuerdo con ese punto de vista. Me sugirieron que aún estaba a tiempo de arreglar la situación, si en aquel momento, aunque ya fuera algo tarde, le presentara formalmente mis disculpas a A*. No quise hacerlo, y como estaba irritado, orgulloso me negué a hacerlo.

A continuación renuncié a mi puesto y en ello concluyó la historia. Salí henchido de orgullo, pero interiormente destrozado. Se me cayó el alma a los pies. Justo entonces sucedió que el marido de mi hermana que vivía en Moscú había despilfarrado nuestro modesto patrimonio, incluyendo el mío, una parte muy pequeña, de modo que me había quedado en la calle y sin un duro. Podía haber entrado a trabajar en el sector privado, pero no lo hice: después de mi brillante uniforme, no podía ingresar en cualquier lugar, como los ferrocarriles, por ejemplo. De modo que, si había de pasar vergüenza y sufrir la deshonra y la derrota, en tal caso mejor cuanto peor fuera; eso era lo que yo había escogido. Pasé tres años de recuerdos tenebrosos, e incluso en el asilo de Viazemski.

Hace año y medio murió en Moscú una vieja muy rica, que era mi madrina, e inesperadamente me dejó, entre otros herederos, una herencia de tres mil rublos. Me quedé pensando en mi situación y entonces resolví mi destino. Decidí poner una casa de empeños, sin pedir perdón a nadie: tendría dinero, después un rincón donde vivir, y una vida nueva en el horizonte, lejos de los recuerdos de antaño. En eso consistía el plan. No obstante, mi tenebroso pasado y mi reputación destrozada para siempre seguían atormentándome continuamente. Sin embargo, en aquel momento me casé. No sé si casualmente o no. Pero cuando la llevé a mi casa pensé que traía a un amigo, porque tenía mucha necesidad de tenerlo. Veía claramente que al amigo tenía que prepararlo, pulirlo e incluso vencerlo.

¿Acaso podía explicarle de repente algo así a esta joven suspicaz de dieciséis años? Por ejemplo, ¿cómo podía, sin la casual ayuda de la terrible catástrofe del revólver, convencerla de que no era un cobarde y de que en el regimiento me acusaron de cobardía injustamente? Pero la catástrofe llegó en el momento oportuno. Al pasar por la prueba del revólver, me vengué de todo mi oscuro pasado. Y, aunque nadie se enteró de ello, ella sí lo sabía, y eso era todo para mí, puesto que ella misma lo era todo para mí; era la esperanza del futuro de mis sueños. Era la única persona que yo preparaba para mí y no necesitaba a nadie más... y he aquí que se enteró de todo; al menos, se enteró de que se había apresurado injustamente a acercarse a mis enemigos. Aquella idea me encantaba. Ante sus ojos yo ya no podía ser un canalla, sino una persona extraña, pero tampoco esa idea ahora, después de cuanto había sucedido, me desagradaba mucho. Ser raro no es un vicio y, al contrario, en ocasiones atrae a las mujeres. En una palabra, aplacé el desenlace a propósito. Por el momento, lo que pasó era suficiente para mi tranquilidad y contenía demasiadas representaciones y demasiado material para mis ensueños.

Lo detestable radica en que soy un soñador: para mí era suficiente y pensé que ella esperaría.

Así transcurrió todo el invierno, en un compás de espera. Me gustaba mirarla de soslayo, cuando en ocasiones se sentaba a su mesa. Se entretenía haciendo cosas, cosía ropa y por las tardes algunas veces leía libros que ella misma cogía de mi armario. El hecho de que recurriera a los libros de mi armario también era una señal a mi favor. Apenas salía a ninguna parte. Al atardecer, después de la comida, la sacaba todas las tardes a dar un paseo para que se fortaleciera, pero sin estar tan callados como antes. Para más exactitud, me esforzaba en aparentar que no callábamos y que hablábamos de mutuo acuerdo, pero, como ya comenté antes, la conversación que éramos capaces de sostener no era ni larga ni distendida. Yo lo hacía a propósito, y, en cuanto a ella, pensaba que era imprescindible "darle su tiempo". Claro que es extraño que ni una sola vez, hasta casi finalizar el invierno, se me ocurriera pensar que durante todo ese período no había captado ni una mirada suya, mientras que yo me complacía mirándola a hurtadillas. Pensaba que se trataba de su timidez. ¡Además, tenía el aspecto de una timidez tan sumisa, de tanta impotencia tras su enfermedad! No, era preferible esperar y "que ella misma se acercara a mí".

Esta idea me encantaba extraordinariamente. He de decir algo más: a veces, parecía encenderme a mí mismo a propósito y realmente conseguía que en pensamiento y en espíritu pareciera estar enfadado con ella. Y así continuó durante algún tiempo. Pero mi odio jamás maduró ni se reafirmó en mi alma. Además, yo mismo sentía como si todo aquello no fuera más que un juego. Jamás pude ver en ella a una criminal ni siquiera cuando rompí el matrimonio al comprar la cama y el biombo. Y no porque la juzgara como una criminal de un modo superficial, sino porque tenía sentido perdonarla completamente, desde el primer día, antes incluso de haber comprado la cama. En una palabra, es un rasgo extraño por mi parte, dado que desde el punto de vista moral soy muy severo. Al contrario, a mis ojos estaba tan vencida, humillada y destrozada que a veces me inspiraba mucha lástima, aunque a pesar de ello en ocasiones me atraía sobremanera la idea de su humillación. La idea de esa desigualdad que existía entre los dos, me gustaba...

Durante este invierno tuve la oportunidad de hacer unas cuantas buenas obras a propósito. Perdoné dos deudas y presté dinero a una mujer pobre sin cogerle nada a cambio. No le dije nada de esto a mi esposa y no lo hice para que ella se enterara; pero la mujer misma se presentó para agradecérmelo y por poco se pone de rodillas. Así fue como se enteró; y me dio la impresión de que realmente se había alegrado por lo de la mujer.

Pero se acercaba la primavera, ya eran mediados de abril, se quitaron los dobles marcos de las ventanas y el sol comenzaba a iluminar con sus vivos rayos nuestras silenciosas habitaciones. No obstante, un velo pendía ante mí cegándome el pensamiento. ¡Un velo fatal, terrible! No sé cómo sucedió, pero de repente cayó el velo que tenía ante mis ojos y maduré y lo comprendí todo. ¿Acaso fue casualidad o había llegado el momento preciso o el rayo de sol alumbró la idea y la suposición en mi aturdido pensamiento? Pues no se trataba ni de la idea ni de la suposición, sino que de pronto entró aquí en juego una fibra que estaba casi muerta y que comenzó a vibrar iluminando toda mi alma entorpecida y mi endemoniado orgullo. Parecía enteramente que de golpe pegaba un salto. Esto ocurrió de improviso e inesperadamente. Tuvo lugar al atardecer, a eso de las cinco de la tarde, después de comer...

DE PRONTO CAE EL VELO

Dos palabras antes de comenzar. Hacía ya un mes que me había percatado de su extraño ensimismamiento, y no es que estuviera callada, sino pensativa. También de eso me di cuenta enseguida. Estaba sentada a la mesa de trabajo, con la cabeza inclinada para coser, y no se dio cuenta de que yo la miraba. De pronto en aquel momento me sorprendió verla tan delgada y frágil, con la cara pálida y los labios blanquecinos; todo ello, en conjunto, así como su ensimismamiento, me sacudió de repente. Anteriormente me había percatado de su tos suave y seca, especialmente por las noches. Me levanté enseguida y me dirigí a llamar al doctor Schreder, sin decirle una palabra.

El doctor Schreder vino al día siguiente. Ella estaba muy sorprendida y tan pronto miraba al doctor como a mí.

—Si estoy bien de salud —dijo ella, esbozando una leve sonrisa.

Schreder no la examinó detenidamente (estos médicos a veces son demasiado negligentes) y en otra habitación se limitó a decirme que todo aquello era a consecuencia de la enfermedad y que al llegar la primavera sería conveniente hacer algún viaje a la playa o, en todo caso, simplemente fijar la residencia en la casa de campo. Resumiendo, no dijo nada, excepto que tenía debilidad o algo similar. Cuando Schreder se hubo marchado, ella de pronto me dijo, mirándome con excesiva seriedad:

—Estoy completamente sana.

Pero, al decirlo, al instante se sonrojó, al parecer de vergüenza. Debe ser que le daba pudor. ¡Oh! Ahora lo comprendo: sentía vergüenza de que todavía fuera su marido y de que me preocupara por ella, como si aún fuera un auténtico marido. Pero entonces yo no lo había comprendido y atribuía el sonrojo a su timidez. (¡El velo!).

Y he aquí que, después de aquello, uno de esos luminosos días del mes de abril, a las cinco de la tarde, yo estaba sentado en mi establecimiento recogiendo la caja y de pronto oí cómo desde nuestra habitación, sentada a su mesa de trabajo, ella empezó a cantar en voz muy bajita. Esa novedad me causó una gran impresión, cosa que sigo sin comprender hasta hoy día. Hasta entonces casi nunca la había oído cantar, excepto al principio, cuando la traje a casa y cuando aún hacíamos travesuras, disparando al blanco con el revólver. Por aquel entonces su voz todavía era bastante fuerte, sonora y, aunque algo insegura, muy agradable y sana. Sin embargo, en aquella ocasión su cancioncilla sonaba débil, y no porque fuera triste (era una romanza), sino porque su voz parecía quebrarse, romperse, como si no diera de sí y la propia canción estuviera enferma. Cantaba a media voz, y de repente, al elevar el tono, la voz se le quebró. Daba tanta lástima que aquella vocecilla se quebrara de aquel modo... Tosió un poco y de nuevo arrancó lentamente a cantar.

¡Podrán burlarse por mi preocupación, pero jamás nadie entenderá por qué me había preocupado! No, yo aún no sentía lástima por ella, sino que se trataba de algún otro sentimiento. Al principio, al menos, durante los primeros minutos, me sentí perplejo y extrañamente sorprendido; era una sensación terrible y rara, enfermiza, que rayaba en la venganza: "¡Está cantando, y delante de mí!". ¿Acaso se había olvidado de mí?

Conmovido, me quedé clavado en el sitio; después, me levanté de golpe, cogí el sombrero y salí, como si no supiera lo que hacía. Al menos no sabía adónde me dirigía ni tampoco para qué. Lukeria me alcanzó el abrigo.

—¿Está cantando? —le dije involuntariamente a Lukeria. Me miró sin comprender nada y continuó mirándome; por lo demás, yo realmente resultaba incomprensible.

—¿Es la primera vez que canta?

—No. Canta, a veces, cuando usted no está —respondió Lukeria.

Lo recuerdo todo. Bajé la escalera y salí a la calle sin saber adónde me dirigía. Llegué hasta la esquina y me puse a mirar hacia un punto indefinido. Por allí pasaba mucha gente y me empujaban sin que yo sintiera nada. Llamé a un cochero y le dije que me llevara al puente del Policía, sin saber el motivo. Pero después, de pronto, cambié de opinión y le di una moneda de veinte cópecs:

—Toma, por las molestias —le dije, sonriéndole sin motivo alguno, pero sintiendo dentro de mi corazón una especie de entusiasmo.

Me di la vuelta para regresar a casa y aceleré el paso. La pobre nota quebrada de su voz, de repente, volvió nuevamente a sonar en mi alma. Estaba estremecido. ¡El velo se me caía de los ojos! Si se había puesto a cantar delante de mí, significaba que se había olvidado de mí: eso es lo que resultaba claro y terrible. Y eso lo sentía el corazón. Pero el entusiasmo brillaba en mi alma, superando el miedo.

¡Oh, ironía del destino! Durante todo el invierno no sentí nada en mi alma, ni podía hacerlo, excepto aquel entusiasmo, pero ¿dónde estaba yo durante todo ese tiempo?; ¿era yo dueño de mi alma? Subí la escalera apresuradamente y no sé si entré tímidamente o no. Sólo recuerdo que todo el suelo parecía ondearse y que yo parecía deslizarme por el agua.

Entré en la habitación; ella estaba sentada en el mismo sitio de antes, estaba cosiendo con la cabeza gacha, aunque ya no cantaba. Me echó una mirada rápida e indiferente, aunque no se trataba de la mirada en sí, sino de un gesto corriente y frío, que se hace cuando alguien entra en la habitación.

Me acerqué directamente y me senté a su lado en la silla, como si estuviera trastornado. Me echó una mirada fugaz, igual que si se hubiera asustado: la cogí de la mano y no recuerdo lo que le dije, es decir, lo que le quise decir, porque ni siquiera articulaba correctamente las palabras. Mi voz se quebraba sin obedecerme. Además, no sabía qué decir y estaba completamente sofocado.

—¡Tenemos que hablar...! ¿Sabes? ¡Dime algo! —exclamé balbuciente y de un modo absurdo.

¡Oh! ¿Estaba en mi juicio? Ella de nuevo se estremeció y se apartó asustada mirándome a la cara, pero de repente sus ojos expresaron una severa sorpresa. Sí, una severa sorpresa. Me miraba con los ojos muy abiertos. Esa severidad y esa sorpresa me dejaron abatido: "Y ¿todavía pretendes el amor?; ¿el amor?", pareció de pronto reflejar su expresión, aunque permanecía callada. Pero yo lo había comprendido todo, todo. Mi cuerpo se estremeció y caí a sus pies. Sí, me derrumbé ante sus pies. Ella saltó, dando un rápido respingo, pero yo la agarré con ambas manos y con mucha fuerza.

¡Yo comprendía totalmente mi desolación!

¡Sí, la comprendía! Pero pueden creerme que el asombro bullía en mi corazón de un modo tan incontenible que creí morirme. Le besaba los pies extasiado de felicidad. Sí, de enorme e infinita felicidad, y ello a pesar de comprender mi insalvable desesperación. Yo sollozaba, balbucía algo, pero no podía articular palabra. El susto y el asombro se tornaron súbitamente en ella en un pensamiento preocupado, una interrogación de gran trascendencia, y ella me miró de un modo extraño, incluso salvaje, como si quisiera comprender algo lo antes posible, y sonrió. Estaba terriblemente avergonzada de que le besara los pies y los retiraba, pero yo al momento volvía a besar el lugar que ella había pisado.

Al verlo, de pronto se puso a reír de vergüenza (¿saben?: estas cosas suceden cuando uno ríe por la vergüenza que siente). Estaba a punto de darle un ataque de histeria, me di cuenta de ello, sus manos temblaban; pero yo no pensaba en ello y no cesaba de murmurar que la quería, que no iba a levantarme, y le decía: "Deja que bese tu vestido... y que rece por ti durante toda la vida...". No sé, no lo recuerdo... pero de pronto ella empezó a sollozar y a temblar; le había dado un terrible ataque de histeria. La había asustado.

La llevé a la cama para acostarla. Cuando el ataque hubo cesado, se sentó en la cama y con aspecto desolador me cogió de las manos y me suplicó que me tranquilizara: "¡Basta, no se atormente, tranquilícese!»; y de nuevo se echó a llorar. Durante toda aquella tarde no me había separado de ella. No cesaba de decirle que la llevaría a Boulogne para bañarse en el mar; que iríamos enseguida, muy pronto, dentro de dos semanas; que aquella tarde había oído su vocecita quebrada, que cerraría el establecimiento, que lo vendería a Dobronravov, que todo empezaría de nuevo y que lo más importante era viajar a Boulogne, a Boulogne. Ella me escuchaba, pero seguía asustada. Cada vez más. Pero lo esencial para mí no era eso, sino que yo tenía cada vez más necesidad de echarme a sus pies y volverlos a besar; de besar la tierra que ella pisaba y rezar por ella.

"Ya no te preguntaré nada, nada más", le repetía yo a cada minuto, "no hace falta que me respondas, no repares en absoluto en mí, sólo permíteme contemplarte desde un rincón, conviérteme en un objeto tuyo, en un perrillo...". Ella lloraba.

—Y yo que creí que usted iba a dejarme así, sin más —le salió involuntariamente, tanto que con toda probabilidad ni ella misma se diera cuenta de lo que dijo, y mientras tanto, ¡oh!, eso fue lo más importante, la expresión más fatalista que pudiera pronunciar y la más comprensible para mí aquella tarde; sentí como si me dieran una cuchillada en el corazón.

Aquello me lo aclaró todo, pero mientras ella permanecía a mi lado yo albergaba grandes esperanzas y estaba enormemente feliz. ¡Oh! Aquella tarde yo la había agobiado y lo comprendía, pero no cesaba de pensar que lo cambiaría todo al instante. Finalmente, al anochecer ella se quedó completamente exhausta, la convencí para que se fuera a dormir y al momento cogió un profundo sueño. Yo esperaba que tuviera delirio, y lo tuvo, pero muy leve. Me levantaba por la noche casi a cada minuto, y despacio, en zapatillas, me acercaba a mirarla. Me retorcía las manos delante de ella, mirando a ese ser enfermo, tumbado sobre esa pobre camita de hierro, que yo en su momento le había comprado por tres rublos. Me arrodillaba sin atreverme a besarle los pies mientras dormía (¡sin su consentimiento!). Me ponía a rezar, pero de nuevo me detenía sobresaltado. Lukeria me observaba y no hacía más que salir de la cocina.

Le dije que se acostara y que al día siguiente las cosas empezarían a ser "completamente diferentes".

Yo creía en ello ciega, irracional y terriblemente. ¡Oh! ¡Me invadía el entusiasmo! ¡El entusiasmo! Sólo esperaba la llegada del día siguiente. Y lo más importante es que no creía que pudiera suceder desgracia alguna, a pesar de los síntomas. El sentido no lo había recobrado por completo, a pesar de habérseme caído el velo, y aún tardé mucho tiempo en recobrarlo. ¡Oh! Hasta hoy, hasta hoy mismo. Y, además, ¿cómo podía recobrarlo? Si en aquellos momentos ella todavía estaba viva, estaba aquí delante de mí, y yo estaba frente a ella. "Mañana se despertará, y yo se lo contaré todo y ella lo verá todo". ¡Así era mi razonamiento en aquellos momentos, sencillo y claro, y de ahí el entusiasmo! Lo más importante era el viaje a Boulogne. No sé por qué razón no cesaba de pensar que todo consistía en ir a Boulogne y que allí concluiría algo definitivamente.

"¡A Boulogne, a Boulogne!...". Deseaba desesperadamente la llegada del día siguiente.

Lo comprendo demasiado

¡Pero si todo eso ocurrió hace sólo unos días!; cinco días, tan sólo cinco. ¡Sucedió el martes pasado! No, no, sólo se necesitaba un poco más de tiempo, sólo habría habido que esperar un poquito más y yo hubiera dispersado el misterio. Pero ¿acaso ella no se había tranquilizado? Al día siguiente ya me escuchó sonriente, sin reparar en la turbación... Pero lo más importante es que durante todo ese tiempo, durante esos cinco días, ella se sentía confusa o turbada. Y tenía miedo, mucho miedo. No voy a discutirlo, ni a llevar la contraria como un demente: ella tenía miedo, pero ¿cómo podía no tenerlo? Si había pasado mucho tiempo desde que nos convertimos en unos extraños el uno para el otro y nos habíamos distanciado, y ahora todo esto... ¡Yo no reparaba en su miedo, me iluminaba la nueva situación!... Era indudablemente cierto que había cometido un error. Incluso hubo, probablemente, muchos errores. Al día siguiente cuando me hube despertado, ya desde por la mañana (eso ocurrió el miércoles), cometí otro error: empecé a tratarla como a una amiga.

Me había apresurado demasiado, pero la confesión era necesaria, era preciso hacerla. ¡Qué menos que una confesión! Ni siquiera obvié aquello que había estado ocultando de mí mismo durante toda la vida. Le dije claramente que durante todo el invierno había estado completamente convencido de su amor. Le expliqué que la casa de empeños no era más que la decadencia de mi voluntad y mi inteligencia, una idea personal de autoflagelación y autobombo. Le expliqué que por aquel entonces, cuando estaba en el bar, realmente me acobardé, debido a mi carácter y a mi aprensión; la situación y el bar me dejaron estupefacto; que la idea de cómo podía salir yo de aquella situación, y de si no quedaría en ridículo, me dejó estupefacto; que no me acobardó el duelo, sino que podría resultar ridículo... y que después ya no quería reconocerlo y martirizaba a todos, incluida ella, y que me había casado con ella para martirizarla por lo sucedido. En general, la mayor parte del discurso lo mantuve como si estuviera delirando. Ella misma me cogió de las manos y me rogó que lo dejara: "Está usted exagerando... exagerando", y de nuevo se ponía a llorar, a punto de darle de nuevo otro ataque de nervios. No cesaba de suplicarme que no dijera nada de aquello y que no lo recordara.

Yo no reparaba en sus ruegos o les prestaba poca atención: ¡la primavera, Boulogne! Allí habría sol, un nuevo sol brillaría para nosotros; eso era lo que repetía sin cesar. Cerré la casa de empeños, y traspasé el negocio a Dobronravov. Le propuse de repente entregárselo todo a los pobres, excepto los tres mil rublos básicos, que había heredado de mi madrina, con los que haríamos el viaje a Boulogne, y que después regresaríamos y comenzaríamos una nueva vida de trabajo. Así lo dispusimos, porque ella no dijo nada... sino que se limitó a sonreír. Y creo que sonrió únicamente para hacerme un cumplido, para no disgustarme. Pero si yo me daba perfectamente cuenta de que le resultaba una carga; no se crean que soy tan estúpido y egoísta como para no verlo.

Lo veía todo, todo hasta el último detalle; lo veía y lo sabía mejor que nadie; ¡todo mi desconsuelo era visible!

Le hablaba sin parar sobre mí y sobre ella. También de Lukeria. Le conté que había llorado... ¡Oh, sí! Cambié de conversación y procuraba no recordar algunas cosas. Incluso ella, una o dos veces, pareció revivir. ¡Sí, lo recuerdo, lo recuerdo! ¿Por qué dicen ustedes que yo miraba sin ver nada? Y si esto no hubiera ocurrido, todo habría resucitado. Pero si hace tres días, cuando tuvimos la conversación sobre la lectura y lo que había leído durante el invierno, mientras reía me relató la escena de Gil Blas con el Arzobispo de Granada. ¡Y con qué risa más infantil y tierna, como cuando éramos novios! (¡Fue un instante, un instante! ¡Pero qué feliz me sentí!) Me sorprendió sobremanera, dicho sea de paso, lo del

Arzobispo, pues durante el invierno; mientras leía, debió sentirse feliz y con paz de espíritu para reírse con aquella obra maestra. Debía de ser que ya se había tranquilizado completamente, convencida de que la iba a dejar así. "¡Y yo que creía que usted simplemente me iba a dejar así!": eso fue lo que ella pronunció aquel martes. ¡Oh, un pensamiento de niña de diez años! Y además creía realmente que de hecho todo quedaría como estaba: que ella se estaría sentada a su mesa y yo a la mía y que llegaríamos así los dos hasta los sesenta. Y, de repente, me acerco: ¡soy el marido, y el marido necesita amor! ¡Oh! ¡Qué error y qué ceguera la mía!

También fue un desacierto que la mirara con entusiasmo. Debí contenerme, pues el entusiasmo la asustó. Ya me había dominado y no le besaba los pies. Y ni una sola vez le di muestras de que... bueno, de que era su marido. ¡Oh!, ni siquiera lo pensaba, sino que sólo rezaba. ¡Si era imposible estar completamente callado, sin decir nada! Le expresé que disfrutaba con su conversación y que la consideraba bastante más instruida y evolucionada que yo. Ella se sonrojó mucho y, confusa, me dijo que estaba exagerando. En ese momento cometí una tontería y sin poder contenerme le dije lo entusiasmado que me sentí cuando escuché detrás de la puerta el desafío entre su inocencia y aquel bicho, y de cómo disfruté de su inteligencia, que no perdía su ingenuidad infantil. Pareció estremecerse toda, balbuciendo de nuevo que estaba exagerando, pero de golpe todo su rostro se ensombreció; se tapó la cara con las manos y se puso a sollozar... En aquel momento, no pude resistirme: de nuevo caí a sus pies, y otra vez me puse a besarlos, y nuevamente la cosa terminó con un ataque de nervios, al igual que sucedió el martes. Esto ocurrió ayer por la tarde, pero por la mañana...

¡Por la mañana! Pero ¡qué insensato, si lo de la mañana ha sido hoy, no hace mucho, no hace nada!

Escuchen y procuren comprender el fondo de la cuestión: cuando nos reunimos hoy para tomar el té junto al samovar (y esto sucedió después del ataque de ayer), me sorprendió su tranquilidad. ¡Así fue! Y yo que había estado temblando toda la noche por lo sucedido ayer... De repente se acercó a mí, se paró enfrente con los brazos cruzados (¡hace muy poco, muy poco!) y se puso a decirme que era una criminal, que era consciente de ello y que esto la llevaba martirizando todo el invierno y que aún seguía haciéndolo... que valoraba sobremanera mi generosidad... Me dijo que "sería una esposa fiel, y que me respetaría...". En ese momento, de un salto me puse de pie y la abracé desesperadamente. La besé, besé su rostro, sus labios, como un marido tras una larga separación. Y ¿por qué me hube de marchar después un par de horas... para hacer nuestros pasaportes para ir al extranjero...?

¡Oh, Dios mío! ¡Si hubiera regresado sólo cinco minutos antes...! Y al regresar todo ese gentío ante nuestros portones, esas miradas clavadas en mí... ¡Oh, Dios mío!

Ahora habla Lukeria (¡oh!, ahora por nada del mundo dejaré marchar a Lukeria, ella lo sabe todo, estuvo durante todo el invierno con nosotros; me lo contará todo). Ella me dijo que cuando yo hube salido de casa, sólo unos veinte minutos antes de que regresara, ella de pronto entró en nuesta habitación, donde estaba la señora, para preguntarle algo, no lo recuerdo bien, y vio que ella había sacado su icono (el de la virgen), que estaba puesto sobre la mesa, y que la señora parecía haber estado rezando ante la imagen hacía unos instantes. "¿Qué le sucede, señora?", le preguntó. "Nada, Lukeria, puedes marcharte... Espera, Lukeria", le dijo, se le acercó y le dio un beso. "¿Es usted feliz, señora?". "Sí, Lukeria". "Hace tiempo que el señor debía haberle pedido perdón... Gracias a Dios han hecho ustedes las paces". "Está bien, Lukeria, vete", y sonrió de un modo un tanto raro. Sonrió de una manera tan extraña que Lukeria regresó de nuevo al cabo de diez minutos para verla. "Estaba apoyada en la pared, junto a la misma ventana, con la mano apoyada en la pared y la cabeza apretada contra la mano, estaba de pie y pensativa. Se encontraba tan ensimismada en sus pensamientos que no se dio ni cuenta de que yo la observaba desde otra habitación. La miro y veo que parece sonreír, pensativa, de pie y sonriendo.

La miré, me di la vuelta despacito y salí confusa, cuando de repente oí cómo se abría una ventana. Al instante me di la vuelta para decirle "señora, hace frío, tenga cuidado, no se constipe", y de pronto vi que estaba de pie sobre el alféizar de la ventana abierta de par en par, de espaldas a mí y con el icono entre las manos. Mi corazón dio un vuelco y exclamé: "¡Señora, señora!". Ella me oyó, pareció querer darse la vuelta hacia mí, pero no lo hizo, sino que dio un paso hacia delante y ¡se lanzó por la ventana con la imagen pegada al pecho!".

Sólo recuerdo que, cuando entré por los portones, su cuerpo aún estaba caliente. Lo más importante es que todas las miradas se clavaron en mí. Al principio gritaban y de golpe se callaron, mientras se apartaban para abrirme paso, y... ella yacía en el suelo con el icono. Entre tinieblas recuerdo que me acerqué a ella en silencio y me quedé un largo rato mirándola, que todos me rodearon diciéndome algo. Lukeria estaba allí, pero yo no la veía. Me dijo que habló conmigo. Sólo recuerdo a aquel hombre que parecía un pequeñoburgués, que no paraba de gritarme:

"¡Le brotó una bocanada de sangre por la boca! ¡Una bocanada de sangre!", mientras señalaba la sangre que había en la piedra. Creo que toqué la sangre con el dedo; lo manché, miré el dedo (eso lo recuerdo), y el hombre no cesaba de repetirme: "¡Una bocanada, una bocanada!".

—Pero ¿qué es eso de la bocanada? —grité yo, según me dijeron, y con todas mis fuerzas me lancé sobre él...

—¡Oh, qué salvajada, qué salvajada! ¡Es incomprensible! ¡Es inverosímil! ¡Imposible!

Llegué sólo cinco minutos tarde

O ¿acaso no es así? ¿Acaso resulta verosímil? ¿Es posible decir que ello pudo haber sucedido? ¿Por qué? ¿Para qué ha muerto esta mujer?

¡Oh, créanme que lo comprendo! Pero, a pesar de todo, la cuestión de "¿por qué ha muerto?" sigue en pie. Le dio miedo mi amor y se planteó seriamente si debía aceptarlo o no, prefiriendo antes morir que soportar el dilema. Lo sé, lo sé, no hay que romperse la cabeza: había hecho demasiadas promesas, se asustó porque era difícil cumplirlas. Es evidente. Y aquí concurren varios aspectos absolutamente horribles.

Porque ¿para qué ha muerto?; a pesar de todo la pregunta sigue en pie. La pregunta no hace más que golpearme el cerebro. Yo habría podido dejarla así, si ella hubiera querido que las cosas quedaran así. ¡Pero ella no quiso creerlo! ¡Ésa es la cuestión! No, no, estoy mintiendo, en absoluto se trata de eso, sino de que ella había de ser honesta conmigo: si se trataba de amarme, tenía que hacerlo plenamente y no como hubiera amado al tendero. Pero, como era demasiado casta y pura para conformarse con el tipo de amor que necesitaba el tendero, no quiso engañarme. No quiso engañarme con una mitad o una cuarta parte de amor que aparentara un amor verdadero. ¡Ha sido demasiado honesta, eso es! ¿Recuerdan ustedes que yo sólo quería inculcarle que fuera generosa de corazón? Extraña idea.

Tengo una gran curiosidad: ¿me respetaba realmente? No sé si me despreciaba o no. No creo que me despreciara. Es muy raro que durante todo el invierno no me diera por pensar que podía despreciarme. Hasta el último minuto estaba completamente convencido de todo lo contrario, hasta el momento en que me miró severamente sorprendida. Eso es, severamente. En aquel momento comprendí al instante que ella me despreciaba. ¡Lo comprendí irremisiblemente y por los siglos de los siglos! ¡Ay, que me despreciara durante toda la vida, pero que siguiera viviendo, viviendo! Hace un rato andaba, hablaba. ¡No puedo comprender cómo pudo arrojarse por la ventana! Y ¿cómo podía yo suponérmelo incluso cinco minutos antes? Llamé a Lukeria. ¡Ahora no dejaré por nada del mundo que Lukeria se marche!

¡Oh, cabía la esperanza de un acercamiento! Sólo que durante el invierno nos distanciamos mucho el uno del otro, pero ¿acaso no era posible acostumbrarnos de nuevo? ¿Por qué, por qué razón no podíamos los dos acercarnos el uno al otro y comenzar otra vez una nueva vida? Unas cuantas palabras más, un par de días, sólo eso, y ella lo comprendería todo.

Pero lo más importante, lo más triste, es que se trata de un incidente: un incidente simple, bárbaro y fortuito. ¡Eso es lo triste!

¡Llegué sólo cinco, cinco minutos tarde! De haber regresado yo cinco minutos antes, aquel instante habría pasado de largo, como una nube, y ya nunca más le habría dado por pensar en ello. Y la cosa habría terminado con que ella lo hubiera comprendido todo. Y ahora, de nuevo, las habitaciones están vacías, de nuevo estoy solo. Ahí está el péndulo del reloj, que no tiene nada que hacer y nada de qué lamentarse. No hay nadie, ¡ésa es la desgracia!

No paro de dar vueltas y más vueltas. Lo sé, lo sé, no es necesario que me lo digan: les hace gracia que me queje de lo sucedido y de los cinco minutos. Pero si eso es una evidencia. Dense cuenta de que ni siquiera dejó una nota que dijera: "No culpo a nadie de mi muerte", como lo hacen todos. No se le ocurrió reparar en que incluso podrían acusar a Lukeria, alegando que "estaba a solas con ella y podría haberla empujado". La habrían atormentado sin tener culpa alguna, de no ser por las cuatro personas que vieron desde sus ventanas cómo estaba de pie sobre el alféizar y ella misma se arrojaba por la ventana con el icono entre las manos. Pero si también el hecho de que la gente la viera es una casualidad. No, todo ello es un instante, sólo un instante de inconsciencia. Algo repentino y una ráfaga de fantasía. ¿Qué importa que rezara delante del icono? Eso no significa que lo estuviera haciendo antes de morir. Todo aquel instante duró, probablemente, un total de diez minutos; tomó la decisión cuando estaba junto a la pared con la cabeza apoyada en la mano y sonriendo.

La idea se le pasó por la cabeza, la mareó y fue incapaz de contenerse frente a ella.

Aquí hay un error clarísimo, piensen lo que quieran. Conmigo aún podía vivir. Y ¿si se diera el caso de que tuviera una anemia?

¿Sencillamente, anemia; desgaste de la energía vital? Estaba fatigada tras todo el invierno, eso es...

¡¡¡Llegué tarde!!!

¡Qué delgadita está dentro del ataúd y cómo se le ha afilado la naricilla! Las pestañas tienen forma de flechas. ¡Y cuando cayó no se rompió nada, ni se le aplastó nada! Únicamente esa "bocanada de sangre". Es decir, una cucharadita. Una conmoción interna. Qué idea más extraña: si se pudiera no enterrarla... Porque si se la llevan, entonces... ¡Oh, no! ¡Es prácticamente imposible que se la lleven! ¡Oh! Pero si yo sé que se la tienen que llevar, no estoy loco ni estoy delirando en absoluto, al contrario, jamás he tenido la mente más lúcida. Pero ¿cómo es posible que no haya nadie en casa? De nuevo esas dos habitaciones, y yo solo con las prendas empeñadas. ¡Delirio, delirio, esto sí que es un delirio! ¡Simplemente la he atormentado! ¡Eso es!

¿De qué me sirven ahora vuestras leyes?

¿Qué me importan vuestras costumbres, vuestros usos, vuestra vida, vuestro gobierno y vuestra fe? Que me juzgue vuestro juez, que me conduzcan al juzgado, a vuestro juzgado público, y yo le diré que no reconozco nada. El juez exclamará: "¡Cállese, oficial!". Y yo le responderé gritando: "¿Dónde está ahora esa fuerza que tiene para obligarme a obedecer? ¿Por qué la tenebrosa rutina tuvo que destrozar aquello que me era tan preciado? ¿Para qué necesito ahora sus leyes? Yo me desentiendo".

¡Oh, me da igual!

¡Está ciega, está ciega! ¡Está muerta y no oye! ¡No sabes qué paraíso ceñiría yo en torno a ti! ¡El paraíso estaba en el interior de mi alma y yo lo hubiera plantado alrededor de ti! Bueno, aunque tú no me quisieras, que así fuera, ¿qué le vamos a hacer? Que todo continuara igual y siguiera del mismo modo. Me hubieras contado las cosas como a un amigo y seríamos felices y nos reiríamos de alegría, mirándonos a los ojos. Y viviríamos así. Y en caso de que te enamoraras de otro, ¡pues, bueno!, ¡bueno! Irías con él y te reirías y yo os contemplaría desde la otra acera de la calle... ¡Oh, me da igual todo, pero que abra los ojos una sola vez! ¡Por un instante, uno solo! ¡Que me mire como hace poco, cuando estaba frente a mí y juraba que sería una mujer fiel! ¡Oh, con una sola mirada, lo entendería todo!

¡Oh, la rutina! ¡Oh, la naturaleza! ¡La gente está sola en la tierra, ésa es la desgracia!

"¿Hay alguien vivo en el campo?», grita el Hércules ruso. También lo grito yo, que no soy un Hércules, y nadie me responde. Dicen que el sol vivifica el universo. Miren el sol cuando sale, ¿acaso no es un cadáver? Todo está muerto y por todas partes hay cadáveres. Sólo hay gente y, alrededor de ellos, silencio, ¡eso es la tierra! "¡Amaos los unos a los otros!". ¿Quién dijo eso? ¿De quién es el legado?

El péndulo del reloj golpea sin sentimientos, desagradablemente. Son las dos de la noche. Sus botas están junto a su camita como si la estuvieran esperando... No, ahora en serio, mañana cuando se la lleven, ¿qué será de mí?

9 798892 672214